Knaur.

Knaur.

Über den Autor:
Markus Heitz, geboren 1971, studierte Germanistik und Geschichte und lebt als freier Autor in Zweibrücken. Sein Aufsehen erregender Erstling *Schatten über Ulldart*, der Auftakt zum sechsbändigen Epos *Ulldart – Die Dunkle Zeit*, wurde mit dem Deutschen Phantastik Preis 2003 als »Bestes Roman-Debüt National« ausgezeichnet – einer Auszeichnung, der viele weitere folgen sollten. Spätestens seit seiner Bestseller-Trilogie *Die Zwerge, Die Rache der Zwerge* und *Der Krieg der Zwerge* gehört Markus Heitz zu den erfolgreichsten deutschen Fantasyautoren.

Im Knaur Taschenbuch Verlag erschien bereits Markus Heitz' Roman *RITUS*, in dem die Geschichte der Wolfsjäger Jean Chastel und Eric von Kastell beginnt.

Mehr Informationen über den Autor finden sich auf seiner Homepage: *www.mahet.de*

Markus Heitz

SANCTUM

Roman

Knaur Taschenbuch Verlag

Wenn Sie mehr Romane voller dunkler Spannung lesen wollen,
schreiben Sie mit dem Stichwort HEITZ an:
mystery@droemer-knaur.de

Besuchen Sie uns im Internet:
www.knaur.de

Originalausgabe September 2006
Copyright © 2006 by Knaur Taschenbuch.
Ein Unternehmen der Droemerschen Verlagsanstalt
Th. Knaur Nachf. GmbH & Co. KG, München
Alle Rechte vorbehalten. Das Werk darf – auch teilweise –
nur mit Genehmigung des Verlags wiedergegeben werden.
Redaktion: Ralf Reiter
Ein Projekt der AVA international GmbH
Autoren- und Verlagsagentur, Herrsching
www.ava-international.de
Umschlaggestaltung: ZERO Werbeagentur, München
Umschlagabbildung: FinePic, München
Satz: Adobe InDesign im Verlag
Druck und Bindung: Nørhaven Paperback A/S
Printed in Denmark
ISBN-13: 978-3-426-63131-7
ISBN-10: 3-426-63131-8

2 4 5 3

PROLOG

22. Juni 1767, Saint-Alban, Schloss der Familie de Morangiès

»Macht Euch nicht lächerlich, Abbé. Die Bestie ist tot.« So, wie Pierre-Charles, Comte de Morangiès, es sagte, klang es nach einem Befehl. Wie immer, wenn die Rede auf das Untier kam, das im Gévaudan mehr als drei Jahre lang gewütet hatte.

Abbé Acot saß dem alten Comte gegenüber. Vor ihm stand ein Glas Wein, ein edler Tropfen, wie er ihn nur selten zu schmecken bekam. Obwohl die Sonne durch die geschlossenen Fenster des hohen Raumes fiel und die Hitze drückend über dem Gévaudan lag, schien sie an den dicken Mauern des Schlosses zu scheitern. Dennoch schwitzte der Abbé in seiner einfachen schwarzen Priesterkutte, die angesichts der Pracht um ihn herum wie das schäbige Gewand eines Bettlers wirkte. Kleine Perlen rannen aus den kurzen, schwarzen Haaren über seine Stirn.

Er war kaum dreiundzwanzig Jahre alt und wagte es trotzdem, dem mächtigsten Mann des Gévaudan die Stirn zu bieten – einem Mann mit viel Einfluss am französischen Hof, dem es ein Leichtes wäre, einem einfachen Abbé das Leben schwer zu machen. Dieses Wissen um die möglicherweise nur noch ein paar Worte entfernte Hölle auf Erden half nicht, die Nervosität des Abbés zu besänftigen. Also trank er mehr Wein, als gut für ihn war, doch er benötigte allen Mut, den er aufbringen konnte.

Dabei war der Abbé alles andere als ein furchtsamer Mensch. Er saß nur deswegen im Salon des Schlosses, weil er mit solcher Eindringlichkeit am Tor darum gebeten hatte, eingelassen zu werden, dass es unmöglich gewesen war, ihn abzuweisen. Es ging wirklich um Leben und Tod.

Acot schluckte, wischte den Schweiß von der Stirn und sah dem Mann in die graugrünen Augen. Selbst im Sommer verzichtete der Comte, zugleich Marquis von Saint-Alban, Chevalier de Saint-Louis, Seigneur zahlreicher Pfarreien und einst erfolgreicher Lieutenant Général Seiner Majestät, nicht auf seine Weißhaarperücke und die schwere, bestickte Jacke in Dunkelblau. Beides verlieh ihm eine zusätzliche Aura der Autorität, die jeden Besucher leiser und demütiger sprechen ließ, als es vielleicht notwendig gewesen wäre.

»Es ist ein Wolf erlegt worden, das möchte ich zugestehen, mon Seigneur.«

»Es *war* die Bestie. Das sollte sich auch bis in die Pfarreien herumgesprochen haben, die Ihr durchwandert, Abbé.« Der Comte hob das Glas. »Lang leben der Marquis d'Apcher und seine Jäger.«

Acot trank den Wein aus. Ein Brennen in seinem Magen zeigte ihm, dass die Säure ihm nicht bekam. Dafür stieg sein Mut. »Und ich bestehe darauf, mon Seigneur: Das Biest streicht noch immer durch die Wälder. Man hat dem Volk einen Wolf gezeigt, und zwar nicht, weil der wahre Anblick der Bestie zu schwer zu ertragen ist, sondern weil sie noch keiner erlegt hat.«

»*Abbé!*« Morangiès stellte das Glas so hart auf den Tisch, dass es zwischen Stiel und Kelch zerbrach. Der rote Wein ergoss sich über den dunklen Holztisch. »Da seht Ihr, was Ihr mit Euren Torheiten angerichtet habt. Ein edler Tropfen ist verloren gegangen.«

»Torheit, mon Seigneur?« Acot beugte sich rasch nach seiner Tasche, um dem Blick zu entkommen, der ihn für diese Anmaßung mit Sicherheit getroffen hätte, und holte einen Packen handschriftlicher Notizen hervor. »Diese hier sammele ich, seit die Bestie aufgetaucht ist. Ich befrage Augenzeugen, Opfer und Jäger. Und ich habe mir den Wolf, den man durchs Gévaudan schleift, bis er zusammen mit Chastel seinen Weg nach Versailles machen wird, genau angesehen.« Er wedelte mit den Papieren. »Nichts, aber auch nichts stimmt mit dem überein, was die Menschen mir beschrieben haben, mon Seigneur. Die Bestie ist da draußen und wird wieder Menschen fressen!«

Morangiès streckte die beringte Hand nach den Blättern aus. Acot reichte sie ihm zögerlich. »Ihr wisst, dass Ihr gegen das Gebot des Königs verstoßt, indem Ihr behauptet, die Bestie lebt?«, sagte er beiläufig und dennoch drohend.

»Welches Interesse habt Ihr, mon Seigneur, mir und den Pfarreien weismachen zu wollen, dass die Bestie tot ist?«, retournierte der Abbé unerschrocken – und erschrak selbst über den Klang seiner Worte. Nun war er zu weit gegangen ... doch er musste den Mann überzeugen, die Jagd nicht aufzugeben! Das war er Gott und den Menschen in dieser Region schuldig.

Morangiès zog die Augenbrauen zusammen. Scheinbar achtlos legte er die Aufzeichnungen neben sich, außer Reichweite des jungen Mannes, und legte eine Hand auf sie. Eine Geste, welche die Beiläufigkeit Lügen strafte. »Wie redet Ihr mit mir? Was wollt Ihr mir da unterstellen, Abbé?«

»Ich unterstelle Euch gar nichts, mon Seigneur. Ich wundere mich nur, dass Dutzende von Menschen das Offensichtliche nicht erkennen wollen.« Er zeigte auf die Notizen. »Darin steht alles. Die Bestie lebt, und die Menschen müssen gewarnt werden.«

»Eure Zweifel werden sich legen, wenn Ihr seht, dass es keine weiteren Opfer mehr gibt«, schwächte der Marquis ab und ignorierte die geöffnete Hand des Abbés, der sein Eigentum stumm zurückerbat. »Bis dahin konfisziere ich im Namen des Königs diese Unterlagen, um die Bevölkerung vor Euren Theorien zu bewahren, die nur neue und sinnlose Unruhe ins Gévaudan tragen.«

»Mon Seigneur, das ...«

»... ist meine Pflicht, geschätzter Abbé«, fiel ihm Morangiès in die Rede. »Ich kann nicht zulassen, dass die Männer und Frauen schon wieder in Furcht leben.« Sein rechter kleiner Finger tippte zweimal auf den Stapel. »Und bedenkt, was Ihr mit Euren Mutmaßungen in Versailles anrichtet. Ihr würdet den König der Lüge bezichtigen, und welche Auswirkungen das für Euch haben wird, werdet Ihr Euch selbst ausmalen können.« Er zog an der Klingelschnur, die neben ihm hing. Gleich darauf erschien ein Bediensteter und nahm die Papiere in Empfang. »Ich schütze Euch damit, Abbé. Ihr müsstet mir dankbar sein.«

Die Worte saßen. Acot sank zusammen und starrte auf seine Notizen, die unerreichbar für ihn geworden waren. Er wusste nicht, was er sagen oder tun sollte. Ausgerechnet jetzt wurde kein Wein und damit kein neuerlicher Mut mehr nachgeschenkt.

»Mon Seigneur, Monsieur Jean Chastel erbittet Euer Gehör«, sagte der Livrierte – leise zwar, aber doch so, dass es der Abbé ebenfalls hörte.

»Schick ihn weg.«

»Er sagte, es sei sehr dringend und dass es um Euren Sohn ginge«, beharrte der Bedienstete. »Und um seinen Sohn Antoine.«

Acot stutzte. Dass der Marquis den Helden des Gévaudan nicht empfangen wollte, hatte sicherlich etwas zu bedeuten. Auch der Name des jüngeren Sohnes, Antoine, war ihm mehr als einmal bei seinen Nachforschungen begegnet. Still pries er den Herrn für die Vorsehung und wartete gespannt, was geschah.

Und tatsächlich – der Comte änderte seine Meinung. »Bring ihn herein. Abbé Acot wollte uns eben verlassen.« Morangiès nickte ihm zu, die graugrünen Augen blickten hart. »Einen angenehmen Tag wünsche ich Euch. Denkt an unsere Abmachung und hütet Eure Zunge davor, von Dingen zu berichten, die so nicht stimmen. Ihr würdet es bereuen.«

Acot stand auf und verneigte sich. Er musste sich beherrschen, um sich nicht durch weitere unbedachte Worte unwiderruflich in Misskredit zu bringen. Er dachte keinesfalls daran, mit seinen Nachfragen aufzuhören, aber das wiederum sollte den Marquis nichts angehen.

In der Halle begegnete er Chastel, einem kräftigen Jäger im besten Mannesalter mit langen, weißen Haaren und einem markanten Antlitz. Seine einfache Kleidung hatte gelitten, war angesengt und zerrissen, als sei er durch brennende Dornenbüsche gesprungen. In der Linken hielt er seinen Dreispitz, in der Rechten die doppelläufige Muskete, mit der er die angebliche Bestie vor den Augen des Marquis erlegt hatte.

Acot ging ohne zu zögern auf Chastel zu. »Ich bin Abbé Acot, Monsieur Chastel«, stellte er sich vor. »Ich suchte nach Euch, doch bisher haben sich unsere Wege noch nicht gekreuzt. Helft mir, die Wahrheit zu sehen.« Er trat einen weiteren Schritt an den Mann heran, stand nun direkt neben ihm und neigte den Kopf nach vorn. »Sagt, habt Ihr die wahre Bestie erlegt oder seid Ihr ein Rädchen in diesem verwirrenden Spiel um Wahrheit und Lüge, das weitere Menschenkinder das Leben kosten wird?« Er sprach leise, damit ihn der livrierte Diener nicht verstehen konnte, doch mit großem Nachdruck. »Bei der Liebe Gottes, sprecht die Wahrheit!«

Chastel sah ihn mit merkwürdig verschleiertem Blick an. »Die Liebe Gottes? Ich fürchte, ich habe bislang nur seinen Hass kennen gelernt.« Mit diesen Worten ging er an ihm vorbei und folgte dem Livrierten die Treppen hinauf zum Salon.

Jean Chastel ging nicht zum ersten Mal durch das Schloss, vorbei an getäfelten Wänden und den Porträts der Ahnen, an Landschaftsgemälden, edlem Porzellan und anderem wunderbar zur Schau gestelltem Reichtum. Doch diesmal würdigte er all die Pracht ebenso wenig wie die Andenken aus den Zeiten, als der Marquis noch ein bekannter und bewährter Soldat des Königs gewesen war. Ein Held auf dem Schlachtfeld, ruhmreich, vielfach ausgezeichnet. *Und doch genauso verflucht wie ich*, dachte Jean.

Endlich stand er vor der Tür des Salons. Sie wurde ihm erst geöffnet, nachdem er noch einmal warten musste, um ihm deutlich zu machen, wie unwichtig seine Gegenwart dem Marquis war. Der Bedienstete machte einen Schritt in den Raum und verkündete laut seinen Namen, dann zog er sich wieder zurück.

Jean wusste, was er tun sollte, doch er fand keinen Anfang, sondern klammerte sich an Hut und Waffe. Erst nach einer Weile suchte sein Blick den seines Gegenübers. »Mon Seigneur«, sprach er mit deutlichem Zittern in der Stimme, »Ihr seht einen verzweifelten Mann vor Euch, dem die Bestie beinahe alles genommen hat, was er liebt.«

»Und dennoch habt Ihr über sie triumphiert, Monsieur. Meinen Glückwunsch dafür.« Der Marquis zeigte mit vornehmem Handschwung auf den Sessel ihm gegenüber. »Nehmt Platz und schildert, was ich für Euch tun kann, Monsieur.«

Jean ließ sich in das Polster sinken. Auf unerklärliche Weise fühlte er sich vor de Morangiès wie ein Schuljunge, der dem Vater gestehen musste, dass er einen Apfel gestohlen oder ein gutes Glas zerbrochen hatte. Der Adlige wirkte trotz der nicht übermäßig protzigen Uniform unglaublich autoritär und beeindruckend, eine wahre Majestät.

»Ich jagte die Bestie jahrelang, mon Seigneur, in vielen Pfarreien, und streckte sie endlich nieder. Aber ich fürchte ... es gibt eine zweite, die auf dem besten Wege ist zu entkommen.«

»Eine zweite? Ihr redet so wirr wie Abbé Acot, Chastel.« De Morangiès versuchte es mit Unfreundlichkeit, obwohl auch seine innere Anspannung offenkundig stieg.

Jean schüttelte den Kopf. »Nein, mon Seigneur. Eine der Bestien war ... war mein Sohn, den ich mit meinen eigenen Händen getötet habe.« Er schwieg, weil die Gefühle aufstiegen und ihn zu überwältigen drohten. Der Dreispitz vibrierte, da die Finger das Zittern an ihn weitergaben. Jean atmete ein und aus, fing sich und setzte erneut an. »Aber er war nicht die einzige Bestie. Es gibt Hinweise, mon Seigneur, dass Euer Sohn etwas damit zu tun hat.«

De Morangiès starrte ihn an, doch Jean hielt dem Blick stand. Und dann schien sich plötzlich etwas im Gesicht des Adligen zu verändern. Er langte hastig nach seinem Glas und stürzte es hinab. »Ihr seid wahnsinnig, Chastel«, raunte er. »Vollkommen wahnsinnig! Seid Ihr in der Wildnis ...«

»Ich bin sicherlich *nicht* wahnsinnig, auch wenn ich in diesem Aufzug vielleicht den Eindruck erwecken mag. Seit dem Brand im Kloster folge ich der Fährte einer Bestie, die von den Mauern wegführte und quer durchs Gévaudan ging, um letztlich hier zu enden. Ich kenne diese Spuren, mon Seigneur, ich kenne sie sehr genau. Und Ihr auch.«

De Morangiès legte die Fingerspitzen aneinander und schluckte. »Ich sehe keinerlei Verbindung zu meinem Sohn, Chastel«, sagte er und hielt die Maskerade aufrecht, so gut es ging, aber der unstete Blick, der es nicht wagte, Jeans Augen zu treffen, verriet zu viel.

Diese Unsicherheit machte Jean mutiger. »Es war Euer Sohn, mon Seigneur, der uns aus dem Gefängnis von Saugues befreit und vor der Strafe bewahrt hat.« Er stand auf, warf den Dreispitz auf den Stuhl und lehnte die Muskete gegen die Lehne. »Und Euer Sohn, mon Seigneur, kennt meinen Sohn aus den Tagen in der Fremde. Ich weiß nicht, was sich damals ereignete, aber ich bin mir sicher, dass sie mehr als nur Bekannte waren.« Jean beugte sich über den Tisch. »Bei den Toten, die mein Sohn und Euer Sohn zu verantworten haben, bitte ich Euch, die Wahrheit zu offenbaren: Ist Euer Sohn eine Bestie? Kennt er die Frau, die das Bestienweibchen ist? Trägt er die Schuld, dass mein Antoine zum reißenden Tier geworden ist, und unterrichtete er ihn im Morden, mon Seigneur? *Sagt mir, was Ihr wisst!*«

Der Marquis sah minutenlang auf den Tisch, abwesend und mit immer bleicherem Ausdruck, dann senkte er den Kopf und bedeckte das Gesicht zur Hälfte mit der Hand. »Es ist ein furchtbarer Fluch, Chastel«, flüsterte er verzweifelt. »Er kann nichts dafür.«

»Er ist nicht länger Euer Sohn, nicht mehr der Mensch, den Ihr einst in die Welt gesetzt habt, mon Seigneur. Ich ... auch ich selbst habe lange Zeit gebraucht, um mir einzugestehen, dass Antoine für immer verloren ist.« Jean kannte die Gefühle, die im Marquis tobten; dennoch gewährte er ihm kaum Mitleid. Der Adlige hatte die Taten seines Sohnes zu lange gedeckt und hätte es weiterhin getan, wenn er nicht erschienen wäre, um ihn zur Rede zu stellen. »Das Feuer im Kloster ist sein Werk, mon Seigneur, daran gibt es keinen Zweifel für mich. In den Flammen starben mein zweiter Sohn und seine Verlobte.« Er sah dem Marquis fest in die Augen, doch merkte schon, wie ihn seine Gefühle zu übermannen drohten. »Das Sterben *muss* enden.«

»Ihr ... Ihr verlangt das Leben meines Sohnes?«

Jean berührte den Lauf seiner Muskete. »Ich habe allen Grund, danach zu trachten. Und wenn wir ihn nicht aufhalten, mon Seigneur, wird er weiter sein Unwesen treiben und mit der Frau noch mehr Bestien erschaffen. Denkt an die Menschen Eurer Heimat!« Er sank vor dem Marquis auf die Knie und hob bittend die Arme, die leeren Handflächen nach oben gereckt. »Helft mir, mon Seigneur, Euren Sohn ausfindig zu machen und ihn zusammen mit seiner Gefährtin zu töten, damit sie den Keim des Bösen nicht weitergeben.« Tränen liefen ihm über die Wangen. »Verhindert das Leid weiterer Unschuldiger, ich bitte Euch. Lasst sie nicht erleiden, was ich erlitten habe.« Er senkte das Haupt.

De Morangiès schluckte, streckte die rechte Hand aus und berührte Jeans Schulter. »Steht auf, Chastel. Ich kann ... Ich kann Euren Wunsch unmöglich erfüllen!«

Der Wildhüter stemmte sich mit Hilfe seiner Muskete auf die Beine. »Euer Sohn ist ein Dämon und kein menschliches Wesen, mon Seigneur«, flüsterte er. »Durch ihn verbreitet sich dieser Fluch weiter und weiter. Euer Sohn ist vor mir geflohen.« Dabei wandte er sich wieder dem Marquis zu. »Er weiß, dass ich sein Geheimnis kenne.«

De Morangiès rang nach Atem, nahm ein Glas und goss sich Wein ein, stürzte ihn hinab und schenkte sich wieder nach. Wieder trank er die Hälfte auf einen Zug. »Vielleicht habt Ihr Recht, Chastel«, sprach er tonlos. »Vielleicht ist François' Stunde und die seiner Gefährtin gekommen. Ich kann und will ihn nicht länger decken. Meine Zaghaftigkeit tötete genügend Unschuldige, und mein Gewissen hat sich seit Jahren nach einem Mann wie Euch gesehnt, Chastel. Ich selbst ... ich konnte es einfach nicht.« Er suchte Jeans Blick, und auf einmal zeigten seine Augen keine Spur mehr von Unsicherheit. »Aber wenn ich Euch sagen soll, was ich weiß, habe ich eine Bedingung.«

»Welche wäre es, mon Seigneur?«

»Niemand darf jemals die Wahrheit erfahren. Tötet ihn aus dem Hinterhalt, in einem vermeintlichen Duell, lasst es nach einem Kampf aussehen, das ist mir gleich. Aber niemand soll den Eindruck haben, dass François etwas mit der Bestie des Gévaudan zu tun hatte.«

»Das werde ich.« Jean verneigte sich, dankbar, die Geschichte zum Abschluss bringen zu können und die Bestien auszurotten.

»Was wisst Ihr von dieser Sache, Chastel? Lasst uns offen miteinander sein ... Erzählt mir alles.«

»Ich ahne vieles und weiß nichts.« Jean begann mit seinem Bericht an jenem Tag im Wald bei Vivarais, als sie den ersten Werwolf erschossen hatten. Wie der Leidensweg von Antoine begann und er sich immer weiter zu einer mordenden Bestie entwickelt hatte; wie er seinen Bruder und ihn in Gefahr gebracht hatte, was ihnen Malesky über die Wandelwesen berichtet konnte und wie sie Antoine schließlich im Wald töten mussten. Dabei verschwieg er auch nicht das Gefecht mit den Unbekannten, die an einem lebenden Werwolf interessiert gewesen waren.

De Morangiès hörte zu und unterbrach ihn kein einziges Mal, dann schloss er die Augen. »Es ist, wie Ihr vermutet habt, Chastel«, gestand er langsam. »Mein Sohn François ist ein Loup-Garou. Der Fluch traf ihn auf seiner Reise im Mittelmeer, als er seinem König diente. Von diesem Moment an veränderte sich mein Junge. Er wurde unstet, änderte seinen Lebenswandel und wurde ein Herumtreiber, der brutale Neigungen und seinen Hang zu Frauen auslebte.« Er hob die Lider und sah Jean an. »Er war einst ein guter, freundlicher Junge, Chastel. Aber die Bestie in ihm hat ihn zu einem wilden Tier gemacht. Ich wollte es nicht wahrhaben, dachte an eine Gemütskrankheit oder eine Bedrückung der Seele und machte mir weis, ich sei schuld. Weil ich, der bewährte Kämpfer für den König, zu viel von ihm gefordert hätte. Doch in einer Vollmondnacht sah ich mit eigenen Augen, was aus ihm geworden war.« Er bedeckte sein Gesicht erneut mit den Fingern und schluchzte. »Aber er ist immer noch mein Sohn, Chastel. Ich klammerte mich an die Hoffnung, dass es ein Mittel dagegen gäbe, und versuchte vieles, für das Gott mich im Jenseits strafen wird.«

Jean spürte eine Spur Mitleid für den Marquis, das sich gegen die Wut auf den Mann stemmte, der ein mörderisches Wesen hatte frei umherlaufen lassen.

»Er ließ sich nicht einsperren, Chastel«, raunte de Morangiès mit bebenden Schultern. Er erahnte die Gedanken des Wildhüters. »Er lachte mich aus und lebte sein Leben. Aber als die Morde geschahen und er nachweislich nicht an den Orten gewesen sein konnte, glaubte ich an seine Unschuld. Oder besser gesagt«, er senkte den Blick, »ich redete mir ein, dass er unschuldig war, und machte Jagd – wie er – auf die andere Bestie.«

»Auf meinen Sohn, der von Eurem Sohn lernte, mon Seigneur.«

»Ja, vermutlich wird es so gewesen sein«, sagte der Marquis erschüttert.

Schweigend saßen sie im Salon. Der eine Mann trauerte um seine Söhne, der andere bereitete sich auf den Tod seines eigenen Sprösslings vor, während die Nacht hereinbrach und die Livrierten erschienen, um die Kerzen zu entzünden.

De Morangiès verlangte nach einer neuen Flasche Rotwein, noch bevor er die andere leerte. »Auch ich habe gelernt, Chastel. Mit der Krankheit meines Sohnes und den Morden gingen weitere merkwürdige Begebenheiten einher.« Er ließ etwas zu essen bringen. In seiner Stimme steckte der Alkohol, machte sie undeutlicher und dramatischer. »Menschen, die nach meinem Sohn suchten, tauchten im Gévaudan auf. Die Art der Morde, die er abseits im Vivarais begangen hatte, lockte sie an. Der Legat, den Ihr erschossen habt, war nur einer davon.« Er bedeutete seinem Gast, sich zu stärken und von dem Braten, dem Brot und dem Gemüse zu nehmen, das gerade hereingebracht wurde.

»Die Männer im Wald waren diese anderen, mon Seigneur?« Jean nahm sich Brot und schnitt Fleisch von der gebratenen Hirschkeule.

»Ihr habt es erfasst. Es waren aber keine Italiener, wie Ihr angenommen habt, sondern Rumänen.« Er stand auf, ging zu einem Sekretär und öffnete eine kleine Schublade. Mit etwas Metallischem, Goldenem kehrte er zurück und legte es vor Jean auf den Tisch. »Das haben wir einem von ihnen abgenommen, als sie zum ersten Mal im Gévaudan auftauchten.«

Jean sah eine goldene Kette mit festen Gliedern; der Anhänger bestand aus einer dicken Fassung, in die ein Reißzahn eingelassen war. Ein Reißzahn, wie er nur zu einem Loup-Garou passte! »Wer sind sie?«

»Sie nennen sich selbst Orden des Lycáon. Sie verehren die Bestien und streben nach der vermeintlichen Göttlichkeit, die sie der Sage nach durch Zeus erhalten haben. Sie suchen nach den Loup-Garous, beschützen sie vor Gefahren und trachten danach, in einem Ritual von ihnen entweder gebissen oder zerfleischt zu werden. Wie es für einen Akoluthen endet, hängt von dem Willen des Loup-Garou ab.«

»Wahnsinnige!« Jean konnte nicht fassen, was er da hörte. Das bedeutete, dass seine Arbeit mit François' Tod lange nicht beendet war. Er würde nicht ruhen können, bevor er nicht auch diesen Orden ausgemerzt hatte. »Wisst Ihr mehr über sie, mon Seigneur?«

»Nicht mehr, als ich Euch bereits sagte. Ich ahne nur, dass mein Sohn die Geheimnisse des Ordens kennt.«

»Und wo finde ich ihn, mon Seigneur?«

De Morangiès legte die Hände zusammen. Ein letztes Mal überlegte er, haderte mit seiner Entscheidung. »Rom«, sagte er schließlich. »Er ist nach Rom gereist, um eine Sache zu Ende zu bringen, wie er meinte.« Der Marquis wischte sich die Hände an einer Serviette ab, kehrte zum Sekretär zurück und nahm Tinte und Federkiel zur Hand. »Das ist die Anschrift der Absteigen, die er gern benutzt. Ich schreibe Euch außerdem den Namen von zwei seiner Freunde auf. Solltet Ihr mit den Adressen nicht weiterkommen, fragt sie nach Beistand.« Er schrieb das Blatt beinahe voll, danach setzte er einen großen Tropfen Siegellack darunter und drückte seinen Ring hinein. »Das ist alles, was ich für Euch tun kann, Chastel.« Er legte einen Beutel dazu. »Das sind einhundert Livres. Sie werden Euch ein wenig helfen, hoffe ich. Solltet Ihr weitere Unterstützung benötigen, lasst es mich wissen.«

»Ihr seid sehr großzügig, mon Seigneur.«

De Morangiès kehrte an den Tisch zurück und reichte Beutel und Blatt an den Wildhüter. »Nein, ich bin nicht großzügig. Ich erkaufe mir nur Euer Schweigen, Chastel. Mein Gewissen kann ich nicht mehr reinwaschen. Nehmt das Geheimnis meiner Familie eines Tages mit ins Grab und vergebt mir heute schon, einem bangenden Vater, dass ich nicht eher handelte, wie Ihr es bei Eurem Sohn Antoine getan habt.«

»Ich werde nichts erzählen, mon Seigneur. Das gelobe ich.« Jean stand auf. »Was ist mit seiner Gespielin, die meinen Antoine zum Loup-Garou machte? In welcher menschlichen Gestalt verbirgt sie sich?«

»Ich kann es euch nicht sagen. Ich habe die Ausgeburt der Hölle nur einmal gesehen, in ihrer abscheulichen Gestalt. Doch soweit ich weiß, ist sie fort, und ich lasse bereits von meinen Männern überall nach ihr suchen. Überlasst sie mir, damit Ihr das blutige Handwerk nicht allein ausüben müsst.« Der Marquis strich gedankenverloren über das Silberbesteck.

»Ja, mon Seigneur.« Jean wollte gehen, da ergriff der Marquis seinen rechten Ärmelaufschlag.

»Eines noch: Tötet meinen Sohn schnell, Chastel. Auch wenn er Euch unvorstellbares Leid zugefügt hat, rächt Euch nicht auf diese Weise. Bedenkt, dass er wie Euer Sohn Antoine ein Opfer geworden ist.«

»Wenn es in meiner Macht liegt, wird ihm eine einzige Silberkugel aus dieser Muskete die Erlösung bringen.« Jean verneigte sich vor dem alten Marquis und verließ eilends das Schloss.

Die Sorge um die einzige Person, für die er noch inbrünstige und aufrichtige Liebe empfand, trieb ihn vorwärts, geradewegs zu dem Pferd, das er sich für sein letztes Geld gekauft hatte.

Als er sich in den Sattel schwang, bemerkte er den roten Kratzer am Handgelenk, den er seit jenem Tag trug, an dem er Antoine getötet hatte.

Er war noch immer nicht verheilt.

Und er brannte wie Feuer.

I.
KAPITEL

Kroatien, Plitvice, 23. November 2004, 10:11 Uhr

Es schneite so stark, als wolle Gott die Sünden der Welt unter einem dichten, weißen Mantel verbergen.

Eric von Kastell saß in der kleinen Wartehalle des Gelegenheitsflughafens und hasste das Wetter. Der Kaffee, den er von einer netten Mitarbeiterin bekommen hatte – der *einzigen* Mitarbeiterin – war unglaublich stark und schrie nach einem halben Liter Milch und einem Pfund Zucker. Obwohl er beides nicht bekam, trank Eric die schwarze Brühe. Immerhin wusste er, dass sie seinem Herz keinen bleibenden Schaden zufügen konnte. Zumindest diese eine Sicherheit war ihm geblieben.

Er trug einen Schneetarnanzug und einen schwarzen Mantel darüber, in der Linken hielt er die Tasse, in der Rechten das Handy, das seit dem Anruf seiner Schwester hartnäckig schwieg. Kein Anatol, keine Justine. Es blieb tot. Tot wie die Nonne im Hotel.

Eric stand auf, schaute aus dem Fenster und versuchte, die graue Wolkendecke, die gelegentlich zwischen den weißen Flocken zu erkennen war, mit wütenden Blicken zu verscheuchen. Er musste hier weg, so schnell wie möglich. Lena brauchte ihn. *Er* brauchte Lena. Dringend.

Hinter ihm klapperte eine Tür, kalter Wind ließ ihn frösteln und trug ihm den Geruch eines unbekannten Menschen zu. Dem süßen Parfüm nach zu urteilen war es eine Frau, obwohl die modernen Unisexdüfte es seiner Nase zunehmend schwerer machten, zwischen den Geschlechtern zu unterscheiden. Eine Nylonjacke raschelte, Stiefel polterten gegen den Türrahmen, Eisstückchen fielen klirrend auf den alten Linoleumboden und zerbrachen.

Er nippte an der Tasse und wandte sich langsam um. Er sah eine Frau in einer dicken, hellgrünen Daunenjacke, die ihren Kopf mit einer Sturmmaske vor dem eisigen Wetter schützte; darüber trug sie eine Mütze und einen Schal. Für einen Augenblick wünschte sich Eric, dass es seine Halbschwester Justine wäre, dass sie sich nur einen Scherz mit ihm erlaubt hatte. Doch natürlich wusste er, dass es nicht so sein konnte. Justine machte keine Scherze. Das lag, wie er widerwillig zugeben musste, in der Familie.

Die Frau knotete den Schal auf, zog Mütze und Haube ab und ging zum Schreibtisch, hinter dem die Flughafenmitarbeiterin saß und ein Computerspiel spielte. Sie führten eine kurze Unterhaltung auf Kroatisch, dann gab ihr die Blonde eine Mappe. Die Mitarbeiterin öffnete sie und nahm Stempel und einen Stift zur Hand. Frachtpapiere.

Anscheinend fehlte etwas. Die Frau tastete an sich herum, wühlte zuerst in den Außentaschen, dann öffnete sie die Jacke, die Hand glitt in die Taschen des Innenfutters. »Verdammt«, fluchte sie. »Wo ist denn ...« Von ihr unbemerkt fiel ein gefaltetes Blatt Papier heraus und segelte unter den Tisch.

Eric trat zu ihr, bückte sich, hob den Zettel auf und reichte ihn ihr. »Suchen Sie den?«

Sie sah ihn verwundert an, danach richteten sich ihre hellgrünen Augen auf das gesuchte Dokument. »Gott sei Dank«, sagte sie erleichtert und nahm das Papier entgegen. »Sie haben mir unglaublich viel Warterei erspart.« Sie lächelte. »Einen Moment, bitte.« Sie wandte sich der Flughafenmitarbeiterin zu und verfiel ins Kroatische. In kurzer Zeit wurde alles Notwendige geregelt.

Die Blonde drehte sich wieder zu ihm. »Nochmals vielen Dank«, sagte sie. »Wie kann ich mich erkenntlich zeigen? Sind Sie an der Wettervorhersage interessiert?«

»Nur, wenn Sie mir sagen, dass es zu schneien aufhört«, erwiderte Eric.

»Irgendwann sicher«, antwortete sie lakonisch, nahm eine Tasse vom Beistelltisch und schenkte sich von dem Kaffee ein.

»*Wann* hört es auf?«

»Im Radio haben sie gesagt, gegen Nachmittag.« Sie kostete und verzog das Gesicht. Dann begann sie, Eric über den Tassenrand hinweg zu mustern. Ihre Reaktion auf ihn fiel deutlich positiver aus. Er hatte ihr Interesse geweckt. »Sie sehen nicht aus wie ein Tourist.« Sie prostete mit der Tasse in seine Richtung. »Ich bin Isis Kristensen.«

Er stieß mit ihr an. »Simon. Simon Smithmaster«, stellte er sich vor. Unter normalen Umständen wäre er auf ihre Neugier eingestiegen, hätte geflirtet und sie vielleicht sogar auf dem gemeinsamen Flug in der Toilette genommen ... Aber seit er Lena kennen gelernt hatte, war sein Appetit auf andere Frauen versiegt. »Ich war zu Besuch hier. Alte Freunde von mir wollen eine Pension eröffnen, und ich habe ihnen ein bisschen beim Umbau geholfen.«

»Dann sind Sie von Beruf ... was?« Isis betrachtete seine Hände. »Maurer?«

»Nein, ich bin einfach nur recht geschickt, was die Finger angeht.« Alte Gewohnheiten legte man offensichtlich doch nicht so leicht ab, wie er gedacht hatte. Eric unterdrückte ein Grinsen und fuhr mit einem deutlich weniger auf einen Flirt hinauslaufenden Tonfall fort: »Ich kann fast alles, was man auf dem Bau so braucht.« Er musterte sie. »Und Sie?«

»Habe was abgeholt.«

»Muss was Größeres sein.« Eric deutete mit der Kaffeetasse auf die kritzelnde und stempelnde Mitarbeiterin, die in dem Moment nach einem Ordner griff, ihn aufschlug und darin blätterte. »Sie sucht Ausfuhrvorschriften, nehme ich an. Wollen Sie einen der Seen mitnehmen?«

Isis grinste. »Nein, will ich nicht. Aber bei lebenden Tieren wird es immer etwas komplizierter. Auch wenn es nur ein Fischotterpärchen ist.«

»Verstehe.« Er steckte sein Handy ein und fuhr sich durch die halblangen schwarzen Haare, um die Strähnen aus seinem Gesicht zu wischen.

Isis trank und blitzte ihn über den Rand der Tasse hinweg an. »Wohin geht es denn?«

»Zuerst nach Rijeka und von dort nach ... Triest.« Beinahe hätte er ihr seinen wahren Zielort genannt. Aber da es Isis nichts anging, belog er sie lieber. »Wohin bringen Sie Ihre Fischotter?«

»Erst einmal nach Rijeka. Von dort bringt mich der Flieger nach Wien.«

»Die Tiere sind für die Nachzucht im Zoo, nehme ich an?«

»Nein. Sie sind für einen Zirkus bestimmt. Wir arbeiten an einer neuen Nummer mit Fischottern, und weil es im Nationalpark derzeit ein paar zu viele gibt, haben wir ihnen ein junges Pärchen abgekauft.« Sie schaute an ihm vorbei zum Fenster hinaus. Isis spürte wohl, dass sich der Mann nicht für sie interessierte, und schenkte nun ihrer Umwelt mehr Beachtung. »Es lässt nach. Sieht für unseren gemeinsamen Flug gut aus.«

Die Mitarbeiterin sagte etwas, knallte den letzten Stempel auf das letzte Blatt, klappte die Mappe zu und stand auf, um Isis die Unterlagen zurückzureichen.

»Ich muss raus, die Tierchen zeigen.« Isis wickelte sich wieder dick ein und folgte der Frau hinaus in den lange nicht mehr so heftigen Schneefall. Eric war allein.

Sofort kehrten die Erinnerungen an die vergangenen Tage zurück. Der Tod seines Vaters. Lenas Entführung. Die Nachricht der Schwesternschaft, dass er nach Rom kommen sollte, wenn er sich um Lena sorgte. Der Kampf gegen die Lycaoniten. Und dann auch noch der Tod von Schwester Ignatia, den er nicht beabsichtigt hatte. Ganz zu schweigen von diesem ominösen Fauve, der ihn wie ein Phantom verfolgte und seine Geheimnisse kannte. Seine dunkelsten Geheimnisse, die Fauve auf Film gebannt hatte und mit denen er ihn erpressen würde. Oder wollte er mit ihm spielen, ihn quälen? Ihn ... ausschalten? Fauve trieb ein sehr undurchsichtiges Spiel. Nur eins stand fest: Gerieten die Aufnahmen mit dem toten Mädchen und ihm der Polizei in die Finger, würde seine bisherige Tätigkeit als Schutzengel der Menschheit unmöglich werden.

Nein, es waren keine guten Zeiten. Besser gesagt: Es war die schlechteste aller bescheidenen Zeiten, die er im Augenblick ertragen musste. Er fühlte sich jeglicher Kontrolle beraubt, als Spielball von verschiedenen Organisationen, von der Schwesternschaft bis zu den Lycaoniten. Jeder wollte ihn für seine eigenen Ziele in seine Gewalt bringen.

»Scheiße«, fluchte er halblaut und leerte seine Kaffeetasse. Wie sehr er es doch verabscheute, nur reagieren statt agieren zu können! Es wurde für ihn jede Sekunde deutlicher, dass sein bisheriges Leben nicht mehr in der Art funktionierte, wie es das in den vergangenen Jahren getan hatte. Zu viele Menschen wussten von ihm und von dem, was er tat. Und wie er es tat.

Eric musste lachen. *Das bedeutet, dass ich entweder sehr viele Menschen umbringen oder ganz offiziell sterben muss, um in Ruhe gelassen zu werden.*

Die beiden Frauen kehrten zurück, schüttelten sich den Schnee von der Kleidung und pellten sich aus den vielen Lagen von Jacken und Pullovern, die sie gegen die Kälte vor der Tür geschützt hatten. Isis trug ein enges blaues Hemd und eine passgenaue schwarze Hose. Eric registrierte ihren sehr trainierten Körper, der die rundliche Flughafenmitarbeiterin plump aussehen ließ.

»Entweder Trapezkünstlerin oder Bodenturnerin«, sagte er anerkennend.

»Tierpflegerin ... aber ich muss auch wie alle anderen beim Aufbau mit anpacken«, erklärte Isis belustigt. »Nebenbei kümmere ich mich noch ein bisschen um die Küche, aber mit den Artisten habe ich nichts zu schaffen. Ich bin nicht beweglich genug, und meinen Tieren macht das nichts aus.« Sie verzichtete auf den Kaffee, den ihr die Frau anbot, und sprach kurz mit ihr. »Ich weiß nicht, wie es Ihnen geht, aber ich halte mich an einen Tee. Noch ein Kaffee und mein Herz setzt aus.«

Eric wollte eben etwas erwidern, da vernahmen sie deutliches Motorenbrummen. Zwei trübe Kreise leuchteten plötzlich im grauen Himmel auf und schwebten dicht nebeneinander zur Erde herab. Die Flughafenmitarbeiterin starrte aus dem großen Fenster, dann packte sie das Funkgerät und schrie in das Mikrofon.

»Sie sagte, dass er keine Landeerlaubnis hat«, übersetzte Isis, »woraufhin er meinte, dass sie sich ihre Anweisungen irgendwohin schieben soll. Er müsse landen, geräumte Piste oder nicht.«

Das Dröhnen wurde lauter. Die Maschine tauchte aus den Schneeflocken auf, rauschte über die Piste, zog weiße Schleier hinter sich her und schien nicht zu bändigen zu sein. Ein unerfahrener Pilot hätte sicherlich einen Crash verursacht, aber der Mann im Cockpit verstand sein Handwerk. Das Flugzeug beschrieb einen Bogen und kam endlich vor dem Hangar zum Stehen.

»Das war eine ziemliche Meisterleistung«, sagte Isis. »Ich habe gedacht, dass er über die Landebahn schießt und sich in den Schnee bohrt.«

Sie verfolgten, wie der Pilot ausstieg und auf das Gebäude zukam, ein schwarzes Köfferchen in der rechten Hand. Er hatte kaum die Tür geöffnet, da bekam er von der Mitarbeiterin eine Flut von Beschimpfungen an den Kopf, die er mit einem Lachen und einer Handbewegung abtat. Er nahm sich einen Kaffee, gab ihr einen dicken Schmatzer auf die Wange und setzte sich lässig hinter den Schreibtisch.

Eric grinste. »Da soll mal einer sagen, die Abenteurer unter den Männern seien ausgestorben.«

Die Flughafendame beruhigte sich. Sie versetzte dem Mann einen spielerischen Schlag gegen den Oberarm, dann lachte auch sie. Während die beiden sich angeregt unterhielten, bearbeitete sie seine Papiere, die er ihr aus dem Köfferchen reichte. Als sie damit fertig war, sprach sie Isis an.

»Sie sagt, wir können schon mal zur Maschine gehen. Unser

Held der Lüfte wird noch tanken und die Ladung verstauen. In einer halben Stunde heben wir ab.« Sie streifte Pullover und Jacke über, nahm ihr Handgepäck und schlenderte zur Tür. Eric folgte ihr.

Sie stapften durch den Schnee zur zweipropellrigen Maschine, einer ziemlich mitgenommenen Dornier 328. Sie stiegen durch die schmale Luke ins Innere und machten es sich auf den abgewetzten Sitzen bequem.

Anscheinend hatte die Dornier einige Umbauten über sich ergehen lassen müssen. Eric kannte den Typus Maschine, der in Deutschland für Kurzstreckenflüge eingesetzt wurde. Keine Maschine hatte so ausgesehen wie diese hier. Die Anzahl der Sitze war auf zwanzig reduziert worden, die Decke war niedriger, dafür befand sich eine türlose Zwischenwand im hinteren Teil der Kabine. Er wollte gar nicht wissen, was der Pilot Illegales dahinter verbarg.

Nach und nach gesellten sich weitere Passagiere zu ihnen, sodass sie bald zu elft in der Maschine saßen. Die Männer und Frauen unterhielten sich nicht, schauten entweder aus dem Fenster oder packten Zeitschriften aus und lasen.

»Was machen Sie in Triest?«, nahm Isis die Unterhaltung wieder auf, um nicht schweigend in der Maschine zu sitzen und sich zu langweilen. »Noch eine Pension hochziehen?«

»So ähnlich.«

»Schon gut, ich frage nicht weiter.« Sie stand auf und ging nach hinten, wo der Pilot gerade zusätzliche Fracht zwischen den leer gebliebenen Sitzen verstaute.

Eric seufzte und schloss die Augen. Er würde schlafen oder wenigstens so tun, um einen Grund zu haben, sich nicht mit ihr unterhalten zu müssen. Es gelang ihm, die Strategie beizubehalten. Er hörte, wie sich Isis und der Pilot unterhielten, und spürte, dass ihm eine Karte zwischen die Finger geschoben wurde, dann erwachten die Motoren zum Leben.

Das gleichmäßige Dröhnen schwoll an, die Dornier beschleunigte und presste die Passagiere in die Sitze. Schließlich hob sie ab. Eric spürte das vertraute, aufregende Ziehen im Bauch, wie er es als Kind auf der Schaukel genossen hatte. Es ging in den Steigflug, das Flugzeug rüttelte und bockte, doch schließlich beruhigte es sich. Eric schlief ein.

Erst als die Maschine auf der Landebahn von Rijeka aufsetzte, schreckte er aus seinem Schlaf hoch. Die Karte war ihm aus der Hand gefallen, sie lag auf dem verdreckten Teppichboden zwischen seinen Stiefeln.

Isis saß neben ihm, schaute zu ihm und schenkte ihm ein flüchtiges Lächeln. »Jetzt haben Sie unseren Flug vollkommen verpasst. Die Wolken sahen toll aus.« Sie schnallte sich ab und reichte ihm die Hand. »Hat mich gefreut, Sie kennen zu lernen, Simon.«

»Ebenfalls«, erwiderte er noch leicht verschlafen und rückte seine Brille zurecht. »Sagen Sie, wie hieß der Zirkus noch gleich? Vielleicht komme ich mal vorbei.«

»Er heißt Fratini. Wir haben eine Website mit den Tourneedaten – wenn Sie es wirklich ernst meinen sollten ... Bis dann, Simon.« Sie verschwand, vermutlich in den Frachtraum zu ihrem Fischotterpärchen.

Eric hob die Karte auf. Eine Visitenkarte des Piloten, Mailadresse und Handynummer inklusive. Offenbar hegte der Mann die Hoffnung, dass er seine Dienste eines Tages noch mal in Anspruch nahm. Eric steckte sie ein, nahm sein Handgepäck und stieg aus der Dornier. Er war der letzte Passagier, die anderen hatten die Maschine bereits verlassen.

Er musste einhundert Meter über das Rollfeld bis zum Terminal laufen. Dabei kam er an einigen großen, bunten Fahrzeugen mit der Aufschrift *Fratini* vorüber, die vor einem gewaltigen Frachtflugzeug parkten und auf das Verladen warteten. Erics empfindliche Nase bemerkte die unterschiedlichsten Wildtiergerüche, von Löwen über Tiger bis zu Bären. Das war die Menagerie, von der Isis gesprochen hatte.

Plötzlich rannten einige Männer und Frauen auf die Lastwagen zu, schwenkten Transparente, riefen Parolen und machten sich sofort an den Verriegelungen der Auflieger zu schaffen. Ein Kamerateam lief neben ihnen her und filmte sie. Die Türen flogen auf, dahinter kamen große Käfige und Transportboxen zum Vorschein.

Die Frachtarbeiter des Flughafens eilten herbei, wurden aber von den Eindringlingen mit den Transparenten abgedrängt und festgehalten. Die ersten Schlösser an den Käfigen wurden aufgebrochen, lautes Brüllen und aufgeregtes Fauchen erklang.

Eric war sich nicht sicher, was er nun tun sollte. Einerseits ging es ihn nichts an, wenn Pseudotierschützer ihre Aktionen durchführten ... aber andererseits bedeuteten umherlaufende Bären und Löwen auf dem Flughafen eine nicht geringe Gefahr für die Gäste. Trotzdem, er hatte überhaupt keine Lust, den Helden zu markieren, schon gar nicht vor der Kamera ... »Scheiße!« Er ließ sein Gepäck fallen und hastete auf die Lkw zu.

Einer der Tierschützer stellte sich ihm in den Weg, aber bevor der Mann den Arm heben konnte, bekam er Erics Faust mitten auf die Nase. Aufheulend stürzte er auf den rissigen Asphalt und blieb liegen.

Erics Ziel war die Frau, die sich am nächstgelegenen Käfig zu schaffen machte. Hinter den Gitterstäben tobte ein gewaltiger Eisbär und warf sich mit seinen sicherlich fünfhundert Kilogramm gegen die Tür seines Gefängnisses, das unter der Wucht und der Kraft erzitterte. Was ein ausgewachsener, wütender Eisbär anzurichten vermochte, wusste Eric: Er würde der Frau den Kopf von den Schultern schlagen. Aber ... etwas an der Raserei des Bären war merkwürdig. Eric konnte es nicht genau einordnen, doch für einen Moment schien es ihm so, als würde das Tier nicht seine Wut und Verunsicherung herausbrüllen, sondern versuchen, seine selbsternannte Befreierin vom Wagen zu vertreiben.

Die Frau ließ sich nicht beirren, hob den Bolzenschneider und durchtrennte die Bügel des Schlosses. Alles, was den Eisbär nun noch am Ausbruch hinderte, war ein Metallstift, nach dem sie gerade ihre Finger streckte.

Endlich erreichte Eric sie. »Nein«, rief er und hielt ihre Schulter fest. Sie schlug mit dem Bolzenschneider nach ihm, er tauchte unter dem schweren Werkzeug ab und versetzte ihr einen harten Schlag gegen das Kinn. Sie verdrehte die Augen und fiel vor ihm auf den Boden.

Ein Mann kam dazugesprungen. Er hielt einen Hammer und schlug damit nach Eric. Seine Kämpferinstinkte ließen ihn sich ducken und bewahrten ihn vor Schaden – aber der schwere Hammer krachte gegen den Bolzen und zerschlug ihn; hell klirrend fielen die Trümmerstücke auf den Boden.

Der Mann schaute nach der Kamera und rief auf Englisch: »Freiheit für die gefangenen Kreaturen!« Dann zückte er eine Taserwaffe, die elektrisch geladene Pfeile verschoss. Offensichtlich wollte er dem Freiheitsdrang des Eisbären nachhelfen.

»Du beschissener Idiot!« Eric versetzte ihm einen Tritt gegen den Oberkörper. Der Mann krachte gegen die Aufbauten des Lkw und rutschte benommen daran zu Boden. Dennoch feuerte er den Taser ab, die erste Nadel prallte gegen einen Gitterstab, die zweite traf das Tier und jagte ihm einen kurzen Stromstoß durch den Leib, bevor Eric den Mann mit einem harten Schlag richtig außer Gefecht gesetzt hatte.

Der wütende Eisbär tobte fürchterlich und sprang. Die Tür gab auf der Stelle nach. Der Bär landete schwer auf dem rissigen Asphalt und richtete sich sofort vor Eric auf die Hinterbeine auf. »Ich war es nicht«, sagte Eric mit einem gequälten Grinsen und zog seine Pistole. Er wusste, dass es schwierig sein würde, den Angreifer mit der verhältnismäßig kleinkalibrigen Waffe aufzuhalten. Doch das Wegrennen konnte er sich ebenso sparen, ein Eisbär holte einen Menschen spielend ein.

Das gereizte Tier war mindestens drei Meter groß. Mit entblößten Zähnen und nach hinten geklappten Ohren kam auf es auf Eric zu, brüllte und schlug mit den Tatzen in die Luft.

»Friss die da.« Eric zeigte auf das Filmteam, machte zwei Schritte rückwärts und legte an. Er zielte auf den geöffneten Rachen.

»Bitte, helfen Sie uns«, stammelte der Mann mit der Kamera und ging mit zitternden Beinen vorsichtig auf ihn zu, um sich hinter Erics Rücken zu stellen. Seine Tonassistentin folgte ihm, kreidebleich und mit flehendem Blick.

Auch neben ihnen erklang plötzlich ein Knurren. Aus den Augenwinkeln bemerkte Eric einen Löwen, der aus seiner Box entkommen war. Im gleichen Moment sprang ein schwarzer Panter auf das Dach des Lkw und starrte Eric aus seinen gelben Augen an. Die Raubtiere kreisten ihn und das Kamerateam der Tierschützer ein.

Erics Kehle trocknete innerhalb von zwei Sekunden aus, sein Magen schrumpfte zusammen, während er überlegte, wie er am besten entkam. Wenn er es an dem Eisbär vorbei bis in den leeren Käfig schaffte ... Aber er musste auch an die Tierschützer denken, die neben ihm standen oder bewusstlos am Boden lagen. Es gab nur eine Möglichkeit – er musste schneller schießen, als er es jemals zuvor getan hatte. *Konzentrier dich*, befahl Eric sich selbst. Er entsicherte die Waffe.

»Nein!« Plötzlich stand Isis neben ihm. Sie hielt große, rohe Rippenstücke in der einen Hand, drückte seine Waffe mit der anderen nach unten und schrie gleichzeitig den Eisbären an. Sie ging dabei auf ihn zu und schwenkte die blutigen Rippen.

Eric hielt sie für vollständig wahnsinnig. Einen besseren Weg, um ein wildes Tier zu einem Angriff zu provozieren, gab es kaum ... einmal davon abgesehen, es mit einer Neun-Millimeter anzuschießen.

Der Eisbär sog die Witterung des Fleisches auf, neigte sich nach vorn und brüllte. Isis schrie tapfer zurück und warf eine Portion der Rippchen über ihn hinweg in seine Box.

Die Tonfrau wimmerte, der Kameramann beruhigte sie mit leisen Worten; Eric selbst vergaß für einen Moment zu atmen. Das Raubtier brüllte noch einmal –
– ließ sich auf alle viere nieder, kehrte murrend in den Käfig zurück und stürzte sich sofort auf das Fleisch.

»Bleiben Sie stehen und rühren Sie sich nicht«, befahl Isis Eric und den Tierschützern mit fester Stimme, streckte die Arme mit den übrigen Rippenstücken aus und zeigte sie dem Panter und dem Löwen. Dann bewegte sie sich vorwärts und verschwand zwischen den Wagen. Ohne die anderen Menschen eines Blickes zu würdigen, lief ihr die Löwin hinterher. Nur der Panter verharrte noch einen Moment auf dem Wagen und warf Eric einen langen Blick zu. Dann sprang auch er vom Dach herunter und verschwand.

Bald darauf hörte Eric das Geräusch von sich schließenden Eisengittern und das leise Fauchen der Tiere.

Schließlich kehrte Isis zurück. Ihr Gesicht war blass.

»Wie haben Sie das gemacht?«, fragte er gebannt.

»Ich kenne sie lange genug – und vor allem kennen sie mich. Meinen Geruch, meine Stimme«, gab Isis zurück und schloss die Tür hinter dem Eisbären, der sich in die hinterste Ecke zurückzog und sich zum Fressen auf den Boden kauerte. Seine wachen Augen aber blieben auch weiterhin auf Eric gerichtet.

Isis ersetzte die zerstörte Verriegelung durch einen Schraubenzieher, den sie aus der Werkzeugkiste unter dem Käfig nahm. »Ich habe einige von ihnen aufgezogen. *Ich* weiß, wie man mit ihnen umgehen muss.« Sie sah vorwurfsvoll auf die Halbautomatik. Eric verstaute sie rasch und drehte sich zu dem Mann mit der Kamera um. »Was war das für eine Aktion?« Er nahm ihm das Gerät mit einer raschen Bewegung weg, schaltete es aus und öffnete das Kassettenfach.

»Hey, das gehört mir!«, protestierte der Mann schwach in schlechtem Englisch und musste dennoch zusehen, wie Eric die Kassette herausnahm und einsteckte.

»Tierschützer, schätze ich.« Isis sagte es sehr verächtlich.

»Ganz genau!« Der Mann sah sie empört an. »Man kann es wohl kaum als artgerecht bezeichnen, wie Sie Ihre Tiere halten! Sie machen Profit und lassen die stolzen Geschöpfe leiden. Das ist unsere Art, gegen die verachtungswürdige Haltung zu protestieren.«

»Indem Sie sie freilassen? Sie zu Tode erschrecken? Was für eine Scheiße!«, gab Isis wütend zurück und ging mit erhobenen Fäusten auf den Mann zu. »Sie haben keine Ahnung, wie viel Mühe wir uns mit unseren Schützlingen geben!«

Eric hielt sie zurück. »Lassen Sie das die Polizei machen, sonst bekommen Sie nur eine Anzeige wegen Körperverletzung«, riet er ihr und warf dem schon wieder ziemlich verängstigen Mann die Kamera zu. »Und Ihnen sage ich nur eins: Recht am eigenen Bild. Deswegen konfisziere ich die Aufnahme, die ohne mein Einverständnis gemacht wurden.«

Die Tonfrau hatte ihre Schreckstarre nun endlich abgeschüttelt und griff nach der Hand des Mannes. »Los, weg hier!« Die beiden liefen los und ließen ihre bewusstlosen Kollegen zurück.

Jetzt erschien mehr Flughafenpersonal, auch Zirkusleute rannten herbei und hielten diejenigen Eindringlinge fest, die es nicht mehr rechtzeitig geschafft hatten zu flüchten.

Isis sah zu dem Eisbären und schüttelte den Kopf. »Unverantwortlich, diese Aktion. Die Tiere hätten getötet werden können.« Sie entdeckte den Taser auf dem Boden. »Wie bescheuert ist das denn? *Die* quälen unsere Tiere, nicht wir.« Isis sah Eric an. »Danke, dass Sie eingegriffen haben. Auch wenn Sie sich merken sollten, dass Sie mit einer so kleinen Waffe bei unseren Schützlingen nicht besonders weit gekommen wären.«

»Ich schätze mal, ich war keine besonders große Hilfe.« Er drehte den Mann, der bewusstlos am Boden lag, mit dem Fuß um.

»Sie verschafften mir die Zeit, die ich brauchte, um das Schlimmste zu verhindern.« Sie reichte ihm die Hand. »Ich nehme an, mein Vater möchte sich bei Ihnen bedanken. Hätten Sie Zeit?«

Eric sah auf die Uhr. »Nein, entschuldigen Sie. Meine Maschine geht bald, und wenn ich meinen Flug nach Triest verpasse, werden einige Menschen sehr sauer auf mich sein.« Er lächelte schief. »Dagegen wäre Ihr Eisbär harmlos.«

»Dann bleibt mir nur, mich bei Ihnen zu bedanken.« Isis griff in ihre Jackentasche, zog eine Freikarte für den *Circus Fratini* hervor und schrieb ihre Handynummer darauf. »Wenn Sie mal in der Nähe unseres Zirkus sind, rufen Sie an.«

Er nahm das Geschenk, hob zum Abschied die Hand und machte sich mit seinem Handgepäck eilig auf den Weg zum Terminal. Kurz vor dem Eingang reinigte er die Pistole von Fingerabdrücken und warf sie in ein leeres Ölfass voller alter Putzlappen. Spätestens auf dem römischen Flughafen würde ihn die Waffe in Schwierigkeiten bringen, und davon besaß er auch so schon jede Menge.

Eric checkte ein und saß bald darauf im Flugzeug nach Rom. Er wünschte sich, Isis' bewundernswerte Fähigkeiten zu besitzen, dann könnte er die Wandelwesen nur mit dem Klang seiner Stimme zum Aufgeben bewegen. Ein Wandelwesen-Flüsterer mit blutigen Rippchen in der Hand. Er musste lächeln.

Eric bekam von der Stewardess einen Drink gereicht, dann genoss er das Sterne-Essen, das in der ersten Klasse serviert wurde: Hühnerbrüstchen an Safransoße, Babykartoffeln und Wurzelgemüse.

Mit seinen Gedanken war er trotzdem bereits auf dem Petersplatz, wo das Treffen mit der Schwesternschaft stattfinden würde, bei dem sie sich über Lena einigen wollten. Bis dahin blieben weniger als zehn Stunden. Das genügte ihm jedoch, um Vorbereitungen zu treffen.

Unbewaffnet würde er nicht mit den Nonnen sprechen. Christliche Orden hatten in der Vergangenheit oft genug bewiesen, dass sie durchaus in der Lage waren zu töten. Er wollte nicht ihr Opfer werden.

II.
KAPITEL

22. Juni 1767, in der Nähe der Klosterruinen
von Saint-Grégoire, Südfrankreich

Jean kam sich seit seinem Besuch beim Marquis vor, als sei er aus einem Fiebertraum erwacht, in dem nichts anderes eine Rolle gespielt hatte als der Tod der Bestie. Sämtliche Ängste und Sorgen waren von seinem Verstand hintenan gestellt worden, und jetzt schlugen sie umso härter auf ihn ein.

Vor allem kreisten seine Gedanken um Gregoria. Er machte sich schwere Vorwürfe, sie mit ihren schweren Verbrennungen allein in der Obhut der Dörfler gelassen zu haben, aber die Jagd auf den Dämon hatte Vorrang gehabt. Sie würde es verstehen. Sie musste.

Er ritt zur Ruine des Klosters, wo eine Gruppe Dorfbewohner damit beschäftigt war, die Steine auf Karren oder auf Lasttiere zu laden und damit nach Hause zu fahren. Günstiges Baumaterial für Ställe. Niemand schien die Möglichkeit in Betracht zu ziehen, dass die Klosteranlage wiederaufgebaut werden könnte und dass sie sich gerade Kirchendiebstahls schuldig machten.

Das Feuer hatte die Wiesen um das Kloster herum verschont. Büsche und Gras wirkten im Gegensatz zu den verkohlten Steinen auf merkwürdig unwirkliche Art lebendig und ließen die Trümmerhaufen noch trostloser aussehen.

Jean schulterte seine Muskete und ging auf einen jungen Mann zu, der zwei Korbtaschen an der Seite seines Esels voll packte. Er trug halblange Hosen, ein dreckiges Hemd und eine Kappe über dem langen blonden Haar und schreckte zusammen, als Jeans Schatten über ihn fiel.

»Bonjour. Ich suche Äbtissin Gregoria«, fragte er. »Wohin ist sie gebracht worden?«

»Gebracht? Ihr meint, in der Nacht nach dem Brand?« Der junge Mann bückte sich, hob einen weiteren Stein auf und wuchtete ihn auf den Stapel. Der Esel schrie protestierend, sein Kreuz bog sich weit durch. Fluchend wischte der Mann sich den Schweiß aus den Augen und verscheuchte die Mücken, die ihn umschwirrten und sofort wieder auf seinem nassen Gesicht landeten. »Ihr habt demnach nichts von dem Wunder vernommen?« Er sah zu Jean auf, der nicht von seinem Pferd abgestiegen war. »Sie ist auf ihren eigenen Füßen gegangen, Monsieur.«

»Was sagt Ihr da?«, fragte Jean verwundert.

»Äbtissin Gregoria ist gesegnet, Monsieur. So wahr, wie sich Steine in den Korbtaschen meines Esels befinden, so wahr ist es, dass ich sie mit eigenen Augen aufstehen und davongehen sah.« Er schlug nach dem Esel, der an seinem Hemddrücken zupfte. »Und noch wahrer ist es, dass ihre Haut so rosig und frisch wie die eines Neugeborenen oder einer Comtesse war. Sie rieb sich die verbrannte Haut einfach ab, ohne Schmerzen und Geschrei. Gott liebt sie, Monsieur.«

Jean beschloss, den Worten des jungen Mannes nicht zu glauben. Vermutlich war Gregoria in dem Schockzustand, in dem er sie verlassen hatte, aufgestanden und hatte daher keine Schmerzen verspürt. »Wohin ging sie?«

»Nach Saugues, habe ich gehört.«

Jean wendete sein Pferd. »Danke, Monsieur.« Er wollte gerade losreiten, als der Mann noch etwas sagte.

»Seid Ihr nicht Monsieur Chastel, der Jäger, der die Bestie getötet hat?«

Jean schnalzte mit der Zunge und trieb sein Pferd an. »Nein.«

Er ritt über die Wiese in Richtung der Straße nach Saugues. Kurz bevor er sie erreichte, sprang ein Junge mit kurzen braunen Haaren aus dem Gebüsch und stellte sich mutig vor das Pferd. »Ihr seid doch Monsieur Chastel!«, sagte er mit Verschwörermiene. »Ihr wurdet mir genau beschrieben, und ich warte schon einige Tage auf euch.«

Jean zügelte das Pferd. »Wer schickt dich?«

»Mein Name ist Emile Maizière, Monsieur. Meine Eltern haben einen kleinen Hof und«, er schaute nach rechts und links, als würde er einen heimlichen Lauscher erwarten, »einen Gast, den Ihr sicher eben bei den Klosterruinen gesucht habt. Folgt mir, ich bringe Euch hin.«

Die Nachricht verwunderte Jean. Die Maizières waren Camisarden, Nachfahren von vertriebenen Hugenotten, das wusste er vom Gerede der Leute. Ausgerechnet dahin sollte sich die Äbtissin eines Klosters begeben haben?

Emile sah Jean an, dass er sich schwer tat, ihm zu glauben. »Falls Ihr zögert, soll ich Euch daran erinnern, dass es ihr Rosenkranz war, der die Erlösung brachte.«

Jetzt wusste Jean, dass sich Gregoria tatsächlich bei den Camisarden aufhielt. Sie hatte ihm ihren silbernen Rosenkranz gegeben, damit er ihn einschmelzen und zu Kugeln machen konnte, um Antoine zu töten. Er beugte sich nach vorn und hielt dem Jungen die Hand hin. »Steig auf. Du musst nicht laufen.«

Emile schwang sich mit einem Grinsen nach oben, und es ging los. Jean lächelte. Ja, dieser Unterschlupf passte zu Gregoria. Ein Ort, an dem sie niemand vermuten würde.

Bald erreichten sie das kleine Gehöft und stiegen ab. Emile führte an einer aus Granitsteinen gefügten Mauer vorbei um eine Ecke, bis sie dort standen, wo ein Dutzend Hühner im heißen Sand scharrten und ein paar Enten auf einem kleinen, weidenumkränzten Teich voller Entengrütze schwammen.

Gregoria saß auf einer grob gezimmerten Bank im Schatten der tief hängenden Äste, ein Buch auf ihrem Schoß; sie trug ein schwarzes Kleid, das ihr viel zu weit war, und ein dunkles Kopftuch auf dem blonden Schopf.

»Danke, Emile.« Jean fuhr ihm über die kurzen braunen

Haare. Dann näherte er sich der Äbtissin, und mit jedem Schritt stieg die Verwunderung darüber, dass der Mann an der Ruine ihn nicht angelogen und nicht einmal übertrieben hatte. Er sah keine Verbände, keine gerötete und sich schälende Haut, und von den schrecklichen Verbrennungen, die er bei ihr in jener Nacht gesehen hatte, war nichts mehr zu erkennen. Es war ein wahrhaftiges Wunder!

Gregoria hörte, dass die Hühner gackernd vor jemandem davonliefen, hob den Kopf und blickte ihn an. Ihre Lippen bewegten sich stumm: Sie nannte seinen Namen. Langsam schloss sie das Buch und erhob sich.

Jean erkannte, dass sie ebenso bewegt war wie er und trotzdem nicht wusste, ob sie ihn umarmen durfte. Endlich hatte er sie erreicht, lehnte die Muskete gegen die Bank und stand unschlüssig vor ihr.

Der warme Sommerwind rauschte in den Weiden, die Oberfläche des Teichs kräuselte sich und sandte kleine Wellen gegen die Böschung; Lichtstrahlen tanzten auf dem Boden und an den Stämmen. Alles um die beiden schien in Bewegung zu sein, nur sie verharrten statuenhaft voreinander, abwartend, stumm – aber mit einer Glückseligkeit in den Augen, die sich nicht an die Starrheit der Körper halten konnte.

Schließlich hielt Jean es nicht mehr aus. Er wollte die Spannung mit einer Begrüßung brechen, wollte einfach nur etwas sagen – doch stattdessen riss er Gregoria einfach an sich und schloss sie mit einer Mischung aus Seufzen und Weinen in die Arme.

Sie erwiderte seine Zärtlichkeit, drückte sich an ihn und vergoss Tränen, die heiß an seinem Hals entlangrannen. Die Zeit schien um sie herum stillzustehen, während sie den Moment der unbeschreiblichen Freude und tiefen Liebe genossen und festhielten.

»Verzeih mir, dass ich dich allein gelassen habe«, sagte Jean. »Aber ich musste die Bestie ...« Er verstummte.

Gregoria tupfte sich die Tränen mit dem Kleiderärmel ab, setzte sich und zog ihn neben sich. »Es ist gut«, beruhigte sie ihn. »Schau, was für ein Wunder der Herr an mir vollbracht hat.« Sie zog den Ärmel weiter hoch und zeigte ihm makellose weiße Haut. »Du musst dir keine Vorwürfe machen, Jean.« Jetzt wischte sie seine Tränen ab und streichelte seine rechte Wange und sein Kinn. »Aber du zuerst: Was ist mit der Bestie? Ich dachte, Antoine ...«

Er schüttelte seinen weißen Kopf und berichtete von den vergangenen Tagen, von der Begegnung mit Acot und der Unterredung mit dem Marquis. »Es war sein Sohn, der euer Kloster anzündete und dann nach Rom geflohen ist. Aber«, er gab ihr einen Kuss auf die Stirn, »er wird mir nicht entkommen. Der König will mich sehen, danach reise ich ihm nach und töte ihn. Für Pierre, Florence und den Rest der Menschheit.«

Gregoria nahm seine Hand und legte sie zwischen ihre. »Nein, Jean. Er war es nicht. Der Legatus trägt die Schuld an allem. Er behauptete, Dämonen würden im Kloster leben ... und hat meine Schwestern getötet. Das Kloster steckte er in Brand, um seine Taten zu verbergen, danach entführte er Florence.« Sie berichtete ihm in aller Ausführlichkeit von dem, was sich im Kloster zugetragen hatte, während Jean, Malesky und Pierre auf der Jagd nach der Bestie gewesen waren. Doch sie verschwieg ihm den Grund für all das – und das Geheimnis, das Florence in sich trug.

»Aber warum Florence?«, fragte Jean stirnrunzelnd.

»Ich weiß nicht, weswegen er sie mitgenommen hat«, log sie und sah zu Boden. »Er ist ... er ist ein fanatischer Inquisitor, Jean. Vielleicht will er, dass sie gegen mich aussagt. Die Folter wird sie gefügig machen und zu jeder Aussage pressen.«

Jean seufzte schwer. »Wohin ist er mit ihr gereist? Nach Rom?«

»Ich vermute es.« Gregoria streichelte seinen Handrücken – und verschwieg ihm, dass sie nicht nur ihre Heilung, sondern auch die Vision, die sie nach Rom gerufen hatte, der merkwürdigen Substanz in der Phiole verdankte. Solange sie nicht verstand, was es damit auf sich hatte, war es besser, es geheim zu halten. »Lass uns zusammen gehen.«

»Was willst du in Rom?«

»Ich werde vor den Papst treten und ihm berichten, was sein Legatus treibt.«

Jean runzelte die Stirn. »Woher willst du wissen, dass es nicht im Namen des Papstes geschah?«

»Niemals«, entgegnete sie auf der Stelle. »Der Heilige Vater wird den Legatus seiner gerechten Strafe zuführen und Florence freilassen.«

Jean betrachtete die gekräuselte Oberfläche des Teichs. »Ich frage mich, was der junge Comte in der Nacht des Brandes im Kloster wollte. Hat er es auf Florence abgesehen oder gemeinsame Sache mit dem Legatus gemacht?«, sinnierte er.

Gregoria kam sich schlecht vor, weil sie ihm so viele Dinge vorenthielt, aber sie sah keine andere Möglichkeit. Die Zeit für die Wahrheit würde in Rom kommen, nach der Unterredung mit dem Heiligen Vater; doch erst einmal musste sie nach Rom gelangen.

»Du bleibst am besten hier«, sagte Jean und schaute sie an. Es war ihm sehr ernst.

»Niemals.«

»Gregoria, lass mich zuerst nach Rom reisen und den jungen Comte ausfindig machen. Wenn ich ihn erlegt habe, droht dir nicht mehr Gefahr, als ohnehin auf dich warten wird.« Er hielt inne und suchte nach den rechten Worten, um sie zu überzeugen. »Der Comte ist raffiniert. Er ist schon vor langer Zeit zur Bestie geworden und entsprechend geübt. Nicht wie Antoine. Wenn er deine Witterung in den Gassen aufnimmt, wirst du ein zweites Wunder benötigen, um ihm zu entkommen.«

»Und wenn er *deine* Witterung aufnimmt? Was dann?«

»Kommt er zu mir, töte ich ihn«, gab Jean zurück. »Ich fürchte mich nicht vor ihm.« Er drückte ihre Finger. »Versprich es mir, Gregoria! Geh nicht allein nach Rom!«

Sie sah seine Sorge und lächelte ihn dankbar an. »Schön«, willigte sie ein. »Ich gehe nicht allein nach Rom.«

Jean nickte befriedigt. »Sehr gut! Ich werde dir schreiben und die Briefe hierher schicken, einen besseren Empfänger kann es kaum geben.« Er langte an seinen Gürtel, nahm die Börse und zählte ihr zwanzig Livres ab. »Nimm sie. Bezahle die guten Leute damit. Sie haben es sich verdient.« Er lächelte. »Du weißt, dass die Maizières Camisarden sind?«

»Es war der Grund, weshalb ich zu ihnen gegangen bin. Es ist der letzte Ort, an dem man eine Nonne vermuten wird, die Dinge gesehen hat, welche einen Legatus schwer belasten und vernichten können. Er hat sicherlich Spione im Gévaudan zurückgelassen.«

»Bislang hat mich keiner verfolgt, das hätte ich bemerkt. Aber ich werde mich nach dem Besuch bei dir offen zeigen. Sie dürfen gerne sehen, wie ich mich auf den Weg zum König mache.« Er lachte erleichtert und gab ihr einen zweiten, schnellen Kuss auf die Wange, zog sie an sich und drückte sie. »Besser, sie folgen mir als dir. Ich kann mit ihnen fertig werden.«

Sie umarmte ihn mit all der Liebe, die sie für ihn hegte. »Geh mit Gottes Segen, Jean. Auf dass er dir helfe, wie er mir in jener Nacht beistand.«

Er nickte, sie standen auf und schlenderten zum Haus zurück. Jean nahm ihre Hände, streichelte die Haut mit seinen Daumen und lächelte ihr zu. Sein Blick sagte ihr mehr, als es Abschiedsworte vermocht hätten. Dann ließ er sie los und verschwand um die Hausecke.

Gregoria blieb allein zurück. Sie richtete die graubraunen Augen zum Himmel und bat um Vergebung für ihre Lügen, die nur einem guten Zweck dienten.

Gregoria hatte nicht vor, ihre Reise zu verschieben; sobald

das Geld ihrer Verwandten aus dem Alsace angekommen war, würde sie aufbrechen. Jede Minute zählte, denn es ging um Florences Leben. Sie vertraute auf den Herrn. Darauf, dass während der Reise in die Ewige Stadt alles gut verlaufen und er sie in Rom vor dem jungen Comte bewahren würde. Sie diente einem höheren Ziel und durfte sich durch ihre Gefühle nicht davon abbringen lassen. Es schmerzte sie, Jean angelogen zu haben, doch sonst wäre er niemals von ihrer Seite gewichen und hätte am Ende darauf bestanden, dass sie mit nach Paris kam.

Gregoria berührte gedankenverloren die Phiole, die sie in einer Tasche unter ihrem Kleid trug, kehrte ins Haus zurück und setzte sich zu den Kindern an den Tisch. Sie wurden von ihrer Mutter in Lesen und Schreiben unterrichtet, Gregoria half ihr dabei, solange sie bei ihnen wohnte. Die Maizières waren gute Menschen und standen über dem Glaubenszwist. Sie halfen dem Nächsten, auch wenn der Nächste eine katholische Äbtissin war.

Als sie abends allein im Zimmer saß, schrieb sie einige Briefe, vorab verfasste Antworten auf die Nachrichten von Jean. Sie würde die Maizières bitten, die Briefe an die Adresse zu senden, die Jean in seinem Schreiben angab. Somit würde er den Eindruck bekommen, dass sie sich immer noch im Gévaudan aufhielt.

Es fiel ihr schwer, den geliebten Mann nun auch auf diese Art zu täuschen, und jeder Federstrich brannte sich schmerzhaft in ihr Gewissen ein. Aber es gab keinen anderen Weg.

15. Juli 1767, Frankreich, Marseille

Über Marseille hing eine Dunstglocke, unter der sich die ekelhaftesten Gerüche sammelten und verdichteten – jedenfalls erschien es Gregoria so. Sie hatte im Hafenviertel in einer bescheidenen Absteige Quartier bezogen und wartete auf die

Ankunft ihres Schiffes. Von ihrem Fenster in der zweiten Etage aus konnte sie zwischen Hauswänden und an den vielen Schornsteinen der kleineren Häuser vorbei das Meer sehen.

Es herrschte Flaute. Viele Segler verschoben ihre Abfahrt um einen weiteren Tag, andere, die es wenigstens bis in die Nähe der Stadt geschafft hatten, ehe die Winde nachließen, wurden von Ruderbooten in den Hafen geschleppt. Der Anblick erinnerte Gregoria an Ameisen, die einen fetten Wurm hinter sich her in den Bau schleppten.

Die Reise war beschwerlicher, als Gregoria angenommen hatte, und vor allem dauerte sie viel länger. Sie hatte sich mit der gebotenen Eile auf den Weg gemacht, war gewandert und gelegentlich ein Stück bei Händlern auf deren Wagen mitgefahren. Trotzdem kam sie nur langsam voran. Also musste Gregoria den Plan ändern. Sie konnte nicht schwimmen, hatte Angst vor dem Meer und daher eigentlich auf eine Überfahrt mit dem Schiff verzichten wollen. Sie vertraute Gott, aber nicht allen Kähnen, die in den Häfen dümpelten, und schon gar nicht dem Wetter. Wie schnell wurde aus einer Flaute ein ausgewachsener Sturm! Nach ihren neuen Berechnungen würde sie Rom auf dem Landweg aber erst in vier Monaten erreichen, und das war eindeutig zu langsam. Florence hatte diese Zeit nicht.

Gregoria schloss das Fenster und ging durch ihr so genanntes Zimmer – jede Klosterzelle war größer und sauberer – zur Tür. Sie trug ein dunkles Kleid und ein weißes Kopftuch, auf ihren Habit wollte sie vorerst verzichten. Es war besser, vorsichtig zu sein. Zwar beschränkte sie ihre Ausflüge auf eine halbe Stunde am Tag, um sich etwas zu essen zu kaufen und nach den Schiffsmeldungen zu schauen, doch das könnte schon ausreichen, um Aufmerksamkeit bei denjenigen zu erregen, die ihr Böses wollten.

Sie stieg die enge, steile Treppe hinab und verließ die Herberge. Sie streifte durch den Hafen und kaufte sich ein großes Brot, geräucherte Fische und ein paar Oliven.

Als sie am Kai entlangging, fiel ihr ein schwarz gekleideter, junger Abbé auf, der neben einem Obststand verharrte und anscheinend darauf wartete, dass der Händler nicht hinsah; seine rechte Hand hatte sich bereits um einen Apfel gelegt, und die Beule in seiner Umhängetasche ließ Gregoria vermuten, dass er diesen Trick bereits mehrmals angewandt hatte. Sie hatte sein Gesicht schon einmal gesehen, irgendwo im Gévaudan. Es konnte Abbé Acot sein, der junge Geistliche, von dem Jean ihr erzählt hatte. Ihre Neugier erwachte.

Bevor er den Apfel verschwinden lassen konnte, stand sie neben ihm und hielt seine Hand unauffällig fest. »Monsieur, wenn Ihr wirklich ein Priester seid und das Gewand nicht als Vorwand tragt, um das Wohlwollen der Gläubigen zu erschleichen, sehe ich davon ab, den Diebstahl zu melden«, flüsterte sie. »Gott gefällt nicht, was Ihr da tut. Ihr solltet seine Gebote kennen.«

Der junge Mann mit den kurzen schwarzen Haaren erstarrte. »Madame, ich bitte Euch! Ich bin ein treuer Diener des Herrn, und ich ehre seine Gesetze. Aber bitte, glaubt mir ... ich bin unverschuldet in diese Situation gelangt und habe nichts, um meinen knurrenden Magen zu besänftigen.« Unter Gregorias strengem Blick ließ er schließlich doch den Apfel los. Beschämt senkte er den Blick. »Aber natürlich habt Ihr Recht, Madame. Ich habe eine Sünde begangen.«

Sie zeigte auf den Händler, der sie skeptisch beobachtete und nicht wusste, was sich gerade zwischen ihnen abspielte. »Gebt ihm alles zurück und bittet ihn um Verzeihung, dann lade ich Euch ein, mein bescheidenes Mahl zu teilen.« Sie deutete auf ihre Einkäufe.

Der Abbé seufzte, schüttete seine Umhängetasche aus und häufte nicht weniger als sieben Äpfel auf den Stapel. »Verzeiht mir, Monsieur. Ich ... ich hätte Euch beinahe bestohlen. Aus Hunger, nicht aus Gier!« Er verneigte sich tief. »Verzeiht mir, Monsieur.«

Der Händler betrachtete die Früchte, anschließend den Abbé. »Jetzt klauen die Pfaffen auch schon!«, schrie er wütend, griff unter seine Auslage und zog einen gewaltigen Holzprügel hervor. »Schaff dich fort, ehe ich dir eine verpasse, dass du im Paradies landest!« Er holte aus und machte einen raschen Schritt vorwärts. Der Abbé stieß einen ebenso erschrockenen wie gequälten Schrei aus und rannte durch die Gasse davon, verfolgt vom Lachen der Umstehenden, die ihm fauliges Obst und Gemüse nachwarfen.

Gregoria wusste, dass es keinen Sinn machte, ihm zu folgen, er war zu schnell. Sie besaß nicht mehr die Ausdauer der Jugend. Kopfschüttelnd setzte sie ihren Weg fort.

Sie war kaum zwei Gassen weitergegangen, als der junge Abbé wieder vor ihr stand. »Ich habe getan, was Ihr verlangt habt«, sagte er und schielte auf das Brot. »Nun haltet Euer Wort, Madame, und lasst mich nicht darben. Der Weg nach Rom ist weit.«

Bei der Erwähnung der Ewigen Stadt horchte sie auf. Konnte das ein Zufall sein? Sie lächelte ihm zu. »Folgt mir, Abbé.«

Gregoria führte ihn zu einem weniger belebten Platz, wo sie sich in den Schatten der Häuser an einen Brunnen setzten. Es roch nicht gut, Fisch und Urin ergaben eine Mischung, die jedem das Essen verleidete. Jedem außer dem Abbé.

Mit Heißhunger machte er sich über das Brot her und verschluckte sich beinahe an den Gräten der Fische. Gregoria verzichtete darauf, etwas zu essen, stattdessen schöpfte sie Wasser in die hohle Hand und trank davon. »Stärkt Euch, damit Ihr Euren Pilgerweg bis nach Rom auch übersteht«, ermunterte sie ihn.

»Dafür wird Gott Euch segnen, Madame«, sagte er vollem Mund. »Ihr habt mir das Leben gerettet ... und meine Seele vor der Verdammnis. Aber ein Pilger bin ich nicht.«

»Das erstaunt mich. Welchen anderen Grund kann es für Euch geben, in die Heilige Stadt zu reisen?«

Der Abbé musterte sie, schöpfte sich ebenfalls Wasser und trank sehr, sehr lange. »Ihr seid aus dem Gévaudan, habe ich Recht? Das höre ich an der Art Eurer Betonung, Madame.«

»Mein Mann ist es. Wir leben schon seit vielen Jahren in Marseille, aber ich habe wohl einige seiner Eigenheiten übernommen, was den Zungenschlag angeht. Mein Name ist Valérie Montclair.«

Er fiel auf ihre Lüge herein und stellte sich nun ebenfalls vor. Er war tatsächlich jener Abbé Acot, den sie vom Hörensagen aus dem Gévaudan kannte. »Habt Ihr von den rätselhaften Vorgängen in der Heimat Eures Mannes gehört, Madame? Die Gazetten und Zeitungen waren voll davon, wie ich hörte, so dass man auch hier über unsere Bestie gesprochen hat, nehme ich an.«

»Ja, mein Mann hat noch Verwandtschaft dort, um die er sich sehr sorgte. Diese schreckliche Bestie!« Sie schlug das Kreuz. »Gut, dass sie von einem tapferen Jäger zum Teufel gejagt wurde, wie man hört. Endlich können die jungen Nichten und Neffen meines Mannes wieder sicher in die Wälder gehen ...«

»Nein, Madame, das sollten sie nicht! Euer Mann muss seine Verwandten warnen.« Acots Miene wurde verschwörerisch, er sah nach rechts und links, dann beugte er sich nach vorn. »Die Bestie ist nicht tot. Man hat die Menschen getäuscht.«

Gregoria tat so, als sei sie erstaunt. »Monsieur Abbé, wie kommt Ihr darauf?«

»Ich hatte Beweise, dass der Wolf, der von Chastel erschossen worden ist, nichts mit dem Wesen zu tun hat, welches das Gévaudan heimsuchte. Aber«, er warf die Hände in den Himmel, »sie wurden mir genommen.«

»Von wem?«

Acot schöpfte sich erneut Wasser. »Das tut nichts zur Sache. Ein arroganter Adliger, der sich vor dem König fürchtet und das Leben der Menschen aufs Spiel setzt.«

»Und deswegen geht Ihr nach Rom? Ihr bringt Euch in Sicherheit?«

Acot lachte auf. »Nein, Madame Montclair. Ich möchte Fürsprecher finden, am besten den Heiligen Vater selbst, um mir im Gévaudan Gehör zu verschaffen, und mit der Kraft der Heiligen Mutter Kirche die Menschen vor dem vierbeinigen Tod schützen.« Er brach sich ein Stück Brot ab. »Aber bis nach Rom ist es weit und mein Schiff lässt auf sich warten. Ihr seht, ich habe die Stärkung dringend nötig.«

Gregoria betrachtete den jungen Mann. Er war ein Verbündeter im Geiste, jemand mit dem gleichen Ziel, und dennoch war es wohl besser, ihn im Unklaren darüber zu lassen, was sie über die Vorgänge im Gévaudan wusste. Außerdem musste sie sich fragen, ob es gut war, dass zwei Menschen nach Rom reisten und dort mit ihren ähnlichen Anliegen für Aufmerksamkeit sorgen würden. Sie traute Acot zu, dass er den Vatikan in Aufruhr versetzen konnte – doch welche Reaktion würde das beim Legatus provozieren? Sie besaß keine Möglichkeit, seine Reise zu unterbinden, demnach musste sie vor ihm in der Heiligen Stadt ankommen und mit dem Papst sprechen.

Gregoria stand auf. »Ich muss weiter, Monsieur Abbé. Seid versichert, dass ich meinem Mann erzähle, was Ihr berichtet habt. Wir werden unseren Verwandten von Eurer Vermutung schreiben. Euch alles Gute.«

Acot blieb sitzen und schlug das Kreuz. »Ich segne Euch, Madame Montclair. Danke, dass Ihr mich auf dem Pfad der Tugend zurückgeführt und mir zu essen gegeben habt.« Er wollte ihr das Brot zurückreichen, aber sie lehnte ab.

»Behaltet es, Monsieur. Ihr werdet morgen auch wieder Hunger haben.« Sie verließ den kleinen Platz auf einem anderen Weg, als sie gekommen war. Als Gregoria gerade um die Ecke bog, um auf eine der Hauptstraßen zurückzukehren, vernahm sie hinter sich plötzlich laute Männerstimmen. Sie hielt inne. Kam das Geschrei von dem kleinen Platz, den sie gerade erst verlassen hatte?

Der Streit riss abrupt ab, dann hörte sie ein Geräusch, das sie nicht einordnen konnte, und sofort danach das Trappeln von Stiefeln. Drei Männer in langen, leichten Mänteln und mit Tüchern vor den Gesichtern rannten auf sie zu. Der vordere ließ ein blutiges Messer unter seinem Hemd verschwinden.

Gregoria unterdrückte einen Schrei und drückte sich an die Hauswand.

Aber die drei scherten sich nicht um sie, nur der Hintere sah sie kurz an und legte den Zeigefinger gegen die vom Tuch verborgenen Lippen, ehe er weiterhastete.

Als sie verschwunden waren, rannte Gregoria auf den kleinen Platz zurück.

Von Abbé Acot schien jede Spur zu fehlen. An der Stelle aber, wo er vorhin gesessen hatte, befand sich eine Pfütze aus Blut auf dem Kopfsteinpflaster; Spritzer führten zum Brunnen.

Gregoria schluckte, näherte sich dem Brunnenschacht und sah hinab.

Tief unten trieb Acots Leiche im schwarzen Wasser.

»Der Herr stehe seiner Seele bei!«, entfuhr es Gregoria. Sie wich zurück und rannte vom Platz, auf den sich nun bereits die ersten Neugierigen trauten. Sie durfte nicht mit dem Tod des Geistlichen in Verbindung gebracht werden!

In ihrer Unterkunft warf Gregoria die Tür hinter sich ins Schloss und legte den Riegel vor, setzte sich aufs Bett und zog den Rosenkranz heraus, um für Acots Seele zu beten. Sie zweifelte nicht daran, dass der Abbé nicht einfach das Opfer von Räubern geworden war.

III. KAPITEL

Italien, Rom, Petersplatz
24. November 2004, 22.31 Uhr

Auch wenn es lange nicht so verschneit war wie in Plitvice, die Ewige Stadt empfing Eric mit klirrender Kälte, was für Rom selbst im späten November ungewöhnlich war.

Er trug seinen Einsatzdress: weiße Lederhose, schwarzen Pullover, weißen Lackledermantel, gleichfarbige Stiefel und Handschuhe. Lack hatte einen entscheidenden Nachteil: Er wärmte nicht besonders. Deswegen hielt er sich vornehmlich im Windschatten der Säulen auf, die in Viererreihen um den elliptischen Platz standen. Er prüfte den Sitz des Silberdolchs in der Unterarmscheide. Aus seinem Versteck hatte er die bewährte SigSauer P9 geholt, die er unauffällig in einem Achselholster trug.

Noch neunundzwanzig Minuten bis zum Treffen mit dem Orden.

Eric war ungeduldig. Am liebsten hätte er das Treffen gleich hinter sich gebracht, um Lena sehen zu können. Aber was, wenn die Schwesternschaft Lena gar nicht mitbrachte? Wenn sie ihr etwas angetan hatten? Dann würde der Vatikan erleben, was ein Mann alles anzurichten vermochte.

Siebenundzwanzig Minuten.

Die Touristen und Pilger, die den Platz vor dem Petersdom sonst auch um diese späte Stunde noch bevölkerten, waren schon lange nach Hause gegangen. Der sich ankündigende Winter scheuchte die Menschen in ihre Hotels und Wohnungen und ließ auf dem Platz tatsächlich ein Gefühl von Ruhe einkehren. Vielleicht nicht unbedingt der Gottesnähe, die man hier eigentlich erwarten sollte, aber doch zumindest so etwas wie Frieden. Nur die Reinigungskräfte störten das Bild ein wenig.

Sie fegten gelangweilt von rechts nach links. Vermutlich wurden sie nach Stunden und nicht nach der Müllmenge bezahlt, die sie aufklaubten.

Fünfundzwanzig Minuten.

Eric lauschte, ob sich sein Handy aus dem Inneren des Mantels meldete, aber es blieb still. »Mann, Mann, Mann«, murmelte er angespannt und lief wie ein Raubtier zwischen den Säulen auf und ab. Seine Sinne waren bis zum Anschlag hochgefahren. Trotzdem witterte er nichts.

Ein greller, grausamer Ton fuhr durch sein Trommelfell und schien es in Fetzen zu reißen.

Instinktiv riss er die Arme nach oben, presste sich die Handflächen gegen die Ohren und dämpfte das Kreischen, das für ihn wie eine monströs verstärkte, hochtourige Kreissäge klang. Abrupt endete es –

– nur um sich gleich darauf wieder durch seinen Kopf zu fräsen. Dieses Mal befand sich die Quelle noch näher bei ihm, war lauter und kaum zu dämpfen. Gepeinigt fuhr Eric herum – und sah sie.

Justine trug einen Kopfhörer, stand zehn Meter von ihm entfernt und absichtlich so, dass der Wind ihren Geruch von ihm weg wehte. Sie trug einen gelben Daunensteppmantel mit einem Schnitt, der modisch sein sollte, und rote Moonboots. Zwischen ihren geschminkten Lippen klemmte ein silbriger Gegenstand, und sie blies wieder mit vollen Backen hinein, während sie sich ihm näherte. Sie besaß ein sehr großes Lungenvolumen.

Dann blieb sie vor ihm stehen und nahm die Hundepfeife aus dem Mund. »*Bonjour, mon frère.*« Sie grinste. »*Bienvenue à Rome.*« Sie zog den Kopfhörer ab und strich sich mit aufreizender Gelassenheit durch die nackenlangen, blonden Haare.

Eric hatte das dringende Bedürfnis, ihr die Hundepfeife in den Hals zu schlagen. Er nahm die Hände von den Ohren und übersah die ausgestreckte Hand seiner Halbschwester. »Du bist ein Miststück.«

»Erzähl mir etwas Neues«, sagte sie und bedachte ihn mit einem spöttischen Ausdruck in den braunen Augen, die so sehr denen seines Vaters ähnelten. Er sah auf seine Uhr. Es blieben einundzwanzig Minuten. Einundzwanzig unerträgliche Minuten. »Was willst du?«

»Ich habe dich leiden sehen und dachte mir, ich leiste dir Gesellschaft, bis es dreiundzwanzig Uhr ist.« Justine wandte sich zur Seite und betrachtete die Kuppel des Petersdoms. »Schau dir diese Pracht an, Eric. Gebäude wie diese, wuchtig, herrlich und mit einer Seele, werden heute nicht mehr gebaut.«

»Wo ist Lena?«

»Das weiß nur der Orden, nicht ich.«

»Und was willst du dann hier?«

»Lass dich überraschen, Eric.« Sie hob die Hand und winkte zweimal.

»Was war das?«

»Ein Zeichen, dass es mir gut geht und von dir keine Gefahr droht.« Justine zeigte auf seine rechte Achsel. »Die Waffe wirst du nicht mitnehmen können, ebenso wenig deinen Dolch.« Sie griff in ihre Manteltasche, nahm eine Tasche heraus und öffnete sie. »Gib mir deine Waffen, Eric. Alle. Wir finden sie später bei der Kontrolle sowieso.«

»Dann«, gab er knurrend zurück, »behalte ich sie bis zur Kontrolle.« Er schaute über die vielen Fenster der Gebäude rund um den Dom. Irgendwo dort, in einem der Zimmer, saß Justines Verbindungsmann und beobachtete sie. »Wenn ich dich niederschlage, ziehen sie dann das Treffen vor?«

»Wenn du dich irgendwie schnell bewegen solltest, solange ich in deiner Nähe bin, wirst du deinen Kopf verlieren. Ein Dutzend Silberkugeln, mitten durch den Schädel. Das würdest selbst du nicht überleben.«

»Wenigstens müsste ich dein Geschwätz nicht mehr ertragen.« Eric verspürte für wenige Augenblicke nicht übel Lust, die Worte seiner Halbschwester auf die Probe zu stellen. Was natürlich auch gewaltig schief gehen konnte. Stattdessen nahm er seine Brille ab und putzte sie an seinem Pullover. Eine klassische Übersprungshandlung.

Sie schwiegen sich an. Die Zeit verging quälend langsam. »Du wolltest aber nicht etwa damit andeuten, dass du zu dem Orden gehörst?«, fragte Eric schließlich.

»Sehe ich aus wie eine Heilige, mon frère?« Sie fummelte sich eine Zigarette in den Mund und steckte sie an, blauer Qualm stieg in den Himmel. »Nein, die Hölle ist mir lieber. Da ist es wenigstens schön warm.«

Acht Minuten.

»Gehen wir«, sagte Justine, ging quer über den Platz und hielt auf die linke Seite der Kolonnadenkränze zu.

Eric steckte die Hände in die Manteltaschen und ließ den Blick noch einmal über den Platz, dann über die Fensterfronten schweifen. Für ihn sahen sie wie unzählige Augen aus, hinter denen wiederum unzählige Augen saßen und ihn beobachteten. Er fühlte sich unwohl wie selten in seinem Leben; schließlich folgte er Justine, die sich nicht einmal nach ihm umgedreht hatte.

Sie marschierte zu seiner Verwunderung vom Petersplatz hinunter und hielt auf ein Gebäude zu, das sich hinter den imposanten Säulengängen befand. Dort änderte sie erneut die Richtung und hielt wenig später neben der Fahrerseite eines verbeulten Fiats an, der natürlich im absoluten Halteverbot stand. Sie klopfte zweimal aufs Dach des Wagens. »Einsteigen. Ich fahre dich zu deinem Treffen.«

Eric schüttelte missmutig den Kopf und zwängte sich ins Innere. Kaum saß er, beschleunigte Justine und fuhr mit quietschenden Reifen davon. Es war eine Kunst, bei dem wenigen Verkehr keine Lücke zu finden, Eric schob es daher auf die französischen Gene seiner Halbschwester: Sie setzte sich unmittelbar vor zwei aufeinander folgende Wagen und löste eine Huporgie aus, was sie mit gerecktem Mittelfinger und haufenweise Flüchen konterte.

»Das ist kein Stock-Car-Rennen«, grollte Eric. »Pass auf.«

Justine steuerte einhändig, verzichtete auf Blinker und Anschnallgurt, touchierte beim Abbiegen die Stoßstange des Vordermannes. »Ah, ich liebe Rom!«, rief sie und zog an ihrer Kippe. »Es ist beinahe wie in Paris.«

Eric gelang es nicht, das Gurtschloss einrasten zu lassen. »Wohin geht es?«

»Lass es. Das Ding ist kaputt«, kommentierte sie seine Versuche. »Halt dich lieber am Armaturenbrett fest und nicht«, sie zeigte auf den Griff am Wagendach über der Tür, »daran. Der ist auch kaputt.« Sie bremste und zog wieder nach rechts. »Wir besuchen eine Außenstelle der Nonnen. Mehr darf ich dir nicht sagen.«

Eric stemmte sich mit den Beinen gegen das Bodenblech und wartete darauf, dass es zu einem Unfall kam. Doch nichts passierte. Er wusste, woher er sein fahrerisches Talent hatte. Und offensichtlich hatte sein Vater es auch an Justine weitergegeben.

Sie brausten am Ufer des Tibers entlang, überquerten ihn, dann lenkte Justine den mit neuen Schrammen an der Stoßstange versehenen Fiat in ein enges Gassengewirr. Zwischen den Häusern schimmerten immer wieder die angestrahlten Mauern des Kolosseums auf.

In einer Seitenstraße, unmittelbar an einem Platz, hielt sie an und stieg aus. »Okay, den Rest laufen wir.«

Eric flutschte mehr aus dem Fiat, als dass er ausstieg, befreite sich aus der Enge und besah sich die Schönheit des Viertels, in das sie ihn gebracht hatte. Er las auf einem halb verrosteten Straßenschild *Via Madonna dei Monti* und folgte Justine, die an kleinen Läden, Werkstätten und Cafés vorbeiging.

Im Sommer war es hier sicherlich wundervoll, aber im Winter und zu dieser Uhrzeit befand sich kein einziger Mensch mehr im Freien. Die altertümlichen Straßenlampen warfen ihr goldgelbes Licht auf das schiefe, unebene Pflaster und schufen die

Illusion, sich in einem italienischen Dörfchen zu befinden und nicht in der Metropole Rom. Was er sah, gefiel ihm.

Vor einem Hauseingang, neben dem vier Klingelschilder aus der Zeit der fünfziger Jahre hingen, blieb sie stehen, nahm einen Schlüssel aus ihrer Tasche, sperrte die Tür auf und schnippte die x-te Kippe davon. »Mir nach«, befahl sie und ging hinein.

Sie durchquerten einen kleinen Innenhof. Justine öffnete eine zweite Tür. Sie führte ihn durch die Räume, ohne Licht anzuschalten, stieg Treppen nach unten, wanderte mit ihm lange geradeaus, bis sie wieder Stufen hinaufkletterten.

Eric bemerkte sofort, dass sie sich in einem anderen Haus befanden, vermutlich im Stützpunkt der Schwesternschaft. Er hatte damit gerechnet, auf eine Vielzahl von Nonnen zu treffen oder wenigstens ein paar Klischees wie sphärenhaften Gesängen oder Unmengen von brennenden Kerzenleuchtern zu begegnen. Aber die Bewohner des Hauses lagen wohl ebenso friedlich schlafend in den Betten wie die gewöhnlichen Römer.

»Es wurde dafür gesorgt, dass wir ungesehen bleiben«, sagte Justine. Sie verzichtete nach wie vor auf Licht, im Dunkeln ging es Korridore entlang, vorbei an hohen und an normalen Türen, an Bildern, die überall an den Wänden und in Nischen hingen; Heiligenstatuen starrten ihn aus toten Holzaugen an.

»Es ist wohl geglückt.« Eric prägte sich ihren Weg genau ein, um ihn im Notfall allein laufen zu können. Seine gute Nase half ihm, er sicherte die Route mit Hilfe der verschiedenen, sehr signifikanten Gerüche, die in den einzelnen Abschnitten herrschten. Bohnerwachs, Steinpflegemittel, ein Hauch von altem Holz, Weihrauch, Schweiß.

Dann führte sie ihn in einen Raum, der Buntglasfenster auf der einen und eine Empore auf der anderen Seite besaß. Die Empore war mit verspiegelten Scheiben versehen worden, durch die man ungesehen beobachten konnte. Darüber hingen zwei Scheinwerfer sowie ein Lautsprecher.

Eric lachte auf. »Ist das eine Art vergrößerter Beichtstuhl?«

»Setz dich«, bat ihn Justine und deutete auf den weißen, gepolsterten Stuhl in der Mitte. »Fühl dich wie zu Hause.«

»Wo ist Lena?«

»Nein, Eric, so läuft das nicht. Man wird *dir* die Fragen stellen. *Nicht* umgekehrt.« Sie nickte ihm zu, sammelte seine Waffen ein und entfernte sich von ihm bis zur Tür.

Eric blieb vorerst stehen, sah sich weiter um und entdeckte einen Gully in der Mitte des Raumes. Im Boden waren Eisenringe eingelassen. Es fiel ihm nicht schwer, sich vorzustellen, für was die Nonnen den Raum benutzen konnten, wenn sie wollten.

Die Scheinwerfer flammten auf und blendeten ihn mit ihrem kalten weißen Licht. Eric zog seine Sonnenbrille aus dem Mantel und tauschte seine herkömmliche dagegen aus. So ließ sich die Helligkeit gleich viel besser ertragen.

»Guten Tag, Herr von Kastell«, hörte er eine Frauenstimme aus dem Lautsprecher dringen. »Es freut mich, dass Sie der Einladung gefolgt sind.«

»Einladung würde ich es nicht nennen«, antwortete er. »Es war wohl eher eine Erpressung.«

»Das verstehe ich nicht, Herr von Kastell. Wir baten Sie nach Rom, um mit Ihnen zu sprechen. Nicht mehr und nicht weniger.«

Eric sah zum Ausgang, wo er Justines Umrisse erkannte. »Dann hat sich Ihre Botin wohl nicht ganz richtig ausgedrückt.«

Sie grinste ihn an und winkte ihm verstohlen. Natürlich hatte sie eine absichtlich dramatischere Form der Einladung gewählt, als es vom Orden beabsichtigt gewesen war. *Miststück.*

»Sie haben Lena?«

»Herr von Kastell, lassen Sie uns zunächst ein paar Dinge klären, ehe wir alles Weitere erörtern. Justine sagte uns, dass Sie sich mit verschiedenen Feinden angelegt haben, die auch zu unseren Gegnern gehören: die Lycaoniten und der Orden des Lycáon.«

»Das ist korrekt. Noch korrekter wäre es zu sagen, dass sich die beiden mit mir angelegt haben.« Eric blieb gelassen und fuhr sich langsam durch die schwarzen Haare. »Wir sind aneinander geraten, als es um die Bestie ging.«

»Die auch wir verfolgt haben – um dann auf Sie zu stoßen«, ergänzte die weibliche Lautsprecherstimme.

Eric ahnte, was gleich folgen sollte. »Hören Sie, der Tod dieser Nonne ... Schwester Ignatia ... war ein Unfall. Ich hätte sie niemals getötet.« Er hob die Arme. »Wozu auch? Ihr Tod brachte mir nichts, außer Schereien und eine hastige Abreise aus Kroatien.« Er rutschte in den Lehnstuhl und fand ihn erstaunlich bequem. »Ich bedauere ihren Tod. Mehr kann ich nicht sagen.«

Dieses Mal herrschte längeres Schweigen. Eric vermutete, dass gerade heftigst über seine Worte diskutiert wurde.

»Sie sind eine Kreatur der Dunkelheit, ist das richtig?«, wurde er gefragt.

»Nein, ich bin kein Vampir.« Eric schob die Sonnenbrille mit zwei Fingern seiner linken Hand weiter nach oben und musste grinsen. *Kreatur der Dunkelheit* klang furchtbar theatralisch. Warum nicht einfach *Werwolf?*

»Sie tragen den gleichen Keim in sich wie die Bestie«, präzisierte die Frau. »Stimmt *das?*«

»Hat Justine das behauptet?«

»Antworten Sie, Herr von Kastell!«

»Das tut nichts zur Sache. Ich will Lena ...«

»Sie wurde von der Bestie verletzt, Herr von Kastell. Sie ist ebenso infiziert wie Sie«, fiel sie ihm ins Wort. »Aus diesem Grund haben wir sie eingesperrt. Sie ist zu gefährlich.«

»Dann erklären Sie mir, warum Justine frei herumlaufen darf.« Erics Ungeduld stieg. Er sog die Luft ein, suchte nach Lenas Geruch und bekam lediglich die Witterung von verschiedenen Frauen in die Nase. Die kaum merkliche Duftspur führte nach oben, zu den verspiegelten Fenstern.

»Das werde ich sicherlich nicht, Herr von Kastell. Kommen

wir zu unseren gemeinsamen Feinden: Der Welpe wurde uns gestohlen.«

Eric fluchte. »Sie sollten diese Arbeit Menschen überlassen, die nicht daran glauben, dass das Wort mächtiger ist als das Schwert.«

»Aus diesem Grund haben wir uns an Sie gewandt. Ich möchte ...«

Er hob den Kopf und schaute zur Empore. »Ich sage gar nichts mehr, wenn Sie nicht von Ihrer kleinen Kanzel steigen und von Angesicht zu Angesicht mit mir sprechen. Es wäre nur gerecht.«

Wieder dauerte es lange, bis sich etwas tat, dann öffneten sich die Türen zum Raum und eine Abordnung Nonnen marschierte herein.

Vorneweg ging eine hoch gewachsene Frau mit graubraunen Augen, deren Blicke eine unglaubliche Energie verströmten. Er schätzte sie auf Anfang vierzig. Sie lief aufrecht und selbstbewusst und zeigte Eric gegenüber keine Angst. Als er ihren Geruch aufnahm, bemerkte er – im Gegensatz zu einigen anderen – tatsächlich keine Spur von Furcht. Ihr schwarzer Habit verlieh ihr sogar etwas Bedrohliches und schuf einen eindrucksvollen Gegensatz zu Erics hellem Outfit.

Hinter ihr folgten weitere Nonnen, darunter auch Schwester Emanuela, die ihm hasserfüllte Blicke zuwarf. An ihr musste der Glaubenssatz der Vergebung wohl vorbeigegangen sein.

»Hier bin ich, Herr von Kastell. Ich bin Oberin Faustitia und stehe unserem Orden vor, der Gemeinschaft der Schwestern vom Blute Christi.« Sie streckte ihm die Hand entgegen.

Er stand auf, und zögernd schlug er ein. Sofort zuckte ihr linker Arm blitzschnell nach vorn, ihre Hand schlüpfte unter den Ärmel seines Mantels und berührte ungeschütztes Fleisch.

Ein heißer Schmerz stach in seinen Arm!

Aufschreiend sprang Eric einen Schritt zurück und funkelte die Oberin an: An ihrem Mittelfinger prangte ein großer, schwerer Siegelring aus Silber. Ein dunkles Grollen stieg aus seiner Kehle.

Faustitia lächelte wissend, wie eine Königin. »Sie sehen, es gibt verschiedene Wege, um die Wahrheit zu erfahren.«

»Tun Sie das nie wieder.«

Sie musterte sein wütendes Gesicht. »Ich verzeihe Ihnen, Herr von Kastell. Es ist die Bestie in Ihnen, die sich wehrt, nicht der Mensch. Lena ergeht es genauso, aber sie wird bald auf dem Weg der Besserung sein.«

»Welche Medikamente benutzen Sie, um sie ruhig zu stellen?«

Sie hob die Hand. »Eins nach dem anderen. Zuerst reden wir über unser gemeinsames Anliegen. Glücklicherweise haben Sie sich – auch wenn Ihre Seele in höchster Gefahr schwebt – entschlossen, dem Guten zu dienen. Wir benötigen Ihre Hilfe, um den Nachwuchs der Bestien zu finden und aus den Händen der Entführer zu reißen.«

»Um was damit zu tun?«

»Den Welpen zu heilen.«

»Und wieso nicht töten?«

»Jede Kreatur verdient die Chance auf eine Heilung, und gerade die Welpen sind die unschuldigsten unter ihnen, bevor sie wachsen und zu einer Gefahr für die Menschheit werden, Herr von Kastell.« Faustitia sagte es mitleidig. »Es bereitet uns keine Freude, die Kreaturen zu vernichten, aber es muss in besonderen Notfällen getan werden. Das Werkzeug des Teufels darf nicht bestehen und noch mehr Böses in die Welt setzen.«

»Da stimme ich Ihnen zu. Aber wie ist Ihnen der Welpe denn abhanden gekommen?« Eric verzichtete darauf, eine religiöse Diskussion zu beginnen. Sie teilten einige Ziele, also konnte man auf diesem kleinsten gemeinsamen Nenner zusammenarbeiten. »Oder noch besser: Wie haben Sie ihn überhaupt bekommen?« Er erinnerte sich an das brennende Hubschrauberwrack und den Toten, in dessen Hand er den Griff der Transportbox des Welpen gefunden hatte.

»Ich hatte ihn beinahe in meinen Händen, nachdem der Hubschrauber abgestürzt war«, sagte Schwester Emanuela. »Ich folgte Ihren Spuren, ich kam an den Platz, an dem Sie lagen, und sah, wie die Männer plötzlich angegriffen wurden. Ich weiß nicht, von wem, aber sie waren in der Überzahl. Es blieb mir nichts anderes übrig, als mich zu verstecken und zu beobachten.« Sie starrte Eric feindselig an. »Der Hubschrauber befand sich schon mehrere Meter über dem Boden, als ihn eine Granate ins Cockpit traf und er in den Wald stürzte. Ein paar Bewaffnete lieferten sich ein Feuergefecht mit den Überlebenden, und ich schlich zum Wrack, um die Box zu stehlen.« Sie senkte den Blick. »Aber es gelang mir nicht. Zwei Meter war ich von dem Toten entfernt, der die Box hielt, da sprang ein Maskierter an mir vorbei und nahm sich den Käfig. Ich bekam einen Schlag gegen den Kopf und wurde erst viel später von der Suchmannschaft gefunden.« Sie schaute kurz zu Eric. »Ich habe gedacht, dass Sie tot seien. Und der Herr möge mir verzeihen: Der Gedanke erfreute mich.«

Faustitia sah sie tadelnd an, aber sie hielt dem Blick stand. Emanuela schämte sich nicht für ihre Gefühle.

»Ich verstehe das. Der Orden nennt sich schließlich nicht Schwestern der Barmherzigkeit«, meinte Eric. »Gibt es ansonsten irgendwelche Hinweise auf die Herkunft der Angreifer?«

Emanuela zuckte mit den Schultern.

»Welche Sprache haben sie gesprochen?«

»Ich habe nichts gehört.«

Eric hatte den Eindruck, dass Emanuela sich absichtlich nicht erinnerte. Das wiederum bedeutete, dass er noch einmal nach Kroatien musste, um vor Ort nach den Fremden zu fahnden. Es sei denn, es fiel ihm etwas Besseres ein. Vermutlich hatte die kroatische Polizei noch Fragen an ihn zu den Vorgängen in den Hotels. Darauf konnte er nun wirklich verzichten. »Das macht die Angelegenheit nicht wirklich einfacher für mich.«

»Wir arbeiten zusammen, Herr von Kastell«, schaltete sich

Faustitia ein. »Wir besorgen Ihnen zusätzliche Informationen, Sie kümmern sich um den Welpen, sobald wir die Hintermänner ausfindig gemacht haben. Sie werden ihn zu uns bringen.«

»Und danach töten Sie mich?« Eric sprach absichtlich ruhig.

»Nein. Ich sagte es schon einmal: Für Menschen wie Sie und Ihre Freundin Lena gibt es Heilung.«

»Mein Vater hat viele Jahre damit zugebracht, an einer Formel zu arbeiten, die ...«

Faustitia unterbrach ihn. »... den Fluch brechen kann? Glauben Sie mir, Herr von Kastell, was Sie und die Bestien in sich tragen, ist zu alt und zu stark, als dass man ihm mit etwas beikommen könnte, das wie die moderne Wissenschaft nichts weiter als eine Entwicklung der Menschen ist. Vergessen Sie all die Märchen über Formeln oder abstruse Rezepte gegen Lykanthropie.« Ihr Lächeln wurde beinahe arrogant. »Nein, Herr von Kastell. Auf so etwas lässt sich unser Orden nicht ein. Wir haben Besseres.«

»Und es wirkt?« Eric war alles andere als überzeugt.

»Das werden Sie bald Ihre Freundin fragen können. Lena wird die Behandlung erfahren und wieder als eine freie, reine Seele durch Gottes Welt ziehen.«

Eric begriff nach einem langen Blick in Faustitias Gesicht, dass sie nicht blufte. Was, wenn sie Recht hatte? Wenn ein normales Leben für ihn plötzlich zum Greifen nah war, ein Leben ohne Betäubungsmittel und das Geheimnis in seinem Blut, seinem Leib und seinen Gedanken. Das machte ihm unerwarteterweise Angst. »Erst bringen wir den letzten Welpen zur Strecke«, sagte er schnell. »Dazu brauche ich das, was Sie mir nehmen wollen.«

»Ich höre die Stimme des Bösen in Ihnen, Herr von Kastell. Sie ruft um Hilfe, fleht um Gnade und bettelt um ihr Leben.« Faustitia wusste anscheinend genau, was in ihm vorging. »Aber glauben Sie mir: Sie werden sich nach Ihrer Heilung unendlich erleichtert und frei fühlen. Es wird der Lohn Jesu für Ihre guten

Taten sein.« Sie schaute auf ihre Uhr. »Es ist spät geworden. Wir reden morgen weiter. Justine wird Sie in ein Hotel bringen und Sie morgen um neun Uhr von dort abholen. Wir treffen uns auf dem Camposanto Teutonico.« Sie nickte ihm zu und verschwand zusammen mit ihrem Gefolge aus dem Audienzsaal.

Eric setzte sich auf den Stuhl und sah ihnen nach, bis sich Justine in sein Blickfeld schob. Er schaute an ihrer Daunenjacke hoch. »Miststück.«

Sie grinste.

Italien, Rom, Vatikanstadt,
25. November 2004, 09.31 Uhr

Auch wenn der Vatikan von der Vielzahl der Pilger lebte, es gab Bereiche, in die nicht jeder Einlass erhielt. Zu diesen gehörte auch der Camposanto Teutonico, der deutsche Friedhof, auf den man durch ein kleines Portal links des Doms gelangte. Wer ihn besuchen wollte, benötigte einen Pass, der ihn als Mensch mit deutscher Landessprache auswies. So sehr sich Japaner, Franzosen, Amerikaner und sogar Italiener bemühten, an den zwei Schweizer Gardisten vor dem Eingang vorbeizukommen, sie hatten keine Chance. Es gab freundliche, aber abwimmelnde Worte über teure Sondergenehmigungen, lange Wartezeiten und weitere behördliche Auflagen. Und selbst, wenn das nicht schon genügt hätte, um die Neugierigen abzuwimmeln – welcher Normalsterbliche würde sich mit einem ungehaltenen Schweizer Gardisten anlegen?

Für Eric besaß die strikte Einlassregelung den Vorteil, dass er Justine los war. Sie nervte ihn mit ihren Zigaretten, ihrem französischen Akzent, mit jedem Wort, das sie von sich gab. Selbst ihr Anblick und ihre Atemgeräusche erzeugten bei ihm Aggressionen.

Mit wenigen Schritten durchmaß er die Arkaden und erreichte

das Tor der hohen Friedhofsmauer, über dem das Bildnis eines Herrschers prangte, der ein Kirchenmodell in den Händen hielt. »*Carolus Magnus me fundavit*«, las Eric. *Karl der Große hat mich gegründet.* Der Friedhof *war* alt.

Tatsächlich stellte sich auf dem kleinen Friedhof, der umgeben von hohen Mauern und Arkaden mehr wie ein gemütlicher Innenhof als ein Gottesacker wirkte, ein Gefühl der Ruhe bei ihm ein. Im Sommer musste es hier noch fantastischer aussehen. Die Pflanzen, die dem Winter trotzten, erlaubten eine Ahnung von der Pracht, die in der richtig warmen Jahreszeit zwischen den Gräbern wuchs und blühte. Tod und Leben vereint.

Dicht an dicht standen die Gräber, steinerne Kreuze und Platten ragten aus den Gewächsen hervor. Auch an den Wänden, die den Friedhof einschlossen, hingen unzählige Inschriften. Mehr war von den Toten nicht geblieben; ihre Gebeine waren schon lange vom Boden zersetzt oder entfernt worden, um im Gebeinhaus aufbewahrt zu werden. Für Eric sah es aus, als schubsten und schöben sich die Gräber, um mehr Platz zu bekommen.

Trotz der rigorosen Eingangskontrolle war er beim Gang über und an den Grabplatten vorbei nicht allein. Ungeachtet des eher bescheidenen römischen Wetters hatten es sich einige *Tedeschi* nicht nehmen lassen, ihren Urlaub in Rom zu verbringen und den Friedhof aufzusuchen. Eric empfand sie als ungeheure Störung. Weniger, weil er mit Faustitia verabredet war, sondern weil er die Ruhe gerne intensiver hätte auf sich wirken lassen. Er sehnte sich nach Ausgeglichenheit.

Eric nahm sein kleines Skizzenbuch heraus, zückte den Stift und schlenderte umher. Er las die Inschriften und fand zu seinem Erstaunen auch neuere Daten, ein Grab trug beispielsweise die Jahreszahl 1970. Jahrhunderte zogen an ihm vorbei, vieles vermochte er zu entziffern, und er suchte sich absichtlich die ältesten Gräber aus, weil er bei ihnen seine Lateinkenntnisse bemühen musste. Das lenkte ihn von der letzten Nacht ab.

Die schwarzen Stunden hatte er im Medikamentenrausch verbracht. Er hatte die alte vertraute und verhasste Unruhe verspürt, die ihn immer befiel, wenn sich der Vollmond näherte. Lieber betäubte er sich präventiv und baute ein Depot auf, als sich an drei Tagen in Folge von null auf hundert mit Gamma-Hydroxybuttersäure voll zu pumpen. Die Tropfen waren sein Heiligtum.

Es gab auch Gutes in all dem Elend. Im Medikamentenrausch hatte er die Ereignisse der letzten Tage wieder und wieder Revue passieren lassen. In der immer gleichen Endlosschleife waren ihm ein paar Dinge aufgefallen, über die er unbedingt mit Faustitia sprechen musste. Denn einiges von dem, was Emanuela berichtet hatte, konnte nicht stimmen. Die Oberin sollte darüber Bescheid wissen.

Eric betrachtete versonnen eine Grabplatte. Der Tod bekam für ihn plötzlich eine neue Bedeutung. Ohne die Bestie in sich wäre er verwundbar, leicht zu töten wie ein gewöhnlicher Sterblicher.

Willst du das?, hörte er eine Stimme in seinem Hinterkopf. Die Vision von damals, als er aus Versehen das Nonnenblut gekostet hatte.

»Prinzessin Caroline Sayn-Wittgenstein«, las die Oberin vor. Eric erschrak. Er konnte sich nicht einmal mehr daran erinnern, wann er zum letzten Mal erschrocken gewesen war, aber sie hatte es geschafft. Er schob es auf seine Nerven.

»Interessiert Sie etwas Bestimmtes an ihr oder war es Zufall, dass Sie hier stehen geblieben sind?«

»Zufall.« Eric nickte ihr zu. Sie trug ihren schwarzen Habit mit der schwarzen Haube auf dem Kopf, und noch immer fand er, dass sie durch den Halbschatten, der auf ihrem Gesicht ruhte, gefährlich wirkte. »Ich muss Ihnen einige Fragen stellen. Es geht um die beiden Nonnen, Ignatia und Emanuela.«

»Ich höre?«

»Emanuela hat gestern gelogen. Ich war *nach* dem Absturz

und *vor* der Suchmannschaft an der Unglücksstelle. Ich habe dort alles Mögliche gefunden, aber keine niedergeschlagene Schwester Emanuela. Und ich schwöre, dass mir bewusstlose Frauen neben brennenden Hubschraubern sicherlich auffallen.« Er klemmte sich Stift und Büchlein unter die linke Achsel, setzte seine Brille ab, nahm ein Papiertaschentuch aus dem Mantel und reinigte sie von den kleinen Wassertropfen, die ihm der Wind aufs Glas geweht hatte. »Haben Sie eine Ahnung, warum sie gelogen hat?«

Faustitia deutete auf eine kleine Bank, die unter dem Schutz der Arkaden stand. »Setzen wir uns.«

»Das ist nicht das Einzige, was mir aufgefallen ist.« Eric ließ sich neben ihr nieder und betrachtete die Pflanzen des Gartens, die den kurzen Frost nicht überstanden hatten. Die ungewohnt kalten Nächte hinterließen ihre Spuren und setzten die altertümliche Gedächtnisstätte des Todes stilecht in Szene. Er begann, eine schnelle Skizze anzufertigen und die Impressionen aufs Papier zu bannen, während er mit der Nonne redete. »Schwester Ignatia sprach mir gegenüber davon, dass der Orden die Welpen sichern wollte.«

»Das waren ihre Worte?«

»Ich glaube, *einsperren* und *bewahren* waren ihre Worte.« Eric wandte sich der Frau zu und hielt mit dem Zeichnen inne. »Aber Sie haben gestern davon gesprochen, den letzten Welpen zu heilen und notfalls auszulöschen. Können Sie mir erklären, wie diese eklatanten Widersprüche zu Stande kommen?«

Faustitia schaute auf die Grabplatte vor ihnen. »Nein, kann ich nicht«, antwortete sie verwundert. »Vielleicht hat Ignatia sich falsch ausgedrückt oder versprochen.«

»Sie betonte es aber.« Er nahm das Zeichnen wieder auf.

»Im Beisein von Emanuela?«

»Das schon, aber ...« Eric räusperte sich. »Ich bin mir nicht sicher, aber es kann sein, dass ich sie zu dem Zeitpunkt bereits ohnmächtig geschlagen hatte.«

»Ich werde sie befragen«, versprach Faustitia ihm. »Sowohl nach ihrer Geschichte als auch nach den Worten Ignatias.«

»Und jetzt wäre es mir sehr recht, etwas mehr über Ihren Orden zu erfahren. Was genau tut er, wenn er sich der Jagd nach Werwölfen verschrieben hat? Ich finde es gelinde gesagt erstaunlich, dass ein christlicher Orden existiert, der etwas verfolgt, von dem neunundneunzig Prozent der Menschen annehmen, es sei ein Aberglaube.«

»Denken Sie nicht, dass es ein wenig früh dafür ist, derart Vertrauliches mit Ihnen zu teilen, der die Bestie in sich trägt? Sie könnten das Wissen gegen unsere Gemeinschaft verwenden.«

»Tja, das stimmt.« Er blätterte um und begann eine weitere Skizze. Zu schade, dass er keine Buntstifte mitgenommen hatte. »Andererseits könnte ich Ihnen auf der Stelle den Kopf abreißen, wenn ich wollte«, sagte er so beiläufig wie möglich. »Was denken Sie, weswegen ich es nicht tue? Ich bin, auch wenn Sie das vielleicht nicht glauben mögen, nicht durch und durch böse. Meine Familie lernte, mit dem Fluch zu leben und Vorbereitungen zu treffen, um dem Tier nicht gänzlich zu unterliegen. Meine Feindschaft zu den restlichen Wandelwesen der Welt, von denen Sie und Ihre Organisation wissen, sollte Ihnen Beweis genug sein.«

»Es macht dennoch keinen Unterschied. Das Böse, das in Ihnen lauert und von dem Sie glauben, es mit Medikamenten betäuben zu können, wird sich Gelegenheiten suchen, uns zu schaden. Von daher verzeihen Sie mir, dass wir über Details unseres Ordens erst sprechen, wenn ich Sie als geläutert betrachte«, erklärte sie ihm höflich.

Er wartete mit seiner Antwort, zog neue Linien, bis ihm die Zeichnung gefiel, dann blätterte er um. Nummer drei. »Bis dahin bin ich ein Werkzeug Gottes mit einem Makel auf der Seele, schätze ich?«

»Sehr schön formuliert, Herr von Kastell.« Sie lächelte. »Und was den Aberglauben angeht: Ich persönlich denke nicht, dass es so etwas gibt. Es gibt den falschen und den richtigen Glauben. Ich habe den richtigen, und den anderen bekämpfe ich. Das meine ich, wie ich es sage.«

Eric beendete seine Arbeit und betrachtete ihr Gesicht, dann glitten seine Augen am schwarzen Habit herab. Er konnte nicht sagen, was sich darunter an Waffen verbarg. Er hatte Schwierigkeiten, sich eine Nonne mit einer kugelsicheren Weste, einem Sturmgewehr und einem Schwert auf dem Rücken vorzustellen.

»Wie nennt man das, was Sie sind? Streitbare Schwestern? Kreuzfahrerinnen? Sturmabteilung des Glaubens?«

»Die Bestie in Ihnen verspottet mich, Herr von Kastell. Das ist normal, und ich bin es gewohnt. Es ist kein Geheimnis, dass die heilige katholische Kirche Exorzisten ausbildet und aussendet, um die Dämonen des Teufels zu besiegen.« Sie zeigte auf seinen Oberkörper. »Einen solchen Dämon, Herr von Kastell, tragen Sie in sich. Es ist einer der mächtigeren, stärkeren. Einer, der Worten und Weihwasser trotzt. Aber auch den können wir austreiben, mit dem Vermächtnis unseres Herrn Jesus Christus.«

»Alles zu seiner Zeit. Zuerst brauchen wir den Welpen.« Eric setzte zu einem weiteren Satz an und verstummte, weil ein Touristenpaar nahe an ihnen vorüberging. Sie betrachteten die Grabplatten für Erics Geschmack viel zu lange, und am liebsten hätte er sie davongescheucht.

»Ich will Lena sehen«, sagte er, als das Paar endlich weiterbummelte. »Bislang habe ich keinerlei Beweis erhalten, dass Sie sie wirklich entführt haben und sie bei Ihnen in guten Händen ist.« Er lehnte sich gegen den Rücken der Bank. »Sehe ich sie nicht, sind unsere ... Verhandlungen beendet und ich mache auf eigene Faust weiter. Ich werde sie befreien und mich danach um den Welpen kümmern.«

»Sie dürfen Sie heute sehen, aber mehr nicht. Keine Gespräche, nichts, was ihre Seele, die wir gerade beruhigt haben, in Aufruhr versetzt.«

»Ich will sie berühren.«

»*Das* kann ich erlauben.« Faustitia nahm ihren Rosenkranz, Zeigefinger und Daumen der Rechten umschlossen eine der großen Perlen. Vaterunser.

»Wieso haben Sie sie entführt?«

»Wir haben Lena auf dem Campus der Universität vor einer Truppe von Lycaoniten bewahrt«, gab die Oberin zurück. »Leider hatten wir keine unserer Kämpferinnen vor Ort, nur eine Aufklärungseinheit, die Sie beide beschatten sollte. Sie bekam grünes Licht für den Zugriff, denn wir wussten: Wo Lena ist, sind auch Sie, Herr von Kastell.«

Eric bemerkte den militärisch-strengen Ton in ihrer Stimme, und plötzlich, ganz plötzlich sah eine Nonne mit einer kugelsicheren Weste, einem Sturmgewehr und einem Schwert nicht mehr so absurd aus. In der Kirchengeschichte gab es schon einmal, mindestens einmal eine Frau, die Krieg wie ein Mann geführt hatte. »Es ging Ihnen also nicht vorrangig darum, Lena zu heilen … Sie brauchten sie als Köder.«

»Nennen wir es eine moderne Wolfsangel.« Faustitia verzichtete ihm gegenüber darauf, die Entführung mit hehren Motiven zu rechtfertigen. »Jetzt reden wir darüber, wie man einen Welpen findet.«

»Das ist nicht so einfach. Ich schlage vor, dass Sie Emanuela noch einmal auf den Zahn fühlen. Wenn das nichts bringt, bleibt mir nichts anderes übrig, als nach Kroatien zu reisen und mich vor Ort umzuhören.« Eric gefiel dieser Gedanke überhaupt nicht.

»Bevor Sie das tun, lassen Sie uns überlegen, wer überhaupt für den Raub in Frage kommt.« Sie griff mit einer Hand an den Gürtel ihres Habits und zog einen Organizer hervor. Das moderne elektronische Gerät in den Händen einer Nonne zu sehen entlockte Eric ein kurzes Auflachen. »Ja, auch wir gehen mit der Zeit, Herr von Kastell.« Sie lachte mit. »Es wäre töricht, unseren Feinden mehr Vorteile zu überlassen, als sie ohnehin schon besitzen.« Sie drückte auf dem Display herum. »Ihre Einschätzung lautet?«

»Ich vermute, dass ich mich zuerst mit dem Orden des Lycáon angelegt habe und dann die Draufgänger der Lycaoniten angerückt sind, um sich ihr Ticket zum Werwolfdasein zu sichern. Sie hatten, wie mir Schwester Ignatia sagte, wohl schon lange vorgehabt, den Welpen zu rauben.«

»So weit sind wir auf der gleichen Spur, Herr von Kastell.« Sie tippte auf den Organizer ein. »Sie besitzen den Vorteil, sich in der Welt der Wandelwesen besser auszukennen als wir. Wir kennen Methoden, sie zu heilen und zu vernichten, aber uns fehlt der Zugang zu ihrer Welt.«

»Ich verstehe. Gott braucht einen Dämon, um den Teufel aufzuspüren. Das bedeutet, dass Sie nicht ausschließen, dass ein anderes Wandelwesen die Klauen nach dem Welpen ausgestreckt hat?« Und schon zuckte der Name *Fauve* durch seinen Verstand.

»Es muss eine dritte Partei sein.«

»Aber wer sagt uns, dass es nicht eine rivalisierende Einheit von Lycaoniten ist, die ihren Mitstreitern den Erfolg nicht gönnt? Ein einzelner Verräter hätte genügt«, gab er zu bedenken.

»Das stimmt ebenfalls. Doch ich bitte Sie, sich der Wandelwesen anzunehmen.«

»Wie Sie das sagen, klingt es sehr einfach.« Eric fuhr sich durch die schwarzen Haare, die von der hohen Luftfeuchtigkeit klamm geworden waren. »Es gibt keine Bar, wo sich die Werwölfe treffen und man sich nett erkundigen kann, was gerade so abgeht. Viele meiner Informationen sind zusammen mit unserem Haus in München vernichtet worden. Es wird Zeit brauchen.«

»Die wir nicht haben.«

»Da widerspreche ich. Wer auch immer den Welpen hat, er braucht ihn für längere Zeit und nicht einfach für einen raschen Biss. Je mehr ich darüber nachdenke, desto sicherer bin ich, dass die Lycaoniten nicht in Frage kommen. Vielleicht will der Besitzer des Welpen eine Zucht beginnen.«

»Durchaus vorstellbar.« Faustitia bewegte Daumen und Zeigefinger und erfasste die nächste Perle. Ave Maria.

»Es ist nur eine von vielen Möglichkeiten, über die wir in jeder Einzelheit gar nicht nachdenken sollten.« Eric hatte es sich abgewöhnt, das Schlimmste anzunehmen. Es trat ohnehin ein. »Machen wir es so. Ich suche die Bar mit den Werwölfen, Sie suchen mit Ihren Heilig-Blut-Spionen nach neuen Hinweisen.«

Er ließ die Augen über den Friedhof schweifen, auf dem sie jetzt die einzig Lebenden waren. Die Ruhe, die sich in ihm ausbreiten wollte, kippte und verwandelte sich mehr und mehr in Melancholie, zu einem Bedürfnis, auf der Bank unter den Arkaden sitzen zu bleiben und dem Tag beim Sterben zuzusehen, die Schatten beim Längerwerden zu beobachten. Nichts zu tun.

Faustitia betrachtete ihn. »Folgen Sie mir, Herr von Kastell. Ich bringe Sie zu Lena.« Sie erhob sich, und er folgte ihr durch die Pforte, die aus dem Garten führte. Gemeinsam verließen sie den Vatikan. »Gehen Sie dorthin, wo Justine Sie gestern abgeholt hat. Ich bin bald bei Ihnen«, verabschiedete sie sich. »Ich muss noch etwas holen.«

Eric sträubte sich zunächst, die Oberin gehen zu lassen, aber er fügte sich. Um Lenas willen.

Er fand die Stelle, wo er in den Fiat gestiegen war, sofort wieder.

»*Bonjour*«, grüßte Justine und hob die linke Hand. Sie trug die gleichen Kleider wie gestern, nur dieses Mal stand sie neben einem Minivan, dessen Scheiben mit schwarzer Folie undurchsichtig gemacht worden waren. Sie öffnete die hintere Beifahrertür. »Eine kleine Rundreise, *mon frère*«, sagte sie und verbeugte sich wie eine Chauffeuse. »Es dauert nicht lange. Du kannst solange schlafen.«

Eric ersparte es sich zu fragen, wohin er gebracht wurde, sondern stieg ein und schnallte sich an. Sie hämmerte die Tür ins Schloss und stieg ein, betätigte einen Schalter, und wie von Geisterhand bewegt fuhr eine Trennscheibe zwischen den Vordersitzen und dem Fond in die Höhe; gleich darauf wurde sie undurchsichtig.

Sobald der Van angefahren war, versuchte Eric so unauffällig wie möglich die Folie vom Seitenfenster zu entfernen oder die Scheibe nach unten zu drehen. Nichts brachte Erfolg, also lehnte er sich zurück und wartete.

»Ich mache dir ein bisschen Musik an«, kam ihre Stimme aus den Boxen, und sofort dröhnte ein französischer Chanson auf ihn ein, so dass die Umgebungsgeräusche, die in die Kabine drangen, überlagert wurden und schließlich ganz verschwanden. Edith Piaf schmetterte *»Non, je ne regrette rien«* – und zwar unaufhörlich.

Die Fahrt zog sich, Piaf legte keine Pause ein, aber als Eric nach einer Ewigkeit die Lautsprecher aus der Verkleidung reißen wollte, hielt der Van und die Tür wurde geöffnet.

»Wir sind da«, verkündete Justine und zündete sich schon wieder eine Zigarette an, obwohl das Schild hinter ihr an der Wand verkündete, dass offenes Licht und Feuer in der Garage verboten waren.

Eric stieg aus und wurde von Faustitia mit einem Nicken empfangen. Sie geleitete ihn durch eine Tür, und danach begann ein Verwirrspiel in den anschließenden Korridoren, bis es selbst für Eric zu kompliziert wurde, sich auf die verschiedenen Abzweigungen zu konzentrieren. Seine Nase würde ihn notfalls auf dem kürzesten Weg zum nächsten Fenster führen.

Sie marschierten sehr lange, der Gang bekam den Charme einer alten Bunkeranlage. Die erhabenen Sandsteine, gelegentlichen Tuffsteinwände und die modernen Neonlampen an der Gewölbedecke bildeten einen merkwürdigen Kontrast, ein Sakrileg an der ehrwürdigen Bausubstanz, die aus dem frühesten Mittelalter stammen musste. Oder gar aus der Antike?

Vor einer sehr merkwürdig aussehenden Stahltür hielt Faustitia an und presste ihren Daumen auf eine nicht sofort wahrnehmbare glatte, braune Plastikfläche. »*Pax vobiscum.*« Es klickte, und sie öffnete die Tür.

»Kombiniertes Sicherheitssystem mit Stimmerkennung und Fingerabdruck«, sagte Eric, dieses Mal ehrlich beeindruckt. Justine blieb zurück.

»Sie haben nicht alles bemerkt«, gab Faustitia zurück und trat in den Raum dahinter, in dem sich eine Schleuse mit einem Glasfenster befand. Dahinter saßen zwei Frauen in langen schwarzen priesterähnlichen Gewändern, unter denen sich kugelsichere Westen abzeichneten. Eric zweifelte nicht daran, dass sie bei Bedarf Waffen zur Hand hatten, um ungebetene Besucher nach draußen zu befördern.

Nach einer ähnlichen Prozedur öffnete sich die nächste Tür. Die Frauen verbeugten sich vor Faustitia und erstatteten ihr Bericht. Sie sprachen Latein, weil sie wohl davon ausgingen, dass ihr Gast diese Sprache nicht verstand. So erfuhr Eric, dass es keine Veränderung bei der Kranken gegeben hatte. Die Oberin wandte sich ihm zu. »Kommen Sie bitte, Herr von Kastell. Lena schläft. Wir können sie gefahrlos besuchen.« Wieder wanderten sie durch einen Korridor, bis sie vor einer Tür stehen blieben, welche die Oberin öffnete. »Ich lasse Sie mit ihr allein. Sehen Sie es als Beweis meines Vertrauens.«

Eric betrat das Zimmer. Es sah beinahe aus wie ein gewöhnliches Krankenzimmer, wenn das Bettgestell nicht aus massivem Eisen bestanden hätte und mit dem Boden verschraubt gewesen wäre. An den seitlichen Rahmenrohren baumelten Ketten, mit denen die Arme, Beine und der Körper fixiert werden konnten. Noch hatten sie bei Lena darauf verzichtet, dafür erhielt sie Infusionen in den linken und rechten Arm. Auch in ihrem Hals steckte eine Braunüle.

Lenas Augen waren geschlossen, ihre Atmung war ruhig und entspannt. Zahlreiche Kabel liefen unter der Decke hervor und endeten in einem elektronischen Überwachungsgerät. Den Anzeigen zufolge ging es ihr gut.

Surrend drehte sich eine Kamera, die Linse rotierte und fokussierte sich auf ihn.

Eric näherte sich dem Bett und zog den Handschuh aus, nahm vorsichtig ihre Hand und drückte sie. »Es tut mir Leid. So unendlich Leid, Lena. Ich hätte dich nicht allein lassen dürfen«, sagte er mit dem Rücken zur Kamera. »Wenn sie dich heilen können, ist es gut. Aber wenn sie es versauen und dir Schaden zufügen«, er beugte sich über sie und gab ihr einen Kuss auf die Stirn, »wird ihnen ihr Gott nicht helfen können.« Heimlich fühlte er ihren Puls und zählte mit. Er stimmte mit den Angaben auf dem Monitor überein. Eric streifte den Handschuh wieder über und verließ Lena schweren Herzens und mit dem Wissen, dass es nicht anders ging.

Vor der Tür wartete Faustitia auf ihn. »Haben wir Sie überzeugt?«

»Nein, nicht wirklich. Aber ich kann nichts tun, um ihre Situation zu verbessern.« Er wich ihrem Blick aus, um zu verhindern, dass sie zu viel von seiner Gefühlswelt erkundete. »Wie kommt meine Halbschwester an den Orden?«, wechselte er abrupt das Thema.

»Sie ist kein Mitglied des Ordens, sondern eine Freiwillige ... und etwas ganz Besonderes. Wie die Frauen in den schwarzen Gewändern.«

»Justine ist nicht geheilt. Weswegen?«

Faustitia lächelte abweisend. »Dazu werde ich Ihnen sicherlich nichts sagen, Herr von Kastell.«

Eric gab einen verächtlichen Laut von sich. »Ohne Dämonen geht es nicht, habe ich Recht? Es gibt keine besseren Spürhunde als uns.«

»*Deus lo vult,* sagte man einst. Wir bedienen uns des feindlichen Elements, das ist alles. Später, wenn wir den Krieg gewonnen haben, werden Justine und Sie geheilt werden und von der Bestie erlöst.« Sie deutete auf die Tür, die graubraunen Augen blickten unnachgiebig wie die eines Feldherrn. »Ich bringe Sie hinaus, Herr von Kastell, und Justine fährt Sie. Beginnen Sie mit Ihren Nachforschungen und lassen Sie uns wissen, sobald Sie eine Vermutung haben, wer die dritte Partei in diesem Spiel ist.«

»Das Gleiche gilt auch für die Schwesternschaft. Ich möchte jeden Hinweis, den Sie erhalten, umgehend an mich weitergeleitet haben.«

»Sicher, Herr von Kastell.« Faustitia ging vor und führte ihn durch die Schleusen hinaus, nahm aber einen anderen Weg als bei der Ankunft.

Wieder marschierte Eric an uralten Sand- und Tuffsteinmauern vorbei, bis sie nach einer weiteren Stahltür eine Treppe hinaufstiegen und die Nonne ein Absperrgitter zur Seite schob. Sie standen in der Garage, wo Justine an den Van gelehnt wartete. Natürlich rauchte sie wieder.

Faustitia gab ihm eine Karte mit einer Handynummer. »Damit erreichen Sie Justine. Sie wird unsere Kontaktperson zu Ihnen sein. Es ist nicht gut, wenn man uns zu oft zusammen sieht.«

Er runzelte die Stirn. »Und warum haben wir uns auf dem Camposanto getroffen?«

»Ich sagte: Nicht zu oft.« Sie lächelte, verschränkte die Arme und versteckte die Hände in den Ärmeln ihres Habits. Sie hatte ihm nichts mehr zu sagen.

»Das Heilmittel, das Sie bei Lena zum Einsatz bringen«, sagte er langsam und ging zum Van, »werden Sie nur in meiner Anwesenheit benutzen. Ich möchte dabei sein und sehen, was geschieht, wenn Sie es verabreichen.«

»Das ist kein Problem, Herr von Kastell. Justine wird Sie kontaktieren, wenn es so weit ist.« Sie trat hinter das Gitter, das Schloss rastete klackend ein. »Viel Glück.« Sie machte einen Schritt zurück und verschmolz mit dem Halbdunkel des Gangs.

»Ihnen auch.« Eric stieg in den Van, in dem die Piaf immer noch sang, und die Fahrt begann.

Nach fast einer Stunde wurde Eric von Justine irgendwo in Rom abgeladen. Er stand auf dem breiten Bürgersteig, an dem die Fahrzeuge auf vier Spuren vorbeizogen. Das normale Leben hatte ihn wieder, abseits von Geheimnissen und Katakomben.
Und doch gab es das andere Gesicht der Ewigen Stadt.

IV.
KAPITEL

23. August 1767, Italien, Rom

Es war ein erhebender Anblick.
Gregoria stand zum ersten Mal in ihrem Leben auf dem Petersplatz. Vor ihr schimmerte die gewaltige Kuppel des Doms, und obwohl sie wusste, dass es das Licht der Sommersonne war, schien es ihr, als würde das Bauwerk von innen erstrahlen und seine Umgebung in göttliche Helligkeit tauchen.

Gregoria faltete die Hände zum Gebet und dankte Gott, dass er sie sicher hierher geleitet hatte, allen Schwierigkeiten zum Trotz. Die Überfahrt mit dem Schiff nach Civitavecchia und die Reise nach Rom hatte sie bewältigt, auch wenn es sie viel Geduld und Geld gekostet hatte.

Sie atmete erleichtert auf. Bald sollte der Heilige Vater aus ihrem Mund von den Machenschaften des Legatus hören und was er ihr, dem Kloster und Florence angetan hatte. Gregoria verspürte keine Angst, ihre Finger schlossen sich um die kleine Phiole in ihrer Tasche, die sie um den Körper gehängt hatte. Dieses Mittel gab ihr Kraft, Glaube und unerschütterliche Zuversicht, die sie bis in den letzten Winkel ihres Körpers durchströmten.

Vorher wollte sie den Petersdom besuchen und sich die Pracht anschauen, danach würde sie sich auf die Suche nach Menschen begeben, die ihr erklärten, wie sie zum Heiligen Vater vorgelassen wurde. Dieser Teil ihrer Mission würde bestimmt schwierig werden.

Sie passierte die Schweizer Garden, ging auf die Stufen zum Eingang zu, betrat den Petersdom und blieb nach wenigen Schritten stehen. Der Anblick war zu beeindruckend, die Schönheit zu gewaltig und die spürbare Allmacht Gottes zu überwältigend, um nicht zu verharren und zu staunen.

Das goldene Nachmittagslicht fiel schräg von oben durch die großen Glasfenster und sandte helle, milchige Lanzen durch den hohen Raum bis auf die Marmorplatten, als wollte Gott jeden, der durch diese Strahlen lief, besonders segnen und aus der Menge hervorheben; die Werke Michelangelos, die Mosaikbilder, die Marmorstatuen erhielten durch die Beleuchtung eine überirdische Heiligkeit. Ein Chor sang, das Echo der wohltönenden Stimmen schwebte durch den Dom und würde auch den letzten Zweifler zum wahren Glauben führen.

»Ein solcher Dom in jedem Land dieser Erde, und alle Völker würden an den wahren Gott glauben«, flüsterte Gregoria, beugte das Knie, bekreuzigte sich und erhob sich ergriffen. Alles in ihr erklang und schwang, sie fühlte sich so nahe bei ihrem Gott wie noch niemals zuvor. Sie wandelte umher, ließ ihre Füße entscheiden, wohin sie sich wandten, und erfreute sich wie ein kleines Kind an dem Bauwerk und dem Geist, der es beseelte.

Einer der Benediktiner-Brüder, der abgebrannte Kerzen gegen neue ersetzte, lächelte und sprach sie auf Italienisch an, bevor er bemerkte, dass sie ihn nicht verstand.

Zuerst hatte Gregoria geglaubt, er hätte sie an ihrem Habit erkannt, bis sie sich entsann, dass sie ihn noch immer nicht trug. Sie musste wirken wie eine gewöhnliche Pilgerin. »Versucht es mit Latein«, bat sie. »Aber sprecht langsam, es ist lange her.«

Der Mönch nickte freundlich. »Ich sagte: Es ist immer wieder schön, die strahlenden Augen von Menschen zu sehen, die zum ersten Mal in den Petersdom kommen.«

»Er ist herrlich!«

Der Benediktiner – auf dem einen Arm ein Holzkästchen mit Kerzen, in der anderen Hand einen langen Greifer, um die höher gelegenen Ständer zu erreichen – lächelte sie an. »Ihr habt einen sehr ungewöhnlichen Akzent, aber Ihr sprecht fließend

Latein. Wollt Ihr mir verraten, von woher es Euch nach Rom verschlagen hat?«

»Aus der Gegend von Saugues«, antwortete sie ihm. »Ich muss zum Heiligen Vater vorgelassen werden. Könnt Ihr mir sagen, wie das Prozedere ist, um eine Audienz zu bekommen?«

Der Mann lehnte den Greifer an die Wand, pflückte einen Kerzenstummel aus der schwarzen Eisenhalterung und ersetzte ihn durch eine frische Kerze. »Ich möchte Euch nicht enttäuschen, aber ich bezweifle, dass der Heilige Vater eine gewöhnliche Pilgerin empfängt, nur weil sie aus Saugues ist und Latein beherrscht.«

»Wenn ich aber eine Äbtissin wäre?« Sofort ärgerte sie sich, aus ihrer Deckung gekommen zu sein.

Erstaunt schaute er an ihr herab. »Würde er sich, wie ich, fragen, warum Ihr Euren Habit nicht tragt. Abgesehen davon: Wenn Ihr eine Audienz bei Seiner Heiligkeit haben wollt, müsst Ihr Euch an seine Vertrauten wenden. Seht Ihr den Mann in der Soutane, der gerade eben hinausgeht? Monsignore Vapari ist einer der Männer des Officiums. Sprecht mit ihm.« Sorgsam entfernte er die Wachstropfen vom Eisen und schabte das letzte bisschen Belag mit seinem Fingernagel ab; erst dann hob er wieder den Kopf und blickte sie an. »Der Heilige Vater ist ein viel beschäftigter Mann. Viel Erfolg ... Äbtissin.«

Gregoria nickte ihm zu. »Danke sehr.« Sie eilte durch das riesige Gebäude und trat hinaus, sah Monsignore Vapari nach einigem Suchen und folgte ihm. Nach wenigen Schritten hatte sie ihn eingeholt, stellte sich ihm vor und nannte ihr Anliegen, den Heiligen Vater zu sprechen.

Der Mann war um die sechzig Jahre, hatte kurze, hellbraune Haare und wässrig grüne Augen. Er musterte sie eingehend. »Ihr seid also eine ehrwürdige Äbtissin und wollt den Papst wegen einer Sache sprechen, die Ihr ausschließlich ihm offenbaren könnt?«, fasste er herablassend zusammen.

Gregoria sah ihm an, dass er ihr nicht glaubte. »Wie schnell kann ich zum Heiligen Vater gelangen?«

»Lasst mich nachdenken ... In einem halben Jahr hätte er eine Minute Zeit.« Vapari lächelte kalt. »Geht Eurer Wege, wer auch immer Ihr seid, Ihr Wahnsinnige.«

Er wollte an ihr vorbei, aber sie stellte sich ihm in den Weg. »Ich bin gewiss nicht wahnsinnig, Monsignore, und ich verlange mehr Respekt von Euch. Helft Ihr mir nicht, tut es ein anderer.«

»So? Nun, da Ihr eine Äbtissin sein wollt, wo ist beispielsweise Euer Habit?«

»Er ... er ging auf der Reise verloren.«

Vapari lachte schallend und schob sie grob zur Seite.

Gregoria ärgerte sich maßlos und wünschte dem Monsignore in diesem Augenblick Dinge, die alles andere als christlich waren. Doch das Verhalten des Mannes war durchaus verständlich. Sie besaß keinerlei Beweise für ihre Geschichte, und dass sie den Monsignore mitten auf dem Petersplatz einfach so ansprach, trug nicht unbedingt zu ihrer Glaubwürdigkeit bei.

Sie begab sich in den Schatten der linken Halbkolonnaden, setzte sich auf die Stufen und betrachtete das Treiben um sich herum. Ihre Gedanken kehrten zu dem Tag in Marseille zurück, an dem Acot das Opfer eines Mordes geworden war. Inzwischen war sie fast zu der Überzeugung gelangt, dass nicht die Männer des Legatus dahintersteckten, sondern dass das Attentat auf den Marquis zurückging. Er besaß die Unterlagen des Abbés, und jetzt, nachdem der junge Mann tot war, würde er keinen weiteren Ärger mehr machen können, indem er unentwegt von der Bestie predigte, die im Gévaudan noch lebte.

Allerdings kamen ebenso die Männer des Legatus in Frage oder sogar Agenten des Königs, die den Aufrührer kaltgestellt hatten. Denn laut Befehl Seiner Majestät war die Bestie schon seit längerer Zeit tot.

»Seid Ihr die Frau, die behauptet, Äbtissin Gregoria zu sein?«, wurde sie auf Lateinisch gefragt.

Sie wandte sich um und sah das scharlachrote Gewand eines Kardinals vor sich. Es umhüllte einen Mann um die sechzig Jahre. Seine hellgrünen Augen blickten so intensiv auf Gregoria herab, als könnten sie die Gedanken der Äbtissin erforschen. Auf dem Kopf saß die Kardinalskappe und bedeckte einen kleinen Teil der nackenlangen schwarzen Haare. Sie nahm die Hand, an dem der Ring des Kardinals steckte, und küsste ihn. »Die bin ich, Eminenz«, antwortete sie, zu verblüfft von dem Umstand, dass ein Kardinal auf sie zukam, um Vorsicht walten zu lassen.

Er lächelte asig und bedeutete ihr aufzustehen. »Ich bin Kardinal Rotonda und habe vernommen, dass Ihr den Heiligen Vater sprechen möchtet.« Obwohl seine Stimme freundlich klang, hatte sie dennoch einen Unterton, den Gregoria auf Anhieb nicht mochte. »Vielleicht kann ich Euch dabei helfen. Im Gegensatz zu Monsignore Vapari bin ich durchaus gewillt, mir Eure Geschichte anzuhören. Überzeugt mich, und ich werde sehen, was ich für Euch erreichen kann.«

Gregoria spürte eine große Überheblichkeit in seiner Stimme, sah sie in seinem Blick und seiner Haltung. Es mochte eine Besonderheit der römischen Kardinäle sein, die aus der ständigen Nähe zum Heiligen Vater resultierte – man hielt sich vielleicht mit der Zeit für ebenso bedeutsam. Die Augen des Mannes besaßen noch dazu etwas Lauerndes. Gregoria mahnte sich selbst zur Vorsicht, nicht zu viel preiszugeben. »Eminenz, Ihr erweißt mir eine große Ehre. Ich bin ... ich war Äbtissin des Klosters von Saint-Grégoire bei Sauges.« Sie achtete auf sein Gesicht, wartete aber vergebens auf eine Reaktion. Das war die erste Enttäuschung. »Mein Kloster wurde Opfer einer ungeheuerlichen Tat, die sicher bis in die Heilige Stadt bekannt wurde«, versuchte sie es noch einmal. Und setzte schließlich nach: »Es wurde niedergebrannt.«

»Das tut mir sehr Leid, Äbtissin. Doch ist es nicht Aufgabe der Adligen und der Gerichte, sich der Verfolgung von Verbrechen dieser Art zu widmen?«

Gregoria zögerte, dem Kardinal tiefere Einblicke zu offenbaren. »Es ging nicht alles mit rechten Dingen zu, Eminenz. Es waren …. Es waren keine gewöhnlichen Räuber.« Nein, mehr durfte sie ihm nicht offenbaren. »Der Heilige Vater muss davon erfahren.«

»Ich verstehe nicht ganz, Äbtissin. Und ich muss leider sagen, dass Ihr wirklich wie eine Verwirrte klingt, ganz so, wie es der Monsignore sagte.« Die grünen Augen ruhten auf ihr und ermunterten sie, weiter zu sprechen. »Vertraut Euch mir an, auf dass ich Euch glauben kann.« Das unentwegte Lächeln um seine Lippen erinnerte Gregoria zunehmend weniger an einen gütigen Vater … sondern einen eiskalten Verführer. Irgendetwas stimmte hier ganz und gar nicht!

Gregoria verneigte sich schnell und küsste erneut den Ring. »Verzeiht, Eminenz, ein anderes Mal.« Mit pochendem Herzen entfernte sie sich von ihm, wie es ihr die Intuition befahl. Sie ging zügig über den Platz und begab sich in den Schutz der Gassen. Es würde kein anderes Mal geben.

Als sie sich noch einmal umschaute, sah sie in weiter Entfernung Kardinal Rotonda, der mit dem Rücken zu ihr stand und sich mit einem Mann unterhielt. Gregoria erschrak. Nein! Das darf nicht sein! Konnte es wirklich wahr sein, dass sie dort drüben den Legatus Francesco sah?

Der Mann wandte den Kopf – und sie beruhigte sich wieder. Nein, er war es nicht. Gregoria bekreuzigte sich und bog um die Ecke in eine andere Gasse.

Sie sah sich nach wie vor dazu auserkoren, das Geheimnis um den Legaten zu lüften und die gottlosen Täter zu überführen. Dabei würde es für sie keinerlei Rolle spielen, welchen Ornat sie trugen. Gregoria schwor den Heiligen, an deren Bildern und Statuen sie im Dom vorbeigegangen war, dass sie vor nichts und niemand Halt machen würde. Sie würde einen Weg finden, allen Vaparis des Vatikans zum Trotz, mit dem Heiligen Vater zu sprechen.

16. August 1767, Frankreich, Versailles

Angesichts der Pracht, die alles übertraf, was er jemals beim Marquis de Morangiès gesehen hatte, kam sich Jean klein vor. Frankreichs Könige hatten sich mit Versailles etwas erschaffen, was ein einfacher Mann aus dem Volk wie er kaum fassen konnte. Es war mehr als nur ein Überangebot an Schönheit. Es war Verschwendung in Vollendung, mehr als Luxus und Prunk.

Das Wort, das Jean als Erstes in den Sinn kam, als er die Flure entlang zur Audienz des Königs schritt, war weder *Prahlsucht* noch *Maßlosigkeit*. Es war *Sünde*. Die Menschen des Gévaudan lebten in bitterer Armut, und vielen Leuten in den Dörfern, durch die er auf seiner erzwungenen Reise gekommen war, erging es ebenso. Es gärte in den Häusern und auf den Marktplätzen, die Unzufriedenheit war überall deutlich zu spüren. Könnten die Hoffnungslosen Frankreichs dieses Bauwerk und die Einrichtung sehen, es würde einen Aufschrei geben, der das Land in seinen Grundfesten erschüttern müsste.

»Warte hier. Und gib das her.« Der Diener, hinter dem er hergegangen war, zeigte auf die Büchse. Jean reichte ihm die Waffe. Der Mann entlud die beiden Läufe mit spitzen Fingern. Danach warf er sie Jean zu. »Sprich den König nicht an, es sei denn, du wirst etwas gefragt. Nenne ihn hoheitlich Sire und verbeuge dich nach jeder deiner Antworten. Bohre dir nicht in der Nase oder furze. Und dreh ihm nicht den Rücken zu. Hast du das verstanden?«

Jean nickte.

»Hoffen wir es mal.« Der Diener bedeutete den wartenden

Livrierten an der Tür, die Flügel zu öffnen, und sofort drang gedämpftes Gemurmel aus dem Saal dahinter hervor. Die großen Fenster ließen sehr viel Licht herein, es roch nach Lavendel und starkem Parfüm, das den Schweiß übertünchen und die Läuse vertreiben sollte. Unter den üppigen Kleidern krochen sie wahrscheinlich besonders zahlreich über die Haut und saugten das Blut der Adligen. Blutsauger der Blutsauger.

Jean wollte nicht hier sein. François de Morangiès schlich durch Rom und jagte vermutlich gerade Unschuldige, während er nach Paris kommen musste, um vor den König zu treten und als Unterhaltung für seinen Hofstaat zu dienen. Doch sich dem Willen des Königs zu widersetzen bedeutete Majestätsbeleidigung. Und vielleicht würde er die Gelegenheit bekommen, vor weiteren Bestien zu warnen?

Jean nahm seinen Mut zusammen und trat in den Saal. Hinter ihm wurden die Türen wieder geschlossen.

Jean ging gemessenen Schrittes auf den Thron zu, auf dem die verschwenderisch gekleidete Gestalt von König Louis XV. saß, um ihn herum eine Horde von Gecken und Laffen, die den Neuankömmling anstarrten, lachten und tuschelten. Sie betrachteten ihn als ein ebensolches Amüsement wie einen dressierten Affen oder einen bunten, sprechenden Vogel.

Um den Thron herum hatte man halbkreisförmig Stühle aufgestellt, auf denen die edlen, stark geschminkten Damen und gepuderten Herren saßen, sich Luft zufächerten und Konfekt naschten. Sie erwarteten offenbar ein Schauspiel von dem Mann, der die Bestie erlegt hatte.

Vier Schritte vor dem Thron blieb Jean stehen und verneigte sich tief.

»Nun, wen haben wir hier?«, wurde er huldvoll gefragt.

»Sire, mein Name ist Jean Chastel. Ihr habt mich rufen lassen.«

Der König saß schräg auf seinem Thron und musterte ihn neugierig. Auf seinem Kopf saß eine sich zu einem wahren Berg auftürmende Perücke, deren Ausläufer rechts und links auf die Brust fielen; sein Wams war mit Goldfäden durchwirkt, die Pluderhose mit den weißen Strümpfen darunter und den goldfarbenen Schuhen machte ihn in Jeans Augen zum Obergecken unter den Versammelten.

»Du bist also der Mann, von dem die Leute behaupten, er habe die Bestie im von Gott vergessenen Gévaudan erlegt.« Der König nickte einem der Höflinge zu, der auf Jean zuging und die Hand nach der Muskete ausstreckte. »Ich will sehen, was das für eine Büchse ist, die das vollbracht hat, was alle meine Männer, die ich aussandte, nicht zu bewerkstelligen vermochten.«

Jean hörte die Belustigung in der königlichen Stimme, in der auch ein Hauch Unmut lag. Der Marquis hatte ihn davor gewarnt, etwas zu tun, was Seine Majestät erzürnen könnte. »Sie ist nichts Besonderes, Sire«, antwortete er und verneigte sich, wenn auch etwas zu spät.

Der König erhielt die Muskete, drehte sie hin und her, legte sie an und zielte zum Fenster hinaus, schwang über die Köpfe der Männer und Frauen, bis die Läufe auf Jean zeigten. »Meine Gratulation zu deiner Tat. Auch wenn du nichts anderes getan hast, als einen großen Wolf zu erlegen«, sagte er schneidend. »Denn der tapfere Antoine de Beauterne hat die Gefahr für das Gévaudan bereits viel früher als du beseitigt.«

»Es war die falsche Bestie, Sire.«

Der Hofstaat raunte leise. Jean hatte gesprochen, ohne gefragt worden zu sein.

»Es *war* die richtige Bestie, du Narr. Das Biest hat in meiner Tiersammlung schon nach wenigen Tagen angefangen, bestialisch zu stinken und zu verwesen, obwohl mein Konservator der Beste ist. Der Geruch kam geradewegs aus der Hölle!« Die Mündungen waren immer noch auf Jean gerichtet. »Und du besitzt die Frechheit, dich von dem jungen Marquis d'Apcher zu diesen dummen Jagden auf ein Tier überreden zu lassen, das nach meiner Anordnung schon lange tot ist?« Sein Zeigefinger ruckte nach hinten, die Hähne schnappten nach unten. Eine der Damen stieß einen spitzen Schrei aus – doch außer einem scharfen Klicken geschah nichts.

Der König setzte die Muskete ab und reichte sie dem Höfling, der sie an Chastel zurückgab. »Ich denke, du hast verstanden.«

Jeans Herz klopfte gewaltig. Und wie er verstanden hatte.

»Aber es soll nicht heißen, dein König sei dir gegenüber undankbar gewesen. Du hast der Pfarrei ohne Frage einen großen Dienst erwiesen, indem du diesen gefräßigen *Wolf*«, er betonte das Wort absichtlich, »erlegt hast. Dafür sollst du eine Belohnung erhalten.« Er winkte einen anderen Höfling zu sich, der ihm eine kleine Schatulle hinhielt. Der König öffnete sie und nahm einen Beutel heraus. »Das ist für dich, Jean Chastel.« Er warf ihn vor die Füße des Wildhüters; es klirrte. »Von nun an wird nie wieder über die Bestie des Gévaudan gesprochen werden. Sie ist mehr als einmal erschossen worden, das mag sein. Aber sie ist tot, in all ihren Formen.«

Auch wenn alle erwarteten, dass sich Jean nun wortlos nach dem Geld bücken und verschwinden würde, so verneigte er sich doch nur und sprach schon wieder. »Sire, erlaubt mir ein Wort.«

»Des Dankes?«, hakte der König sofort nach.

»Ich muss Euch sagen, Sire, dass es vermutlich mehr als nur diese Bestie gibt.« Jean schluckte. »Sie ziehen durch Frankreich und die umliegenden Länder, Sire, und trachten nach dem Fleisch ...«

»Genug, Chastel!«, rief der König und zeigte auf den Beutel. »Heb ihn auf und verschwinde! Geh zurück in dein armseliges Gévaudan, wo es nichts als Schafe, Ziegen und die Berge gibt! Ich will dich nicht mehr sehen und nichts mehr von der Bestie hören. Niemals mehr!«

»Sire ...«

»*Raus!*«, schrie der König. Zwei Diener erschienen neben Jean, packten ihn an den Oberarmen und schleppten ihn rückwärts zum Ausgang. »Es gibt keine Bestie, merkt es euch alle!«, tobte der König außer sich. »Ich habe sie besiegt, und sie wird niemals mehr zurückkehren!« Der Rest seines Wutanfalls wurde durch die sich schließenden Türen abgedämpft und undeutlich. Jean verstand kein Wort mehr.

»Lasst mich«, befahl er den Dienern und riss sich los. Einer von ihnen drückte ihm das Beutelchen in die Hand. Es war weniger, als ihm der Marquis überlassen hatte. Jean lachte bitter auf. Niemand, auch kein geiziger König, konnte sein Schweigen kaufen, denn es brachte nichts, die Augen vor dem Wissen zu verschließen. Es würde die Bestie nicht davon abhalten, neue Untaten zu vollbringen.

»Ich hatte dir doch gesagt, dass du nur antworten sollst«, bemerkte einer der Diener wütend und ging voraus in Richtung Ausgang. Er funkelte ihn unfreundlich an. »Wegen dir wird Seine Majestät den Rest des Tages unausstehlich sein, und wir bekommen es zu spüren.«

Jean folgte ihm. Er war sehr froh, Versailles rasch verlassen zu können. Sein Verlangen, nach Rom zu gehen und den Comte aufzustöbern, ihn zu erlegen, wurde immer stärker. Er trat hinaus und stand vor einem Nebenflügel des Palastes. Die Kutsche, die ihn hergebracht hatte, war verschwunden. Anscheinend hatte der dafür zuständige Diener entschieden, dass der unbequeme Gast zu Fuß gehen durfte.

Jean machte das Marschieren nichts aus. Im Gegenteil: Es würde ihm die Gelegenheit geben, sich von der Wut zu befreien, die der König in ihm geweckt hatte. Louis XV. verschloss seine Augen absichtlich und vertraute darauf, dass auch das Übernatürliche und Teuflische sich den Anweisungen eines Monarchen beugte. Leider war dem nicht so.

»Ihr glaubt wirklich an das, was Ihr vor dem König gesagt habt.«

Jean kam die Stimme, die ihn in den Rücken getroffen hatte, vage bekannt vor, und er wandte sich um.

Hinter ihm stand Antoine de Beauterne, dieses Mal noch prunkvoller gekleidet als damals, als sie sich bei der Jagd auf die Bestie getroffen hatten. Er trug einen dunkelgrünen Rock mit silbernen und blauen Stickereien, weiße Strümpfe und Schnallenschuhe, an denen echte Edelsteine glänzten; in der Linken hielt er einen Gehstock, dessen Knauf mit einer goldenen Kugel verziert war. Immerhin hatte er auf eine Perücke verzichtet, ein federgeschmückter Dreispitz saß auf den kurzen schwarzen Haaren. Was hätte man mit den Livres, die in dieser Garderobe steckten, alles Nützliches kaufen können …

»Mon Seigneur, Ihr wart auch in dem Saal?«

»Ganz hinten, Chastel. Bei den in Ungnade Gefallenen.« De Beauterne lächelte schwach. »Der König ist ein Mann, der nicht viel honoriert und sehr viel bemängelt.«

»Und da traf es Euch, *mon Seigneur*, den Mann, der die Bestie besiegt hat?«

»Ihr habt sie erlegt, Chastel. Was wir damals in der Schlucht erschossen haben, das war der große Wolf, von dem der König gesprochen hat. Ich wusste es sofort.« De Beauterne deutete mit dem Gehstock die Palastfront entlang zu den Stallungen. »Kommt, ich lasse Euch fahren, Chastel. Ihr habt es nicht verdient, den langen Weg laufen zu müssen.«

Jean betrachtete den Mann mit ganz anderen Augen. »Woher dieser Sinneswandel, mon Seigneur?«

»Erinnert Euch, dass ich sehr viel Zeit in Eurer Heimat damit verbracht habe, die Umgebung kennen zu lernen, die Landschaft und das Wetter einzuschätzen und nicht zuletzt die Tierwelt zu untersuchen.« De Beauterne schüttelte den Kopf. »Wölfe, Chastel, richten nicht diese Massaker an, die wir gesehen haben. Selbst die beiden Normannen sind mit der Überzeugung in ihre Heimat zurückgekehrt, es mit einem neuartigen, unentdeckten Tier zu tun gehabt zu haben. Und was Capitaine Duhamel angeht, nun, er hat nach kurzer Zeit von einem *Wesen* und nicht mehr von einem Wolf gesprochen.« Er zeigte auf den

Palast. »Da drin sitzt ein König, der sich vor allen anderen Versionen fürchtet. Es war mir befohlen worden, mit der Bestie nach Versailles zu kommen, alles andere hätte Seine Majestät nicht akzeptiert.«

Sie betraten die Stallungen, und de Beauterne ließ seine Kutsche anspannen. »Ihr habt sie erschossen, Chastel. Sagt mir: Was war es?«

Jean zauderte. »Es war ... es war wirklich ein Mischwesen, mon Seigneur«, ließ er sich zu einer Andeutung hinreißen. »Es kann, wenn es will, auf zwei Beinen laufen und ist furchtbar kräftig. Wir haben es im Wald vergraben und den Menschen den Wolf gezeigt, damit sie nicht mehr an Dämonen glauben und das Vertrauen in Gott verlieren«, sagte er.

»Man kann es demnach leicht für einen Loup-Garou halten?« De Beauterne beobachtete die Stallburschen bei der Arbeit. »Das erklärt so einige Geschichten, die man immer wieder hört.«

»Wie ich bereits sagte: Es gibt mehr als nur eines dieser Wesen, mon Seigneur.« Jean bewegte sich auf einem schmalen Grat zwischen Wahrheit und Erfundenem. »Wenn Ihr wieder auf die Jagd geht, *mon Seigneur,* dann ladet Silberkugeln. Sie wirken bei dem Wesen besser als Blei. Das ist mein Rat an Euch.«

»Meinen Dank, Chastel. Vielleicht reise ich in absehbarer Zeit wieder ins Gévaudan, um nach dem Rechten zu sehen.« De Beauterne sah ihn ernst an. »Weil ich mit Euch übereinstimme, dass es mehr als ein Wesen gibt. Die Anzahl der Morde und die Orte, die an einem Tag oftmals so weit auseinander lagen, lassen keinen Zweifel daran. Es sei denn, dieses Wesen vermag zu fliegen.«

»Nein, das kann es nicht.« Jean verspürte Erleichterung, dass sich ein erfahrener Jäger in seine Heimat begab. »Ich danke Euch, dass Ihr mir Glauben schenkt, *mon Seigneur.*«

»Mir bleibt keine Wahl. Dafür ist zu viel geschehen, und dafür habe ich zu viel gesehen.« Die Stallburschen waren fertig, die

Kutsche war angespannt. »Steigt ein, Chastel. Vielleicht treffen wir uns im Gévaudan und erlegen gemeinsam das, was der König nicht wahrhaben möchte.«

Jean verneigte sich vor de Beauterne, bevor er einstieg. »Ich stehe in Eurer Schuld, *mon Seigneur*.« Er zog die Tür zu und setzte sich. Die Kutsche rollte los.

Das stetige Klappern und Rumpeln lullte Jean schon nach kurzer Zeit ein, er versank in ein erholsames Dösen, das – je länger es dauerte – in einen bedrohlichen Albtraum überging. Jean sah sich vor einem Spiegel stehen. Er betrachtete sein Ebenbild. Plötzlich schossen die ersten feinen Härchen mitten aus seinem Gesicht, wurden dichter und dunkler. Sein Gesicht verschob sich, wuchs in die Länge und bekam kantigere Züge ...

Bevor die Verwandlung weiter voranschritt, schreckte Jean aus dem Traum hoch. Er wischte sich den Schweiß von der Stirn, öffnete die Fenster, um Fahrtluft in die stickige Kabine zu lassen, und hielt sein Gesicht in den staubigen Wind. Dabei bemühte er sich einmal mehr, nicht an die feine Narbe an seinem Handgelenk zu denken. Es war die Hand, in die ihn sein Sohn Antoine im Todeskampf gebissen hatte.

V.
KAPITEL

Italien, Rom, 25. November 2004, 19.31 Uhr

Er hätte nicht für möglich gehalten, dass es noch schlimmer werden würde. Aber nun war genau das passiert.

Eric fühlte sich nicht gut. Das lag an der Wirkung seiner Tropfen und an seiner Begleiterin, die wider Erwarten nicht Justine war. Seine Halbschwester war in einer eigenen Mission unterwegs, wurde ihm gesagt. Also begleitete ihn Schwester Emanuela, die jetzt neben ihm auf dem Plastiksitz des Cafés vor dem Check-in-Bereich von Terminal A des *Aeroporto Leonardo da Vinci di Fiumicino* saß. Und mit ihr zusammen unterwegs zu sein war sogar noch schlimmer, als Zeit mit seiner Halbschwester verbringen zu müssen.

Für Eric war es erstaunlich, dass eine junge Frau von einundzwanzig Jahren es schaffte, derart altbacken unmodische Kleidung ausfindig zu machen und sie auch noch anzuziehen. Das hatte nicht mit Frömmigkeit und Schlichtheit zu tun. Das war einfach nur der nach außen getragene Beweis eines ebenso langweiligen wie unangenehmen Charakters. Das kleine schwarze Kreuz, das sie ansonsten am Revers getragen hatte, befand sich nun auf der Innenseite ihres Blusenkragens. Sie verbarg es auf sein Anraten hin. Es sollte nicht jeder sehen, dass sie eine Geistliche war.

Schweigend saßen sie nebeneinander und lauschten auf die Durchsagen der verschiedenen Abflüge. Eingecheckt hatten sie ihr Gepäck bereits, nun mussten sie zwei Stunden warten, bis sie am Gate A8 ins Flugzeug nach Zagreb steigen konnten. Von dort ging es weiter nach Plitvice; den Flug mit der ramponierten, bekannten Dornier 328 hatte er per Handy bereits arrangiert. Der Pilot besaß den richtigen Riecher, was seine

Passagiere und deren Bedarf an neuerlichen Dienstleistungen anging.

Um sie herum saßen ein paar andere Passagiere. Die meisten tummelten sich in dem zweiten, viel größeren Einkaufsbereich des Aeroporto im Stockwerk darüber.

Eric hatte sich für einen Macchiato entschieden, also einen starken Kaffee, den der Barista mit ein paar Spritzern Milch versah und den man eigentlich kaum mit einem Latte Macchiato verwechseln konnte. Der Barista warnte ihn dennoch und erklärte ihm höflich, wo die Unterschiede lagen. Die meisten Ausländer – hauptsächlich jedoch Deutsche – gerieten regelmäßig in diese Kaffeeverständigungsfalle. Emanuela schlürfte unglaublich laut an ihrem Mineralwasser, Eric nippte bloß an seinem Getränk und beobachtete die Umgebung, die Menschen, die Anzeigetafel, die Sicherheitsleute, einfach alles.

Ansatzlos drehte Emanuela den Kopf zu ihm. »Sie haben mich vor der Oberin diskreditiert«, sagte sie eiskalt. Sie ließ ihn spüren, dass sie ihn hasste. »Warum?«

»Weil Sie gelogen haben«, hielt er dagegen, ohne sie anzuschauen. Er behielt die Anzeigetafel im Auge, auf der immer rascher die beunruhigenden Hinweise *cancelled* und *delayed* erschienen. Das Wetter um Rom verschlechterte sich rapide, und die Laufschrift über die aktuelle Lage im Zielgebiet brachte ihm zusätzliche Kopfschmerzen. Er rieb sich über den rechten Unterarm; sein Blut wurde heißer und juckte. Ein schlechtes Zeichen.

»Ich *lag* da«, beharrte sie und berührte die Stelle ihrer Bluse, wo sich das Kreuz befand. »Das schwöre ich beim Blute des Herrn. Sie haben mich einfach nicht gesehen und behaupteten deswegen, ich sei eine Lügnerin!«

»Ja, ja«, meinte er nur. »Wenn Sie das sagen ...« Nach wie vor hatte er keine Zweifel an dem, was er am Hubschrauberwrack gesehen oder vielmehr nicht gesehen hatte. Viel mehr beschäftigte ihn allerdings der Gedanke, dass die kroatische Polizei einen Ausländer namens José Devina aus Badajóz suchte, der ihm sehr glich. Verständlich, er war es auch gewesen, nur mit einem gefälschten Pass. Aus diesem Grund hatte er sich die Haare, Koteletten und das Bärtchen blond gefärbt. Ein ungewohnter Anblick im Spiegel.

»Ich weiß, dass Sie mir nicht glauben«, sagte sie verärgert.

Eric schwieg, um sie nicht weiter herauszufordern. Je weniger er sich mit ihr unterhalten musste, desto besser. Er hielt sie für eine Scheinheilige und würde ihr sobald wie möglich eine Gelegenheit geben, sich selbst zu überführen. Wenn sie für die ominöse dritte Partei arbeitete – aus welchen Gründen auch immer –, würde er in Kroatien den Beweis finden. Plötzlich ruckte sein Kopf zur Seite. *Was ...?* Ohne auf Emanuelas angewiderten Gesichtsausdruck zu achten, sog er tief Luft durch die Nase ein. Der Geruch, den er gerade bemerkt hatte, kam ihm bekannt vor ... sehr bekannt. Erinnerungen flammten auf, Erinnerungen an spontanen, guten Sex, langes blondes Haar ... und an *abstract axpression*.

Eric sah in die Richtung, aus der die eindeutige Geruchsmarke zu ihm herüberwehte.

Und richtig. Da stand sie!

Severina wandte ihm, wie damals in der Galerie, den Rücken zu. Dieses Mal studierte sie eine Tafel mit Touristeninformationen. Der dunkelrote Mantel betonte ihr blondes Haar, das offen auf ihre Schultern fiel, und auf ihre Bikerstiefel schien sie in keiner Lebenslage verzichten zu wollen, auch wenn sie diesmal vom weiten Schlag einer dunkelbraunen Cordhose fast verdeckt wurden. Anscheinend spürte sie, dass jemand sie beobachtete. Severina sah sich um; dann entdeckte sie ihn, runzelte verwundert die Stirn und strahlte ihn dann an. Doch trotz dieses herzlichen Zeichens des Wiedererkennens zuckte Eric kurz zusammen. Was ihn erschreckte, waren das Veilchen, das Severina um ihr linkes Auge trug, das Pflaster auf der Stirn und die gesprungene, geschwollene Lippe. Die eindeutigen Zeichen einer Schlägerei.

»Eric!« Mit einem hinreißenden Lächeln kam sie auf ihn zu, ignorierte seine ausgestreckte Hand und umarmte ihn. Drei Küsse, zwei links, einen rechts, eine flüchtige Berührung seines Oberkörpers. »Ich hätte dich fast nicht erkannt«, sagte sie fröhlich. Sie freute sich sichtlich, ihn wiedergefunden zu haben. »Blond steht dir nicht.«

»Danke für die Ehrlichkeit«, gab er lächelnd zurück und glaubte, ein dünnes Band der Verbundenheit zwischen ihnen zu bemerken, von dem er selbst nicht so genau wusste, woher es rührte. Vielleicht entsprang es der Sorge, die ihm ihr Anblick bescherte. Eine unbestimmbare Vertrautheit, die über die gemeinsamen Sexerlebnisse hinausging. Apropos: Er hatte bei der Umarmung deutlich gespürt, dass sie noch immer keinen Büstenhalter trug. Auch wenn ihr schwarzer Rollkragenpullover sehr dick war, spürte er doch den Unterschied.

»Severina, Sie sehen ...« *Nach wie vor umwerfend aus,* hatte er sagen wollen, starrte aber auf ihre Blessuren. »... ramponiert aus. Was ist geschehen?«

Ihre Heiterkeit wich, und sie senkte die Stimme. »Ein Exfreund. Wegen dem Arsch musste ich schnellstens aus München verschwinden. Er hat wenig Hirn und versteht das Wort *Nein* nicht, wenn es um Frauen geht.« Sie räusperte sich. »Ich will nicht überdramatisch klingen, Eric, aber du hast mir mit den zwanzigtausend Euro wirklich das Leben gerettet. Ohne die hätte ich mir diese ... diese Flucht nicht leisten können. Wer weiß, was das Arschloch noch alles mit mir gemacht hätte, wenn ich ihm noch einmal in die Finger geraten wäre. Er kennt alle meine Schlupflöcher.« Severina sah ihn sehr ernst an. »Wenn ich mich irgendwann dafür revanchieren kann, dann bitte, ruf mich an, okay?«

»Ja«, stimmte er sofort zu. »Und geben Sie mir auf jeden Fall seine Adresse in München. Ich werde ihn bei Gelegenheit mal besuchen.«

»Nein, nicht nötig. Er verschwindet von selbst, wenn er mich nicht finden kann.« Sie schüttelte den Kopf und zwang sich zu einem Lachen. »Und außerdem flüchte ich nicht nur, ich lerne auch. Rom, die Stadt der Museen! Gibt es einen besseren Ort für eine Kunststudierende?«

Eric fühlte noch immer das dringende Bedürfnis, den Exfreund zu verprügeln. Eine solche Behandlung hatte keine Frau verdient – es sei denn, es handelte sich um ein Werwesen. »Außer der Universität oder einem Atelier, wahrscheinlich nicht.«

»Es laufen derzeit zwei Ausstellungen von modernen Künstlern, die ich unbedingt besuchen will.« Severina atmete tief ein und berührte seinen Oberarm. »Ach, schön, dich zu sehen.« Betont lässig schaute sie zu Emanuela, ihre linke Augenbraue und das Pflaster wanderten in die Höhe, eine Mischung aus Verwunderung und stummer Frage.

»Das ist meine Schwester«, erklärte Eric.

»Ist sie das?«

»Ich bin der Attraktive in unserer Familie.«

Emanuela blieb ungerührt und schaute an ihnen vorbei ins Nirgendwo.

»Das sehe ich«, flüsterte Severina zurück und sah über den Rand ihrer modisch altmodischen Brille. In den blauen Augen funkelte plötzlich der Schalk. »Was habt ihr in Rom angestellt? Den Papst besucht?«

Jetzt hob Emanuela den Kopf und bereitete sich vor, ihre entsprechende Erwiderung auf eine religiöse Unverschämtheit abzufeuern.

»Nein, wir waren shoppen«, griff Eric ein, bevor sich die Nonne verriet. »Und erst anschließend beim Papst. Sie ist sehr gläubig und mag es nicht, wenn man Witze über den Heiligen Vater macht.«

»Oh, ich verstehe.« Severina beugte sich vor, ihr Geruch hüllte ihn verlockend ein. »Hast du einen Moment Zeit? Wir gehen ein Stockwerk höher und ich lade dich auf einen Kaffee ein. Die da«, sie nickte in Emanuelas Richtung, »kann auf dein Handgepäck aufpassen.«

Eric verstand, auf was sie ihn eigentlich einladen wollte. Eine rasche Nummer, heimlich irgendwo auf einer Toilette oder in einer der Umkleidekabinen der Flughafenboutiquen. Ohne Lena wäre er Severina sofort und überallhin gefolgt, schon allein um der Nonne zu entkommen. Außerdem, das bemerkte er wieder, mochte er sie wirklich. »Nett von Ihnen, aber es geht nicht. Ich muss meiner Schwester die Männer vom Leib halten. Bei dem aufreizenden Kleid wird sie die Kerle kaum mehr los.«

Severina machte ein bedauerndes Gesicht. »Wie schade. Dann fahre ich in die Innenstadt und suche mir ein nettes Hotel ... und wer weiß, vielleicht auch eine nette Begleitung.« Sie umarmte ihn wieder. »Gibst du mir deine Handynummer?« Er nannte ihr eine ausgedachte Ziffernfolge, die sie eifrig eintippte und abspeicherte, und er notierte sich ihre. Dass er sie mochte, bedeutete noch lange nicht, dass sie sich bei ihm jederzeit melden durfte. »Danke. Ich ruf dich an, wenn ich wieder in München bin. Na, *falls* ich jemals wieder in München bin.« Sie küsste ihn auf die Wange, winkte und eilte zum Ausgang.

Eric sah ihr nach und erinnerte sich an die Einzelheiten ihres perfekten Körpers. Er fand sie nach wie vor attraktiv ... aber erstaunlicherweise nicht mehr begehrenswert. Dieses Prädikat war einzig und allein Lena vorbehalten, auch wenn das erwachende Animalische in ihm einer schnellen Nummer nicht abgeneigt war. Der Vollmond stachelte die Bestie in ihm an.

»Sie sind erbärmlich«, meldete sich Emanuela zu Wort und schlürfte wieder laut an ihrem Wasser.

»Ich kann damit leben.« Er ließ sich wieder neben ihr nieder, setzte seine Sonnenbrille auf und starrte auf die Anzeigetafel. Wie gern würde er jetzt auf diesen Exfreund eindreschen!

Sie hatten Glück. Ihr Flug war weder *delayed* noch wurde er *cancelled*, dafür aber zu einer sehr unruhigen Angelegenheit. Es war mit Abstand der härteste Flug, den Eric bislang erlebt hatte. Die Turbulenzen, die das Flugzeug wie mit gewaltigen Faustschlägen und Tritten traktierten, bescherten selbst ihm ein flaues Gefühl im Magen.

Er sah aus den Augenwinkeln, dass Emanuela ihre Lippen lautlos bewegte: Sie betete. Sie betete, bis die Maschine aufsetzte und zum Stehen gekommen war. Ohne Aufenthalt reisten sie mit der in Zagreb wartenden Dornier 328 weiter nach Plitvice. Ebenso nahtlos konnte Emanuela ihren lautlosen Hilferuf an den Herrn wieder aufnehmen.

Mitten in der Nacht landeten sie auf dem kleinen Flughafen, von dem Eric einen Tag zuvor aufgebrochen war. Die Mitarbeiterin erkannte ihn nicht, was er sehr zufrieden zur Kenntnis nahm. Sie nahmen sich ein Taxi, warfen ihr Gepäck in den Kofferraum und fuhren in die Stadt.

Eric lief der Schweiß aus allen Poren, in seinen Adern raste Säure, die Haut brannte, als hätte er sich mit Scherben rasiert. Er nahm das Fläschchen hervor, ließ einige Tropfen auf die Handfläche laufen und leckte sie hastig ab. Die Unruhe in ihm wurde schlagartig dumpfer, wich aber nicht vollständig. Er musste sich unbedingt vollkommen betäuben, ehe die Bestie aus ihm ausbrechen konnte!

Emanuela betrachtete ihn mit Sorge und musterte sein glänzendes Gesicht.

Als das Taxi um eine Straßenecke bog, schwebte der pralle volle Mond über Plitvice und wirkte in dieser Nacht mehr als doppelt so groß wie gewöhnlich. Für Eric besaß er eine magische Anziehungskraft und leuchtete hell wie ein Flakscheinwerfer, der die Umgebung in ein lebendiges, magisches Licht tauchte. In seinen Augen bekamen die Stadt und alles andere einen Glanz, ein Leuchten, das jedem Wesen eine Aura verlieh und es besonders hervorhob, es anpries wie eine Köstlichkeit. Ein Schlaraffenland.

Ein heißer Schauer rann durch Erics Körper, er hustete und

verkrampfte sich. Die Bestie in ihm tobte und schrie, verlangte nach Freiheit und Blut.

»Halten Sie an«, sagte er undeutlich zum Fahrer, als sie an einem Haus vorbeikamen, das auf Englisch mit privaten Ferienwohnungen warb. Eric taumelte mehr aus dem Auto, als dass er ging, die Umgebung verschwamm vor seinen Augen. »Die nehmen wir«, sagte er zu Emanuela und stolperte die Stufen hinauf.

Der Wirt öffnete ihnen angesichts der Dollarscheine, die sie ihm als Entschädigung für die späte Störung vor den Türspion hielten, beinahe auf der Stelle. Er zeigte ihnen das Zimmer, dann schob Eric ihn hinaus.

Er fiel auf das Bett, streifte die Kleider und Schuhe ab und wühlte sich nackt unter die Laken. Die Anwesenheit von Emanuela nahm er kaum noch wahr. Was er tat, hatte er in den letzten Jahren immer wieder geübt und mehrere hundert Mal getan: Durch einen roten Schleier hindurch zählte er die Tropfen ab, die mit unglaublicher Lautstärke in die hohle Hand platschten, und saugte sie zitternd in sich hinein. Was einen normalen Menschen umgebracht hätte, versetzte ihn lediglich in einen tiefen Schlaf, den nicht einmal die Bestie durchdrang.

Sie rächte sich wie immer mit schrecklichen Albträumen vom grausamen Tod seiner Mutter, von der Attacke auf Lena, Blut, Blut und noch mehr Blut, mit Bildern von toten, abgeschlachteten Babys und den Gesichtern seiner Opfer.

Als Eric am nächsten Morgen erwachte, lag er neben dem Bett. Stöhnend und mit dem Gefühl, sein Kopf wäre in dicke Watte gepackt, stemmte er sich in die Höhe und betrachtete sein Lager. Die Bettwäsche war teilweise zerrissen, die Laken hingen lose von der Matratze; Speichel hatte das Kissen getränkt. Die Entschädigung an den Pensionsbetreiber würde hoch ausfallen müssen. Vermutlich dachte er angesichts der Zerstörung, dass man mit der unscheinbaren Emanuela den schärfsten Sex der Welt haben konnte.

Emanuela saß auf der Couch, die Hände im Schoß gefaltet und einen Rosenkranz zwischen den Fingern. Sie sah eingeschüchtert aus – aber dabei trotzdem nicht weniger arrogant und abweisend als sonst. »Ich habe für Ihre Seele gebetet«, sagte sie zur Begrüßung. »Sie haben schrecklich im Schlaf gewütet, geknurrt und die Zähne gefletscht. Ich dachte schon, die Bestie bricht aus Ihnen hervor.«

»Und da beschweren sich Frauen, wenn Männer schnarchen«, ächzte er und wankte ins Bad. Eine Nacht wie diese bedeutete keinerlei Erholung für ihn, im Gegenteil. Er fühlte sich müde, weil das Beruhigungsmittel immer noch wirkte. Eigentlich verbrachte er die drei Vollmondnächte stets zu Hause, betäubt und unfähig, etwas zu tun. Ausgerechnet jetzt musste er sich in eine Situation begeben, wo ihn diese Trägheit das Leben kosten konnte.

Eric duschte, begann mit warmem Wasser und wechselte blitzartig auf kaltes. Sein Kreislauf kam in Schwung, die Benommenheit verschwand.

Sie frühstückten schweigend, danach stiegen sie in dicke Winterkleidung, mit der man sich in der Kälte aufhalten konnte, ohne nach einer Stunde zu erfrieren. Eric bezahlte die angerichteten Schäden im Zimmer und entschuldigte sich vielmals. Für das Geld, das sie dem Vermieter gaben, würde er sich beinahe ein neues Haus kaufen können, aber es verhinderte, dass er Fragen stellte.

Sie erstanden in einem kleinen Laden Proviant und Thermoskannen, die sie sich im Café nebenan füllen ließen, und machten sich auf den Weg in den Nationalpark.

Die eisige Luft tat ihm gut, mit jedem Atemzug fühlte er sich besser. Gleichzeitig beherrschte Eric die Kunst, nicht zu wach zu werden, um der Bestie so keinen Ausweg aus dem chemischen Gefängnis zu weisen.

In Erics Erinnerung war die Stelle gespeichert, an der er die Werwölfin getötet hatte. Sie passierten den Ort auf dem Weg zur Absturzstelle. Eric sah eine Erhebung im Schnee, die – wenn man es wusste – die Umrisse eines Menschen aufwies. Die Leiche lag unter einer dicken weißen Schicht, niemand hatte sie gefunden. Wie auch?

Eric orientierte sich, vertraute auf seine Instinkte. »Wir müssen da lang.« Er zeigte zwischen die Stämme und ging los; Emanuela folgte ihm. Dabei nahm er seinen Palmtop aus dem Innenfutter der Jacke, startete das GPS-System und markierte auf seiner Landkarte den Punkt, an der die Leiche der Werwölfin lag. Man konnte nie wissen.

Bald standen sie auf der Lichtung, verbrannte Bäume und Baumstümpfe hoben die Stelle deutlich hervor. Das Wrack war weggeschafft worden, hier und da fanden sie Markierungsreste der kroatischen Spurensicherung; Absperrbänder flatterten im Wind.

Eric legte den Kopf in den Nacken und schaute zu den Wipfeln. Knarrend wiegten sich die Bäume, es rauschte leise in den Ästen. »Wo haben Sie gelegen?«, wollte er von Emanuela wissen.

»Wo haben Sie denn gesucht?«

»Zeigen Sie mir die Stelle einfach. Vielleicht finden wir dort etwas, das uns Aufschluss über die Fremden gibt. Wenn Sie dort niedergeschlagen wurden, haben die Unbekannten Spuren hinterlassen. Darum geht es mir.« Er ließ seinen Blick über die Brandlichtung streifen. Auf die von den Rettungsmannschaften zertrampelten Spuren war Neuschnee gefallen, was es für seine Nase sehr, sehr schwierig machte, überhaupt noch etwas Entscheidendes zu finden. Zu viele Menschen, zu viele Gerüche. Zu viel vergangene Zeit.

Emanuela wandte sich nach rechts, bewegte sich dahin, wo der Hubschrauber gelegen hatte, ging unsicher umher und bückte sich immer wieder, bis sie neben einem Baumstumpf stehen blieb. »Hier war es, genau neben dem Wrack.«

Eric erinnerte sich, dass er diese Stelle passiert und nichts von der Nonne gesehen hatte. »Okay, Sie haben Recht. Da habe ich nicht gesucht«, log er. Sie sollte sich in Sicherheit fühlen. »Ich werde für Sie bei Ihrer Chefin ein gutes Wort einlegen.« Er folgte ihr und stand neben ihr. »Ich entschuldige mich für mein Misstrauen.«

»Ich verzeihe Ihnen«, gab sie zurück. »Und nun?«

Eric bückte sich. »Suchen wir.« Vorsichtig wischte er mit den Handschuhen die obere Schneeschicht zur Seite. Er erkannte gefrorenes Blut, Rußpartikel und kleine Splitter der Hubschraubertrümmer, denen die Spurensicherung keine besondere Aufmerksamkeit geschenkt hatte.

Emanuela imitierte seine Vorgehensweise und durchstöberte das Weiß. Sie spielte ihre Rolle perfekt. Nach ein paar Stunden legten sie eine Pause ein, verzehrten ihre mitgebrachten Brote und tranken Tee aus der Thermoskanne.

»Ich wollte Ihnen noch einmal sagen, dass mir der Tod von Schwester Ignatia Leid tut.« Eric behielt seine Sonnenbrille auf, die Helligkeit tat seinem Kopf nicht gut. »Es war ein Unfall.«

»Mag sein.«

»Es *ist* so.« Er blies über seinen Tee, die Brillengläser beschlugen und die Frau verschwand im Dunst.

Emanuela schwieg, dann sagte sie überraschenderweise: »Ich muss mich ebenfalls entschuldigen. Immerhin wollte ich Sie bei unserem ersten Zusammentreffen töten.«

»Verständlicherweise. Weil Sie mich für einen Lycaoniten hielten«, sagte er und gab sich Mühe, freundlich zu klingen. Um sie zu überführen, musste er sie täuschen. Er sah sie nun wieder, weil der Hauch von den Gläsern verschwand.

»Trotzdem«, beharrte sie und kniff die Mundwinkel zusammen. Auf ihrer rechten Wange bildete sich ein Grübchen. »Zu Ihrem Glück bin ich keine Seraph.«

»Wie meinen Sie das?«

»So heißen die Schwestern in unserem Orden, die eine spezielle

Ausbildung im Kampf erhalten haben. Schwester Ignatia und ich hatten sie angefordert, als wir sahen, wie sich die Lage zuspitzte, aber es war zu spät.« Sie schluckte. »Mit ihnen wäre es alles nicht so weit gekommen.«

»Und Sie meinen, eine Seraph hätte mich getötet?«

»Ja. Schneller, als Sie es für möglich halten!«

Eric ließ den Tee in seinem Becher kreisen. »Ist es nicht ein wenig anmaßend, sich wie ein Engel zu nennen?«

»Ganz im Gegenteil, sie verstehen es als eine Huldigung. Nach der Lehre von Dionysius Areopagita nehmen die Seraphim die höchste Rangstellung unter den neun Klassen der Engel ein«, sagte Emanuela, und auf ihrem Gesicht leuchtete das Feuer der Begeisterung. »Der Orden hat sich an den Darstellungen des späten Mittelalters orientiert, auf denen die Seraphim bei der Geburt Christi zu sehen sind. Wir von der Schwesternschaft des Blutes Christi sehen sie als ihre irdischen Helfer. Sie ehren und schützen das Kostbarste, was uns der Heiland an Irdischem hinterlassen hat. Wie die Erzengel tragen sie Rüstungen und Waffen, um sich dem Bösen entgegenzustellen. Sie ...« Emanuela bezwang ihren Enthusiasmus, brach unvermittelt ab und trank hastig von ihrem Tee. »Ich fürchte, ich habe Ihnen schon zu viel erzählt.«

»Und ich habe es schon wieder vergessen. Es genügt mir, Sie *einmal* bei Faustitia angeschwärzt zu haben.« Eric war schon sehr gespannt, so eine Seraph kennen zu lernen. Er glaubte den Worten der Nonne, deren Begeisterung echt gewesen war. Dieses Leuchten in den Augen war unmöglich zu imitieren.

Sie lächelte, leerte ihren Becher und stand auf. »Machen wir weiter, bevor es dunkel wird. Sie müssen rechtzeitig zurück in der Pension sein, ehe der Mond aufgeht.«

»Sie haben Recht.« Eric schüttete seinen restlichen Tee in die Kanne zurück, schraubte sie zu und nahm seine mühsame Arbeit wieder auf.

Gegen Nachmittag, die Sonne senkte sich gefährlich über den Horizont und schien kaum mehr durch die Bäume, entdeckte er etwas.

Die Stelle, an der er im gefrorenen Schnee scharrte, war weiter vom Hubschrauber entfernt. Gesucht hatte er dort mehr aus Verzweiflung, weil das sonstige Umfeld nichts erbrachte. Auch Emanuela hatte bislang nichts gefunden, was aber vermutlich ihrer Absicht entsprach.

Eric hielt ein münzgroßes, von der Hitze verbogenes, teilweise geschmolzenes Stück Metall zwischen den Fingern, das ihn an einen Anstecker oder eine Medaille erinnerte. Ruß haftete auf den Ornamenten, hatte sich in die feinen Rillen gesetzt und machte die Verzierungen unleserlich.

Er gab sich keinen falschen Hoffnungen hin. Es konnte eine Spur sein, aber ebenso gut ein Knopf, der dem Wildhüter bei seinem letzten Waldbesuch von der Jacke gefallen und jetzt durch Zufall mit verbrannt war.

Er würde es näher untersuchen. Später, ohne Emanuela darüber in Kenntnis zu setzen. Außerdem fehlte ihm im Augenblick die notwendige Geduld, um sich auf die Konservierung von Kleinkram, für die er Lupe, Pinzette, Pinsel und Chemikalien benötigte, zu konzentrieren.

»Haben Sie was?«, hallte ihre Stimme über die Lichtung.

»Ich dachte«, rief er zurück und warf ein Trümmerstück weg, das er ebenfalls aufgehoben hatte. »War aber nichts. Nur Schrott.« Sein Blut wurde wärmer und schmerzte wieder. Zeit für die Tropfen, unbedingt mehr Tropfen als in der Nacht zuvor, auch wenn es ihn hilflos machte. Er konnte es sich nicht leisten, noch eine Nonne zu töten. Ein zweites Mal würde ihm keiner mehr den Unfall glauben, und wenn er sie umbrachte, brauchte er einen verdammt guten Grund. »Gehen wir zurück.«

»Gern. Mir ist unglaublich kalt.« Emanuela wartete auf ihn am Ende der Lichtung, und sie kehrten in die Pension zurück.

Ihr Vermieter schenkte den beiden einen viel sagenden Blick, als sie durch den Flur an ihm vorbeigingen. Dann sprach er sie auf Englisch an. »Wären Sie so freundlich, dieses Mal weniger aufgeregt zu *schlafen*?«, bat er sie. »Sie haben zwar für die Schäden bezahlt, aber es bedeutet schon Mühe für mich.«

»Ich verspreche es. Es war meine Schuld, ich lasse mich beim Sex unglaublich gehen«, erwiderte Eric und zwinkerte dem Mann so übertrieben zu, dass es so aussah, als meinte er Emanuela.

»Das ist mir egal. Halten Sie sich einfach ein bisschen zurück.« Der Mann verschwand im Zimmer.

Eric und die Nonne betraten ihre Unterkunft. Ihr Vermieter hatte tatsächlich frische Bettwäsche aufgezogen. Sie befreiten sich von der dicken Winterkleidung. Emanuela hängte ihre ordentlich auf einen Bügel und in den Schrank, Eric warf Hose und Jacke einfach über einen Stuhl. Dann setzte er sich, stützte den Kopf in die Hände und schaute auf die Tischplatte. Er wünschte sich, dass das Pochen in den Schläfen endete.

Emanuela nahm ihm gegenüber Platz und schenkte den restlichen Tee ein. Sie nahm sich einen Schokoriegel und biss davon ab. »Was machen wir morgen?« Langsam schob sie ihm die Tasse herüber.

»Da wir heute nichts gefunden haben, betreiben wir morgen das gleiche Spiel«, verkündete er. »Oder wissen Sie etwas Besseres?« Er zog einen kleinen Skizzenblock aus seiner Tasche und kritzelte mit dem Kuli darauf herum.

Niedergeschlagen verneinte sie. »Keine bessere Idee.«

Eric schwieg und ließ auf dem Blatt Linien entstehen, die nach und nach zu einem geöffneten Maul wurden, in dessen Zähnen ein Strichmännchen klemmte und sich gegen die zuschnappenden Kiefer stemmte. Er tauchte den Finger in den Tee, ließ ein paar Tropfen aufs Papier klatschen und verrieb sie. Aus der Flüssigkeit und der Kulifarbe ergab sich ein schwacher, dreckiger Nebel, der sich um das Strichmännchen legte und als Wolke nach oben abzog.

Emanuela schaute ihm zu. »Ein Mann in den Fängen des Bösen, der seine Seele verliert«, interpretierte sie.

Ein stechender Schmerz traf ihn hinter dem linken Auge, schnellte durch seinen Verstand und schoss durchs Rückenmark hinab bis ins Becken. Eric ließ den Kuli fallen. »Ich werde in der Badewanne schlafen«, sagte er gepresst, erhob sich schwankend und entkleidete sich auf dem Weg ins Bad.

»Und wenn ich auf die Toilette muss?«, fragte Emanuela entsetzt.

Ihr Einspruch war ihm gleichgültig.

»Wecken Sie mich so um den späten Vormittag. Vorher wird es Ihnen nicht gelingen.« Er schob seine Kleider mit dem Fuß herein, zog die Tür zu und schloss ab. Dann nahm er seinen Kulturbeutel und kramte das Fläschchen mit den Tropfen heraus.

Die Dosis fiel hoch aus, und die Wirkung setzte beinahe sofort ein.

Gerade noch schaffte er es, in die Wanne zu steigen und sich zu setzen, da fiel ein schwarzroter Vorhang vor seine Augen. Dass sein Kopf gegen den Wannenrand schlug, spürte er nicht mehr.

Kroatien, Plitvice, 26. November 2004, 12:08 Uhr

Eric hatte es geschafft, die Badewanne nicht zu zertrümmern. Doch die Bestie hatte sich wieder gewehrt und seinem Körper gezwungen, sich dem Schlaf und der Bewegungslosigkeit zu widersetzen.

Hände und Füße schmerzten, Blut haftete daran; auch die ehemals weiße Badewanne zeigte viele rote, teils getrocknete Spuren. Mal waren es breite Flecken, mal lang gezogene Striche. Er musste um sich getreten und geschlagen haben.

Eric seufzte, nahm den Brausekopf aus der Halterung und

betätigte den Hahn. Warm sprühte das Wasser gegen ihn, wusch das Blut von seinem Körper und der Emaille der Badewanne.

»Herr von Kastell? Sind Sie wach?«, hörte er Emanuelas Stimme durch die geschlossene Tür.

Er sah auf die Uhr, die über dem Spiegel hing und ihm *12:10* entgegenblinkte. »Sie sollten mich doch wecken.«

»Ich habe mich nicht getraut«, gab sie zurück. »Ich musste den Fernseher einschalten und laut stellen, um diese furchtbaren Geräusche zu übertönen. Der Vermieter war schon zweimal hier und hat mehr Geld verlangt, wenn wir noch eine Nacht hier bleiben möchten.«

Eric schaute zu seinen Sachen, die unordentlich auf dem Boden lagen. Die Jacke hatte er nicht so hingeworfen, das wusste er ganz genau.

»Interessant«, murmelte er, stieg aus dem Wasser, verließ die Wanne und tastete nach dem Fundstück aus dem Wald. Es fehlte. Damit hatte Emanuela schon wieder gelogen. Sie hatte sich sehr wohl zu ihm getraut und seine Kleidung durchwühlt, während er im Griff der Bestie hing. Dazu war es nötig gewesen, das Schloss der Tür zu knacken. Eine Frau mit verborgenen Talenten.

»Herr von Kastell?«

»Ich habe Sie gehört. Es wird nicht nötig sein, dem Mann mehr zu bezahlen«, entgegnete er und trocknete sich mit schmerzenden Gliedern und Gelenken ab. Jede Muskelkontraktion sandte dieses unangenehme Stechen an einen Punkt hinter seinen Augen, und es tat verdammt weh.

Nun war es an der Zeit, Emanuela auf neue Weise zu befragen. Sie wusste weit mehr, als sie zugab, sowohl ihm als auch ihrer Vorgesetzten gegenüber. Eric würde ihr etwas geben, das Panik auslöste und Fehler zur Folge hatte.

Nur mit Slip und Hose bekleidet öffnete er die Badtür, seine Linke hielt die Jacke. »Sie werden mir auf der Stelle sagen, welches Spiel Sie treiben.« Seine Rechte packte sie hart an der

Kehle, er streckte den Arm aus und hielt sie auf Abstand, dann rammte er sie hart gegen die Wand. »Sie haben gelogen und gestohlen!«

Er sah an ihren erschrockenen Augen, dass sie sich vor ihm fürchtete. Die Bestie in ihm nutzte seine Wut aus, drängte durch die kleinsten Ritzen seiner Selbstbeherrschung und zeigte sich mit einem irren Funkeln in seinen Pupillen.

»*Vade retro, satanas!*«, krächzte sie und schlug das Kreuz.

»Ich bin gewiss nicht der Satan.« Er verstärkte den Druck auf seine Finger, um ihr noch mehr Luft zu rauben und sie glauben zu machen, dass er sie töten würde. »Sag, wohin du den Anstecker gebracht hast!«, grollte er. »Oder du wirst vor deinen Schöpfer treten. Was weißt du über den Besitzer?«

»Ich ...« Tränen traten in ihre Augen.

»Wem gehörte er? Was hast du mit ihnen zu schaffen? Wer hat den Welpen?«, schrie er und erlaubte seiner Stimme, jegliches Menschliche zu verlieren. Die Bestie in ihm jubelte und warf sich gegen die Ketten, die ihr sein starker Wille noch aufzwang. »Rede, Nonne! Oder ...«

Eric ließ sie abrupt los, keuchte auf und brach vor ihr zusammen. Zuckend lag er auf dem Boden, die Augen drehten sich nach oben weg, so dass nur das Weiße zu sehen war; dann schloss er die Lider und erschlaffte.

Besser konnte man eine Ohnmacht nicht vortäuschen.

»Herr, ich danke dir«, hörte er Emanuela krächzen. Sie stieg über ihn hinweg, ihre Schritte bewegten sich zum Tisch, auf dem das Telefon stand. Ein kurzes Klackern der Tasten, das Freizeichen erklang leise, dann nahm jemand den Anruf entgegen. Die Verbindung war schlecht, Eric verstand nur, dass eine Männerstimme am anderen Ende der Leitung sprach.

»Ich muss sofort verschwinden«, sagte sie aufgeregt und heiser. »Er hat mich ertappt. Ich habe ihm den Anstecker abgenommen, den er gefunden hat, und da ist er auf mich losgegangen. Ich ...« Der Mann sprach und sie lauschte. »Ich soll wohin kommen? Es sind zu viele Störungen in der ... Die Straße nach Slunj? Ich werde abgeholt?«, vergewisserte sie sich. »Aber dann kann ich nicht mehr zur Schwesternschaft zurück.« Sie lauschte. »Gut, einverstanden. Es wird sich etwas finden, um den Willen des Herrn zu erfüllen.« Ihre Kleidung raschelte, anscheinend drehte sie sich zu ihm um. »Was mache ich mit Kastell? Liegen lassen oder ...? Gut, ich überlasse es Ihnen, ihn zu richten.« Sie beschrieb die Pension. »Aber beeilen Sie sich. Ich weiß nicht, wie lange die Ohnmacht ... nein, warten Sie. Ich lege ihn schlafen.« Sie unterbrach die Verbindung, drückte ein paar Tasten und legte sofort wieder auf. Damit funktionierte die Wahlwiederholung schon mal nicht mehr. Das Biest war gerissener, als man ihr ansah.

Anhand der Geräusche wusste Eric, was die Nonne tat: packen, und zwar in aller Eile. Schließlich fiel ihr Schatten über ihn. Sie drückte seinen Mund auf und träufelte etwas hinein. Er kannte den Geschmack nur zu gut: seine Tropfen. Er tat so, als schluckte er die Überdosis, dann ließ sie ihn los und lief zum Ausgang. Die Tür wurde geöffnet und schloss sich wieder.

Kaum war Emanuela weg, spuckte er die Flüssigkeit aus, erhob sich und zog sich eilends an. Er stopfte das Wichtigste seiner Ausrüstung in einen Rucksack und stieg aus dem Fenster, um sich an ihre Fersen zu heften. Dank seiner kleinen Einlage würde sie ihn endlich auf eine konkrete Spur führen; außerdem musste er sich dieses Abzeichen zurückholen.

Er sah sie die Straße herabeilen und nach einem Bus winken, der eben die Straße entlangfuhr. Das machte es schwierig für ihn, ihr zu folgen.

Er duckte sich hinter einem Schneehaufen, als der Bus ihn passierte, und besah sich die teilweise altertümlichen Autos, die vermutlich Hotelangestellten gehörten. Kurzerhand suchte er sich eines aus, dessen Räder halbwegs wintertauglich aussahen, schlug die Scheibe ein und sprang hinein.

Einen Kurzschluss später erwachte der Motor, und Eric nahm

die Verfolgung des Busses auf. Er behielt den Abstand bei, auch wenn ihm das ein oder zwei Hupattacken einbrachte.

Sie ließen den Nationalpark mit seinen unzähligen kleinen und großen Hotels, Pensionen und anderen Unterkünften hinter sich und rollten eine breite Straße entlang. Schneeschleier stoben hinter den Rädern des Busses empor und sorgten für Schneeverwehungen, die Eric mit dem Scheibenwischer bekämpfte.

Er hatte die Heizung bis zum Anschlag aufgedreht, um gegen die durch die geborstene Scheibe dringende Kälte anzukämpfen und zu verhindern, dass er am Steuer festfror. Dennoch war es lausig kalt.

»Verdammt, steig endlich aus«, fluchte er, als der Bus zum geschätzt hundertsten Mal den Blinker setzte und anhielt, dieses Mal an einer kleinen Raststätte, die auch Fremdenzimmer anbot. Der neue Geländewagen auf dem kleinen Parkplatz machte Eric stutzig.

Da stieg Emanuela auch schon aus. Sie lief über die Straße zur Raststätte, sah auf das Kennzeichen des Geländewagens und betrat ohne zu zögern das Gebäude.

Eric lenkte das gestohlene Auto auf den Parkplatz. Durch die Vorderfenster der Raststätte sah er nichts, also suchte er sich einen anderen Zugang, um die Nonne und ihre Verbündeten zu beobachten.

Er stieg in der Deckung eines Lkw aus, lief hinter ihm entlang und gelangte zur Rückseite des Gebäudes. Es gab eine Tür, durch die in diesem Moment eine Frau mit einem Putzeimer in der Hand trat.

»Danke«, murmelte Eric auf Russisch und huschte an ihr vorbei ins Innere. Sie kümmerte sich nicht um den verirrten Gast, während er durch den gekachelten Gang, in dem es nach Urin und Desinfektionsmittel roch, ging und auf einen Durchgang zusteuerte, der ihn hoffentlich in den Gastraum führte.

Durchdringender Zigaretten- und Pfeifenqualm schlugen ihm

entgegen, zarter Kaffeeduft mischte sich unter den Rauch, begleitet von billigen Deos und kernigem Männerschweiß. Ein letzter Rest von gebratenem Speck mit Kartoffeln und Knoblauch schummelte sich in seine Nase und gab Aufschluss darüber, was man hier gern zu Mittag aß.

Eric lugte vorsichtig um die Ecke und entdeckte unmittelbar in seiner Nähe eine Garderobe, hinter die er trat, um sich dort umständlich langsam von seinem Mantel zu trennen.

Durch einen Riss in der Plastikwand erkannte er den Rücken von Emanuela, keine vier Meter von ihm entfernt. Ihr gegenüber saßen zwei Männer, der eine blond, der andere grauhaarig, von durchschnittlichem Aussehen und einem Alter, das um die vierzig Jahre lag. Nichts an ihnen war auffällig, weder die Frisuren noch die Gesichter noch ihre Kleidung. Sie schienen mit der Raststätte zu verschmelzen; es sah fast so aus, als wären sie einfach nicht da. Wer so gekonnt unauffällig war, hatte Erics Erfahrung nach eine ausgesprochen gute Ausbildung erhalten.

Emanuela sprach aufgeregt, sie beugte sich vor und zurück, ihre Hände wirbelten durch die Luft. Einer der Männer schaute auf die Uhr und streckte die Hand aus. Die Nonne nahm ihre Tasche, holte den halb verbrannten Anstecker hervor und reichte ihn an den Grauhaarigen weiter. Dann stand sie auf und ging an der Garderobe vorbei zur Toilette.

Als Eric ihr nachsah und eben noch überlegte, was er als Nächstes tun sollte, ging der Blonde an ihm vorbei und trat ebenfalls durch die Tür zum Klo. Seine linke Hand glitt dabei in die Tasche des hellgrauen Mantels.

Mit Misstrauen folgte Eric ihm und sah die Ferse seines schwarzen Halbschuhs durch die Tür der Damentoilette verschwinden.

Eric legte eine Hand an den Griff seines Silberdolchs und betrat den kleinen Vorraum mit dem Handwaschbecken. Es roch nach Seife, benutzte Papierhandtücher türmten sich in einem zu kleinen Mülleimer neben dem Becken.

Der Mann und Emanuela waren verschwunden, aber aus der hinteren der drei Kabinen drang ersticktes Gurgeln, Wasser plätscherte und spritzte. Entweder hatte eine Person erhebliche Probleme beim Urinieren, oder aber der Mann versuchte gerade, die Nonne in der Kloschüssel zu ertränken.

Eric stellte sich vor die Tür und trat mit aller Kraft dagegen; klirrend und splitternd riss der dünne Eisenriegel samt seiner Halterung aus dem Holz.

Die Tür krachte dem Blonden gegen den Hintern und schleuderte ihn nach vorn gegen den Wasserkasten. Ein Knie hatte er auf Emanuelas Rücken gelegt, mit dem linken Arm stützte er sich rechtzeitig ab, um mit dem Kopf nicht gegen die Wand zu prallen. Die rechte Hand lag im Nacken der Frau und drückte sie in die randvolle Schüssel.

»Besetzt?«, fragte Eric und streckte die Arme nach dem Blonden aus.

Dessen Reaktionsvermögen war beachtlich. Zum einen trat er gegen die Tür und katapultierte sie gegen Eric, der sich erneut und dieses Mal mit seinem gesamten Körper dagegen warf. Er sah, dass der Unbekannte ein Messer gezogen hatte und es in diesem Moment in Emanuelas Nacken rammte. Zu zwei Dritteln fuhr die lange, schlanke Klinge ins Fleisch, an den Wirbeln vorbei ins Kleinhirn; der Körper der Frau erschlaffte auf der Stelle.

Eric versetzte ihm einen harten Tritt in die Körpermitte, der Blonde flog nach hinten gegen Wand und Wasserkasten. »Wer seid ihr beiden?«

Der Mann zog sein Messer aus der Nonne und griff Eric an.

Der wich der heranzischenden Spitze mit einer genau berechneten Seitwärtsdrehung aus und stach dabei von unten zu. Sein Silberdolch schlitzte den Unterarm des Angreifers auf, die Finger öffneten sich und er ließ das Messer schreiend fallen.

»Wer seid ihr?«, wiederholte Eric seine Frage.

Der Mann gab trotz seiner schweren, stark blutenden Verletzung nicht auf. Er absolvierte einen einwandfreien Kick, wie er in jeder Kampfsportschule als glänzendes Vorbild hätte dienen können – und war dennoch zu langsam. Eric fing den Fuß ab und drehte ihn ruckartig um mehr als einhundertachtzig Grad. Er hörte die Gelenke krachen und den Mann ein weiteres Mal aufschreien. Er trat ihm beinahe gleichzeitig das Knie des anderen Beins nach hinten weg, so dass der Blonde rückwärts fiel und mit dem Kopf gegen den Rand der Toilette donnerte. Es knackte laut.

»Scheiße!« Eric konnte die Befragung vergessen. Ein gebrochenes Genick machte jeden normalen Menschen stumm. Aber es blieb ihm noch ein zweiter Mann, draußen im Gastraum.

Der Geruch des Nonnenblutes fachte die Gier der Bestie in ihm an. Er fühlte heißes Verlangen nach dem Fleisch der Frau, nach dem des Mannes, nach dem Lebenssaft der beiden.

Hastig wandte er sich von der Kabine ab und flüchtete in den Vorraum. Als er sein eigenes Gesicht im Spiegel sah, erschrak er. Er wirkte auf sich selbst wie ein aufgeputschter Wahnsinniger, mit einem Leuchten in den Augen und einem unheimlichen Grinsen auf den Zügen. Schnell drehte er den Hahn auf und kühlte sich mit kaltem Wasser den Nacken und das Gesicht. Er hoffte, dass sich der Anblick der Bestie so einfach wegspülen ließ.

Eric verließ die Toilette, ging in den Gastraum und warf sich seinen Mantel über. Es blieb ihm keine Zeit, um Verfolgungsspielchen zu betreiben, daher schritt er ohne Zögern auf den Tisch mit dem Grauhaarigen zu und setzte sich unaufgefordert. Dann schlug er den Mantel etwas zur Seite und hob den Pulli an, damit der Mann seine P9 sah.

»Ich habe einige Fragen an Sie, die mir Ihr toter Freund und die Nonne, die er umbrachte, nicht mehr beantworten können«, sagte er in einem freundlichen Tonfall, um an den vollbesetzten Nachbartischen keinerlei Verdacht zu erwecken. »Also halte ich mich an Sie. Gehen Sie nicht davon aus, dass Ihr Leben sicher ist, weil wir uns in einer Gaststätte befinden. Sie hören mir zu und beantworten meine Fragen. Dann kommen Sie lebend hier raus. Im Gegensatz zu Ihrem Begleiter.«

Der Grauhaarige starrte ihn an. »Beim Heiligen Vater!«

»Jetzt kommt der Papst ins Spiel? Wie nett.« Eric achtete auf jede Bewegung, die der Mann tat. »Hier kommt meine erste Frage: Wer sind Sie?«

Der Grauhaarige schwieg, seine Augen wanderten nach rechts und links und suchten nach Hilfe.

Eric schob ihm den Zuckerstreuer hin. »Tun Sie nichts Unüberlegtes«, warnte er ihn mit einem freundlichen Lächeln. Nach außen hin erweckte es den Anschein, als würden sie sich kennen. »Nun, für wen ...«

Der Mann schrie auf Kroatisch los und deutete auf Eric, sprang auf und wich zurück. Die Gäste wandten ihnen die Köpfe zu, die Frau hinter dem Tresen langte nach dem Telefon und tauchte ab.

»Sie Idiot!«, knurrte Eric und stand auf, zog seine Pistole und schwenkte sie herum. »Bleiben Sie alle ruhig sitzen«, befahl er auf Russisch. »Das ist eine Sache zwischen dem Herrn hier und mir.«

Der Mann bewegte sich Richtung Ausgang, er sagte wieder etwas, woraufhin ein lautes Gemurmel einsetzte.

»Seien Sie still!«, sagte er zu dem Mann. »Wir gehen jetzt zu Ihrem Wagen ...«

Der Grauhaarige duckte sich hinter einen Tisch mit Gästen und riss eine Waffe unter seiner Jacke hervor, legte auf Eric an und schoss mehrmals.

Eric stieß sich ab und hechtete zur Seite, hinter die Garderobe, und feuerte in die Richtung des Mannes, dann rannte er zur Toilettentür, um die Raststätte durch den Hinterausgang zu verlassen. Der Grauhaarige würde sicherlich zum Auto wollen und nicht damit rechnen, dass Eric sich von der anderen Seite näherte.

Er hatte sich gerade zwei Meter auf den Durchgang zubewegt, da langten drei Männer am Tisch neben ihm unter sich und holten großkalibrige Jagdgewehre nach oben. Eric erkannte auf der Jacke eines Mannes die Aufschrift *Enjoy our Nationalpark* und ahnte, wen er vor sich hatte: Wildhüter. Heldenhafte Wildhüter.

Verdammte Idioten!

Ein Sprung brachte ihn in Sicherheit, da krachte das erste Jagdgewehr los. Die Kugel verfehlte ihn und bohrte sich in die Wand des Gangs, zwei Kacheln zersplitterten. Es wurde weitergeschossen ... und ein Teil des Feuers schien nicht ihm zu gelten. Jetzt gellten laute Schreie durch das Gebäude.

Eric rannte zur Tür hinaus, die ihm in dem Augenblick wieder von der Putzfrau geöffnet wurde. Er umrundete das Haus, spähte um die Ecke und sah, wie der Grauhaarige hinter dem Lkw Deckung gesucht hatte, während gleich vier Wildhüter nach ihm schossen.

»Das nennt man wohl zur falschen Zeit am falschen Ort«, murmelte Eric und rannte los, um näher an den Grauhaarigen zu gelangen.

Der Mann schob sich um den Anhänger herum und feuerte dreimal mit seiner Pistole nach den Wildhütern, einer von ihnen ging mit einem Schrei auf den schneematschbedeckten Boden. Das hatte zur Folge, dass die anderen drei noch schneller schossen, dieses Mal auch unter dem Lkw hindurch nach den Füßen des Angreifers.

Der Mann wurde getroffen, eine Kugel riss ihm den halben linken Knöchel weg, und er stürzte. Sein Schreien währte nicht lange, weil die Wildhüter aus allen Rohren durch den Spalt feuerten. Er bekam nicht einmal mehr die Gelegenheit, sich aufzurichten. Noch während er sich herumwälzte und auf ein Rad zukroch, erwischten ihn mehrere Projektile. Der Körper zuckte unter der Wucht der Einschläge, Blut floss aus den Wunden. Sie stellten das Feuer erst ein, nachdem der Mann zur Seite gekippt war und sich nicht mehr rührte.

»Scheiße, klappt denn heute gar nichts?« Eric hetzte zu dem Toten, kniete sich neben das Rad und durchwühlte in dessen Schutz die Taschen.

Er förderte den Autoschlüssel zutage – und fluchte. Es war eine von diesen modernen Chipkarten, ohne Metall, sondern nur auf einem Sender basierend. Sobald er den Knopf drückte, würde das Auto Geräusche von sich geben, Scheinwerfer und Blinker aufleuchten lassen. Einen besseren Hinweis konnten die Wildhüter gar nicht mehr bekommen. Eric fand außerdem das verbrannte Medaillon; beides steckte er ein und huschte mehr kriechend als gehend hinter weiteren geparkten Autos zum schwarzen Geländewagen des Grauhaarigen.

Die Wildhüter rückten vor und sicherten sich gegenseitig. Wahrscheinlich hatten sie im Bürgerkrieg gekämpft und wussten sehr genau, auf was es im Gefecht ankam. Mit ihnen wollte sich Eric nicht anlegen.

Vorsichtig hockte er sich neben den Geländewagen und nahm die Karte hervor. Eric drückte den Knopf und riss sofort die Tür auf, während das bullige Auto fiepte und blinkte.

Einer der Männer drehte den Kopf und sah ihn, schrie seinen Freunden etwas zu und riss das Gewehr in den Anschlag.

Eric schob das Plastikkärtchen in den Schlitz, die Armaturen flammten auf, und ein Schalter mit einer hellblauen Schrift *On* leuchtete. Er streckte den Finger aus, um darauf zu drücken, da zerbarst die Seitenscheibe und er bekam einen Schlag gegen den Oberkörper. Ein Schmerz raste durch seine Brust und trat auf der anderen Seite wieder aus, zerstörte die gegenüberliegende Seitenscheibe auch noch; gleichzeitig krachte es erneut.

Es war lediglich der Auftakt zu einem Trommelfeuer, das die Männer eröffneten. Mehrere Kugeln trafen ihn, in den Hals, seitlich an der Schläfe, in die Schulter. Es tat höllisch weh –

– und die Qualen weckten die Bestie endgültig! Sie schüttelte die Betäubung der Tropfen ab und übernahm die Kontrolle.

Erics Sicht wurde gleißend rot. Er sah nichts mehr. Als würde er in eine glühende Sonne schauen, während ein anderer eine Reise mit seinem Körper unternahm. Er spürte, wie sich seine Muskeln bewegten, wie er sprang und wie seine Finger Dinge zu packen bekamen und in warme, feuchte Körper eintauchten; wie sich ein metallischer Geschmack in seinem Mund ausbreitete.

Er bekam noch mit, wie aus der Sonne ein Mond wurde, der totenweiß am Himmel stand und wunderschön leuchtete. Das Licht wärmte ihn, gab dem Bösen in ihm noch mehr Kraft.

Mit einem letzten Aufbäumen versank sein Verstand in dem weißen Glühen.

VI. KAPITEL

19. September 1767, Italien, Rom

Die Tage vergingen im Fluge, aber trotzdem kamen sie Gregoria vor wie eine Ewigkeit.

Sie verbrachte viele Stunden damit, immer wieder bei den unterschiedlichsten Würdenträgern nach einer Audienz beim Heiligen Vater zu ersuchen, was stets zum gleichen Ergebnis führte, ganz egal, ob sie zunächst vertröstet oder sofort abgewiesen wurde. Ans Aufgeben dachte sie trotzdem noch lange nicht. Ungeduldig saß sie abends in ihrem Zimmer, betete voller Inbrunst oder beobachtete das Treiben in dem engen Gässchen von ihrem kleinen Balkon aus, wenn sie am Ende eines langen Tages zu erschöpft war, um den Herrn um Hilfe zu bitten.

Rom war eine lebendige, verwirrende Stadt und mit nichts vergleichbar, was sie bislang in ihrem Leben gesehen hatte. Es gab mehr Kirchen als an irgendeinem anderen Ort, von dem Gregoria wusste. Und nirgendwo sonst existierte das Altertum so selbstverständlich gleich neben der Neuzeit. Die Bewohner Roms bezogen das, was vom Leben und der Größe ihrer Vorfahren zeugte, ganz einfach in ihren Alltag ein. Nicht immer war dieser Umgang respektvoll: Zwischen den Ruinen des Forum Romanum, wo sich einst das Zentrum der Welt befunden hatte, weidete nun Vieh. An anderen Stellen standen die monumentalen Altertümer wie verlorene Giganten inmitten der modernen Bebauung aus prächtigen Palazzi und einfachen Bürgerhäusern und schienen in melancholischen Starrsinn verfallen zu sein. Vor ihrer Zeit als Nonne und Äbtissin, als sie die junge Frau eines reichen französischen Adligen gewesen war und auf den Namen Valérie Marie Comtesse de Montclair gehört hatte, war sie viel gereist. London fand sie trüb und deprimierend, Stockholm zu kalt. St. Petersburg hatte ihr Herz zwar im Sturm erobert – es dann aber genauso schnell gebrochen. Ihr Mann war dort gestorben. Mit einem Schlag hatte sie ihr Vermögen verloren, und den Jahren der leichtsinnigen Verschwendung folgte die Zeit der Läuterung.

Gregoria trat auf den Balkon und schaute in die schattigen Sträßchen hinab. Welche Zeit im Moment für sie anbrach, wusste sie nicht, aber sie nannte sie seit dem Besuch im Petersdom »die Zeit des Handelns«. Sie würde weiterhin Tag für Tag zum Petersdom gehen und nach dem Heiligen Vater fragen, bis man sie vorsprechen ließ, und wenn es nur aus Mitleid gegenüber einer vermeintlich armen Irren geschah.

Immer wieder – und oft, wenn sie es am wenigsten wünschte – wanderten ihre Gedanken zu Jean. Ob er mittlerweile ahnte, dass sie nicht mehr bei den Camisarden auf ihn wartete?

Gregoria wusste, dass sie alles andere als eine hilflose Frau war. Sie konnte auf sich selbst aufpassen. Und trotzdem sehnte sie sich danach, Jean in ihrer Nähe zu wissen. Mit ihm an ihrer Seite würde das ungute Gefühl verschwinden, das sie immer heimsuchte, wenn sie sich des Kardinals erinnerte, der sie im Schutz der Säulen angesprochen hatte. Je länger sie darüber nachdachte, desto seltsamer kam ihr sein Verhalten vor. Sie musste über diesen Mann Erkundigungen einziehen. Allerdings fiel ihr das schwer, da sie kein Italienisch sprach. Sie bemühte sich bereits jetzt, ein bisschen mehr als die üblichen Standardfloskeln aufzuschnappen. Bald kam das Geld ihrer Familie aus dem Alsace, und es würde ausreichen, um neben Miete und Essen auch einen guten Lehrmeister zu bezahlen.

Während Gregoria ihren Gedanken nachhing, bemerkte sie plötzlich eine Gestalt, die den Hut viel zu tief ins Gesicht gezogen trug und die eben unter ihr in den Eingang des Hauses huschte. Ihr Misstrauen befahl ihr, ins Zimmer zurückzukehren und ihren Silberdolch zu nehmen.

Schritte erklangen auf den Stufen, die über die Dielen wanderten und vor ihrer Tür anhielten; es klopfte, aber so zögerlich, dass sich Gregorias um die Waffe verkrampfte Hand ein wenig entspannte.

»Wer ist da?«

»Ich bin ein Freund von Bruder Matteo, Äbtissin.«

»Ich kenne keinen Bruder Matteo.«

»Aber gewiss erinnert Ihr Euch an den Benediktiner, der die Kerzen vor den Bildern und Statuen austauscht.«

Vorsichtig öffnete Gregoria die Tür einen Spalt. Sie sah einen älteren Mann, der die Kleidung eines einfachen Kaufmanns trug und sein bartloses Gesicht nur widerwillig zeigte. »Was will er von mir?«

»Nichts. Ich bin es, der mit Euch sprechen muss. Es geht um Euer Anliegen.«

»Woher weiß ich, dass ich Euch trauen kann?«

»Weil Ihr in einem anderen Fall bereits tot wärt.« Er drängte sich durch den Spalt. »Rasch, Äbtissin, lasst mich ein, ehe man uns sieht. Das Haus, in dem Ihr Euch befindet, ist nicht sicher und wird gewiss beobachtet.«

Gregoria wich zurück, die Hand mit dem Stilett hielt sie locker neben sich, so dass ihr Besucher die Waffe nicht sehen, sie aber jederzeit zustechen konnte. »Noch habe ich nichts vernommen, was mich dazu bringt, Euch zu vertrauen.«

»Ich gestehe Euch zu, dass Ihr in einer verzwickten Lage seid und es für Euch nicht leicht ist, Gönner und Feinde voneinander zu unterscheiden.« Der Mann nahm den Hut ab; halblanges, hellbraunes Haar kam zum Vorschein. »Doch wenn ich Euch sage, dass auch ich verabscheue, was Francesco im Auftrag anderer unternimmt, würdet Ihr mir dann etwas mehr vertrauen?«

Der Name ihres Feindes versetzte Gregoria einen eiskalten Stich.

»Wer seid Ihr, Seniore?«

»Ich bin Marco Lentolo und wurde von einem Freund, den Ihr zu einem späteren Zeitpunkt treffen werdet, zu Euch geschickt. Es gibt Menschen in Rom, die Euren Worten Glauben schenken, Äbtissin.« Er setzte sich. »Und ich weiß von der Bestie.«

Gregoria wusste nicht, was sie sagen sollte.

Lentolo sah ihr die Überrumpelung an. »Wie wäre es, wenn Ihr mir alles berichtet, was Ihr bereits Rotonda verraten habt, damit wir auf dem gleichen Stand sind wie unser gemeinsamer ... Feind?«

Gregoria erschrak. Also hatte ihr Gefühl sie nicht getrogen! »Wieso sollte der Kardinal mein Feind sein?«, fragte sie dennoch, darum bemüht, sich ihre Erregung nicht anmerken zu lassen.

»Er ist Jesuit, und er ist es, der Francesco aussendet, um seine Arbeit zu tun.«

»Woher weiß ich, dass dies keine Falle ist? Vielleicht seid Ihr es, der mit Francesco gemeinsame Sache macht.«

»Das, Äbtissin, könnt Ihr wohl nur herausfinden, wenn Ihr hier so lange wartet, bis Rotonda seine Leute schickt, um Euch zu entführen und dorthin zu bringen, wo er Euer Mündel gefangen hält.« Er zog den zweiten, schäbigen Stuhl heran. »Setzt Euch und hört mir zu, solange Ihr nicht in der Lage seid, mir zu vertrauen.«

Sie kam seiner Aufforderung nach.

»Wenn ich Euch von der Bestie sprechen höre«, fuhr Lentolo fort, »glaube ich Euch jedes Wort. Ich weiß, dass es sie gibt. Diese Bestie und viele andere, welche die Welt bevölkern und im Auftrag Satans wüten. Es ist nichts Neues für mich. Doch zum ersten Mal, Äbtissin, haben wir eine Zeugin, die Legatus Francescos Anschlag überlebt hat und aussagen kann, welche Verbrechen er sich zu Schulden kommen ließ. Bislang hat dieser Teufel in Menschengestalt alle Beweise gegen sich vernichten können.«

»Was bringt es, wenn er den Schutz des Kardinals genießt, wie Ihr sagtet? Der Papst wird mir nicht glauben.«

»Dieser Heilige Vater nicht, da habt Ihr Recht, Äbtissin. Aber vielleicht der nächste.« Lentolo sagte es absichtlich beiläufig, seine braunen Augen schauten unschuldig, doch der Unterton machte Gregoria stutzig. Aufgrund der Brisanz, die sich in diesen Worten verbergen konnte, wagte sie nicht nachzufragen, was mit diesem harmlosen und doch interpretierbaren Satz wirklich gemeint war. Doch eins schien ihr nun absolut sicher: Sie war dabei, in eine Auseinandersetzung innerhalb der Kurie zu geraten, die schon sehr lange andauerte und größer war, als sie bisher geahnt hatte.

»Bis dahin kann es zu spät für Florence sein«, gab sie mit reichlich Verspätung zurück. Beide schwiegen einen Moment. Gregoria sammelte sich und berichtete dann von den Ereignissen im Gévaudan, von den Erlebnissen mit der Bestie, den Jagden, den vielen Opfern und dem Besuch von Francesco.

Lentolo hörte ihr genau zu und unterbrach sie nicht. Als sie geendet hatte, sah er sie abschätzend an. »War Euer Mündel in Kontakt mit der Bestie, Äbtissin? fragte er dann geradeheraus. »Und kommt nicht auf den Gedanken, mich belügen zu wollen. Die Entführung des Mündels durch Francesco ergibt nur Sinn, wenn sie den Keim des Bösen in sich trägt. Also ist sie entweder schwanger von der Kreatur ... oder sie selbst trägt den Keim in sich, in ihrem Blut.« Er betrachtete Gregorias Gesicht. »Sagt mir die Wahrheit und fürchtet nicht um das Leben Eures Mündels. Sie ist nicht dem Tode geweiht, wenn wir sie finden. Es gibt Mittel, ihr die Bestie aus dem Leib zu treiben.«

»Sie ist ...« Gregoria musste ein Aufschluchzen unterdrücken und bekreuzigte sich. »Sie ist als Bestie geboren worden. Der Herr mag mir vergeben, aber was hätte ich tun sollen, als ich ihr Leiden bemerkte? Sie umbringen?« Sie verbarg ihr Gesicht in den Händen. »Gott weiß, dass ich nach Mitteln gesucht habe, sie von der Bestie zu erlösen, aber die vielen ...«

Lentolo nahm ihre Hand. »Beruhigt Euch, Äbtissin. Was Ihr getan habt, zeugt von Eurer Milde und Eurem großen Herzen.

Ihr tatet Recht, auch wenn es Euch an dem Wissen mangelte, den Dämon aus Eurem Mündel zu treiben.«

»Aber sie ist nicht für die Toten im Gévaudan verantwortlich«, bekräftigte Gregoria rasch. »Die wahre Bestie wurde erlegt von einem braven Mann, der wegen ihr viel Leid erdulden musste. Er verlor seinen jüngeren Sohn an das Böse und tötete ihn mit eigener Hand.«

»War sein Name nicht Beauterne?«

Gregoria schüttelte den Kopf. »Das war der Held, der auf Befehl des französischen Königs dazu ernannt wurde. Die Morde gingen weiter, bis Jean Chastel sie beendete.«

Lentolos Augen verengten sich. »Kann auch er gegen den Legatus aussagen?«

»Nein«, sagte sie schnell. Jean hatte genug durchlitten, sie wollte ihn aus dieser Sache heraushalten, zumal er nicht wirklich viel davon selbst erlebt hatte. »Ich bin Eure einzige Zeugin.«

»Dann werden wir umso mehr auf Euch Acht geben.« Lentolo lächelte freundlich. »Nachdem Ihr mir von Euren schrecklichen Erlebnissen berichtet habt, sollt Ihr hören, wessen Wege Ihr durch Zufall gekreuzt habt.« Er räusperte sich. »Kardinal Rotonda und sein Freund Francesco verfolgen einen wahnsinnigen Plan und haben viele kirchliche Würdenträger auf ihrer Seite. Habt Ihr bemerkt, dass einige Prediger in den Jahren, in denen die Bestie durch Eure Heimat streifte, die Angst der Menschen noch schürten, um sie dadurch in ihre Kirchen zu treiben?«

Gregoria erinnerte sich sofort an verschiedene Priester, über die sich Jean sehr aufgeregt hatte. »Ja.«

»Die öffentlichen Gebete, die vielen Messen zu dieser Zeit, das alles stärkte die Pfarreien wie noch nie. Wenn man bedenkt, dass sehr viele Nachfahren vertriebener Hugenotten im Gévaudan eine Bleibe gefunden haben, waren die drei Jahre die erfolgreichsten für die katholische Kirche.«

Lentolo sah, dass Gregorias Augen immer größer wurden. Sie ahnte, worauf er hinauswollte. »Es kann nicht der Wille der

Kirche sein, die Menschen durch Furcht in die Gotteshäuser zu zwingen!« Sie schüttelte den Kopf. »Es wäre, als würde man sich mit den Dämonen verbünden, um ein eigennütziges Ziel zu verfolgen!«

»Wir beide und einige andere in der Kurie denken gleich. Aber Rotonda sieht es anders. Die Kirche verliert seiner Meinung nach zu viel ihrer Macht.« Lentolo lehnte sich nach vorn. »Diese Bestie wird von Rotonda als ein Gottesgeschenk gesehen. Überall, wo sie auftaucht, sind die Kirchen voll und die Menschen beten zu Gott. Das kann in seinen Augen nur im Sinne der Kirche sein.«

»Das darf nicht sein!« Gregoria schaute ihn ernst an. »Die Menschen sollen aus freien Stücken zu Gott finden, nicht aus Angst. Und niemand, niemand wird diese Bestien kontrollieren können!«

»Da stimmen wir überein. Aus diesem Grund hat sich eine Gruppe gebildet, die Rotonda und die Zelanti, die Jesuitenfreunde, stürzen möchte. Wir arbeiten schon sehr lange an diesem Plan, und Euer Erscheinen hat uns neuen Auftrieb gegeben. Ihr seid unser Gottesgeschenk, Äbtissin!« Lentolo legte seine Hand auf ihren Handrücken. »Wir finden Euer Mündel, treiben ihr die Bestie aus dem Leib und überführen mit Eurer und ihrer Aussage alle, die an dieser unglaublichen Verschwörung beteiligt sind. Der Heilige Vater mag ein Freund der Jesuiten sein, doch gegen solch massive Anschuldigungen wird er sie nicht mehr in Schutz nehmen können.«

»Wann fangen wir an?«

Lentolo lachte. »Euer Eifer in allen Ehren, Äbtissin, doch es bedarf einiger Vorbereitung. Bei aller Eile, die geboten ist, müssen wir sorgsam und umsichtig vorgehen.«

»Was bedeutet das?« Gregoria fühlte sich wie Georg der Drachentöter, dem man das Untier gezeigt hatte und den man gleich darauf bat, noch ein wenig zu warten, obwohl die Jungfrau bereits in seinen Klauen hing.

»Es geht darum, eine Gemeinschaft aufzubauen, in der es nur Menschen gibt, denen wir vertrauen können. Und in diesem Fall – damit wir sicher sein können, dass kein Jesuit den Fuß in unsere Tür bekommt – soll es eine Gemeinschaft sein, die nur aus Frauen besteht.«

»Das ergibt Sinn.« Gregoria dachte an ihr Kloster, das sie eingestürzt und verbrannt zurückgelassen hatte, und die unschuldigen Seelen, die dort ermordet worden waren. »Meine Schwestern hätten sich sicherlich sofort angeschlossen, aber sie starben durch die Schuld des Legatus, wie Ihr wisst.«

Lentolo sah ihr fest in die Augen. »Was wäre, wenn Ihr mehr als ein neues Kloster bekämt?«

»Ich verstehe nicht ...«

»Gefiele Euch die Vorstellung, an der Spitze eines Ordens zu stehen? Seid Ihr stark genug, das Herz zu sein, das die Schwesternschaft vom Blute Christi zum Leben erweckt?« Er sagte es, als habe er seine Worte seit vielen, vielen Wochen und Monaten vorbereitet.

Wieder bekam Gregoria das Gefühl, ein Rädchen in einem gewaltigen Getriebe zu sein. Aber ein wichtiges Rädchen. »Ich? Das ist nicht Euer Ernst!« Sie richtete sich auf.

»Doch, ist es. Ihr seid die Äbtissin eines Klosters gewesen, Ihr besitzt Geist und Bildung. Ihr seid damit vertraut, wie man Menschen führt und Abläufe organisiert. Aber was am wichtigsten ist: Ihr habt Euren Mut und Eure unerschütterliche Liebe zu unserem Herrn bewiesen, als Ihr nach Rom gekommen seid.« Er sah sie fest an. »Zudem bleibt uns keine Wahl. Rotonda hat seine Augen und Ohren überall, die Zelanti haben ein Netzwerk gewoben, durch dessen Maschen kaum etwas schlüpft. Außer einer beherzten Frau, wie Ihr es seid, Äbtissin.«

Gregoria setzte zu einer Erwiderung an, doch Lentolo hob die Hand. »Lasst die Vorbereitungen unsere Sorge sein, Äbtissin. Wir haben nur auf den Tag gewartet, da uns Gott jemand wie Euch sendet.« Er stand auf und reichte ihr die Hand. »Werdet zur Gründerin des Ordens und befreit mit seiner Hilfe Euer Mündel. Bedenkt, was auf dem Spiel steht.« Lentolo setzte seinen Hut auf, rückte die Krempe zurecht und ging zur Tür. »Vergesst nicht, dass Ihr bereits in Gefahr schwebt. Francesco wird bald erfahren, wo Ihr seid. Ich habe Männer in der Nähe postiert, die Euch vorerst schützen können. In drei Tagen werde ich Euch wieder aufsuchen und Eure Zustimmung entgegennehmen. Danach werdet Ihr unseren Freund kennen lernen.« Er öffnete die Tür und verschwand.

Gregoria schloss hinter ihm ab und ging auf den Balkon, um ihm nachzusehen. Doch Lentolo beherrschte es perfekt, in der Menge zu verschwinden. Sie sah nicht einmal mehr seinen Hut.

Sie kehrte in ihre Unterkunft zurück, setzte sich dem kleinen Kruzifix gegenüber und starrte auf den Heiland. Mechanisch bewegten ihre Finger die Perlen des Rosenkranzes, und ihre Lippen beteten tonlos das Vaterunser und das Ave Maria, wieder und wieder, ein stummes Flehen um Erleuchtung und Hilfe.

Plötzlich verharrte sie, legte den Rosenkranz auf den Tisch.

Gregoria hatte einen Entschluss gefasst.

19. September 1767, Italien, Rom

Jean war glücklich und erleichtert, sein Ziel endlich erreicht zu haben. Die letzten Wochen hatten ihm viel Kraft abverlangt, jeder Eilbote wäre stolz auf die halsbrecherisch schnelle Reise durch Frankreich, nach Marseille, von dort übers Meer nach Italien und weiter bis nach Rom gewesen. Er hatte deutlich an Gewicht verloren und fühlte sich dennoch so stark wie selten zuvor in seinem Leben.

Jean schaute auf den Zettel, den er vom Marquis bekommen hatte. Der Name der Herberge stimmte, die Straße stimmte. Jetzt begann der umständliche Teil seiner Nachforschungen über den Verbleib von François Comte de Morangiès.

Jean konnte lesen und schreiben, aber Italienisch beherrschte er beim besten Willen nicht. Es hatte auch keinen Grund gegeben, die Sprache zu erlernen, im Gévaudan brauchte man sie schließlich nicht. In Rom schon.

Sein Gewehr hatte er mehrmals in Lederlappen eingeschlagen und in einen Seesack gestopft, weil er nicht genau wusste, wie man in Rom auf Menschen reagierte, die mit Waffen durch die Gassen liefen; den Silberdolch trug er am Gürtel, eine von Maleskys Pistolen befand sich, verborgen vor neugierigen Blicken, unter seinem Rock auf dem Rücken.

Jean trat ein und ging auf den Tresen zu, hinter dem ein Mann in seinem Alter stand, beinahe so herausgeputzt wie einer der Gecken des französischen Königs. Es roch durchdringend nach Parfüm, lautes Frauengelächter erklang aus dem oberen Stockwerk, gefolgt von Gläserklirren; anscheinend wurde in den Gemächern gefeiert.

Natürlich wurde Jean auf Italienisch angesprochen. Er zuckte entschuldigend mit den Achseln. »Versteht Ihr Französisch?«

»*Mais oui*«, wechselte der Man auf der Stelle die Sprache, auch wenn sein Akzent grausam war. »Womit kann ich Euch behilflich sein? Vielleicht ein schönes Bad mit ein wenig Gesellschaft und danach gemeinsame Entspannung in einem unserer besten Zimmer?« Erst jetzt schien er Jeans staubige, fleckige Kleider zu bemerken. »Das heißt ... Habt Ihr denn Geld, um zu zahlen?«

Er hatte nicht damit gerechnet, aber nun erkannte Jean, in was für einem Etablissement er sich befand. Es passte zu einem Wesen wie de Morangiès, sich hier einzuquartieren. »Ich suche jemanden.«

Sofort verschloss sich das Gesicht des Mannes. »Dann solltet Ihr zur Wache gehen, Monsieur. Hier ist niemand verschwunden, und ich gebe auch keine Auskünfte über meine Gäste.«

Jean trat näher an den Tresen. »Ich suche François de Molette, Comte de Morangiès. Ich bin im Auftrag seines Vaters hier, um ihm das Geld zu bringen, nach dem er verlangt hat.«

Schon wurde der Mann wieder freundlicher. »Das trifft sich hervorragend. Der Comte hat bei mir noch eine bescheidene Summe ausstehen, die er bei seinem nächsten Aufenthalt zu zahlen gedachte.« Er langte unter den Tresen, das Geräusch einer sich öffnenden Schublade erklang, dann legte er Jean einen Schuldschein vor. »Da, seht selbst, Monsieur. Das sind seine Unterschrift und sein Siegel.«

Jean drehte den Zettel auf dem Tresen um. Der Wortlaut war auf Italienisch, auch die Summe konnte er nicht entziffern. »Das sind wie viel in französischer Währung?«

Der Mann lächelte viel zu falsch. »In Livres ungefähr ... sechzig.«

»So, sechzig also.« Jeans Lippen verzogen sich zu einem missbilligenden Lächeln. »Sehe ich für Euch aus wie ein Idiot?«

»Natürlich nicht!«

»Oder vielleicht wie ein sehr sanftmütiger Mann?« Jean hatte die Stimme gesenkt und klang bedrohlich, der Ausdruck in den braunen Augen wurde hart. Mit Freundlichkeit kam er hier nicht weiter.

»Das kann ich nicht beurteilen ... aber mir scheint, dass Ihr schwere Dinge mit Leichtigkeit tragt«, kam die Antwort, die ein wenig verunsichert klang.

»Wieso versucht Ihr dann, mich wie einen zahmen Deppen zu behandeln, obwohl Ihr annehmen müsstet, dass es Eurer Gesundheit nicht zuträglich ist?« Seine breite Hand legte sich an den Griff des Dolchs. »Seid gewarnt, Monsieur. Ich werde die von Euch genannte Summe bezahlen und mit diesem Wisch zu jemandem gehen, der mir die Zahl übersetzt. Sollte ich dann beim Umrechnen nicht auf sechzig Livres kommen, könnt Ihr davon ausgehen, dass ich zurückkehre. Und dann schneide ich Euch für jeden betrogenen Livre einen langen Streifen aus der

Haut, flechte sie zusammen und würge Euch damit so lange, bis Ihr mir ...«

»Es sind zweiunddreißig Livres«, sagte der Mann eilends und wich einen Schritt zurück. »Ich ... ich habe mich verrechnet, Monsieur, bitte seid nicht nachtragend.«

Jean zählte ihm fünfunddreißig auf den Tisch, nahm den Schuldschein und sah den Mann an. »Wo finde ich den Comte nun?«

»Ich weiß es nicht. Wenn er nicht bei mir ist, kann es sein, dass er bei Cantelli in Trastevere untergekommen ist. Dort arbeitet eine seiner Freundinnen.« Der Mann wirkte plötzlich sehr eifrig, geriet beinahe ins Plaudern. Das Geld, Jeans Statur und die klare Drohung hatten ihn weich wie Wachs werden lassen. »Fragt nach der Frau namens Passione, Monsieur.«

»Danke.« Jean wandte sich zur Tür. »Sollte der Comte auftauchen, so wäre ich Euch sehr verbunden, wenn Ihr mir Bescheid gebt. Ich lasse Euch wissen, wo ich übernachte. Aber verratet ihm nichts von dem Geld, das er bekommen soll. Sonst gibt er gleich alles wieder auf Pump aus, bevor ich es ihm überreichen kann.« Die Hand pochte gegen den Dolchgriff. »Kommt mir zu Ohren, dass Ihr mir nicht von seinem Auftauchen berichtet, schaue ich bei Euch vorbei und bedanke mich auf meine Weise.«

»Sehr wohl, Monsieur.« Der Mann verneigte sich.

Jean verließ das Haus. Er verbuchte den Besuch nicht als Erfolg, aber auch nicht unbedingt als Misserfolg. Mit dem Schuldschein hatte er etwas gegen den Comte in der Hand, und die zweite Adresse stimmte mit der Liste, die ihm der Marquis gegeben hatte, überein. Neu war der Name der Frau: Passione.

Jean begab sich auf die Suche und stellte nach einer Stunde fest, dass er es ohne die Hilfe eines Einheimischen nicht schaffte, sich in Rom zurechtzufinden. Also griff er auf die Dienste eines Kutschers zurück, der einigermaßen Französisch verstand – jedenfalls genug, um die Grundbegriffe nicht komplett falsch von sich zu geben. Zuerst war der Mann skeptisch ihm gegenüber, aber der goldene Louis d'or überzeugte ihn rasch von der Zahlungsfähigkeit seines gar nicht betucht aussehenden Gastes.

Bei Einbruch der Dämmerung hielt die Kutsche vor der gesuchten Adresse. Jean stieg aus und wies den Fahrer an, vor dem Haus zu warten.

Er betrat das Innere des Gebäudes, das ebenso nach Duftwasser roch wie das erste, in dem er nach dem Comte geforscht hatte; aber diesmal schien der Luxus nicht aufgemalt und vorgetäuscht zu sein. Hier war er echt. Sollte Jean wieder auf einen Schuldschein stoßen, würde er dieses Mal ungleich höher sein als zweiunddreißig Livres.

»Bonjour, Monsieur«, grüßte er den Mann in dem Brokatrock, der hinter einem Stehpult stand; schräg hinter ihm befand sich ein Vorhang, durch den es weiter ins Haus ging.

Der Mann lächelte und antwortete auf Italienisch.

»Sprecht Ihr Französisch?« Dieses Mal hatte Jean weniger Glück. »Comte de Morangiès«, sagte er zu ihm. »Hier?« Er deutete mit dem Daumen auf den Boden, dann zog er das Säckchen mit den Münzen heraus und ließ sie im Beutel klingeln. »Für den Comte.«

Der Mann machte nicht den Eindruck, als würde er verstehen, was Jean von ihm wollte. Darum entschied er sich für einen Strategiewechsel. »Passione?«

»Ma certo Passione – il fiore più bello di Roma!« Der Mann lachte auf und streckte die Hand nach dem Geld aus. Er zählte sich mit Jeans stummem Einverständnis dreißig Livres ab – eine wirklich erstaunliche Summe –, dann hielt er ihm den Vorhang auf.

Dahinter erwartete ihn eine Welt der Sünde.

Ein Tempel der Sünde inmitten des heiligen Roms.

So etwas hatte er sich bisher nicht einmal erträumen können!

Ein leicht bekleidetes Mädchen, dessen Brüste durch ein Nichts von Stoff betont statt verhüllt wurden, nahm ihn bei der Hand und führte ihn mit sanftem Zwang mit sich. Sie hätte seine Tochter sein können.

»Passione?«, fragte er hoffnungsvoll und erhielt ein hinreißendes Lachen, begleitet von einem Kopfschütteln, zur Antwort. Sie führte ihn an halb geöffneten Türen vorbei, in denen Frauen jeden Alters standen, mal weniger, mal mehr bekleidet, und ihn mit neckenden Gesten lockten. Sie räkelten sich für ihn, aber seine Begleiterin wehrte die Versuche, ihn ihr abspenstig zu machen, mit lauten und amüsierten Rufen ab. Sie sah Jean offensichtlich an, dass er sich zum ersten Mal in einem solchen Haus befand, und drückte seine Hand freundlich. Sie kamen in einen Gang, in dem die Luft warm und voller Feuchtigkeit war. Das Mädchen lotste ihn in einen großen Raum, der durch herabhängende Laken in Kammern aufgeteilt war. Es roch nach Badewasser, Jean vernahm das Plantschen von unsichtbaren Gästen.

Sie schob ihn in eines der Separées und bedeutete ihm, sich auszuziehen. Hinter ihm stand ein hölzerner Bottich, Handtücher lagen bereit, mit denen er sich nach dem Bad trocken reiben konnte. Sie verschwand.

Jean stand unschlüssig neben dem Zuber. Sie wollte, dass er ins Bad stieg, bevor er die Dienste von Passione in Anspruch nahm. Da er sich nicht auf einen Disput mit ihr einlassen konnte, öffnete er seufzend seine Kleidung und streifte sie ab, danach schlang er ein Handtuch um seine Hüfte.

Das Mädchen kehrte mit vier kräftigeren Frauen zurück, die Eimer mit beinahe kochendem Wasser schleppten. Sie gossen es nacheinander in den Zuber und verschwanden, gleich darauf kehrten zwei von ihnen mit kaltem Wasser zurück.

Das Mädchen streute ein Pulver hinein, und sofort verbreitete sich ein sehr angenehmer Geruch. Sie deutete lachend auf das schäumende Wasser.

»Erst, wenn Ihr draußen seid«, sagte Jean und scheuchte sie hinaus. Danach stieg er in den Zuber und genoss die ihn umspülende Wärme.

Auch wenn er zuerst gar nicht gewollt hatte, freute er sich sehr über das erzwungene Bad. Die letzten Tage hatte er kaum Gelegenheit gehabt, sich ordentlich zu waschen, was man ihm wohl angesehen hatte.

Als Jean sich abtrocknete, bemerkte er am Geruch seiner Kleider, dass selbst eine nicht unbedingt feine Nase seine Anstrengungen und den vergossenen Schweiß gerochen hätte. Es fiel ihm schwer, wieder in die schmutzige Kleidung zu steigen.

Das Mädchen war plötzlich wieder da, lachte ihn fröhlich an und bestand gestenreich darauf, dass er sofort wieder aus den Sachen stieg. Sie reichte ihm einen leichten Mantel, packte seine Sachen in den Seesack und nahm ihn wieder an der Hand. »Passione«, sagte sie lächelnd.

Jean atmete erleichtert auf. Er hatte befürchtet, dass er noch andere Reinigungsprozeduren über sich ergehen lassen müsste, bevor er endlich zu der Frau vorgelassen wurde, die nach Aussage des Wirts des anderen Bordells die Freundin des Comtes war.

Sie erklommen eine Treppe bis hinauf ins dritte Stockwerk, in dem es nicht mehr ganz so feudal aussah wie in den Ebenen darunter. Das Mädchen blieb vor einer Tür stehen, klopfte und streckte den Kopf hinein.

Von drinnen erklangen der Fluch eines Mannes und der Ruf einer Frau; schnell zog das Mädchen sich wieder zurück und schloss die Tür. Sie lächelte wie ein Engel und zeigte Jean mit einer wenig dazu passenden, aber sehr handfesten Geste, was in diesem Zimmer noch im Gange war.

Sie standen auf dem Flur, hörten das laute Stöhnen des Mannes und das übertriebene Keuchen von Passione, bis der Mann plötzlich ächzte und daraufhin sofort verstummte.

Nach kurzer Zeit öffnete sich die Tür, ein Mann kam heraus und sah sehr, sehr erschöpft aus. Seine Kleider saßen einwandfrei an ihm, als habe ihn ein Kammerdiener angezogen, sogar der dünne Schal um seinen Hals besaß den perfekten Knoten. Er sagte etwas auf Italienisch, dann hob er seinen Gehstock und versuchte, Jean damit zur Seite zu schieben.

Das Mädchen verneigte sich, schlug die Augen nieder und wedelte mit der rechten Hand nach Jean, damit er endlich aus dem Weg ginge. Er fügte sich, und der Mann stolzierte an ihm vorbei. Adlige waren überall gleich.

Danach betrat Jean das Zimmer, in dem er Passione zu finden hoffte.

Eine Frau saß nackt auf dem Stuhl vor dem Spiegel, kämmte sich die zerzausten, langen blonden Haare, sah kurz zu ihm und sagte etwas auf Italienisch. Die untergehende Sonne beschien sie und gab ihr durch die goldenen Haare und den roten Schimmer etwas Erhabenes, Reines, das im Gegensatz zu dem stand, mit dem sie ihren Lebensunterhalt verdiente.

Jean trat näher, stellte seine Sachen auf den Boden und sah an ihr vorbei aus dem Fenster. »Zieht Euch an, Madame«, sagte er freundlich. »Ich will keine käufliche Liebe von Euch.«

Passione unterbrach das Kämmen, dann lachte sie und setzte ihr Tun fort. »Ein Franzose, wie schick. Die meisten von euch sind gut im Bett und haben immer solch lustige Einfälle.«

Jean langte nach der heruntergefallenen Tagesdecke des Bettes und warf sie ihr zu. »Ich meine es ernst. Euer Körper interessiert mich nicht.«

Sie legte die Decke um ihre Schultern und drehte sich auf dem Stuhl so, dass sie ihn besser sehen konnte. Erst jetzt schaute Jean sie richtig an. »Was verschafft mir das Vergnügen, Monsieur, einen Kunden zu haben und nichts tun zu müssen, um mein Geld zu verdienen?«

»Ich suche einen Freund von Euch. Den Comte de Morangiès. Ich habe gehört, Ihr sollt seine Gespielin sein.«

»Sollt Ihr ihn mit nach Hause nehmen?« Es hörte sich beinahe erleichtert an, was Jean stutzig machte.

Jean nahm das Säckchen wieder hervor. »Sein Vater schickt mich. Ich soll ihm Geld bringen, bevor ihn die Schulden ins Gefängnis treiben. Sein Vater möchte nicht noch mehr Skandale.« Er bemerkte ihre Enttäuschung. »Wieso sollte ich ihn mitnehmen?«

Passione senkte den Blick. »Vielleicht ... muss er wieder zu den Soldaten und in irgendeinem Krieg dienen?«

»Wann war der Comte das letzte Mal hier?«

Sie schauderte und zog die Decke enger um sich. »Vor ein paar Tagen.«

Passione machte nicht den Eindruck, dass sie gern die Gespielin des Adligen war. Es musste etwas vorgefallen sein, das ihre Gefühle zu ihm deutlich verändert hatte. Aus Zuneigung schien Furcht geworden zu sein.

»Gibt es etwas, was ich seinem Vater ausrichten sollte?«

»Nein, nein«, antwortete sie zu schnell.

»Madame, wenn er Euch etwas angetan hat, lasst es mich wissen«, bat er mit freundlichem Ton. »Ich werde ihm gern das zurückgeben, was er Euch angetan hat.«

»Er ...« Sie biss sich auf die Unterlippe, dann schluchzte sie. »Er hat mich geschlagen, mit einem Stock. Er schien sich überhaupt nicht mehr beruhigen zu können! Und dann ist er über mich hergefallen wie ... wie ein Tier. Es war furchtbar, Monsieur, und glaubt mir, ich bin einiges von meinen Freiern gewohnt.« Sie schluckte, legte die rechte Hand in den Nacken und fuhr gedankenverloren am Hals entlang über das Brustbein. »Er ... er hat mich sogar gebissen. Nicht ein bisschen, vor Lust, sondern richtig fest. Es hat furchtbar geblutet, ich musste die Kissen neu beziehen lassen.«

Jean schloss kurz die Augen. Er hatte sich während ihrer Erzählung gefragt, warum er trotz der Schläge keinerlei blaue Flecken und Blutergüsse gesehen hatte. Die Erklärung war einfach und schrecklich: Die Bestie steckte bereits im Körper der Frau, und während sie deren Seele zerfraß, ließ das Böse die

Haut makellos schön erscheinen. Für Passiones Profession mochte das zweifellos von Vorteil sein, aber für den Rest der Welt ...

»Sagt, Madame, habt Ihr seit dem Tag gelegentlich Fieber oder Halluzinationen?«

»Seid Ihr Arzt, Monsieur?« Sie stand auf und kam auf ihn zu; die Decke raschelte. »Das wäre hervorragend, denn die Ärzte, bei denen ich war, konnten nichts gegen meine Träume ausrichten.« Passione seufzte. »Aber was werdet Ihr schon tun können?«

Ja, er konnte etwas dagegen unternehmen, aber es würde ihr gewiss nicht gefallen. Jean sah ihr in die Augen. »Madame, wisst Ihr, wo ich ihn finden könnte? Er ist in Gefahr ... und er bringt auch andere in Gefahr.«

Sie sog die Luft ein, setzte sich auf das Bett und schlug die Hand vor den Mund. Langsam ließ sie den Arm sinken. »Er ist wahnsinnig geworden, nicht wahr? Ist es das, weswegen Ihr hier seid?« Sie beugte sich nach hinten, langte nach der halbvollen Flasche Rotwein und nahm einen Schluck. »Ich hatte gleich einen Verdacht. Seine Augen ... er rollte mit ihnen hin und her, fletschte die Zähne und sprang durchs Zimmer. Er lachte, als er meine Angst sah, und meinte, ich solle mich nicht anstellen, sondern mich ebenso benehmen wie er. Anfangs war es noch lustig, aber dann ...« Sie hob die Flasche. Einen Moment lang flackerte so etwas wie Erstaunen in ihren Augen auf, so als könne sie nicht fassen, was sie gerade tat. Jean verstand nur zu gut. Eine hochbezahlte Konkubine wie sie, die sich stets verführerisch und liebreizend präsentieren musste, würde niemals so ungeniert trinken. Offensichtlich war die Bestie bereits dabei, ihr Verhalten zu verändern.

»... hat er Euch gebissen«, vollendete er ihren Satz.

»Ja.« Passione zitterte wieder und sah zu ihm. »Werdet Ihr ihn mitnehmen?«

»Ich tue alles, damit er in seinem Wahn keine weiteren Menschen mehr anfällt und ihnen die Dinge antut, die er Euch angetan hat.« Jean schluckte und verspürte unglaubliches Mitleid. Und trotzdem: Sie durfte nicht am Leben bleiben, sonst würde sie als Bestie nachts durch die Gassen Roms streifen und Menschen reißen.

»Ihr seid meine Rettung, Monsieur.« Sie leerte die Flasche und warf sie achtlos hinter sich aufs Bett. »Girolamo. Er ist oft bei Pietro Girolamo, einem seiner Spielkumpane, wenn er sich in der Stadt blicken lässt. Karten und Frauen und Geld, das sind seine Leidenschaften, Monsieur. Eine davon hat ihn den Verstand verlieren lassen.« Sie lächelte schwach und teilte ihm die Adresse mit. »Nennt das Losungswort *Aurelia Antica* und man wird Euch für einen der Spieler halten und Euch einlassen. Beeilt Euch, bevor er sich noch ein weiteres Mal bei mir blicken lässt.«

Jeans Hand fand wie von selbst ihren Weg auf das Heft des Dolches. Die Zeit für einen Angriff wäre perfekt: Passione war arglos und vollkommen ruhig. Sie würde nicht einmal die Gelegenheit haben, einen Schrei auszustoßen.

Doch was geschähe nach der Tat?

Man hatte ihn als Letzten zur Tür hineingehen sehen, und mindestens das Mädchen und der Adlige könnten es bezeugen. Man würde ihn zu Recht als Mörder suchen. Niemand würde ihm glauben, dass Passione eine Kreatur des Bösen war – was nichts mit ihrer Profession als Hure zu tun hatte.

Jean löste die Finger. Es ging nicht. »Danke, Madame. Ihr habt mir sehr geholfen«, verabschiedete er sich und deutete eine Verbeugung an. »Habt keine Angst, ich kümmere mich um ihn.«

Passione nickte dem Franzosen zu, ließ sich auf das Bett sinken und schloss die Augen. Als sie hörte, wie sich die Tür hinter ihm schloss, atmete sie erleichtert auf. Sie wusste nicht, welche Gedanken dem Fremden zu schaffen machten, sondern freute sich vielmehr, dass ihr unheimlicher Liebhaber bald aus Rom verschwunden sein würde.

Sie beschloss, heute früher aus dem Haus zu gehen. Der Comte sollte sie nicht noch einmal belästigen, denn genau das würde er tun, wenn er Lust verspürte. Sie hatte seine animalische Ader anfangs aufregend gefunden, die Nächte mit ihm waren anstrengend, doch unvergesslich. Eigentlich hätte sie ihn für die Erfahrungen und Höhepunkte bezahlen müssen und nicht er sie. Das hatte sich seit dieser Nacht, in der er vollkommen verrückt geworden war, geändert.

Passione warf die Decke ab und betrachtete ihren nackten Körper im Spiegel. Er war makellos, verführerisch und ohne eine Blessur. Unglaublich, wie gut er die Torturen durch den Comte ertragen hatte.

Sie zog sich an, griff nach der silbernen Haarspange, die sie schon sehr lange nicht mehr getragen hatte – und schrie auf. Schreck und Schmerz durchzuckten sie. Ein lautes Zischen ... und was war das?

Passione starrte auf die geröteten Fingerkuppen. An einer hatte sich sogar eine Blase gebildet. Es sah aus wie ... wie eine Verbrennung! »Was ist mit der Spange?«, raunte sie und betrachtete das Schmuckstück, das harmlos auf dem Tisch vor dem Schminkspiegel lag. »Wieso ist sie heiß?« Sie goss ein wenig Wasser darüber, aber nichts geschah.

Als sie die Spange probehalber mit dem Zeigefinger anstieß, verspürte sie wieder diesen Schmerz, Rauch stieg kräuselnd auf. Dieses Mal war das Fleisch aufgesprungen – und eindeutig verbrannt!

»Ein Fluch!« Passione bekreuzigte sich und schob die Spange mit einem Federkiel in den Nachttopf. »Ersauf darin, Hexenwerk!«

Sie hatte die Spange von Franca geschenkt bekommen, einer Bekannten, von der sie eine solche Freundlichkeit niemals erwartet hatte. Jetzt wusste sie, wieso. »Diese Hündin! Die Haare wollte sie mir in Brand stecken mit der Spange!«

Dieser Anschlag mit schwarzer Magie würde nicht unbeantwortet bleiben. Es gab Orte in Rom, an denen man für Geld die Dienste von Dämonen kaufen konnte, und eines dieser Wesen würde sich schon bald auf die Jagd nach Franca machen!

Sie kannte einen Mann, einen ihrer Liebhaber, der sich einem geheimnisvollen Zirkel angeschlossen hatte. Der Mann gab gern damit an, dass er seinen Reichtum einzig einem Wesen namens Baal verdankte und dass es keine stärkere Kraft gab.

»Baal wird dich fressen, Franca.« Passione nahm ihr Geld aus dem Versteck unter den Dielen hervor; schnell zog sie sich an und lief aus dem Zimmer, ging die Treppe hinab und verließ das Haus durch den Hinterausgang.

Sie stand hinter dem Gebäude in einer schmalen Gasse, über ihr waren Wäscheleinen gespannt; Tücher, Laken und alle möglichen Kleidungsstücke wehten im abendlichen Wind. In der Häuserschlucht herrschte Zwielicht. Die untergehende Sonne besaß nicht mehr genügend Kraft, um die verwinkelten Gässchen auszuleuchten, und ihre reflektierten Strahlen sorgten allenfalls für schummrige, blutrote Helligkeit.

Passione wandte sich nach links und eilte über das holprige Kopfsteinpflaster. Sie kannte die Adresse des Mannes, er lebte nicht allzu weit entfernt. In einer halben Stunde würde sie es schaffen. Sie bog um die Ecke in den Hinterhof, überquerte ihn und lief auf die Tordurchfahrt zu, die sie zurück auf eine der belebteren Straßen führte.

Als sie sich mitten in dem Bogen befand, wurde sie unvermittelt von hinten im Nacken gegriffen, herumgeschleudert und mit viel Wucht gegen die Wand gepresst.

Passione keuchte, sie spürte den Atem eines Menschen im Nacken. Die Hand musste einem Mann gehören, denn sie umschloss mühelos ihr Genick, die Finger reichten bis nach vorn an ihren Hals und machten es ihr unmöglich, einen Hilfeschrei auszustoßen.

»Du hattest heute Besuch«, hörte sie eine dunkle Stimme. »Von einem Franzosen. Sag mir seinen Namen, Hure.«

Passione konnte sich vor Angst nicht bewegen. »Ich ... weiß ... ihn ... nicht«, krächzte sie.

Sie wurde hart mit dem Kopf gegen die raue Ziegelsteinmauer gerammt. »Weißt du ihn jetzt?«

»Nein«, stieß sie erstickt hervor –

– und spürte plötzlich eine ungeahnte Wut gegen ihren Peiniger aufsteigen. Sie schoss durch ihre Adern, brannte in ihren Gliedern, versorgte sie mit ungeheurer Kraft und Lebenswillen. Ein Ruck ging durch ihren Körper, fast hatte sie das Gefühl, dass sie ein bisschen wuchs, nein, das wäre unmöglich, und trotzdem, die Finger des Mannes glitten langsam von ihrem Hals, blitzschnell drehte sie sich um, holte aus, schlug nach dem Mann, schlug mit aller Wut und Kraft.

Passione hatte zu einem Faustschlag gegen das Gesicht des Angreifers angesetzt, doch anstatt ihrer Faust sah sie eine kräftige, knöcherne Klaue mit langen, spitzen Fingernägeln ...

Und dann ging alles unglaublich schnell.

Sie traf den aufschreienden Mann in dessen Rückwärtsbewegung und riss ihm das halbe Gesicht weg. Die scharfen Krallen schlitzten das Fleisch auf, zerschnitten das rechte Auge und die Nase. Passione stieß einen Schrei aus – und hörte ein kehliges, wütendes Kreischen, das nichts mit ihrer Stimme gemein hatte.

Der Angreifer stolperte, fiel, versuchte, von ihr wegzukriechen.

Er gehört mir!

Etwas in Passione befahl ihr, ihm nachzusetzen, seine Kehle zu zerfetzen, sein Blut zu trinken, die Bauchdecke zu zerreißen und die Eingeweide zu fressen.

Ihre Sicht veränderte sich, trübte sich ein und bekam einen rötlichen Schleier, der dem Schein der untergehenden Sonne ähnelte. Passione hörte sich knurren, sie spürte die tiefe Vibration in ihrem Körper, als sie sich über den Mann beugte und ihm das Hemd zerriss, dann erschienen sein blutiger Hals und seine Schlagader groß vor ihren Augen und –

– sie biss zu!

Süß und warm sprudelte das Blut in ihren Mund, sie schluckte begierig, trank voller Lust ... und verlangte nach mehr. Passione riss einen Brocken aus dem weichen Fleisch heraus. Es war gut, besser als alles, was sie bislang hatte erleben dürfen. Sie richtete ihren Oberkörper auf und wollte einen euphorischen Schrei ausstoßen.

Es krachte laut und hallend im Durchgang.

Ein heißer Schmerz zuckte durch ihren Rücken.

Brüllend wandte sich Passione um, die blutverschmierten Krallen zum Angriff erhoben. Aber das Brennen in ihrem Leib ließ nicht nach, es verstärkte sich sogar. Ihre Kraft schwand, und sie fühlte sich kleiner als jemals zuvor. Das Feuer ließ nach und wurde durch immense Kälte ersetzt.

Sie sah an sich herab und stellte fest, dass ihre Kleider zerrissen an ihr herabhingen. Zwischen ihren blanken Brüsten klaffte ein drei Finger dickes Loch. »Ich ...« Sie berührte die Verletzung, hob den Blick und sah den schwarzen Schemen eines Mannes, der ein Gewehr auf sie richtete. Der Umriss kam ihr vage bekannt vor. War es nicht der Fremde, der gerade eben erst ...

»Nein, bei der Heiligen Mutter Gottes! Monsieur, habt Erbarmen!«

Der Schuss dröhnte, eine weiße Wolke quoll aus dem Lauf und beinahe zeitgleich schlug ihr etwas wie ein Hammer gegen den Kopf. Sie verlor schlagartig das Augenlicht, machte zwei Schritte in die plötzlich hereingebrochene Dunkelheit und stürzte, stürzte und versuchte noch ...

Den Aufschlag spürte Passione nicht mehr.

Die zweite Kugel hatte ihr den Tod gebracht.

21. September 1767, Italien, Rom

Gregorias Herz schlug ihr bis zum Hals. Sie würde gleich gegen mehrere Gesetze verstoßen, sowohl die weltlichen als auch die zehn göttlichen, aber sie hatte eine Aufgabe zu erfüllen. Eine Aufgabe, die Leben rettete und Schlimmeres verhinderte, von daher hoffte sie einfach auf die Gnade des Herrn. Nicht zuletzt tat sie es auch für ihn.

Es war dunkel, die Spätsommernacht belohnte die Menschen mit angenehmen Temperaturen für die erduldete Hitze des Tages, und ein sanfter Wind wehte die stickige verbrauchte Luft aus der Stadt.

Gregoria hatte es tatsächlich geschafft, sich im Schutz einer Gruppe von Nonnen an den Garden vorbei Zugang zum Vatikan zu verschaffen. Nun streifte sie durch die weitläufigen Gänge des Officiums und suchte nach der Schreibstube oder dem Amtszimmer von Kardinal Rotonda. Wenn er Francesco nach Saugues gesandt hatte, fanden sich vielleicht Aufzeichnungen darüber in einer Schublade, aus denen sie wiederum auf den Aufenthaltsort von Florence schließen konnte.

Den Vorschlag, dass sie an der Spitze eines Ordens stehen sollte, fand sie schlichtweg unmöglich. Es dauerte ihr zu lange, sie wollte handeln und ihr Mündel befreien, bevor die Handlanger des Kardinals was auch immer mit dem Kind anstellten. Sofern man ihr diesbezüglich überhaupt die Wahrheit gesagt hatte.

Gregoria war sich bewusst, dass Lentolo sie angelogen haben konnte und Rotonda in Wirklichkeit ein aufrechter Kardinal war, auch wenn sie insgeheim selbst daran zweifelte. Sie hatte dennoch keinerlei Beweise gesehen, aus denen sie seine Schuld an den Vorgängen in ihrem Kloster ableiten konnte. Dieser Abend sollte ihr zumindest eine Teilgewissheit verschaffen.

Sie schlich den Flur entlang, von dem ihr gesagt worden war, dass sich dort die Amtsstuben der Würdenträger befanden. Nach langem Suchen stand sie vor einer Tür, an der eine Tafel mit der Aufschrift *Cardinalis episcopus Josephus Rotonda* prangte.

Gregoria hatte noch niemals im Leben ein Schloss ohne einen Schlüssel öffnen müssen. Dementsprechend verfügte sie über keinerlei Erfahrung im Umgang mit Dietrichen und anderen Hilfsmitteln, die ein Einbrecher besaß; auch ihr Dolch würde sie nicht weiterbringen. Ihr Blick wanderte zu dem schmalen Fenster über der hohen Tür.

Sie bat stumm um Vergebung, erklomm die Büste von Papst Pius II. und gelangte von dessen Kopf hinauf zum Rahmen des Fensters. Da es sich nicht öffnen ließ, zerschlug Gregoria es nach kurzem Zögern mit dem Dolchknauf und schwang sich vorsichtig hindurch. Sie schaffte es, sich nicht an den letzten Splittern zu schneiden, und ließ sich auf den Boden gleiten; die Bruchstücke knirschten und knackten unter ihren Stiefelsohlen.

Sie stand in dem dunklen Arbeitszimmer und lauschte mit rasendem Herzen, ob irgendjemand die Geräusche vernommen hatte.

Der Mond schien durch die Fenster herein und beleuchtete einen säuberlich aufgeräumten Schreibtisch, auf dem sich Bücher und lose Papiere stapelten, einen Beistelltisch und Wände voller Bücherregale, die bis zur Decke reichten. Gregoria seufzte. Das bedeutete sehr viel Arbeit.

Als sie es als sicher erachtete, dass niemand kam, um nachzuschauen, was diesen Lärm verursacht hatte, ging sie zum Schreibtisch und versuchte, die Schubladen zu öffnen. Da sie sich nicht öffnen ließen, nahm sie den schweren Brieföffner aus der Schale auf dem Tisch und hebelte die Schubladen auf. Es spielte keine Rolle, ob Rotonda wusste, dass jemand hier gesucht hatte. Die Tatsache, dass das Fenster zerstört war, würde ohnehin sein Misstrauen wecken.

Gregoria durchwühlte die in Latein verfassten Papiere, die sie im Schreibtisch fand. Auf den ersten Blick gab es nichts, was in einem Bezug zu dem Legatus oder ihrem Kloster stand: Bittgesuche von Personen und Gemeinden, Aufstellungen von Priestern für alle möglichen kleineren Aufgaben in verschiedenen Pfarreien, Listen über Gelder, die zur Unterstützung der Bedürftigen an besonders arme Dörfer verteilt wurden. Dazu kamen Briefwechsel mit theologischen Inhalten, von der Interpretation von Bibelstellen und Zitaten bis hin zu generellen Fragen der Liturgie. Es sah alles harmlos aus.

Enttäuscht setzte sich Gregoria in den weichen Sessel und dachte nach. Dann zog sie alle Schubladen heraus, tastete das Innere des Schreibtischs ab, bis sie auf eine Erhebung stieß. Sie drückte vorsichtig darauf – und im gleichen Augenblick schnappte etwas nach ihrem Finger.

Gregoria schrie auf und befreite den Finger aus der Falle. Ein eiserner Dorn hatte sich durch den Nagel gebohrt, die Stelle brannte; Blut quoll aus der Wunde und tropfte auf die Blätter. Schnell wickelte sie ihr Taschentuch darum.

Hinter einem Regal erklang ein Geräusch. Ein Schlüssel wurde in ein Schloss geschoben und gedreht, es klickte mehrmals.

Gregoria schaute sich rasch um und sah nur eine Möglichkeit, sich vor einer Entdeckung zu schützen. Sie erklomm die Leiter bis zum obersten Bücherregal und zwängte sich in den schmalen Spalt zwischen Holz und Decke.

Derweil schwang ein Teil des Bücherregals unter ihr auf, Licht fiel herein und eine verborgene Verbindungstür öffnete sich. Gregoria schaute auf die Köpfe eines braunhaarigen und eines blonden Mannes, beide trugen schwarze Soutanen und Kerzenleuchter. Die Dunkelheit huschte davon und zog sich als Schattenkleckse zwischen die Bücher und Regale, in die Ecken und hinter Möbelvorsprünge zurück.

Der Blonde ging zur Tür und bemerkte das zersplitterte Glas, der andere sah das Durcheinander auf dem Schreibtisch.

»Wir müssen Seiner Eminenz Bescheid sagen«, meinte der Mann am Schreibtisch und sah auf die losen Blätter, dann bemerkte er das Blut. »Wer auch immer hier drinnen war, sein Wissen wird ihm nichts nützen«, lachte er. »Er hat die Falle gefunden.« Er ordnete die Schriften und legte sie in die Schubladen zurück. »Das Muränengift tötet schnell. Wir werden die Leiche bald entdecken.«

Gregoria spürte einen Schwindel, der Raum drehte sich, aber sie zwang sich dazu, keinen Laut von sich zu geben.

Der Mann an der Tür wandte sich zu dem anderen um. »Fehlt etwas?«

»Soweit ich es sehen kann, nicht.« Der Braunhaarige ging zum Regal auf der gegenüberliegenden Seite von Gregorias Versteck, zog einen Atlas hervor und wälzte die Seiten, klappte ihn dann zu und stellte ihn zurück an seinen Platz. »Alles in Ordnung.«

Der Blonde war nicht zufrieden. »Wir sollten das französische Scheusal verlegen lassen. Es ist am Monte Verde nicht mehr sicher. Ich werde Seiner Eminenz vorschlagen, es endlich in die Engelsburg bringen zu lassen. Da gibt es kein Eindringen und kein Entkommen. Ich habe den jüdischen Katakomben vor der Stadt noch nie getraut.«

»Aber wird der Heilige Vater dem zustimmen?«

»Überlassen wir es Seiner Eminenz, den Heiligen Vater zu dieser Entscheidung zu führen.« Der Blonde nahm den Kerzenleuchter in die Rechte. »Räum auf und geh danach zu Bett. Ich werde Seine Eminenz wecken und von dem Vorfall berichten. Wenn du Spuren findest, lass es mich wissen.« Er verließ das Amtszimmer.

Der braunhaarige Mann machte sich sofort an die Arbeit. Fein säuberlich ordnete er die Briefe und Papiere, legte sie in die entsprechenden Schubladen zurück und las die Scherben auf. Er nahm sich sehr viel Zeit und war gründlich.

Gregoria harrte aus. Das Schwindelgefühl war nicht gewichen, und nun, da sie wusste, was in ihr Blut gelangt war, gesellte sich die Angst vor einem qualvollen Tod hinzu. *Ich werde nicht sterben und Florence im Stich lassen,* wiederholte sie unentwegt, hielt ihre Augen mit aller Macht geöffnet und atmete in den Stoff ihres Ärmels, damit der Mann nicht auf sie aufmerksam wurde.

Endlich verließ er den Raum, die Verbindungstür schloss sich, und die Dunkelheit kehrte aus ihren Ecken und Nischen zurück.

Gregoria wälzte sich von dem Regal und angelte mit dem Fuß nach der ersten Sprosse der Leiter. Sie hatte kaum mehr Kraft in ihren Armen und Beinen, beinahe wäre sie beim Herabsteigen von der Leiter gefallen.

Das Gift wirkte und wollte ihre Adern zum Platzen bringen, indem es das Herz zwang, schneller und schneller zu schlagen und das Blut nur so durch sie hindurchzujagen. Sie stützte sich am Schreibtisch ab und wankte mit eiserner Entschlossenheit auf das Regal zu, aus dem der Blonde den Atlas hervorgezogen hatte.

Der Foliant wog schwer; sie schaffte es kaum, ihn mit einer Hand zu heben und mit der anderen aufzuschlagen. Eine Karte reihte sich an die nächste, nirgends fand sich Auffälliges oder Hilfreiches. Aber wozu hatte er dann darin nachgeschaut?

Gregoria entschied, den Atlas mitzunehmen und dem Geheimnis in ihrer Unterkunft auf die Spur zu kommen. Sie musste außerdem herausfinden, wo sich der Monte Verde befand, und vor den Häschern des Kardinals dort sein. Und sie musste ...

Gregoria merkte, wie ein viel stärkerer Schwindel sie erfasste als jener, der sie bisher gequält hatte. Alles schien sich um sie herum zu drehen. Das Herz hämmerte immer noch in ihrer Brust, doch gleichzeitig begann ein anderes Gefühl, sich durch ihren Körper zu brennen, ein Schmerz, der sie gleichzeitig zerriss und ihr dennoch keine Angst machte. Gregoria kämpfte nicht mehr dagegen an, sie ließ sich von dem wilden Taumel mitreißen, stürzte zu Boden.

Herr im Himmel, steh mir bei!

Plötzlich beruhigte sich ihr Herz, wurde langsamer und langsamer, bis es wieder so ruhig und gleichmäßig schlug wie immer. Die Schmerzen und der Schwindel verschwanden. Gregoria merkte, dass sie ohne Probleme aufstehen konnte. Mehr noch: Sie fühlte sich auf merkwürdige Art kraftvoll und belebt. Verdankte sie diese Rettung der heilenden Substanz, die sie nach dem Brand des Klosters eingenommen hatte? Doch das lag so viele Wochen zurück!

Zum Grübeln blieb später Zeit, zuerst musste sie weg.

Gregoria schob die Leiter vor das zerborstene Fenster über der Eingangstür und kletterte hinauf, kroch durch die Öffnung und erreichte dank der Büste den sicheren Boden. Den Atlas halb unter ihrer Robe verborgen, eilte sie hinaus und verließ den Vatikan durch eine kleine Pforte.

Gregoria lief durch die Straßen zurück zu ihrer Herberge. Einer der Bediensteten erklärte ihr mit zahlreichen Gesten, wie sie am schnellsten zum Monte Verde gelangte. Den wertvollen Atlas würde sie lieber mitnehmen, falls man in ihrer Abwesenheit das Zimmer durchsuchte.

Während sie eine angehaltene Kutsche bestieg und das Gefährt sie durch Rom transportierte, überlegte sie, wie sie die Stelle wohl fand, an der Florence festgehalten wurde. Woran sollte sie ein geheimes Gefängnis erkennen? Katakomben vor der Stadt – aber wo genau?

Zwar sank ihr Mut, doch ans Aufgeben dachte sie nicht. Sie ließ die Kutsche am Monte Verde anhalten, stieg aus und bezahlte. Dabei fiel ihr Blick durch das Stadttor, die Porta Portese, und auf einen flüchtigen Lichtschein, der von einer Lampe herrührte, die sich jenseits des Flusses abseits des Weges bewegte. Wer auch immer sie trug, er ging sehr schnell und folgte nicht der Straße.

Einem Impuls folgend, durchschritt Gregoria das Tor und

begab sich außerhalb der Stadt und eilte über die Brücke. Sie sah wieder den schwachen Schimmer und folgte ihm mit einigem Abstand. Sie erkannte einen Mann, der eine Hose aus dunklem Stoff und einen abgestoßenen Gehrock trug. Auf seinem Rücken hing eine Muskete.

Der Mann steuerte auf eine Mulde zu, aus der Licht herausschien, das von einer kleinen, unruhigen Flamme herrührte. Eine Kerze oder eine Öllampe, die im Windzug flackerte. Der Mann verschwand in der Vertiefung.

Sie schlich sich näher an die Stelle und verharrte, bis der Schatten des Mannes verschwunden war; gleich darauf erlosch die Flamme.

Gregoria nahm all ihren Mut zusammen, versteckte den schweren Atlas unter einem Busch und pirschte noch näher an die Bodensenke heran, legte sich auf den Bauch und kroch vorwärts, bis sie leise Männerstimmen vernahm.

Im Mondlicht erkannte Gregoria vier schwer bewaffnete Männer, die in der Senke auf leeren Kisten saßen. Sie unterhielten sich auf Italienisch, was Gregoria nicht verstand, und bewachten einen mit einer eisenbeschlagenen Tür versehenen Eingang. Die Senke war künstlich geschaffen worden, vermutlich als Teil einer Grabung, und der Eingang führte sicherlich zu einer der zahlreichen römischen Katakomben. Gregoria hatte von ihnen gelesen. Antike unterirdische Friedhöfe, die gleichzeitig von christlichen und jüdischen Gemeinschaften genutzt worden waren, um ihre Toten würdig und nach den eigenen Riten bestatten zu können. Später, als Rückzugsorte vor den Verfolgungen, wurden sie ausgebaut. Irrwege aus Stein, unendlich lang und unter der gesamten Stadt verteilt – das perfekte Versteck.

Sie seufzte und betrachtete die Musketen, Pistolen und Dolche der Männer. Ohne weltliche Waffen würden sich die Söldner wohl nicht dazu überreden lassen, von ihrem Posten zu weichen. Hier gab es also kein Vorbeikommen für sie.

Andererseits ...

Wenn die Katakomben wirklich ein derart verzweigtes Netz bildeten, wie sie gelesen hatte, dann musste es die Möglichkeit geben, einen anderen Zugang zu Florences Gefängnis zu finden. Alles, was sie dazu benötigte, waren ein erfahrener Mann oder eine Frau, die sich in der römischen Unterwelt auskannten. Bruder Matteo oder Lentolo würden ihr helfen können, so jemanden zu finden.

Gregoria rutschte weg von der Mulde, stand nach einigen Metern auf, holte den Atlas und eilte zurück zur Porta Portese. Dabei schossen ihr viele Fragen durch den Kopf: Wie schnell konnte man durch die Katakomben vorankommen? Wurde Florence auch im Inneren bewacht? In welchem Zustand befand sie sich? Wie sollte sie Bruder Matteo finden, jetzt, da der Petersdom verschlossen war? Ganz zu schweigen von Lentolo! Ein lähmendes Gefühl der Hilflosigkeit bemächtigte sich ihrer. Gregoria lief mühsam weiter, bekam Seitenstechen und musste schließlich stehen bleiben, um wieder Luft zu bekommen. Sie wandte sich um und sah in die Richtung des bewachten Einganges. Sie war ihrem Ziel so nah – und hatte dennoch keine Gelegenheit, ihr Mündel zu retten.

Verzweifelt kehrte Gregoria in ihre Unterkunft zurück und betete vor dem Kruzifix, bat Gott um Beistand. »Hilf mir, Florence vor denen zu retten, die Böses mit ihr bezwecken wollen«, flehte sie flüsternd und hob das tränennasse Gesicht zum gekreuzigten Christus.

Doch so sehr Gregoria auch auf ein Zeichen hoffte, es geschah nichts. Keine Flammenzungen, keine Engelerscheinung, keine Epiphanie.

Gregoria fiel der Atlas ein, der auf dem Tischchen ruhte. Vielleicht befand sich ein Gesamtverzeichnis der unterirdischen Gefängnisse darin! Doch zuerst benötigte sie einen Schluck Wasser, sie fühlte sich ausgetrocknet – vielleicht noch eine Nachwirkung des Giftes.

Sie schenkte sich einen Becher voll, trank daraus, während sie blätterte, und besah sich jede einzelne Seite genau, ohne etwas zu finden. Es waren Karten von Europa, eine Gesamtübersicht, dann einzelne Länder, und immer wieder unterschiedlich farbige Markierungen, deren Sinn sich ihr nicht erschloss. Es gab keine Legende dazu.

Auch in Italien fand sie diese Kreuze, Kreise und Punkte, aber eine Karte der römischen Katakomben suchte sie vergebens.

Von draußen erklang ein lauter Knall, und Gregoria schreckte zusammen. Das Wasser schwappte durch ihre Bewegung aus dem Becher und flutete die aufgeschlagene Seite.

Sie lauschte, bis sie sich sicher war, dass es sich um einen Fensterladen gehandelt hatte und es keine Gefahr für sie bedeutete. Erst dann bemerkte sie, was geschehen war.

»Nein!«

Hastig stellte sie den Becher weg und wischte mit dem Ärmel darüber, um die Flüssigkeit zu entfernen. Das dicke, harte Blatt hatte sich bereits vollgesogen – und veränderte sich. Hinter dem Blatt wurde verschwommen ein zweites sichtbar.

Sie rieb nun vorsichtig über die Stelle, um dem Geheimnis auf die Spur zu kommen. Sie hatte sich zuerst nichts dabei gedacht, dass das Papier sehr steif, dick und an den oberen Enden nochmals verleimt war, doch jetzt verstand sie. Die Hersteller hatten damit viele Taschen geschaffen, in denen andere Seiten verborgen lagen.

Gregoria stand auf, eilte zur Kanne mit dem Waschwasser, tauchte die Finger ein und rieb über die Klebstellen. Der Leim löste sich, und die Seitenenden ließen sich öffnen. Gregoria zog mehrere dünne Blätter hervor, auf denen mit sehr kleiner Schrift und in Latein Namen, Orte und Daten aufgelistet standen. Ihre Augen blieben an einer Zeile hängen:

Jean Chastel, Ankunft in Rom: 19. September, sucht den Comte – Bestie?

Ihr Herz tat einen Freudenschlag. Jetzt wusste sie, wen sie um Hilfe bitten konnte! Der Verfasser des Eintrags hatte sogar die Absteige aufgeschrieben, in der sie Jean finden würde. Gregoria senkte das Haupt. »Verzeih mir meine Zweifel an dir, Herr«, flüsterte sie, bekreuzigte sich und verließ die Unterkunft. Jetzt würde sich alles zum Guten wenden.

VII. KAPITEL

Kroatien, Slunj, 27. November 2004, 05.41 Uhr

Eric erwachte, hielt die Augen aber geschlossen. Er roch die typischen Gerüche eines Krankenhauses, spürte die Nadel in seinem Arm und Verbände an verschiedenen Stellen seines Körpers.

Sein Gaumen fühlte sich unglaublich trocken an, in seinen Gliedern raste der Schmerz – und es fehlte, wie er zu seinem Schrecken bemerkte, jede Art von Betäubung! Er hatte seine Tropfen nicht mehr genommen, und nur die Ärzte wussten, was sie ihm in die Infusion getan hatten. Sein mühsam aufgebautes Depot an Gamma-Hydroxybuttersäure war vermutlich mit entsprechenden Gegenmitteln erfolgreich bekämpft worden.

Eric fühlte die Bestie, sie triumphierte und lachte ihn aus.

So viel Spaß hatten wir schon lange nicht mehr, nicht wahr, Eric?, hechelte sie. *Es war herrlich! Wir haben ihnen gezeigt, was sie wert sind. Was ihre lächerlichen Gewehre wert sind!* Sie jaulte lang und anhaltend. *Es war beinahe so gut wie in St. Petersburg, weißt du noch? Im Keller? Als ich diese Frau ...*

NEIN!

Die Bestie verstummte.

Jemand trat neben ihn, räusperte sich, dünnes Papier raschelte, der Geruch von Druckerschwärze lag in der Luft. Man hatte Eric offenbar einen Wächter zugeteilt, der nun zurückgekehrt war. Er öffnete vorsichtig die Lider, nicht mehr als einen Spalt, um sich unbemerkt einen Überblick zu verschaffen.

Sein Bett stand neben einem vergitterten Fenster, über ihm schwebte ein Infusionsbeutel. Zu seiner Rechten saß ein Polizist, der in einer sehr bilderreichen Zeitung las und sich gerade müde die Augen rieb; die Uhr an seinem Handgelenk verkündete, dass es auf sechs Uhr morgens zuging.

Was war geschehen?

Die Bestie hatte die Kontrolle übernommen, ihn gesteuert, wie eine Puppe für ihre eigenen Zwecke benutzt, wie sie es schon sehr, sehr lange nicht mehr geschafft hatte. Die Umstände waren für sie auch schon sehr lange nicht mehr derart günstig gewesen.

Eric beschloss, etwas mehr in Erfahrung zu bringen. Er stöhnte leise, öffnete die Augen ganz und spielte dem Polizisten den Überraschten vor. »Wo bin ich?«, ächzte er auf Russisch.

Der Polizist legte die Zeitung zur Seite und nahm ein Funkgerät zur Hand, sprach etwas hinein. »Ich darf Ihnen keine Auskünfte erteilen, Herr Waschinsky«, antwortete er dann auf Russisch. »Sie müssen warten, bis der Kommissar da ist.«

»Wo hat man mich gefunden?«, keuchte er schwach und verzweifelt, um Mitleid zu erregen. Es war schon einmal gut, dass man noch nicht bemerkt hatte, dass sein Waschinsky-Pass gefälscht war. »Was ist ...«

»Ruhig, ruhig«, beeilte sich der Mann. »Sie sind vor einer Raststätte gefunden worden. Sie haben zahlreiche Schusswunden am ganzen Körper.«

»Ja ... die ... Raststätte«, täuschte er Erkennen vor. »Ich bin in eine Schießerei geraten ...«

Die Tür öffnete sich und zwei weitere Polizisten mit wesentlich mehr Abzeichen auf den Uniformen traten ein. Sein Bewacher sprang auf, salutierte und verließ den Raum. Die beiden Männer zogen sich Stühle heran und setzten sich neben das Bett.

»Mein Name ist Tomislav, das ist mein Kollege Pabovic. Wir sind von der Abteilung für Morddelikte und Schwerverbrechen«, stellte sich der eine vor, der einen kurzen, dichten Vollbart trug. Die schwarzen Haare auf seinem Kopf kräuselten sich leicht und erinnerten an den guten alten Minipli, die Uniform hatte ihm früher besser gepasst, als er noch keine geschätzte fünfzig Jahre war und einhundertzehn Kilogramm wog.

Der andere, lang und drahtig mit igelkurzen, blonden Haaren und einem Schnauzbart, zog einen Block und ein Diktiergerät aus seiner Tasche. »Wir ermitteln, was sich genau in der Raststätte zugetragen hat. Sie, Herr Waschinsky«, er neigte sich nach vorn und sah ihn eindringlich an, »sind unser einziger Zeuge. Helfen Sie uns, das Massaker aufzuklären.«

Eric wurde schlecht. »Es hat ... niemand ... überlebt?«

Tomislav presste die Lippen zusammen, und es dauerte, bis er etwas sagte. »Nein. Eine verdammte Schweinerei, die dort passiert ist. Ich habe so etwas in meinen ganzen Dienstjahren noch nicht gesehen. Nicht einmal im Krieg. Siebzehn Leichen, alle verstümmelt. Und dabei ist der Ausdruck für das, was man den Menschen angetan hat, noch viel zu harmlos.« Er nickte Pabovic zu, der die Aufnahmetaste drückte und das Gerät auf die Bettdecke legte, um Papier und Block zu zücken. »Die Täter sind entkommen, und wir hoffen, dass Sie uns helfen können.«

Die Bestie schrie und lachte, heulte ihre Freude laut hinaus. *Es war eine Befreiung! Und ich werde es wieder schaffen!*, versprach sie grollend.

Eric sah die wartenden Gesichter der Polizisten und konnte nichts sagen. Er musste erst verarbeiten, was er da gehört hatte. Er war verantwortlich für den Tod unglaublich vieler Unschuldiger?

»Herr Waschinsky, sollen wir eine Schwester rufen?«, erkundigte sich Tomislav besorgt. »Sie gefallen mir gar nicht.«

»Dabei ist es ein Wunder, dass es Ihnen schon wieder so gut geht«, steuerte Pabovic ein paar aufmunternde Worte bei, um Eric zum Reden zu animieren. »Andere Menschen sterben schon bei einer einzigen der Verletzungen, die Sie aufweisen.«

»Sie ... sie kamen mit dem Auto.« Eric dachte sich in großer Eile eine möglichst einfache und doch plausible Geschichte aus und stellte sich darauf ein, sie zur Not noch ein paar Mal zu bestätigen. »Ein Auto mit ... mit einer eingeschlagenen Scheibe, glaube ich. Sie stürmten in die Raststätte. Geld ... sie wollten Geld«, berichtete er stockend. »Da griffen die Wildhüter zu ihren Gewehren. Es begann eine Schießerei, und ich und andere Gäste rannten hinaus, um zu entkommen. Dort bin ich ein paar Mal getroffen worden. Mehr weiß ich nicht mehr.« Seine Stimme bebte, und dieses Mal war es nicht vorgetäuscht. Die Schuld drohte ihn zu überwältigen, das Wissen um seine Morde brachte ihn an den Rand der Verzweiflung. Er hatte die Bestie so oft im Zaum gehalten ... wieso war es ihm diesmal nicht gelungen?

Die Polizisten wechselten erleichterte Blicke, weil er für sie endlich Licht in die Sache brachte. Sie fragten einige Dinge, Eric antwortete und konzentrierte sich darauf, stets die gleiche Version zu erzählen.

Nach zwei Stunden gaben sie sich mit seinen Auskünften zufrieden. Tomislav nickte ihm zu, Pabovic schaltete das Gerät aus und verstaute den Stift und das Papier in seiner Tasche. »Wir lassen Sie nun wieder in Ruhe, Herr Waschinsky. Bitte verlassen Sie vorerst nicht die Stadt, weil wir mit Sicherheit im Zuge der weiteren Ermittlungen noch Fragen an Sie haben werden.«

»Wann darf ich gehen?«

»Sobald die Ärzte ihr Einverständnis gegeben haben, dürfen Sie das Krankenhaus verlassen. Aber bis dahin haben wir die Ermittlungen am Tatort sicher längst abgeschlossen.« Tomislav grüßte mit einer knappen Handbewegung. »Vielen Dank. Sie haben uns sehr geholfen.« Sie standen auf und unterhielten sich leise auf Kroatisch.

»Was macht der Polizist an meinem Bett?«

»Beschützen, Herr Waschinsky. Sie sind der einzige Zeuge des Massakers. Wenn die Bande erfährt, dass einer der Gäste überlebt hat, könnte sie auf den Gedanken kommen, Sie nachträglich zu töten.« Tomislav rief den Polizisten wieder herein. »Er ist einer unserer besten Männer. Seien Sie unbesorgt.« Sie verschwanden, zurück blieben Eric und sein ungewollter Schutzengel.

Eric wollte verschwinden, und zwar so schnell wie möglich. Er wusste nicht, wie gründlich die kroatische Abteilung für Schwerverbrechen arbeitete, aber es war nur eine Frage der Zeit, bis sein sehr dünnes Lügengeflecht von den Ermittlern entwirrt wurde. »Holen Sie mir was zu trinken?«, bat er den Polizisten, der sich eben hingesetzt hatte.

»Sicher.« Der Mann legte die Zeitung auf den Tisch und trat auf den Flur.

Eric streifte seine Verbände ab und betrachtete die Haut. Die Wunden waren beinahe vollkommen verheilt; nur noch rosafarbene Flecken erinnerten daran, wo eine Kugel ein- und nach ihrer kurzen Wanderung durch seinen Körper wieder ausgetreten war. Er stand auf, zog sich die Infusionsnadel aus dem Arm und stellte sich hinter die Tür. Als sie geöffnet wurde und der Polizist eintrat, schlug er ihn von hinten nieder, danach entkleidete er ihn und zog die Uniform an. Den nackten Polizisten legte er in sein Bett und deckte ihn zu. Den Pflegern würde der Austausch auf den ersten Blick nicht auffallen, hoffte er.

Im Nachttisch entdeckte er den verkohlten Anhänger, seinen Geldbeutel, das Handy und andere persönliche Gegenstände. Die Waffen fehlten.

Mit der Wasserkanne in der Hand verließ er das Zimmer und ging durch die Korridore, stellte die Kanne irgendwann ab und stieg in den Fahrstuhl, der ihn nach unten brachte.

Die verspiegelte Innentür zeigte ihm einen übernächtigten Polizisten, der tiefe Augenringe hatte und alles andere als Vertrauen erweckend aussah. Eine gute Tarnung. Jeder würde seinen Befehlen sofort Folge leisten, um ihn schnell wieder loszuwerden.

Wieso willst du ein schwacher Mensch sein?, heulte die Bestie in ihm. *Sieh dich an! Du könntest mit mir zusammen so viel erreichen. Lass mich frei, lass mich gehen und überlass dein Leben mir! Du wirst so viel Macht und Reichtum erlangen, dass du nicht mehr weißt, wohin mit beidem. Und Frauen, Eric, du wirst unendlich viele Frauen haben, die alles tun, was du von ihnen verlangst! Sie werden dir hörig sein. Lena wird dir hörig sein, sie wird sich dir unterwerfen. Lass nicht zu, dass die dreckigen Nonnen sie ...*

Erics Faust schlug mit Wucht gegen die Tür. Eine Delle verzerrte sein Spiegelbild. Die Bestie schwieg abrupt – und doch stand Eric der Schweiß auf der Stirn. Seine Beherrschung begann bereits, brüchig zu werden. Er brauchte seine Tropfen. *Dringend!*

Im Erdgeschoss angekommen, ging er langsam und unauffällig den Flur entlang, verließ das Krankenhaus und suchte nach dem Streifenwagen, dessen Schlüssel er in der Hand hielt.

Sein Plan war einfach: weg hier. Raus aus Kroatien. Und sicher nicht so schnell wieder mit der Schwesternschaft zusammenarbeiten. Die Nonnen hatten ein Problem in den eigenen Reihen, und solange das nicht behoben war, brachte er sich durch die Kooperation unnötig in Gefahr. Er würde Faustitia davon in Kenntnis setzen, wenn er Lena besuchte. Lena ... Ja, er musste nach Rom und sie sehen. Niemand würde ihn daran hindern, nicht ohne schwere Verletzungen und den Verlust einiger Körperteile zu riskieren.

Allerdings besaß er in Rom keinen Vertrauten, der ihm helfen konnte, und Anatol hütete das Anwesen in St. Petersburg. Dabei war er dringend auf Beistand angewiesen, auf einen Menschen, der ihn bei seinem Vorhaben unterstützte. Seine Gedanken waren noch zu wirr, zu sehr von den Eindrücken der Bestie verseucht und beeinflusst.

Der Polizeiwagen stand weiter weg vom Krankenhaus geparkt. Mit ihm sollte es kein Problem sein, bis zur grünen Grenze nach Bosnien-Herzegowina zu gelangen und sich zu einem Flughafen durchzuschlagen. Der Pilot der Dornier hatte ihm gesagt, dass er für Geld überall landete, wo es einen geraden Platz gab. Um den Verlust seiner Ausrüstung tat es ihm Leid, aber es ließ sich nun einmal nicht ändern. Er besaß genug davon.

Eric stieg ein und setzte das Gefährt in Bewegung. Ruckelnd, aber gleichmäßig ratternd gehorchte es seinen Anweisungen. Es ging Richtung Süden, und als er die Stadt verließ, fiel ihm plötzlich jemand ein, den er in Rom um Beistand bitten konnte.

Am Abend fand eine Polizeimannschaft den Wagen in einem Waldstück nahe der Grenze. Vom Fahrer fehlte jede Spur.

VIII.
KAPITEL

21. September 1767, Italien, Rom

Jean lag auf seinem Bett und lauschte auf Geräusche im Treppenhaus und vor seiner Tür.

Seine Muskete hatte er unter einer losen Bodendiele versteckt, weil er nicht genau wusste, ob man ihn bei seiner Tat beobachtet hatte und man ihn anhand der Waffe überführen konnte. Er ärgerte sich, dass er nicht früher daran gedacht hatte, sich eine Position zu suchen, von der er auch den Hinterausgang des Bordells einsah. Deswegen hatte ein Unschuldiger sein Leben verloren.

Wieder hatte die Bestie zwei Tote gefordert: einmal die arme Passione, angesteckt durch den wahnsinnigen Comte, und den Mann, der durch einen unglücklichen Zufall zur falschen Zeit unterwegs gewesen war.

Im Viertel, in dem er wohnte, wimmelte es nach der Tat von Stadtwachen. Jean wagte es nicht, sich in dieser Nacht auf die Suche nach den Kumpanen des Comtes zu machen. Lieber würde er auf den nächsten Morgen warten, da war es unverfänglicher, auf der Straße unterwegs zu sein. Auf sein Gewehr würde er fortan verzichten und die beiden Pistolen gut unter seinem Rock oder einem Mantel verbergen.

Er wälzte sich vom Rücken zur Seite, sah aus dem Fenster –
– und erschrak. Auf der anderen Seite der Gasse sah er eine Silhouette auf dem Dach ... die Silhouette der Bestie! Sie saß zusammengekauert und beobachtete ihn aus Augen, die in der Dunkelheit glühten! Jean riss seine Waffe hoch und zielte. Bevor er abdrücken konnte –
– bemerkte er seinen Irrtum. Das, was er sah, war in Wirklich-

keit ein halb eingefallener Kamin, durch den glühende Funken nach oben gestiegen waren und die Illusion schufen, der Loup-Garou habe ihn gefunden. Jean stieß die Luft aus. Jetzt verfolgte die Kreatur ihn nicht nur in seinen Träumen und in seinem Leben, jetzt glaubte er auch schon, sie überall zu erkennen.

Es begann zu regnen, nicht stark, aber doch so, dass ein gleichmäßiges, leises Rauschen zu hören war. Leise Rufe der Stadtwachen hallten durch die engen Gassen und drangen durch das geöffnete Fenster zu ihm herein. Jean fand das beruhigend und döste ein.

Schritte!
Jean schreckte auf. Er hatte Schritte auf der Treppe vernommen. Leise glitt er aus dem Bett, nahm seine beiden Pistolen und stellte sich neben den Eingang.

Jemand näherte sich seiner Tür, die Holzdielen knarrten. Jean hörte eine leise, undeutliche Frauenstimme. »Jean?«

Es war nicht sehr wahrscheinlich, dass es in dieser kleinen Herberge noch einen Mann mit einem französischen Namen gab, also galt der Besuch unzweifelhaft ihm. Die Frage, die er sich stellen musste, war: Wollte er ihn auch empfangen? Er kannte niemanden in Rom. Aber die Stimme ... sie kam ihm eigenartig bekannt vor ...

Behutsam öffnete er die Tür einen Spalt und sah eine Gestalt in einem schmutzigen braunen Umhang, die gerade zur Nachbartür weiterging. Die Gestalt wandte sich zu ihm, und er sah – in Gregorias geliebtes Gesicht! Die Freude schoss wie ein Blitz durch ihn, machte sein Herz auf der Stelle leichter und hob die Schatten von seinem Gemüt.

»Gregoria«, sagte er leise und winkte ihr mit der Pistole zu. »Rasch, hierher!« Sie huschte an ihm vorbei, er schloss die Tür hinter ihr und legte die Pistolen auf den Tisch.

Gregoria legte den Mantel ab, darunter trug sie ein schlichtes graues Kleid, die Haare verbargen sich unter einem schwarzen Kopftuch. Er sah ihr an, dass sie ihn am liebsten umarmt und geküsst hätte, doch sie verbot es sich selbst.

Aus Respekt vor ihr beherrschte er seine überschwänglichen Empfindungen und das Verlangen, sie festzuhalten und an sich zu drücken, sondern ergriff lediglich ihre Finger und drückte sie sanft und zärtlich. Die Muskeln weigerten sich, die Hand zu öffnen und sich wieder von ihr zu trennen. »Du hattest mir versprochen, nicht nach Rom zu gehen«, sagte er und musste sich sehr anstrengen, um ernst zu sein und nicht glücklich zu lächeln. »Wie hast du mich ...«

»Ich bin nicht gegangen, ich bin gefahren und mit dem Schiff gereist«, gab sie zwinkernd zurück und legte ihre andere Hand auf seine. »Alles andere erkläre ich dir später. Wir haben keine Zeit. Ich glaube, ich weiß, wo Florence hingebracht wurde. Ich brauche deine Hilfe, um sie zu befreien. Aber es muss schnell gehen, sie wollen sie an einen anderen Ort bringen. Vier Männer stehen vor ihrer Tür Wache.«

Jean zögerte nicht einen Lidschlag. »Ich hole meine Muskete.« Er drückte noch einmal ihre Finger und ließ sie dann los. Rasch stieg er in seine Kleidung, nahm das Gewehr, steckte Pulver, Kugeln und den Dolch ein und blickte aus dem Fenster. »Wir nehmen diesen Weg durch den Hinterhof. Vor dem Haus sind zu viele Wachen unterwegs, oder?« Sie nickte.

Er schwang sich über das Sims und kletterte an der Mauer nach unten, Gregoria ließ sich am Geländer des Balkons herunterhängen und sprang.

Jean fing sie auf. Für vier, fünf Herzschläge waren sich ihre Körper ganz nah und spürten die Wärme des anderen. Schnell gab er sie frei, bevor er sich zu einem unverlangten Kuss hinreißen ließ. »Wohin?«

Sie deutete die Gasse hinunter. »Zum Monte Verde und zur Porta Portese hinaus. Da gibt es einen Eingang zu den Katakomben. Florence wird dort gefangen gehalten.«

Die beiden liefen los. Jean schossen tausend Fragen durch den Kopf, zu ihrer Reise, zu ihrer Entdeckung und zu ihrer Kleidung. Sie hätte ihren Habit schon längst wieder tragen können, hatte aber offenbar darauf verzichtet. »Wie lange bist du schon in Rom?«

»Lange vor dir. Ich wollte dem Heiligen Vater von den Ereignissen im Gévaudan berichten ... aber dann kam alles anders. Ich ...« Sie zögerte. »*Wir*, Jean. Wir sind in etwas geraten, das viel größer ist als nur die Jagd auf die Bestie.«

»Was meinst du? Und ... wie groß?«

»Frag mich das in ein paar Tagen. Dann werde ich einen Mann getroffen haben, der mir die Intrigen, die hier in Rom gesponnen werden, genau erklärt.« Gregoria bog um die Ecke und sah, wie weit sie noch von ihrem Ziel entfernt waren. Unglücklicherweise kam dieses Mal keine Kutsche und kein Karren, um sie mitzunehmen. »Aber es geht auch um die Bestien ...«

»Dann wissen sie es schon?«, unterbrach er sie. »Dass der Comte in Rom ist und sein Spiel weitertreibt, das er bei uns begonnen hat?«

»Den meine ich nicht. Er ist nur eine Bestie von vielen, Jean. Die Welt ist voll von ihnen, fürchte ich.«

Jean keuchte vor Anstrengung, Pistolen und Gewehre drückten auf die Beine. Das waren Neuigkeiten, die er gar nicht hören wollte. »Und die Pfaffen haben damit etwas zu schaffen?«

»Warte ab.« Sie schenkte ihm einen liebevollen Blick. »Sie wissen, dass du in Rom bist und den Comte verfolgst. Es scheint ihnen kaum etwas von dem zu entgehen, das mit den Bestien zu tun hat.«

»Da täuschst du dich. Niemand war zur Stelle, als ich eine von ihnen erledigte, nachdem sie einen Mann angefallen hat. Der Comte verbreitet seine Krankheit in Rom, als wollte er die Stadt dem Untergang weihen.«

»Es wird nicht lange dauern und sie fangen auch ihn. Sie sammeln Bestien. Hinter seinem Name stand ...«

Gregoria hielt inne. Eigentlich wusste sie nicht, auf was sich der Zusatz *Bestie?* bezog. Nein, schalt sie sich dann selbst. Es konnte unmöglich Jean gemeint gewesen sein. »Hinter seinem Namen stand die Frage, ob er eine Bestie ist.«

»Spätestens jetzt werden sie es wissen. Er hat seine Gespielin zu einer Werwölfin gemacht und sie auf die Römer losgelassen. Es war Glück, dass ich sie fand und aufhielt, bevor sie ihren Streifzug durch die Stadt beginnen konnte.«

»Er will vielleicht von sich ablenken.« Gregoria lief immer schneller, und Jean fiel allmählich hinter ihr zurück.

»Das sehe ich genauso«, ächzte er. Das Gewicht seiner Waffen machte seine Beine rascher müder als gewöhnlich, außerdem hatte er einen langen Tag in den Knochen stecken. »Wenn wir Glück haben, ist er hier, um sich die Pfaffen vorzunehmen.« Jean blieb stehen, weil seine Lungen schmerzten. Er stützte sich mit einem Arm gegen die Wand. »So wird das nichts. Wir brauchen einen Wagen.«

»Es gibt aber keinen«, sagte Gregoria fordernd und ging weiter. »Bitte, Jean! Es ist eilig!«

Fluchend stieß er sich von den Steinen ab und marschierte hinter ihr her. Da er nicht mehr sprechen konnte, machte er sich eigene Gedanken zu dem, was er von Gregoria gehört hatte, aber lüften würde sich der Schleier erst, wenn sie ihn vollends in Kenntnis setzte.

Endlich erreichten sie die Porta Portese. Gregoria führte Jean hinaus, und sie schlichen über die Brücke und über das Feld bis an die Mulde. Es fiel der Äbtissin sofort auf, dass keine Stimmen mehr aus der Senke zu vernehmen waren. Als sie sich ihr kriechend genähert hatten, sahen sie, dass sich tatsächlich keine der Wachen mehr dort befand.

»Warte hier.« Jean stand auf, nahm die Muskete halb in den Anschlag und ging gebückt in die Mulde hinab, schaute sich um und spähte durch das Guckloch in der eisenbeschlagenen

Tür; schließlich rief er Gregoria zu sich und stellte den Kolben der Muskete auf den Boden. »Sie sind weg.« Er richtete seine Augen auf den Boden. »Sie haben die Gefangene aus den Katakomben geholt und sie auf einen Wagen verladen.« Er zeigte auf die Spuren. »Hier wurde sie hochgeschleift. Weiter hinten habe ich frische Radabdrücke gesehen, die über den Graben laufen.«

»Zu spät«, flüsterte Gregoria entsetzt und lief zur Tür. So sehr sie daran rüttelte, sie öffnete sich nicht. »Sie haben das Kind in die Engelsburg gebracht! Dort werden wir sie niemals befreien können. Die Festung des Papstes ist zu stark bewacht und ...« Sie brach in Tränen aus. »Florence«, weinte sie. »Ich hatte die Gelegenheit, sie zu retten, aber ...«

Jean lehnte die Muskete an die Wand und nahm Gregoria behutsam in die Arme, barg ihren Kopf an seiner Schulter und bot ihr Halt. Sie schlang die Arme um ihn und ließ ihren Gefühlen freien Lauf. So standen sie geraume Zeit, keiner wusste genau, wie lange.

Irgendwann hatte sich Gregoria wieder beruhigt, sie ließ Jean los und machte einen Schritt zurück. »Danke«, sagte sie heiser und wischte sich die Tränen mit den Ärmeln ab. »Was tun wir jetzt?«

Jean zog eine Pistole. »Schauen wir nach, was sich hinter der Tür verbirgt.« Er setzte die Mündung seiner Muskete aufs Schloss und drückte ab; laut krachend rollte die Detonation durch die Nacht. Jean zog die zusätzlichen Riegel zurück und warf sich ein paar Mal dagegen, dann gab die Tür nach und er stolperte ins dunkle Innere.

Es roch nach Raubtier und Exkrementen, nach dem süßlichen Geruch von verwesendem Fleisch. Gregoria entzündete eine der zurückgelassenen Lampen und brachte Licht in den schmalen Gang.

Sie mussten nicht lange gehen, bis sie eine zweite, ebenso massive Tür fanden, die offen stand. Der warme Schein der

Lampe beleuchtete einen verdreckten, gestampften Boden, der mit zerbrochenen Knochen übersät war; an den Wänden hingen eiserne Schellen, mit denen man bis zu vier Personen unbeweglich fixieren konnte. Die Wand dahinter war mit getrocknetem Blut beschmiert, das von den Gefangenen stammen musste, die sich den Rücken an den Steinen durchgescheuert hatten.

Gregoria hob die Kerze, damit sie mehr von den Malereien erkennen konnte. »Eine jüdische Grabkammer«, stellte sie fest.

»Das passt zu den Pfaffen«, meinte Jean verächtlich. »Aus Angst, ihren Gott zu verärgern, indem sie christliche Gräber mit ihren Taten schänden, gehen sie zu den Juden.«

Sie antwortete darauf nichts und zeigte auf eine weitere, sehr schmale Tür. »Da geht es weiter!«

Jean betrachtete das Schloss. »Ich kann es ebenfalls aufschießen.« Er spähte durch die Gitterstäbe, die in Augenhöhe in die Tür eingelassen worden waren, und verlangte die Kerze. Die Flamme flackerte, als er sie emporhob. »Da ist ein Gang, aber er sieht aus, als sei er lange nicht mehr benutzt worden.« Er zeigte auf den Staubfilm am Boden. »Die Mühe können wir uns sparen.« Jean drehte sich zu ihr und berührte sie an der Schulter. »Lass uns verschwinden, bevor jemand nachschauen kommt, was es mit dem Schuss auf sich hat. Wir beraten an einem ruhigen Ort, was zu tun ist.«

Gregoria nickte schwach. Diesen Kampf hatte sie verloren, doch dafür war sie entschlossen, den Krieg fortzusetzen. Nach der Methode, die ihr Lentolo vorgeschlagen hatte, denn anders schien es nicht zu funktionieren. »Gehen wir zu mir, da können wir ungestört reden.«

Sie verließen das Verlies, gingen vorsichtshalber in einem weiten Bogen zur Porta Portese und erreichten nach einem langen Fußmarsch das Zimmer der Äbtissin. Jean setzte sich auf den Stuhl, Gregoria ihm gegenüber auf das Bett. Sie nahm seine Hand und berichtete ihm von ihren Erlebnissen mit Kardinal Rotonda, dem Besuch von Lentolo, ihrem Einbruch in der Amtsstube und ihrem Fund: dem Atlas mit den verborgenen Schriften darin.

Jean entzündete drei weitere Lampen, damit sie genügend Licht zum Lesen hatten. Nacheinander nahmen sie die dünnen Blätter heraus, Gregoria sammelte sie und überflog sie. Später würde sie die Aufzeichnungen für Jean ins Französische übersetzen, bis dahin musste er sich mit einer kurzen Zusammenfassung begnügen.

»Es sind Berichte aus verschiedenen Teilen der Erde, versehen mit den Namen der Missionare, welche die Nachrichten sandten.« Ungläubig starrte Gregoria auf die Zeilen. »Es gibt diese Wandelwesen überall! Und sie haben anscheinend«, sie blätterte vor und zurück, »nicht nur die Gestalt von Wölfen, Jean. Es gibt alle möglichen Arten, Tiger, Löwen ... hier ist sogar von einem Schakalstamm in Ägypten die Rede.«

Sie schluckte und sah ihm in die Augen. »Wir können sie unmöglich alle finden und töten!« Im gleichen Moment erinnerte sie sich wieder an Lentolos Worte. Die Erkenntnis über die weite Verbreitung des Bösen war noch ein Grund mehr, einen Orden zu gründen. Die Diener des Herrn mussten ebenso zahlreich sein wie die Ausgeburten der Hölle.

»Das müssen wir aber«, erwiderte Jean nicht weniger erschüttert als sie. Er hatte befürchtet, dass es vielleicht wirklich ein Rudel von Geschöpfen wie den Comte geben könnte, aber die Listen, die ihm Gregoria zeigte, verkündeten weit größeren Schrecken. »Wir sind die Einzigen, die von ihnen wissen und wie man sich ihrer erwehren kann.«

Gregoria schüttelte ihre Beklemmung ab und machte sich auf die Suche nach Hinweisen auf Florence. Sie fand ein eigenes Blatt nur über das Gévaudan. »Sie haben schon lange ein Auge auf unsere Heimat geworfen«, teilte sie ihm mit. »Sie ahnten seit ein paar Jahren, dass sich etwas im Gévaudan herumtrieb. Der erste geheim angereiste Legatus hat nichts Verdächtiges bemerkt und gilt seit 1764 als verschollen.«

Jean nickte. Das konnte der Mann gewesen sein, den er zusammen mit seinen Söhnen erschossen hatte, als ihre Wege das erste Mal den der Bestie kreuzten. Vermutlich hatte er der Kirche nach seiner Infektion durch den Comte oder das Weibchen die Unwahrheit geschrieben, um nicht Opfer seiner eigenen Leute zu werden.

»Sie hatten von Anfang an den jungen Comte im Verdacht, dessen Lebenswandel ihnen verdächtig genug erschien, um ihn für die Bestie zu halten. Außerdem ...« Sie schaute auf den Namen und schwieg. *Madame du Mont! Beim Allmächtigen, sie haben von Florences Mutter gewusst und dass sie ein Kind vom Comte bekommen hat. Danach suchten sie das Kind und ...* Ihre graubraunen Augen flogen über die Zeilen.

»Gregoria?«

»Dann wurden sie auf Antoine aufmerksam, und als die Berichte immer schlimmer wurden, sandten sie einen zweiten Legatus mit einer Truppe Soldaten ins Gévaudan, um Antoine und den Comte im Geheimen zu untersuchen. Außerdem steht hier, dass der Comte abgereist und nach Rom gegangen ist.« Gregoria sah ihn an. »Das und der Eintrag über dich sind die neuesten Aufzeichnungen.« Sie verschwieg ihm, dass auch Florence in dem Bericht erwähnt wurde.

»Danach hast du ihnen ja auch den Atlas gestohlen«, meinte er. »Deine Tapferkeit wurde belohnt, Gregoria.« Sein Gesicht wurde ernst. »Wir suchen uns eine Bleibe, in der wir sicherer sind als in unseren bisherigen Unterkünften.«

»Ich kann nicht«, sagte sie. »Ich muss warten, bis sie Lentolo zu mir ...«

»Es ist zu gefährlich. Sie wissen inzwischen sicher, dass ihnen der Atlas gestohlen wurde – was liegt näher, als dich zu verdächtigen? Und sie werden sicherlich versuchen, ihr Eigentum zurückzubekommen«, fiel ihr Jean ins Wort. Er sah auf die vielen dünnen Blätter. »Wie lange brauchst du, um sie für mich zu übersetzen?«

»Schwierig. Ein paar Wochen, wenn ich die entsprechende Ruhe habe.«

Jean überlegte. »Wir machen es so: Wir suchen uns heute noch eine Unterkunft, du machst dich ans Übersetzen und ich finde diesen Bruder Matteo, um ihn über unseren Umzug zu informieren.« Er sah auf ihre Kleidung. »Du wirst sie ablegen und dich anders kleiden müssen. Wirke mehr wie eine Römerin, trage buntere Kleider. Das ist zu auffällig, sie werden dich mit deinem schwarzen Kopftuch leicht verfolgen können.« Ihr Gesicht machte die Ablehnung deutlich. »Es geht nicht anders, wenn du unsere Mission erfolgreich zu Ende bringen willst.« Er strich über ihre Wange. »Verzichte auf das Grau. Du trägst den wahren Glauben sowieso in deinem Herzen, nicht auf deiner Haut.«

Seine Worte überzeugten sie. »Morgen werde ich mir andere Kleidung kaufen«, versprach sie, »aber jetzt lass uns gehen.«

Gregoria packte ihre Sachen, und sie verließen zusammen die Unterkunft und streiften durch Roms Gassen, bis Jean sich absolut sicher war, dass ihnen niemand folgte. Sie suchten sich daraufhin ein kleines Gasthaus, klopften den Wirt aus dem Bett und bezahlten ihm eine gute Summe. Gregoria bezog ein Zimmer, Jean holte aus seiner Herberge die restlichen Sachen und kehrte im Morgengrauen zu ihr zurück.

Jean schlief im gleichen Bett wie Gregoria, die ihn kaum mehr an die Äbtissin erinnerte, die er vor mehr als drei Jahren zum ersten Mal gesehen hatte. Er betrachtete die Schlafende und sah eine ganz normale Frau in den besten Jahren mit kurzen blonden Haaren. Er hatte sie wieder – so schön, so begehrenswert, so nah. Und dennoch so unerreichbar.

Er drehte sich um, legte eine Pistole unter das Kissen, die zweite neben das Bett auf den Boden, und lauschte in sich hinein. Bei aller Spannung, bei allen Gefahren, bei allen Unwägbarkeiten, die vor ihnen lauerten, und trotz der Erschöpfung hatte er sich selten besser gefühlt als jetzt. Die Unruhe und die Wut waren gewichen, die Nähe zu Gregoria hatte sie weggewischt.

Doch dann fiel Jeans Blick einmal mehr auf den unverheilten Kratzer am Handgelenk.

22. September 1767, Italien, Rom

Jean hielt sich immer an der Wand des Petersdoms, bekreuzigte sich gelegentlich vor Heiligenbildern und bewegte die Lippen, als würde er stumm beten. Mit diesem Verhalten ging er in der Menge der unzähligen Pilger auf, die glückselig durch das verschwenderisch ausgestattete Gottesschloss wandelten. Jean fühlte sich hier nicht sehr wohl, all der Prunk und die frommen Gesichter waren ihm größtenteils zu scheinheilig. Dank Gregoria unterschied er inzwischen zwischen guten und schlechten Priestern, doch nach seiner Einschätzung überwogen leider die schlechten. Und nach den jüngsten Ereignissen sah er sich in seinem Urteil umso mehr bestätigt.

Er suchte nach Bruder Matteo, der ihm von Gregoria beschrieben worden war. Sie saß in der Zwischenzeit in der Unterkunft, eine geladene Pistole auf dem Schreibtisch, an dem sie mit der Übersetzung der Blätter begonnen hatte.

Jean hatte bereits einige Runden gedreht, doch immer noch keinen Mann entdeckt, auf den die Beschreibung der Äbtissin passte. Das beunruhigte ihn. Was wäre, wenn er den falschen Kuttenträger ansprach?

Er legte den Kopf in den Nacken und betrachtete die Mosaiken, das funkelnde Allerlei, das für ihn allein menschliche Maßlosigkeit darstellte. Um in Gottes Sinn zu handeln – des Gottes, von dem ihm Gregoria schwor, dass es ihn gab –, sollten die Gelder den Bedürftigen gespendet werden. Was nützten atemberaubende Kirchen, wenn die Gläubigen sie nicht betraten, weil sie vor den Toren an Hunger starben?

Natürlich wusste er, dass es den Petersdom schon lange gab, die Unsummen, die er gekostet hatte, waren dahin. Doch der Hang zum Gewaltigen blieb: Gerade die Jesuiten zelebrierten im Kampf gegen die Lutheraner das Opulente, verlangten nach größeren und gewaltigeren Bauwerken, um Gott in den Augen der Menschen zu erhöhen und sie zum Glauben zurückzuführen.

Jean konnte sich nicht erinnern, dass Jesus etwas Ähnliches von seinen Jüngern verlangt hatte. Nirgendwo stand: *Gehet hin und baut gewaltige Kirchen* oder *Kleidet die Priester in teure Kleider und erlaubt ihnen, Geld für Sinnloses auszugeben.* Umgeben von derartiger Vergeudung war sich Jean sicher, dass Gott keinem anderen Ort ferner war als diesem.

Er suchte weiter nach Bruder Matteo. Vielleicht war es besser, später wiederzukommen und in der Zwischenzeit ... *halt!* Jean bemerkte den Zipfel einer braunen Kutte, die eben hinter einer Ecke verschwand. Er lief hinterher und sah einen Mann, auf den tatsächlich die Beschreibung von Bruder Matteo passte. Er trug eine leere Kiste durch einen Seitenausgang. Jean heftete sich, nach einem kurzen, unauffälligen Rundblick, an seine Fersen und schlüpfte über die Schwelle, bevor die Tür ins Schloss fallen konnte.

Plötzlich stand er vor einem erschrockenen Mönch, der einen Kerzenständer in der Hand hielt und den langen Dorn halb drohend in seine Richtung reckte. Dann traf ihn ein Schwall italienischer Worte.

»*Sparisci farabutto! Non pensare che non mi possa difendere! Dio ei santi sono con me!*«

»Versteht Ihr die französische Sprache, Bruder Matteo?«

»Ich weiß nicht, wer Ihr seid, aber dass Ihr es wagt, am Ort des Herrn eine Waffe mit Euch zu führen, macht Euch in meinen Augen nicht vertrauenswürdiger.« Er wich drei Schritte zurück. »Verlasst diesen Ort auf der Stelle.«

»Was redet Ihr ...« Jean merkte, dass sein Gehrock verrutscht war und man den Griff der Pistole erkannte. *Verdammt!* »Die Äbtissin Gregoria sendet mich zu Euch, Bruder Matteo«, sprach er vorsichtig und beruhigend, ohne sich von der Stelle zu rühren, um dem Priester nicht noch mehr Angst zu machen. »Sie hat sich eine andere Herberge gesucht, weil die erste Unterkunft nicht mehr sicher war. Wir müssen sofort mit Lentolo sprechen.«

»Wieso?«

»Gregoria hat neue Dinge erfahren. Es muss dringend gehandelt werden.« Jean langte vorsichtig auf den Rücken und schob den Rock wieder über den Pistolengriff. »Richtet ihm aus, dass wir Lentolo treffen möchten. Heute Abend, nach Sonnenuntergang, im Innenraum des Kolosseums.«

Bruder Matteo stellte den Kerzenständer ab. »Und Euer Name ist ...?«

»Der tut nichts zur Sache. Sie hat mich um meinen Schutz gebeten, und für den werde ich sorgen, falls Gott einmal wegschauen sollte und sie in Schwierigkeiten ist.« Jean konnte es nicht verhindern, der spöttische Nachsatz war einfach aus ihm herausgeplatzt und ließ den braven Mönch zusammenzucken. »Seid Ihr in der Lage, ihre Nachricht zu übermitteln?«

»Ja, das bin ich. Aber jetzt verschwindet von hier, ehe man uns zusammen sieht.« Er deutete auf einen Gang, der von der Kammer abzweigte. »Geht da hinaus, und Ihr gelangt zurück auf den Petersplatz.«

»Lentolo soll allein kommen«, fügte Jean hinzu. »Er wird mich nicht sehen, doch ich werde da sein und ihn über den Lauf meiner Muskete hinweg beobachten. Sollte er sich in einer Art bewegen, die mir nicht gefällt, wird er mit einem lauten Knall zu Gott fahren.« Er ging, ohne sich noch einmal nach dem Mönch umzuschauen.

Als er durch die Tür am Ende des Gangs trat, stand er tatsächlich seitlich des Doms auf einem Ausläufer des weitläufigen Platzes. »Das wäre schon einmal erledigt«, sagte er zu sich selbst. »Und nun weiter.«

Auch wenn Jean Gregoria nicht lange allein lassen wollte, glaubte er sie derzeit recht sicher. Es wurde Zeit, dass er die Spur des Comtes verfolgte, ehe sie abkühlte und nicht mehr aufzufinden war. Jean machte sich auf, um Pietro Girolamo in der Spielhölle zu besuchen.

Wieder benötigte Jean viel länger, als er ursprünglich vorgesehen hatte. Es bedeutete für ihn keinerlei Schwierigkeiten, sich in offenem Gelände oder in dunklen Wäldern zurechtzufinden – es gab immer Zeichen, die weiterhalfen –, aber in einer Stadt wie Rom hatte er Schwierigkeiten. Es würde dauern, bis sich seine Augen umgewöhnt hatten und Kleinigkeiten an den Mauern der Häuser bemerkten.

Endlich, dem Stand der Sonne und den Temperaturen nach ging es auf die Mittagszeit zu, stand er vor der Tür eines nicht schäbigen, aber auch nicht besonders auffälligen Gebäudes mit kleinen Säulen rechts und links vor den Aufgangstreppen. Es befand sich in der Nähe des antiken Kerns von Rom, Jean hatte die Reste der uralten Bauwerke des Forum Romanum gesehen.

Er trat auf die oberste Stufe und zog an der Kette, die aus der Wand hing. Irgendwo im Inneren hörte er das Geräusch einer Schelle. Jean schaute durch das Buntglasfenster und versuchte, etwas im Flur dahinter zu erkennen. Er schellte wieder, dieses Mal kräftiger und anhaltender. Immer noch blieb es ruhig.

Jean hatte in den vergangenen Jahren gelernt, auf sein Gefühl zu vertrauen, und spürte, wenn etwas im Argen lag. Er legte die Hand auf die Klinke und drückte sie nieder – die Tür schwang auf.

Sobald er sich im Haus befand, zog er seine Pistole und horchte auf die Geräusche, die normalerweise in einem Gebäude zu hören waren, das als Spielhölle diente. Dass es totenstill war, bestärkte Jean in seiner Vermutung: Etwas stimmte nicht.

Er schlich vorwärts, durchstreifte die Räume und entdeckte in der Küche die Leiche des Küchenmädchens. Ihr Mörder hatte ihr das Kleid zerfetzt und ihr tiefe Wunden am ganzen Körper zugefügt. Jean kannte diese Art von Verletzungen. Die Behörden würden einen tollwütigen Hund für den Angriff verantwortlich machen, weil sie es nicht besser wussten. Er wünschte, es wäre wirklich ein tollwütiger Hund gewesen.

Er ging in die Hocke und betrachtete die gezackten Wundränder; in den Löchern hatte sich das Blut gestaut und war teilweise über das helle Fleisch des Mädchens gelaufen. Der Comte war vor ihm hier gewesen und hatte seine Schulden anscheinend anders beglichen, als es sich die Betreiber des Etablissements gedacht hatten.

Jean suchte weiter. Insgesamt zählte er elf Leichen, die mit zerrissenen Kehlen und Körpern in verschiedenen Zimmern lagen. Der Zeitpunkt des Todes musste in der vergangenen Nacht liegen, denn die Leichen waren kalt und das Blut haftete schwarzrot und zäh an ihnen.

Der erschreckendste Anblick bot sich ihm im Spielzimmer. Verloschene Zigarren lagen auf dem Boden und hatten vor dem Erlöschen tiefe Brandlöcher hinterlassen, dazu mischten sich Weinflecken, die Splitter zerborstener Gläser, die bei der Attacke des Werwolfs und dem Kampf vom Tisch gefegt worden waren. Der Comte hatte gewütet und sich nicht damit begnügt, die drei Männer und eine Frau zu töten, nein, er hatte die Gliedmaßen abgetrennt und sie verstreut. Köpfe, Arme, Beine, Rümpfe ...

Jean wurde schlecht, und er eilte hinaus, würgte und hielt sich die Hand vor den Mund. Der Comte ging hier in Rom noch brutaler vor als zusammen mit Antoine im Gévaudan, als würde er mit der alten Stadt und seiner Vergangenheit aufräumen wollen, als wollte er seinen Hass austoben und an allen auslassen, mit denen er jemals zu tun gehabt hatte.

Sein Blick fiel auf die abgetrennte Männerhand, die auf der Schwelle lag. Zwischen den starren Fingern haftete ein Stück Fell.

Schwarzes, katzenähnliches Fell.

Jean kniete sich neben die Hand, entriss ihr das Büschel und rieb es zwischen den Fingern unter der Nase hin und her. Die Farbe passte nicht zur Bestie und auch das Fell roch nicht danach, nicht nach Wolf oder etwas Ähnlichem.

Mit einem Schlag hatte sich die Situation verändert. Dieses Massaker ging nicht zu Lasten des Comtes – ein zweites Wesen hatte das Blutbad angerichtet.

»Verdammt!«

Er steckte das schwarze Fellstück ein und verließ das Haus durch ein Seitenfenster, um nicht beim Verlassen des Gebäudes gesehen zu werden.

Auf dem Weg zurück zur Unterkunft machte Jean sich Gedanken. Was hatte der alte Marquis gesagt? *Eine Sache zu Ende bringen ...* Mit dieser Bemerkung hatte sich sein Sohn nach Rom verabschiedet. Der junge Comte war also hierher gekommen, um sich ein Wandelwesen vorzunehmen, das seinen Hass heraufbeschworen hatte. Das andere Wandelwesen nahm die Herausforderung offensichtlich an und hatte nun den Ort überfallen, an dem sich der Comte wie zu Hause fühlte.

Aber aus diesem Krieg der Bestien würde nur einer als Sieger hervorgehen: er, Jean Chastel.

Der Jäger war so in seinen Überlegungen versunken, dass er völlig vergaß, darauf zu achten, ob ihm jemand folgte.

IX. KAPITEL

Italien, Rom, 27. November 2004, 23.41 Uhr

Severina eilte den Korridor des Hotels entlang zu ihrem Zimmer. Eric hatte sich per SMS bei ihr gemeldet und wissen wollen, wo sie abgestiegen war. Auf ihre Antwort hin war keine Reaktion mehr erfolgt. Sehr merkwürdig.

Sie schloss die Tür zu ihrem Zimmer auf, ging hinein und wollte sie gerade ins Schloss ziehen, als sich eine Gestalt von der anderen Seite dagegenwarf.

Mit einem Aufschrei wurde Severina in das dunkle Zimmer geschleudert, sie prallte auf den Boden und verlor ihre Handtasche. Das Licht ging an, und vor ihr stand – Eric!

»Was ...?« Sie strich sich die blonden Strähnen aus dem Gesicht und musterte ihn. Er sah ... bedrohlich aus. Eric trug ein schmutziges Durcheinander verschiedener Kleidungsstücke. Die tiefen Ringe unter seinen Augen verrieten, dass er lange keinen Schlaf bekommen hatte. Doch was Severina wirklich erschreckte, war die ungeheure Wildheit und Brutalität, die sich in seinen Zügen widerspiegelte.

»Eric ...? Was ist los?«

»Sind Sie allein?«, fragte er gehetzt und schaute durch den Türspion. Der Gang war leer. »Darf ich reinkommen?«

»Du bist schon drin. Was ist denn mit dir?«, fragte sie besorgt. »Und wo ist deine ...«

Er wirbelte herum und stieß einen merkwürdigen knurrenden Laut aus. »Wir haben keine Zeit.«

Eric eilte zu den Fenstern und riss die Vorhänge zu. Die Wolken über Rom verhinderten im Moment noch, dass ihn der kalte Glanz des Mondes traf und vollständig in Raserei verfallen ließ.

Er besaß keine Tropfen mehr, die Bestie tobte in seinem Inneren, drückte und drängte nach außen, ließ seine Haut brennen und sein Blut wie Feuer durch die Adern pulsieren. Schweiß rann von seiner Stirn, seine Sicht verschwamm immer wieder und färbte sich rot. »Ich muss auf Ihr Hilfeangebot zurückkommen«, grollte er und schritt im Zimmer auf und ab. »Lassen Sie sich Schlaftabletten bringen!«

Severinas blaue Augen verfolgten ihn verwirrt. »Eric, erzähl mir, in was du da hineingeraten bist.«

»Kann ich nicht«, knurrte er und zeigte auf das Telefon. »Los, die Schlaftabletten, oder ... es wird etwas Furchtbares geschehen!«

»Warte, ich habe welche dabei. Du siehst ... schrecklich aus«, meinte sie. »Hast du ein Problem mit Drogen?« Sie ging zu ihrem Koffer und suchte darin, bis sie ein Röhrchen gefunden hatte. »Hier.« Sie reichte es ihm.

Eric lachte bitter. »Drogen? Schön wär's«, stieß er hervor und warf ihr dann einen harten Blick zu, seine hellbraunen Augen verengten sich. »Starren Sie mich nicht so an! Das macht mich aggressiv«, warnte er und machte einen schnellen Schritt auf sie zu. Severina zuckte zusammen, doch Eric besann sich rechtzeitig. »Entschuldigung, ich ...« Er riss ihr das Röhrchen aus der Hand, schob sich eine Hand voll Pillen in den Mund, kaute und schluckte. Eine zweite Ladung folgte.

»Um Gottes willen«, rief Severina entsetzt und wollte ihm das Röhrchen wegnehmen, aber er wehrte sie ab und ließ sich auf den Stuhl fallen. »Wird das ein Selbstmordversuch?«

Die Medikamente zerbrachen knirschend zwischen seinen Zähnen und trockneten seinen Rachen aus. Eric packte die Flasche, die auf dem Tisch stand, und ließ das Mineralwasser gierig in seine Kehle laufen, um die bitter schmeckenden Stückchen in den Magen zu spülen. »Ich brauche Ihre Hilfe.«

»Nicht lieber einen Arzt?« Severina verfolgte fassungslos, wie er sich die nächsten Pillen auf die Hand schüttete. »Was tust du da?«

»Ich betäube mich.« Eric fühlte bereits eine gewisse Müdigkeit in seinen Armen, und dennoch war sein Geist schrecklich wach und hörte das Toben der Bestie, die mit lautem Heulen gegen das Mittel protestierte. Er sah in Severinas Augen und verließ sich auf das Gefühl der Vertrautheit, der Verbindung zwischen ihnen. »Sie haben Recht, es sind Drogen«, log er. »Ich habe keinen Stoff mehr und will keinen neuen mehr kaufen. Der Schlaf ist stärker als das Verlangen.« Er spülte seinen Mund mit Mineralwasser aus und sah sie bittend an. »Kann ich bei Ihnen übernachten?«

»Sicher.«

Er stand auf und schwankte wie ein Betrunkener. »Das Bad?« Sie deutete auf den Raum, und er torkelte hinein. Er schloss die Tür nicht und zog sich halb vor Severinas Augen aus, die Bewegungen waren behäbig und zeitlupenhaft. »Noch was. Ich könnte ... Severina, Sie müssen mich niederschlagen, wenn ich aufwache.«

Severina folgte ihm. »Niederschlagen? Wieso das denn?« Sie stützte ihn, während er versuchte, sein linkes Bein über den Rand der Wanne zu heben. »Was wird ...«

»Das Verlangen ist schrecklich«, lallte er. »Ich werde schreien, um mich schlagen und versuchen zu flüchten, wenn ich zu früh wach werde.« Er hielt sich an ihr fest. Dabei spürte er ihre Wärme, denn das schwarze Kleid, das sie trug, war reichlich dünn. Sie musste schick essen gewesen sein, roch nach kaltem Rauch, teurem Wein und rohem Fisch. Sushi.

»Wasser hilft«, erklärte er. Seine Haut juckte, schnell drehte er den Hahn auf und achtete dabei nicht darauf, dass Severina ebenfalls von dem Strahl getroffen wurde.

Sie schrie vor Schreck leise auf und sprang zurück. »Hey, pass doch ...!«

»Ich ... tut mir Leid.« Er genoss das eisige Prickeln, das gegen seine innere Hitze ankämpfte. Es kam ihm vor, als wollte die Bestie sich durch die Epidermis nach draußen brennen. Sie brachte ihn dazu, verlangend auf Severinas Brüste zu starren und sich vorzustellen, wie der Sex mit ihr in der Wanne wäre.

»Lassen Sie mich nicht allein«, bat er. »Bringen Sie mir die Pillen und suchen Sie sich etwas, mit dem Sie zuschlagen können. Eine Sektflasche, den Stuhl, was immer Sie für richtig halten. Versprechen Sie es mir, Severina!«

Sie blieb skeptisch. »Soll ich nicht doch lieber einen Arzt rufen?«

»Nein. Die Pillen!« Kaum war sie gegangen, sprossen die ersten rötlichbraunen Haare aus seiner Haut, seine Kiefer schmerzten und knackten leise. Es ging zu früh los! Die Bestie brach sich ihren Weg nach draußen! So durfte Severina ihn auf keinen Fall sehen, und noch weniger durfte sie in seine Nähe gelangen! Die Bestie hatte großen Hunger.

Mit Mühe stemmte Eric sich hoch und schloss das Bad ab, ehe er zurück unter den Wasserstrahl kroch.

»Eric?«, hörte er ihre Stimme aus weiter Entfernung.

»Ich muss kotzen«, rief er schwach und schlug mit dem Kopf gegen den Rand der Wanne, um sich selbst in eine Ohnmacht zu versetzen. Damit standen die Chancen besser, dass die Schlaftabletten ihn kaltstellten. Er wiederholte die Prozedur mehrmals, bis ihm die Sinne schwanden ...

... und ihn lautes Klopfen aus dem Schlaf riss.

Die Sonne schien durch das schmale Fenster herein, das Wasser prasselte noch immer auf ihn nieder. Seine Haut hatte sich an den Zehen und an den Fingern zu einer unansehnlich schrumpligen Form zusammengezogen.

»Eric, wenn du nicht gleich antwortest, hole ich den Zimmerservice und lasse die Tür aufbrechen!«, vernahm er Severinas Stimme durch das Holz. »*Eric!*«

»Ich komme«, murmelte er und wiederholte die beiden Worte

lauter. »Ich bin ausgerutscht und hingefallen, verzeihen Sie, dass ich nicht gleich geantwortet habe.« Eric wankte aus der Badewanne zur Tür, entriegelte sie und fiel Severina, die den hoteleigenen Morgenmantel trug, in die Arme.

»Ach du Scheiße«, ächzte sie und schleppte ihn zum Bett. »Du bist eiskalt. Hast du die ganze Nacht unter der Dusche gelegen?« Sie wickelte ihn in die Decke, die noch immer nach ihr roch, und bestellte beim Zimmerservice einen heißen Tee.

»Danke.« Er vermied es, sie anzusehen. Jetzt, nachdem die Zeit der Bestie beinahe verstrichen war, gehörten seine Gedanken wieder ihm allein, waren frei von Angst, jeden Moment die Kontrolle verlieren zu können. Nur der Druck in seinem Kopf erinnerte ihn daran, dass die gefährlichen Stunden noch nicht ganz vorüber waren. So stark wie in den letzten beiden Tagen war die Bestie seit Jahren nicht mehr gewesen. Warum fand sie gerade jetzt einen Weg, um ihn zu beherrschen?

Severina aufzusuchen war ein Fehler gewesen, und dass er die Nacht bei ihr verbracht hatte – während die Bestie auszubrechen drohte – unentschuldbar. Er hätte besser Schlaftabletten in einer Apotheke gekauft und sich unter einer Brücke oder in der Kanalisation zur Ruhe gelegt, als sie in Gefahr zu bringen.

Ein unbestimmbares Verlangen hatte ihn zu ihr geführt, vermutlich war es sogar die Bestie gewesen, um Severina anfallen und töten zu können und Eric damit seelische Qualen zuzufügen. Ihre Boshaftigkeit kannte keine Grenzen.

Gefahr drohte Severina aber nicht nur wegen der Bestie, sondern auch wegen der Gegner, die ihn vielleicht beobachtet hatten und ihm gefolgt waren. Im Grunde musste er sie sofort verlassen ... und dennoch rührte er sich nicht.

»Hast du Schmerzen?«, erkundigte Severina sich besorgt, weil sie sein Schweigen nicht zu interpretieren wusste.

»Nein. Ich mache mir nur Vorwürfe«, antwortete er wahrheitsgemäß. »Ich hätte Sie nicht belästigen sollen.« Eric betrachtete ihr Gesicht, horchte in sich hinein und bemerkte wieder diese merkwürdige Verbindung zu ihr.

Severina schnalzte mit der Zunge. »Nein, das ist schon okay. Aber die Geschichte mit dem Entzug glaube ich dir nicht.«

War sie doch ins Badezimmer gelangt und hatte ihn gesehen?

»Mein Bruder hat einen hinter sich gebracht. Glaub mir, ich erkenne Abhängige, wenn ich sie sehe.« Sie schüttelte den Kopf. »Du bist keiner, Eric. Aber du steckst in Schwierigkeiten.« Severina streckte die Hand aus und legte sie auf seinen Unterarm. »Lass mich dir helfen.«

Dieses verfluchte Blau ihrer Augen, das zu seinem Innersten vordrang und es umschmeichelte und beinahe die gleiche Stelle traf wie Lena, machte ihn weich. Seine Lage war nicht besonders gut, er würde wirklich Beistand benötigen. Andererseits ... nein, er durfte sie nicht in Gefahr bringen!

»Ich ... ich kann nichts sagen. Fragen Sie nicht, okay?«

»Okay. Egal, was es ist, wir bekommen es wieder hin.« Sie streichelte seine gefärbten blonden Haare und seufzte. »Auch wenn es der falsche Moment ist: Ich muss weg, Eric.« Severina fasste ihre langen Haare zu einem Pferdeschwanz zusammen. »Mein Ex hat irgendwie herausgefunden, wo ich bin. Er hat angerufen, bevor ich dich geweckt habe, und mir gedroht. Ich bin ziemlich sicher, dass er schon auf dem Weg hierher ist.«

»Scheiße!« Eric setzte sich auf, rieb sich über das Gesicht und legte den Kopf nach hinten. »Ich bin absolut nicht in der Verfassung, mich mit einem Typen zu prügeln.«

»Mach dir keine Gedanken, Eric. Ich werde es schon schaffen, auf mich selbst aufzupassen ... irgendwie.«

Er entdeckte seine Brille auf dem Nachttisch und setzte sie auf. Die Welt wurde etwas klarer, aber nicht besser. Dafür traf er eine Entscheidung. »Sie können mit mir kommen. Es gibt einen Ort, an dem er Sie nicht finden wird«, sagte er. »Ist das in Ordnung?«

»Dann stehe ich noch tiefer in deiner Schuld.«

»Machen Sie sich keine Gedanken. Eigentlich versuche ich nur, Ihnen möglichst elegant die Möglichkeit zu geben, auf mich aufzupassen«, versuchte er sich, müde lächelnd, an einem Scherz.

»Ich glaube, du hast das dringend nötig«, sagte Severina ernst – und öffnete den Morgenmantel. Sie ließ ihn von ihren Schultern gleiten und zeigte sich ihm nackt, ihr langes Haar fiel am Hals vorbei und bedeckte die rechte Brust. »Und es gibt noch etwas, was wirklich nötig ist ...« Langsam beugte sie sich nach vorn und streckte die Hand aus.

Eric sah die Verführung näher kommen und schloss die Augen. *Noch einen Tag,* schwor er der Bestie. *Noch einen verdammten Vollmondtag und ich habe dich wieder ganz unter meiner Kontrolle.* Er verspürte dennoch Lust, triebhafte Lust, die sich nicht um höhere Gefühle scherte, sondern einfach nur nach Vereinigung strebte. Sex. Er rechnete jede Sekunde mit einer Berührung, ihre sanften Lippen auf seinen, ihre warme Haut auf seiner ... Er freute und fürchtete sich gleichermaßen, dachte an Lena und an den Verrat, den er gleich an ihr begehen würde ...

»Kannst du den Hintern heben?«, fragte sie. »Du liegst auf meinem Slip. Und *den* brauche ich *jetzt*.«

Ein eiskalter Wasserguss hätte nicht besser wirken können. Eric riss erstaunt die Augen auf und sah Severina ganz dicht vor sich. Ihr Arm streckte sich an ihm vorbei ... zog sich wieder zurück ... und zwischen ihren Fingern baumelte ein schwarzes Nichts von Unterwäsche. »Danke.« Severina stand auf, schlüpfte in den Slip und zog sich dann, mit dem Rücken zu Eric, weiter an. Es waren die gleichen Sachen wie an dem Tag, als er sie das erste Mal gesehen hatte: ein langer, dunkelbrauner Mantel, eine dunkelrote, dünne Seidenbluse, schwarzer Rock und Bikerstiefel. »Gehen wir, bevor das Arschloch auftaucht?«

Schwerfällig wälzte er sich aus dem Bett, zog die Kleidung

an, die er sich unterwegs auf seiner Reise zusammengestohlen hatte, und wankte ins Bad. So konnte er keinesfalls lange auf der Straße bleiben. Jeder Carabinieri, der etwas auf seine Arbeit gab, müsste ihn allein schon wegen seines Äußeren für einen Terroristen halten. »Gehen wir«, seufzte er.

Sie verließen das Hotel, Severina winkte ein Taxi heran und er nannte die Adresse, die sie in die Nähe seines Unterschlupfs brachte: Via Terni. Dort ließ er den Wagen immer wieder abbiegen und von Neuem die Straße entlangfahren.

»Was soll …«, fragte Severina, aber er hob die Hand. Eric brach wieder der Schweiß aus, er sah sich nach allen Seiten um und drehte die Fenster nach unten. Frische Luft strömte herein. Frische Luft und die Möglichkeit, verborgene Feinde zu riechen, bevor er sie sah.

Es gab keinen auffälligen Geruch.

Er ließ das Taxi anhalten und stieg aus. »Kommen Sie. Wir sind da.« Er bezahlte den Mann und wartete, bis das Auto verschwunden war, dann ging er hastig zur großen Eingangstür und gab die Kombination in das Zahlenschloss ein. Zweimal vertippte er sich. Gestern wäre ihm nicht einmal die erste Ziffer eingefallen, so durcheinander war er gewesen.

Die Tür öffnete sich gehorsam summend und sie betraten den kleinen Innenhof jenseits des schmiedeeisernen Tors. Ein leises Maunzen ließ Eric herumfahren. Eine schwarze Straßenkatze drückte sich eben durch das sich schließende Tor und folgte den Menschen zum Haus.

»Verschwinde«, zischte er sie an, aber sie interessierte sich nicht für die Drohung. Mit etwas Sicherheitsabstand folgte sie ihnen weiterhin.

»Was ist denn?«, wunderte sich Severina mit hochgezogenen Augenbrauen.

Er wandte sich dem Zahlenschloss neben der Haustür zu. »Ich hasse Katzen.« Er warf einen Blick voller Abscheu auf das in seinen Augen räudige Tier. Er hatte Katzen wirklich nie gemocht, aber seit einem besonders heftigen Kampf vor einigen Jahren, den er nur mit knapper Not überlebt hatte, waren sie für ihn geradezu ein rotes Tuch. Damals war er in Prag fast das Opfer eines äußerst aggressiven und starken Wer-Bären geworden, der außer einer Katze niemand an seiner Seite geduldet hatte. Er würde nie den Blick aus den schräg gestellten Augen vergessen, als ihm der Bär mit einem mächtigen Hieb den Oberkörper aufgerissen hatte: voller List und Tücke und Lust. Es war ein Jammer, dass er das Mistvieh nicht mehr hatte erwischen können, nachdem er den Bären schließlich mit letzter Kraft und unter Einsatz einer Handgranate erledigt hatte. »Und in meinem Haus schon gar nicht.« Ein Summen erklang, und die Tür sprang auf.

»Du hast ja keine Ahnung ... Es sind so anmutige, schöne Kreaturen.« Sie beugte sich zu dem Tier und streckte die Hand aus. »Komm her, Kleine.«

Schnurrend lief die Katze auf Severina zu, als sich Eric blitzschnell bückte, das Tier im Nacken packte und mit einem schwungvollen Wurf in die Büsche beförderte. Die Katze kreischte, als die Zweige über ihr zusammenschlugen. Dann huschte ein schwarzer Schatten davon. »Bleib, wo du bist!«, rief Eric ihr hinterher und trat ins Haus.

»Bist du vollkommen bescheuert?« Severina starrte ihn böse an und blieb auf der Schwelle hocken. »Sie kann sich verletzen!«

»Katzen haben neun Leben. Und ich halte es nicht für besonders anmutig, wenn sie in Vorgärten pissen und Bäume zerkratzen«, gab er kühl zurück. In St. Petersburg kümmerte sich Anatol um die Streuner, in Rom hatte er leider niemanden dafür.

Sie schüttelte vorwurfsvoll den Kopf. »Mach das nicht noch einmal, hörst du? Es sind lebendige Wesen mit eigenen Gefühlen.«

»Wenn sie das auch bleiben wollen, sollen sie sich von meinem Haus fern halten.« Er sah, dass sie sich richtig über ihn ärgerte.

»Schön, ich werfe die Nächste nicht durch die Gegend«, versprach er. »Aber jetzt kommen Sie rein.« Er wandte sich dem Touchscreen neben dem Eingang zu. Nach der Eingabe einer weiteren Folge von Zahlen entsicherte er das Alarmsystem, der Computer meldete, dass es keine Einbrüche gegeben hatte. Erst jetzt fühlte er eine zarte Erleichterung in sich.

»Eric ... sag mal ... wie *reich* bist du?« Severina stand in der Empfangshalle, hatte den Kopf in den Nacken gelegt und schaute zur fünf Meter hohen Decke, unter der ein kristallener Kronleuchter hing. Rechts und links führten zwei schmiedeeiserne Treppen in einem Halbbogen auf die höher gelegene Empore, auf der zwei Türen zu sehen waren; im Untergeschoss gab es nur eine Tür, genau gegenüber dem Eingang.

»Ich bin es nicht. Aber es ist gut, reiche Leute zu kennen. Das ist eine alte Villa, die ein Freund im Jugendstil umbauen ließ«, sagte er. »Er ist viel unterwegs, und da darf ich sie benutzen, wann immer ich in Rom bin.« Er ging auf die Tür zu, drückte auf ein Ornament, und die Tür glitt auf. Sie stiegen in eine Fahrstuhlkabine. »Kommen Sie?«

Severina drehte sich beim Gehen einmal um die eigene Achse, noch immer schwer beeindruckt von der Pracht. »Solche Freunde will ich auch mal haben.«

»Sie haben doch mich«, sagte Eric grinsend und drückte UG.

»Was kommt als Nächstes?«

»Ich werde ein paar Untersuchungen vornehmen, während Sie es sich gemütlich machen können.«

Der Lift trug sie in den Keller hinunter. Gemeinsam betraten sie ein altes Gewölbe, in dem die klassizistischen Spuren unübersehbar waren. Eine gewaltige Bar wurde von indirektem Licht beleuchtet, einige Skulpturen standen an den für die Raumwirkung idealen Stellen, eine Sitzecke in weißem Leder lud zum Verweilen ein.

»Willkommen im antiken Rom. Hier haben früher Patrizier gelebt. Die Villa steht auf den Fundamenten eines römischen

Nobelbauwerks, wir befinden uns in den Überresten eines Bades, das mein Freund, wie Sie sehen, in einen Partykeller verwandelt hat.« Er wandte sich nach links, schritt über den Steinboden zu einer weiteren Tür, die wieder mit einem Zahlenschloss gesichert war. »Nehmen Sie sich einen Drink. Ich habe zu arbeiten.«

Ehe Severina protestieren konnte, betrat er den Nebenraum und schloss die Tür. Er wollte keine Störung, und sie wusste ohnehin schon viel zu viel.

Das Neondeckenlicht sprang an und beleuchtete ein großes Arbeitszimmer, das sogar Raum für ein kleines Laboratorium bot. Nichts im Vergleich zu den Möglichkeiten, die er in München besessen hätte, aber besser als ein Hotelwaschbecken und Seife.

Doch zuerst benötigte er etwas anderes.

Eric ging zum Safe, der in der Ecke stand, gab die Kombination ein und öffnete die Tür. Darin befanden sich mehrere kleine Fläschchen, Nachschub im Kampf gegen die Bestie. Bei drei Tropfen ließ er es für den Augenblick bewenden, sonst würde er einschlafen. Erst in der Nacht konnte er sich wieder richtig betäuben und die Bestie von der Gamma-Hydroxybuttersäure kaltstellen lassen.

Eric war über den Umstand sehr beunruhigt, dass die Bestie sich heftiger gegen die Chemikalie zur Wehr setzen konnte als sonst. Sie wusste, dass er sich entschlossen hatte, sie aus seinem Körper zu verbannen, und setzte ungeahnte Kräfte frei. Sie wehrte sich gegen den drohenden Untergang. Sein Vater hatte ihm dabei geholfen, Kontrolltechniken für das Monstrum in sich zu entwickeln und es bis zu einem gewissen Grad zu kontrollieren. Einzig die dominanten Vollmondnächte verbrachte er normalerweise in der sicheren Dumpfheit der Gamma-Hydroxybuttersäure. Diese Sicherheit war gefährlich ins Wanken geraten.

Eric suchte Reinigungschemikalien zusammen, setzte sich an

den gekachelten Tisch und schaltete den Überwachungsmonitor ein. Damit konnte er verfolgen, was Severina im Raum nebenan tat. Sie saß auf der Sitzgarnitur, hielt ein Glas in der Hand und machte es sich mit einem Buch, das sie aus der kleinen Bibliothek am Ende des Raumes geholt haben musste, gemütlich.

Eric reinigte vorsichtig das Medaillon, eine Substanz nach der anderen kam zum Einsatz. Zwischendurch unterdrückte er den Impuls, die Nummer zu wählen, die ihm Faustitia gegeben hatte, um sich nach Lena zu erkundigen. Er sagte sich selbst, dass es keine gute Idee war, sich von seiner Mission ablenken zu lassen.

Stunde um Stunde verging. Endlich zeichneten sich Erfolge ab. Das war auch gut, denn die Anspannung kehrte zurück. Wie aus weiter Entfernung hörte er die Bestie in sich heulen und schreien. Sie bereitete sich auf ihre nächste Attacke auf ihn vor; sie wollte in dieser Vollmondnacht noch einmal so ausgiebig töten dürfen wie einige Tage zuvor. Obwohl er versuchte, sie zu unterdrücken, war Eric machtlos gegen die Erinnerungsbruchstücke, an der sich die Bestie labte. Er sah das von Furcht verzerrte Gesicht der Putzfrau, die den Schrubberstiel vor sich hielt. Er hatte das Holz so spielend leicht durchgebissen wie ihren Hals, ihr Blut gesoffen und von ihrem Fleisch gekostet. Danach hatte er sich auf einen Gast geworfen, ihn mit dem Stiel von hinten durchbohrt und den Kopf mit seiner Klaue zerschmettert ...

»Nein!«, schrie Eric und sprang auf, hastete zu dem Fläschchen und nahm zwei weitere Tropfen ein. Er brauchte diese Bilder nicht. Er *wollte* sie nicht!

Ich gehöre zu dir. Ich gebe dir Macht, raunte die Bestie. *Du bist nichts ohne mich.*

Es klopfte, und ein Blick auf den Monitor zeigte ihm, dass Severina vor der Tür stand. Sie hatte die Nase voll vom Warten.

Eric griff nach dem Medaillon und öffnete die Tür. Er brauchte unbedingt Ablenkung, bevor ihn die Erinnerungen, die seine und doch nicht seine waren, in den Wahnsinn trieben. »Hier«, sagte er atemlos und zeigte Severina das kleine Metallstück, bevor er sich klar wurde, was er gerade tat. Er zog sie noch tiefer in die Sache hinein, und wieder verstand er nicht genau, weswegen er das tat. »Ich bin vorangekommen.«

»Was ist das?«

»Der Grund für meine Schwierigkeiten.« Er drückte es ihr in die geöffnete Hand.

Sie betrachtete das Fundstück und setzte ihre Brille auf. »Ein Anhänger?«

»Vielleicht finden Sie es heraus.«

Die blauen Augen musterten den Schmuck. »Ein verschnörkeltes Siegel ... oder ein Wappen? Jedenfalls zur Hälfte.« Sie betrachtete die andere Seite. »Unwiederbringlich geschmolzen.«

»Das Metall entpuppte sich als Weißgold«, sagte er und ging mühsam an ihr vorbei zur Sitzecke. Seine Beine wurden dank der Tropfen schwer. »Die Einlegearbeiten bestehen aus schwarzem Stein, wahrscheinlich Basalt.«

»Eine merkwürdige Kombination.« Sie rieb mit dem Daumen darüber. »Ist es alt oder neu? Und woher haben Sie das?«

»Der Goldgehalt ist ungewöhnlich hoch. Ich vermute, dass es älter ist. Heutzutage sparen die Menschen mehr. Aber mit Bestimmtheit sagen kann ich es nicht.« Er leerte ihren Drink, auch wenn ihn sein Verstand daran erinnerte, dass die Verbindung von Gamma-Hydroxybuttersäure und Scotch unschöne Folgen haben konnte. »Ich mache ein Foto davon und sende es an einen Freund. Er wird herausfinden, zu wem das Siegel gehört. Wir bleiben hier und warten, bis er etwas herausfindet.« Eric schenkte das Glas beinahe bis zum Rand voll, balancierte es ins Arbeitszimmer und rief Severina zu sich. »Geben Sie mir bitte das Medaillon.«

Sie sah sich um und reichte es ihm. Er legte es unter den Scanner und ließ es vom Computer abspeichern, danach fotografierte er es von allen Seiten mit der Webcam und sandte die Aufnahmen inklusive des Scans an Anatol nach St. Petersburg. »Okay, gehen wir uns was zu essen machen«, schlug er vor und verließ den Raum. »Und kein Wort zu irgendjemand über das, was Sie gesehen haben.«

»Sicher, Eric.« Sie sah sich noch einmal um. »Wer würde mir diese James-Bond-Nummer auch glauben?«

Zusammen mit Severina fuhr er in den ersten Stock und suchte die Küche auf.

»Ach herrje.« Sie lachte auf. »Die ist ja auch vom Feinsten.« Sie schaute auf den sechsflammigen Herd, der in der Mitte des Raumes stand; darüber hing eine Esse mit entsprechend vielen Küchenwerkzeugen daran. In den Schränken rundherum lagerten Lebensmittel. Sie öffnete den Kühlschrank. »Nichts außer Bier?« Sie grinste und nahm sich eine Flasche. »Auch gut.«

»Es macht keinen Sinn, frische Sachen zu lagern. Wie gesagt, mein Freund ist selten zu Hause. Das Einkaufen muss ich selbst erledigen.« Eric stellte Wasser auf und schüttete Nudeln hinein, danach setzte er passierte Tomaten für die Soße auf. Aus dem Gefrierschrank nahm er eine Packung Rumpsteak. Das Fleisch landete in der Spüle, er übergoss es mit heißem Wasser, um es aufzutauen. Die Aussicht auf etwas zu essen mobilisierte die letzten Kräfte, auch wenn seine Bewegungen behäbig und langsam waren.

Severina hatte eine Flasche Chianti entdeckt und öffnete sie routiniert. Sie goss zwei Gläser voll, eines reichte sie Eric. »Auf uns«, prostete sie. »Und darauf, dass wir Licht in die Dunkelheit bringen.« Sie stießen an, und ihre blauen Augen ließen ihn dabei nicht los.

Eric erkannte darin den Vollmond, der in seinem Rücken am Himmel hing. Ein heißer Schauder durchlief ihn, und er bekam Hunger. Auf Fleisch ... und mehr. Er schaute wie zufällig auf die

Verpackung der Steaks. »Oh, die sind abgelaufen«, täuschte er vor und nahm die Stücke aus dem Wasser. »Ich werfe sie weg und suche neue. Mein Freund hat im Vorratsraum noch einen Gefrierschrank.«

Er ging mit dem Fleisch nach nebenan und schlug, sobald sich die Tür hinter ihm geschlossen hatte, die Zähne in das rohe, warme Rind. Es schmeckte köstlich und erweckte beinahe den Eindruck, als habe er es aus seinem noch zuckenden Opfer gerissen. Die Bestie in ihm ließ sich kurzfristig täuschen und jaulte voller Genuss.

Als er nach einer Weile wieder in die Küche zurückkehrte – und sich immerhin ein bisschen besser fühlte –, stand Severina am Herd, rührte die Soße um, würzte sie mit getrockneten Kräutern und wandte sich dann den Nudeln zu, um sie abzugießen. Sie hatte die Lampen gedimmt, sodass der Mondschein stärker sichtbar blieb und silbrig durch die Fenster auf den Boden fiel. Wahrscheinlich war das ihre Vorstellung einer romantischen Stimmung. Für Eric bedeutete es den Beginn neuer Qual.

»Du warst lange weg.« Sie lächelte.

»Ich habe mich quer durch die Schubladen gesucht, aber es gab nichts mehr.« Er wischte sich über die Mundwinkel, verräterischer roter Saft haftete an seinen Kuppen, den er heimlich an seiner Hose abwischte. Er achtete darauf, nicht in das Mondlicht zu treten, um die Bestie nicht aufzuschrecken. »Müssen wir die Nudeln eben so essen.«

»Ich hoffe, es schmeckt dir.« Sie hielt ihm den Löffel mit ein wenig Soße zum Kosten hin. Er probierte, und es schmeckte wirklich lecker. Nur leider fleischlos. Severina gab ihm sein Glas. »Auf die Geheimnisse, die jeder hat.« Sie trank einen Schluck.

»Auf die Geheimnisse.« Er stürzte den Wein in einem Zug hinab.

»Gibt es schon etwas Neues zu deinem Fund?«, wollte sie wissen und mischte die Nudeln mit der Soße.

»Nein.« Er klopfte gegen sein Handy. »Ich wäre angerufen worden.«

»Na, dann können wir ja jetzt essen.« Sie lächelte und drückte ihm den Topf in die Hand. »Sollen wir hier in der Küche, oder ...«

Eric ging durch eine Verbindungstür in den Speisesaal: zehn Meter lang und fünf Meter breit, darin eine Tafel von fünf Metern Länge, die aus einem edlen Holzrahmen und einer Platte aus grün geädertem, weißem Stein bestand. Die Wände waren mit Bildern dekoriert, modernen Bildern, die im krassen Gegensatz zum eher feudalen Anblick des Raumes standen; das warme, gelbliche Licht stammte von kleinen Birnchen in der Decke, die Fensterläden waren geschlossen.

»Wow!« Severina blieb auf der Schwelle stehen. »Essen mit Stil.« Sie erkannte den Maler auf Anhieb. »Das sind deine Werke!«

»Ja. Mein Freund mag sie sehr.« Er stellte den Topf auf die Steinplatte und holte zwei Teller sowie Besteck aus einem Schrank in der Ecke. »Guten Appetit.«

Eric aß so gut wie nichts, während sich Severina über das Essen hermachte. Die Bestie in ihm erstarkte von Augenblick zu Augenblick, seine Sinne wurden immer schärfer. Er vernahm Severinas Kaugeräusche laut und lauter, ihr Schlucken, ihr Atmen. Er starrte auf die pulsierende, blassblaue Ader an ihrem Hals und glaubte, das Blut rauschen zu hören. Durch den süßlichen Tomatenduft sog er ihr Aroma ein. Plötzlich fehlten ihre Kleider, und er sah sie nackt vor sich sitzen.

Sie spürte seine Blicke und hob den Kopf. »Was?«, fragte sie mit einem verunsicherten Lächeln. »Habe ich geschmatzt?«

»Nein«, wehrte er krächzend ab. »Alles in Ordnung.«

Sie bemerkte seinen halbvollen Teller. »Es schmeckt dir nicht.«

»Doch, doch. Ich brauche nur«, schnell sprang er auf und nahm seinen Teller, »mehr Soße. Und mehr Pfeffer.« Er eilte hinaus in die Küche, lief dabei durch die Mondstrahlen und lehnte sich keuchend an die Spüle. In diesem Moment klingelte das Handy. »Ja?«

»Hier ist Anatol, Herr von Kastell.«

»Was haben Sie für mich?«

»Ich sandte es Ihnen bereits per Mail. Es ist ein altes Familienwappen, allerdings kommen aufgrund der Zerstörung und der wenig sichtbaren Details verschiedene Familien in Frage.«

»Woher?«

»Die Details finden Sie in der Mail, aber zusammengefasst: Es ist auf jeden Fall das Wappen einer italienischen Familie. Sie haben eine vollständige Liste von mir erhalten.«

»Danke, Anatol. Ich kümmere mich um alles Weitere.« Er wollte auflegen.

»Herr von Kastell«, rief sein Vertrauter rasch.

»Ja?«

»Sie hatten Besuch. Zwei Männer waren hier und zeigten Ausweise von Interpol. Ich hielt sie nicht für echt, das nur am Rande. Sie sagten, sie wollten mit Ihnen sprechen.« Er nannte eine Telefonnummer. »Wenn Sie dort anrufen möchten, würden sich weitere Maßnahmen vermeiden lassen, soll ich Ihnen ausrichten.«

»Danke, Anatol. Geben Sie auf sich Acht.«

»Das tue ich, Herr von Kastell. Einen schönen Abend, wo auch immer auf der Welt Sie sich befinden.« Der Russe legte auf.

Ein unterdrückter Schrei kam aus dem Speisesaal, ein Teller fiel zu Boden und zersprang.

Eric ließ das Handy achtlos auf die Spüle fallen, packte ein Küchenmesser und stürmte in den hohen Raum. Sofort stand er im gleißenden, silbernen Licht des Mondes. Es hüllte ihn ein, umschmeichelte ihn, hielt ihn gefangen – und weckte die Bestie!

Severina hatte die Fensterläden geöffnet, alle Fensterläden, und die Lampen gelöscht. Sie stand vor der Scheibe und wischte sich an der Bluse herum, auf der ein großer dunkler Fleck zu sehen war. Zu ihren Füßen lag der zerbrochene Teller. »Ich bin so ungeschickt«, sagte sie und schaute zu ihm, ihre Augen verharrten auf dem Messer. Sie wurde unsicher.

»Ich dachte, Sie wären in Schwierigkeiten.« Schnell legte er es auf den Tisch.

»Bin ich auch. Tomatenflecken sind teuflisch.« Severina winkte ihn zu sich. »Würdest du nachschauen, ob mein Rock hinten auch was abbekommen hat?« Sie wandte sich um und legte die Hände an die Hüfte.

Eric zögerte. Es gab beinahe keine Stelle im Saal, an die das Mondlicht nicht drang.

»Was ist?«

»Nichts.« Er näherte sich ihr und ging langsam in die Hocke, um den Rocksaum zu betrachten. An den Stiefeln haftete die meiste Tomatensoße, ein bisschen tatsächlich auch am hinteren Saum. »Wie ist das passiert?«

»Ich habe die Fenster geöffnet, weil ich das Mondlicht so romantisch finde. Vollmond in Rom!«, sagte sie und wartete geduldig, was seine Inspizierung ergab. »Ich habe mich wieder gesetzt und wollte essen, da ist ein großer Schatten am Fenster vorbeigehuscht. Eine Eule. Oder vielleicht die Katze, die du ins Gebüsch geschmissen hast.« Sie lachte verlegen. »Ich habe den Teller vor Schreck vom Tisch gefegt. Dämlich von mir, oder?«

Eric richtete sich auf, sah ihren Hinterkopf und beobachtete erstaunt, wie seine rechte Hand ihre blonden Haare zur Seite schob und den Nacken freilegte. Sie roch unwiderstehlich, das Mondlicht machte sie begehrenswerter denn je. Er schluckte, seine Erregung stieg.

»Ist es so weit nach oben gespritzt?«, wunderte sich Severina.

Eine bekannte Macht übernahm die Kontrolle über ihn. Die Bestie hatte am Tag zuvor grausam gemordet, jetzt wollte sie eine andere Lust befriedigen. »*Nein!*«, stieß er hervor und stemmte sich dagegen, die linke Hand fuhr in die Hosentasche und suchte das Fläschchen – das in seinem Arbeitszimmer stand!

»Nein?« Severina wandte den Kopf halb zu ihm, er sah ihr hübsches Profil, ihre Brille glänzte auf. »Dann ...«

Eric beugte sich über sie und küsste ihren Nacken, seine Hände schnellten nach vorn; eine fuhr unter ihre Bluse und auf ihren nackten Bauch, die andere legte sich auf ihre Brust und drückte sie genießerisch.

Severina keuchte vor Überraschung und Lust. »Ich habe mich gefragt, wann wir es wieder tun«, raunte sie gierig. »Ich will es, Eric. Ich habe dich seit unserem ersten Mal nicht mehr vergessen können.« Sie wand sich aus seiner Umarmung, warf die Brille auf den Tisch und küsste ihn wild auf den Mund; ihre Zunge leckte verlangend über seine Lippen.

Ich nehme sie!, jubelte die Bestie. *Du hältst mich nicht, Mensch! Deine Tricks taugen nichts mehr.*

Eric packte Severinas Bluse und riss sie auf; die Knöpfe sprangen ab und fielen klickernd auf den Fußboden. Er packte Severina und hob sie hoch, sie schlang sofort ihre Beine um seine Taille, stöhnte, riss ihm seine Brille herunter und das T-Shirt vom Leib.

Er legte sie auf den Esstisch, befreite sie von Rock und Slip und entledigte sich seiner Hose. Die Gier verlangte es von ihm, und mit dem heißen Mondlicht auf der nackten Haut gab es keine Zurückhaltung mehr. Sein Penis war steif und drang sofort in sie ein.

Er hielt sich nicht damit auf, sie zu streicheln, ihren Körper zu erkunden, sich langsam und lustvoll treiben zu lassen. Das, was er tat, war hart, roh, animalisch. Doch Severina gefiel es. Sie keuchte und bewegte sich in seinem Rhythmus mit, ließ ihre Hände fordernd über seinen Oberkörper wandern.

Sie kamen beide nach wenigen Minuten, Severina laut und lustvoll, den Kopf im Nacken, den Körper ihm entgegengedrückt.

Eric dagegen stieß einen Laut aus, der kaum mehr war als ein kurzer Aufschrei, in dem sich mehr Schmerz als Befreiung ausdrückte. Er fühlte sich erbärmlich. Er hatte Lena verraten, indem er es mit einer anderen getrieben hatte.

Doch die Bestie war noch längst nicht zufrieden, sondern verlangte nach einem weiteren Akt. Und Eric wurde keine Ruhe gegönnt – denn auch Severina wollte mehr. Sie packte sein Geschlecht mit geschickten Fingern, streichelte und rieb es geschickt und lachte auf, als es in ihrer Hand sofort wieder prall und hart wurde.

»Du bist ein Wunder, Eric«, sagte sie grinsend und drehte ihm den Rücken zu, schob sich unter ihn und stöhnte tief, als er in sie eindrang; ihre Finger krallten sich in den Holzrahmen des Tischs. »Du bist ein Wunder!«

Das Mondlicht machte Eric willenlos, und mit jedem Stoß, den er Severinas schweißglänzendem Körper versetzte, strömte ihm die Bestie mehr aus den Poren, lief über ihn wie Quecksilber, überrollte die letzte Bastion seiner Selbstbeherrschung – und befreite sich. Die Welt wurde tiefrot, als die Bestie vollständig aus ihm hervorbrach. Er fühlte, dass er vor Verzweiflung weinte und die Tränen über seine Wangen liefen, während Severina ihre Gefühle laut herausschrie. Die Bestie war ein hervorragender Liebhaber.

Meistens bekam sie danach Hunger.

X. KAPITEL

23. September 1767, Italien, Rom

Gregoria saß auf dem Rand einer Steinbank auf der unteren Ebene des Kolosseums, trug einen breitkrempigen Hut tief ins Gesicht gezogen und beobachtete heimlich die Umgebung.

Sie hatte sich diesen Platz im Inneren des monumentalen Bauwerks sehr bewusst ausgesucht – von hier konnte sie beide Eingänge im Auge behalten. Ihr Rücken wurde von einer Mauer geschützt, hinter der ein Gang in die Ruinen der weit verzweigten Unterkellerung führte. Sollte etwas Unvorhergesehenes geschehen, konnte sie mit einem einfachen Satz hinüberspringen und in dem antiken Labyrinth Zuflucht suchen.

Gregoria trug seit langer Zeit wieder weltliche Kleidung, einen roten Rock, ein weißes Hemd und eine hellbraune Weste. Ein dunkler Mantel schützte sie vor dem frischen Wind. Mit ihren kurzen blonden Haaren unter dem Hut sah sie auf den ersten Blick aus wie die einfache Bedienstete eines Adligen, die man zum Einkaufen geschickt hatte und die ihre Zeit vertrödelte. Nichts erinnerte an ihre wahre Persönlichkeit und das Amt, das sie einst bekleidet hatte.

Gregoria schaute auf das Kreuz, das in der Mitte der einstigen römischen Arena in Gedenken an die christlichen Märtyrer errichtet worden war, und nicht nach oben, nicht zu den hohen Wänden des Kolosseums, in deren Schatten Jean lag. Er beschützte sie mit seiner Muskete und würde ihr die Flucht ermöglichen, falls es notwendig sein sollte.

Gerade als sie des Wartens überdrüssig wurde, kam eine Gestalt den linken Eingang herein, gekleidet wie ein einfacher Händler und mit einem leichten, geflochtenen Käfig ausgestattet, in dem drei Hühner gackerten. Gregoria erkannte den Mann sofort wieder. Es war Lentolo.

Er stellte den Korb auf der Bank neben ihr ab, sah nach vorn zum Kreuz und faltete die Hände zum scheinbaren Gebet. »Ihr habt für ganz schöne Aufregung gesorgt«, sagte er und bewegte die Lippen dabei kaum. »Der Einbruch in Rotondas Arbeitszimmer zeugt von Eurem Mut und Eurem Willen, etwas zu unternehmen, aber leider nicht von Geduld und Taktik.« Er schaute zu Boden. »Wir haben es nun mit einem aufgescheuchten Feind zu tun, der seit Eurem Einbruch noch aufmerksamer geworden ist.«

»Dafür habe ich etwas in Erfahrung gebracht, was auch für Euch von Interesse sein kann.« Gregoria blickte geradeaus, als würde sie mit sich selbst sprechen. »Ich bedauere meinen Einbruch nicht. Ich habe das Gefängnis meines Mündels gefunden. Die jüdischen Katakomben vor der Porta Portese.«

»Man hat sie aber weggebracht, nehme ich an? Als Reaktion auf Euren Einbruch?«

Gregoria nickte leicht. »In die Engelsburg, fürchte ich.«

Lentolo schwieg. »Habt Ihr Euch mein Angebot überlegt?« Er klang nicht so, als spielte Florences Schicksal für ihn eine große Rolle.

»Ich musste einsehen, dass ich es allein nicht schaffe, mich mit Rotonda und seinen Freunden zu messen und sie zu besiegen.« Sie wischte sich ein wenig Staub vom Rock. »Ich werde Euer Angebot annehmen«, sagte sie, »wenn Ihr bereit seid mir zu geben, was ich mir vorstelle. Ich habe Forderungen. Vor allen anderen Interessen Eures mächtigen Freundes steht für mich die Befreiung von Florence, danach können wir uns daran machen, die weltweite Verbreitung der Wandelwesen nach und nach einzudämmen. Und zwar nicht, indem wir sie töten, sondern indem wir sie von ihrer Krankheit heilen. Stimmt Ihr zu, habt Ihr die Frau gefunden, die an der Spitze Eures Ordens stehen wird.«

»Ich verstehe Eure Beweggründe, diese Forderung zu erheben, doch werde nicht ich darüber entscheiden können.« Lentolo verneigte sich vor dem Kreuz. »Wie ich Euch sagte, werdet Ihr unseren Gönner kennen lernen. Er allein kann eine solche Entscheidung treffen, nicht ich.« Er nahm eine Trinkflasche vom Gürtel, goss sich Wasser in die hohle Hand und benetzte den Nacken, danach sein Gesicht. »Übrigens wird Monsieur Chastel, der oben neben dem Pfeiler ausharrt und Euch so brav unterstützt, ein gern gesehener Gast bei der Unterredung sein. Der Mann, der im Kampf mindestens eine Bestie erlegt hat, ist hoch angesehen und willkommen. Seine Schießkünste werden bald schon gefragt sein.« Lentolo richtete sich auf und schlenderte auf den Ausgang zu, den Käfig mit den Hühnern schulternd. »Folgt mir mit ein wenig Abstand.«

Gregoria hob die Augen, schaute zu Jean und machte eins der Zeichen, auf das sie sich vorher mit ihm verständigt hatte. Dann wartete sie kurz, und als Lentolo zehn Schritte von ihr entfernt war, stand sie auf und machte sich langsam auf den Weg.

Wie aus dem Nichts stieß Jean aus einer Seitengasse zu ihr. Auf seiner Schulter trug er ein Bündel mit Reisig, in dem er die Muskete vor neugierigen Blicken verbarg. »Wo geht ihr beiden hin?«

»Wir *drei* treffen den Mann, der hinter der Idee der Ordensgründung steckt«, gab sie zurück.

»Ich soll mitkommen?«

»Ja. Sie haben wohl noch Dinge mit dir vor, die im Zusammenhang mit dem Orden stehen.«

Er verzog das Gesicht. »Das schmeckt mir nicht.«

»Wenn es eine Falle von Rotonda wäre, hätte er uns schon lange von seinen Helfern umbringen lassen können. Sie wussten genau, dass du dort oben warst.« Gregoria berührte seinen Oberarm. »Es bleibt uns nichts anderes übrig, als uns auf das Abenteuer einzulassen.«

Jean stieß unzufrieden die Luft aus, wusste aber nicht, was er erwidern konnte. Es war wohl das Beste, wenn er das unerwartete Treffen als gute Gelegenheit sah, über die bestialischen Morde in der Stadt zu sprechen, die bislang von der Öffentlichkeit nicht wahrgenommen wurden. Das wunderte Jean sehr. Rom war sicher keine Mördergrube, aber wie in jeder großen Stadt gab es hier Verbrechen und Tote, über die sich in kürzester Zeit die abenteuerlichsten Spekulationen und Gerüchte verbreiteten. Nur über das Wüten der Bestie wurde nichts bekannt. Dabei musste man die Leichen inzwischen gefunden haben. Lentolo bog nach längerem Marsch in die nächste Straße ab und sie verloren ihn für einen Moment aus den Augen. Als sie um die Ecke bogen, sahen sie ihn gerade noch in einem Haus verschwinden. »Ich glaube, wir haben unser Ziel erreicht«, mutmaßte Gregoria. Und richtig: Als sie den Eingang erreichten, stand die Tür einen Spalt breit für sie offen.

Jean nahm das Reisigbündel von der Schulter und hielt es so, dass seine Hand zwischen den dürren Zweigen verschwand und am Abzug der Muskete lag. Er machte den Anfang und trat ein, Gregoria folgte ihm. Kaum war sie einen Schritt über die Schwelle getreten, wurde die Tür hinter ihr zugestoßen. Sie erschrak. Aus der Dunkelheit des Raumes traten fünf Wachen mit Tüchern vor dem Gesicht und Pistolen in den Händen hervor. Hinter ihnen konnte sie Lentolo erkennen, der gerade den Käfig mit den Hühnern abstellte.

»Die Anwesenheit unserer Freunde hier ist reine Vorsichtsmaßnahme«, entschuldigte er sich, während er auf die Bewaffneten zeigte. »Ich bitte Euch, alle Waffen abzulegen .... einschließlich des Feuerholzes, Monsieur Chastel.«

»Nein!«

»Ihr müsst ... und Ihr *werdet* es tun. Glaubt mir, Monsieur, wenn meine Männer eingreifen, wird es für alle Beteiligten unangenehmer. Also?« Er reckte die ausgestreckte Hand. »Seid so freundlich.«

Widerwillig gab ihm Jean zuerst das Reisigbündel, danach

seine Pistole, dann den Silberdolch. Lentolo beging den Fehler, bei Gregoria keine Durchsuchung anordnen zu lassen. Sie schwieg und behielt die Pistole bei sich.

Nachdem Jean gezeigt hatte, dass er keine Waffen mehr am Leib trug, öffnete Lentolo die Tür hinter sich. Helles Licht fiel ihnen entgegen und beleuchtete den halbdunklen Raum, in dem sie sich befanden.

Dieses Mal machte Gregoria den Anfang und kam in ein hohes Zimmer mit einem gewaltigen Kronleuchter an der Decke. Die Möbel waren alle mit weißen Tüchern verhängt worden, auch die Büsten und Bilder lagen unter weißem Leinen, was dem Raum etwas Geisterhaftes, Jenseitiges verlieh.

Am unverhüllten Tisch vor einem Kamin saß ein Mann in einer dunkelroten Kardinalsrobe. Sein Gesicht wurde von einer weißen Engelsmaske verdeckt. Alles, was sie von seinem Antlitz sahen, waren die smaragdgrünen Augen, die zu leuchten schienen – fast so, als würden sie von innen erhellt.

Die Hände des Mannes steckten in dünnen weißen Handschuhen, um seinen Hals lag ein schwarzer Rosenkranz mit einem gewaltigen silbernen Kreuz, das etwa auf Höhe der Brustmitte mit einer Schlaufe an einem der Knöpfe befestigt war.

»Ehrwürdige Äbtissin, Monsieur Chastel: Willkommen! Ich entschuldige mich für die Geheimnistuerei, doch ich habe aus der Vergangenheit gelernt, dass es nicht gut ist, seine Identität preiszugeben, wenn man im Begriff ist, sich mit mächtigen Gegnern anzulegen.« Er sprach Französisch mit einem seltsamen Akzent, den Jean aber nach seinen Erfahrungen mit den vielen ausländischen Jägern im Gévaudan zuordnen konnte. So ungewöhnlich es war: Bei dem Mann handelte es sich mit Sicherheit um einen Engländer.

»Nennt mich Impegno.« Er nickte ihnen zu. »Ich freue mich sehr, dass Ihr, Äbtissin, Euch entschieden habt, gemeinsam mit mir gegen die Jesuiten vorzugehen und ihre Machenschaften zu beenden. Dabei rede ich von einem endgültigen Beenden.«

Er lehnte sich nach vorn. »Mein Ziel ist es, die Jesuiten samt ihrer Zelanti und Ansichten aus dem Vatikan zu jagen. Unsere Verschwörung muss eine Größe erreichen, wie es sie bislang noch nicht gegeben hat.«

»Versündigt Ihr Euch nicht an Eurer Kirche, wenn Ihr so etwas plant?«, warf Jean spöttisch ein.

»Monsieur Chastel, ich bin entzückt zu sehen, dass die Geschichten über den tapferen Mann aus Frankreich stimmen, der kein Blatt vor den Mund nimmt. Auch nicht vor seinem eigenen König, wie man sich erzählt.«

Impegno schien seine Aufmerksamkeit wieder Gregoria zuzuwenden. Er hielt die Hand mit dem Kardinalsring in ihre Richtung, woraufhin sie ohne zu zögern auf ihn zuging, vor ihm niederkniete und den Schmuck küsste. Jean verstand sehr wohl, was diese Zurschaustellung der Macht des unbekannten Kardinals zeigen sollte: dass er mit einer Bewegung seines Fingers über Gregoria verfügte.

»Vor keinem einfachen Mann und keinem König«, antwortete er und zeigte mit hocherhobenem Kopf deutlich, dass er nicht gewillt war, übergroßen Respekt zu bekunden. »Noch vor einem Sünder.«

»Nun, ich versündige mich nicht im Geringsten, Monsieur Chastel. Ich handele nach dem Willen Gottes, wenn ich mich für Neuerungen stark mache, so wie es unser Herr Jesus Christus vor mir getan hat. Er vertrieb die falschen Priester aus dem Tempel seines Vaters und zeigte den Menschen einen neuen Weg zum einzig wahren Gott.«

»Also meint Ihr, das Gegenteil eines Sünders zu sein?«

Impegno lehnte sich zurück. Gregoria erhob sich und machte zwei Schritte zurück. Sie stand nun genau zwischen dem Kardinal und Jean. Die Anspannung im Raum war beinah greifbar.

»Vielleicht habt Ihr Recht, Monsieur Chastel«, antwortete Impegno nach einer Weile auf die Herausforderung. »Männer wie

Ihr und ich eignen sich nicht zu Heiligen. Aber es ist meine Aufgabe und heilige Pflicht, neue Wege für den Glauben zu öffnen, weg von der Selbstverliebtheit der Kirche, für die sie bei den Menschen in Verruf gerät. Zu Recht, wie ich finde. Wir brauchen keine höheren, monumentaleren Kirchen, keine schöneren Gewänder für unsere Priester. Wir brauchen mehr Bescheidenheit und weniger Verblendung. Bei beidem stehen uns die Jesuiten und Rotonda im Weg.«

Jean nickte grimmig. Der Kardinal hatte ausgesprochen, was auch er in seinem Herzen fühlte. Bevor er jedoch etwas erwidern konnte, meldete sich Gregoria zu Wort.

»Ich bin geehrt, dass Ihr mich erwählt, Eure Revolution zu tragen, Eure Eminenz«, sagte sie. »Doch Ihr müsst wissen, dass ich im Moment vor allen Dingen um das Leben meines Mündels Florence bange.« Sie beherrschte sich, um nicht vor lauter Sorge und Angst zu aufdringlich zu erscheinen. »Wir hatten sie fast schon, wir wussten, wo sie von Rotonda gefangen gehalten wurde, aber sie ... Sie ist nun in der Engelsburg, fürchte ich. Bitte, Eure Eminenz, helft mir, sie zu befreien.« Sie verneigte sich vor ihm.

Impegno wandte ihr das maskierte Gesicht zu. »Ich habe für Euer Anliegen Verständnis, Äbtissin. Aber es ist mir nicht möglich, Euch diese Zusage zu machen, denn ich weiß nicht, wie schnell wir das Mädchen finden können. Wenn sie wirklich in die Engelsburg gebracht wurde, wird es sehr schwierig ... doch lasst den Mut nicht sinken. Ich verfüge über Augen und Ohren im Lager des Feindes.« Er räusperte sich. »Dennoch dürfen wir dabei unser Ziel nicht aus den Augen verlieren.«

»Wie habt Ihr Euch das vorgestellt, Kardinal?«, fragte Jean.

»Monsieur, ich weiß, dass Ihr kein Freund der Kirche seid, und dennoch verlange ich etwas mehr Respekt von Euch«, herrschte ihn Lentolo vollkommen überraschend an. »Ich darf Euch erinnern, dass *Ihr* derjenige seid, der es sich am wenigsten erlauben darf, ohne einen Gönner zu sein. Abgesehen von Eurem Wissen um die Wandelwesen könnt Ihr nichts vorweisen, das uns glauben macht, Euch weiterhin zu benötigen.«

In Jean begehrte es gegen die Harschheit des Mannes auf, doch er zügelte sich.

»Ich danke Euch, Lentolo«, sagte Impegno. »Doch ist es nicht gerade der Widerspruchsgeist unseres französischen Freundes, der ihn zu unserem wertvollen Verbündeten macht?«

Zu Jeans Überraschung senkte Lentolo tatsächlich den Kopf. So sehr er sich auch dazu bringen wollte, den Mann mit der Maske kritisch zu betrachten – er nötigte ihm doch Respekt ab.

Andererseits sollte ihn gerade das wachsam bleiben lassen.

»Die Stärke der Jesuiten ist, dass sie und ihre Freunde überall sitzen. Wir werden den gleichen Weg gehen.« Impegno deutete auf Gregoria. »Lasst mich erklären, was ich meine, und ein Fenster in die Zukunft öffnen. Ihr werdet an die Spitze einer Schwesternschaft treten, die ihre Nonnen in alle Welt entsendet. Eure Schwestern werden die Jesuiten beobachten und über sie aufklären – und zwar die wahren Herrscher der Länder.« Ein Lächeln spielte um seine Lippen. »Euer Orden, Äbtissin, wird an die Höfe gehen und sich um die *Frauen* der Könige und Fürsten kümmern, um ihre Schwestern und Töchter. Auch wenn viele es nicht glauben wollen – wir *wissen*, dass sie Macht über ihre Männer, Brüder und Söhne ausüben, auf die eine oder andere Weise. So sorgen wir dafür, dass wir den Jesuiten Schritt für Schritt den Einfluss entziehen und sie an den Rand drängen. Sie brauchten über zweihundert Jahre, um ihren Einfluss zu erlangen – wir dagegen werden mit Eurer Hilfe nur ein paar Jahre benötigen, um ihn ihnen zu rauben.«

»Eure Eminenz«, brach es aus Gregoria heraus, »diese Zeit haben wir nicht, fürchte ich, wenn wir mein Mündel retten wollen.«

»Äbtissin, mäßigt Euch!«, fiel er ihr bestimmt ins Wort. »Wir reden über den Niedergang und die Auslöschung eines Ordens, nicht über die Befreiung eines jungen Mädchens, das – aus welchem Grund auch immer – zwischen die Fronten unseres heiligen Krieges geraten ist. Für mich«, seine grünen Augen hefteten sich auf Gregoria, »ist sie ein Nebenschauplatz, ein Scharmützel, von dem nicht der gesamte Ausgang des Krieges abhängt.«

»Wenn dieser Krieg Florences Leben nicht retten kann, ist er mir weniger wert, als Ihr annehmt, Eminenz.« Sie richtete sich auf und starrte auf die Tischplatte. »Ich will mit Freude an der Umsetzung Eures Plans teilhaben und Rotonda mit allen, die an ihm hängen, fallen sehen. Doch ich bestehe ...«

»*Äbtissin!*«, rief Lentolo warnend. »Ihr vergesst, dass Ihr Euch nicht mehr in einem Ziegendorf des Gévaudan befindet und mit einem kleinen Abbé sprecht, sondern mit Seiner Eminenz! Ihr habt *weder* etwas zu fordern *noch* auf etwas zu bestehen!«

»Und dennoch tue ich es!«, erwiderte sie, die graubraunen Augen auf Lentolo gerichtet und ihn mit Blicken niederringend. Anschließend richtete sie ihre Aufmerksamkeit wieder auf Impegno. »Ohne Euer Versprechen, sie unter allen Umständen aus den Händen Rotondas zu befreien, werde ich nichts unternehmen, um Euch zu unterstützen, Eminenz.« Sie legte die Hände gegen die Tischkanten und wartete unter mühsam versteckter Anspannung auf die Antwort.

Wieder schwieg Impegno sehr lange, bevor er etwas sagte. »Man müsste Euch Jeanne d'Arc nennen, Gregoria, oder Löwenherz, so sehr kämpft Ihr für Eure Sache. Also gut«, setzte er zu dem befreienden Satz an, auf den sie so sehnlichst gehofft hatte, »ich verspreche es: Euer Mündel Florence wird gerettet, und zwar sobald wie möglich und unter Einsatz von allen Mitteln, die mir zur Verfügung stehen. Seid Ihr nun zufrieden?«

Gregoria fiel vor ihm auf die Knie, ergriff seine Hand und küsste mehrmals den Ring. »Danke, Eminenz«, sprach sie mit zitternder Stimme, »vielen Dank! Dafür schwöre ich Euch, dass ich nicht eher ruhen werde, bis wir den Orden der Jesuiten ausgemerzt haben. Auch ich werde alles in meiner Macht Stehende tun.«

»Auch wenn es auf den ersten Blick den Geboten Gottes zuwiderläuft?«, fragte Impegno blitzschnell nach.

»Ja«, erwiderte sie im Überschwang der Gefühle – und ohne die Tragweite ihrer Zusage zu erfassen.

Der Kardinal nickte zufrieden und wandte sich dann an Jean. »Monsieur Chastel, Ihr fragt Euch sicherlich, welche Rolle Euch in unseren Plänen zugedacht worden ist.«

»Ich frage mich das tatsächlich. Es ist schwierig, mich in eine Nonnentracht zu stecken und mich als Schwester Jeanne auszugeben. Außerdem halte ich nicht viel von der Kirche.«

»Ihr wisst bereits, dass ich Eure klaren Worte schätze. Sie verdienen Bewunderung … aber leider doch auch viel zu oft den Scheiterhaufen.« Impegno legte die Hände zusammen. »Da wir nun einen gemeinsamen Feind haben und Ihr der Äbtissin in Freundschaft verbunden seid seit jenen Jahren im Gévaudan, die als die finsteren in die Chroniken eingegangen sind, hoffe ich auf Euren Beistand.«

»Also komme ich erst etwas später auf den Scheiterhaufen?«

»Das Feuer sollte man sich immer für seine wahren Feinde aufsparen. Wir sind uns einig darüber, dass wir die Bestien aus den Menschen vertreiben möchten, auf dass sie ihr Leben mit reiner Seele weiter führen können. Dieses ist uns möglich. Aber sollte sich die Bestie zu sehr zur Wehr setzen und es keinerlei Aussichten auf einen Erfolg geben, die Kreatur zu fangen, brauche ich Vertraute, die mit einem Gewehr oder welcher Waffe auch immer bereit stehen, um andere zu schützen.«

»Ihr wollt Kreuzritter ausbilden«, fasste es Jean zusammen.

»Etwas in der Art, durchaus«, stimmte Impegno zu. »Unsere Kämpfer müssen nicht nur schießen und kämpfen können, sondern auch der Furcht widerstehen, wenn sie sich Auge in Auge mit der Bestie finden. Ich frage Euch, Monsieur Chastel, traut Ihr Euch zu, meine Seraphim auszubilden?«

»Ihr habt bereits einen Namen für diese Einheiten?« Jean verschränkte abwehrend die Arme vor der Brust. Dabei kam ihm das Angebot des Kardinals sehr gelegen. Er konnte sich damit neue Verbündete schaffen, die ihm beistanden, wenn er die Bestien jagte und erlegte. An das Mittel der Heilung würde er erst glauben, wenn er einen Erfolg gesehen hatte, aber dass eine Silberkugel einen Erfolg erzielte, wusste er sehr genau.

»Das habe ich. In Euch, Monsieur Chastel, sehe ich den Mann, der meine Seraphim zum Schwertarm des Glaubens macht, den wir für unsere Aufgabe benötigen.« Der Kardinal betrachtete ihn, dann wieder Gregoria. »Gott sandte mir Euch beide. Es wäre sträflich dumm von mir, sein Geschenk nicht anzunehmen und das Zeichen zu übersehen.« Er senkte seine Stimme zu einem Raunen und machte sie damit noch eindringlicher. »Wir sind die Schöpfer einer neuen Zeit. Fegen wir die Jesuiten aus dem Vatikan, lassen wir die heilige Mutter Kirche in alter Reinheit und Stärke auferstehen und sagen dem Bösen in der Welt den Kampf an. Seid Ihr mit mir?«

Gregoria stimmte sofort zu, Jean dagegen hielt sich zurück. »Ich beabsichtige nicht, meine Dienste ohne eine Gebühr anzubieten. Das Wohl der Welt ist das eine, mein Wohl das andere. Wie hoch ist die Summe, die Ihr mir zahlen werdet?«

»Man gibt Euch umgerechnet siebenhundert Livres im Jahr, das Zehnfache von dem, was Ihr damals im Gévaudan verdient habt«, sagte Lentolo. »Ihr erhaltet zudem Kost und Logis frei, bekommt jede Art von Ausrüstung, die Ihr und die zukünftigen Seraphim benötigen ... und dabei spielt es keine Rolle, ob ich sie anfertigen lassen muss oder nicht.«

Impegno deutete auf Lentolo. »Der Signore ist mein persönlicher Vertrauter und wird uns drei verbinden. Ansonsten sind persönliche Treffen kaum mehr möglich. Die Gefahr, dass Rotondas Spitzel uns sehen, ist einfach zu groß. Das gesamte Vorhaben geriete ins Wanken und wir hätten eine Gelegenheit leichtfertig verspielt.«

Jean war noch immer nicht zufrieden. »Woher bekomme ich die Männer, die sich Kreaturen entgegenstellen, bei deren Anblick selbst harte Seelen zerspringen können? Wie viele Söldner mag es geben, die den Hauch der Bestie ertragen und gleichzeitig so gläubig sind, um keine Gefahr für die Schwestern des Ordens zu sein?« Er machte aus seinem starken Zweifel keinen Hehl. Impegno faltete die Hände. »Ein guter Punkt, Monsieur Chastel. In der Tat sind die Söhne Adams nur selten stark und tugendhaft zugleich. Deswegen versteht es sich von selbst, dass sie für das Ehrenamt der Seraphim nicht in Frage kommen.«

Gregoria gab einen überraschten Laut von sich. Jean schüttelte den Kopf. »*Frauen?* Ihr wollt Frauen in den sicheren Tod schicken?«

»Die Töchter Evas mögen von Natur aus schwächer sein, was ihre Körperkraft anbelangt, aber ihre Augen sind gut und die Hände flink. Wenn man sie richtig führt, sind sie im Kampf stark wie eine Löwin und schlau wie die Füchsin. Vergesst nicht, was die heilige Johanna in Eurem Heimatland vollbracht hat.«

»Und woher bekomme ich ein Regiment von Jeanne d'Arc?«

»Wir haben lange auf diesen Tag gewartet – und wir sind vorbereitet.« Impegno sah zu Lentolo. »Mein Vertrauter kennt den Ort, an dem sie Euch erwarten, Monsieur Chastel. Gregorias erste Seraphim stehen bereit, geschult im Umgang mit herkömmlichen Waffen von den besten Söldnern und Armeeoffizieren, die ich für Geld kaufen konnte. Sie sind jung und kräftig und sie können sich bereits mit jedem Gardist messen lassen, der den Heiligen Vater beschützt. Ihr aber, Monsieur Chastel, werdet ihnen nun den letzten Schliff verpassen!«

»Söldner?« Jean lachte. »Und diese Seraphim sind danach noch alle Jungfrauen?«

»Ja!« Lentolo trat einen Schritt vor. »Sie wurden zur Tugend erzogen und kümmern sich nicht um die Macht der fleischlichen Liebe. Sie werden sie später kennen lernen, wenn sie nicht mehr für den Einsatz gegen die Bestien taugen und dem Orden neue Seraphim schenken möchten.«

Jean begriff, wie weit die Pläne des Kardinals schon gediehen waren. »Ich werde sie mir ansehen«, versprach er. »Wenn ich der Ansicht bin, dass sie nichts taugen, werdet Ihr Euch etwas anderes einfallen lassen müssen.«

»Es sind ausgesuchte junge Frauen. Wenigstens eine von ihnen wird Euren hohen Ansprüchen genügen, Monsieur Chastel.« Der Kardinal wandte sich an Gregoria. »Wir leisteten die Vorarbeit. Ab jetzt ist es Euch überlassen, woher Ihr Eure Schwestern rekrutiert, Äbtissin. Bedenkt, dass sie von Grund auf ehrlich und aufrichtig sein müssen. Wir haben keine Verwendung für Frauen und Mädchen, die ihre Aufgaben nicht erfüllen wollen, weil sie zu faul und träge sind.«

Gregoria nickte. »Vielen Dank, Eminenz.« Sie zögerte nicht länger, eine wichtige Frage zu stellen. »Eminenz, beim Kampf in meinem Kloster, mit Francesco und der Bestie, sah ich den Legatus unglaubliche Dinge vollbringen. Er verfügte über Kräfte, wie ich sie keinen Mann besitzen sah, er schleuderte die Bestie durch die Luft, als sei sie ein kleines Hündchen. Als er dennoch gebissen wurde«, sie nahm das Döschen aus ihrer Tasche, »hat er behauptet, er besäße ein Mittel, das ihn vor der Macht des Bösen bewahrt.« Sie legte es auf den Tisch und schob es zum Kardinal. »Ist es eine verfluchte, unchristliche Tinktur, so wurde auch ich schuldig. Er hat das Döschen verloren und ich benutzte den Inhalt, um mich von meinen Brandwunden zu heilen.« Sie streifte die Arme nach oben. »Es blieb nicht eine einzige Narbe, Eminenz. Was habe ich gefunden?«

Impegno bekreuzigte sich, Lentolo tat es ihm nach. »Ihr greift mir vor, Äbtissin.« Sein Zeigefinger strich sanft und fast zärtlich über die Phiole. »Ihr besitzt einen äußerst wertvollen Schatz. Das Sanctum.«

»Was?«, fragte Jean mit einem Stirnrunzeln.

Der Kardinal öffnete den Verschluss behutsam. »Es ist das Heiligste, was es auf dieser Welt geben kann.« Ehrfurcht schwang in seiner Stimme mit, er war ergriffen und schaute auf die dünne schwarzrote Schicht.

»Das Blut Christi.«

Gregoria hatte zwar vernommen, was der Kardinal gesagt hatte, doch sie konnte es kaum glauben. Jesus von Nazareth, der Christus und Messias, war vor Hunderten von Jahren von der Erde gegangen und in den Himmel aufgestiegen – woher sollte sein Blut stammen?

Sie starrte das Döschen an, das sie so lange an der Brust getragen hatte, und den dünnen rotschwarzen Film darin. Es gab keinerlei Zweifel, dass diese Substanz besondere Kräfte besaß, denn wie sonst wäre sie von ihren Wunden genesen? Und doch ...

Jeans Lachen riss sie aus ihren Gedanken. »Das Blut des Heilands? Ihr meint den Mann, der am Kreuz gestorben ist? Und bevor er zu seinem himmlischen Vater zurückkehrte, hat er schnell all sein Blut in einen Bottich gegeben, in dem es bis heute lagert?«

»*Schweigt!*« Impegno schlug mit der flachen Hand auf den Tisch. »Ihr beleidigt das Sanctum und betreibt Lästerei! Der Herr wird Euch nicht alles verzeihen, Monsieur!« Er verschloss die Phiole wieder und reichte sie Gregoria. »Behaltet sie und gebt darauf Acht. Ich denke, es wird noch für eine Anwendung reichen. Bedenkt sehr genau, wann Ihr das Blut des Herrn kostet.«

»Was vermag es zu tun, Eminenz?« Sie verneigte sich vor ihm, als sie die kostbare Gabe entgegennahm, und hielt sie ehrfürchtig in der Hand.

»Alles«, sagte Impegno mit Nachdruck. »Das Blut des Heilands verleiht die Kraft, göttliche Visionen zu erhalten. Es gewährt einen Blick auf das Kommende, aber auch in die tiefe Natur der Dinge. Es schützt denjenigen, der es kostet, vor vielen Krankheiten und bewahrt ihn vor weiterem Schaden, und«, er zeigte auf sie, »es heilt selbst die schwersten Verwundungen.«

»Und kann es Tote zum Leben erwecken? Jesus vermochte es zumindest«, fragte Jean mit herausforderndem Tonfall in der Stimme.

»Nein, es gibt kein Leben zurück ... Das heißt, es ist kein Fall bekannt. So oft ist es uns nicht vergönnt, das Sanctum einzusetzen.« Impegno würdigte den Wildhüter keines Blicks. »Die Beschaffung ist, wie Euch klar sein wird, nicht gerade einfach. Meine Verbündeten suchen in der ganzen Welt nach den Gegenständen, die mit dem Blut unseres Herrn in Berührung gekommen sind. Es ist nicht leicht, diese Reliquien zu finden, und leider sind es viel zu oft Fälschungen, wie wir feststellen mussten.«

»Was könnte das sein, außer dem Grabtuch?«

»Das Kreuz«, entfuhr es Gregoria. »Die Dornenkrone und ... der Speer, mit dem man dem Herrn in die Seite stach.«

»Ihr seid auf der richtigen Fährte, Äbtissin. Liest man die Bibel aufmerksam, sind noch einige Gegenstände mehr mit dem Sanctum getränkt worden. Und immer wieder finden wir Hinweise, die uns an Orte führen, von denen die Heilige Schrift nicht spricht und wo der Herr Jesus Christus doch seine Spuren hinterlassen hat.«

»Wie kam Francesco an diese Dosis?«

»Leider sind wir nicht die Einzigen, die von der wundersamen Wirkung des Blutes wissen.« Die Stimme des Kardinals klang bedauernd und verärgert zugleich. »Francesco gehört zu einer Gruppe von Personen, die davon profitierten. Sie stahlen uns etliche Rationen, die wir unter großen Mühen und mit sehr, sehr viel Geld hergestellt haben.«

»Wenn das Blut getrocknet ist, wie könnt Ihr es wieder verflüssigen? Und wieso ist seine Wirkung nicht ... verflogen oder etwas in der Art?« Jean zuckte mit den Achseln. »Wenn ich Gregoria nicht mit eigenen Augen gesehen hätte, würde ich sowieso kein Wort von dem glauben, was Ihr mir gerade über dieses ... wie nanntet ihr es? Dieses Sanctum gesagt habt.«

»Glaubt an das Göttliche und die Allmacht Gottes, das empfehle ich Euch.« Impegno hob abwehrend die Hand. »Den genauen Vorgang kann ich Euch nicht enthüllen, denn er ist kompliziert und voller sakraler Geheimnisse, die Ihr nicht wissen dürft und nicht glauben würdet. Es muss Euch genügen, wenn ich Euch sage, dass es uns gelungen ist. Aber es ist aufwändig. Sehr aufwändig.«

Gregoria rief sich die biblischen Abendmahle in Erinnerung. Die Jünger hatten damals sicher ebenfalls schon Sanctum erhalten, das Blut Christi, und keinen Wein. Sie war sich mit einem Schlag sicher, dass sie auf diese Weise alle späteren Prüfungen überstanden hatten. Das Blut des Heilands hatte ihren Körpern und ihrem Geist das Vertrauen und die Stärke gegeben, den Glauben in die Welt zu tragen.

Sie war von dieser Vorstellung absolut gefangen, denn auch durch ihre Adern floss nun ein Teil des Menschen, in dessen Namen sich die Welt so sehr verändert hatte. Sie gehörte zu einem kleinen Kreis von Auserwählten, und die Ehrfurcht vor dem, was sich in dem unscheinbaren, verbeulten Döschen befand, stieg von Herzschlag zu Herzschlag.

Umso schwerer wog der Verrat Francescos. Er hatte in ihren Augen nicht nur Schreckliches getan, sondern auch das Andenken Christi beschmutzt.

Impegno stand auf und ging zur nächsten Tür, die aus dem Raum hinausführte. »Folgt mir. Lasst mich Euch zeigen, welche Geheimnisse wir noch vor unseren Feinden verbergen.«

Sie gingen durch das ausgestorbene Haus, vorbei an noch mehr verhüllten Möbeln, die unter den Tüchern lagen wie mystische Wesen aus den Albträumen von Bildhauern.

Impegno schritt voran, marschierte eine Treppe nach unten und führte sie in einen Gewölbekeller. Auf seinen Wink hin schoben Lentolo und zwei seiner maskierten Bewaffneten ein Fass zur Seite. Dahinter verbarg sich eine mit drei massiven Riegeln gesicherte Tür. Lentolo öffnete einen nach dem anderen und gab den Durchgang frei. Seine Leute brachten Lampen und leuchteten in den Gang.

»Die Katakomben verbergen viel, darunter auch einen Teil unserer Verschwörung.« Impegno sandte einen der Laternenträger nach vorn. »Ich zeige Euch einen Ort, an dem Ihr viel Zeit verbringen könnt. Falls Ihr möchtet.«

Sie liefen und liefen. Ohne die wandernde Sonne fehlte Jean der Anhaltspunkt, wie lange sie durch die Gänge unter der Ewigen Stadt marschierten. Er entdeckte viele Markierungen in den Wänden, teilweise sahen sie alt, mitunter doch recht neu aus.

»Wir befinden uns in einem Bereich der Katakomben, der von uns als Verbindungsweg genutzt wird«, sagte Lentolo. Seine Stimme wurde durch den engen Gang dumpf und undeutlich. »Auf diese Weise können wir uns ungesehen bewegen.« Er streifte mit der Hand an der Decke entlang, kleine Bröckchen rieselten zu Boden. »Es gibt Bereiche in Rom, auf denen nicht gebaut werden kann, jedenfalls keine größeren Häuser oder gar Stadtpaläste, weil der Boden unter der Last einbräche. Die Ewige Stadt ist ein Ameisenhaufen voller Gänge und Kammern.«

Schließlich gelangten sie durch eine wiederum stark gesicherte Tür in einen großen Raum mit glatten Wänden und unzähligen Regalen, die sich bis in weite Ferne zogen, wohin der Schein der Lampen nicht vordrang. Buchrücken reihte sich an Buchrücken, Papierrollen und Pergamente lagerten nebeneinander, alles war fein säuberlich geordnet und ohne einen Hauch von Staub.

»Wir befinden uns in einem der Archive des Vatikans«, erklärte Impegno. »Hier lagert alles, was mit dem Bösen und Übernatürlichen zu tun hat, aus allen Zeiten, aus unzähligen Ländern.« Das Maskengesicht richtete sich auf Gregoria. »Was immer Ihr über das Böse wissen wollt, hier werdet Ihr alles finden, was Euch weiterbringt.« Er nahm einen Schlüssel hervor. »Damit gelangt Ihr zu jeder Zeit durch diesen Durchgang in das Archiv. Sollte sich jemand zu Euch gesellen, redet nicht mit ihm über Eure Absichten, sondern gebt vor, Ihr würdet die alten Hexenfälle aufarbeiten.«

»Danke, Eminenz.« Gregoria sah die vielen Bücher. Es roch nach altem Papier und ledernen Einbänden, der typische Duft einer Bibliothek. Für einen kurzen Moment war sie versucht, dem Kardinal von dem Atlas zu erzählen, den sie aus Rotondas Arbeitszimmer gestohlen hatte, doch dann schwieg sie lieber. Es konnte ein Vorteil sein, manche Erkenntnisse nicht mit jedem zu teilen.

»Lentolo wird Euch morgen zu den Seraphim führen. Das neue Haus, in dem Ihr wohnen werdet, habt Ihr bereits gesehen. Es wird Euch als Bleibe dienen, bis wir für den Orden ein besseres Gebäude gefunden haben.« Impegno legte die Arme auf den Rücken. »Das hängt natürlich davon ab, was Ihr Euch vorstellt.«

»Einen Orden aus der Taufe heben, eine eigene kleine Streitmacht, der Sturz der Jesuiten«, zählte Jean auf. »Was macht Euch sicher, dass alles nach Euren Plänen reifen wird?«

Impegno lachte leise. »Euer Erscheinen und das der Äbtissin, Monsieur. *Ihr* macht mich sicher. Und die Ereignisse der letzten Wochen natürlich. Ich gestehe, hätte mir Gott nicht Äbtissin Gregoria gesandt, es wäre vermutlich wieder eine lange Zeit ohne Veränderung ins Land gezogen. Doch es fügt sich alles, auch wenn Ihr es mit dem Verstand eines Zweiflers nicht sehen möchtet.« Die Maskierten öffneten wieder die Tür. »Thomas wurde von einem Ungläubigen zum Wissenden. Das Gleiche hoffe ich auch von Euch, Monsieur.« Er deutete in den Gang. »Hier trennen sich unsere Wege. Ich werde in den Vatikan zurückkehren, Ihr in Euer neues Domizil.«

»Wartet noch einen Moment!« Jean fand es ärgerlich, dass er das Gesicht des Kardinals nicht sehen konnte, und würde versuchen müssen, die Emotionen des anderen in den grünen Augen abzulesen. »Habt Ihr von den elf bestialischen Morden gehört? Nahe dem Forum Romanum?«

Die Augen blieben ausdruckslos. »Ich habe von keinerlei Morden gehört, und das hätte ich, wenn es welche gegeben hätte. Wieso fragt Ihr?«

»Reine Neugier«, behauptete Jean. »Nur ein Gerücht, das ich auf der Straße aufgeschnappt habe ...«

»Nun, es freut mich, dass Ihr bereits an Volkes Munde lauscht. So wird es Euch möglich sein, die Seraphin nicht nur zu unserem Schwertarm, sondern auch zu unseren Augen und Ohren zu machen.« Impegno segnete ihn und Gregoria mit einer knappen Geste und verschwand zwischen den Regalen.

Die Bewaffneten bedeuteten Jean und Gregoria, in den Tunnel zurückzukehren. Kaum standen sie zwischen den beiden Laternen, die ihnen überlassen worden waren, rastete das Schloss ein.

Jean sah Gregoria an. »Du bist dir darüber im Klaren, dass wir den Zwecken anderer dienen, die bei dem, was sie tun, nicht unbedingt das Menschenwohl im Sinn haben?« Er nahm die Laternen auf, drückte ihr eine in die Hand und ging voran. »Wir sind wieder nur die Figuren auf einem Spielbrett.«

»Ich weiß, Jean.« Gregoria fühlte sich zerrissen. Im Gegensatz zu ihm fühlte sie neben der eigenen moralischen Verpflichtung, alles für Florence zu tun, auch die Loyalität zur Kirche. Zu der Kirche, der ihr unbekannter Kardinal angehörte. Es war ihr klar, dass es für Jean nicht leicht war, sich in den Dienst der Eminenz zu stellen. »Es ist gut, dass du es kritisch betrachtest«, erwiderte sie schließlich.

»Impegnos Ansatz ist gut. Aber wir müssten eigentlich etwas erschaffen, das die gleichen Möglichkeiten wie ein Orden besitzt, doch frei von allen Pfaffen dieser Welt ist«, dachte er laut nach. »Ein Zusammenschluss von Jägern mit Geld, Einfluss und Können.«

»Du weißt, dass es unmöglich ist.« Gregoria sah das Netz, das die Kirche auf allen bekannten Kontinenten miteinander verband. »Niemand kann es mit der heiligen römischen Kirche aufnehmen, nicht einmal die Könige der Welt. Wir brauchen sie, um unser Ziel zu erreichen, auch wenn wir damit anderen helfen. Mir ist es recht, wenn die Jesuiten vernichtet werden.«

Sie gingen schweigend durch die Katakomben und hingen ihren eigenen Gedanken nach. Als sie vor der Tür ankamen, die in ihr Haus führte, sagte Jean: »Ich stelle mir die Frage: Was tut der Kardinal, wenn er seine Pläne umgesetzt hat?« Er tat sich schwer, seine Ablehnung zu überwinden. Er sprang mit diesem Bündnis nicht nur über seinen eigenen Schatten, er sprang über eine breite, unendlich tiefe Schlucht und hatte Angst, auf der anderen Seite im tödlichen Treibsand zu landen.

Gregoria öffnete nachdenklich die Schlösser. Sie betraten den Keller, stiegen die Stufen in die Halle hinauf und stellten erstaunt fest, dass sich dort ihre wenigen Besitztümer aus den Herbergen fanden. Offenbar hielt der Kardinal es nicht für nötig – oder zu gefährlich –, dass sie ihre neue Unterkunft noch einmal verließen. »Nun, dann tun wir ihm den Gefallen und sehen uns hier um«, knurrte Jean. Er öffnete die nächstgelegene Tür und fand dahinter die Küche. Sie setzten sich an den einfachen Tisch. Jean schenkte erst ihr, dann sich von dem Wasser ein, das in einer Karaffe bereitstand. Ihre neuen Verbündeten hatten wirklich an alles gedacht. Und waren sich ihrer Sache für Jeans Geschmack deutlich zu sicher gewesen.

Sie trank, stellte das Glas ab und nahm seine linke Hand. »Jean, ich habe keine andere Wahl.«

»Ich weiß«, seufzte er.

»Und ich bitte dich, bei aller Freundschaft und den Gefühlen, die wir füreinander hegen: Lass mich nicht allein. Sei mein General, der die Truppen ausbildet und in die Schlacht führt.« Sie sah ihn eindringlich an und schwieg, die Lippen angespannt aufeinander gepresst.

Sie hätte alles von ihm verlangen können, er hätte es getan. »Natürlich lasse ich dich nicht allein«, sagte er ruhig und voller Liebe und streichelte ihren Handrücken mit dem Daumen. »Wir sind auserkoren, die Welt eines Tages ein wenig besser zurückzulassen, als wir sie vorgefunden haben.« Er lächelte sie an und vollendete seinen Satz nur in Gedanken. *Aber ich werde sehr genau darauf achten, was dieser maskierte Kardinal tut. Und ich werde herausfinden, wer hinter dem weißen Engelsgesicht steckt!*

Sie drückte seine Finger und strahlte vor Erleichterung. »Danke, lieber Jean.« Beinahe hätte sie sich zu einem Kuss hinreißen lassen, doch sie widerstand dem Impuls und strich ihm nur über den hellen Schopf. Dann stand sie auf und ging in die Halle, um den Beutel aus ihrer Herberge anzusehen. Darin befanden sich zu ihrer Erleichterung sowohl der Atlas als auch die Blätter, die sie bereits daraus entfernt und zur Sicherheit in den Falten eines neuen Rockes verborgen hatte. »Ich werde mit der Übersetzung beginnen, Jean. Es ist wichtig, dass du so schnell wie möglich dasselbe Wissen hast wie unsere Gegner.«

Er hatte ihre Hand nur widerwillig losgelassen. Jean sehnte sich nach einer Umarmung, einer Berührung, nach einer weiteren Nacht mit ihr – und machte sich sofort Vorwürfe deswegen. Schnell sagte er: »Und ich finde es wichtig, dass wir nicht verhungern. Ich werde sehen, was die Speisekammer hergibt.«

»Das ist ein sehr guter Einfall.« Gregoria ging in das nächste Zimmer; wenig später hörte Jean das Rascheln von Stoff, das gar nicht mehr enden wollte. Anscheinend zog sie die Tücher von den Möbeln und Bildern und verwandelte das Geisterhaus in einen Ort des Lebens.

Jean entfachte ein Feuer im Herd, um kochen zu können. Er fürchtete, dass er den Zwist in seinem Inneren niemals überwinden könnte – weder die Gefühle, die er für Gregoria hegte, noch das Misstrauen, das er dem Kardinal entgegenbrachte. Er nahm eine Pfanne, stellte sie auf die Platte und gab einen Löffel Schmalz hinein. Er sah dem Fett beim Schmelzen zu, hörte es leise knistern. »Ich werde Acht auf Euch geben, Eminenz«, flüsterte er abwesend. »Denn ich werde immer ein Thomas sein.«

29. September 1767, Italien, Rom

Jean betrachtete die fünf jungen Frauen, die ihm Lentolo mit Stolz präsentierte. Dazu hatte er ihn am frühen Morgen abgeholt, mit einer Kutsche quer durch Rom gefahren und ihn in den Hof einer Handelsniederlassung geführt.

Ihr Alter lag zwischen sechzehn und zwanzig Jahren. Sie trugen schlichte weiße Hemden und Hosen, die langen Haare waren zu strengen Zöpfen gebunden. Sie standen im sonnenbeschienenen Hof in einer Reihe nebeneinander, die Hände auf dem Rücken und den Blick geradeaus gerichtet.

»Das sind sie«, sagte Lentolo, der wieder in seiner Kaufmannstracht aufgetaucht war, und erlaubte den Frauen mit einer Geste, bequem zu stehen. »Sie wurden vier Jahre lang ausgebildet, wie man Soldaten erzieht. Sie können alles, was auf dem Schlachtfeld von Nutzen ist.« Er schaute zu Jean und schob seine Kappe auf den halblangen Haaren zurecht. »Monsieur, ich übergebe sie in Eure Obhut. Von diesem Augenblick an werden sie Euch gehorchen, egal, was Ihr von ihnen verlangt.«

»Sprechen sie auch Französisch, oder muss ich auf unseren Jagden immer einen Übersetzer mitnehmen?« Jean wusste nicht, ob er lachen oder weinen sollte. Das waren doch noch halbe Kinder! Die ernsten Gesichter der jungen Frauen vermittelten zwar den Eindruck, es mit harten Kriegerinnen zu tun zu haben, aber ihre wahre Nervenstärke und Abgebrühtheit würde sich erst beim ersten Zusammentreffen mit einem Wandelwesen erweisen.

»Nein, das braucht Ihr nicht, Monsieur. Sie beherrschen Italienisch, Französisch und Englisch.« Er zeigte auf die Jüngste von ihnen. »Rebekka versteht und spricht sogar ein wenig Deutsch.«

Jean beugte sich zu ihm. »Wissen sie, was sie erwartet, oder halten sie mich für einen Wahnsinnigen, wenn ich von Wandelwesen spreche?«

»Da seid unbesorgt, Monsieur Chastel. Sie wurden auf die verschiedenen Gesichter des Bösen vorbereitet. Dämonen haben schließlich viele Erscheinungsformen.« Lentolo reichte ihm die Hand, die braunen Augen schauten ernst. »Bildet sie aus, Monsieur. Für unseren Erfolg.« Er verschwand durch die kleine Tür im Holztor hinaus auf die Straßen Roms.

Jean schritt die Reihe ab, schaute jeder von ihnen lange ins Gesicht. Eines war so hübsch anzusehen wie das andere. Wer immer die Frauen ausgesucht hatte, er wollte, dass sie den Engeln gleichkamen, nach denen sie benannt worden waren.

»Ihr könnt jederzeit frei sprechen, eure Meinung sagen, was euch passt und was euch nicht passt«, sagte er dann laut. »Ich werde versuchen, euch auf das vorzubereiten, was euch bevorsteht … aber glaubt mir, es wird nicht einmal im Ansatz ausreichen. Erst, wenn ihr Erfahrung gesammelt habt, wird sich entscheiden, ob ihr für den Einsatz gegen die Bestien taugt oder nicht.«

Auf den Zügen des ältesten Mädchens regte sich Widerstand, und er forderte sie mit einer Handbewegung auf zu sprechen. Sie hatte braune Haare, die graugrünen Augen waren klar wie ein Gebirgsbach und hellwach. »Monsieur Chastel, Ihr beleidigt uns«, sagte sie beinahe empört und mit dem Stolz einer archaischen Kriegerin. »Wir haben bereits Kämpfe durchgestanden.«

»Nennt bitte eure Namen, wenn ihr das erste Mal sprecht«, bat er sie.

»Verzeiht. Ich bin Judith.«

»Also, Judith: Ich will euch nicht beleidigen, sondern vor Augen führen, dass ihr eine Aufgabe erhalten habt, welche die wenigsten Menschen überstehen. An meiner Seite focht ein erfahrener Jäger, Monsieur Malesky, und er tötete mehr Wandelwesen als ich.« Die Erinnerung an den toten Freund schmerzte und war ihm Warnung zugleich. »Dennoch fiel er ihnen zum Opfer.«

»Dann war er nicht gut genug«, erwiderte Judith kalt.

Jean machte blitzschnell einen Schritt in ihre Richtung und schlug zu. Er bremste die Faust erst kurz bevor sie die Nase der Frau traf. Sie hatte nichts unternommen, um seinen Angriff aufzuhalten. »Sag mir, wie du eine Bestie überleben willst, wenn du meinen Schlag nicht hast kommen sehen?«

Judith erbleichte vor Wut, sie war vor den anderen bloßgestellt worden. »Ich dachte nicht, dass mir von Euch Gefahr droht, Monsieur«, sagte sie bebend.

»Dann merk dir, dass die Gefahr von allen Seiten kommt.« Er schaute die Mädchen nacheinander an. »Merkt es euch alle! Es wird kein Krieg mit geschlossenen Reihen, die mit Trommelwirbel aufeinander losgehen, nach Regeln und Absprachen. Der Feind fällt euch an, hinterrücks und ohne Warnung. Er lauert im Dunkel, er kleidet sich im einen Moment noch in die Gestalt eines Menschen und reißt euch im nächsten den Kopf von den Schultern. Oder er infiziert euch mit dem Bösen und ihr werdet von euren eigenen Freunden gejagt. Um das zu verhindern, rate ich euch: Seid *immer* wachsam und habt stets einen Dolch aus Silber dabei!« Zusammen mit dem letzten Wort schlug er nach der Kleinsten, einem jungen Ding mit Sommersprossen auf der Nase – und lag beim nächsten Blinzeln mit dem Rücken auf dem Hofpflaster.

Jean brauchte einen Moment, bis er den Schreck verdaut und wieder zu Atem gekommen war. Kleine Feuerkreise drehten sich vor dem Himmel. Ein Gesicht erschien über ihm. Die Kleinste der Frauen lächelte entschuldigend. Ihre schwarzen Haare und Augenbrauen betonten die blauen Augen. »Mein Name ist Sarai, Monsieur. Ich hatte noch keine Gelegenheit, etwas zu sagen, bevor ich Euch angriff. Entschuldigt bitte.«

Jeans Rücken schmerzte. Er hatte nicht einmal mitbekommen, welche Bewegungen sie gemacht hatte, um ihn im wahrsten Sinne des Wortes aufs Kreuz zu legen! »Das muss es nicht.« Drei Mädchen halfen ihm beim Aufstehen, und ihm wurde nur zu bewusst, dass er nicht mehr der Jüngste war. »Du hast es genau richtig gemacht.« Er lachte. »Sehr gut!«

Eine Rothaarige trat vor. Die Blässe ihrer Haut stach deutlich hervor, und sie wirkte von ihrer Statur her sehr burschikos. Abgesehen von dem Gesicht verriet wenig an ihr, dass sie eine junge Frau war. »Ich bin Bathseba. Wie geht es nun weiter, Monsieur Chastel?«

Er klopfte sich den Schmutz von seiner Hose und ordnete seinen weißen Zopf neu. »Ich werde überprüfen, ob ihr alle so gut wie Sarai seid, und dann werde ich euch von den Dingen erzählen, die mir auf der Jagd nach den Werwesen zugestoßen sind.« Er hatte die ersten Seiten der Listen dabei, die Gregoria für ihn bereits ins Französische übersetzt hatte. »Danach erfahrt ihr, welche verschiedenen Wandelwesen es auf der Welt gibt und was wir über sie wissen. Sie alle trachten danach, die Menschen zu verschlingen. Sie zeigen keine Gnade, und genauso werden wir gegen sie vorgehen. Sie müssen vernichtet werden.«

Jean sah in fünf entschlossene Gesichter und konnte sich ein zufriedenes Grinsen nicht verkneifen. Doch, das war besser, als er noch vor einem Moment gedacht hatte. Viel besser sogar! Er machte einen Schritt zurück und hob die Fäuste.

»Bathseba, greif mich an.«

Gregoria sah auf die Uhr, die an der Wand hing und laut tickte. Es war kurz nach zehn, und Jean war immer noch nicht von seinem ersten Besuch bei den Seraphim zurück.

Sie saß seit Stunden über den Blättern des Atlas und übersetzte unermüdlich, die Feder tanzte nur so über das Papier. Die Erkenntnisse, die sie dabei gewann, machten ihr Angst. Es gab überall auf der Welt Werwesen und weit mehr Gattungen, als sie selbst in ihren schlimmsten Albträumen für möglich gehalten hätte. Ganz egal jedoch, in welchem Land sie ihr Unwesen trieben oder welche Gestalt sie wählten: Sie alle hatten sich dem Bösen und die meisten auch dem Töten verschrieben.

Gab es überhaupt Aussichten auf einen Erfolg?

Gregoria stand auf, ging in die Küche und bereitete sich einen Kräutertee zu. *Wie können wir sie aufhalten? So viel Sanctum gibt es nicht, um sie alle von dem Fluch zu befreien.* Sie beobachtete, wie die getrockneten Blüten auf der heißen Wasseroberfläche trieben und ihre Inhaltsstoffe an das Wasser abgaben. Es roch süß und erfrischend. Plötzlich verspürte sie einen starken Appetit auf Schinken mit ... mit *Honig?* Die römische Luft hatte merkwürdige Auswirkungen auf ihren Geschmack.

Oder?

Es gab noch eine andere Erklärung, und die gefiel ihr gar nicht, obwohl sie wahrscheinlicher war. Seit vier Monaten war ihre Monatsblutung ausgeblieben – seit der Nacht, die sie mit Jean verbracht hatte. Sie strich über ihren noch flachen Bauch und lauschte in sich hinein, ob es weitere Anzeichen für eine Schwangerschaft gab. Sie hatte das Wunder der Geburt schon einmal erlebt, in ihrem früheren Leben als Comtesse. Das Kind, ein schönes, kleines Mädchen, war damals nach wenigen Wochen gestorben, und der Verlust hatte sie in tiefe Gram gestürzt.

Gregoria fühlte sich zu alt, um noch einmal Mutter zu werden; außerdem war es unmöglich, die Vorsteherin eines Ordens zu sein, der unter anderem Keuschheit verlangte, und dann ein Kind auf die Welt zu bringen.

Aber wenn es sich nicht mehr leugnen lässt ... wie erkläre ich es?

Sie goss den Tee durch ein Sieb und legte die Kräuter zum Trocknen auf ein Küchentuch, weil man sie zweimal verwenden konnte. Dann kehrte sie in ihr Arbeitszimmer zurück und kam zu dem Entschluss, es gar nicht zu erklären. Sie würde – *falls* sie wirklich empfangen hatte – die Schwangerschaft verheimlichen und das Kind außerhalb von Rom gebären. Danach würde sie behaupten, sie hätte es aus einem Waisenhaus mitgenommen, um es großzuziehen. Es gefiel ihr nicht zu lügen, aber es gab keine andere Lösung. Womöglich würde ihr der Kardinal die Leitung des Ordens entziehen, und damit wäre Florences Rettung unmöglich.

Gregorias Gedanken schweiften ab ... und plötzlich brachte die Lüge sie auf einen neuen Einfall.

Endlich wusste sie, wo sie die Mädchen für die Schwesternschaft vom Blute Christi finden würde! Waisenhäuser waren immer froh, wenn eine Nonne erschien und ihnen einige Heranwachsende abnahm. Mädchen ohne Vergangenheit, über die man später Nachforschungen anstellen konnte, ohne Verwandten, mit denen man sie unter Druck setzen konnte. Mädchen, die keine große Aussicht auf ein glückliches Leben hatten – und denen mit der Schwesternschaft eine Gemeinschaft und eine Zukunft gegeben wurden!

Sie würde ihre Idee mit Jean und anschließend mit Lentolo besprechen. Ihr gefiel sie bereits sehr gut.

Mit neuer Zuversicht machte sie sich wieder an die Übersetzung. Der neue Abschnitt widmete sich den Beobachtungen in Italien, insbesondere in Rom. Es fanden sich Hinweise auf eine wolfsähnliche Kreatur, so wie Gregoria erwartet hatte. Von weit mehr Zeugen war aber auf den Dächern des Trasteveres ein geheimnisvoller schwarzer Panter beobachtet worden. Merkwürdig ...

Sie hörte, wie die Tür aufgeschlossen wurde, und erkannte die Schritte von Jean, die sich schleppend und müde anhörten. Humpelte er etwa? Gregoria richtete sich auf und sah zur Tür, in der er gleich darauf erschien.

»Beim Allmächtigen, was ...« Seine Jacke war voller Schmutz, die Naht an der Schulter hatte sich gelöst, in seinem Gesicht erkannte sie sogar einen blauen Fleck vom Kinn hinauf bis zur rechten Wange.

»Sei unbesorgt«, beruhigte er sie, weil er die Aufregung in ihrer Stimme erkannte. »Es ist nichts.«

»Nichts? Du siehst aus, als wärst du unter die Räuber gefallen.«

»Unter die Engel, Gregoria.« Er humpelte ins Zimmer, hielt sich den Rücken und setzte sich vorsichtig in den Sessel neben ihrem Schreibtisch. »Die Seraphim sind ohne Zweifel gute Kämpferinnen, trotz ihres geringen Alters.« Er ächzte und hielt sich die linke Seite. »Ich bin heute so oft geworfen und geschlagen worden wie schon lange nicht mehr.« Er tastete an sich herab. »Sie haben mir bestimmt eine Rippe gebrochen. Am schlimmsten war Rebekka, unscheinbar wie ein Kind, aber flink und kräftig wie ein Mann. Und ich wäre bereit, einen Haufen Livres darauf zu wetten, dass die schüchterne Debora es mit drei ausgewachsenen Männern gleichzeitig aufnehmen könnte.«

Gregoria lachte und schob ihren Tee zu ihm hinüber. »Dann trink davon. Du hast ihn dir verdient.«

»Tee? Ich habe mir einen Wein verdient! Die Sammlung im Keller sah sehr gut aus.« Er lächelte und freute sich über ihren Anblick. »Was machen deine Übersetzungen?«

»Ich habe einen ersten groben Überblick erstellt und bin bei Italien angelangt, aber ich werde bis Ende des Jahres benötigen, bis ich alle Blätter übersetzt habe.« Sie zeigte auf das Papier vor sich. »Sieh hier, es scheint, als sei der Comte bereits früher hier gewesen. Also wird der Mord, nach dem du ...«

»Das war nicht der Comte«, sagte er. »Ich habe in der Wohnung Spuren von schwarzem Fell gefunden, und das gehörte nicht zu der Bestie, in die er sich verwandeln kann. Es muss eine zweite geben.« Er versuchte, ihre Handschrift vom Sessel aus zu lesen.

»Ich bin noch nicht ganz fertig, aber die Rede ist hier auch von einem schwarzen Panter, der von Zeugen auf den Dächern im Viertel Trastevere gesehen wurde, und zwar immer kurz vor einem Mord.« Gregoria wandte sich wieder dem lateinischen Text zu. »Der Bericht sagt, dass es insgesamt elf Morde gegeben hat, die in das Muster passten. Die meisten geschahen jedoch im Jahr 1762. Es ging erst wieder los, als wir und der Comte in Rom ankamen.«

Jean rieb sich über sein stoppliges Kinn, es schabte und kratzte laut. »Bis zum Jahr 1762, sagst du?« Er dachte nach und forschte in seinen Erinnerungen, ob es etwas gab, das er mit den Erlebnissen der letzten Zeit in Einklang bringen konnte. Tatsächlich fand er eine Übereinstimmung. »In dem Jahr ging Antoine auf seine Reise.«

»Wohin ging er?«, erkundigte sich Gregoria. »Nach Rom?«

»Ich weiß es nicht.« Er seufzte. »Es war nur so ein Gedanke.«

Sie schaute auf die Blätter, dann sah sie zu ihm. »Wieso sollte der Panter so lange nicht mehr von sich reden machen und erst jetzt wieder mit seinen Morden beginnen ...? Der Comte muss der Auslöser sein.«

Jean zuckte mit den Achseln. »Ich weiß es nicht, Gregoria. Und ... ich kann nicht denken, mir tut alles weh. Ich sehe nach, ob ich etwas Balsam finde.« Er stand auf wie ein uralter Mann, hinkte zur Tür hinaus, verschwand im Keller und kehrte nach längerer Zeit mit einer Flasche Rotwein und zwei Gläsern zurück.

»Da ist mein Balsam. Es ist ein italienischer, aber besser als nichts.« Er lächelte müde. »Ich kann wohl nicht erwarten, hier einen guten Tropfen aus dem Bordelais zu finden.« Er schenkte ihnen ein, reichte ihr ein volles Glas und stieß mit ihr an. »Auf unsere Aufgaben.«

Sie setzte das Glas an die Lippen und stellte es ab, ohne davon getrunken zu haben. Ihr widerstrebte der Geruch des Alkohols. Jean sah es mit Verwunderung.

»Ich mag nicht. Ich habe ... in letzter Zeit kein Verlangen nach Wein oder dergleichen.« Sie schob ihm das Glas zu. »Trink du ihn.«

»Na schön.« Jean fand den Geschmack gut, wenn auch nicht vergleichbar mit dem heimischen Rotwein.

»Erzähl von den Seraphim«, forderte sie ihn auf und spielte mit dem Federkiel.

»Fünf junge Frauen, alle gut ausgebildet, wie du an meiner

Kleidung sehen kannst, aber es fehlt ihnen die Erfahrung.« Er nippte an dem Wein. »Erfahrung und Eingebung. Die Söldner, die sie ausbildeten, haben ihnen das Handwerk beigebracht, wie sie es kennen. Das gleicht in nichts dem, was sie bei der Jagd auf Wandelwesen brauchen. Das Spurenlesen verstehen sie überhaupt nicht.«

»Also ein hartes Stück Arbeit für dich.« Sie legte ihre Hand auf seinen Oberarm, die graubraunen Augen schauten liebevoll. »Aber du wirst es schaffen.«

»Ich sorge mich weniger um mich als um sie. Sie sind von sich überzeugt, was nicht schlecht ist, doch es kann sie auch in Gefahr bringen. Das werde ich ihnen austreiben müssen.« Jean betrachtete Gregoria über den Rand des Glases hinweg und hatte mit einem Mal den Eindruck, dass sie sich verändert hatte. Sie wirkte ... frischer und lebendiger als jemals zuvor. Konnte es an dem Blut Christi liegen, von dem sie gekostet hatte?

»Ich werde sie in den kommenden Tagen auf die Probe stellen. Ihre Gesellenprüfung wird der Kampf gegen den schwarzen Panter werden ... und ihr Meisterstück der Comte. Das wird mir und ihnen zeigen, zu was sie tatsächlich in der Lage sind.« Er streifte die Stiefel von den Füßen und betrachtete die Socken, die an den Zehen bereits recht dünn geworden waren. »Was machen deine Vorbereitungen?«

Gregoria berichtete ihm von der Idee mit den Waisenhäusern, aus denen sie junge Frauen aufnehmen wollte. »Ich werde sie persönlich unterrichten und prüfen, ob sie dazu taugen, in die Schwesternschaft aufgenommen zu werden.«

»Wie willst du das alles bewerkstelligen?«

»Lentolo wird mir Lehrer senden müssen. Die Mädchen müssen Umgangsformen und Fremdsprachen und vieles andere erlernen, bevor ich sie in die Welt sende. Als Gesellschafterinnen der Fürstinnen und Erzieherinnen ihrer Kinder.« Gregoria lächelte. »Das klingt, als hätten die Mächtigen darauf gewartet, dass sich die Schwestern bei ihnen zeigen. Aber welchen Grund sollten sie haben, die Schwesternschaft an den Hof und in die Schlösser zu holen? Es gibt bereits sehr viele Pfaffen, die sich da breit gemacht haben.«

Gregoria schwieg einen Moment. »Es wird die Frische sein, die ihnen Tür und Tor öffnet. Unsere Schwestern werden nicht nur das Wort Gottes verbreiten wie mancher Mönch oder alternde Erzieherin, sondern diese mit ihrer Jugend, Klugheit und Anmut übertreffen. Und sie werden neuen Ansichten gegenüber offen sein. So können sie zunächst die Frauen der Fürsten auf ihre Seite ziehen, natürlich auch die Kinder – und der Rest, darauf vertraue ich, wird sich ergeben.«

»Das ist deine Taktik?« Er machte keinen überzeugten Eindruck. »Plaudereien gegen Jesuiten?«

»Du wirst bald sehen, was ich meine. Ich war früher selbst Teil einer edlen Familie und weiß, worauf es ankommt«, meinte Gregoria lächelnd. »Die Kunst der Konversation, das geistreiche Gespräch, mit dem man neue Ideen über die Kinder und Mütter an ihre Väter und Männer vermitteln kann, ist eine scharfe Waffe, wenn man sie zu schmieden versteht. Und glaub mir, es ist besser, als mahnend den Finger zu heben oder offen nach den Jesuiten zu schlagen. Wenn du einem neuen Freund offen zeigst, wer dein Gegner ist, mag es sein, dass er nicht gemeinsam mit dir in den Kampf zieht. Aber du hast die Schlacht bereits gewonnen, wenn deine Verbündeten denken, dass sie selbst einen Feind entdeckt haben, den es zurückzuschlagen gilt.«

Jean verschluckte sich beinahe an seinem Wein und verzog die Lippen. »Ich sehe, dass Frauen wirklich anders denken als Männer.«

»Und das ist gut so. Denn darum werden uns die Jesuiten nicht auf die Schliche kommen.« Auch das Hochgefühl, das Gregoria bei diesem Gedanken empfand, konnte die Müdigkeit nicht vertreiben, die sich immer stärker bemerkbar machte. Der Tee hatte eine unglaublich beruhigende Wirkung. »Verzeih mir,

Jean, aber ich gehe zu Bett. Das Übersetzen ist anstrengender, als ich gedacht habe.« Sie stand auf, berührte seine Schulter, und er legte spontan seine Hand auf ihre. Sie verharrten, genossen die Nähe des anderen ... und wussten, dass sie sich niemals mehr erlauben durften als das. Was ihnen blieb, war die Erinnerung an jene eine Nacht voller Liebe und Hingabe.

»Gute Nacht, Jean«, sagte Gregoria sanft.

Er ließ sie los. Doch sie konnte immer noch die Wärme seiner Hand auf ihrer spüren.

»Ich wünsche dir angenehme Träume.«

Sie ging hinaus. Jean lauschte ihren Schritten, verfolgte ihren Weg anhand der Geräusche, bis sie auf der Treppe nach oben stand. Er hörte, wie sie dort verharrte, und glaubte zu spüren, dass sie den Mund öffnete, um etwas zu sagen. Um ihn zu bitten, mit nach oben zu kommen.

Doch dann setzte das Knarren der Treppe ein, und Gregoria verschwand im oberen Geschoss.

Seufzend nahm Jean ihr volles Glas und leerte es in einem Zug. Es verlangte ihm viel ab, so nah bei Gregoria zu sein und dadurch nur umso grausamer vor Augen geführt zu bekommen, dass er ihr nicht näher kommen durfte. Aber natürlich war es besser, als getrennt voneinander leben zu müssen, sie im Kloster, er irgendwo in der Welt und auf der Jagd nach Wandelwesen.

Er nahm die Blätter zur Hand, die sie ihm hingelegt hatte, und wollte sich ablenken. Seine Augen wanderten über die handgeschriebenen Zeilen. Mit jeder Zeile stiegen seine Verwunderung, sein Entsetzen und die Gewissheit, dass er die Seraphim gegen die Wandelwesen benötigte. Eine Armee von Seraphim. Diese fünf reichten nicht aus, sie mussten eine Vielzahl mehr finden und ausbilden, um die scheinbare Übermacht der Wandelwesen einzukreisen und zu vernichten.

Schaudernd fragte sich Jean, weswegen sich die Kreaturen verbargen und versteckt hielten, wenn man von Exemplaren wie dem Comte und Antoine absah. Es wäre ihnen ein Leichtes, sich als wahre Krone der Schöpfung auszurufen und die Menschheit Untertan zu machen.

Hat Gott euch gemacht oder seid ihr ihm vom Teufel untergeschoben worden?

Jean goss sich Wein nach und las weiter. Als er seine Lektüre beendet hatte, formte sich ein neues Bild von seinem Gegner. Demnach gab es vergleichsweise harmlose Exemplare, die sich mit dem Leben in Abgeschiedenheit und gelegentlichen Eskapaden zufrieden gaben. Die Berichte erzählten von Friedhofsschändungen in der Nähe von Wandelwesen. Auf diese Weise versorgten sie sich mit frischem Menschenfleisch, um ihrer Gier nachzukommen, ohne morden zu müssen. Und scheinbar war diese Gruppe den bestialischen Schlächtern wie dem Comte zahlenmäßig um ein Hundertfaches überlegen. Jean widerte die Vorstellung trotzdem an, wie sie sich mit den Klauen durch den Boden wühlten, um an die Leichen zu gelangen und sie zu fressen. Ganz egal, wie sie ihr verfluchtes Leben führten: Wandelwesen waren seine Feinde.

25. Oktober 1767, Italien, Rom

»Ihr wisst, auf was es ankommt.« Jean betrachtete die jungen Frauen, die in einfachen Kleidern vor ihm standen. Zwei von ihnen trugen kleine Hüte, die anderen Hauben und Kopftücher, mit denen sie im Treiben der Gassen zwischen den Menschen verschwinden würden. Nichts an ihnen durfte auffällig sein. »Ich werde immer in eurer Nähe sein und überprüfen, wie ihr euch verhaltet. Wer bis heute Abend die meisten markiert hat, ist die Siegerin. Aber eins merkt euch: Unter keinen Umständen dürft ihr in die Finger der Stadtwache geraten.« Er legte die Hand auf die Klinke und öffnete die Tür. »Hinaus mit euch.«

Eine nach der anderen verließ den Innenhof und verschwand

in der Gasse, über der ein trüber grauer Himmel hing und mit Regen drohte. Der Geruch, der zwischen den Häusern schwebte, war muffig und schlecht und würde erst mit dem Guss von oben verschwinden. Jean vermisste die klare Luft des Gévaudan.

Er schaute sich um und sah Gregoria aus dem Eingang kommen. Sie würde heute die Waisen- und Armenhäuser besuchen und sich auf die Suche nach Anwärterinnen für die Schwesternschaft begeben. Jean beneidete sie nicht um diese Aufgabe. Niemand trug die Reinheit oder die Verdorbenheit seiner Seele im Gesicht oder auf der Haut. »Viel Erfolg, Gregoria«, sagte er zu ihr, als sie neben ihn trat.

»Danke. Ich habe die ganze Nacht dafür gebetet, dass Gott meine Suche unterstützt.« Sie lächelte ihn an. »Und doch werde ich mich auf mein Gefühl verlassen müssen ... und auf die Augen der Mädchen. Die Augen eines Wesens verraten viel über das, was in ihm vorgeht. Aus diesem Grund habe ich dich damals, bei aller Ruppigkeit, von Anfang an für einen ehrlichen Mann gehalten. Ich bin nicht enttäuscht worden.« Sie schritt an ihm vorbei und verließ den Hof.

Jean lächelte glücklich und machte sich ebenfalls auf den Weg.

Zunächst folgte er Sarai. Bei diesem Teil der Ausbildung kam die von ihm verlangte Intuition ins Spiel. Bei der Verfolgung gab es für die Frauen keinen Vorteil, weil sie sich zu wehren wussten, sondern es ging darum, mit der Umgebung zu verschmelzen und so unauffällig wie möglich zu sein, damit das Wild den Jäger nicht witterte.

Das Wild, dem sie nachstellten, galt als äußerst scheu. Jean hatte die Seraphim zunächst an sich selbst das Beschatten üben lassen, aber seit zwei Tagen machten sie Jagd auf andere: Taschendiebe.

Es war zum einen eine Herausforderung, die flinken Räuber überhaupt in dem Treiben zu bemerken, zum anderen verlangte Jean von den Frauen, ihnen nach der Tat zu folgen und sie mit einem Kreidestrich auf dem Rücken zu kennzeichnen. Jede von ihnen besaß eine andere Farbe, damit es nicht zu Verwechslungen kam. Natürlich verfügten Diebe nicht über die überlegenen Instinkte und Fähigkeiten der Wandelwesen – aber ein besseres Training konnte sich Jean hier in der Stadt kaum vorstellen.

Gleichzeitig lernten die Seraphim, mit Kreide schnell und unauffällig kleine Markierungen an den Hauswänden zu hinterlassen. Obwohl jeder normale Passant sie übersah, konnten Jean und die anderen Mädchen so einer jeden Spur durch die ganze Stadt folgen. Jean lehrte sie die gleichen Markierungen, die er mit seinen Söhnen auf der Jagd benutzt hatte. Es spielte keine Rolle, ob man Ästchen in einem besonderen Muster auf den Boden legte und Symbole in Baumrinden schnitzte oder ob man mit Kreide Zeichen an Wänden und auf den Boden malte. Die Gassen, Straßen, Häuser und Hinterhöfe, die Auslagen und alle anderen Hindernisse ersetzen die Bäume, Hügel und Sträucher.

In einer Stadt war jedoch alles begrenzter, nicht so weitläufig wie in der Wildnis, und es gab andere Dinge, auf die man zu achten hatte. Das reichte von rücksichtslos fahrenden Wagen oder stürmischen Reitern über das verwirrende Spektakel auf einem Markt, in dem eine Person sehr schnell verschwinden konnte, bis hin zu Taschendieben und Bettlern, vor denen man sich hüten musste. Inzwischen kannte Jean sich in dem Viertel hervorragend aus und erkundete täglich mehr von Rom.

Auf Sarai war Jean besonders stolz. Er beobachtete sie gerne, weil sie – noch schneller als die anderen Seraphim – begriff, auf was es bei der Jagd ankam. Die junge Frau betrat gerade eine Piazza, auf der sich ein Markt ausbreitete und Händler alle möglichen Gemüsesorten anboten, Kelleräpfel zum Einlagern, Brot und viele andere Dinge, über deren Nützlichkeit man sich streiten konnte, wie Elixiere gegen Warzen oder Seifen, die gegen Falten wirken sollten.

Jean folgte Sarai mit einigem Abstand und lauschte auf die Gespräche um sich herum, um sein Italienisch zu verbessern. Lentolo hatte ihm einen Lehrer gesandt, der ihm die fremde Sprache regelrecht um die Ohren schlug und eintrichterte, und wenn der Quälgeist einmal nicht zur Stelle war, dann übernahm eine Seraph diese Aufgabe. Gregoria erging es nicht viel besser.

Die Umstehenden unterhielten sich über das Wetter, die Preise, allerlei Klatsch. Das war, was er verstand ... und nicht begreifen konnte. Niemand schien über die besonders brutalen Morde zu sprechen, die sich hier vor kurzem ereignet hatten und, da war er sicher, immer noch mehrten.

Er erinnerte sich an Abbé Acot, von dessen Ermordung ihm Gregoria berichtet hatte. Nüchtern betrachtet kam der Marquis am ehesten für den Auftrag in Frage – nach dem zu schließen, was sie ihm über die Unterhaltung mit Acot berichtet hatte –, aber Jean glaubte es nicht. Der Marquis hatte in seiner Verzweiflung über die Taten seines Sohnes einen ehrlichen Eindruck auf ihn gemacht. Blieben noch die Männer des Legatus, auch wenn ihm kein Grund einfallen wollte.

Sarai war stehen geblieben und deutete fast unmerklich nach links. Jean sah einen recht jungen Taschendieb, einen Beutelschneider, der sich eben von hinten an den Rockschößen vorbei am Gürtel eines Edelmanns zu schaffen machte. Er führte die schmale, sehr scharfe Klinge schnell und kappte die Lederriemen, mit denen der Beutel befestigt war, fing das Behältnis mit der anderen Hand auf und wandte sich rasch ab, um hinter einem Kistenstapel zu verschwinden.

Sarai folgte ihm sofort, hielt das Stück Kreide zur Markierung des Taschendiebs bereit. Jean lächelte ihr zu und winkte ihr, danach machte er sich auf den Rückweg, um sich vom Haus aus einer anderen Seraph an die Fersen zu heften. Er wählte Bathseba aus und verfiel in einen lockeren Trab, um sie einzuholen. Sie hatte den Weg nach Trastevere eingeschlagen, mitten in das Gebiet, in dem der Panter so oft gesehen worden war.

Jean ahnte, was die Rothaarige beabsichtigte. Er hatte sie als äusserst ehrgeizig kennen gelernt; sie hatte ihre Aufgaben bislang immer rascher als die übrigen Seraphim zu erledigen versucht, und ihr zielstrebiges Wandern nach Trastevere deutete darauf hin, dass sie hoffte, einen Blick auf den Panter werfen zu können.

Es ging tiefer in das Viertel, in dem die Häuserfronten wie Verschwörer nah aneinander rückten und die Gassen immer schmaler machten. Jean blickte nach oben und sah den sich verfinsternden Himmel beinahe nicht mehr. Es wäre für ein sprungstarkes Tier wie einen Panter eine leichte Übung, von einem Dach zum nächsten zu gelangen und dabei seine Beute stets im Auge zu behalten. Die unterschiedlich hohen Bauten und kleinen Vordächer boten die idealen Stufen, um rasch auf den Boden und von dort wieder hinauf gelangen zu können. Das Trastevere war das ideale Jagdgebiet für einen Panter. Und sie befanden sich mittendrin.

Auf einer Weggabelung, die eine Schneise in die Enge schlug, hatte sich ein verhältnismässig kleiner Markt angesiedelt, auf dem jedoch unzählige Römer einkauften, redeten und lautstark verhandelten; Männer und Frauen lachten, woanders wurde geschimpft.

Jean sah Bathseba nicht, und während er sich umschaute und dabei von Stand zu Stand wanderte, bemerkte er einen kleinen Jungen, der bei seiner Tat weniger vorsichtig vorging als der Bursche, den Sarai verfolgt hatte.

Als ein gut gekleideter Mann eben seine Einkäufe bezahlen wollte, sprang der Knabe unvermittelt neben der Auslage hoch, entriss ihm den Beutel, rutschte unter die Bretter des nächsten Standes und kroch auf allen vieren davon.

Der Bestohlene machte sich mit einem wütenden Schrei an die Verfolgung, sprang über Kohlköpfe und Kartoffelsäcke hinweg, ohne dabei Rücksicht auf seinen verhältnismäßig teuren Rock oder seine Hose zu nehmen. Dabei stieß der Mann andere Leute, die ihm im Weg standen, mit Leichtigkeit aus dem Weg, die Getroffenen stürzten heftig. Es wurde laut in der Gasse.

Jean ließ den Bestohlenen nicht mehr aus den Augen und rannte hinterher. Es ging die Gasse hinab, er sah den Mann und den Jungen vor sich und holte immer weiter auf.

Der Junge schrie laut und warf die Börse nach hinten, um den Verfolger abzuschütteln. Doch genau das Gegenteil war der Fall. Der Mann fing sein Eigentum auf und hetzte den kleinen Dieb noch schneller.

Der Junge schwenkte abrupt nach rechts und sprang auf ein Fensterbrett, um sich von dort an der Mauer nach oben auf einen Balkon zu ziehen, da packte ihn der Mann mit einem bösen Lachen am Fuß und riss ihn herunter; der Dieb fiel rückwärts auf den Boden, heulte auf und hielt sich den Kopf.

Jean blieb stehen, drückte sich in einen Hauseingang und schluckte, die Rechte lag auf dem Rücken unter dem Gehrock am Knauf der Pistole.

Der Mann trat den Jungen mehrmals in den Bauch, beugte sich über ihn und schrie ihn an, während das Wimmern und Weinen lauter wurde; schließlich packte der Mann ihn bei den schwarzen Haaren und schleifte ihn hinter sich her. Der Junge schlug und trat um sich, bis er einen Fausthieb ins Gesicht bekam und leblos zusammensackte.

Der Mann spie auf ihn, zog einen Dolch und sagte lachend etwas von Umbringen. Jean zog seine Pistole und hielt sich bereit einzugreifen. Der Kleine hatte gewiss eine Tracht Prügel verdient, aber keinesfalls den Tod oder Misshandlungen durch einen brutalen Mann, dem es sichtlichen Spaß bereitete, Schwächere zu quälen.

Plötzlich sprang ein schwarzer, lang gestreckter Schatten vom Dach eines der niedrigeren Häuser geradewegs gegen den Mann und riss ihn zu Boden. Jean hörte ein lautes Fauchen, das dem einer Katze ähnelte, wenn auch viel, viel dunkler und gefährlicher; der Mann schrie vor Entsetzen auf – und verstummte gurgelnd.

Jean löste sich aus seinem Versteck und schwenkte die Pistole dahin, wo er den Schemen gesehen hatte. Doch der war verschwunden. Auf dem Boden aber lag der Mann mit zerrissener Kehle, aus der sein Blut sprudelte.

Jean trat heran und tastete nach der Halsschlagader des kleinen Diebes, der reglos neben dem toten Körper lag. Sie pulsierte, schwach zwar, aber verhieß Leben. Rasch wühlte er die Börse des Mannes hervor und schob sie dem Dieb unter das Hemd, dann hob er ihn auf und trug ihn eine Gasse weit, bevor er ihn in einem Torchurchgang absetzte. Hier konnte er sich vom Schrecken erholen und in aller Ruhe zu sich kommen.

Als er gleich darauf zur Stelle zurückkehrte, an der sich der Mord ereignet hatte – es mochten lediglich Minuten vergangen sein –, war der Leichnam verschwunden. Nur der große Blutfleck bewies, dass er sich nicht getäuscht hatte. Weitere rote Spritzer an den Wänden verrieten, dass der Schatten sein Opfer aufs Dach gezerrt hatte.

Jean sah zu den Giebeln hinauf. In diesem Augenblick änderte er seine Einschätzung. Die Seraphim mussten zwei Meisterstücke bewältigen.

2. November 1767, Italien, Rom

Jean stand vor der Auslage eines Obsthändlers, neben ihm wartete Bathseba. Auf der anderen Straßenseite saß Sarai auf dem Rand eines Brunnens und las.

Wenn seine Vermutung richtig war, dass das schwarze Wandelwesen es auf den Comte abgesehen hatte und es von seinen Absteigen und Spielhöllen wusste, tauchte es gewiss auch bei seinen Freunden auf. Zwei dieser Adressen hatte Jean vom

Marquis bekommen, und so stellte er die Seraphim kurzerhand zum Beobachten der Häuser ab. Ihre Methode war nahezu perfekt, wenn man berücksichtigte, dass ihre Truppe aus sechs Personen bestand. Wenn einer der Männer das Haus verließ, hefteten sich die Seraphim an seine Fersen und hinterließen unterwegs ihre Markierungen an den Häuserwänden oder am Boden. Er selbst pendelte stets zwischen den Punkten hin und her, besprach sich mit den jungen Frauen und erfuhr auf diese Weise, was die Männer den Tag über unternommen hatten.

Jean hoffte, dass sie seine Erzählung über die Geschehnisse in Trastevere ernst nahmen: Der Feind konnte auch von oben angreifen. Dass er diese Strategie hervorragend beherrschte, hatte er bewiesen.

»Was gab es heute bei Monsieur Ruffo?«, fragte er Bathseba, die das Gewand einer einfachen Magd trug. Lentolo hatte ihnen eine ganze Sammlung verschiedener Kleider gebracht, um die Seraphim für jede Rolle ausstaffieren zu können – von der Adligen bis zur Bettlerin.

»Er hat den ganzen Tag in seinem Haus verbracht. Zwei Damen und drei Herren besuchten ihn nacheinander, sie haben das Haus alle wieder verlassen«, antwortete Bathseba leise und strich eine Strähne ihres roten Haars zurück unter die weiße Haube. »Sarai hat sie jeweils über eine kleine Strecke verfolgt und nichts an ihnen bemerkt, was verdächtig erschien.«

Jean nickte. »Sehr gut. Macht weiter, und bei Anbruch der Dämmerung lösen Judith und ich euch ab.« Er nahm sich drei Äpfel und bezahlte sie bei dem Mann hinter dem Stand, rieb einen über sein Revers und biss hinein. Es waren die letzten frischen Äpfel für dieses Jahr, und sie schmeckten paradiesisch. »Habt ihr etwas über den Mord in Trastevere gehört?«

»Nein, niemand spricht darüber. Aber wir haben Erkundigungen über den Mann eingeholt, den Ihr sterben saht. Er war ein Zuhälter und galt als Tyrann, der gerne schlug und quälte. Niemand wird ihn vermissen.« Bathseba reckte den Hals und tat so, als habe sie etwas in der Auslage nebenan bemerkt, das interessanter für sie war, und ging davon.

Jean warf einen raschen Blick zum Fenster im ersten Stock, wo sich der Freund des Comtes aufhielt, schob den Dreispitz in den Nacken, biss noch einmal in den Apfel und schlenderte die Gasse entlang. Was Bathseba erfahren hatte, passte zu dem Muster, das ihm aufgefallen war: Die Opfer des Panters schienen immer zu den Verbrechern der übelsten Sorte zu gehören. Entweder mundete ihm das Fleisch besonders gut oder aber ... *nein!* Jean wollte sich nicht mit dem Gedanken auseinander setzen, dass das Wandelwesen absichtlich Gauner jagte – und warum es das tat.

Bald darauf traf er Judith, die sich in eine Händlerin mit Bauchladen verwandelt hatte, billigen Schmuck verkaufte und den zweiten Mann im Auge behielt, Bernini; auch er hatte den Tag in den eigenen vier Wänden verbracht.

»Ich frage mich, weswegen der Comte oder der Panter sich nicht blicken lassen«, meinte Judith enttäuscht und deutete auf ihre Schmuckstücke, als wollte sie Jean beraten. Sie trug ihre langen braunen Haare offen und wild zerzaust im Gesicht. »Habt Ihr in Erwägung gezogen, dass es sich dabei um ein und denselben handeln könnte?«

»Nein, auf keinen Fall. Im Gévaudan wurde niemals ein Panter gesichtet, immer nur die Bestie mit ihrer wolfsähnlichen Gestalt«, erwiderte er. »Im besten Fall sind sie sich bereits irgendwo in Rom begegnet und haben sich gegenseitig umgebracht. Aber das wäre zu schön, um wahr zu sein.«

Judith sah ihn an. »Ihr macht Euch Sorgen um uns, Monsieur. Das haben wir schon bemerkt, als Ihr von dem Panter spracht.«

Jean fühlte sich ertappt. In den letzten Wochen hatte er die Frauen besser kennen gelernt, wusste sie einzuschätzen und fühlte sich durch den Altersunterschied mehr als ihr Vater denn ihr Ausbilder und Befehlshaber. »Ist das schlecht?«

»Nein ... auch wenn Ihr damit in Frage stellt, dass wir uns gegen die Wesen verteidigen können.« Judith lächelte. »Habt mehr Vertrauen in uns, Monsieur Chastel. Wir wurden zum Kämpfen ausgebildet, und Ihr habt uns mehr als einmal vor Augen gehalten, wie gefährlich unsere Gegner sind. Dass sie anders handeln als Menschen, gegen die wir ansonsten angetreten sind.« Sie nahm ein Bändchen mit einem Anhänger und reichte es ihm.

Er erschrak und stieß die Luft aus. An dem geflochtenen Band hing ein kleiner hölzerner Vogel, wie er ihn selbst einmal geschnitzt hatte. Für die kleine Marie Denty, die ein Opfer der Bestie geworden war.

Die Vergangenheit, die nicht lange zurücklag, holte ihn ein und presste sein Herz zusammen. Die Schwalbe hatte ihr den Tod gebracht, er sah es als ein böses Omen an.

»Nein, das will ich nicht«, stammelte er.

Judith sah ihn erstaunt an, legte das Bändchen zurück und hielt ihm ein anderes mit einem Kreuz entgegen. »Dann vielleicht dieses?«

»Nein, ich habe es mir anders überlegt.« Er nahm sich einen Baum, das Symbol des Lebens, und warf ein paar Münzen in den Bauchladen. »Das hätte ich gern.« Die Beklemmung wich nicht. Etwas schien plötzlich in der Luft zu liegen, etwas, was er nicht in Worte fassen konnte. Jean fürchtete aus einem unbestimmten Grund um das Leben seiner Seraphim.

Er wandte sich von Judith ab und ging auf die nächste Hausecke zu. Eine Treppe führte ihn auf einen Außengang in den zweiten Stock. Von dort überblickte er die gesamte Straße, den kleinen Platz mit der Säule, auf der sich die verwitterten Reste eines antiken Denkmals befanden, und er sah in die Wohnung des Mannes.

Bernini hatte die Fenster geöffnet, um die letzte Sommerhitze aus den Räumen entweichen zu lassen, saß im offenen Hemd an seinem Tisch und las in einem Buch. Gelegentlich machte er sich Notizen auf einem Blatt oder trank von seinem Wasser, das neben ihm stand. Er war Anfang dreißig, hatte halblange dunkelbraune Haare und ein Oberlippenbärtchen, das ihn geckenhaft wirken ließ. Er sah nach einem Studiosus aus, und so jemand passte gar nicht zu der Gesellschaft des Comtes.

Was aber, wenn der Comte den Mann ebenfalls zu einer Bestie gemacht hat, um sich Verbündete im Kampf gegen den Feind zu schaffen?

Jean hatte die ganze Zeit darüber nachgedacht, weswegen der Comte die Hure Passione gebissen hatte. An einen Zufall im Eifer der Lust glaubte er von Anfang an nicht. Vor dem Bericht über den schwarzen Panter hatte Jean gedacht, das Mädchen sei als ein Ablenkungsmanöver für ihn gedacht gewesen; inzwischen ergab es mehr Sinn anzunehmen, dass der Comte sie gegen den Panter hetzen wollte. War er womöglich dabei, sich eine eigene kleine Streitmacht zu schaffen?

Der Mann gegenüber erhob sich, ging am Fenster vorbei und verschwand für einige Zeit aus Jeans Sicht, dann kehrte er zurück und hielt eine Pistole in der Hand. Er lud sie gewissenhaft, ließ eine glänzende Kugel in den Lauf gleiten und stopfte die Waffe.

War es poliertes Blei ... oder eine Silberkugel? Jean biss erneut in den Apfel und senkte den Blick, als Bernini plötzlich aus dem Fenster zu ihm auf die Balustrade schaute.

Der Mann rief ihm auf Italienisch etwas zu. »*Senta Lei, perché se ne sta li a bighellonare? Vada al diavolo!*«

Jean verwünschte sich selbst. Da bläute er den Seraphim ein, nicht aufzufallen, und nun hatte ausgerechnet er, der Lehrmeister, die Aufmerksamkeit erregt! Er tat so, als wüsste er nicht, dass er gemeint war, und biss in den zweiten Apfel.

Die Rufe wurden lauter, bis Jean nicht mehr anders konnte, als den Kopf zu heben.

Bernini stand so weit im Raum, dass ihn niemand von der

Straße aus sehen konnte, hatte den Arm mit der Pistole ausgestreckt und hielt sie auf ihn gerichtet. Mit der anderen deutete er auf die Treppe. Es war unmissverständlich: Jean sollte auf der Stelle von seinem Aussichtspunkt verschwinden.

Er tat völlig überrascht und verängstigt, duckte sich und wedelte beschwichtigend mit den Armen, bevor er sich Schritt für Schritt zurückzog und die Steinstufen hinunterlief.

Immerhin: Die Reaktion zeigte Jean, dass der Mann nervös war. Demnach rechnete er mit einem Angriff, aus welchen Gründen auch immer. Doch vor wem fürchtete er sich: dem Comte, dem schwarzen Panter ... oder vor einer dritten Partei?

Als er um die Ecke ging, wartete Judith bereits auf ihn. »Er hat Euch nachgesehen«, berichtete sie, »und danach gleich die Vorhänge zugezogen, damit man ihn nicht mehr beobachten kann.«

»Betrachte mein Missgeschick als Lehre«, sagte er missmutig. »Ich hätte vorsichtiger sein müssen, um genau das zu verhindern, was geschehen ist. Von jetzt an wird er aufmerksamer denn je sein.«

»Aber er rechnet damit, *Männer* als Feinde zu haben, oder etwa nicht?« Judith lächelte wieder. »Einer Seraph kann man nicht davonlaufen.« Sie sah unvermittelt an ihm vorbei. »Vorsicht, Monsieur, er verlässt das Haus.« Sie ging an ihm vorbei und folgte dem Mann.

Jean wandte sich um. Bernini hatte sich seinen Gehrock übergeworfen, ohne ihn zu richten; auf der Höhe des Steißbeins beulte sich der Schoß merkwürdig aus, und Jean vermutete, dass er dort seine Pistole trug.

Wenn du gehst, schaue ich nach, was du gelesen hast, dachte er und umrundete das Haus, so weit es ihm die Straße erlaubte. Er betrat den Hinterhof, über dem die Vielzahl der Wäscheleinen und der Kleidung daran einen eigenen, äußerst farbigen Himmel bildete.

Jean erkannte den Weg, der sich ihm anbot. Er erklomm ein

Fass, von dort ging es über das Sims in den ersten Stock auf einen kleinen Balkon. Mit einem raschen Satz schwang er sich darauf und betrat durch die offene Tür das leere Zimmer dahinter. Bernini war offensichtlich vermögend, wie die teure Einrichtung zeigte. Wahrscheinlich gehörte ihm das ganze Haus. Jean durchsuchte die sieben aufgeräumten Zimmer der Etage. Die Treppe nach unten in den Flur mied er, da von dort gelegentlich Geräusche erklangen. Er vermutete, dass sich dort die Bediensteten aufhielten.

In dem Raum mit dem Schreibtisch fand er Schränke, in denen sich Gläser und Weinflaschen befanden. Auf dem Tisch entdeckte er kleine schwarze Krümel, Schwarzpulver, das beim Laden der Pistole herabgefallen war. Das Buch, in dem Bernini gelesen hatte, trug einen Titel, den er nicht richtig verstand, weil er Latein und Italienisch mischte. Wenigstens halfen ihm die Abbildungen und die Unterschriften, die er inzwischen einigermaßen verstand, weiter.

Zu sehen waren Holzschnitte und Zeichnungen von verschiedenen Wandelwesen, darunter auch einige der Bestie vom Gévaudan, andere aus unbekannten Städten und Plätzen der Welt und aus verschiedenen Jahrhunderten. Eine Seite war besonders verknickt, und auf ihr fand sich Schwarzpulver. Das war die Stelle, die der Mann vor seinem Aufbruch gelesen hatte. Jean betrachtete das Wesen, das ein Zeichner nach Augenzeugenschilderungen und eigener Vorstellungskraft zu Papier gebracht hatte: eine große schwarze Raubkatze, die sich auf einem Baum zusammengerollt hatte und an einem Menschenkadaver nagte; darunter stand *Panthera pardus* und *Der König der Wildnis ist ein guter Kletterer*.

Neben dem Buch lag eine Holzschatulle, die mit einem kleinen Schloss gesichert war. Jean hebelte sie mühelos auf – und fand einige Kugeln, die eindeutig silbern glänzten. Also waren er und die Seraphim nicht die Einzigen, die wussten, wie man sich gegen ein Werwesen verteidigte. Wenigstens einer der

Freunde des Comtes hatte sich vorbereitet und war fest entschlossen, den Panter zu vernichten.

»Bambini, cos'é questo chiasso? Mi volete spaventare a morte?« Auf dem Gang hörte er das Lärmen von Kindern, eine Frau lachte und sagte immer wieder etwas, von dem er annahm, dass sie damit den Nachwuchs zur Ordnung rief. Mit ihnen hatte er gar nicht gerechnet.

Vorsichtig schaute er aus der Tür und sah, dass zwei der Kinder, ein Mädchen und ein Junge um die fünf Jahre, am Treppenabsatz mit Puppen spielten. Die Mutter verschwand eben mit den beiden Kleineren in der Tür und rief den Namen eines Mannes. Sie war wohl auf der Suche nach ihrem Gatten, der das Haus verlassen hatte, ohne sich vorher abzumelden.

Jean verließ das Arbeitszimmer und wollte wieder über den Balkon verschwinden, blieb aber wie angewurzelt auf der Schwelle stehen. Eine Dienerin schloss eben das Fenster und wandte sich zu ihm um; geistesgegenwärtig zog Jean sein Halstuch vor Mund und Nase. Jetzt half nur noch schnelle Flucht.

Er durchquerte den Flur, ohne sich um die aufgeregt nach Hilfe Rufende in seinem Rücken zu scheren. Die beiden spielenden Kinder sahen ihm mit offenen Mündern hinterher, und erst, als er den Fuß der Treppe erreicht hatte, hörte er ihr aufgeregtes Geschrei.

Rasch eilte er zur großen Haustür hinaus und wandte sich nach rechts, in die Gasse, in die auch Bernini gegangen war; dabei zog er sich das Tuch vom Gesicht, um einer von vielen Passanten zu werden und nicht wie ein Räuber auf der Flucht zu wirken.

Er erkannte die Zeichen, die ihm Judith hinterlassen hatte, und folgte ihnen. Wieder in das verflucht enge Trastevere.

Bernini musste eine unglaubliche Geschwindigkeit vorgelegt haben. Von Judith und ihm sah Jean nichts, sondern er verließ sich einzig auf die hingekritzelten Zeichen seiner Seraph, deren Markierungen immer hastiger wurden. Waren sie gerannt?

Ein erstes Donnern verkündete das Gewitter, und schon im nächsten Moment setzte feiner Regen ein, der sich innerhalb weniger Schritte, die Jean machte, zu einem Sturzbach entwickelte.

Jean befand sich in einer Gasse, die so eng war, dass er nicht einmal die Arme zur Seite ausstrecken konnte. Kleine Kaskaden ergossen sich aus löchrigen Kandeln auf das Pflaster, das Klatschen war überlaut und unterdrückte jedes andere, feinere Geräusch. Blubbernd und plätschernd schwappte das Wasser auf ihn nieder, sammelte sich in der Gosse und schoss Blasen schlagend davon.

»Nein!« Das Wasser schwemmte die Kreidezeichen davon und verwischte die Spur, die Judith ihm gelegt hatte. *Und was ...* Jean bildete sich plötzlich ein, am Ende des Gässchens eine gedrungene, lang gezogene Silhouette gesehen zu haben. Seine Hand langte unter den Rock auf den Rücken, die Finger schlossen sich um den Pistolengriff. Noch waren die Waffe und damit das Schießpulver sowie der Feuerstein des Pistolenschlosses trocken.

Er trat auf einen freien Platz, ein zufällig von mehreren kleinen Häusern gebildeter Hof, mehr eine breite Kreuzung denn ein Ort zum Verweilen. Ein Blitz stieß lautlos vom Himmel und beleuchtete die Umgebung, der Donner ließ auf sich warten; dafür prasselte der Regen umso lauter nieder.

Jean schluckte, stellte sich mit dem Rücken zur Wand und hob den Kopf, um sich zu vergewissern, dass sich auf den Dächern keine Überraschung verbarg. Gleichzeitig ließ er seinen Dolch aus dem Ärmel gleiten und packte ihn, hielt ihn gegen den Unterarm gepresst, damit man die Waffe nicht sofort sah.

Er hörte hinter sich das Klicken, das von einem Pistolenhahn stammte, der zurückgezogen wurde – gleich darauf wurde ein kalter Gegenstand gegen seinen Nacken gedrückt!

»*Fermatevi o sarà l'ultima azione della sua vita. Chi é Lei e cosa vuole da me?«* Jean wurde etwas auf Italienisch gefragt, was er nur zur Hälfte verstand. Doch die Waffenmündung in seinem Nacken war eisig kalt und warnte ihn auch ohne viele Worte davor, eine rasche Bewegung zu machen. Es brachte ihm derzeit nichts, dass er die eine Hand am Pistolengriff und in der anderen seinen Dolch hielt. Das Wasser rann über seinen Hutrand hinweg, floss in den Kragen und durchtränkte sein Hemd. »Ich verstehe Euch nicht«, sagte er. »Sprecht Ihr Französisch, Monsieur?«

Wieder hörte er ein paar italienische Sätze, der Mann hinter ihm klang wütend und aufgebracht. Er redete viel zu schnell, unverständlich und mit einem eigenen Akzent. Es sah nicht nach einer friedlichen Einigung aus.

»Ich drehe mich jetzt langsam um, Monsieur«, kündigte Jean an und machte eine erste Vierteldrehung, da packte ihn eine Hand im Nacken und zwang ihn zurück in die alte Position; jetzt schrie ihn der Mann an.

Doch dann erklang ein heiseres, druckvolles Brüllen, ein kurzer Laut, der fremdartig und bizarr von den Häuserfronten abglitt und durch die Gassen rollte. Ein König rief seine Ansprüche in die Nacht hinaus, als wollte er die Männer davor warnen, sich tiefer in sein Territorium zu begeben.

Jean kannte kein Tier aus dem Gévaudan, das so klang, aber an dem Tag, an dem es den Zuhälter erwischt hatte, hatte er ein ähnliches Fauchen gehört, und so nahm er an, dass es sich um den Panter handelte. Wegen des Echos war es schwierig zu sagen, wo sich das Wandelwesen befand; es konnte überall sitzen und sie aus seinem Versteck heraus beobachten.

»Monsieur, das war die Stimme unseres Feindes«, sagte Jean. *»Capisce? Nemico!* Lasst uns zusammen gegen ihn kämpfen und danach sehen, wie wir miteinander verfahren.«

Plötzlich stand Judith neben ihm, ihre Hand zuckte nach vorn und schlug die Pistole des vollkommen überrumpelten Fremden zur Seite. Jean wirbelte herum, zog dabei seine Waffe und richtete sie auf das Gesicht des Mannes. Es war Bernini! Er stand in einem glaslosen Fenster, das Haus war offensichtlich verlassen und heruntergekommen. »Sag ihm, er soll sich nicht bewegen«, gab er Judith Anweisung. »Übersetze: Ich suche den Comte de Morangiès und den Mann, der die Morde in Rom begangen hat. Ich will wissen, wer er ist, was er darüber weiß und wo ich den Comte finde.«

Judith redete schnell und drohend, und der Mann antwortete ihr.

»Er sagt, er hat gedacht, dass Ihr derjenige seid, der die Menschen umbringe. Deswegen hat er sein Haus verlassen, um Euch von seiner Familie wegzulocken und zu töten, bevor Ihr Euer blutiges Handwerk verrichten würdet«, gab sie die Worte wieder. »Wo der Comte ist, weiß er nicht, aber er habe eine Nachricht von ihm erhalten, dass er sich unter allen Umständen mit Silberkugeln gegen jeden Angreifer verteidigen solle. *Non vi sembrava strano aver dovuto usare l'argento?*«

Bernini sprach weiter.

»Er hat keine Ahnung, warum er Silberkugeln benutzen sollte, und hielt es für irgendeinen abergläubischen Brauch.«

»Aber er hat sich welche besorgt.«

Judith fragte ihn. »Ja, das hat er. Um sicherzugehen.« Sie lauschte seinen Erläuterungen. »Er will wissen, wer Ihr seid.«

»Sag ihm, ich bin vom Vater des Comtes gesandt worden, um seinen Sohn ausfindig zu machen, die Schulden zu bezahlen und ihn nach Frankreich zurückzubringen. Wenn er noch Geld von ihm bekommt, wird er es nur sehen, wenn ich den Comte gefunden habe.«

Sie übersetzte, und Jean erkannte am gierigen Funkeln in Berninis grünlichen Augen, dass er soeben eine Einnahmequelle gefunden zu haben glaubte.

»Er sagt«, übersetzte Judith den Redeschwall, »dass es ihm sehr schwer fallen würde, einen Freund zu verraten, aber da der Comte ihm leider sehr, sehr viele unbezahlte Rechnungen hinterlassen und er eine Familie zu ernähren habe, würde er schweren Herzens ...«

»Wie viel?«, kürzte Jean die Verhandlungen ab.

»Umgerechnet ungefähr einhundertneunzig Livres.« Judith wischte sich das Regenwasser aus den Augen, die braunen Haare hingen ihr nass und schwarz im Gesicht. »Er meinte, dass er auf die Zinsen verzichte, wenn er das Geld gleich bekäme.«

»Sicher. Sobald er mir sagt, wo ich den Comte finde.« Jean warf einen schnellen Blick auf die umliegenden, mitunter sehr niedrigen Dächer. Er und Judith standen ohne Schutz auf der kleinen Kreuzung. Wie geschaffen dafür, Opfer eines Angriffs zu werden.

Der nächste Blitz beleuchtete den Körper einer schwarzen Raubkatze, die sehr elegant auf einem First entlangbalancierte. Ihr muskulöser Körper war mehr als anderthalb Schritt lang, der Schweif peitschte hin und her; dann verschmolz sie wieder mit der Dunkelheit.

Jean riss die Pistole herum und feuerte sofort nach dem Wandelwesen. Der Schuss löste sich, ein Ziegel zerbarst klirrend; die Kugel hatte ihr Ziel eindeutig verfehlt.

»Monsieur, er flüchtet!«, rief Judith aufgeregt und streifte den Bauchladen ab, der Schmuck hüpfte aus den kleinen Fächern und fiel teilweise in die Pfützen. Sie sprang durch das offene Fenster, zog ihre Pistole und rannte Bernini hinterher.

Jean fluchte und schaute nach oben zu den Dächern. Der Panter war nicht zu sehen, aber gewiss nicht verschwunden.

Er eilte ins Haus und lud im Gehen die Pistole neu, dabei folgte er den Geräuschen, die Bernini und Judith verursachten. Sie hetzten die Treppe nach oben.

»Pass auf«, schrie er und nahm drei Stufen auf einmal, die Pistole in der Rechten haltend, den Dolch hatte er wieder verstaut. »Der Panter wird euch folgen!«

Das morsche Holz ächzte unter seinem Gewicht, feiner Staub rieselte von oben auf ihn herab, und die gesamte Konstruktion geriet ins Schwanken. Jean lief absichtlich auf der weniger ausgetretenen Außenseite der Stiegen – und trotzdem geschah es.

Eine Latte gab unter ihm nach, sein Fuß brach durch das Holz, und er stürzte nach vorn. Der Aufprall seines Körpers brachte die gesamte Treppe zum Zittern, seine Hand mit der Pistole durchstieß das Holz ebenfalls. Die hervorstehenden Splitter rissen seine Haut auf. Jean brüllte vor Schreck und Wut. Die Treppe nahm ihn gefangen, die geborstenen Latten hielten ihn wie in einem Fangeisen fest, die Splitter wirkten wie Widerhaken.

Mit Mühe bekam er den Arm frei, erst danach gelang es ihm, sich so weit abzustützen, dass er den Fuß vorsichtig aus dem Loch ziehen konnte; sein Bein blutete aus verschiedenen kleinen Kratzern. Als er sich langsam auf den wackligen Stufen nach oben machte, erklang ein Schuss.

»Judith!« Jean keuchte vor Anstrengung. Er erreichte den obersten Absatz und schaute aus einem Fenster hinaus auf das flache Dach.

Sie nahm gerade Anlauf, um auf das nächste Dach zu springen, wo Bernini eben landete. Das war eine Art von Jagd, die Jean gar nicht passte.

Bernini humpelte, die Kugel der Seraph hatte den Oberschenkel gestreift, aber er setzte seine Flucht weiter fort. Für Jean bedeutete das, dass der Mann den Comte unter keinen Umständen verraten und ihn zweifellos vor den Besuchern warnen wollte, sobald er entkommen war. Bernini musste gefangen werden!

Er schwang sich über das Fensterbrett und betrat das nasse, rutschige Dach. Bewundernd verfolgte er, wie Judith mit einer spielerischen Leichtigkeit über die Straßenschlucht setzte und sicher auf der anderen Seite landete, als befände sie sich auf ebener Erde. Sie schaute kurz über die Schulter, er winkte ihr, und sie rannte hinter Bernini her.

Jean atmete tief ein, stieß sich kraftvoll von der Kante ab und flog über den Abgrund hinweg.

Die Landung missglückte völlig.

Er erwischte eine moosige Stelle und glitt aus, schlug der Länge nach hin und musste sich festhalten, um nicht abzurutschen und vom Dach hinunter aufs Pflaster zu stürzen; seine Pistole hopste davon, schlitterte über die Ziegel und verschwand; gleich darauf hörte er den Aufprall.

Über ihm schob sich der Umriss eines Raubkatzenkopfs über den First.

Zwei gelbe Augen schauten zu ihm herab.

Jean erkannte, dass das Fell nicht vollkommen schwarz war, sondern leichte Andeutungen von hellen Kreisen aufwies. Die Schnurrbarthaare bewegten sich im aufkommenden Gewittersturm, die kurzen Ohren standen senkrecht in die Höhe. Es machte auf ihn den Eindruck, als wollte das Wandelwesen den Menschen näher betrachten, um sich sein Gesicht zu merken und den Geruch einzuprägen.

Jean starrte die Kreatur an, überlegte, ob er mit einer Hand den sicheren Halt loslassen und nach dem Dolch greifen sollte. Ein gefährliches Manöver, weil er leicht abrutschen und stürzen könnte – und so oder so das Wandelwesen zum Angriff reizen würde!

Ein leises Grollen kam aus dem halb geöffneten Rachen, Jean zog scharf die Luft ein, und dann –

– verschwand der Panter so schnell, wie er gekommen war.

Was ...? Jean verstand es als Warnung, sich nicht an der Jagd auf Bernini zu beteiligen. Eine letzte Warnung ... und eine womöglich gut gemeinte? Unter dem Fell des Panters schien ein besonneneres Wesen zu stecken, als es sein Sohn Antoine in seiner Gestalt als Bestie gewesen war.

Fluchend zog er sich hinauf auf den First und weiter auf das flache Stück des Daches; er stand auf und sah durch den strömenden Regen in die Richtung, in der sich Judith und Bernini in dreißig Schritt Entfernung ein ungleiches Wettspringen über niedere und hohe Dächer lieferten.

Der Mann hielt seine Geschwindigkeit nicht länger, und die drahtige Seraph rückte näher und näher. Er besaß zwei Dächer Vorsprung, aber die Beinwunde behinderte ihn zu sehr.

Jean rannte los, sprang von Dach zu Dach, von Dächern auf Balkone, um von dort nach oben zu klettern und wieder über die Ziegel und Schieferplatten zu hasten; seine Stiefel schlitterten mehr als einmal zur Seite.

Der Regen hatte nicht nachgelassen und ein kühler, scharfer Wind machte das Laufen auf den Dächern zu einem noch gefährlicheren Wagnis.

Jean zog sich an einer Kandel in die Höhe und schob sich mit den Ellbogen auf das nächste Dach, als der schwarze Panter mit einem eleganten Satz über ihn hinwegsprang. Er drehte den Kopf, um ihn anzufauchen, und rannte dann auf Judith und Bernini zu, die sich auf dem nächsten Haus befanden.

»Vorsicht!«, schrie Jean und stemmte sich in die Höhe. »Er kommt!«

Der Panter setzte über die Lücke zwischen den Gebäuden – und prallte mit den Vordertatzen in Judiths Rücken! Sie hatte die Warnung ihres Mentors zu spät vernommen und sich erst halb umgewandt. Der Schlag brachte sie aus dem Gleichgewicht, ihr rechter Fuß rutschte unter ihr weg. Judith fiel krachend auf die Ziegel, ihr Kopf prallte hart auf, ihr Körper erschlaffte – und rutschte langsam die Schräge hinunter auf den Rand zu!

Bernini starrte auf den Panter, wich langsam rückwärts zurück. Er hatte die Pistole nicht mehr und besaß anscheinend keine sonstigen Waffen, um sich zu verteidigen.

Jean sprang hinüber aufs Dach und landete auf der Schräge. Die Wahl, vor der er stand, war mehr als eine Qual: Schoss er auf den Panter, ging ihm Bernini verloren, schnappte er sich diesen, würde ihn der Panter angreifen. Und egal, wie er sich entschied, die Seraph drohte vom Dach zu stürzen!

Es blieb nur eine Möglichkeit.

»Judith, wach auf!«, brüllte er gegen das Tosen des Windes und ließ sich vorsichtig auf der Schräge nach unten gleiten, um zu ihr zu gelangen. Ihre Füße hingen bereits über die Kante, der Rest des Körpers rutschte langsam nach. »Öffne die Augen, Kind!«

Sie blieb ohnmächtig, seitlich aus ihrem Schädel rann das Blut aus einer breiten Platzwunde über die Haare und wurde vom Regen weggespült; inzwischen baumelten die Beine über der Straße, nur der Oberkörper lag noch auf.

Jean bekam das Schulterstück ihres Kleids zu fassen, als die Schwerkraft sich ihrer bemächtigte und sie abrutschte. Sie zog ihn mit nach vorn, er keuchte auf, rammte seine Fersen fest gegen die Ziegel und zerbrach sie, fand in den Löchern Halt.

Judiths lebloser Körper pendelte frei in zehn Schritt Höhe über dem Kopfsteinpflaster, Jeans Finger hatten sich in den nassen Stoff ihrer Kleider verkrallt, und er hing mit dem Oberkörper ebenfalls weit nach vorn über. Er hoffte, dass die Ziegel dem Druck, den die Stiefel ausübten, standhielten.

Stöhnend richtete er sich auf, sein Kreuz verursachte ihm dabei heftigste Schmerzen. Lange konnte er diese Belastung nicht aushalten!

Jean hatte Judith bereits zur Hälfte zu sich hochgezogen, als die Ziegel doch nachgaben. Der gebrannte Lehm zersprang – aber nicht unter seinen Stiefeln, sondern unter seinem Gesäß. Er brach rücklings durch das Dach, hielt die Finger eisern in Judiths Kleid geklammert und zog sie einfach mit sich.

Er fiel nicht tief, einen Schritt höchstens, ehe er auf groben Holzbrettern aufschlug und Judith auf ihm landete.

Um sie herum herrschte Dunkelheit, es roch nach getrocknetem Fleisch. Sie lagen auf dem Dachboden, den die Bewohner des Hauses als Vorratskammer nutzten.

Jean rollte das bewusstlose Mädchen von sich herunter und lauschte auf das Schlagen in ihrer Brust. Das Herz schlug kräftig, sie war lediglich ohnmächtig und schien sogar langsam wieder zu sich zu kommen, würde ihm aber nicht mehr bei der Jagd helfen können. »Bleib und ruh dich aus«, sagte er zu ihr und bettete sie rasch etwas bequemer, dann stieg er wieder aus dem Loch aufs Dach und erklomm die Schräge, bis er das flache Stück erreichte.

Von dem Panter und Bernini fehlte jede Spur.

»Verflucht!« Er eilte weiter und war darauf gefasst, jeden Augenblick vor der zerfetzten Leiche des Mannes zu stehen.

Als er am Rand des Daches ankam und hinunter auf die Straße schaute, erkannte er Bernini, der mit dem Rücken an einer Hauswand stand. Der große Panter saß vor ihm, voller Ruhe trotz des strömenden Regens. Nur die Schweifspitze zuckte.

Was machen sie da unten?

Jean sprang auf den nächstliegenden Balkon, schwang sich von dort auf ein Vordach, von da auf die Bretter eines Holzschuppens und schließlich auf den Boden. Er zog seine Waffen und näherte sich der Stelle, wo Mensch und Wandelwesen warteten.

Der Panter sah mit der unnachahmlichen Arroganz einer Katze über die Schulter nach Jean, ließ ein warnendes Fauchen erklingen und zeigte die langen Fangzähne.

»Ich kann dir nicht erlauben, durch Rom zu streifen und Menschen zu töten«, sagte Jean ruhig und näherte sich weiterhin. »Bernini muss mir sagen, wo ich den Comte finde, du darfst ihm nichts tun. Wir haben den gleichen Gegner.«

Der Panter erhob sich und machte ein paar bedächtige Schritte auf seine Beute zu; dabei erklang das Knirschen und Krachen von Knochen, der Körper verformte sich, wurde größer und menschlicher, verlor seine animalische Eleganz. Aus dem Panter formte sich ein Mischwesen aus Mensch und Tier, das sich vor Bernini auf die Hinterbeine erhob und die Hand nach seiner Kehle ausstreckte. Es sah graziler aus als die Bestie in seiner Halbform, doch nicht weniger gefährlich.

Bernini rührte sich nicht und starrte mit riesigen Augen auf das, was sich für ihn nur aus abgründigen Albträumen befreit haben konnte und nun doch lebendig vor ihm stand. Die Angst lähmte ihn.

»Vielleicht haben wir den gleichen Gegner, sind aber selbst auch welche«, sprach das Wesen grollend zu Jean, der die spitzen Zähne sehr deutlich sah. »Ich kann dir Bernini nicht überlassen, sonst gibt er dir Dinge preis, die mir meinen Vorteil nehmen.« Das Wesen senkte den Kopf, die gelben Augen glänzten im Schein des nächsten Blitzes auf. »Ich kann dich nicht ewig schonen, Mensch. Kommst du mir zu nahe und missachtest weiterhin meine Warnungen, wirst du enden wie alle, die sich gegen mich erhoben haben.«

Jean hob die Pistole. »Zurück mit dir!«

»Du hast nur eine Kugel. Bist du ein so guter Schütze, dass mich diese eine töten wird? Außerdem regnet es, das Pulver ist gewiss feucht geworden und wird nicht mehr zünden.« Der Pantermensch schnurrte. »Du gehst ein großes Risiko ein, mich zu ...«

Es krachte laut.

Fell und Fleisch wurden aus der Schulter des Wesens gerissen.

Blut spritzte gegen die Hauswand.

Jean hatte nicht geschossen. Er machte einen Schritt vorwärts – und sah Bathseba, die in einer Seitengasse stand und ihre abgefeuerte Pistole unter einem Vordach nachlud. Sie war gewiss Judiths Zeichen gefolgt und hatte vom Boden aus vermutlich die Jagd beobachtet, ehe sie endlich die Gelegenheit bekam, einzugreifen.

Das Panterwesen packte Bernini und zog ihn mit sich, hielt ihn als Schutzschild gegen Jean hoch und rannte brüllend auf die rothaarige Seraph zu.

»Lauf!«, schrie Jean und scherte sich nicht darum, ob er Bernini traf oder nicht. Er feuerte.

Klick.

Das Wesen behielt Recht: Der starke Regen hatte seinen Weg

ins Innere der Pistole bis zum Zündpulver gefunden und es unbrauchbar gemacht!

Bathseba ließ die nicht fertig geladene Pistole fallen, zog zwei silberne Dolche und hielt sich bereit, dem Angriff zu begegnen. »Ich weiche nicht, Kreatur der Hölle!«, rief sie ihr entgegen. »Dein Weg endet hier.«

Das Wesen schleuderte Bernini von sich, der gegen eine Wand krachte, abprallte, sich mehrmals überschlug und reglos liegen blieb. Der Panter aber machte einen gewaltigen, unglaublich schnellen Satz nach vorne und sprang Bathseba mit allen vieren gegen die Brust, so dass sie gegen die Hausecke katapultiert wurde.

Die Frau schrie auf und stach dennoch sofort zu. Die Silberklinge schnitt durch das Fell ins Fleisch der Panterkreatur, es zischte. Die zweite Schneide verfehlte ihr Ziel, weil das Wesen unter dem Hieb abtauchte und von unten nach dem Arm schnappte. Die langen Zähne schlugen sich in den Ober- und Unterarm. Laut krachend brachen die Knochen an mehreren Stellen.

Bathseba *schrie!*

Jean befand sich bereits auf dem Weg zu den Kämpfenden, hob den Arm mit dem Dolch, wagte es jedoch nicht, die Waffe zu schleudern. Er konnte ebenso gut die Seraph treffen.

Das Wesen gab den Arm frei, der nutzlos, aufgeschlitzt und gebrochen an Bathseba herunterhing. Es wandte sich zu dem heranstürmenden Jean und bleckte die blutverschmierten Fänge. »Zurück oder ich töte sie!«, fauchte es, und zwischen den gekrümmten Fingern schnellten vier lange, gebogene Krallen wie Sichelschneiden hervor. »Ich will nichts von euch.«

»Es hat mich gebissen«, stammelte Bathseba entsetzt, die grauen Augen waren weit aufgerissen. Sie wusste, was das für sie bedeutete, Jean hatte es ihnen oft genug klargemacht. »Herr, sei meiner Seele gnädig.« Der unverletzte Arm zuckte nach vorn, der zweite Silberdolch zischte hernieder.

Das Panterwesen schlug ebenfalls zu.

Die scharfen Krallen rissen tiefe Wunden in den Brustkorb der Seraph, dann sprang die Kreatur zu Bernini, packte ihn im Genick und rannte davon, sprang auf das nächste Vordach und von dort in rasender Geschwindigkeit wieder hinauf auf die Dächer.

Jean ließ sie ziehen und fiel neben Bathseba, aus deren Verletzungen das Blut sprudelte, auf die Knie. Er erkannte an ihren verklärten Augen, dass sie die Schmerzen nicht mehr spürte, der Schock war zu groß. Seine Hände zuckten zu ihrer Brust, doch es gab keine Hoffnung, die tiefen Schnitte zu schließen. Niemand würde Bathseba vor dem Verbluten retten können.

Schritte näherten sich ihnen, Judith tauchte keuchend neben ihm auf und ging ebenfalls in die Knie. Die Ränder ihrer Platzwunde klafften immer noch auseinander, er sah das Weiß des Schädels, da der Regen das Blut aus der Wunde spülte. Sie hielt eine Hand vor den Mund. Jean wusste nicht, ob sie damit das Erbrechen oder den Schrei unterdrückte.

Bathseba schüttelte den Kopf. »Nein, Monsieur. Lasst mich sterben, damit ich nicht zu einer Bestie werde«, bat sie stockend, blinzelte und schloss die Lider, weil ihr der Regen ins Antlitz prasselte. »Ich bin ...«

Ihr Körper sackte zusammen.

Judith schluchzte laut auf und bekreuzigte sich.

Es schien eine Ewigkeit zu vergehen. Der Regen fiel ungerührt auf den Mann hernieder, der den toten Körper seiner Schutzbefohlenen im Arm hielt. Bathsebas Blut lief in die Gosse und wurde vom Wasser davongetragen, bis nichts mehr aus den Wunden floss.

Jean fühlte sich blind und taub. Eine unglaubliche Leere hielt ihn in ihren hundert dunklen Armen gefangen. Er war nicht einmal in der Lage, etwas zu Judith zu sagen, die sich neben ihrer Freundin zusammengekrümmt hatte. Der Tag endete mit einer vollkommenen Niederlage. Und mit der Erkenntnis, dass die Jagd gefährlicher war, als sie es sich jemals vorgestellt hatten.

6. November 1767, Italien, Rom

Jean saß in seinem Arbeitszimmer im Erdgeschoss, das gegenüber von Gregorias lag, und schaute über den Schreibtisch hinweg in die Gesichter von Debora, Sarai und Judith, die stumm in einer Reihe vor ihm standen. Sie brachten ihm die neuen Gerüchte aus Trastevere, wo sie Bathseba verloren hatten. Rebekka, die vierte und letzte Seraph, stand vor dem Anwesen Wache, in dem sie Ruffo, den zweiten Komplizen des Comtes, vermuteten. Sobald er oder der Comte oder die Wandelkreatur sich blicken ließen, würde sie einen Straßenjungen mit einer Nachricht senden.

Jeans Finger spielten mit dem geschlossenen Tintenfass, die schwarze Flüssigkeit schwappte gegen die Glaswände und schlug Blasen. »Also gibt es inzwischen doch Leute, die zugeben, den Panter gesehen zu haben?«

Die schwarzhaarige Sarai, die mehr und mehr die führende Rolle unter den Seraphim einnahm, räusperte sich. »Ich habe gehört, Monsieur, dass viele Bewohner ihn als Schutzpatron des Viertels bezeichnen. Seit die schwarze Katze umherschleiche, traut sich das Gesindel nachts nicht mehr auf die Straße. Es sei sicherer als jemals zuvor. Von diesen Leuten dürfen wir also keine Hilfe bei unserer Jagd erwarten.«

Er fuhr sich mit den Fingern durch die langen silbernen Haare und senkte den Kopf. Keine Spur. »Hat sich jemand im Haus von Bernini gezeigt?«

»Nur seine Frau und die Kinder«, antwortete Sarai. »Seit jener Nacht ist er wie vom Erdboden verschluckt. Niemand hat seine Leiche entdeckt.«

»Ich fürchte, er hat Rom verlassen.« Gregoria war unbemerkt zu der Besprechung hinzugestoßen und hatte die Unterhaltung mitgehört.

Sarai zeigte sich skeptisch. »Die Kreatur hat ihn ganz sicher getötet.«

»Weder das eine noch das andere.« Jean hob den Kopf. »Bernini hält sich versteckt und sucht den Comte, um ihm von den neuesten Ereignissen zu berichten, oder vielleicht hat er das schon lange getan. Und die Kreatur will von ihm dasselbe wie wir: den Aufenthalt des Comtes.«

»Damit wäre sie im Vorteil.« Gregoria, die ein schwarzes, hochgeschlossenes Kleid trug, setzte sich auf das Sofa neben dem Fenster, gegen dessen Scheibe der Regen geweht wurde. Es war kein schönes Wetter, sondern grau, nass und diesig. Wie geschaffen für einen Panter, damit er sich beinahe ungestört von Menschen durch die Stadt bewegen konnte.

Jean ballte die Hand, stützte das Kinn darauf und sah an Sarai vorbei auf das tropfenübersäte Glas, während die andere Hand nach wie vor mit dem Tintenfass spielte. Rom war einfach zu groß, um den Comte und seine Komplizen zu finden – oder zumindest fehlte ihnen die Zeit. »Ich fürchte, dass wir keinen von ihnen zu fassen bekommen«, murmelte er leise. Es fiel ihm schwer, die Zuversicht nicht zu verlieren.

Er betrachtete die versteinerten Gesichter der Seraphim. Sie hatten den unerwarteten Tod ihrer Gefährtin Bathseba unterschiedlich verkraftet. Judiths Augen wurden immer noch feucht, wenn von der Nacht gesprochen wurde, die anderen verbargen ihren Schmerz. »Es ist gut«, sagte er zu ihnen und schenkte ihnen ein schwaches Lächeln. »Geht zu Bett und ruht euch aus, danach löst eine von euch Rebekka ab, wie wir es besprochen haben.« Er nickte ihnen zu. »Danke.«

Sie verbeugten sich vor ihm und vor Gregoria und verließen langsam das Zimmer; Jean und die Äbtissin sahen ihnen nach.

»Hast du es bemerkt?«, fragte sie ihn, als sich die Tür hinter Sarai geschlossen hatte.

»Dass sie laufen wie alte Weiber, die Schultern nach vorn und kraftlos?« Wieder seufzte er. »Ich habe sie gewarnt, dass es nichts mit dem zu tun hat, was sie die Söldner gelehrt haben.«

Er fluchte. »Wir bräuchten mehr Zeit, um sie vorzubereiten. Sie sind besseres Schlachtvieh für den Panter und die Bestie, kaum im Stande, sich ernsthaft zu wehren.«

»Du unterschätzt sie«, warnte Gregoria sachte. »Der Tod von Bathseba ist schrecklich, doch sie lernen daraus. Wir bekamen fünf Seraphim, die einzeln dastanden. Heute sehe ich in ihren Gesichtern, dass sie das Erlebnis zu einer Gemeinschaft verbunden hat.« Sie legte ihre Hand auf seine. »Ich bin mir sicher, Jean. Dir war auch keine Gelegenheit gegeben worden, dich auf das vorzubereiten, was du mit mir zusammen im Gévaudan erlebt hast.«

»Und ich brauchte drei Jahre, bis wir den Schrecken beendeten. Nein, bis wir *einen*«, er hob seinen Zeigefinger, »Schrecken beendeten. Der zweite«, er spreizte den Mittelfinger, »läuft immer noch herum. Wenn der Comte tot und Florence befreit ist, dann kann ich ruhig schlafen.«

»Was ist mit dem Panter?«

Jean dachte lange nach. »Ich gestehe, dass er mich verwirrt.« Er sah auf ihre schneeweiße Hand und genoss die Wärme, die durch die Haut in sein Blut floss und bis zu seinem Herzen und zu seinem Verstand gepumpt wurde. »Bei unserer ersten Begegnung wäre es ihm ein Leichtes gewesen, mich anzufallen, und bei unserer zweiten wäre es noch einfacher gewesen, mich vom Dach zu stoßen oder mir sonst Schaden zuzufügen. Aber diese Bestie tat es nicht.« Er sah in ihre graubraunen Augen, die ihn aufmerksam anschauten. »Der Panter warnte mich mit Blicken davor, mich einzumischen. Später, als wir uns erneut gegenüberstanden, sagte er deutlich, dass er sich nicht um uns schert.«

»Er ist ein Mann?«

Jean rief sich den Anblick des Mischwesens vor Augen und zuckte mit den Schultern. »Sehr wahrscheinlich.«

Sie runzelte die Stirn. »Wenn er nichts von uns wollte, wieso tötete er Bathseba?«

Er sah den Angriff und die beiden Kämpfenden vor sich. Den überlegen schnellen Panter und die unerfahrene Seraph. Die Vorwürfe kehrten zu ihm zurück wie Laub, das man gegen den Wind geworfen hatte. »Ich weiß es nicht«, raunte er. »Er ist ... er ist eben doch nicht mehr als eine Bestie, böse durch und durch. Es gibt keine Ausnahmen, auch wenn ich versucht war, daran zu zweifeln ...«

Gregoria schwieg eine Weile und nahm die Hand nicht von Jeans. Das Geheimnis, das sie schon so lange mit sich herumtrug und vor ihm verbarg, ausgerechnet vor ihm, dem sie vertraute wie sonst keinem Menschen, musste gelüftet werden. »Ich will dir etwas offenbaren«, begann sie vorsichtig. »Es geht ... es geht um Florence.«

Jean sah ihr an, dass es ihr schwer fiel. »Gibt es Neues? Hat Lentolo etwas über ihren Aufenthaltsort erfahren?«

Sie schüttelte den Kopf. »Es ist eine Sache, die ich dir schon lange beichten wollte. Florence ist ...«

»Was, Gregoria? Was ist mit ihr?«

»Sie ist ebenfalls eine Bestie.«

Er starrte sie an, die Finger ließen das Tintenfass los. Es fiel auf den Tisch, schlug zweimal auf und lag still. Sein Mund war wie ausgetrocknet, und er musste mehrmals schlucken.

»Seit wann?«

»Schon sehr lange. Vergib mir, Jean.« Sie ergriff seine Finger mit beiden Händen und legte die Stirn auf seinen Unterarm. »Vergib mir, dass ich es dir nicht früher gesagt habe.«

»Wer hat sie zu dem gemacht? Der Comte oder Antoine?«

»Keiner von beiden. Florence ist als Bestie geboren worden«, entgegnete sie und blickte ihm in die Augen, um seine Gefühle zu ergründen. »Als sie ihre erste Blutung bekam, verwandelte sie sich in ein Monstrum, immer in den Vollmondnächten. Wir sperrten sie ein und suchten ein Heilmittel. Du weißt, wie sie ist, Jean: Sie ist ohne Falschheit und hat ein gutes Herz! Nur wenn dieser Wahnsinn sie befiel, konnte sie sich nicht beherrschen. Sie tobte und wütete und glaubte dennoch nach jedem Erwachen, dass sie wieder einen Anfall von Fallsucht gehabt hätte.«

»Jetzt verstehe ich, wo das Weibchen geblieben ist«, flüsterte er und schaute durch sie hindurch. »All die Jahre haben wir die Bestie zu stellen gesucht, dabei stand sie unmittelbar vor uns.« Er zog seine Hände langsam zurück und starrte sie an. »Du hättest es mir sagen müssen, Gregoria«, sagte er vorwurfsvoll. »Ich besaß eine Rezeptur zur Heilung und hätte lediglich das Blut der Bestie benötigt, die Antoine gebissen hatte.« Er sank in seinen Stuhl, schluckte, dann schlug er die Hände vors Gesicht, um nicht Worte zu sagen, die er bereuen würde. Er atmete tief ein und aus und nahm die Finger wieder weg. »Florence war der Schlüssel.«

»Diese Rezepturen taugen nichts, Jean. Es hätte dir nichts gebracht, wenn ich es dir gesagt hätte. Ein Hochstapler, mehr war der Henker nicht.«

»Seine Kunst reichte aus, um die Verwundeten im Gévaudan davor zu bewahren, zu Bestien zu werden!«, hielt er wütend dagegen. »Was hätte ein Versuch geschadet?«

»Versteh mich, Jean.« Gregoria sah, dass er sich immer weiter von ihr entfernte und seine Liebe zu ihr ins Wanken geriet. »Ich hatte Angst, dass Malesky und du Florence umbringen.«

»Das hätte ich niemals tun können. Schon allein wegen Pierre«, sagte er kalt. »Aber du hast mich Antoine töten lassen, Gregoria, obwohl du von der Hoffnung auf Heilung gewusst hast.«

»Es hätte nicht geklappt, Jean!«, rief sie inbrünstig.

»Wir werden es niemals erfahren.« Er stand auf, ging an ihr vorbei, ohne sie anzuschauen, und verließ das Zimmer.

»Jean?« Gregoria erhob sich und eilte ihm nach, sah ihn durch die Halle und zur Haustür hinaus in den Hof treten. »Jean!«, rief sie verzweifelt.

Er hörte nicht auf sie, sondern stürmte in den Regen, öffnete das Tor und verschwand.

Gregoria lief ihm nach, schaute in die Straße und entdeckte ihn nirgends mehr. Der Regen durchnässte ihr Kleid, der Wind brachte sie zum Frösteln, und sie zitterte. »Jean!«, schrie sie und hörte das Echo durch die Gassen fliegen, ohne eine Antwort zu erhalten.

Hilflosigkeit bemächtigte sich ihrer und entlud sich in stummen Tränen. Ihre Ehrlichkeit hatte ihr den Freund geraubt, den sie dringend benötigte; und die Vorwürfe, die sie sich machte, schmerzten ihr Herz und fraßen sich nach unten durch. Es stach in ihrem Unterleib, sie beugte sich mit einem leisen Ächzen nach vorn und stützte sich am Tor ab.

»Was ist mit Euch?« Sarai erschien neben ihr und stützte sie. »Ich habe Euch rufen hören.«

»Mir ist ... nicht gut«, antwortete sie gepresst und spürte die Krämpfe. »Bring mich zurück ins Haus, Sarai.«

In der Halle angekommen, sandte sie die aufmerksame Seraph in ihre Unterkunft und erklomm die Treppe, um in ihr einfaches Gemach zu gelangen. Nach sieben Stufen musste sie innehalten. Ihr Herz wirbelte in ihrer Brust, Schwindel befiel sie. Ihr Kleid fühlte sich zum Bersten eng an; rasch setzte sie sich, ehe ihr die Beine vollends weich wurden und sie hinabstürzte.

Gregoria fuhr sich über ihren Bauch. Es gab keinerlei Zweifel mehr, sie hatte empfangen. Diese eine Nacht voller Liebe und Leidenschaft hatte Konsequenzen, und sie glaubte fest daran, dass es Gottes Wille gewesen war, dass sie ein Kind in sich trug; andere Frauen in ihrem Alter bekamen längst keinen Nachwuchs mehr.

»Du bist zu Höherem berufen«, sagte sie leise zu dem Ungeborenen. Noch konnte sie die Schwangerschaft durch ihre Kleidung verbergen, später würde sie den Bauch wegbinden und kurz vor der Geburt unter einem Vorwand aus Rom verschwinden.

Gregoria wusste, dass man ihr eine Schwangerschaft kaum

ansehen würde. Beim letzten Mal war ihr Bauch erst im achten Monat gewachsen, und hätte sie behauptet, dass es vom guten Essen kam, wäre ihren Worten geglaubt worden.

Sie fragte sich, ob sie Jean von dem gemeinsamen Kind erzählen sollte, aber derzeit war es kein guter Einfall. »Die Zeit wird es erweisen.« Gregoria stemmte sich auf die Füße und ging die Treppe hinauf.

Sie stand vor ihrer Tür ... und hörte ein leises Pfeifen.

Als sie die Hand nach der Klinke ausstreckte, spürte sie den Luftzug, der durch die Ritzen im Rahmen und das Schloss pfiff; der Herbstwind hatte derart an Kraft zugelegt, dass er sich selbst durch den Kitt der Fenster presste. Sie öffnete die Tür – und blieb auf der Schwelle stehen.

Die Flügel des bodenlangen Fensters standen sperrangelweit offen, die Vorhänge wehten wie Fahnen in dem Sturm, der ungehindert in ihre Unterkunft eingebrochen war. Der Regen hatte es bis vor ihr Bett geschafft. Ihre Aufzeichnungen und Übersetzungen flatterten umher, teilweise waren sie auf die nassen Stellen im Raum gefallen und hatten sich mit Wasser voll gesogen.

Gregoria eilte ein paar Schritte in den Raum, dann wurde sie langsamer. Sie bildete sich ein, nicht allein zu sein.

Krachend fiel die Tür hinter ihr zu, sie drehte sich rasch um und zog ihren Silberdolch. »Wer ist da?« Sie verspürte Aufregung, aber merkwürdigerweise keine Furcht. Hätte Gott sie tot sehen wollen, wäre sie in jener Nacht im Gévaudan zusammen mit den anderen Schwestern im Kloster verbrannt.

Die Ecke hinter der Tür lag in absoluter Finsternis. Gregoria hörte weder ein Atmen noch sonst ein Geräusch, das ihr Aufschluss über ihren Besucher gestattete.

»Wer ist da?«, wiederholte sie ihre Aufforderung an den Unsichtbaren, sich zu zeigen und ins Licht zu treten, das durch die Fenster hereinfiel. *»Chi c' é?«*

Innerlich rechnete sie damit, dass sich die Bestie zeigte. Vielleicht hatte der Comte sie aufgespürt, oder vielleicht waren es seine Leute, die er gesandt hatte. Oder der schwarze Panter ...

Es tat sich noch immer nichts.

Gregoria ging langsam auf die Finsternis zu, bis sie in der Ecke stand. Sie war leer. Der Wind hatte die Tür zugeschlagen, nicht mehr.

Sie wandte sich um, schritt zu ihrem Arbeitstisch und schloss die Fenster; sie schreckte vor dem Gedanken zurück, nach unten zu gehen und sich eine brennende Kerze zu holen, stattdessen sammelte sie die losen Blätter im Halbdunkel ein, verteilte sie auf die Schränke und legte sie flach zum Trocknen hin.

Gregoria hatte ihre Arbeit fast beendet und schob das letzte Papier zurecht, da hörte sie ein leises Geräusch hinter sich, dessen Herkunft sie nicht zuzuordnen vermochte; es passte weder zum Wind noch zum Regen.

Ihre Hand wanderte wieder an den Griff des Dolches. »Herr, steh mir bei gegen die ...«

Krachend flogen die Fensterflügel wieder auf, der wütende Sturm hatte den Riegel einfach aufgerammt, zwei der kleineren Scheiben gingen zu Bruch.

Gregoria schrie auf, wirbelte herum und riss den Dolch in die Höhe.

Wieder stand sie nur der Finsternis gegenüber. Doch wenn sie sich nicht schwer täuschte, hatte sie eben einen lang gestreckten Schatten zum Fenster huschen sehen. Rasch eilte sie dorthin und sah hinaus.

Nichts.

Die umliegenden Dächer waren leer, keine Menschenseele und keine Bestien weit und breit. »Ich sehe schon Dinge, die es nicht gibt«, murmelte sie und senkte den Arm mit dem Dolch. Zum zweiten Mal an diesem Abend schloss sie das Fenster, ihre Schuhe traten in die Scherben.

Eilige Schritte näherten sich ihrem Zimmer. »Äbtissin, geht es Euch gut?«, hörte sie die Stimme von Sarai durch die Tür.

»Ja, danke. Der Sturm hat mir einen Streich gespielt«, rief sie zurück. »Seid unbesorgt, es ist mir nichts geschehen. Ich werde morgen nur einen Glaser benötigen.«

»Dennoch eine gute Nacht, Äbtissin.« Die Schritte entfernten sich.

Gregoria lächelte. »Gute Kinder.« Sie bückte sich, sammelte die Bruchstücke auf und warf sie in den unbenutzten Nachttopf.

Dann verharrte ihre Hand. Sie hatte einen blutigen Abdruck auf dem Boden gefunden, der vom Regenwasser beinahe schon vollständig weggewaschen worden war. Gregoria besaß keinerlei Erfahrungen, was die Zuordnung von Spuren und Tieren anging, aber es sah für sie aus wie die Abdrücke einer übergroßen Katze.

Jean hielt die Hitze, die folternd durch seinen Körper raste, nicht länger aus. Sie rührte von seiner Aufgewühltheit, seiner Erschütterung und seiner Wut.

Die unterschiedlichsten Gedanken schossen ihm durch den Kopf. Er sah die Opfer der Bestie im Gévaudan vor sich, den toten Malesky, seinen toten Sohn. Viele Tode hätten verhindert werden können, wenn er von Florences Geheimnis gewusst hätte! Wenn er ihr Blut bekommen hätte!

»Verdammt!«, schrie er laut gegen Wind und Regen. Es war ein Fehler, so zu denken. Antoine hätte sich niemals helfen lassen, er hatte es genossen, eine Bestie zu sein, und wäre sofort zum Comte gelaufen, um sich erneut anstecken zu lassen.

Oder vielleicht doch nicht?

Jean rannte stöhnend durch die leeren Gassen der Stadt, seine Haut juckte schrecklich, wehrte sich gegen den Stoff. Er riss sich die Kleider vom Leib und ließ sie achtlos hinter sich zurück. Der Regen kühlte das Brennen auf seiner Haut, er meinte sogar zu hören, wie die Tropfen zischten, wenn sie ihn trafen.

Der Durst, der ihn plagte, war unbeschreiblich.

Nur mit Hosen bekleidet, blieb er unter einem Wasserstrahl stehen, der sich aus einer Steinfigur an der Ecke eines Hauses ergoss, öffnete den Mund und trank gierig. Er schluckte und hustete, aber der Durst wich nicht; wenigstens kühlte ihn der kleine Wasserfall ein wenig.

Jean kratzte sich an der Brust und wagte nicht, sich genauer zu betrachten. Er spürte, dass seine Haare überall dichter geworden waren, sogar die auf seinem Kopf wuchsen und wuchsen.

»Nein«, wisperte er und stellte sich mitten in den Strahl. Er hob den Arm und betrachtete die gerötete Narbe, wo ihn Antoine vor seinem Tod verletzt hatte. »Nein, Herr im Himmel! Ich will das nicht! Lass mich nicht zu einer von ihnen werden!« Sein Unterkiefer schmerzte höllisch, er knackte, und die Zähne taten ihm weh, als würden zwei Dutzend Barbiere um ihn herumstehen und ihm alle auf einmal ziehen wollen. Jean brach in die Knie, ein Schütteln befiel ihn.

Niemand kümmerte sich um den verzweifelten Mann. Irre waren zu gefährlich, die Stadtwachen würden sich seiner annehmen.

Ich muss weg! *Keuchend erhob er sich.* Ich muss aus der Stadt, ehe ich Menschen anfalle und zerfetze. *Er torkelte an den Häuserwänden entlang und nutzte die rauen Mauern als Stütze und Orientierung gleichermaßen, während seine Sicht mehr und mehr verschwamm.*

Dafür roch er plötzlich umso besser.

Rom hielt Düfte für ihn bereit, von denen er nicht einmal gewusst hatte, dass es sie gab. Seine Schritte verlangsamten sich, er sog die Luft ein und genoss. Es roch nach Beute. Der Regen schaffte es nicht, die Witterungen zu verwischen und zu verschleiern.

Ein brennender Schmerz quälte ihn, er wollte aufschreien – und ließ ein heiseres, gellendes Jaulen erklingen. Er hatte sich in eine Bestie verwandelt! Der Mensch Jean saß gefangen in dem haarigen, kräftigen Körper eines Wesens, das nach Blut gierte, um den Durst, der sich weder mit Wasser noch mit Wein stillen ließ, endlich zu löschen!

Die Bestie rannte durch die Gassen. Jean sah seinen veränderten Körper, der sich kraftvoll und geschmeidig bewegte. Er sprang geradewegs auf einen Mann los, der eben aus einem hell erleuchteten Gebäude trat, aus dem unzählige Gerüche durch die Tür und Ritzen in den Fenstern strömten. Es musste ein Gasthaus sein. Der Mann sah Jean nicht kommen, bis er sich auf ihn warf und ihm mit den Klauenhänden den Mantel und das Hemd darunter zerriss, um an die ungeschützte Kehle zu gelangen. Sein Opfer gab einen erstickten Ruf von sich, dann senkte Jean seine Zähne in den Hals und biss zu.

Er schmeckte das warme Blut und der Durst steigerte sich ins Unermessliche und verlangte von ihm, mehr zu saufen, zügelloses Saufen, und er knurrte dabei voller Wonne und Erregung. Dieses Empfinden übertraf alles, was er bislang erlebt hatte, und er wollte es nicht mehr missen.

In seinem Rausch vernahm er dennoch, wie sich die Tür hinter ihm ein weiteres Mal öffnete, dann erklang das schrille Schreien einer Frau.

Fauchend drehte er den Kopf und sah eine Hure, die mit ihrem Freier auf die Straße getreten war. Jetzt wollte Jean wissen, wie das Blut einer Frau schmeckte, und sofort stieß er sich grollend ab und flog mit ausgestreckten, blutigen Händen auf sie zu.

Von da an verschwand die Welt in tiefem Rot, im Geschmack von Blut und Fleisch ...

Jean erwachte in seinem zerwühlten Bett und war nackt. Erschrocken richtete er sich auf und sah sich um.

Seine Kleider lagen nass in der ganzen Stube verteilt, und er wusste nicht mehr genau, ob er die Bilder der Nacht geträumt oder tatsächlich durchlebt hatte. *Was habe ich angerichtet?* Er hob die Hände und sah –

– dass sie nicht blutverschmiert waren.

Habe ich überhaupt etwas angerichtet?

Die Narbe leuchtete boshaft und schmerzte.

Seine Augen richteten sich auf den Silberdolch, der neben ihm auf dem Nachttisch lag. Langsam streckte er die Finger danach aus, die Kuppen berührten die kühle Klinge.

Als er spürte, dass die Haut sich erwärmte, zog er den Arm schnell zurück.

XI. KAPITEL

Italien, Rom, 29. November 2004, 09.12 Uhr

Eric traute seinen Augen nicht.

Er lag nackt auf dem Boden des Speisesaals, die Sonne schien durch die Fenster und beleuchtete ... Severina. Eine körperlich unversehrte Severina, mit allen Armen, Beinen und sonstigen Körperteilen, die eine gesunde Frau im Allgemeinen besaß. Keine Bissspuren, nicht einmal ein Kratzer und schon gar kein erneutes Massaker.

Sie ruhte neben ihm, hatte den Kopf auf den Arm gestützt, betrachtete ihn aus ihren blauen Augen und lächelte; blonde Haarsträhnen hingen auf ihren Rücken und schimmerten im Licht. »Guten Morgen«, sagte sie. »Was für eine Nacht!«

»Ja«, krächzte er und fragte nicht, was sie damit meinte. Diese Blöße wollte er sich nicht geben. Der Druck aus seinem Schädel war verschwunden, die Bestie hatte sich zurückgezogen. Ihre Zeit war für die nächsten Wochen wieder vorüber. Bis zum nächsten Vollmond. Eric schwor sich, den Wolf bis dahin nicht mehr in sich zu tragen. »Ja, sie war ... gut.«

»*Gut?*« Severina setzte sich auf. »Es war die unglaublichste Nacht meines Lebens! Und wenn ich die nächsten Tage breitbeinig wie ein Cowboy laufen werde ...«, sie beugte sich nach vorn und küsste ihn sanft auf die Lippen, »... kann ich nur sagen: jederzeit wieder.« Sie stand auf und sammelte ihre im Saal verstreuten Kleidungsstücke ein.

Eric wandte den Blick von ihrem schönen Körper. Er hatte Lena verraten, nur Severina wusste, wie oft. Er fühlte sich ekelhaft, hasste die Bestie in sich wie selten in seinem Leben. Diese Fremdbestimmung musste enden, und zwar nicht erst durch seinen Tod!

Ein anderer Gedanke: Rührte der Ärger daher, weil er sich nicht an die Nacht mit Severina erinnern konnte, obwohl er sich danach gesehnt hatte? War die von ihm gefühlte Verbindung nichts anderes als Sehnsucht gewesen?

»Ich mache uns einen Kaffee«, sagte er und stemmte sich in die Höhe. Er zog sich ebenfalls an, ging in die Küche und setzte Wasser auf. Er musste mit Severina sprechen. Sie hatte ein Recht zu erfahren, dass es bereits eine andere Frau in seinem Leben gab und diese Nacht die letzte gemeinsame gewesen war. Er hoffte auf ihr Verständnis. Vor dem Geständnis wiederum, das er irgendwann vor Lena ablegen müsste, fürchtete er sich jetzt schon.

»Was machen wir heute?« Severina stand hinter ihm und berührte ihn zwischen den Schulterblättern.

Eric erinnerte sich an Anatols Anruf. »Es gibt Hinweise auf verschiedene römische Familien, zu denen das Siegel gehören könnte.« Er redete sehr schnell, und es kam ihm selbst so vor, als drückte er sich in Wahrheit um die Aussprache, indem er ihr wiederum Geheimnisse verriet.

»Na, wenn es nur das ist. Das kann ich auch«, meinte Severina und grinste. »Wir sind hier in Rom.«

»Ja, und?«

»In welcher Stadt gibt es wohl mehr Archive und Orte, an denen man etwas über Heraldik herausfinden kann als hier?«

»Es wird auf der Welt einige mehr geben. In England, zum Beispiel«, erwiderte er, stand auf und nahm ihre Hand. »Hören Sie, ich weiß nicht, was letzte Nacht über mich kam. Nehmen wir an, es war ... der Vollmond.«

»Weil wir uns geliebt haben und unsere Zuneigung zeigten?«

»Ich bin vergeben, Severina.«

»Aha.« Sie machte einen Schritt zurück, das Blau ihrer Augen wurde eisig. »Das fällt dir jetzt ein? Nach *dieser* Nacht?« Sie fuhr sich durch die Haare. »Scheiße, ich habe mich wieder in einen Verheirateten verliebt«, fluchte sie und schaute auf den

Boden, als stünde dort die Lösung für ihre Schwierigkeiten niedergeschrieben. »War ja klar.« Sie hob den Blick. »So einer wie du ist zu gut, um frei zu sein.«

»Ich kann mich nur entschuldigen ...«

Severina hob die Hand. »Nein, ist okay. Wir hatten beide unseren Spaß, und das soll es gewesen sein.« Sie schaute sich um. »Wo ist deine Frau? Weiß sie von dem, was du tust? In Vollmondnächten? Oder bei Ausstellungen?« Es klang giftig und boshaft; er hatte sie verletzt.

Er schüttelte den Kopf. »Nein. So lange bin ich noch nicht mit ihr zusammen; unsere beiden ...« Eric wusste nicht, wie er es nett umschreiben sollte.

»*Ficks*. Unsere beiden vorherigen Ficks.« Severina nannte es beim Wort.

»Äh, ja, genau. Sie zählen nicht. Ich bin noch nicht lange mit ihr zusammen.«

»Aber du liebst sie?«

Er schwieg. Der Wasserkessel pfiff los, und beide zuckten zusammen. Eric brühte den Kaffee auf, Severina nahm Milch aus dem Vorratsschrank und suchte den Zucker. Sie arbeiteten schweigend, bis Severinas Handy klingelte und sie hinausging, um das Gespräch entgegenzunehmen.

Nach fünf Minuten kehrte sie zurück. »Na, schön. Ich werde unser kleines Abenteuer für mich behalten«, sagte sie schneidend, als er Kaffee in ihren Becher eingoss. »Ich will das junge Glück nicht trüben.« Sie gab Milch und Zucker hinzu, rührte um, dann zielte sie mit dem Löffel auf ihn. »Ihnen würde ich empfehlen, das Gleiche zu tun, Eric. Die wenigsten Frauen haben für so etwas Verständnis, auch wenn sie selbst bereit sind, sich mit einem verheirateten Mann einzulassen.«

»Paradox, oder?«, versuchte er sich mit einem unsicheren Grinsen aus der Affäre zu ziehen. Dabei bemerkte er erleichtert, dass er von ihr gesiezt wurde.

»Schizophren«, verbesserte Severina und war immer noch

sichtlich wütend. »Es gibt mehr solcher beziehungsschizophrener Frauen, als man denkt.« Sie nahm einen Schluck. »Ich gehöre nur bedingt zu ihnen. Ab heute, Eric, kennen wir uns nur noch beruflich, wenn man mich fragt. Sie sind Maler, ich bin angehende Malerin. So kam unsere Bekanntschaft zu Stande, alles klar?«

»So war es ja auch. Immerhin haben wir zusammen *abstract axpression* erfunden.« Eric nahm an, dass sie ihre Sachen nehmen und gehen würde.

Aber Severina blieb. »Und Ihre Frau, ist sie auch in Schwierigkeiten wie Sie?«

Er atmete tief ein und kostete seinen Kaffee. Was sollte er ihr sagen? Die Wahrheit wohl kaum. Aber eine glatte Lüge würde sie wahrscheinlich durchschauen. »Sie befindet sich in den Händen von Fremden. Daher werde ich alles tun, um sie zurückzuerhalten.«

»Entführt?« Severina setzte den Becher ab und klang nun aufrichtig erschrocken. »Wegen des Schmuckstücks?«

»Es ... steht damit in Zusammenhang.« Sie sah ihn einen Augenblick durchdringend an. »Okay«, sagte sie dann schließlich, »hier kommt mein Vorschlag.« Sie deutete auf ihr Handy. »Der Anruf kam von einer Freundin von mir. Sie meinte, dass mein Ex bei ihr angerufen hat. Er war im Hotel und sucht jetzt nach mir, um mich fertig zu machen. Kitty hat vorgeschlagen, dass ich mich für einige Zeit nach Asien absetze, bis Gras über die Sache gewachsen ist, aber der erste freie Flug, den ich mir leisten kann, geht in ein paar Tagen. Allein werde ich mich vorher bestimmt nicht mehr auf die Straße trauen.« Severina zeigte auf Eric. »Und Sie brauchen mich hier in Rom. Für mich sieht das nach einer Zweckgemeinschaft aus, auch wenn es mir nach dem Geständnis ebenso wenig passt wie Ihnen.«

Eric hatte nun verstanden, warum sie in der Küche stehen geblieben war. »Eine Zweckgemeinschaft?«

»Nicht weniger und ganz sicher nicht mehr.« Severina war Eric einen herausfordernden Blick zu. »Na?«

»Okay, Severina. Bitte helfen Sie mir herauszufinden, wem das Amulett gehört«, gab er zur Antwort und stimmte damit der Abmachung zu. »Sie würden mir damit wirklich helfen.«

Sollten wir dann nicht aufbrechen?«

Eric schaute in ihre Augen und versuchte zu ergründen, was in ihr vorging. Er ging zum Lift, um in das unterirdische Arbeitszimmer zu gelangen. »Stimmt.«

Sie fuhren nach unten. Severina schaute auf die Knöpfe. »Es tut gut, einen Fahrstuhl zu haben, in dem keine Wartemusik spielt.«

Eric lächelte, war in Gedanken aber bei der vergangenen Nacht. Er konnte sich an nichts erinnern. Gar nichts. Nicht einmal Bruchstücke tauchten vor seinem inneren Auge auf, und sogar die Bestie verzichtete darauf, ihm aus ihrer Verbannung Bilder zu senden und ihn damit zu foltern. Besser gesagt: sein Gewissen zu foltern. Sein Körper hatte die Nacht mit einer attraktiven Gespielin sicherlich sehr genossen.

Die Türen öffneten sich, sie betraten den Raum, und Eric rief die Mail ab. Im Anhang befand sich eine umfassende Liste mit Namen, angesehene Familiennamen von bekannten Persönlichkeiten, was ihn nicht mit Hochstimmung erfüllte. Manche Namen kannte er besser, manche nur flüchtig aus dem Fernsehen.

Severina sah an ihm vorbei und überflog die Tabelle. »Na hervorragend. Das wird erstens eine Menge Arbeit und bedeutet zweitens eine Menge Schwierigkeiten.« Sie zeigte auf *Di Romano*. »Denen gehört doch eine Pizzakette in Rom, oder? Wieso sollten die Ihre Frau entführen? Geht es um die perfekte Rezeptur, die in den Symbolen des Amuletts verborgen ist?«

Wieder ein Kommentar, der zwischen Zynismus und Ironie pendelte. Eric bekam die Quittung für sein Verhalten und vor allem für sein Geständnis. Er beschloss, nicht weiter darauf einzugehen. »Das kann ich Ihnen nicht sagen. Nicht jetzt.« Er schaute sie an. »Haben Sie einen Vorschlag, wo wir fündig werden?«

»Ich kenne einen Kunsthistoriker. Er wird uns sagen können, wo wir an eine umfassende Sammlung von Wappen kommen.« Sie betrachtete die vergrößerten Ausdrucke des Symbols. »Das wird sehr schwierig. Ich bin gespannt, ob uns das hier überhaupt etwas bringt.« Sie nahm nach einem kurzen Blick zu Eric das Telefon, wählte und führte ein Gespräch auf Italienisch. »Er sagt ...«

»Ich habe es verstanden, danke.« Er lächelte. »Via del Tritone.« Er kehrte zum Fahrstuhl zurück, nahm dabei eine Lupe vom Tisch und steckte sie ein. »Gehen wir.«

Durch eine versteckte Tür gelangten sie in eine Garage zu einem Porsche Cayenne, der im Vergleich zu seinen übrigen Modellen erstaunlich sauber war, dafür aber etliche Schrammen an den Stoßstangen und den Kotflügeln aufwies.

»Sie fahren wie eine Sau, nehme ich an.« Severina stieg in den Wagen.

»Nein. Ich passe mich den Gegebenheiten an. Sie werden sehen, dass der römische Straßenverkehr nicht zimperlich ist. Von den Parkgewohnheiten ganz zu schweigen.« Eric startete den Motor, das Garagentor rollte automatisch nach oben und das schmiedeeiserne Gitter vor der kurzen Zufahrt schob sich zur Seite; eine schwarze Katze schlängelte sich durch den ersten Spalt und rannte in den Garten.

»Wehe«, sagte Severina. Und er blieb sitzen.

Sie tauchten in den Strom der Autos und schwammen mit. Der Verkehr um sie herum war mörderisch, ständig erklangen Hupen. Die Römer hatten den Cayenne als Fremdkörper erkannt und wollten ihn durch den Krach verscheuchen.

Schneller als angenommen erreichten sie ihr Ziel und parkten direkt vor dem unscheinbaren Gebäude, in dem wechselnde

Ausstellungen stattfanden, wie ein großes Transparent verkündete. Es wirkte zwischen den Boutiquen der verschiedensten Modelabels fehl am Platz und gab doch all denen Hoffnung, die sich auf der Suche nach Kultur hierher verirrt hatten. Eine kühle Oase inmitten der Konsumhölle.

»Hier ist absolutes Halteverbot«, sagte Severina mit einem Nicken in Richtung des Schildes, schnallte sich ab und stieg aus. »Denken Sie, dass der Cayenne noch da ist, wenn wir aus dem Haus kommen?«

»Ja. Ich habe ein eigenes Konto bei den Carabinieri. Sie buchen einfach online ab.« Er schaute auf die zwei Stufen, die zur Tür führten. »Gehen Sie vor. Sie machen mehr Eindruck als ich.«

Sie lachte. »Jedenfalls auf heterosexuelle Männer.«

Eric und Severina betraten das Gebäude, in dem die klimatisierte Luft zwischen den Decken und Wänden schwebte, ein Hauch von Altertum war darin enthalten, ansonsten herrschte der gleiche klinisch saubere Duft wie in Bankenschalterhallen und Kaufhäusern. Der Verkehrslärm blieb hinter ihnen zurück.

Sie lösten zwei Tickets und gingen gleich in den Saal mit der Heraldikausstellung. Sie bezog sich allein auf Rom und italienische Familien, entsprechend wenige Besucher fanden sich hier ein.

»Umso besser für uns«, murmelte Eric und zog den Ausdruck aus der Innentasche seines Mantels. Severina reichte er das zweite Exemplar. »Suchen wir.«

Im ersten Saal wurden sie nicht fündig, im zweiten dachte Severina, etwas gefunden zu haben, doch es erwies sich als Täuschung. Die Rillen und Gravuren entsprachen nicht genau dem, was auf dem Bild zu sehen war.

Nach zwei Stunden gelangten sie in den dritten Raum, Eric ging nach links, sie nach rechts. Und es war Severina, die zuerst einen Erfolg verzeichnete. »Kommen Sie her«, rief sie aufgeregt und deutete auf die Vitrine, vor der sie stand. »Ich habe es gefunden, glaube ich.«

Einer der Museumswächter schaute ihnen über den Rand seiner Zeitung zu, Neugier in den Augen, doch er fragte nicht, was sie da taten.

Eric schlenderte zu ihr und bückte sich, um das Wappen zu inspizieren, das sie ausfindig gemacht hatte, dann zückte er seinen Ausdruck und eine Lupe. Akribisch überprüfte er die feinen Linien, verfolgte jeden Schnörkel, soweit es nach der Zerstörung durch das Feuer möglich war, bis er sich fast sicher war. »Die Übereinstimmung mit dem, was wir auf dem unbeschädigten Teil erkennen können, schätze ich auf hundert Prozent. Bleibt immer noch eine Restunsicherheit.«

»Der Familie Rotonda für ihre ausgezeichneten Verdienste im Kampf der Heiligen Liga 1571«, las Severina das kleine Täfelchen darunter vor. »Gemeint ist mit dieser Heiligen Liga das Bündnis zwischen Spanien, Venedig und dem Papst gegen das Osmanische Reich. 1571 kam es zur Seeschlacht bei Lepanto, nördlich des Golfs von Korinth. Eine türkische Flotte mit über zweihundertsiebzig Galeeren trat gegen die kleinere Flotte der Heiligen Liga an und verlor. Dieser Sieg war der erste große Erfolg der Christen über das Osmanische Reich. Caesare Domenico Rotonda befehligte eine Galeere, die nicht weniger als elf feindliche Schiffe vernichtete, und sein Bruder Giuseppe wurde später zum *cardinalis episcopus* geweiht.«

»Eine Familie mit einem Helden und einem Heiligen.« Eric betrachtete die zeitgenössische Darstellung der Seeschlacht, die an der Wand über dem Glaskasten hing. Die heutigen Rotondas bevorzugten es anscheinend wie ihre Vorfahren, an Orten aufzutauchen, an denen Gefechte aus Überzeugung ausgetragen wurden. »Damit haben wir ein weiteres Mosaiksteinchen.«

»Finden wir heraus, wo wir die Rotondas und damit Ihre Frau finden.« Severina lächelte. »Im Vorraum stehen zwei öffentlich zugängliche Computer zur Netzsuche.«

Eric folgte ihr hinaus, und während sie im virtuellen Telefonbuch nach der Anzahl der aktuellen Rotondas suchte, forschte er nach dem weiteren Werdegang der Familie in den Jahrhunderten nach der Schlacht.

»Es gibt zu viele Rotondas«, sagte Severina missmutig. »Das wird umständlich.«

Er musste gar nicht lange suchen, sondern stieß auf eine eigene Homepage der Familie. »Ich habe sie.« Eric drehte ihr den Monitor zu. »Eine Linie hat stets in den Diensten der Päpste gestanden, die andere blieb ihrem Heldenimage treu und kämpfte an den unterschiedlichsten Orten der Welt, mal als Söldner, mal als treue Soldaten italienischer Adelshäuser. Später wurden sie friedlicher und zu Kaufleuten.« Er rief eine Seite mit der Großaufnahme einer Frau um die fünfzig Jahre auf. Sie kniete neben einem schwarzen Labrador und lachte in die Kamera. »Das derzeitige Oberhaupt des Rotonda-Clans, Maria Magdalena Rotonda, lebt in Rom und ist vor zwei Jahren als italienische Managerin des Jahres ausgezeichnet worden. Ihr Cousin Giacomo ist Seelsorger in ... Trastevere?« Schnell klickte er eine andere Seite zu, von der er nicht wollte, dass seine Begleiterin sie sah.

»Das ist ein Stadtteil von Rom.« Severina trat neben ihn und betrachtete die Seite. »Keine Adresse?«

Eric zuckte mit den Schultern. »Brauchen wir nicht. Wir wissen, wo sich die Firma befindet. Früher oder später wird sie dort auftauchen.« Maria Magdalena Rotonda vor ihrer Firma abzupassen war nur eine Möglichkeit, die sich bot. Eine weitere ergab sich, wie er dank der geschlossenen Website wusste, an diesem Abend, und er beabsichtigte nicht, Severina dorthin mitzunehmen.

»Sie gehen davon aus, dass diese Frau hinter der Entführung Ihrer Gemahlin steckt?«

»Der Priester vielleicht?« Eric täuschte Belustigung vor, dabei war ihm nicht nach Lachen zumute. In der derzeitigen Lage glaubte er beinahe an alles. Wenn es schon Kampfnonnen gab, wäre der Schritt hin zum Kriegermönch ein kleiner. Was die

Asiaten seit vielen Jahrhunderten konnten, würde die katholische Kirche auch zu beherrschen lernen.

»Stimmt schon. Wer den Namen einer Sünderin trägt, dem ist viel zuzutrauen.« Severina zeigte ihm die Zähne – *und sie wuchsen!*

Vor Erics Augen wurden sie zu Reißzähnen, Severinas Kleider fielen zu Boden und sie stand nackt vor ihm. Ihr Mund öffnete sich weiter, sie heulte ihn verlangend an; nach und nach sprossen dünne Härchen aus ihrer Haut, zogen sich von ihrer Scham als deutliche Linie über den Bauch nach oben und breiteten sich nach allen Seiten aus. Ihr Kopf verformte sich, die Nase und die Kiefer wuchsen nach vorn, und sie verwandelte sich in irgendein Tier. In ...

»Was? Was ist?« Ihre Stimme zerriss die Vision. Severina sah aus wie immer und betrachtete ihn beinahe mütterlich. »Sie haben ja alle Farbe aus dem Gesicht verloren.« Sie legte ihm beruhigend eine Hand auf die Schulter.

Und Eric bekam von seiner Vorstellungskraft die nächsten Bilder geliefert: Er sah ihren nackten Rücken schräg unter sich, wie sie sich stöhnend vor und zurück bewegte, er spürte, wie die Wärme seine Männlichkeit umschloss, und sah, wie seine Hände ihre Hüften streichelten. Bei der Berührung veränderte sich ihre Haut, bekam wieder Härchen ...

»Nein«, rief er unterdrückt, sprang auf und machte einen Schritt nach hinten. Er interpretierte seine ... seine Visionen als eine Warnung: Wenn Severina länger bei ihm blieb, würde sie sich ebenfalls den Keim der Wandelwesen einfangen und in eine Bestie verwandeln. *Wer weiß, vielleicht habe ich sie gestern Nacht bereits gebissen?*

»Nur die Ruhe«, sagte sie behutsam. »Ich habe verstanden, dass es zwischen uns aus ist. Zweckgemeinschaft, schon vergessen? Kein Grund, diese Panik zu bekommen und durch die Gegend zu schreien, weil ich Ihnen vielleicht einen Schritt zu nah gekommen bin.«

»Das ist es nicht«, erwiderte er verstört. »Ich ... ich kann es Ihnen nicht erklären.« Ohne sich mit weiteren Worten aufzuhalten, ging er zur großen Ausgangstür und verließ das Museum. Sofort wurde er von brüllendem Lärm und Abgasgestank überfallen, der Blechstrom auf der Via del Tritone war nicht versiegt.

Eric lehnte sich gegen die Beifahrertür des Porsches und setzte die Sonnenbrille auf. Sein Inneres befand sich in Aufruhr, die beiden Visionen hatten ihn erschrocken und aufgerüttelt, auch weil es ihm gefallen hatte, was er da eben vor seinem inneren Auge gesehen hatte. Er *durfte* es aber nicht mögen. Er musste die Bestie in sich loswerden, bevor sie das Menschliche in ihm unrettbar auffraß.

Severina folgte mit reichlich Verzögerung und stellte sich vor ihn. »Alles in Ordnung?«

»Wenn ich meine Frau wiederhabe«, rettete er sich in eine Ausrede. »Vorher nicht.« Er lächelte unglücklich. »Tut mir Leid, dass ich vorhin seltsam reagiert habe. Das ist alles furchtbar viel. Selbst für mich.«

»Schon gut.«

Er sah, dass sie ihm nicht hundertprozentig glaubte. Er stieß sich ab, umrundete die Motorhaube und hatte sie zur Hälfte passiert, als ihm aus den Augenwinkeln der Mann auffiel, der mit einer flachen, langen Pappschachtel den Bürgersteig entlanglief; hinter dem Zellophanfenster der Schachtel schauten die vollen Köpfe roter Rosen hervor. Eric nahm unwillkürlich die Witterung auf: süß, betörend und intensiv ... und mit einer Spur Waffenöl.

Er hörte Severina aufschreien, im gleichen Moment krachte es. Glühende Pappfetzen trudelten durch die Luft, mischten sich mit Rosenblättern und Funken. Er bekam einen Schlag schräg von hinten gegen den Rücken, in der Motorhaube erschienen Löcher, gleichzeitig wurde sie mit roter Farbe besprüht. Eric brauchte keine Sekunde, um zu begreifen, dass es sein Blut war, das sich wie zähes, gefärbtes Regenwasser auf dem Lack sammelte und hinabrann.

Er schrie vor Schmerz und Überraschung auf. Die Schrotkugeln brannten in seinem Körper, als seien sie heißer als geschmolzenes Eisen.

Silber!

Er schaute hinter sich, seine linke Hand sollte die P9 ziehen, doch sie bewegte sich zu langsam und stand dem Empfinden nach in Flammen. Er sah Blut an dem Handschuh entlanglaufen, der Schrot hatte ihn auch am Arm erwischt.

Der Unbekannte hatte die Schachtel inzwischen fallen lassen und hielt ein furchtbar modern aussehendes Schrotgewehr mit beiden Händen, sein Zeigefinger krümmte sich.

Mehr sah Eric nicht mehr, er hechtete hinter den Porsche – genau vor die Reifen eines blauen, verrosteten Fiat Panda.

Bremsen kreischten, aber der Fahrerin blieb keine Chance, dem Hindernis auszuweichen.

Eric wurde erfasst, prallte auf die Motorhaube und das Fenster, schleuderte über das Dach und landete auf dem Asphalt, was wesentlich weniger weh tat als die Qualen, die ihm das Silber verursachte. Knackend brachen durch den Aufprall mehrere Rippen, das Atmen fiel ihm plötzlich schwer, weil ein Knochen die Lunge durchbohrt hatte. Natürlich wusste Eric, dass diese Verletzungen heilen würden, aber das Silber brachte ihn zum Schwitzen, fraß sich in sein Fleisch.

Der Fiat schlingerte, kam durch das Manöver auf die Gegenfahrbahn und löste eine Unfallserie aus. Mehrmals hintereinander knallte es dumpf, Blech kreischte und Glas splitterte.

Eric rutschte hinter den Cayenne, zog seine Pistole und suchte nach den Schuhen des Unbekannten, der anscheinend genau wusste, wen oder was er jagte. Er sah nur Severinas Bikerstiefel, die sich auf den Eingang des Museums zu bewegten, und den wallenden Rocksaum. *Wo ist er?*

Über ihm krachte es gedämpft, neben ihm prasselte und klingelte es. Metall- und Plastikteile fielen zusammen mit kleinen Kügelchen herab, eine leere Patronenhülse landete in der Gosse, hüpfte zweimal und rollte in die Rinne. Der Mann stand entweder auf dem Wagendach oder auf der Motorhaube, feuerte auf gut Glück unter sich und wartete, bis sich Eric aus seiner Deckung wagte. Anscheinend dachte der Gegner, dass er unter dem Cayenne lag.

Eric erwiderte das Schießen nicht. Abwarten, bis der Mann die Magazine leer geschossen hatte, war genau die richtige Taktik. Er biss die Zähne zusammen, um nicht vor Schmerzen zu schreien.

Wieder erklang ein lautes, schrilles Bremsgeräusch, gefolgt von einem tiefen, anhaltenden Hupen. Eric sah die Zugmaschine eines Dreißigtonners auf sich zurasen, aus den Radkästen stieg blauer Bremsqualm. Der Kühlergrill wuchs und wuchs. Fluchend sprang Eric auf den Bürgersteig.

Dann kam der Zusammenprall. Der Porsche erhielt einen Schlag gegen das Heck und er wurde mehrere Meter nach vorn geschoben, es scheppterte, Glas zersprang. Der Unbekannte landete direkt neben Eric auf dem Gehweg, hatte sich offensichtlich im richtigen Moment vom Dach abgestoßen, um nicht Opfer der Kollision zu werden. Der Mann richtete die Waffe sofort auf ihn und drückte ab.

In letzter Sekunde wälzte Eric sich zur Seite und entkam einem Teil der Schrotladung unter den Anhänger des zum Stehen gekommenen Lkw. Aber nur einem Teil. Wieder schrie er auf, ein unmenschlicher und unvergleichlicher Laut. Die Bestie wand sich und litt unsäglich unter dem Silber, das ihr der Unbekannte in den Leib pumpte. Und gleichzeitig donnerte sie: *Befrei mich, du Narr! Nur ich kann uns jetzt noch retten!*

Eric richtete die Waffe ohne hinzuschauen in die Richtung des Mannes und schoss, um ihn in Deckung zu zwingen, robbte dabei unter dem Anhänger entlang bis zum Cayenne, dessen Heck schwer eingedrückt worden war.

Er stand vorsichtig auf, die Pistole im Anschlag, und stöhnte gequält, die Bewegung fachte das Feuer in seinen Wunden neu an, sein Sichtfeld verkleinerte sich und verlor die Farbe. Silberwehen. Der Unbekannte –

– war verschwunden! Hinterlassen hatte er eine Massenkarambolage, sowohl auf der einen als auch auf der anderen Fahrbahnseite, eine beschädigte Museumseingangstür und ein gewaltiges Chaos. Die ersten Sirenen erklangen und näherten sich schnell.

»Scheiße.« Eric stemmte die Tür des Cayennes auf, die sich zunächst dagegen wehren wollte, startete den Motor und wollte losfahren, als die Beifahrertür ruckartig aufgerissen wurde.

Eric riss die Pistole hoch, drückte ab – und zog den Lauf im letzten Moment zur Seite. Sonst hätte er Severina das hübsche Gesicht zerschossen. Die Kugel ging in den Seitenrahmen, die Frontscheibe zersprang in Tausende kleine Teilchen.

Die Frau schrie auf und duckte sich. »Nein, ich bin's!«

»Rein!«, brüllte er, nicht zuletzt, um seinen Qualen Linderung zu verschaffen.

»Sie wollen flüchten?« Severina schaute nach rechts und links. »Aber wir wurden gesehen und wir waren ...«

Eric hörte das Sirenengeheul dicht hinter ihnen und gab Gas. Severina brachte das Kunststück fertig, sich in den Cayenne zu schwingen und die Tür zuzuziehen, während er hupend über den Bürgersteig raste, eine Mülltonne überrollte und in die nächste Seitenstraße brauste.

Aber schon bog er wieder ab, um auf eine Fahrbahn zu gelangen, in der weniger Verkehr herrschte. Nur dort konnte er die Vorteile des Cayennes ausspielen.

»Die werden uns kriegen«, prophezeite ihm Severina und schaute nach hinten, wo sie Blaulichter erkannte.

»Werden sie nicht.« Eric verließ sich voll auf seinen Porsche und sein GPS. »Wir fahren schnell zum Haus, packen ein paar Sachen ein und wechseln den Standort.«

»Und dann?«

»War das Ihr Exfreund?«

»Nein!«

»Dann besuchen wir die Familie Rotonda. Wenn man mir schon einen Killer auf den Hals hetzt, will ich mich persönlich für so viel Aufmerksamkeit bedanken.« Er biss auf die Zähne, trat das Gaspedal trotz seiner eingeschränkten Sicht ganz durch, beschleunigte unaufhörlich und schaltete das ABS aus. Kamikazepiloten hätten in diesem Augenblick eine höhere Überlebenschance gehabt.

Das eintönige Jaulen und die zuckenden blauen Lichter fielen hinter ihnen zurück. Die italienische Polizei besaß glücklicherweise nicht die notwendige Motorisierung, um es mit ihm aufzunehmen.

An der nächsten Kreuzung schlug er das Lenkrad ganz ein, bremste und betätigte die Handbremse. Alles zusammen ergab einen eleganten Drift um die Kurve, und schon beschleunigte Eric wieder.

Die schnelle, erfolgreiche Flucht war wichtig gewesen, denn seine Konzentration schwand weiter und weiter. Das Silber in seinem Fleisch brannte wie Napalm, er stöhnte und schwitzte. Seine Sicht verschwamm, er sah doppelt und dreifach. Eric wählte die mittlere der vor ihm schwebenden Straßen und fuhr, bis ihm Severina ins Steuer griff.

»Lassen Sie mich fahren!«, rief sie entsetzt. »Ich bringe Sie ins Krankenhaus.«

»Nein«, knurrte er und stieß sie zurück. Er schaffte es trotz mehrerer knapp bevorstehender Ohnmachten, sich auf die GPS-Frauenstimme zu konzentrieren, den Cayenne nach Hause zu fahren und sogar noch zielsicher in die Garage zu schießen.

Wie er ins Arbeitszimmer gekommen war, wusste er nicht mehr, ebenso wenig, wie Severina die chirurgischen Instrumente im Schrank gefunden hatte. Aber als das flüssige Feuer nicht mehr in ihm brannte und loderte, der Schmerz verebbte und seine Gedanken sich klärten, fand er sich genau da wieder.

Er hob den Kopf.

Neben ihm stand ein Glas, in dem silberne, blutverschmierte Kügelchen lagen. Und eine halbvolle Flasche Wodka. »Wie ...«, krächzte er schwach.

Severinas Kleider waren blutverschmiert, die Hände rot und feucht. »Ich musste was tun ...« Sie schluckte, ihre Züge waren weiß. »Ich bin fertig, glaube ich«, sagte sie. »Was mache ich jetzt?« Sie klang nervös und äußerst unsicher, roch stark nach Alkohol. »Sie ... Sie haben Löcher und Wunden, die niemals im Leben von selbst ...«

»Nein, es geht schon. Ich habe eine robuste Konstitution.« Vorsichtig stemmte er sich vom Schreibtisch, sein Blut klebte darauf und war über die Seiten bis beinahe auf den Boden gelaufen. Sie hatte ihm die Kleidung am Oberkörper aufgeschnitten und in einen Eimer gelegt, er trug nur noch Hose und Schuhe. »Ich gehe duschen.« Er hielt sich am Rand fest und wartete, bis die Schwäche nachgelassen hatte. In seinem Leben hatte er mehr als einmal Silber berührt und sich auch damit verletzt, allerdings erlebte er es in dieser intensiven Form heute zum ersten Mal.

»*Was?*« Sie zog die Nase hoch und rückte die Brille mit dem Oberarm gerade, weil sie die schmutzigen Finger nicht benutzen wollte.

Seine Seite und sein Rücken taten schon nicht mehr ganz so weh. Er spürte, wie sich das Fleisch verband und die Löcher schlossen, was ihm ein schmerzhaftes Ziehen bescherte. Das verbrannte Fleisch tat sich schwer zu heilen. Dass es überhaupt heilte, war ein Geheimnis, das er ihr nicht offenbaren wollte. »Sie werden sehen.«

Er humpelte zum Lift, seine Schuhsohlen hinterließen rote Abdrücke.

»Setzen Sie sich an die Bar und nehmen Sie sich noch ein

paar Drinks. Machen Sie den Wodka ganz leer oder nehmen Sie sich von dem teuren Whisky. Ich empfehle Ihnen den Glennfiddich Havanna Reserve. Sie haben es sich verdient.« Mit jedem Schritt, den er mühsam machte, kehrte Lebensenergie zu ihm zurück – und gleichzeitig schrie sein Körper nach einer Pause, einer Schonfrist, um sich regenerieren zu können. Eric betrat die Kabine und konnte sich schon wieder ein schiefes Grinsen abringen. »Wissen Sie, wie Sie aussehen?« Er drückte den Knopf fürs Obergeschoss. »Wie eine verrückte Metzgerin.«

Die Tür schloss sich.

Und er verlor das Bewusstsein.

XII. KAPITEL

7. November 1767, Italien, Rom

Gregoria saß in ihrem Arbeitszimmer und betrachtete das Blatt Papier, auf dem sich die Abdrücke eines schmutzigen Fingers abzeichneten. Diese Seite über das Gévaudan hatte sie bereits übersetzt und wusste sehr genau, dass der Abdruck vorher nicht da gewesen war.

»Herr, steh uns bei«, flüsterte sie und stand auf. »Wir sind zu wenige für die Aufgabe, die du uns auferlegt hast.« Gleich würde sie ihre neuerliche Runde durch die Armen- und Waisenhäuser Roms beginnen und junge Seelen begutachten, die für die Botschaft des Herrn empfänglich waren. Sie hatte mehrere Vorauswahlen getroffen, jetzt ging es darum, zu endgültigen Entscheidungen zu kommen.

In den nächsten Monaten würde sie sehr viel Zeit mit den angehenden Schwestern verbringen. Für die kurze Zeit, wenn sie sich zurückziehen musste, um heimlich zu entbinden, hatte sie vorgesehen, dass sich die Seraphim um die geistige Schulung der zukünftigen Nonnen kümmerten. Sie hatte selten junge Frauen gesehen, die derart gottergeben und glaubenstreu waren.

Gregoria schmunzelte. Ordensschwestern, die von Kriegerinnen unterrichtet wurden – so etwas hatte es wohl noch nie gegeben. Aber in diesem Haus würde alles immer etwas anders sein. Nicht zuletzt auch, weil die Novizinnen der Schwesternschaft ihren Treueid nicht auf die heilige katholische Kirche schworen, eine Institution, die von Menschen geschaffen worden und, wie Gregoria inzwischen wusste, darum durchaus fehlbar war. Nein, ihre Schwestern würden sich einzig Gott verpflichten und seinem Sohn Jesus Christus.

Erst wenn sich Gregoria ganz sicher war, dass der Papst auch wahrhaft im Namen des Herrn predigte und sich nicht den weltlichen Interessen derer unterwarf, die ihn unterstützten, würde sie ihm selbst wieder Treue schwören. Einem Heiligen Vater, der die Jesuiten in diesen schrecklichen Angelegenheiten unterstützte, durfte sie dagegen nicht trauen.

Sie öffnete die Tür, um Sarai zu rufen, die sie bei ihrer Wanderung von Waisenhaus zu Waisenhaus begleiten sollte, und sah Jean vor dem Kamin im Eingang sitzen. Er sah müde und erschöpft aus, es musste eine grauenvolle Nacht für ihn gewesen sein. Unsicher näherte sie sich ihm. »Jean, ich ...«

»Debora hat mir erzählt, dass es gestern sehr unruhig im Haus gewesen ist«, sprach er, ohne sich umzudrehen. »Was war los?« Er hatte keine Lust, über ihren Streit zu sprechen.

Gregoria freute sich, ihn wieder zu sehen. Sie hatte gefürchtet, ihn durch das Geständnis verloren zu haben, und dennoch konnte sie es nicht auf sich beruhen lassen, auch wenn sie fürchten musste, ihn endgültig zu vertreiben. »Ich hoffe, dass du mir eines Tages verzeihen kannst«, sagte sie und schluckte, dabei umrundete sie die Bank, auf der er saß, und stellte sich vor ihn, um ihm in die Augen zu sehen. Diese geliebten braunen Augen.

Jean blickte sie an. »Ich hatte einen furchtbaren Albtraum«, erklärte er.

»Hast du überhaupt gehört, was ich sagte?«

Er nickte. »Eines Tages, Gregoria.« Dabei beließ er es, er hatte seine Entscheidung getroffen. »Also, was gab es gestern, während ich weg war?«

»Ich hatte Besuch. Den Panter. Komm, ich zeige es dir.« Gregoria führte ihn ins Arbeitszimmer und reichte ihm das Gévaudan-Blatt mit dem Abdruck der Tatze darauf. »Jedenfalls denke ich es.«

»Er erkundigt sich über seinen Feind«, schätzte er nach eingehender Betrachtung. »Und seine Heimat.«

»Vielleicht sollten wir den Panter suchen und mit ihm zusammen auf die Jagd nach dem Comte gehen«, schlug Gregoria vor. »Danach geben wir ihm von dem Gegenmittel ... nein, besser geben wir ihm vorher etwas Sanctum, um ihn zu heilen. Dann ist es für uns gefahrlos.«

Jean verschwieg ihr, dass der Panter ihm das Bündnisangebot bereits gemacht und er es abgelehnt hatte. Auf den Gedanken, den Mann zuerst zu heilen, war er nicht gekommen. »Ich weiß nicht, ob er sich darauf einlässt«, entgegnete er.

»Es ist besser, als sich erneut gegenüberzustehen und wieder einen Seraph zu verlieren«, warf sie ein. »Bitte, lass es dir als eine Möglichkeit durch den Kopf gehen.«

»Ein Bündnis mit einer *Bestie?*«

»Nein, mit einem von der Krankheit genesenen Menschen«, widersprach sie sofort.

Er gab ihr das Blatt zurück. »Ich weiß, dass die Vergebung eines der edelsten Dinge ist, die von einem Christen erwartet werden, aber ich denke nicht, dass die Seraphim Gnade gewähren. Sie werden Bathsebas Tod nicht ungerächt lassen. Engel können tödlich sein.«

»Ich werde es ihnen verbieten.«

»Du *hast* es ihnen schon verboten.«

Gregoria schob die Unterlagen zusammen und gab sie an ihn weiter. »Ich weiß. Und ich fürchte, ich muss es noch einmal tun, um sie daran zu erinnern.« Er nahm den Packen entgegen. »Das ist die erste Hälfte, wobei ich mich auf Europa konzentriert habe, weil es für uns derzeit wichtiger ist als die Vorgänge um seltsame Wesen, die auf Inseln in der Südsee hausen.«

Jean mochte ihre Handschrift, sie war rein und leicht zu lesen im Gegensatz zu seiner eigenen. »Ich werde die Seraphim weitere Abschriften anfertigen lassen, damit wir die Beschreibungen in genügender Anzahl im Haus haben.« Er sah, dass sie aufstand und nach dem langen, schweren Kutschermantel aus Leder griff, der neben ihm auf dem Stuhl lag. »Die Waisenhäuser?«

»Ja.« Sie schlüpfte hinein und zog sich einen Hut auf, der ihr Gesicht, wenn sie den Kopf neigte, unkenntlich machte. »Begleite mich doch, Jean, während die Seraphim schreiben.«

»Wohin gehen wir?« Er öffnete für sie die Tür, und sie schritten die Treppe hinab.

»Es wird ein langer Tag. Wir haben verschiedene Treffen mit den Vorstehern der Waisenhäuser«, sagte sie. »Ich beginne heute damit, meine Schwestern endgültig auszuwählen und mit in ihr neues Zuhause zu nehmen. Im ersten Waisenhaus, das wir besuchen, bin ich noch nicht gewesen, ansonsten wird es schnell gehen.«

Er ging zu den Seraphim und übergab ihnen die Blätter mit der Anweisung, die Beschreibungen und Warnungen verkürzt abzuschreiben, damit man sie überall mit hinnehmen konnte. »Ich bin gespannt«, sagte er bei seiner Rückkehr und warf sich einen Mantel über. »Nach welchen Gesichtspunkten wirst du sie auswählen? Und wo werden wir sie unterbringen?«

Gregoria lächelte ihn an. »Sie werden hier wohnen. Es ist Platz genug, und wir sind Tag und Nacht bei ihnen. So finden wir heraus, ob meine Wahl gut oder schlecht war.« Sie sah zum Fenster hinaus, hinter dem eine graue Welt aus feuchtkaltem Nebel auf sie wartete, um sie zu verschlingen. »Lentolo weiß Bescheid, er sendet uns Lehrer, welche die Mädchen unterrichten.« Ihre Hand legte sich auf die Klinke. »Wir ziehen hinaus, Jean, um grobe Steine zu finden und sie zu Diamanten zu schleifen. Ich bin mir sicher, dass Rom genügend davon besitzt.«

Sie rief Sarai zu sich, die zur Sicherheit als Übersetzerin fungieren musste. Gregorias und Jeans Italienisch war noch nicht gut genug.

Zu dritt und unter ihren Mänteln bis an die Zähne bewaffnet suchten sie sich den Weg durch den Nebel, der ihnen nur die Schemen der Hausfronten zeigte und Menschen wie aus dem Nichts auftauchen und ebenso rasch ins Grau verschwinden ließ. Jean und Sarai hielten eine Hand stets am Griff ihrer Pistolen. Sie sprachen nicht, sondern legten den Weg zu ihrem ersten Anlaufpunkt schweigend und sehr angespannt zurück.

Das Missbehagen wich erst von ihnen, als sie durch das Tor in die kleine Halle eines Hauses traten, dessen Ausmaße sie wegen des Nebels draußen nicht genau erkannt hatten.

Es roch nach Essen und altem Holz, nach Seife und verbranntem Talg; die Kerzen stanken erbärmlich und legten einen Qualmschleier in die Luft. Es war kalt, der Atem wurde zu weißen Dampfwölkchen.

Nichtsdestotrotz erklangen reine, helle Kinderstimmen im Chor irgendwo aus einem Zimmer, sie wiederholten gemeinsam Sätze, die ihnen eine erwachsene Frau mit tiefer Stimme vorsagte.

Eine Frau in einem schlichten dunkelblauen Kleid mit mindestens drei Stolen um die Schultern und einer Mütze auf dem Kopf kam die Treppe hinunter und deutete eine Verbeugung an; sofort folgte eine Flut italienischer Worte.

»Sie sagt«, übersetzte Sarai, »sie heißt Barbara Margutta, dass sie uns willkommen heißt und sehr froh ist, dass wir nach Kindern schauen, die ein besseres Leben führen dürfen. Allerdings sei das mit einer kleinen Gebühr und der schriftlichen Versicherung verbunden, dass die Kinder, wenn sie uns weglaufen und aufgegriffen würden, wieder von uns aufgenommen werden. Ansonsten zahlten wir eine hohe Strafe. Sie habe keine Lust, sich um noch mehr Kinder zu kümmern.«

Gregoria und Jean wechselten einen schnellen Blick. »Es ist in Ordnung. Sag ihr, dass sie die Kinder herbeiholen soll. Wir möchten uns alle anschauen, von den größten bis zu den kleinsten.«

Sarai gab ihre Worte weiter, und daraufhin schrie Margutta durch die Flure. Es dauerte nicht lange und die Türen im gesamten Haus öffneten sich. Mädchen und Jungen von vier Jahren bis zu Heranwachsenden strömten wispernd aus den letzten

Winkeln des Gebäudes. Nur wenige von ihnen wagten es, laut zu sprechen oder gar zu lachen.

Jean schluckte. Der Anblick der Kleinen brachte die Erinnerung an Marie zurück, und sie schmerzte noch immer. Am liebsten hätte er die Jüngsten alle mitgenommen, um sie dem tristen Heim zu entreißen.

Gregoria vermochte seine Gedanken zu lesen, wie sie ihm durch ihre Worte bewies. »Ich weiß. Man möchte sie alle in die Arme schließen und in ein anderes Leben führen«, sagte sie berührt von den mitunter sehr traurigen Kinderaugen. »Aber wir können nur diejenigen mitnehmen, die unserer Aufgabe gewachsen sind.«

Die Jungen und Mädchen stellten sich der Größe nach auf. Auf manchen Zügen zeigte sich Hoffnung, diese Unterkunft verlassen zu können, andere dagegen fürchteten sich vor den drei Fremden und drückten sich an den Nachbarn zur Rechten oder Linken.

Gregoria betrachtete ausschließlich die Mädchen, deren Alter sie auf vierzehn Jahre und älter schätzte. Aus dieser Menge kamen sieben in Frage, die sie für Aspirantinnen hielt. »Frag sie«, sprach sie zu Sarai, »warum sie immer noch hier sind. Sie wären alt genug, um ein Handwerk zu erlernen.«

Zu ihrer Überraschung kam die Antwort von Margutta. »Sie arbeiten für mich. Ich leihe sie aus, für alle möglichen Handlangerdienste. Mit den Einnahmen zahlen sie dem Waisenhaus das zurück, was sie bislang von ihm bekommen haben. Ich führe genau Buch darüber, und wenn sie ihre Schulden getilgt haben, sollen sie machen, wozu auch immer sie Lust haben.«

»Dann frag sie«, sagte Gregoria weiter, »was sie gern tun. Und wie sie es mit Gott halten.«

Die Antworten kamen nacheinander, zögerlich und stockend, dabei sahen die Mädchen immer wieder nach Margutta. Offenbar waren sie bemüht, Dinge zu sagen, die Gregoria schmeichelten.

»Sie beschreiben sich alle als fleißig, sie seien sich für keine harte Arbeit zu schade, wenn es keine Sünde bedeutete«, gab Sarai wieder.

»So kommen wir nicht weiter«, brummte Jean. »Sie werden das Blaue vom Himmel lügen, um den Fängen der Matrone zu entkommen.«

Gregoria trat auf das älteste Mädchen zu und suchte seinen Blick. Ihre graubraunen Augen fixierten die hellbraunen ihres Gegenübers und ließen sie nicht mehr los. »Ich frage dich bei allen Heiligen«, begann sie erhaben, und Sarai übersetzte, »glaubst du an Gott und daran, dass deine Seele eines Tages vor ihm stehen wird, auf dass sie gerichtet wird?«

»Ja«, kam die schüchterne Antwort.

»Glaubst du, dass deine Seele Gnade finden oder ins Fegefeuer zu den Sündern wandern wird, wo sie brennen muss?«

Das Mädchen wagte es nicht, die Lider zu senken oder den Augen der Äbtissin auszuweichen. Es starrte in die Pupillen, sah sein eigenes Gesicht darin und spürte eine Kraft von der Unbekannten ausgehen, die es nicht erlaubte zu lügen. »Ich bin eine Sünderin«, raunte es. »Wir alle sind Sünder.«

Gregoria nickte und machte einen Schritt zur Seite, um die Prozedur zu wiederholen; dabei horchte sie in sich, wenn die Mädchen antworteten, gab weniger etwas auf die Erläuterungen, sondern konzentrierte sich auf die Augen. Die Pupillen zogen sich bei einigen zusammen, andere dagegen schienen ihre Augenfarbe vollkommen gegen das Schwarz einzutauschen.

Sie konnte nicht genau erklären, wie sich die Lüge überführen ließ, doch stellte sich schnell heraus, wer für die Schwesternschaft in Frage kam und wer nicht.

Gregoria trat wieder neben Jean, dann hob sie den Arm und deutete auf zwei Mädchen. »Diese beiden«, ließ sie Sarai sagen. »In sie habe ich genug Vertrauen, um sie in mein Haus zu lassen und ihnen ein besseres Leben zu ermöglichen.«

Jean sah sie erstaunt an. Es waren die beiden, die sich zu ihren Sünden bekannt hatten. Margutta grinste widerlich, weil sie zu wissen dachte, zu welchem Zweck Gregoria die Mädchen benötigte.

Sie bezahlten die verlangte Summe und schickten die Mädchen derweil in den Schlafraum, damit sie ihre Sachen holten. Die kleinen Bündel mit den Habseligkeiten, die sie bei ihrer Rückkehr mit sich trugen und an sich pressten, als befände sich ein Goldschatz darin, hätten selbst bei einem Bettler Mitleid erregt.

Margutta scheuchte die anderen Jungen und Mädchen zurück in ihre Räume. Schweigend gingen sie davon. Ab und zu drehte sich ein enttäuschtes Gesicht nach ihnen um, ehe es von den anderen Kindern wieder verdeckt wurde.

Gregoria drückte Jeans Schulter. »Wir können sie nicht alle aufnehmen«, wisperte sie.

»Ich weiß«, seufzte er schwer. Sie konnte nicht ahnen, dass er an Florence und Pierre gedacht hatte; wie glücklich sie miteinander gewesen waren und welche schönen Enkel er von ihnen bekommen hätte. Jetzt war Pierre tot und Florence verschollen. »Ich weiß.« Er ging als Erster hinaus in den Nebel, sein Gemüt setzte sich lieber dem grauen Nichts aus als dem vielfachen Leid.

Die vier Frauen folgten ihm bald darauf, und rumpelnd schloss sich die Tür des Waisenhauses hinter ihnen.

Gregoria wandte sich an die beiden Mädchen. »Von heute an spielt es keine Rolle, was ihr wart und was ihr getan habt«, sagte sie gütig zu ihnen, lächelte sie an und strich ihnen nacheinander über die schmutzigen Wangen. »Ihr beginnt ein neues Leben, das nichts mit dem gemein haben wird, was ihr bislang kanntet. Alles, was ich von euch beiden verlange, ist absolute Treue zu mir und zu Gott. Dient ihm, und eure Sünden werden durch ihn vergeben und vergessen. Mich interessieren sie nicht.« Sarai übersetzte.

Die Mädchen verneigten sich vor Gregoria und küssten unter Tränen ihren dreckigen Mantelsaum, ehe sie von ihr emporgezogen wurden; sie konnten ihr Glück kaum fassen.

Zu fünft setzten sie ihren Weg zum nächsten Waisenhaus fort. Das Gebäude, aus dem sie gekommen waren, fiel nach wenigen Schritten im Nebel zurück. Damit verschwand auch die Vergangenheit der ersten beiden Novizinnen des Ordens vom Blute Christi.

Am Abend kehrten sie mit etwas mehr als einem Dutzend junger Frauen und Mädchen zurück. Die erste Ernte war eingefahren, eine weitere am morgigen Tag würde den Speicher endgültig füllen.

Gregoria betrachtete die erleichterten Gesichter der Novizinnen, die in der Halle standen und darauf warteten, zu ihren Unterkünften gebracht zu werden. Sie staunten mit offenen Mündern über die Geräumigkeit, die Sauberkeit und das viele Licht in dem Gebäude. Die Seraphim erschienen, teilten sie in vier Gruppen ein und verschwanden mit ihnen in die Zimmer.

Gregoria sah ihnen nach, legte eine Hand auf ihren Bauch und fühlte sich mehr denn zuvor als Mutter. Und als eine Generalin, die eine heimliche Armee aufstellte, um gegen einen übermächtigen Feind ins Feld zu ziehen.

19. Dezember 1768, Italien, Rom

Gregoria schaute aus ihrem Zimmer in den kleinen Hof des Anwesens. Sarai stand dort unten und prüfte die Leibestüchtigkeit der Novizinnen. Wer aus den Übungen als Beste hervorging, kam in Frage, zu den Seraphim zu wechseln.

Sarai ließ sie rennen und springen, Liegestützen und viele weitere Kräfte zehrende Aufgaben bewältigen, sandte sie auf einer Art Hatz quer durch die Stadt, um zu schauen, wie viel

Überblick und Ausdauer sie besaßen. Mal ging es um Schnelligkeit, mal darum, nicht von der Seraph, die sie verfolgte, gesehen zu werden.

Nach der Überwindung der ersten Unsicherheit – manche hatten sich sogar ein wenig vor dem gefürchtet, was auf sie zukam – fügten sich die Novizinnen ein. Sie schworen Gott die Treue, der sie aus dem alten Leben befreite, lobten und priesen ihn. Sie lernten mit Eifer, Lentolos Lehrer kamen kaum mit dem Unterricht nach. Den jungen Mädchen gefielen die Aufgaben, deren Sinn sie noch nicht zur Gänze verstanden. Gregoria beabsichtigte, sie erst zu einem späteren Zeitpunkt tiefer in die Ziele des Ordens einzuführen.

Was die körperliche Konstitution anging, hatten sich erst zwei von ihnen als geeignet hervorgetan. Gregoria betrachtete die schnaufenden Novizinnen, auf deren einfachen Kleidern sich trotz der Kälte große Schweißflecken gebildet hatten. Sie dampften, die Hitze verwandelte sich im Freien in feine weiße Wölkchen. Sarai kannte kein Erbarmen.

Gregoria schaute auf die kleinste der Seraphim. Sie hätte niemals vermutet, dass in der jungen Frau mit den schönen schwarzen Haaren, den blauen Augen und den Sommersprossen auf der Nase der größte Kampfgeist schlummerte. Vielleicht lag es an dem traumatischen Erlebnis mit Bathseba, das in ihr eine Stärke hervorgebracht hatte, mit der sie alle anderen anspornte und beflügelte.

Schwindel befiel Gregoria, sie musste sich rasch in den Sessel setzen. Das Kind in ihr wehrte sich auf diese Weise gegen die einschnürende Bauchbinde, die sie trug.

Ich werde bald aus Rom fort müssen, erkannte sie. Die Zeit der Entbindung lag nicht mehr weit entfernt, und es konnte sogar geschehen, dass das Kind beschloss, bereits jetzt auf die Welt zu kommen. Sie spürte oft ein Stechen im Unterleib. Und trotzdem bereute sie jene eine Nacht nicht.

Sie hatte seitdem oft von diesem Moment geträumt, jede Einzelheit erneut erlebt ... und sich weitere solcher Erlebnisse mit Jean gewünscht. Aber sie durfte nicht. Ihr gemeinsames Kind würde sie für die Entbehrungen entschädigen, und vielleicht, wenn viele Jahre verstrichen waren, konnte sie Jean gestehen, woher das Kind in Wirklichkeit stammte. Gregoria fürchtete nur, dass es entweder ihr oder ihm so sehr ähnelte, dass es für Außenstehende wie die zukünftigen Schwestern oder Lentolo schon lange vorher keinerlei Zweifel gab, wessen Frucht im Haus herumsprang.

Es klopfte an ihrer Tür. Als Gregoria zum Eintreten aufforderte, schob sich zu ihrer großen Überraschung – und als habe er ihre Gedanken erahnt – Lentolo in ihr Gemach; Schmutz haftete an seiner linken Mantelschulter und der Ledertasche, die er bei sich trug.

»Erschreckt nicht, Äbtissin«, beruhigte er sie, sah sich um und winkte nach hinten. Gleich darauf traten der maskierte Kardinal und zwei Wachen ein, Tücher vor den Gesichtern. »Wir haben den Gang genommen, um ungesehen zu Euch zu gelangen. Wir müssen mit Euch reden.«

Gregoria erhob sich, kniete vor Impegno nieder und küsste den Ring an seinem Handschuh. »Ist etwas geschehen, Eminenz?«, fragte sie beunruhigt und bot ihm ihren Platz im Sessel an. Sie wurde nervös, weil sie sich angesichts der beiden Männer schwangerer und dicker als jemals zuvor in den vergangenen Wochen vorkam. Sie durften unter keinen Umständen etwas bemerken! Sie setzte sich auf einen Stuhl und beugte sich leicht nach vorn, um die Wölbung zu verbergen.

»Gott ist wütend auf Rom und straft es mit eisigen Temperaturen. Es würde mich nicht wundern, wenn es noch schneite. Und das tut es äußerst selten hier«, sagte Impegno und wartete, bis Lentolo die Vorhänge zugezogen hatte, dann nahm er Platz. »Ich bin aus zwei Gründen hier. Zum einen möchte ich von Euch hören, welche Fortschritte Ihr macht.«

Gregoria zwang sich zur Ruhe. Sie hatte nicht das Gefühl,

dass die grünen Augen hinter der Maske besonders argwöhnisch blickten. »Sehr gern, Eminenz. Wir haben inzwischen vierzig Mädchen, von denen wir zwei als fähig betrachten, zu Seraphim zu werden. Alle anderen sind geistig sehr aufgeweckt, wenn auch körperlich nicht in allerbester Verfassung.«

»Die Lehrer, die ich sandte, bestätigten mir, dass die jungen Frauen schneller lernen als alle Schüler, die sie unterrichtet haben«, bekräftigte Lentolo. »Die Fortschritte in den Fremdsprachen seien beinahe beängstigend.«

»Das macht die Aura, die Euch umgibt«, meinte der Kardinal zu Gregoria. »Ich kann sie förmlich sehen, liebe Äbtissin. Ihr seid vom Heiligen Geist berührt, und das nicht erst, seitdem Ihr das Sanctum empfangen habt. Ihr seid eine besondere Frau. Meine Jeanne d'Arc.«

»Sie wurde als Ketzerin verbrannt, Eminenz.«

»Ehe man sie Jahre danach für unschuldig befand«, warf er ein, und ein leises Lachen erklang hinter der Maske. »Durchs Feuer seid Ihr schon gegangen, Äbtissin. Was soll Euch also noch geschehen?« Er winkte auffordernd. »Sprecht: Wann können wir die Novizinnen zu Schwestern machen und sie in die Welt senden?«

Gregoria tat einen lauten Atemzug und verneigte sich. »Ich bitte Euch um Geduld, Eminenz. Eine gute Ausbildung ist die eine Seite der Münze, mit der wir das Ende der Jesuiten erkaufen wollen – die andere ist das Charisma und das Geschick, das unsere Schwestern auszeichnen muss. So etwas kann man nur ernten, wenn man sorgfältig gesät und die zarten Triebe danach mit Ruhe und Aufmerksamkeit gezogen hat. Bedenkt außerdem: Sie müssen in ihrem Glauben und Vertrauen in Gott von Grund auf gestärkt sein, bevor wir sie an die Höfe senden, wo die Sünde herrscht. Hat ihr Verstand nicht erst die Bastion des Glaubens um sich errichtet, können sie dem Laster leicht zum Opfer fallen. Bedenkt, was sie zu sehen bekommen werden: Gold, Reichtum in Hülle und Fülle, Ausschweifungen jeglicher Art. Und sie sind noch jung. Das Gold könnte sie blenden.«

»Da habt Ihr Recht, Äbtissin.« Impegno schaute zu Lentolo. »Was sagen die Lehrer?«

»Bis zum Frühling des Jahres wären sie so weit, jedenfalls was die Fremdsprachen und die Etikette angeht.« Er sah zu Gregoria. »Was die besonderen Fähigkeiten angeht, nun, dazu vermag ich wenig zu sagen ... Doch vielleicht steckt hinter diesem Wunsch vielmehr eine Sorge? Sagt mir, Äbtissin: Seid Ihr wirklich in der Lage, sie im Geiste zu festigen?«

Es war das erste Mal, dass einer ihrer neuen Verbündeten Zweifel an ihren Fähigkeiten äußerte, und das beruhigte Gregoria weit mehr, als dass es sie beleidigt hätte. Es war gut, dass sie nun wusste, dass man sie nicht nur als die vom Himmel geschickte Heilsbringerin sah, obwohl man ihr dies wieder und wieder einzureden versuchte. »Ich bin jeder Aufgabe gewachsen, die ich annehme, Eminenz, doch bedenkt, aus welchen Umständen die Mädchen stammen. Sie sind alle in ihren Herzen gut, aber das Böse, das manche berührte, muss zunächst getilgt werden.«

»Das kann man beschleunigen.« Impegno griff in eine Tasche seines Gewands, und in seinen von weißen Handschuhen umgebenen Fingern hielt er ein kleines, dickwandiges Fläschchen. »Sanctum, Äbtissin. Beinahe alle Vorräte, die ich auftreiben konnte. Und das war nicht einfach, denn Francescos Leute sind unablässig auf der Suche danach. Der Teufel muss ihnen dabei zur Seite stehen, denn sie sind vielerorts vor uns zur Stelle und erlangen Reliquien, die mit dem Heiland in Berührung gekommen sind.« Er reichte es ihr. »Gebt es den Novizinnen, Äbtissin.« Er hob die Hand. »Von nun an seid Ihr wirklich die Oberin der Schwesternschaft vom Blute Christi.« Er stand auf, und sie sank vom Stuhl auf die Knie. Seine Hand legte sich auf ihren Kopf. »Ich segne Euch, Gregoria. Es behüte und beschütze Euch der lebendige Gott, der Vater, der Sohn und der Heilige Geist.« Er trat zurück und setzte sich wieder. Lentolo lächelte sie bestärkend an.

»Amen.« Gregoria durchströmten viele Gefühle: Ergriffenheit, Stolz aufgrund des Vertrauens, das ihr entgegengebracht wurde, Demut, dass Gott sie auserwählt hatte. Überzeugung und Zuversicht, ihre Aufgabe zu erfüllen. Erfurcht und ungeheure Kraft. Sie fühlte sich wie eine Herrscherin, das geheiligte Sanctum in der Hand, die mächtigste Substanz, die es auf Erden gab.

»Tut alles, damit die Mädchen bis zum Frühsommer bereit sind«, schärfte Impegno ihr noch einmal ein, wobei er sich gleichzeitig ihren Wünschen um mehr Zeit beugte, wie sie sehr wohl bemerkte. »Denn mit ihrer Vorarbeit steht und fällt unsere Planung.«

Sie erhob sich und setzte sich an ihren Platz. »Planung, Eminenz?«

Lentolo übernahm die weiteren Erläuterungen. »Die Jesuiten ahnen, dass wir an verschiedenen Fronten in Stellung gehen, und sind äußerst argwöhnisch geworden. Ihr General, Lorenzo Ricci, hat neue Spitzel angeworben, die wie Ratten in den Ecken des Vatikans sitzen und lauschen.« Er setzte ein überlegenes Lächeln auf. »Dennoch ist ihnen entgangen, dass es einen Kardinal gibt, der alle Voraussetzungen mit sich bringt, der neue Papst zu sein.«

»Und wer ...«

»Fragt ihn nicht, er darf es Euch ebenso wenig sagen wie ich«, wehrte Impegno sofort und barsch ab. »Aber es sei Euch versichert, dass er auf unserer Seite steht. Wir planen eine Annäherung an Frankreich und Spanien, weswegen es wichtig ist, dass vor allem diese Länder von Euren Schwestern ab dem kommenden Jahr bereist werden. Sie sollen die Felder bei den Edelleuten bestellen, damit die Saat der Versöhnung zwischen der Kirche und den Königshäusern aufgeht.«

»Und weswegen diese Eile? Papst Klemens XIII. ist zwar alt, aber gesund, wie man sich erzählt.«

»Richtig, er ist alt, Äbtissin.« Lentolo setzte ein kaltes Lächeln auf. »Er wird demnächst fünfundsiebzig Jahre, und das ist schon ein hohes Alter, wenn Ihr mich fragt.«

Gregoria wollte nicht wissen, was der Mann da andeutete. »Mit dem Beistand des Herrn kann er noch viele weitere Jahre den Fischerring tragen.«

»Und doch wird er es nicht.« Kardinal Impegno sprach ruhig und bedächtig. »Das Sanctum gewährte mir eine Epiphanie und zeigte mir, wie sehr ihn die Societas Jesu in Beschlag genommen hat. Das Blut des Herrn hielt mir vor Augen, dass sie so lange an ihm reißen und zerren wird, bis er von ihr selbst getötet wird. Dieser Tag, Äbtissin, ist nicht mehr so fern, wie es für Euch den Anschein hat. Deswegen«, er erhob sich und ging zur Tür, »drängen wir Euch zur Eile.«

Impegno war geschickt. Indem er die Verantwortung für diese Dinge auf die Wirkung des Sanctums schob, konnte sie nichts mehr dagegen vorbringen. Die Worte entsprangen nicht dem Mund des Kardinals, sondern einer höheren und heiligen Macht.

Gregoria verstand, dass ihre Besucher gehen wollten. »Gelobt sei Jesus Christus«, sagte sie und schritt an ihm vorbei, um die Tür zu öffnen und zu sehen, ob sich jemand zwischen ihnen und der Treppe in den Keller befand. Keines von den Mädchen war zu sehen, und so gab sie den Durchgang frei.

Impegno ging an ihr vorbei und wandte sich nochmals an sie. »Ihr habt mein vollstes Vertrauen, Äbtissin. Zusammen reißen wir ein, was die heilige katholische Kirche lähmt. Das Sanctum zeigte es mir, und ich glaube daran. Der nächste Papst wird Euren Orden für seine Treue entlohnen.«

»So sei es, Eminenz.« Sie verneigte sich vor ihm und hielt den Kopf gesenkt, bis er und seine Begleiter die Stufen hinabgegangen und im Keller verschwunden waren.

Danach rief sie Sarai zu sich. »Nimm dir ein paar Novizinnen, Bretter, Hämmer und Nägel und geh in den Keller«, sagte sie.

»An der Südwand steht ein großes, leeres Weinfass. Ich möchte, dass du seine Vorderseite mit den Balken abstützt. Die Eisenringe um das Holz halten nicht mehr lange, und bevor es auseinanderfällt, sichern wir es lieber.«

Sarai nickte und machte sich gleich an die Arbeit.

Gregoria nahm an ihrem Tisch Platz. Sie hatte nichts gegen Besuch, weder durch Lentolo noch den Kardinal. Sie bevorzugte es aber, wenn sie sich vorher ankündigten. Jetzt würde ihnen nichts anderes mehr übrig bleiben.

Sie dachte über Impegnos Worte nach und betrachtete dabei das Fläschchen, das vor ihr auf der Platte stand. Wie überprüfte man den Wahrheitsgehalt einer Epiphanie?

Sie entsann sich an ihre eigene Vision im Gévaudan, die Bilder hatten ihr außer Ehrfurcht einen maßlosen Schrecken eingejagt. Gregoria berührte den Verschluss, dachte darüber nach, ein weiteres Mal von der seltenen Substanz zu kosten, um ein neuerliches Zeichen zu erhoffen und die Wahrheit in den Offenbarungen des Kardinals zu erkennen. Aber durfte sie das seltene Sanctum in Anspruch nehmen, nur weil sie Zweifel hegte? Und war ihr Verstand stark genug, eine weitere Vision zu ertragen?

Sie zog die Hand zurück.

XIII. KAPITEL

Italien, Rom, 29. November 2004, 19.12 Uhr

»Unglaublich.«

Eric richtete sich auf, den Kaffeelöffel, der ihm runtergefallen war, hielt er in der Linken. Er trug eine schwarze Jogginghose und einen weiten schwarzen Pullover, seine Füße steckten in Espandrillos. »Was ist unglaublich?«, wollte er von Severina wissen.

Sie stand schwankend auf der Schwelle, ein Glas Whisky in der Hand, und zeigte damit auf ihn. »*Sie*. Ich habe Ihnen vor nicht mehr als«, sie sah zur Küchenuhr, »fünf Stunden Kugeln aus dem Rücken und der Seite gepult, danach habe ich Sie ohnmächtig aus dem Fahrstuhl gezogen und kaum noch Reste der Wunden gefunden. Jetzt bewegen Sie sich so normal, als hätte es Sie niemals erwischt. Sind Sie eine Art ... Übermensch? Oder ein ... *Engel?*« Sie leerte das Glas. »Mein Alkoholpegel sinkt. Das kann ich ... im Moment gar nicht gebrauchen. Haben Sie irgendwo Wein?«

Ein Engel? So hatte ihn nun wirklich noch niemand genannt. Ob Severina ahnte, dass sie gerade eigentlich einen verdammt guten Witz gemacht hatte?

Eric betrachtete sie. Sie hatte sich geduscht, eine weiße Hose und einen schwarzen Pulli von ihm angezogen, die Füße waren nackt. Ihr Reisegepäck lag noch immer im Hotel, es war keine Zeit gewesen, es abzuholen. Anscheinend hatte Severina noch schwer mit dem zu kämpfen, was sie mit ihm zusammen erlebt hatte. »Sie schwanken auch ohne Wein schon.«

»Ja, und? Ich versuche zu vergessen, dass es mich beinahe erwischt hätte. Und dass ich Kugeln aus Ihrem Fleisch gezogen habe.« Sie schüttelte sich und wartete nicht länger auf Hinweise von ihm, sondern ging zum Kühlschrank und fand tatsächlich eine Flasche Weißwein. »Korkenzieher?«

Eric ärgerte sich seit seinem Erwachen unaufhörlich. Das Silber hatte ihn gehörig geschwächt, mehr als er zunächst angenommen hatte. Sein Kreislaufversagen hatte ihn das Geheimnis seiner schnell verheilenden Wunden gekostet, und er wusste überhaupt nicht, wie er Severina das alles erklären sollte.

Vielleicht musste er es auch nicht. Mit etwas Glück hatte sie es nach ihrer Ausnüchterung wieder vergessen, und er konnte sich zur Tarnung ein paar Pflaster und Verbände anlegen.

Er zog die Schublade auf und warf ihr den Korkenzieher zu, sie stellte das Glas ab und fing ihn blitzartig auf. »Danke, dass Sie mir geholfen haben.«

Severina winkte ab und drehte das spiralförmige Eisen in den Korken. Er ahnte, dass sie lediglich abgebrüht tat. »Mein Vater, ein echter Chirurg, wäre für das, was ich an Ihnen vollbracht habe, stolz auf mich, was er sonst nie ist. Diese Blutorgie werde ich später sicherlich in Bildern verarbeiten und einen Eimer voll Geld damit verdienen. Albträume lassen sich so wenigstens sinnvoll nutzen.« Mit einem *Plopp* kam der Korken aus dem Flaschenhals, und sie goss sich das Glas randvoll.

Eric wusste sehr gut, wovon sie sprach. Auch seine eigenen schrecklichen Traumbilder waren größtenteils auf Leinwand gebannt, teilweise fanden sie sogar Käufer. Verkaufte Seelenzerstörer. »Es ist vielleicht besser, wenn Sie sich von nun an zurückziehen. Ich habe noch ein Haus in ...«

»Nein«, beharrte sie störrisch, wie es nur Betrunkene und kleine Kinder vermochten. »Mein Exfreund läuft hier rum, Sie Schutzengel. Und ich will wissen, wie es endet. Und wie Ihre Frau aussieht.« Wieder dieser bösartige Tonfall in der Stimme. »Ich habe keine Ahnung von Geschossen, aber ist es normal, dass Kugeln so aussehen? Blei glänzt nicht so, oder? Braucht man so etwas, um Engel zu erlegen?«

»Wird irgendeine Legierung sein«, wiegelte er ab. Die Zeit

arbeitete zu seinen Ungunsten, und solange Severina nicht schlief – *tief* schlief – wollte er nicht aus dem Haus gehen.

Nun: Die Wirkung des Alkohols ließ sich verstärken.

»Warten Sie, ich habe einen besseren Wein. Der ist eigentlich zum Kochen gedacht.« Er nahm die Flasche und stellte sie weg, ging in den Vorratsraum und wählte einen halbtrockenen Rotwein. Nach dem Entkorken gab er drei Beruhigungstabletten hinein und löste sie darin auf. Es war ein starkes Mittel, verschreibungspflichtig und mindestens so stark wie eine Valium.

Er kehrte zu Severina zurück und füllte ihr leeres Glas. Sie nippte daran, überlegte und trank einen großen Schluck. »Lecker und besser.« Ihre Hand zitterte: ein nicht zu leugnendes Anzeichen, dass sie doch noch unter dem Eindruck der Schießerei und der behelfsmäßigen OP stand. »Essen wir was?«

»Ja, gute Idee. Ich bräuchte etwas zur Stärkung.« Weil Eric keine Lust hatte, dafür Pfannen und Teller dreckig zu machen, wählte er ein paar Schnellgerichte aus und setzte Wasser auf.

In der Zwischenzeit war Severina beim zweiten Glas Rotwein angelangt. Sie saß am Küchentisch, eine Hand stützte das Kinn, und die Lider senkten sich unentwegt. Noch kämpfte sie gegen den Schlaf und trank dabei gnadenlos weiter. »Kommen Sie, ich bringe Sie ins Bett.« Er fasste um ihre Taille und führte die schwankende Frau aus der Küche. Sie schnappte sich die Weinflasche.

»Die geht mit«, nuschelte sie. »Wenn ich schon nichts zu essen bekomme, saufe ich wenigstens.«

Er trug sie mehr als dass sie lief durch den Gang ins Schlafzimmer, setzte sie auf das Bett und nahm ihr die Flasche ab. Ihr Kinn hing bereits auf der Brust, sie döste. »Geben Sie her. Sie haben genug getrunken.« Als sie widersprechen wollte, fügte er hinzu: »Alkohol macht Falten.«

Severina kniff die Lippen zusammen und schwankte. »Na

schön.« Sie legte sich hin, zog sich umständlich die Hose und den Pullover aus, deckte sich sofort zu und drehte sich zur Seite. »Machen Sie keinen Unsinn«, nuschelte sie noch. »Zweckgemeinschaft!«

Eric wartete, bis ihre Atemzüge langsam und regelmäßig wurden – und kniff ihr dann fest in den Oberarm. Sie reagierte nicht.

»Schlafen Sie schön.« Er betrachtete sie und wusste noch immer nicht, was er mit ihr tun sollte. Bevor er sich wieder im Grübeln verlor, verließ er das Schlafzimmer und ging ins Bad, um sich die Haare zu färben. Das Blond musste endlich verschwinden.

Danach suchte er sich ein weißes Hemd und einen schwarzen Smoking heraus, schlüpfte in die passenden schwarzen Halbschuhe und wählte einen dunklen Wollmantel.

Er besah sich im Spiegel und fand, dass er in diesem Outfit überall hineinkommen musste, wo Abendgarderobe verlangt wurde. Die Brille gab ihm den letzten Kick. Die Kleidung war so geschnitten, dass sich der Dolch und die P9 perfekt verbergen ließen.

Über sein Handy bestellte er sich ein Taxi einen Straßenzug weiter. Er schrieb Severina keinen Zettel; sie würde vor morgen früh nicht erwachen.

Als er ins Taxi stieg, war es 22:48 Uhr, und als das Auto vor dem Palazzo Nicolini im Stadtzentrum in der Nähe der Piazza del Popolo anhielt, standen die Zeiger auf 23:19. Somit befanden sich alle Prominenten schon lange auf der Charity-Veranstaltung zugunsten der römischen Obdachlosen.

Das war die Information, die er im Internet aufgefunden und Severina im Museum vorenthalten hatte: Das Wohltätigkeits-Eitelkeits-Spektakel wurde von der Familie Rotonda veranstaltet.

Hier gab es die Möglichkeit, auf Maria Magdalena Rotonda

zu treffen und sie zumindest aus der Ferne abzuklopfen. Wenn sich im Gewühl der Promis näherer Kontakt anbot, wollte er diese Chance nutzen können, ohne sich unentwegt Gedanken um Severina machen zu müssen.

Eric schritt auf den Eingang des vierstöckigen Jugendstilgebäudes zu. Die Front war weiß gestrichen, zwei kleine Drehtüren flankierten eine riesige dritte, vor der ein Concierge wie ein Aufseher wachte.

Er war nicht das einzige Hindernis. Am Fuß der mit einem roten Teppich verschönerten Treppe standen zwei Sicherheitsleute in schwarzen Anzügen und hielten Wache. Sie musterten Eric und sahen ihn offensichtlich nicht als eine Störung an. Er machte ein unfreundliches Gesicht, nickte ihnen zu und ging einfach zwischen ihnen hindurch.

»Einen guten Abend, Signore.« Der rechte Sicherheitsmann hielt ihn auf und zückte eine Liste. »Dürfen wir Ihre Einladung sehen?«

Eric blieb stehen, dann wandte er sich langsam um und zauberte Entrüstung und Aufgebrachtheit auf sein Gesicht. »Ich habe einen verspäteten Flug und eine schlechte Taxifahrt hinter mir, Signore, und außerdem wurde mir mein Geldbeutel samt meiner Einladung gestohlen. Sie werden verstehen, dass ein Mann in meiner Position nach so einem Tag wohl wenig Geduld für Ihren Diensteifer aufbringt.« Er drehte sich um.

»Sagen Sie mir bitte Ihren Namen, Signore?«, hakte der Mann nach. »Ich muss es tun.«

Eric wusste, dass im Palazzo Nicolini nicht ausschließlich Größen aus der Filmbranche, aus der Wirtschaft und der Mode ein und aus gingen. Gerade wenn es um einen guten Zweck ging, kamen sicherlich auch solche, die einen normalen Namen trugen.

»Sie ... Sie kennen *mich* nicht?« Mit einem ungläubigen Lachen wirbelte er herum und trat rasch auf den Mann zu, der unwillkürlich zurückwich. »Dann sehen Sie doch einfach auf Ihrer Liste nach.« Er griff danach, drehte sie um und tippte auf einen Namen, der nicht abgehakt war. »Da, sehen Sie? Rossi. Salvatore Rossi.«

Die Männer tauschten schnelle Blicke. Sie schwankten zwischen Unerbittlichkeit, die sie den Job kosten konnte, und Nachgeben – was sie auch den Job kosten konnte.

»Geben Sie mir *sofort* Ihr Handy. Ich werde Magdalena anrufen. Sie freut sich sicher, die Bekanntschaft eines Herrn zu machen, der ihren persönlichen Modeberater hier draußen warten lässt!«

Das wirkte. Der Stift senkte sich, wenn auch zeitlupenhaft, ein Häkchen wurde hinter den Namen gemacht, und der Rechte nickte ihm zu. »Danke sehr, Signore Rossi.«

»Danke. Ich werde Sie lobend erwähnen.« Eric eilte die Stufen hinauf. Noch zehn Sekunden länger und er hätte laut losgelacht. Gelegentlich wurde Frechheit doch mit einem Sieg belohnt.

Der Palazzo Nicolini, eines der teuersten Hotels der Ewigen Stadt, bestach durch die Mischung aus Moderne und vorletzter Jahrhundertwende. Der Hauch des frühen 20. Jahrhunderts schwebte umher, zeigte sich hier und da durch eiserne Tragesäulen, in die liebevoll Laub- und Blumenkränze eingegossen worden waren, an den alten Leuchtern an den Decken und Wänden. Glas und Stahl mischte sich unauffällig darunter, ohne den Charme des Erhabenen auszuhöhlen.

Unmittelbar am Eingang befand sich die Garderobe, an der Eric seinen Mantel abgab, und nach einem kurzen Marsch durch einen Gang mit Kuppeldecke betrat er die kreisrunde Lobby.

Die Halle schwang sich vier Stockwerke in die Höhe und erzeugte eine Theateratmosphäre. Auf allen Ebenen standen die Gäste, plauderten und aßen. In der Mitte der Lobby saß eine Musikertruppe, die leise klassische Musik spielte. Eric erkannte belanglosen, dahinplätschernden Barock, der wenigstens perfekt dargeboten wurde.

Zwei Springbrunnen mit wechselndem Fontänenspiel erfreuten die kindlicheren Gemüter unter den Gästen, Kellnerinnen und Kellner liefen geschäftig umher, brachten volle Gläser und räumten leeres Geschirr weg. Eifrige Ameisen und zu viele Königinnen, so kam es Eric vor.

Noch sah er seine Zielperson nicht, von deren Rolle er aus dem Netz erfahren hatte: Maria Magdalena Rotonda gab sich die Ehre, zusammen mit einigen Möchtegerngrößen aus der römischen und internationalen Society Geld für die Bedürftigen zu sammeln.

Eric mochte die wenigsten Charity-Veranstaltungen. Die Kosten für den Sekt, der hier ausgeschenkt wurde, hätten ausgereicht, um alle Penner ein Jahr lang mit dem Nötigsten zu versorgen.

Er sog die Gerüche ein und entdeckte zu seiner Erleichterung nichts Verdächtiges. Sicher war er sich allerdings nicht. Der massive Einsatz von Parfüm führte zu akuter Duftverschmutzung in der Luft und schwang sich wie ein klebriger Vorhang vor seine Nase. Er würde Acht geben müssen.

Er nahm sich ein Glas von einer der vorbeieilenden Kellnerinnen und rief sie zurück. »Entschuldigen Sie. Können Sie mir sagen, wo ich Signora Rotonda finde?«

Die junge Frau musterte ihn, und er fand bei ihr unverkennbar Gefallen. Er bildete eine glückliche optische Ausnahme zu achtzig Prozent der Gäste, die sich offenkundig im Alter jenseits der Sechzig bewegten oder nach diversen Liftings so taten, als seien sie vierzig. Sie zeigte auf die dritte Empore. »Versuchen Sie es mal da, Signore. Vorhin habe ich sie dort oben gesehen.«

»Danke.« Er ließ sie stehen und wanderte langsam durch die Lobby, um nicht aufzufallen. Es gab auch keinerlei Grund, sich zu beeilen. Er verzichtete auf den Fahrstuhl, sondern nutzte die Treppe, um in den dritten Stock zu gelangen. Er schlenderte gemächlich den Gang entlang und sah immer mal wieder hinab zu den Musikern und Gästen. Die Gespräche vermischten sich zu einem einzigen Geräusch, einem Dauermurmeln, in dem es Höhen und Tiefen gab; zwischendurch erklang ein Lachen.

Als er den Kopf wieder nach vorn richtete, stand er einen Meter von Maria Magdalena Rotonda entfernt. Er hatte nicht bemerkt, wie nahe er ihr gekommen war. Sie hatte für diesen Anlass ein hochgeschlossenes Kleid gewählt, und das bisschen Haut, das sie am Hals und an den Handgelenken zeigte, wurde von Schmuck bedeckt.

Sie sah aus wie auf dem Foto, war allerdings eindrucksvoller und umgeben von einer natürlichen Autorität, die Männer und Frauen gleichermaßen auf Abstand hielt. Wie gut, dass er etwas Besonderes war.

Eric besaß keine Strategie, sondern versuchte es mit einem Frontalangriff, der eine Reaktion hervorrufen musste. Er ging auf sie zu, reihte sich in die Schar der gut gekleideten Männer und wenigen Frauen ein, die sie umgab, lächelte in die Runde, lächelte Rotonda an, lachte, zeigte Zähne. »Dürfte ich Sie einen Moment lang entführen, Signora?«, sagte er charmant. »Mein Name ist Armand Landur, ich vertrete einen großen Konzern, in dessen Auftrag ich Sie für ein Projekt begeistern möchte.«

Rotondas blaue Augen taxierten ihn. »Welcher Konzern wäre das?«

Eric lächelte unverbindlich und deutete mit seinem Sektglas in die Runde. »Nicht vor so vielen Augen und Ohren, Signora Rotonda.«

»Sie machen es geheimnisvoll.« Sie schaute ihn noch einmal an, dann wanderten ihre Augen über die Brüstung nach unten. »Aber ich muss Sie enttäuschen. Geschäftliches bespreche ich ausschließlich in meinem Büro und nicht auf Wohltätigkeitsbällen, Signore Landur.« Sie zeigte auf einen Mann auf der Tanzfläche. »Das ist mein Privatsekretär. Vereinbaren Sie bitte mit ihm einen Termin.« Sie hob den Arm mit dem Sektglas und entließ ihn mit einem Augenaufschlag.

Die Männer um ihn herum grinsten mehr oder weniger verborgen. Sie gönnten dem Anfänger, dass er gegen die Wand gerannt war. Mit Anlauf.

Eric hatte nicht vor, so schnell aufzugeben. Er steckte die Hand in seine Hosentasche, nahm das verbrannte Medaillon hervor und ließ es kurz aufblitzen. »Würden Sie dennoch kurz mit mir kommen?«

»Unser Familienamulett?« Rotonda sah nicht im Mindesten beeindruckt oder alarmiert aus. »Wo haben Sie das gekauft?«

»Nicht gekauft. Gefunden, Signora.«

»Sie möchten einen Finderlohn von mir? Da sind Sie an der falschen Stelle, Signore Landur, zudem es nicht das Original ist. Aber für eine Fälschung sieht es wirklich überzeugend aus, Kompliment. Das sollten Sie meinem Bruder zeigen, Padre Giacomo. Er wird sich sicher dafür interessieren, wer es kopiert. Und er wird Ihnen sicherlich dankbar sein und Ihnen den Wunsch erfüllen, den wir doch alle insgeheim hegen, die wir uns heute hier zusammengefunden haben ... Sie segnen.« Die Männer und Frauen um sie herum lachten höflich, nicht zu laut, aber vernehmbar. Dieses Mal drehte sie sich absichtlich von Eric weg. Eine gesellschaftliche Ohrfeige und das Zeichen, dass es nichts mehr zu bereden gab.

»Vielen Dank für Ihre Zeit, Signora Rotonda.« Eric deutete eine Verbeugung an und entfernte sich. Er hatte nicht den Eindruck gewonnen, dass sie etwas vor ihm verborgen hatte. Vielleicht ergab die Unterhaltung mit ihrem Bruder mehr. Sie *musste* einfach mehr ergeben.

Eric kehrte in die Lobby zurück und suchte die Kellnerin, die er vorhin schon einmal um Auskunft gebeten hatte. Kein leichtes Unterfangen, doch es gelang ihm recht gut, er hatte sich ihren Duft gemerkt. Als er sie nach dem Bruder der Konzernchefin fragte, deutete sie ganz nach oben.

»Der Padre ist ganz oben, bei den anderen Geistlichen. Wie immer eben.« Sie lächelte, nahm ihm sein leeres Glas ab und reichte ihm ein neues, halbvolles. »Hier, der ist kalt.«

»Sie kennen sich gut hier aus«, bemerkte Eric.

»Ich bin jedes Jahr bei diesem Wohltätigkeitsball dabei, und da kennt man die Leute schon ein wenig. Es sind ja immer dieselben.« Sie lächelte. »Bis auf Sie.«

»Ja, das stimmt.« Er zückte einen Zwanzig-Euro-Schein und reichte ihn ihr. »Was muss man noch über den Padre wissen? Oder über die anderen Gäste?«

Sie schaute ihn verwundert an und dann auf die Banknote.

Eric beugte sich nach vorn und flüsterte: »Ich bin in Wirklichkeit Journalist. Ich interessiere mich dafür, was hinter der sauberen Fassade der Charity-Bälle geschieht. Wie ehrlich es den Stars ist und was sie ansonsten so alles tun, wenn sie sich unbeobachtet glauben.«

Sie zögerte. »Ähm ...«

»Denken Sie nach: Hat einer von der illustren Gesellschaft *seltsame* Angewohnheiten?« Eric schob einen Zwanziger hinterher, den sie schnell einsteckte.

Die Kellnerin deckte ihn mit einer Flut von Informationen ein, angefangen von verheimlichten Lippenaufspritzungen über Sex in Nachbarräumen zwischen Angestellten und Gästen bis hin zu Alkoholismus und Drogenkonsum. Irgendwie wunderte es Eric nicht.

»Und die Padres in der obersten Etage?«, hakte er ein. »Gibt es über die was zu berichten?«

»Die?« Die Kellnerin tat so, als füllte sie Gläser nach, um nach außen hin das lange Gespräch zu rechtfertigen. »Nein, die trinken nicht einmal Wein. Kein Wunder, sind absolute Hardliner. Wenn heutzutage jemand die Kreuzzüge neu ausrufen würde, wäre das Padre Rotonda. Oder sein Cousin.«

»Sein Cousin? Ist er auch hier?«

»Kardinal Claudio Zanettini lässt sich doch bei so einer Veranstaltung nicht blicken. Den sehen Sie höchstens mal bei einer Papstaudienz.« Sie schnappte sich das Tablett und verließ ihn. »Verzeihung, ich muss weiter. Aber von mir haben Sie das alles nicht, ja?«

»Ich weiß nicht einmal mehr, wer Sie sind.« Und das stimmte sogar, sie hatte ihm ihren Namen nicht genannt.

Eric war zufrieden und beunruhigt zugleich. Wenn dieser Padre etwas mit dem Welpen zu tun hatte, gab es noch eine Gruppe Geistlicher, die sich für Wandelwesen interessierte. Oder war der Mann ein Einzeltäter?

Er stieg die Stufen hinauf, näherte sich dem vierten Stock und legte sich sein weiteres Vorgehen zurecht. Es war zu spät, aus dem Verborgenen heraus zu agieren, denn Maria Magdalena Rotonda würde ihren Bruder sicherlich auf den seltsamen Ausländer ansprechen, der mit dem Familienwappen durch die Gegend lief. Noch konnte Eric den Mann jedoch überraschen.

Das oberste Stockwerk hatte kleine Balkone, vom Gang her nach vorn ausgebaut, die Sitzgruppen für etwa zehn Personen boten. Es war sicher nicht jedermanns Geschmack, mehr als sechzehn Meter hoch frei über der Lobby zu schweben, dafür besaß man einen herrlichen Ausblick.

Padre Giacomo Rotonda saß mit zwei weiteren Priestern auf dem rechten der Balkone. Eric kannte sein Gesicht von der Familienhomepage. Die schwarzen Soutanen machten die Männer auf den dunklen Ledersesseln beinahe unsichtbar, zumal es hier oben ohnehin dunkler als in den anderen Etagen war. Genau der richtige Ort, um sich in aller Ruhe und beinahe ungesehen zu unterhalten.

Eric machte durch Winken auf sich aufmerksam, dann zeigte er auf Padre Giacomo und bedeutete ihm, zu ihm zu kommen. Mit Dreistigkeit war er ja bereits einmal heute Abend weitergekommen.

Der Priester wechselte einige Worte mit den Männern, dann erhob er sich und kam tatsächlich zu Eric. Sein Gesicht war schlank, zu schlank für einen Mann seiner Größe, wodurch seine Gesamtproportionen etwas verschoben wirkten. Er hatte die kurzen schwarzen Haare mit einem Seitenscheitel nach rechts gelegt, die Augen besaßen eine undefinierbare Farbe, zwischen grün und braun. »Was kann ich für Sie tun, Signore …?«

»Armand Landur.« Er nickte knapp. »Ich habe Ihre Schwester schon belästigt, und sie sagte mir, Sie wären der richtige Ansprechpartner.« Er nahm das Medaillon ein zweites Mal aus der Tasche. »Sie meinte, das hier könnte Ihnen gehören.«

Rotonda zog die Augenbrauen nach oben, und sein Gesicht schien sich zusätzlich zu dehnen. »Darf ich es mal sehen?« Er streckte die Hand aus.

»Sicher.« Eric reichte ihm das Medaillon.

Er hob es dicht vor sich, drehte und wendete es. Dann fuhr seine linke Hand in die Tasche seiner Soutane – und nahm einen identischen Anhänger heraus. »Wie überaus ungewöhnlich«, sagte er und gab dem vollkommen verdutzten Eric seinen Fund zurück. »Es sieht tatsächlich aus wie mein Medaillon. Ist es aber nicht. Wo haben Sie es gefunden?«

Beinahe hätte er laut geflucht. »Nicht weit von hier, auf dem Petersplatz«, log er. »Ich habe mich umgehört und bin auf die Familie Rotonda gestoßen.«

»Sehr freundlich von Ihnen, dass Sie so viel Mühe auf sich genommen haben.« Schlagartig lächelte Rotonda, sein Gesicht schien für den Mund plötzlich zu schmal zu sein. »Und was für ein glücklicher Zufall, dass Sie ebenfalls hier anzutreffen sind.«

»Tja.« Eric betrachtete das halb zerstörte Medaillon. »Wer aus Ihrer Verwandtschaft könnte es sonst noch vermissen? Der Kardinal vielleicht?«

»Nein.« Rotonda zuckte mit den Schultern. »Vielleicht hat jemand den Schmuck auf einer Abbildung gesehen und sich eine

Kopie davon anfertigen lassen, weil er ihm so gut gefallen hat.«

»Das wäre die einzige Erklärung. Es sein denn«, Eric verlor das Lächeln nicht, »Sie hätten dieses hier«, er hielt seinen Fund hoch, »wirklich verloren. Und zwar nicht auf dem Petersplatz, sondern in Plitvice, neben einem brennenden Hubschrauber. Als Sie merkten, dass es verschwunden war, haben Sie ein Imitat anfertigen lassen, um mich und den Rest der Welt glauben zu lassen, dass Sie es immer noch besitzen.«

Rotonda lachte herzhaft. »Sie sind ein sehr unterhaltsamer Mensch, Signore Landur. Mit einer Fantasie, die einem Schriftsteller ebenbürtig ist.«

»Ja, finden Sie tatsächlich?« Eric hielt die Hand offen hin. »Geben Sie mir Ihren Anhänger, und ich lasse beide untersuchen. Ich wette, dass mein Schmuck älter als der Ihre ist.«

»Sie haben genug gescherzt, Signore Landur.« Rotonda wandte sich halb zur Seite, dann schnappte er blitzartig nach dem zerstörten Medaillon.

Eric war von der Geschwindigkeit wirklich überrascht und schloss die Hand zu langsam. Das Schmuckstück fiel zu Boden.

Eric bückte sich sofort danach, aber Rotonda stellte einfach seinen Stiefel darauf. »Bevor ich Sie wegen des Besitzes eines Plagiats eines historischen Siegels anzeige, lassen Sie es mir«, schlug er höhnisch vor und bedeutete den Padres, die sich von ihren Sesseln erhoben hatten, dass sie sitzen bleiben sollten. »Kehren Sie zu Ihren Freunden zurück und lassen Sie mir meine Ruhe.«

Eric war nur wenige Zentimeter vom unteren Saum der Soutane entfernt, und ein bekannter Geruch umwaberte ihn. Er dachte an den Kampf gegen die Bestie im Wald, an die Welpen, die er getötet hatte …

Rotonda schubste ihn mit dem anderen Fuß weg, spielerisch fast, und doch auf die Balustrade zu – und vor allen Dingen mit einer Kraft, die man der Bewegung nicht ansah. Und die Eric auf keinen Fall erwartet hatte. Sie warf ihn gegen die Brüstung, beinahe hätte er das Gleichgewicht verloren und wäre in die Tiefe gestürzt. Der Padre verschränkte die Arme auf dem Rücken und lächelte arrogant und tückisch. Der linke Fuß verharrte auf dem Medaillon. »Ich darf Sie bitten zu gehen, bevor Ihnen noch etwas zustößt, Signore Landur.«

»Sicher, keine Sorge, Padre.« Er senkte die Stimme. »Wenn ich herausfinden sollte, dass Sie ...« Eric spürte den Luftzug, dann packten ihn starke Hände rechts und links an den Schultern. Die Arme wurden umgebogen, und er befand sich unversehens in einem Abführgriff.

»Sie sind hier nicht erwünscht«, sagte jemand neben ihm. Eric erkannte die Stimme des Türstehers wieder. »Signore Rossi hatte im Gegensatz zu Ihnen eine Einladung.« Sie zerrten ihn zum Fahrstuhl.

Eric ließ es geschehen, auch wenn es ihm ein Leichtes gewesen wäre, die beiden Männer auszuschalten. Er sah seinen Verdacht gegen den Priester bestätigt: Der frische Geruch des Bestienwelpen hatte ihn verraten. Giacomo Rotonda wusste, wo er sich aufhielt, denn der Saum war eindeutig mit dem Wesen in Kontakt gekommen. Vor nicht allzu langer Zeit.

Der Lift fuhr nach unten und brachte sie in den Keller, wo sie ihn unsanft in die Garage des Hotels stießen. Hier warteten noch drei weitere Securityleute, die ihre Jacketts ausgezogen hatten. Es war mehr als eindeutig, was gleich geschehen sollte.

»Ich habe nichts gegen euch«, versuchte Eric zu beschwichtigen.

»Du bist ein Schnüffler«, sagte der Mann, der ihn abgeführt hatte. »Scheiße, wegen dir bin ich beinahe meinen Job losgeworden.« Er nahm Schlagringe hervor und streifte sie sich über die Finger. »Das gibt mächtig Dresche für dich.«

Eric grinste. »Glaube ich nicht.« Mit der freien Hand langte er unter seine Smokingjacke und zog die P9. »Jemand Lust auf eine Schießerei?«

Sie wichen alle zurück.

»Gut. Ich gehe dann einfach so, wenn ihr nichts dagegen habt.«

Er bewegte sich rückwärts bis zur Ausfahrt aus der Tiefgarage, steckte die Pistole weg und ging gemessenen Schrittes hinaus auf die Straße; gleich darauf saß er in einem Taxi und befand sich auf dem Weg zum Haus.

Es war ein erfolgreicher Abend gewesen.

XIV. KAPITEL

7. Januar 1768, Italien, Rom

»Leider wird auch dieser Tag nicht mit einem Erfolg gekrönt werden«, sagte Debora mit blauen Lippen. Sie kratzte eine Hand voll Maronen mit einer Kelle zusammen und schüttete sie in ein Schälchen, das aus Strohhalmen geflochten war. »Es tut mir Leid. Ich hatte wirklich gehofft, Euch heute endlich etwas berichten zu können, was uns weiterbringt.«

Jean wusste, dass Debora schon viele Stunden in dieser Seitenstraße hinter ihrem kleinen Ofen der Kälte trotzte. Sie hatte sich in zwei Lagen Kleidung und einen Mantel gehüllt und röstete Maronen über den Flämmchen, die im unteren Teil des Ofens brannten. Als Maronenverkäuferin fiel sie nicht weiter auf und konnte so unauffällig den Eingang des gedrungenen Hauses gegenüber beobachten; dort lebte der zweite Kumpan des Comtes, der auf den Namen Vincenze Ruffo hörte.

»Es ist nicht deine Schuld.« Jean nahm das Schälchen entgegen und reichte ihr ein paar Münzen. »Geh nach Hause«, entließ er sie dann, »sonst erfrierst du mir trotz des Feuers. Schicke Sarai als Ablösung, ich bleibe solange hier.«

Sie nickte und eilte davon.

Jean nahm ihren Platz ein, damit er alles auf der gegenüberliegenden Straßenseite sehen konnte, und warf ein paar Holzstücke und etwas Schnee in den Ofen. Der aufsteigende Rauch raubte ihm zwar kurz die Sicht, dafür verdeckte er ihn auch. In diesem Fall war Tarnung wichtig.

Jean schälte eine Marone und aß den mehligen, nussigen Kern. Er hatte die Hoffnung fast aufgegeben, dass Ruffo überhaupt etwas mit dem Comte und mit dem immer noch verschwundenen Bernini zu tun hatte.

Die Beobachtungen der letzten Monate hatte gezeigt, dass Ruffo ein anständiges Leben mit Frau und fünf Kindern führte, sein Geld als Buchhalter eines Kaufmanns verdiente und abends auf dem Nachhauseweg nicht einmal anhielt, um in einer Taverne zu verschwinden. Ein unscheinbarer Römer, Ende dreißig mit bartlosem Gesicht, einem ausgeprägten Kinn und einem Leben, das ungefähr so aufregend war wie eine Fahrt auf dem ruhigen Tiber.

Die Vorbildlichkeit drohte die Wachsamkeit der Seraphim einzuschläfern, aber Jean fand das alles zu ... anständig. Wer mit dem Comte zu tun hatte, musste ein Schurke sein, ganz gleich, wie er sich nach außen gab. Er schloss nicht aus, dass Ruffo sie bemerkt hatte und er ihnen die Komödie des treu sorgenden Vaters und Gemahls vorspielte, bis sie von selbst abzogen.

Das wird nicht geschehen.
Lange Zeit tat sich nichts.

Jean schälte die zweite Marone und hätte deswegen beinahe verpasst, wie ein Mann mit hohem schwarzen Hut und langem grünen Mantel die drei Stufen zur Haustür hinaufeilte und die Glocke betätigte. Um genau zu sein, riss er heftig an der dünnen Kette.

Jean fand es auffällig genug, um einen näheren Blick zu wagen. Leider stand der Mann mit dem Rücken zu ihm und bemühte sich, die Schultern so hoch zu ziehen, dass er wenig vom Gesicht preisgab. Das machte ihn noch verdächtiger.

Der Mann klingelte und klopfte inzwischen gleichzeitig und wollte gar nicht mehr aufhören. Unruhe breitete sich in Jean aus. Er rückte bis zur Ecke vor und drückte sich an die eisige Mauer, um besser zu sehen.

Als urplötzlich ein Fuhrwerk die Straße entlangratterte, zuckte der Mann an der Tür herum, die Hand fuhr unter den Mantel. Die halblangen, brünetten Haare verdeckten das Gesicht etwas, doch Jean hätte diese Züge überall und jederzeit wieder erkannt, die Mischung aus Arroganz und gutem Aussehen, ein makelloses Äußeres, mit dem er Männer und Frauen täuschte.

Er ist es! Endlich!

François Comte de Morangiès stand keine fünf Schritte von ihm entfernt, ein unverfehlbares Ziel für einen Schützen wie ihn. Jean zog seine Pistole und legte an, um das Böse in dieser Gestalt durch eine harmlose Fingerbewegung aus der Welt zu schaffen.

Da wurde die Tür geöffnet, Ruffo erschien kurz und zog den Comte hastig ins Innere.

»Verflucht!« Jean steckte die Pistole wieder unter seinen Mantel. Was konnte er jetzt tun? Seine Gedanken spielten verschiedene Möglichkeiten durch, vom Warten bis zum dreisten Klingeln an der Tür. Bevor er eine Entscheidung fällen konnte, hielt eine Kutsche vor dem Haus an, ein Mann mit halblangen, dunkelbraunen Haaren stieg aus, und das Gefährt verschwand wieder.

Beinahe hätte Jean nicht gesehen, dass es Bernini, der lange vermisste erste Kumpan des Comtes war, so schnell verschwand auch er durch die Tür. Er hatte seine Begegnung mit dem Panterwesen also doch überlebt. Jean hatte mit seiner Vermutung Recht behalten.

Sarai kam, in Lumpen gehüllt und mit Dreck im Gesicht, der ihre Sommersprossen verdeckte, die Straße entlang und sah Jean. »Monsieur, was tut Ihr da?« Sie streckte bettelnd die Hand aus, um den Schein zu wahren.

»Sie sind alle drei hier«, sagte er aufgeregt. »Wir müssen sofort etwas unternehmen. Lauf zurück und hol die anderen Seraphim. Und sie sollen mit Munition nicht sparen! Kein Wort zur Äbtissin.«

Sarai nickte und rannte davon.

Jean wartete, bis sie außer Sicht war, dann legte er beide Hände unter seinem Mantel auf den Rücken und fasste die

Pistolengriffe, ohne die Waffen zu ziehen, schritt über die Straße und ging die Treppe hoch.

Er klingelte nicht, sondern trat mehrmals wuchtig gegen die Tür. Als sie ihm geöffnet wurde, zog er die Pistolen und schlug den Knauf der einen mit Schwung gegen die Stirn der Bediensteten, die ihm aufgemacht hatte; sie brach bewusstlos zusammen und fiel auf den Kachelboden.

Jean schob sie mit dem Fuß nach hinten, betrat die kleine Halle und drückte die Tür mit dem Rücken zu, die Arme mit den Waffen erhoben und schussbereit. Er wollte die Seraphim bei seinem Besuch nicht dabeihaben, weil er um ihr Leben fürchtete. Noch eine tote Seraph konnte er nicht ertragen. Statt also auf Verstärkung zu warten, baute er lieber auf die Überrumplung seiner Gegner.

Das Haus war nicht überladen eingerichtet. In der schmalen Halle sah er zwei Büsten, mehr Schmuck gab es nicht; es roch nach Essen und Duftwasser.

Jean lauschte auf Männerstimmen, um sich zu orientieren, und tatsächlich drangen sie aus dem ersten Stock zu ihm. Von dort kam auch der Geruch nach schwerem Tabak, mindestens einer von ihnen rauchte also entspannt eine Zigarre. Das war gut. Sie wähnten sich in Sicherheit.

Jean erklomm die Stiegen, bis er vor der Tür stand und mit dem Lauf dagegen pochte. *»Signore, prego«*, rief er mit hoher, verstellter Stimme. Es würde genügen, um einen von ihnen dazu zu bringen, die Tür zu öffnen.

Schritte näherten sich, eine ungehaltene Stimme sagte etwas, dann öffnete sich der Eingang einen Spalt.

Bevor die Tür ganz aufging, trat Jean mit aller Kraft gegen das Holz. Nach kurzem Widerstand und einem lauten Schrei, gefolgt von dem Fallen eines Körpers, flog sie auf, und er stürmte hinein.

Der Comte stand bereits und befand sich halb auf dem Weg zum Fenster, Ruffo lag auf dem Rücken und versuchte benommen, sich aufzurichten; aus seiner Nase lief Blut. Bernini beugte sich nach vorn und langte nach der Pistole, die auf dem kleinen Tisch lag. In seinem Mund steckte eine Zigarre.

Jean überlegte nicht lange und feuerte beide Läufe auf den flüchtenden Comte ab.

Die Schüsse erklangen unmittelbar hintereinander, die aufstiebenden Pulverdampfwolken schoben sich vor ihn und verhinderten, dass er den Todfeind sah – doch gleich darauf erklang das unmissverständliche Krachen von Holz und Splittern von Glas.

Neben Jean donnerte eine Pistole, aber die Kugel verfehlte ihn. Er rannte durch den Rauch, sah das zerstörte Fenster und das dunkle Blut auf dem Rahmen; der Comte war von mindestens einem Geschoss getroffen worden!

Ein Blick hinaus zeigte ihm, dass sein Feind aber nicht tödlich verletzt war. Er hinkte die Gasse entlang, vorbei an dem kleinen Maronenofen, wobei er selbst zwei dünne Rauchfahnen hinter sich herzog. Die Kugeln steckten im Arm und in der Schulter.

Jean schwang sich ohne langes Nachdenken auf das Fenstersims und wollte hinausspringen, da schlossen sich zwei Arme von hinten um seine Körpermitte und zogen ihn ruckartig zurück. Er sollte zu Boden geschleudert werden, doch er fing sich ab und schlug mit dem Pistolenlauf nach der heranfliegenden Faust.

Das Eisen zerschmetterte die Fingerknochen. Bernini schrie auf und wich zurück, langte nach einem Säbel, der an der Wand hing, und schwang ihn gegen Jean. »Du wirst dich nicht von der Stelle rühren, Mörder!«, schrie er ihn an und schob sich dabei vor das Fenster.

»Auf einmal könnt Ihr Französisch, Monsieur? Lasst mich auf der Stelle den Comte verfolgen«, knurrte Jean. »*Er* ist der Mörder, nicht ich.«

»Ich weiß alles! Du hattest niemals vor, ihm Geld zu bringen. Du bist von seinen Pariser Feinden ausgesandt worden, um die

Schulden einzutreiben und ihn mitzunehmen, um ihn vor Gericht zu bringen.« Er zerschnitt die Luft mit zischenden, wütenden Hieben. »Oder ihn umzubringen, falls er sich weigern sollte.«

»Unsinn!« Jean überlegte, ob er einen Angriff wagen durfte, obwohl er nicht wusste, wie sicher der geckenhafte Mann im Umgang mit dem Säbel war. »Der Comte belügt Euch! Er ...«

»Wo sind deine Kameraden?«

»Meine Kameraden?«

»Tu nicht so scheinheilig! Die Männer, die uns schon seit Wochen verfolgen, die meine ich.« Bernini sah rasch zu Ruffo, der immer noch auf dem Boden lag und sich stöhnend umherwälzte. Die Tür hatte ihn übel getroffen.

Diese Bemerkung gefiel Jean gar nicht. Selbst wenn die Seraphim Bernini verfolgt und er sie entdeckt hätte, konnte man sie unmöglich für Männer halten. Demnach gab es weitere Mitspieler. Vertraute des Panterwesens? »Wie seid Ihr dem Panter entkommen?«

»Gar nicht. Er ließ mich einfach in einer Ecke fallen, in der ich wieder zu Bewusstsein kam.« Bernini fixierte Jean mit Blicken. »Was weißt du über diesen Dämon?«

»Hat er Euch gebissen?«

»Ich habe ein paar Kratzer im Genick abbekommen.« Er rückte näher an Jean heran. »Ich frage dich noch einmal: Was weißt du über diese Ausgeburt der Hölle, die seitdem so oft durch meine Träume jagt, dass ich mich vor ihr verstecke?«

Die Handlung des Wandelwesens ergab nur einen Sinn: Der Panter hatte gewusst, dass Bernini den Comte früher oder später wieder treffen würde, und seine Leute an die Fersen des Mannes geheftet. »Er ist Euch gefolgt«, sagte er leise und schaute aus dem Fenster über die Dächer. »Er wusste, dass Ihr den Comte sehen würdet, und benutzte Euch als Lockvogel.« Jean senkte die Waffen. »Der Panter will nichts von Euch, sondern vom Comte. Wie ich.«

Ruffo stöhnte, erhob sich langsam und wischte das Blut unter der Nase weg. Er starrte Jean an, schaute zu Bernini und sagte etwas auf Italienisch – was Jean so verstand, dass man unbedingt die Wahrheit aus ihm herausbringen sollte, bevor man ihn umbrachte –, dabei stand er auf, wankte zu einem Stuhl und ließ sich darauf fallen.

»Es wird Zeit für eine Erklärung, Monsieur«, sprach Bernini und senkte den Säbel. »Und ich verspreche Euch: Ihr werdet nicht eher aus diesem Zimmer kommen, bis ich weiß, in was Ruffo und ich durch die Bekanntschaft mit dem Comte hineingeraten sind. Es geht nicht nur um uns beide, sondern um das Wohl unserer Familien.«

Jean schritt an ihm vorbei und sah aus dem Fenster. Die Seraphim hatten sich an der Ecke eingefunden, Sarai überquerte gerade die Straße und hielt auf die Stufen des Hauses zu. »Nein«, rief er hinab. »Er ist wieder weg. Wartet dort unten.« Er sah rasch zum Himmel, der klar und rein war. Es würde keinen Regen geben, der die Blutspur des Comte verwischte. »Ich bin sofort bei euch.« Er drehte sich um und schaute in den Lauf einer Pistole. Bernini hatte nachgeladen.

»Wie ich schon sagte: Wir verlangen eine Erklärung«, wiederholte er.

Jean beschloss, sie einzuweihen und auf seine Seite zu ziehen. Auf diese Weise käme er dem Comte rascher auf die Spur, denn diese beiden Männer kannten ihn und seine römischen Gewohnheiten besser als jeder andere. Und sie wussten von den Plätzen, an denen man untertauchen konnte.

»Messieurs, der Comte ist ein Wandelwesen, eine Kreatur, wie Ihr sie schon einmal gesehen habt und die Euch entführte.« Er nickte Bernini zu und lud seine beiden Pistolen ebenfalls. Niemand hinderte ihn daran, was er als gutes Zeichen wertete. »Bevor ich jedoch weitersprechen«, er griff mit seiner behandschuhten Hand in den Beutel mit den Silberkugeln und warf jedem eine davon zu, »fangt sie.«

Ruffo griff vorbei, Bernini schnappte seine dagegen. Erst als Vincenze seine gefunden und angefasst hatte, gab sich Jean zufrieden. »Das Silber hätte Euch, Monsieur Bernini, als ein Wandelwesen enttarnt. Es brennt sich in die Haut dieser Kreaturen und fügt ihnen unglaubliche Schmerzen zu. Silber vermag sie zu töten, sonst nichts. Zu Eurem Glück war der Biss des Panters nicht stark genug, um Euch mit dem Wahn zu infizieren.«

Berninis Augen weiteten sich. Rasch übersetzte er für seinen Freund, dessen Züge deutlich machten, wie wenig er von den Worten des Fremden glaubte. Doch das eindringliche Zureden schien ihn zu beeindrucken und davon abzuhalten, Jean als Wahnsinnigen abzutun.

»Ich habe ihm eben von der Nacht unseres ersten Zusammentreffens berichtet und dass ich das Wandelwesen mit eigenen Augen sah.« Bernini rieb sich den Nacken. »Ich bin mehr als erleichtert, dass mich dieser Fluch nicht traf.«

»Ihr hattet das Glück, an eine Kreatur zu geraten, die einen Verstand besitzt und das Animalische und Böse in sich beherrscht. Sie hat kein Verlangen danach, dass noch ein schwarzer Panter durch Rom streift und ihr das Territorium streitig macht. Andernfalls wärt Ihr nun tot, niedergestreckt durch meinen Silberdolch oder eine Silberkugel.« Jean steckte die Pistolen in ihre Halterungen auf dem Rücken. »Aber der Panter ist nicht das einzige Wandelwesen. Der Comte gehört zu ihnen, auch wenn er ein Loup-Garou ist und bisher in seiner Heimat, dem Gévaudan, gewütet hat. Habt Ihr von der Bestie dort gehört?«

»*Er?* Er soll die Bestie sein, von denen die Zeitungen schrieben?« Bernini wurde bleich.

Jean nickte. »Ich schwöre es Euch bei den Silberkugeln in meinen Pistolen. Ich jage ihn, um Vergeltung zu üben.«

»Mein Gott!« Bernini schenkte sich Wein ein und stürzte ihn hinunter. »Ich wusste, dass er ... nun ... Vorlieben pflegt, wie ich sie niemals zuvor für möglich hielt, aber solche Taten hätte ich ihm nicht zugetraut. Nein, Ihr müsst Euch irren. Das ist alles unmöglich!« Trotzdem begann er, Jeans Worte für Ruffo zu übersetzen.

Jean verstand so viel, dass er sicher sein konnte, dass ihm Bernini trotz seines Leugnens Glauben schenkte. »Ihr seht, wir wollten euch beide nicht töten, sondern suchten einzig nach dem Comte, der vor mir nach Rom flüchtete. Sein eigener Vater gab mir eure Adressen, damit ich mich auf die Lauer legen kann.«

»Und wer war diese junge Frau, die Euch in jener Regennacht begleitete, Monsieur?«, wollte Bernini wissen.

»Das geht Euch nichts an. Doch sie ist tot, ermordet bei dem Versuch, die Unschuldigen zu schützen und das Böse zu besiegen«, sagte Jean, und es fiel ihm nicht schwer, große Trauer in seiner Stimme anklingen zu lassen. Bernini brauchte nichts über die Seraphim zu wissen.

Die beiden Männer tauschten einige italienische Sätze miteinander. Sie redeten zu schnell für Jean, dass er Einzelheiten hätte verstehen können, aber offenbar entschieden sie sich gerade dazu, das Lager zu wechseln.

»Wir stehen Euch zur Verfügung, Monsieur«, sagte Bernini schließlich. »Wir helfen Euch, den Comte zu finden – wenn Ihr ihm die Gelegenheit gebt, seine Version der Geschichte zu erzählen, die Ihr uns eben vorgetragen habt. Nach wie vor fällt es uns schwer, Euch zu glauben.«

»Trotz des Erlebnisses mit dem schwarzen Panter?«

Ruffo und Bernini nickten.

»Ich bin mit Eurer Forderung einverstanden«, log Jean, der keinesfalls die Absicht hatte, dem mehrfachen Mörder eine Gelegenheit zur Rechtfertigung zu geben. Er war ein durch und durch schlechter Mann, der Heilung durch das Sanctum nicht verdiente. »Aber nun müsst Ihr mir offenbaren, was Ihr wisst. Wir haben bei unseren Nachforschungen festgestellt, dass es in der Vergangenheit bereits bestialische Morde in Rom gegeben hat, die zum Panter passen.« Er lenkte nun die Aufmerksamkeit auf Gregorias Erkenntnisse. »Wisst Ihr von einer Auseinandersetzung, von einem Feind, einer Person, die der Comte besonders hasst?«

Bernini und Ruffo redeten eine Weile miteinander. »Es gab einen Mann, von dem François früher gelegentlich erzählte. Er muss sich mit ihm heftige Schlachten an den Kartentischen geliefert haben, bis der Mann dafür sorgte, dass er nirgends mehr zu Spielen eingeladen wurde«, berichtete Bernini. »Ich vermute, François wurde beim Betrügen erwischt. Dafür wollte er sich rächen, aber dann ist er zurück zu seinem Regiment nach Spanien ... oder war es woanders? François ist auf eine Insel gereist, glaube ich, und wir haben lange nichts mehr von ihm gehört.«

»Wann war das?«

»Die Fehde begann vor etwa zehn Jahren, dann hat er irgendwann bei einem Besuch grinsend verkündet, dass er wieder spielen dürfte. Es kann sechs Jahre zurückliegen, genau weiß ich es nicht mehr.«

Jean unterdrückte das Nicken. Die Wahrheit würden sie erst herausfinden, wenn sie den Panter stellten. »Kennt Ihr den Namen des Mannes?«

Ruffo grübelte, bis er sich entsann. »Ja«, übersetzte Bernini die Worte, die Jean dieses Mal sogar verstand. »Es war ein Kaufmann, der seinen Reichtum mit dem Handel von Gewürzen aus Indien gemacht hat. Sein Name ist Roscolio.«

»Indien. Da gibt es doch Panter, oder?« Jean sah den geschlossenen Kreis vor sich: Roscolio konnte mit einem indischen Wandelwesen in Kontakt gekommen sein, und so war ein äußerst exotisches Tier nach Rom gelangt.

Bernini erbleichte. »Gott steh uns bei!«

Jean ging zur Tür, um zu den Seraphim zu stoßen und die Jagd auf den Comte zu eröffnen. »Verlasst Euch nicht zu sehr auf Gott, Monsieur Bernini. Vertraut dem Silber und dem Schwarzpulver zuerst, bevor Ihr betet.« Er öffnete die Tür. »Bleibt, bis ich zurückkomme, danach besprechen wir, wo sich der Comte aufhalten könnte, falls wir ihn jetzt nicht finden. Danach besuche ich Monsieur Roscolio und sehe, was ich ihm entlocken kann. Bis dahin gebe ich Euch den Rat, alle Pistolen und Gewehre in Eurem Haus mit Silber zu laden und sofort auf den Comte zu feuern, wenn er sich blicken lässt. Ich vermute, er wird nicht länger zögern, Euch ebenfalls zu Wandelwesen zu machen.«

»Wie wollt Ihr die Wahrheit über Roscolio herausfinden?«, fragte Bernini.

Jean blieb auf der Schwelle stehen, seine Hand tätschelte den Knauf des Dolches.

Die Blutspuren waren unübersehbar: fingernagelgroße Tropfen, die in regelmäßigen Abständen auf dem Pflaster zu erkennen waren. Sie zogen eine Linie, die sie direkt zu dem Comte führen würde.

Jean spürte die Anspannung der Seraphim. Beim letzten Zusammentreffen mit einem Wandelwesen hatten sie Bathseba verloren, und der Comte stellte nach Jeans Ermessen die wesentlich größere Bedrohung dar.

»Wartet.« Jean bückte sich und betrachtete eine Stelle, an der mehrere Blutflecken auf dem Boden zu sehen waren. Um sie herum entdeckte er einige kleinere Spritzer, als seien sie aus größerer Höhe auf den Stein aufgeschlagen. Er schaute nach oben und entdeckte Kratzspuren an einem Mauervorsprung. »Er ist da hinauf.«

Sarai und Judith erklommen die grobe Hauswand bis hinauf aufs Dach. »Hier ist die Spur, Monsieur«, rief die Schwarzhaarige nach unten. »Sie führt hier oben entlang nach Westen.«

Jean schickte noch Rebekka hinauf, mit Debora ging er auf der Straße weiter, um nach weiteren Spuren Ausschau zu halten.

Sie liefen lange, und irgendwann kehrten Sarai und die Übrigen wieder auf die Erde zurück. Der Comte hatte seinen Weg durch Trasteveres enge Gassen fortgesetzt. Jetzt wurde es gefährlicher für die Jäger, weil ihr Feind hinter jeder Ecke und in jedem Durchgang lauern konnte. Aus diesem Grund bewegten sie sich leicht versetzt, die Waffen gezogen und unter Schals oder Mänteln verborgen, damit die arglosen Bürger nicht nach der Wache schrien.

Die Blutspur wurde breiter, das Silber fraß sich wohl durch den Körper des Comtes und verschlimmerte die Wunden. Sie führte Jean und die Seraphim in einen Hinterhof, auf dem es widerlich stank.

Sie befanden sich auf der Rückseite eines fensterlosen Backsteingebäudes, Abfälle jeglicher Art stapelten sich dort. Die roten Tropfen und langen Linien endeten in einem menschengroßen Berg aus unzähligen abgenagten Fischkadavern, die bereits lange lagerten und trotz der winterlichen Kälte einen Geruch freisetzten, der Übelkeit erregte. Daneben standen eine Vielzahl Fässer mit abgehackten Schweine- und Rinderfüßen; ein im Durchmesser drei Schritt großer Kessel, der bis auf eine winzige Ecke mit einer Segelplane abgedeckt war, beinhaltete verschiedenfarbige Asche.

Jean deutete auf die deutliche Erhebung unter den Fischkadavern, von der feiner Rauch aufstieg. Der Comte bewegte sich zwar nicht, doch die schwärenden Wunden verrieten seinen Jägern genau, wo er sich versteckt hielt. Die kampfbereiten Seraphim umstellten ihn; Ratten huschten zwischen ihren Füßen davon.

»Komm raus, Bestie!«, rief Jean. »Wir wissen, dass du dich verkrochen hast. Stell dich einem letzten Kampf und empfange den Tod.«

Die Fischkadaver gerieten in Bewegung, der Kopf des Comtes tauchte auf, der Oberkörper folgte. Von seiner Schönheit war wenig geblieben: Über sein bleiches Gesicht rann der Schweiß, in der linken Hand hielt er eine lange, blutige Gräte, mit der er anscheinend in der Wunde nach der Silberkugel gestochert hatte. Er grinste und zeigte das Gebiss eines Wolfes, seine Augen waren von einem Schleier überzogen. »Ich bin noch lange nicht tot, Chastel.«

»Du wirst es gleich sein.« Er zielte auf den Kopf, genau auf die Nasenwurzel. »Selbst dein Vater will keine Bestie wie dich mehr beschützen. Er sagte, ich solle dich schnell töten und dich nicht leiden lassen. Diesen Wunsch erfülle ich ihm.«

»Mein Vater?« De Morangiès lachte heulend. »Ja, das passt zu ihm. Du dummer kleiner Jäger ... Er hat dich glauben lassen, dass ich der einzige Loup-Garou im Gévaudan bin, nicht wahr?«

»Tötet ihn, Monsieur!«, sagte Sarai leise. »Er wird versuchen, Euch mit einer Lüge davon abzuhalten.«

»Eine Lüge? Wozu? Ich weiß, dass ich dem Tod geweiht bin«, fiel der Comte ihr grölend ins Wort. »Chastel, reise ins Gévaudan und biete meinem Vater einen silbernen Pokal an. Oder eine Silbermünze.« Er lachte heiser und erhob sich unsicher aus den Gräten. »Du wirst sehen, dass er sie nicht anfassen wird.« Schwankend und mit Fischüberresten behaftet stand er vor ihnen, aus der Schulter und dem Arm rann unaufhaltsam Blut. »Hast du es immer noch nicht begriffen, Chastel? Ich bin kein Bastard wie dein Sohn, kein dummes Tier, das nur seinen Instinkten folgen kann. Ich bin ein geborener Loup-Garou! Der Sohn meines Vaters ... gezeugt von einer Bestie.«

Jean wurde eiskalt. Diese Möglichkeit hatte er nicht einmal in seinen schlimmsten Träumen in Betracht gezogen. Dann rief er sich zur Ordnung, um nicht auf die Märchen hereinzufallen. Der Comte war ebenso verdorben wie Antoine – jedes Wort, das seinen Mund verließ, war eine Lüge. »Sicher, de Morangiès. Ich werde es überprüfen.«

Der Comte heulte plötzlich auf und fiel auf die Knie, hielt sich die Einschusslöcher, aus denen auf einmal dunklerer Qualm stieg. Das Silber hatte die Knochen erreicht, es stank widerlich und übertünchte sogar den Geruch nach Fisch.

Jean ertappte sich bei dem Gedanken, nicht zu schießen, sondern einfach zuzusehen, wie sein Feind qualvoll verendete, und dieses Leiden stellvertretend für alle Opfer zu genießen. »Die Silberkugel ist eine Erlösung, die ich dir ungern gewähre«, sagte er angewidert und sah, wie sich einzelne Partien von Morangiès' Körper in einen Werwolf verwandelten. Es machte den Eindruck, als wiche die Bestie von den Einschüssen in jene Regionen des Körpers zurück, wo die Wirkung des Silbers noch nicht hinreichte.

Hinter sich vernahm er viele eilige Schritte, er hörte das Klappern von Degen und das Geräusch, wenn Musketenkolben gegen Eisen stießen. »Was ...« Jean fuhr herum –

– und sah, wie ein Dutzend Maskierter im Durchgang erschien. Die erste Reihe kniete sich ab und legte an, die zweite blieb stehen und nahm sie ebenfalls ins Visier. Der Schein einer Laterne sorgte am Hals eines der Männer für ein goldenes Funkeln ... und darunter befand sich etwas Längliches, Weißes.

Ein Wolfszahn!

Jean schaute nach vorn und zielte auf den Comte.

Der Orden des Lycáon!

»Rasch, erledigt die ...«

In seinem Rücken sang der Chor der Musketen sein dröhnendes, tödliches Lied.

Eine Kugel riss Jean die Pistole aus den Fingern und zerschmetterte sie, dann bekam er einen Schlag gegen die Schläfe, als habe ein Riese mit der flachen Seite einer Schaufel ausgeholt. Alle Kraft wich aus ihm, die Beine gaben einfach nach. Er spürte nicht, wie er auf den dreckigen Boden aufschlug, blieb einfach liegen, nahm alles wie durch eine dicke Schicht Watte wahr. Die Seraphim erwiderten das Feuer ... vereinzelt schrien Männer auf ... schließlich wurde er unter den Achseln gepackt und zur Seite gezerrt, weg vom Durchgang ... jemand sprach mit ihm, aber er verstand kein Wort, es war undeutliches Genuschel ... dann wieder Stille, lange Stille.

Jean wusste nicht, wie viel Zeit verging. Es könnten Sekunden sein – aber auch Stunden oder Tage.

Schließlich aber wich, langsam, ganz langsam die Benommenheit, und er erkannte seine Retterin.

»Bleibt ruhig, Monsieur«, sagte Sarai. »Heute ist nicht der Tag, um zu sterben.« Sie hatte ihn durch eine Tür gezerrt und diese so weit zugezogen, dass sie durch einen Spalt hinausschauen konnten, ohne entdeckt zu werden. »Eure Verwundungen sind nicht weiter gefährlich, aber sie bluten sehr stark«, flüsterte sie und kniete sich neben ihn, um die Splitter aus seiner Hand zu ziehen und die Wunde zu verbinden. »Es sind zu viele Feinde und sie verstehen ihr Handwerk, Monsieur. Wie die Söldner, die uns ausgebildet haben.«

»Ich kenne sie«, flüsterte er und spähte hinaus; warmes Blut, das an seiner Wange herablief, tropfte in seinen Kragen. Sein Schädel brummte von dem Streifschuss. »Sie sind vom Orden des Lycáon und verehren die Werwölfe als heilige Geschöpfe.« Er sah keine Seraphim. »Was ist geschehen? Wo sind die anderen?«

»Wir haben die Hälfte von ihnen erschossen oder verletzt, danach habe ich den Seraphim befohlen, sich zurückzuziehen und vor dem Tor versteckt in Stellung zu gehen. Es gibt nur diesen einen Ausgang. Ich habe Euch im Durcheinander des Kampfes in ein Versteck geschleppt, wir wurden nicht bemerkt.« Sarai beendete ihre Arbeit. »Die Bestie wird uns nicht entkommen, Monsieur.«

Gemeinsam sahen sie durch den Schlitz, wie sich ein Mann dem jaulenden und um sich schnappenden Comte näherte. Zwei Schritte vor ihm blieb er stehen, dann rief er etwas, und acht weitere Männer eilten heran.

»Verflucht, es war nur die Vorhut«, ärgerte sich Sarai und wischte die blutigen Finger an ihrer Hose ab.

»Es war gut, dass du den Seraphim befohlen hast, sich zurückzuziehen. Wir brauchen keine sinnlose Opfer.« Jean beobachtete, wie die Männer den geschwächten Werwolf mit den Musketenkolben auf den Boden drückten, bevor einer sich über ihn beugte und sein Messer zückte; die Klinge glitt in das erste Einschussloch.

»Nein!« Jean versuchte sich aufzurichten, und sofort verschwamm ihm die Sicht. Er war angeschlagen. Zu angeschlagen, um effektiv eingreifen zu können. Er verfluchte die Rumänen, die zum ungünstigsten Zeitpunkt überhaupt aufgetaucht waren.

Der Mann hatte nun beide Silbergeschosse aus dem Körper des Comtes entfernt, erhob sich und nickte den anderen zu. Sie nahmen die Musketen weg und ließen die geifernde Bestie frei.

Erlöst vom lähmenden, tödlichen Silber, kehrte die Lebendigkeit mit erschreckender Schnelligkeit in den Comte zurück. Er verwandelte sich nun vollends in das Wesen, das Jean so lange durch die Wälder, über die Ebenen und die Gebirge des Gévaudan gejagt hatte, und zeigte sich seinen Rettern in seiner reinen Bestienform. Er knurrte und zog die Lefzen zurück, zerriss die störenden Kleider, die noch an ihm hingen, und duckte sich zum Sprung.

Der Mann, der ihm die Kugeln herausoperiert hatte, kniete sich unerschrocken vor der Bestie nieder, öffnete Kragen und Hemd und breitete die Arme aus. Was er sprach, verstanden weder Jean noch Sarai – aber seine Absicht war eindeutig!

Jean erinnerte sich an die Erklärungen des alten Marquis. »Mir wurde gesagt, dass der Orden nach der vermeintlichen Göttlichkeit strebt, die in jedem Werwolf steckt. Einer von vielen Sagen nach hat Zeus sie erschaffen«, erklärte er Sarai, damit sie verstand, was vor sich ging. »Das muss das Ritual sein, von dem ich gehört habe: Entweder werden die Ordensleute gebissen und somit in ihren Augen göttlich oder ...«

Die Bestie hatte sich entschieden.

Sie sprang gegen den Mann und riss ihm die Kehle auf. Das Blut spritzte heraus, doch der Loup-Garou ließ sich davon nicht aufhalten. Gierig biss er Stücke aus dem weichen Hals, brach den Bauch mit spitzen Reißzähnen auf und schlang die Innereien gierig hinab; dabei knurrte und fauchte die Bestie unentwegt, ließ all ihren Hass auf Jean und die Seraphim an dem Menschen aus, der ihr das Leben gerettet hatte.

Der Mann schrie nicht. Alles, was aus seinem Mund kam, waren unverständliche Laute und unglaubliche Mengen Blut, die durch die Reste der Luft- und Speiseröhre nach oben schwappten. Vermutlich sah er es als Ehre an, der Bestie als Stärkung zu dienen.

Jean ballte die Hände zu Fäusten. Vor seinen Augen erhielt der bereits für besiegt gehaltene Feind neue Kraft zurück – und er vermochte nichts dagegen zu unternehmen. Die Überzahl an gegnerischen Musketen war zu groß.

Die übrigen Ordensmitglieder zogen sich etwas von dem Schauspiel zurück. Jean sah an ihren Gesichtern, dass sie das nicht aus Angst, sondern aus Respekt vor dem fressenden Gott taten; sie wollten ihn bei seinem Mahl nicht bedrängen und stören.

Da erklangen laute Rufe und sofort danach Schüsse. Zwei der Ordensleute brachen getroffen zusammen. Die übrigen Männer wandten sich um und eröffneten das Gegenfeuer.

»Das sind nicht die Seraphim.« Jean hörte es sofort am Geräusch der zuerst erklungenen Waffen. Sie trugen nur Pistolen mit sich, er hatte jedoch das tiefere Rumpeln von Musketen vernommen.

»Die Stadtwache wird angerückt sein.« Sarai sah, wie sich die Bestie mit blutiger Schnauze von dem Kadaver löste und sich in die Halbform verwandelte. »Verdammte Brut! Sie will sich absetzen.« Sie öffnete die Tür, aber sofort wirbelte einer der Ordensmänner herum und schoss nach ihr.

Sarai duckte sich und schloss den Ausgang, die Kugel trat zwei Handbreit über ihr durch das Holz und überschüttete sie beide mit Splittern. Es war Wahnsinn, die Kammer zu verlassen.

Durch das Loch sah Jean, wie die Bestie sich vom Boden abstieß und vier Schritte hoch sprang, sich an hervorstehenden Backsteinen festhielt und sich immer weiter nach oben arbeitete, bis sie auf dem Dach des Gebäudes verschwunden war.

Das Schießen ließ nach.

Sarai öffnete die Tür wieder einen Spalt. Sie sahen den von Leichen übersäten Hof, dazwischen liefen Männer umher, die Musketen mit Bajonetten darunter trugen – und immer wieder auf die leblosen Körper einstachen, um sicherzugehen, dass keiner überlebte.

Jean neigte den Kopf nach vorn und schob die Tür gefährlich weit auf, um besser sehen zu können. Ihm fiel sofort auf, dass es sich bei den Männern nicht um die Stadtwache handelte, es gab weder Uniform noch Abzeichen. Ein hellblonder Mann in dunkler Kleidung stand unbeweglich mitten in dem Treiben und hob den Kopf zu den Dächern; dabei verrutschte das Tuch vor seinem Gesicht.

»Das ist Francesco!«, flüsterte er Sarai zu. »Sieh, der Mann mit der doppelläufigen Muskete und dem glänzenden Bajonett, das ist der Legatus, der Florence entführte!«

Die Seraph zog die Tür behutsam wieder zu. »Monsieur, seid leise oder wir werden den Beistand aller Heiligen benötigen, um lebend aus dieser Lage zu entkommen.«

Jean versuchte, den Legatus mit seinen Blicken zu töten. Was er erreichte, war, dass Francesco unvermittelt seinen Kopf wandte und genau in Richtung der Tür blickte.

Jean hielt den Atem an.

Der Legatus legte die Stirn in Falten. Er machte einen Schritt auf das Versteck zu und hob die Hand, um einen seiner Männer an seine Seite zu beordern – als von draußen ein lang gezogenes Wolfsheulen erklang. Gleich darauf folgten mehrere Schüsse und ein schriller Schrei. Ein Todesschrei.

Francesco fluchte, brüllte einen Befehl und rannte vom Hof; die Mehrzahl seiner Leute folgte.

Zwei blieben zurück und schleppten die vielen Toten außerhalb von Sarais und Jeans Blickfeld. Nach geraumer Zeit hatten sie ihre Arbeit verrichtet, ein Wagen fuhr klappernd davon.

Als sich lange niemand mehr von den Männern gezeigt hatte, wagten Seraph und Jäger, ihr Versteck zu verlassen. Sie liefen durch das Blut, schlichen um die Ecke und trafen auf die Seraphim, die eben über die Straße geeilt kamen.

»Wir wussten nicht, was wir tun sollten, als die zweite Abteilung Männer kam, Sarai«, berichtete Debora niedergeschlagen. »Es waren so viele, und wir ...«

»Es war richtig, dass ihr abgewartet habt«, unterbrach Jean sie und fuhr ihr über das schwarze Haar. »Ich bin der Einzige, der einen Fehler begangen hat: Ich hätte den Comte sofort erschießen sollen.« Er zeigte auf die nächste Seitengasse. »Da hinein, bevor die Wache auftaucht. Die Äbtissin wird wissen wollen, wie unsere Mission verlief.«

Schweigend eilten sie durch Rom und strebten ihrem Hauptquartier zu. Zu Hause angekommen, schickte Jean die Seraphim bis auf Sarai ins Bett und begab sich gemeinsam mit ihr zu Gregorias Arbeitszimmer. Er sah unter dem Türspalt, dass noch Licht brannte. Er klopfte und vernahm ihre Aufforderung einzutreten.

»Nicht erschrecken«, warnte er sie vor und drückte die Klinke herab. »Meine Verletzung sieht schlimmer aus, als sie in Wirklichkeit ist. Nur ein Streifschuss.« Jean trat ein, Sarai folgte ihm.

»Nicht erschrecken ist ein sehr gutes Stichwort«, sagte ein Mann in einem teuren Gehrock, der Gregoria gegenübersaß und eine Tasse Tee in der linken Hand hielt. Er war um die vierzig, hatte halblange dunkelbraune Haare und ein ansprechendes Gesicht, in dem ein prächtiger Schnurrbart prangte. Die Finger der Rechten umschlossen den Griff einer Pistole, die in seinem Schoß lag. Er hob sie an und richtete sie auf die Äbtissin. »Tut mir den Gefallen und verhaltet euch beide ruhig, sonst könnte es geschehen, dass mein Finger sich bewegt und unserer Freundin hier eine Wunde zufügt, die man nicht heilen kann.«

Jean hielt Sarai am Ärmel zurück, die impulsiv einen halben Schritt nach vorn gemacht hatte. »Ich bin nicht in der Stimmung, um Spielchen zu spielen.«

Der Unbekannte nickte. »Ich sehe, dass Ihr einen schweren Tag hattet, Monsieur Chastel. Doch verglichen mit meinen letzten Jahren ist es nichts, und nun setzt euch beide gegen die Tür, damit nicht noch mehr Besucher kommen.«

Sie taten, was er ihnen befohlen hatte. »Was wollt Ihr? Schickt euch Kardinal Rotonda?«

»Ich will nichts von Euch, Monsieur Chastel.« Er schüttelte den Kopf. »Aber ich besuchte eben Signore Ruffo, und da kam mir zu Ohren, dass Ihr mich sucht. Ich dachte mir, dass ich Euch zuvorkomme und vorbeischaue.« Er deutete eine Verbeugung an. »Ich bin Alessio Roscolio.«

XV. KAPITEL

Italien, Rom, 30. November 2004, 02.33 Uhr

Eric saß im Arbeitszimmer, lehnte sich zurück und schloss die müden Augen. Padre Giacomo Rotonda war also auf irgendeine Weise in Berührung mit der Bestie oder einer Person gekommen, die in ihrer Nähe gewesen war. Die nächsten Schritte lagen daher auf der Hand: Er musste herausfinden, wer hinter Rotonda stand. Und wo er und seine Hintermänner den Welpen versteckt hielten. Und dann ...

Ja. Was dann?

Eigentlich hatte Eric die Heilung des Wesens nie ernsthaft in Betracht gezogen, sondern sich immer ein radikales Ende für die Kreatur ausgemalt. Er brauchte ein Wesen, an dem sich die Wut, der Hass, die Schmerzen seiner Familie und seiner Ahnen entladen konnten. Es hätte ein Akt unglaublicher Brutalität sein sollen: Der Welpe sollte langsam qualvoll sterben und dafür büßen, was seiner Familie in den letzten zwei Jahrhunderten angetan worden war.

Doch die letzten Wochen hatten alles verändert. Er fühlte sich unendlich müde, die Jagd versetzte ihn schon lange nicht mehr in einen Rausch, sondern bereitete ihm nur noch Albträume. Außerdem nagte eine tief sitzende Angst an ihm: Drohte er selbst, mehr und mehr zu einem Monstrum zu werden, wenn er nicht einmal mehr davor zurückschreckte, wehrlose Kinder zu töten? So oft er sich auch vor Augen führte, dass es nur darum ging, das Böse zu vernichten, sah er doch immer wieder die Babyleichen im Wald von Plitvice vor sich und schauderte.

Jetzt, da er wusste, dass es einen Orden gab, der sich um die Wandelwesen kümmerte, lockte die Aussicht auf Heilung und ein normales Leben. Ohne die Bestie in sich. Die Schwesternschaft konnte seinen Job gerne haben. Und wenn er sich Hoffnung auf Erlösung machen durfte – vielleicht musste es sie dann auch für den Welpen geben.

Eric stand auf und verließ das Zimmer, um sich auf die Ledersitzwiese zu begeben. Er holte sich eine luftige Decke, zog seine Sachen aus und legte sich auf das Lederpolster. Besser, er übernachtete hier. Severina lag immer noch oben in seinem Schlafzimmer und schlief ihren Alkohol-Medikamenten-Rausch aus.

Eric verschränkte die Arme hinter dem Kopf und betrachtete die Decke. Seine Gedanken kehrten zu dem unschönen Thema zurück, das er bei aller Sympathie nicht länger verdrängen konnte: *Was mache ich mit ihr?*

Severina kannte ihn, seinen richtigen Namen. Sie befand sich im Glauben, dass er seine Frau suchte, und sie schien fest entschlossen, ihm dabei zu helfen. Und was unternahm er gegen den brutalen Exfreund, der in Rom nach ihr suchte? Es schien ihm zweifelhaft, dass sie wirklich vorhatte, sich für eine Weile nach Asien abzusetzen. Er wusste, dass sie eine Kämpfernatur war. Sie würde der Gefahr, in der sie schwebte, nicht einfach aus dem Weg gehen. Das mochte er an ihr. Vielleicht war das jenes merkwürdige Band, das er zwischen sich und ihr spürte.

Aber selbst wenn sie doch aus seinem Leben verschwand: Könnte er ihr das Versprechen abringen, über alles Stillschweigen zu bewahren? Und war es nicht illusorisch anzunehmen, dass sie sich nicht verplapperte?

Inzwischen verfluchte er sich, dass er in einer schwachen Phase um ihre Hilfe gebeten hatte. Gut, er hatte sich nicht anders zu helfen gewusst, es hatte keine andere Wahl für ihn gegeben. Aber diese Zweckgemeinschaft brachte mehr Ärger als Vorteile. Und wie würde Lena auf sein Geständnis reagieren? Er musste ihr von seiner Liebschaft mit Severina berichten, daran führte kein Weg vorbei, das war er ihr schuldig. Lena ... *Nein!* Bevor seine Gedanken zu stark um die Geliebte zu kreisen begannen, schüttelte Eric energisch den Kopf. So schmerzlich es für ihn sein mochte, er durfte sich im Moment nicht damit belasten. Durfte sich nicht fragen, wie es ihr ging, sondern musste seine Mission erfüllen – und darauf vertrauen, dass Faustitia und ihre Schwestern gut auf sie aufpassten. Er konnte nichts anderes machen, wusste ja nicht einmal, wo die Schwesternschaft sie festhielt.

Der Schlaf ging lange an ihm vorbei, ohne ihn zu behelligen. Als er schließlich doch eindöste, ähnelte der Zustand mehr einem Taumel als Entspannung. Sein aufgewühlter Geist mischte Erlebtes mit Surrealem, bis er schließlich schweißnass hochschreckte und wusste, dass er keine Ruhe finden würde.

Die restlichen Stunden bis zum Sonnenaufgang verbrachte Eric im Arbeitszimmer vor einer Leinwand und malte mit schnellen Pinselstrichen.

Als er schließlich merkte, wie Ruhe in ihn einkehrte und die Anspannung in seinem Körper einer müden, aber dennoch wohltuenden Entspannung wich, trat er zwei Schritte zurück und betrachtete sein Werk. Entstanden war ein hektisches Gemälde in Gelb- und Rottönen, zwischen denen eine schwarze Kugel schwebte. Eric schrieb *Sterbende Sonne* darunter, nahm sich eine Lötlampe und brannte genau in die Mitte der schwarzen Kugel ein münzgroßes Loch.

Er trat hinter die Leinwand und betrachtete den Raum wie durch eine große Scheuklappe. Beinahe alles wurde ausgeblendet – bis auf die Tür. Er wunderte sich, was für eine fokussierende Wirkung dieses Loch besaß.

Da bewegte sich die Türklinke.

Langsam wurde sie nach unten gedrückt, Millimeter für Millimeter, geräuschlos und unglaublich vorsichtig. Gebannt beobachtete Eric das Metall, er konnte sich nicht von dem Anblick losreißen.

Endlich war die Klinke ganz herabgedrückt, dann schwenkte die Tür auf, und das nicht weniger langsam.

Eric war klar, dass nicht Severina auf der anderen Seite stand. Doch wer dann? Der starke Geruch der Farben machte es ihm unmöglich, etwas zu wittern. *Verdammt!* Er hatte sich zu sicher gefühlt und besaß nun keine andere Waffe als die Lötlampe, die leise fauchend immer noch ihre blaue Flamme versprühte.

Ein Arm wurde sichtbar, ein Arm in einer schwarzen Lederjacke. Ein Fuß in hochhackigen Schuhen trat über die Schwelle, ein Bein in weißen Strumpfhosen und der Rocksaum oberhalb des Knies erschienen.

Wer ...

»Hallo, *mon frère!* Ich weiß, dass du da bist«, hörte er die Stimme seiner Halbschwester, als sie ganz in den Raum trat. Natürlich hatte sie eine Kippe locker im linken Mundwinkel sitzen. »Ah, du versteckst dich hinter der Leinwand.«

Nur mit dem Sportslip bekleidet, tauchte er hinter seiner Deckung auf; die Lötlampe schaltete er nicht aus, sondern hielt sie wie eine stumme Drohung am Brennen. »Wie kommst du herein?«

»Die Tür stand offen.«

»Nein, stand sie nicht.«

»Mir schon«, gab Justine grinsend zurück und nahm einen Zug von der Zigarette. »Ich lasse mich nicht aufhalten, wenn ich es nicht will.«

»Doch. Aber es würde dir wehtun.« Er ging auf sie zu. »Was willst du?«

»Was ich will?« Sie lachte in ihrer aufreizenden Art. »*Mon dieu*, du hast die zweite Nonne umgebracht, Eric! Ist das so eine Gewohnheit von dir?«

»Habe ich nicht. Sie ist von anderen umgelegt worden.« Er ging auf sie zu und baute sich direkt vor ihr auf. »Ich werde Faustitia alles erklären, wenn ich Lena besuche. Vorher nicht. Und dir schon mal gar nicht.«

Justine sah bedauernd auf die Zigarette, die ihre Glut verloren hatte. Sie hielt sie kurzerhand an die Lötlampe und setzte sie erneut in Brand. »Eric, die Schwesternschaft will dich jetzt sehen. Sie sind sehr beunruhigt.«

»Weil ich die Seiten gewechselt haben könnte?«

Justine nickte, schaute an ihm vorbei auf das Bild, dann betrachtete sie den Rest des Arbeitsraums. Ihre Augen blieben an dem Foto des Rotonda-Siegels haften, sie sagte aber nichts.

»Habe ich aber nicht. Ich kämpfe, um genau zu sein, mit neuen Feinden.«

»Sag es nicht mir, sag es *les soeurs*.«

Eric hob den Arm mit der Lötlampe, die blaue Flamme zielte auf Justines Gesicht. »Das muss dir als Auskunft reichen. Geh und sag es der Obernonne.«

»*Mon frère,* du hast nicht verstanden.« Sie sog an der filterlosen Kippe und inhalierte die enorme Anzahl von Giften genüsslich, um an das bisschen Nikotin zu gelangen. Justine gehörte zu einer Minderheit, die sich das gefahrlos erlauben durfte. »Du sollst mich jetzt begleiten.«

»Wer sollte mich dazu zwingen?« Er grinste. »*Du?*«

Sie grinste gemein. »O ja. Du möchtest Lena doch wiedersehen, oder?« Sie deutete mit der Zigarette an die Decke. »Denn diese Dame in deinem Bett, sie ist doch sicherlich nur ...«

Die Lötlampe zuckte nach vorn, das konzentrierte Feuer brannte eine lange schwarze Linie in den Hals der Französin. Rauch stieg auf, es stank nach verbrannter Haut.

Sie schrie auf und sprang rückwärts. »*Merde!*«, schrie sie und schnippte die Kippe nach Eric, der auswich. »Das tut weh, du Arschloch!« Sie hielt sich die Stelle, der Ärmel rutschte hoch. Über ihrer Pulsader schien eine Tätowierung zu beginnen, die sich nach oben zog.

Dieses Mal grinste er, breit und bösartig. »Aber, aber, liebe Schwester ... das wird doch schneller heilen, als du *Ich bin ein Miststück* sagen kannst.«

»Vorher werde ich dir noch ...«

Über ihnen hörten sie plötzlich ein Rumpeln; es kam aus der Eingangshalle.

Eric nahm sofort den Finger vom Zünder der Lötlampe und lauschte ebenso angestrengt wie Justine. »Hast du die Tür hinter dir wieder zugemacht?«, wisperte er.

»Natürlich, aber ...« Sie sah ihn an, dann zur Decke. Ein seltsamer Ausdruck erschien in ihrem Gesicht. »*Merde. Il y a quelque chose qui cloche, ici. Ce n'est pas la première fois que je vois ça.*«

Eric hörte ihr schon nicht mehr zu, sondern machte einen schnellen Sprung zur Seite und drückte einen verborgenen Knopf seitlich am Arbeitstisch. Leise sirrend öffnete sich eine Bodenklappe. Darunter kam eine Auswahl verschiedener Gewehre und Pistolen zum Vorschein, in schlichten Stahlboxen lagerte die Munition.

Eric griff nach dem G3 mit der einklappbaren Schulterstütze. Die Bundeswehr hantierte inzwischen zwar mit dem Nachfolger G36, aber er bevorzugte das ältere Modell. Das Kaliber – 7,62 Millimeter – und die hohe Durchschlagskraft machten es in seinen Augen besser; den passenden Schalldämpfer dazu hatte er sich eigens anfertigen lassen. Er warf sich eine kugelsichere Weste über, stopfte die Rückentasche mit drei zusätzlichen Magazinen voll und richtete sich auf. »Brauchst du eine Kevlarweste?«, fragte er reflexartig.

»Bin ich ein kleines Mädchen?« Justine hatte eine eigene Pistole, eine DesertEagle, gezogen und schaute neidisch auf die Waffensammlung, die Eric durch einen Knopfdruck wieder im Boden verschwinden ließ. »*Alors, ça c'est chic. Ça me plaît.*« Sie lud durch. »Das möchte ich in meinem nächsten Haus auch haben.«

»Schade, dass dir das Geld für so etwas fehlt.« Eric ging an ihr vorbei, seine nackten Füße verursachten keinerlei Geräusch auf dem Boden. »Und du es niemals haben wirst.«

Seine Halbschwester folgte ihm die Treppe hinauf, und sie

schlichen durch das dunkle Haus. Die Haustür stand einen Spalt breit offen, das letzte schwache Mondlicht fiel herein, durchsetzt mit Schatten, welche die Bäume warfen.

Auf dem Boden entdeckte Eric einige Krümel Erde. »Sie sind durch den Garten gekommen«, raunte er. Er nahm das G3 halb in den Anschlag.

»Wieso sie?«

Eric deutete mit dem Lauf nach rechts und links, wo noch mehr Schmutz lag. »Sie haben sich aufgeteilt.«

»Ich nehme das Erdgeschoss. Geh du nach oben und rette deine *Maitresse*.« Ohne seine Antwort abzuwarten, pirschte sie nach rechts in den Flur.

Eric setze sich ebenfalls lautlos in Bewegung. Er wusste nicht, wie er den unliebsamen Besuch einzuordnen hatte, es konnten alle möglichen Gegner dahinterstecken, inklusive der Polizei. Er würde es erfahren, wenn er einen von den Angreifern am Leben ließ und ihn verhörte.

Stufe für Stufe bewegte er sich nach oben, die Mündung auf den Treppenabsatz gerichtet und immer bereit, einen auftauchenden Feind auszuschalten. Dann hörte er aus dem Gang zum Schlafzimmer leises Gemurmel und eine fast unhörbare, metallisch klirrende Antwort. Ein Funkgerät.

Eric kam die Treppe hoch und sah zwei Männer vor der Tür stehen. Sie trugen schwarze Overalls mit Kevlarwesten darüber, schwarze Helme und Handschuhe. In den Beinhalftern ruhten Pistolen, die am Griff Markierungen mit grünem Klebeband aufwiesen, an den Gürteln waren Messer befestigt. Die Kerle sahen verdächtig nach einem Sondereinsatzkommando aus, nur dass die Aufschrift auf dem Rücken oder eine andere Kennzeichnung fehlte.

Einer hielt ein Kästchen mit einem leuchtenden Monitor in der Hand, sein G36 hing am Gurt auf seinem Rücken. Von diesem Kästchen ging ein Kabel durch das Schlüsselloch: Sie setzten Minikameras ein, um die Lage zu sondieren. Der zweite sicherte ihn derweil, eine Heckler&Koch-MP5 in den Händen. Er drehte sich routinemäßig um, ein grüner Ziellaser zog eine bleistiftdicke Linie durch die Dunkelheit bis zu Erics Brust, verharrte und wanderte für den Bruchteil einer Sekunde nach oben ... Mehr konnte der Mann nicht mehr tun. Zwei Kugeln aus dem G3 in den Hals und in den Kopf brachten ihm den Tod. Es war ein weit verbreiteter Trugschluss, dass Helme gegen direkten Beschuss aus einem Gewehr, noch dazu aus einem Sturmgewehr, etwas ausrichteten.

»Stehen bleiben und nicht bewegen. Du wirst nichts sagen, nur nicken oder den Kopf schütteln«, sagte Eric und hielt die Mündung auf den Kopf des zweiten Mannes gerichtet. »Gibst du einen Ton von dir, bist du tot.«

Der Mann nickte.

»Wo sind deine Freunde?«

Der Mann drehte den Kopf ganz langsam zu ihm, in dem Moment erklangen von unten Schüsse, das tiefe Bellen einer DesertEagle, wie sie Justine benutzte. Dann ratterte eine MP los, das aggressive, helle Knattern wurde vom dröhnenden Krachen einer Schrotflinte überlagert. Eric hatte seine Antwort bekommen.

Den Mann packte der Heldenmut. Blitzartig warf er sich nach vorn gegen die Tür, drückte die Klinke und hechtete ins Schlafzimmer.

Sofort folgte ihm Eric, blieb am Türrahmen stehen und warf einen kurzen Blick in den Raum. Er genügte, um den Flüchtigen neben dem Bett zu erkennen, von wo er auch schon das Feuer eröffnete.

Eric zog den Kopf zurück, die Kugeln sirrten an ihm vorbei und schlugen in die Wand gegenüber ein, andere rissen Splitter aus dem Holz.

Ein Querschläger traf ihn ins Bein, ohne größeren Schaden anzurichten. Es tat kurz weh, vergleichbar mit einem Messerschnitt, aber die Wunde heilte sofort, wie er am sanften Kribbeln bemerkte. Es hatte gelegentlich Vorteile, die Bestie in sich zu tragen.

Er hörte Severina voller Angst schreien sowie den Fluch des Mannes. Mehrere Schüsse fielen.

»Nein!« Eric rollte sich über die Schulter ab, gelangte bis in die Mitte des Schlafzimmers, fing den Schwung ab und nutzte ihn dazu, das G3 im Anschlag nach oben zu schnellen. Er wollte gerade abdrücken –

– als er den Angreifer auf dem Boden liegen sah. Aus vier Löchern in seinem linken Bein strömte Blut.

Severina taumelte an ihm vorbei, in der rechten Hand hielt sie die Pistole, die aus dem Beinhalfter des Mannes stammte. An ihrem Arm rann Blut hinab, sie hatte einen Treffer oder einen Streifschuss abbekommen.

»Ich muss hier weg«, keuchte sie, in ihren blauen Augen stand blanke Panik, »weg weg weg weg ...« Sie rannte an ihm vorbei, stieß ihn dabei fast um und eilte zur Tür hinaus.

»Severina, nein!« Ihr Anblick traf ihn, lenkte ihn ab. Ein grelles Blitzen holte ihn in die Gegenwart zurück, es knatterte laut neben ihm. Der Mann schoss, das G36 spie seine Garben gegen Eric.

Er stieß sich mit einem kräftigen Sprung ab, setzte über den Angreifer und zog dabei den Abzug nach hinten. Die Kugeln drangen von schräg oben in den Oberkörper des Gegners, durchschlugen die kugelsichere Weste, die ihren Namen in diesem Fall nicht verdient hatte, und den Helm.

Der Oberkörper des Mannes sank nach hinten, das G36 löste sich aus den Fingern und fiel klappernd zu Boden. Erst jetzt setzten die Blutungen ein; unter der Weste und dem Helm bildete sich eine Pfütze.

Eric sah neben dem Mann ein kleines graues Paket mit einem Zünder daran – und einer Diode, die grün leuchtete. Das war also die Mission der Eindringlinge: Sie wollten sein Versteck sprengen!

Er riss den Zünder aus dem Plastiksprengstoff, doch es war sicher nicht das einzige Päckchen, das das Kommando dabeihatte. Ihnen blieb womöglich nicht mehr viel Zeit. Eric rannte aus dem Zimmer. »Severina!«, schrie er. »Wo bist du?«

Das Schießen im Stockwerk unter ihm hatte noch immer kein Ende gefunden. Es klang nach einem filmreifen Showdown, Justine beschäftigte die Truppe gehörig.

Auch wenn er sie als Erbschleicherin betrachtete, auch wenn er sie nicht leiden konnte, auch wenn er sie am liebsten mehr als einmal verprügelt hätte – er musste ihr beistehen. Und ganz davon abgesehen: Die Männer, die er ausgeschaltet hatte, konnten keine Informationen mehr preisgeben. Sie durfte nicht alle töten.

Vor der Treppe lag einer von Severinas Schuhen, sie hatte bei ihrer überstürzten Flucht also diesen Weg gewählt. Eric lief darauf zu – und sah einen maskierten Helmkopf sowie den Lauf eines kompakten Gewehrs hinter der Treppenbrüstung erscheinen. Da er nicht mehr abbremsen konnte, sprang er mit den Füßen voraus gegen den Mann und rammte dessen Kopf gegen die Wand. Es knackte hörbar. Ein Helm schützte zwar den Kopf, nicht aber das Genick. Der Angreifer brach zusammen, rollte die Stufen hinab, sein Rucksack öffnete sich und kleine Gegenstände sprangen heraus, das Gewehr polterte hinterher. Eric fing sich dagegen gekonnt ab und kam auf der obersten Stufe zum Stehen.

»*Severina?*« Er wollte gerade hinunterlaufen, als er ein metallisches Funkeln wahrnahm und einen länglichen Gegenstand entdeckte, der sich an dem Querröhrchen der Teppichhalter verfangen hatte. Es war …

… der Sicherungsstift einer Handgranate!

Die Explosion erfolgte unmittelbar danach und wäre vielleicht nicht einmal sonderlich schlimm gewesen, wenn sie nicht weitere nach sich gezogen hätte.

Die Schrapnelle und blutigen Fetzen flogen Eric, der sich zu spät geduckt hatte, nur so um die Ohren. Die Druckwelle fegte ihn von den Beinen und schleuderte ihn gegen das Fensterglas, das krachend unter seinem Gewicht nachzugeben drohte; gleichzeitig sah er eine Feuerwolke die Treppe emporfauchen. Unter den Granaten hatte sich mindestens eine Version befunden, die einen Brand verursachen sollte. Oder war eines der Sprengpakete in die Luft gegangen? Die grellgelben Flammen kamen rasend schnell näher, als besäßen sie den Ehrgeiz, Eric einzuholen und zu Asche zu verbrennen. Es gab nur eine Möglichkeit: Eric stieß sich mit den Füßen ab, brachte das gesprungene Glas endgültig zum Bersten – und stürzte rücklings in die Tiefe! Der Rhododendron bremste seinen Fall, bevor er auf dem ungleich härteren alten Pflaster aufprallen konnte; stattdessen bohrten sich nun dicke Äste in sein Fleisch. Scherben regneten auf ihn nieder, ein Feuerball loderte aus der Öffnung über ihm.

Stöhnend richtete Eric sich auf. Sturz überstanden, Feuer überstanden. Jetzt musste er noch seine uncharmanten Besucher eliminieren.

Durch das Fenster vor sich sah er Justine, die einen der Männer mit zwei Schüssen in den Kopf niederstreckte, als der gerade hinter einem umgestürzten Tisch saß und seine Waffe nachlud. Sie drehte sich zu Eric, grinste, hob die Linke, spreizte vier Finger ab und tippte mit der Pistole dagegen.

Er sprang auf, rannte zur Tür und betrat das Haus erneut. Von der Treppe zog dichter Qualm auf ihn zu, auch der Teppich auf den Stufen brannte mit unnatürlich hohen Flammen. Durch das lodernde Inferno kam Justine auf ihn zu.

»Riechst du das, *mon frère*? Phosphorgranaten.«

»Hast du Severina gesehen?«

»Deine Mätresse? Sie ist an mir vorbei nach draußen gerannt. Ich konnte gerade noch einen der Kerle davon abhalten, ihr eine Kugel zu verpassen. Aber irgendetwas stimmt nicht mit ihr ...«

»Sie steht unter Schock, Justine!«, schnitt er ihr das Wort ab. »Wir müssen sie finden, bevor ihr etwas passiert. Sind die Männer alle erledigt?«

»*Mais bien sûr*«, sagte sie verächtlich und lehnte den Lauf ihrer DesertEagle lässig gegen die Schulter. »Ich habe mir nur ein wenig Zeit gelassen, um sie zu beschäftigen. Aber Eric, weißt du, sie ...«

Ein Schuss.

Ein einzelner Pistolenschuss.

Eric sah, wie die Kugel auf ihn zuraste ... *nein*.

Auf Justine!

Etwa in Höhe des Herzens zuckten ihre Kleider.

Sofort fetzte das Projektil auf der anderen Seite heraus, riss Gewebe und Blut mit sich.

Justine schrie auf, fuhr herum, die Mündung ihrer Halbautomatik zuckte in die Richtung des für Eric unsichtbaren Schützen –

– als es wieder krachte.

Eric warf sich mit Justine zur Seite. Das Projektil schlug gegen einen Eisenpfeiler, prallte ab und fiel vor Erics Füße. Die vollkommen verformte Kugel bestand aus – Silber!

Justines Körper schien alle Kraft zu verlieren. Mühsam fand ihre Hand den Weg zu der Wunde in ihrer Brust, aus der Blut strömte. *»Merde! Pas encore«*, ächzte sie, hustete und rang wie eine Ertrinkende nach Luft. Die Lunge fiel mehr und mehr in sich zusammen.

Erneut wurden sie beschossen, dieses Mal flog die Kugel haarscharf an Erics Kopf vorbei. Wenn er nicht enden wollte wie seine Halbschwester, musste er den Schützen unbedingt töten! Er feuerte in die Richtung, in die seine Halbschwester gezielt hatte, gab Schuss um Schuss in schneller Folge ab. Das G3 besaß eine Durchschlagskraft, die ausreichte, um Kugeln durch die Trockenmauer aus Gipskarton und Stuck zu senden. Der entsetzte Todesschrei aus dem Nachbarzimmer zeigte Eric, dass er getroffen hatte.

»Los, wir müssen hier raus!« Er sah auf Justine hinunter, die nach hinten gesackt war, die linke Hand fest um etwas geschlossen, was sich unter ihrem Hemd verbarg. »*Viens et tiens ta promesse*«, stöhnte sie. Weißer Rauch zischte aus der verheerenden Wunde. Ihr blutiger rechter Zeigefinger zuckte ziellos über den Boden, malte ein wirres Muster, das Eric für einen Moment an die wilden Striche erinnerte, die er im Moment größter Verzweiflung auf Leinwände feuerte.

»*Nein!*«

Sein Schrei ging unter in einer Kette aus Detonationen aus dem oberen Stock, die weitaus kräftiger als die Explosionen der Handgranaten waren. Das Haus erbebte, Putz fiel von den Wänden, Teile der Decke stürzten ein, Staub rieselte herab.

Qualm und Staub vernebelten das Zimmer, und als Eric zur Tür hinausschaute, hatten ihm Trümmer und Feuer den Weg abgeschnitten. Es gab für ihn einzig den Weg aus dem Fenster.

Er sah zu Justine, deren Lippen sich lautlos bewegten. Blut rann aus ihrem Mundwinkel, doch ihre Augen schauten fast verklärt zur Decke wie in eine fremde Welt. Seine Halbschwester gehörte unwiderruflich dem Tod.

Unter seinen Füßen donnerte es, Platten zersprangen, als weitere Bomben im Keller zündeten. Pfeifend fegte die Druckwelle heran und schob Feuer und Rauch vor sich her. Der Boden knirschte und riss.

Eric sprintete los, zerschoss im Rennen das Fenster und hechtete durch die Überreste ins Freie, ehe ihn die Flammen erreichen konnten oder ihn der einbrechende Boden nach unten zog.

Als er im Garten wieder auf die Beine kam, stürzte das Haus ein und begrub den Körper seiner Halbschwester unter sich.

Einen Moment lang stand Eric einfach nur schwer atmend da und starrte in die Flammen. Ein paar Zentimeter höher und die Kugel hätte ihn getroffen.

Das Heulen von Sirenen, das Eric aus der Ferne unaufhaltsam näher kommen hörte, riss ihn aus seiner Betäubung. *Er musste handeln!*

»Severina?«, schrie er und schaute sich um. Im Garten befand sie sich nicht. Er nahm an, dass sie in ihrem Schock auf die Straße gelaufen war. Eric spürte die Hitze, die ihm entgegenschlug. Es war nur noch eine Frage von Augenblicken, bis die Flammen die Gasleitungen erwischten und ein noch gewaltigeres Inferno entfachten. Er rannte durch die Ausfahrt hinunter zur Garage, sprang in den Cayenne und raste los.

XVI. KAPITEL

7. Januar 1768, Italien, Rom

Jean wagte nicht, sich zu bewegen. So sah das Panterwesen in seiner Menschengestalt aus, so harmlos – bis auf die gespannte Pistole in seiner Hand, deren Mündung auf Gregorias Kopf zielte.

»Ich habe nach unserem Zusammentreffen verstanden, dass Ihr und Eure Musketenweiber hartnäckig seid, aber ich unterstellte Euch ebenso, dass Ihr wisst, wo Eure Grenzen liegen«, sprach Roscolio mit einer tiefen, melodischen Stimme. »Meine Warnung auf dem Dach hätte Euch genügen müssen. Das ... *Missgeschick* mit einem Eurer Mädchen tut mir Leid.«

»Ihr Name war Bathseba, und Ihr habt sie *getötet*.«

»Sie ließ mir keine andere Wahl, als sie zu entwaffnen.«

»Versucht nicht, Euer Verbrechen zu verschleiern! Ihr habt sie *gebissen!*« Jean überlegte fieberhaft, wie er den Mann am besten aus seiner selbstgefälligen Ruhe reißen konnte, um so seine Wut auf sich zu lenken und die Bedrohung von Gregoria abzuwenden. »Bathseba ist in meinen Armen verblutet, und nichts kann Euch von dieser Schuld reinwaschen – auch wenn es das bessere Schicksal war, als zur Bestie zu werden. Ihr sprecht wie ein Edelmann, dabei seid Ihr nichts anderes als der Abschaum der Hölle.«

Offenbar waren dies die richtigen Worte gewesen, Jean schien einen Nerv getroffen zu haben. Der Ausdruck in den gelblichgrünen Augen veränderte sich, Bedauern schimmerte auf. »Ich weiß«, sprach Roscolio langsam. »Es ... es geschieht vieles, das ich nicht möchte. Dieses Tier in mir ist äußerst stark, und ich wäre froh, wenn es endlich aufhörte.« Er schluckte. »Da es das aber niemals wird, außer nach meinem Tod, muss ich Vorkehrungen treffen, um mein Leben bis dahin so sinnvoll wie möglich zu gestalten. Dazu gehört beispielsweise, dass ich die Bürger Roms vor Schurken schütze ... und meine Feinde auslösche.« Er sah Jeans Sorge. »Nein, die Äbtissin zähle ich nicht dazu ... aber vielleicht Euch, Monsieur Chastel. Und den Comte de Morangiès und seine Freunde ganz sicherlich.« Er stellte die Teetasse ab.

»Ihr sagtet, Ihr hättet Ruffo *besucht.* Habt Ihr ihn getötet?«, fragte Jean.

»Ihn und Bernini. Nicht, dass ich es gemusst hätte – die Laffen hätten sich fast selbst zu Tode gezittert. Sie haben sogar vergessen, die Silberkugeln gegen mich zum Einsatz zu bringen.«

»Ihr habt zwei Unschuldige ...«

»Unschuldige?« Roscolio lachte. »Monsieur, Ihr beliebt zu scherzen. Bernini und Ruffo waren Freunde des Comtes. Was glaubt Ihr, wie ehrenhaft zwei solche Männer sein können?«

Jean spuckte aus. »Ihr seit nichts weiter als eine Bestie, die es liebt, seine Beute zu reißen.«

»Und Ihr, Monsieur?« Roscolio hob eine Augenbraue. »Sagt, hattet Ihr das *Vergnügen,* den Comte zu töten?«

»Ich bedaure, Roscolio. Wir wurden dabei gestört.«

»Von wem? Ihr seht nicht so aus, als würdet Ihr Euch von einer Hand voll Stadtwachen aufhalten lassen.«

Jean zögerte. »Kennt Ihr den Orden des Lycáon?«, fragte er, um anhand der Reaktion abzulesen, was Roscolio alles wusste.

»Den gibt es wirklich? Und noch dazu hier in *Rom?*« Die Überraschung war unübersehbar. »Ihr seht mich nicht wenig verwundert, Monsieur.«

»Und wisst Ihr, dass die Anhänger eines Kardinals ebenfalls eine Rolle spielen?«

»Was genau erzählt Ihr mir da, Monsieur?« Roscolio zog die Augenbrauen zusammen. »Ich dachte bislang, ich hätte in Euch den einzigen Mitbewerber um die Trophäe, den Kopf des Comtes.«

»Im Gegensatz zu uns wollen die anderen den Comte lebend.«

»Ihr werdet Verständnis dafür haben, dass ich Euch noch keinen Glauben schenke, Monsieur Chastel. Jedenfalls nicht aus tiefstem Herzen.« Er ließ ihn nicht aus den Augen, während er die Tasse nahm und daran nippte. »Erklärt mir, was in meinem Reich vor sich geht.«

»In Eurem *Reich?*« Sarai konnte nicht an sich halten.

Jean warf der Seraph einen warnenden Blick zu. Ihre Anspannung war spürbar und wohl noch größer, weil sie Roscolio als Menschen und nicht als Panterwesen vor sich sah. Zwischen dem kultivierten Mann und dem Auftreten des Comtes im Hinterhof lagen Welten, diese Bestien waren nicht vergleichbar.

»Das solltet Ihr inzwischen verstanden haben, Mademoiselle. Trastevere ist mein.« Er wandte sich wieder an Jean. »Ich lasse nicht zu, dass sich darin Dinge abspielen, die mir nicht gefallen. Es wohnen ohnehin die ärmsten Römer darin, also halte ich die Schurken fern, so gut es geht.«

»Und doch dient Ihr sicherlich nur Euren eigenen Zielen.«

Roscolio lächelte und zeigte weiße, gepflegte Zähne. »Was habe ich davon? Ich bin Händler, der seine teure Ware nicht an Roms Heruntergekommene verkaufen kann. Lieber beschütze ich sie. So tut das Tier in mir trotz seiner Morde etwas Gutes.«

Jean erinnerte sich an die bisherigen Opfer des Panters: allesamt Verbrecher. »Dann seid Ihr ein König, dem man gehörig auf der Nase herumtanzt.« Rasch fasste er zusammen, was sie wussten und was er Roscolio preisgeben wollte. Eine Prise über den Orden, etwas über die Machenschaften des Kardinals – ohne zu sehr in Einzelheiten abzugleiten – und über die Taten des Comtes im Gévaudan. »Jetzt hat er sich hierher geflüchtet, um meiner Rache zu entkommen«, schloss er.

Roscolio nickte, er hatte aufmerksam zugehört und zwischendurch von seinem Tee getrunken. »Das ist alles sehr beeindruckend. Auch dass Ihr Frauen um Euch geschart habt, die Euch bei der Jagd unterstützen ... das erfordert Anerkennung. Äbtissin Gregoria war so freundlich, mir bereits vor Eurer Ankunft etwas über die Schwesternschaft zu berichten.« Er stellte die Tasse ab. »Ich werde meine Pistole senken, wenn Ihr mir versprecht, keinerlei Taten gegen mich folgen zu lassen. Weder Ihr, Monsieur, noch Eure Kämpferin. Ich rede ungern unter solchen Umständen. Gebt Ihr mir Euer Wort?«

Jean legte die Hand auf Sarais Schulter, weil er fürchtete, dass sie losstürzen und sich ohne Rücksicht auf die Überlegenheit des Feindes auf einen Kampf einlassen würde. Die Seraph bebte. »Nein, Sarai«, befahl er ihr. »Wir *reden.*« Er ließ sich um Gregorias willen auf den Handel ein. »Doch was nach unserem Gespräch geschieht«, er wandte sich an den Mann, »liegt nicht in meiner Macht.«

»Das sehe ich ebenso.« Roscolio packte den Spannhebel und ließ ihn langsam nach unten ab, ohne dass sich ein Schuss löste. Er wartete, bis sich Jean und Sarai erhoben und auf das Bett gesetzt hatten, um es ein wenig bequemer zu haben. »Dann vernehmt nun meine Geschichte. Der Comte de Morangiès und ich lernten uns während des Siebenjährigen Krieges auf Menorca kennen. Er war Colonel des languedocischen Infanterieregiments und verantwortlich für die Garnison, ich befand mich aus anderen Gründen dort. Ich bemerkte sehr bald, dass er ein Tier war wie ich und er sich nicht einmal anstrengte, seine schrecklichen Neigungen zu unterdrücken. Sie brachten ihn mehrmals bei seinem Vorgesetzten in Schwierigkeiten, auch wenn ihn sein Titel und Rang vor vielen Scherereien schützte. Damals bewunderte ich ihn für seinen Tatendrang, für seine draufgängerische Art. Er zog die Zuhörer mit seinen Erzählungen über die Schlacht bei Rossbach gegen die Preußen in seinen Bann. Ich ließ mich dazu verleiten, ihn von meinen Abenteuern in Indien zu erzählen und von der Jagd auf einen menschenfressenden Panter. Durch irgendetwas hatte ich mich anscheinend ihm gegenüber verraten, und er kam sehr rasch darauf, was sich hinter meiner Fassade verbarg. Ich vertraute ihm schließlich an, wie ich in Rom als Panterkreatur lebte, wie einfach das Leben dort war, wie ich ein Netz von Freunden aufgebaut hatte. Es endete damit, dass er eines Nachts versuchte, mich umzubringen. Zusammen mit einem anderen, noch sehr jungen Franzosen quälten sie mich tagelang. Sie hetzten mir ihre selbstgezüchteten Hunde auf den Hals und taten mir unaussprechliche Dinge an. Mir gelang die Flucht, wobei ich sie im Glauben ließ, dass sie mich getötet hatten.«

Ein junger Franzose ... die selbstgezüchteten Hunde ... Jean zitterte. *Also doch.* Es konnte sich nur um Antoine gehandelt haben. »Es dauerte Jahre, bis ich mich von der Folter erholte. Der Comte war aus der Armee entlassen worden, hatte sich kurz in Rom herumgetrieben und alles zerstört, was ich mir aufgebaut hatte, ehe er ins Gévaudan zurückkehrte.« Roscolio schwieg, um sich zu sammeln und über die grausigen Erinnerungen hinwegzukommen. »Ich begann damit, die Leute zu bestrafen, die ihn dabei unterstützt hatten. Doch dann, vor einigen Wochen, kehrte er zurück und das Spiel begann von vorn. Aber dieses Mal bin ich in meinem Königreich auf der Hut und jage ihn. Und nun«, seine grünen Augen richteten sich auf Jean, »seid Ihr erschienen, Monsieur, mit Euren Damen und Musketen.«

»Der junge Franzose, der Euch auf Menorca folterte, war Antoine«, sagte Jean schwer. »Mein Sohn, den ich töten musste, weil er zur Bestie wurde.«

»Umso mehr steigt meine Achtung vor Euch.« Roscolio neigte sein Haupt. »Wir haben den gleichen Widersacher, Monsieur Chastel. Was haltet Ihr von einem Bündnis auf Zeit?«

»Und danach?«, fragte Jean sofort.

»Geht jeder seiner Wege.« Roscolio steckte die Pistole in ihr Futteral. »Ich habe kein Interesse daran, Euer Leben zu nehmen. Trastevere benötigt meinen Schutz, und ich werde die Gassen weiterhin von menschlichem Übel reinigen.«

»Doch wie lange wird Eure edle Gesinnung das Tier in Euch beherrschen können? Um die Menschen Roms zu schützen, muss ich nach Eurem Leben trachten, Monsieur Roscolio«, widersprach er. »Auch die Seraphim werden es als ihre Aufgabe ansehen, nicht eher zu ruhen, bis die Bestie tot vor ihren Stiefeln liegt.«

»Es wäre bedauerlich, wenn der Tod die Ernte einfährt, die unser Vertrauen gesät hat.« Gregoria erhob ihre Stimme und übernahm die Rolle der Vermittlerin. »Ihr, Monsieur Roscolio, spracht davon, dass Ihr das Leben einer Bestie gern ablegen würdet.«

»Ich bat niemals darum, eine zu sein. Es hat Vorteile, ein zweites Wesen in sich zu tragen, das über unglaubliche Kräfte verfügt, aber die Nachteile sind schrecklicher als alles andere. Ich ...« Er schluckte. »Wenn Ihr etwas kennt – außer den Tod – lasst es mich wissen!« Die Augen glänzten verräterisch feucht. »Mein Geld nutzt nichts, wenn ich keine Familie mehr habe, um ihr Gutes zu tun.«

Gregoria erahnte eine schreckliche Tragödie. »Was ist mit ihr geschehen?«

Roscolio atmete tief ein. »Das Wesen in mir giert nach Frauen, nach unentwegter Paarung, nach Laster jeglicher Art. Meine Frau hat mich mit meinen drei Kindern verlassen, als sie hörte, wo ich mich herumtrieb.«

»Bekamt Ihr die Kinder vor oder nach Eurer Wandlung?«, erkundigte sich Jean alarmiert.

»Davor, Monsieur. Sie tragen nichts in sich, was sie zu einer solchen Kreatur werden lässt.« Er trank den letzten Schluck Tee. »Ich vergöttere meine Gemahlin, Monsieur. Sie und meine Kinder sind das Schönste, was mir Gott gab. Es gibt keine schlimmere Strafe für mich, als sie nicht mehr zu sehen. Nicht mit ihnen zusammen zu sein.« Er sah Gregoria an. »Da Ihr mich fragt: Kennt Ihr ein Mittel?«

Sie nickte. »Ja, wir kennen eins.«

»Aber zuerst sollten wir auf die Jagd gehen«, fiel ihr Jean rasch ins Wort. »Im Kampf gegen eine Bestie kann es von Vorteil sein, eine andere auf der eigenen Seite zu wissen, Monsieur Roscolio. Zeigt mir Eure guten Absichten, die Wahrheit über Euch.«

Roscolio lächelte. »So soll es sein, Monsieur Chastel. Gehen wir auf die Jagd. Ich schlage vor, wir kehren morgen in den Hof zurück, von dem Ihr erzählt habt, und ich zeige Euch, was eine feine Nase alles aufspüren kann.« Er stand auf und ging zur Tür. »Sagen wir gegen neun Uhr?« Ohne eine Antwort abzuwarten, verschwand er hinaus.

Sarai sah Jean aus wütenden blauen Augen an. »Ihr habt doch nicht vor, ihm zu vertrauen, Monsieur Chastel?«, fragte sie aufgeregt.

»Nein, vertrauen werde ich ihm nicht«, antwortete er beruhigend.

»Dann werden wir ihn bestrafen für das, was er Bathseba antat?«

»Nein, Sarai«, kam es energisch von Gregoria. »Ich habe ihm Heilung versprochen. Roscolio machte auf mich den Eindruck eines leidenden Menschen, wie es ...« Beinahe hätte sie Florence erwähnt. »... der es nicht verdient hat, länger von dem Dämon in sich heimgesucht zu werden. Er tut mit den Bestienfertigkeiten Gutes oder versucht es zumindest, und er wünscht sich nichts sehnlicher als die Rückkehr in ein Leben als Mensch.« Sie blickte Jean an und erbat sich seinen Beistand. »Es ist anders als bei Antoine und dem Comte, oder?«

Schweren Herzens stimmte er ihr zu. »Ja. Es ist anders.«

Sarai atmete schnell, sprang vom Bett auf und eilte zur Tür. »Vielleicht ist er ein guter Schauspieler und Ihr fallt auf seine Geschichte herein«, spie sie aus und rannte hinaus. Sie floh, um das Wort, das ihr offensichtlich gerade in den Sinn kam, nicht aussprechen zu müssen: *Verräter.*

Gregoria und Jean sahen einander an.

8. Januar 1768, Italien, Rom

Jean, die Seraphim und Roscolio standen sich in dem dreckigen Hinterhof gegenüber. Während die jungen Frauen und der Jäger einfache, dicke Winterkleidung trugen, fiel Roscolio durch seine teure Garderobe auf: Der wunderschön bestickte Dreispitz und der lange weiße Wollmantel passten nicht in die Umgebung.

Ungewöhnlicher nächtlicher Schneefall hatte die Spuren des gestrigen Kampfes bedeckt, das Weiß und vereiste Blutpfützen knisterten unter ihren Stiefeln. Debora und Judith standen an der Einfahrt und hielten Wache, die Übrigen durchsuchten zusammen mit ihrem neuen Verbündeten den Hof.

Die Arbeiter des Unternehmens waren fleißig gewesen, die Fässer mit den Schweinefüßen fehlten ebenso wie ein Großteil der Fischkadaver, dafür war ein weiterer riesiger Kessel hinzugekommen. Jean sah nach dem Inhalt und entdeckte noch mehr Asche.

Sarai gesellte sich zu ihm. »Verzeiht meinen Ausbruch gestern, Monsieur Chastel«, sagte sie zerknirscht und hielt die blauen Augen gesenkt. »Ich weiß, dass Ihr der Letzte seid, der einer Bestie vertrauen würde, und dass es Unrecht war, was ich sagte. Es steht mir nicht zu.«

Er wandte sich ihr zu und rückte die gefütterte Lederkappe zurecht, unter der ihre schwarzen Haare lagen. »Ich weiß, was deine Zunge gelöst hat. Wir werden bald feststellen, ob Roscolio anders ist als die Bestien, die ich bislang kennen lernte und von denen mir berichtet wurde, oder ob er ein Meister der Täuschung ist.« Seine Hand legte sich an den Pistolenknauf. »Wenn er es ist, werde ich kein Sanctum für ihn verschwenden. Das verspreche ich dir ... und Bathseba.«

Sarai nickte. »Ihr vergebt mir, Monsieur?«

»Die Äbtissin und ich haben über dich gesprochen und beschlossen, den Vorfall auf sich beruhen zu lassen.« Die braunen

Augen schauten streng. »Aber es darf nie wieder geschehen. Ich bin euer Ausbilder und Mentor, wenn es um die Wandelwesen geht, und ertrage harte Worte – doch die Äbtissin steht über euch. Vergiss dich noch einmal und du wirst mit einer empfindlichen Strafe rechnen müssen.«

»Es wird nicht mehr geschehen.« Sie verneigte sich vor ihm und sah ihn erleichtert an. »Danke, Monsieur Chastel.«

»Ich habe etwas.« Roscolio winkte Jean und Sarai zu sich und zeigte auf einen Abdruck im Schnee. »Die Spur eines Mannes, durch die ich seine Witterung aufnehmen kann. Leider ist es nicht der Comte.«

»Was macht Euch sicher, dass es keiner der Arbeiter ist?«, erkundigte sich Jean.

»Ich habe die Kampfstelle, die Ihr mir gezeigt habt, genau untersucht und den Geruch des Mannes auch dort gefunden. Er war heute noch einmal hier und gehört zu denen, die wie Ihr, Monsieur, verwundet sind. Das macht es sehr leicht für mich.« Roscolio schritt quer über den Hof zum Tor hinaus auf die Gasse, wo er in einen eigentümlichen Lauf verfiel – mal hielt er den Kopf gesenkt, mal hoch erhoben, dann blieb er stehen, um gleich darauf loszustürmen.

Jean und die Seraphim folgten ihm, selbstverständlich nicht in einem großen Pulk, sondern auf beiden Straßenseiten versetzt. Er warf ihnen rasche Blicke zu und spürte Stolz auf die jungen Frauen, seine Seraphim, welche die Kunst der unauffälligen Verfolgung perfekt beherrschten.

Roscolio lief und lief, bis sie um die Mittagszeit einen Platz mit dem gewaltigsten Brunnen betraten, den Jean jemals in seinem Leben gesehen hatte. Mehrmals war er schon hier gewesen, doch der prächtige Trevibrunnen, der mehr an einen römischen Triumphbogen erinnerte, brachte ihn immer wieder zum Staunen. Leider blieb keine Gelegenheit, sich das Meisterwerk, das noch gar nicht so alt war, näher anzuschauen.

Roscolio passierte den Brunnenrand, dabei deutete er unauffällig nach rechts, auf eine Häuserzeile. Er hatte den Verbleib eines Gegners ausfindig gemacht.

Jean schlenderte zur Haustür, wo er sich mit Roscolio traf. Über ihnen pendelte ein Schild mit der Aufschrift *Herberge*. »Hier?«

»Die Spur führt in das Haus. Der Geruch dringt«, er sah hinauf, »aus dem geöffneten Fenster des ersten Stocks. Wie wollen wir vorgehen?«

»Wir überraschen sie. Ich denke, dass wir das Versteck der Rumänen entdeckt haben. Beim Zusammenstoß mit dem Legatus ist ihre Zahl stark dezimiert worden. Es wird leicht.« Jean gab Sarai ein Zeichen, dann trat er ein und stand in einem Schankraum, der voll besetzt war. Roscolio folgte ihm sehr dicht, was sein Misstrauen gegenüber dem Panterwesen augenblicklich verstärkte. Rasch trat er einen Schritt zur Seite, sein Begleiter hob fragend die Augenbrauen, dann lächelte er verständnisvoll.

»Wir suchen ein Zimmer«, sagte Jean, als er den Wirt gefunden hatte. Es war ein kleiner, schmaler Mann mit hervorquellenden Augen und fettigen schwarzen Haaren, dessen Schürze nicht viel sauberer war als das Hemd und die Hose, die er darunter trug.

»Und wir hätten gern eines im ersten Stock. Von da ist der Blick auf den Brunnen am schönsten«, fügte Roscolio hinzu.

»Die sind leider schon alle vergeben ...«

»Geld spielt keine Rolle. Werft die Menschen raus, die mir das Vergnügen vorenthalten.« Roscolio spielte die Rolle des überheblichen Reichen sehr gut. »Oder noch besser: Ich rede selbst mit ihnen.«

»Das steht Euch frei.« Der Wirt verneigte sich und zeigte auf die Holztreppe.

Roscolio tippte sich an den Dreispitz und marschierte auf die Treppe zu, Jean öffnete die Tür und winkte Sarai, Judith und Debora herein; Rebekka hielt vor dem Fenster Wache, falls sich der Zimmerbewohner durch einen Sprung in Sicherheit zu bringen gedachte.

Die Männer und Frauen in der Herberge sahen dem Zug der jungen Frauen erstaunt nach, der Wirt stemmte die Hände in die Hüften. »Was geht ...«

»Das sind meine Nichten«, meinte Jean und drückte ihm Münzen in die Hand, die jede weitere Frage erstickten.

Als er im ersten Stock angelangt war, standen Roscolio und die Seraphim schon schweigend vor einer Tür, hinter der das Stöhnen eines Mannes erklang; jemand litt große Schmerzen.

Schritte erklangen auf der Treppe, ein Mann betrat den Gang, in seiner Linken hielt er einen Korb mit Besorgungen. Sofort blieb er stehen, wandte sich um und flog die Stufen hinab.

»Debora, ihm nach«, befahl Jean, bevor er seine Waffen zog und das Schloss mit einem gewaltigen Tritt aufsprengte, danach stürmte er in den Raum, die Seraphim und Roscolio folgten unmittelbar hinter ihm.

Sie sahen einen kleinen, kargen Raum, in dem drei Betten und ein Schrank standen; auf einem Lager wälzte sich ein Mann nach rechts und links, eine Schusswunde klaffte in seiner rechten Seite. Ein zweiter saß auf seinem Stuhl daneben und hatte versucht, dem Verletzten mit einem Becher Wasser einzuflößen. Jean sah bei beiden den Anhänger mit dem Wolfszahn auf der Brust. Er hatte mit seiner Annahme Recht behalten.

»Halt!«, befahl er. »Wenn du dich rührst, fängst du eine Kugel.« Sarai und Judith eilten an ihm vorbei, packten den Mann und warfen ihn auf den Boden, das Gesicht nach unten. Er wehrte sich mit allen Kräften, brüllte und tobte; der Becher fiel hin und zerbrach. Es war bewundernswert, wie gut ihn die beiden Frauen im Griff hielten. Jean sah sich im Raum um und betrachtete den Schrank.

Der Kranke im Bett lehnte sich unvermittelt mit fieberglänzenden Augen nach rechts und fischte nach einem Handtuch, unter dem er eine Pistole hervorzog und sie auf Judiths Rücken richtete.

Jean wollte eben abdrücken, da sprang Roscolio an ihm vorbei, trat dem Mann die Waffe aus der Hand und sandte ihn mit einem harten Schlag gegen die Schläfe in die Ohnmacht. Er drehte sich zu Jean um, es störte ihn nicht, dass er sich vor den Pistolenläufen des Jägers befand. »Hinter Euch, Monsieur!«, rief er und duckte sich.

Jean ließ sich fallen, im gleichen Moment krachte es hinter ihm. Die Kugel ging über ihn hinweg an Roscolio vorbei und traf den Verletzten in die rechte Seite. Jean feuerte blind hinter sich, hörte aber keinen Schrei.

Er wandte sich zur Tür und sah dort einen weiteren Mann verschwinden. »Sarai, verbinde deinem Gefangenen die Augen und schaff ihn ins Anwesen«, befahl er, sprang auf die Beine und machte sich an die Verfolgung.

An der Kleidung glaubte er einen Mann zu erkennen, der im Schankraum am ersten Tisch neben dem Eingang gesessen hatte. Jean ärgerte sich über seine eigene Nachlässigkeit, die ihn beinahe das Leben gekostet hätte.

Sie rannten den Gang entlang. Der Rumäne pochte gegen alle Türen, an denen sie vorübereilten, einige der Gäste kamen auch tatsächlich aus ihren Zimmern und wurden zu Hindernissen, an denen Jean sich vorbeiwinden musste. Es kostete wertvolle Zeit, und der Abstand vergrößerte sich.

Im letzten Zimmer verschwand der Mann, gleich darauf ertönten das Klirren von Glas und lautes protestierendes Rufen.

Jean erreichte das Zimmer und sah das zerstörte Fenster, schnell drückte er sich an den staunenden Herbergsgästen vorbei, schwang sich auf das Sims und sprang die zwei Meter auf die Erde. Der Rumäne befand sich zehn Schritte vor ihm, allerdings schnitten Rebekka und Judith, die aus dem Fenster des Rumänen-Zimmers gesprungen kam, ihm den Weg ab. Jean grinste. Es gab kein Entkommen mehr.

Der Rumäne bemerkte die Überzahl seiner Verfolger und wählte einen ungewöhnlichen Fluchtweg: Er schwang sich über den Rand des Trevibrunnens und watete durch das große Becken auf die Figurenformation rund um Meeresgott Neptun mit seinen Rossen zu.

Die Menschen um sie herum schauten ihm verwundert hinterher, griffen aber nicht ein. Erst als der Rumäne die künstlichen Felsen erklomm und sich anschickte, weiter hinauf und von dort auf den Palazzo der Herzöge von Poli zu steigen, wurde es lauter.

»Weg, im Namen des Königs«, schrie Jean und hoffte, dass der Befehl Eindruck machte. »Aus dem Weg!« Er stürmte ebenso ins Becken, das eiskalte Wasser bremste ihn, die Stiefel füllten sich und Spritzer gerieten in seine Augen; er fiel noch weiter zurück. Debora und Rebekka dagegen kamen sehr gut voran und schwangen sich eine Brunnenebene nach der anderen hinauf.

Der Rumäne befand sich auf Neptuns Oberkörper, kletterte auf die Schulter und katapultierte sich mit einem gewaltigen Satz auf den Vorsprung einer Säule. Von dort setzte er seinen Weg nach oben fort.

Roscolio, ohne Mantel und Hut, rannte an Jean vorbei und sprang die verschiedenen Stufen nach oben, als bedeutete dies keinerlei Anstrengung. Er überholte die Seraphim, stand gleich darauf auf Neptuns Kopf, stieß sich ab und bekam den Fuß des Flüchtenden zu fassen, der sich eben auf das breite Sims ziehen wollte.

Schreiend rutschte der Rumäne ab und fiel. Roscolio hielt den Stiefel fest, landete mit katzengleicher Sicherheit auf dem Steinkopf und wollte den Mann halten – da glitt der Fuß aus dem Schuh, der in Roscolios Hand zurückblieb.

Der Rumäne stürzte weiter, prallte rücklings gegen den gesenkten, ausgestreckten steinernen Arm Neptuns. Das laute Knirschen des Rückgrats, das abrupte Ende des Geschreis und das Blut an der Hand des Meeresgottes zeigten, dass die Statue den Mann getötet hatte; leblos fiel er in das zweite Becken, Blut breitete sich aus und färbte das Wasser rot.

Jean blickte zu Roscolio, der auf Neptuns Kopf stand und auf den dümpelnden Leichnam schaute. »Ich konnte nicht wissen, dass seine Stiefel schlecht sitzen«, meinte er mehr ärgerlich als betroffen und sprang ins große Sammelbecken, das Wasser spritzte hoch und weit. »Weg von hier.«

Judith und Rebekka stiegen ebenfalls vom Brunnen herunter, sie trennten sich und begaben sich auf Jeans Geheiß auf verschiedenen Wegen zurück zu ihrem Zuhause.

Jean und Roscolio eilten in die nächste Gasse. Jean machte sich große Sorgen um Debora, die er dem Mann auf der Treppe nachgesandt hatte. »Seid Ihr in der Lage, eine Seraph aufzuspüren?«

»Die Gerüche von Frauen vergesse ich nie«, gab Roscolio zurück, dem die halblangen Haare feucht ins Gesicht hingen. Trotz der Geschwindigkeit, die Jean schwer atmen ließ, lief er neben ihm her, als unternähmen sie einen einfachen Spaziergang. »Die kleine Sarai?«

Jeans Kopfwunde klopfte durch das Rennen schmerzhaft, die Nachwirkungen des Streifschusses. »Nein, Debora, die andere mit den schwarzen Haaren«, keuchte er. »Ich möchte nicht, dass ihr etwas zustößt.«

»Hier entlang.« Abrupt schwenkte Roscolio in die nächste kleinere Gasse und beschleunigte. Jean wusste, dass er ein guter Läufer war, doch er wirkte im Vergleich zu dem eleganten Mann wie ein kurzatmiger Trampel. Es besaß wirklich Vorteile, die Bestie in sich zu tragen, die körperliche Überlegenheit war erschreckend.

Jean dachte wieder an seine Furcht, mit dem Keim der Bestie infiziert zu sein. Sein Schnaufen und Hecheln zerstreute diesen Verdacht recht zuverlässig; er müsste sich sonst mindestens auf gleicher Höhe mit Roscolio befinden.

Sie gelangten durch einen weiteren Durchgang in einen verwinkelten Hinterhof, in den die Sonne niemals scheinen würde, dafür befanden sich die Dächer zu eng beieinander. Niemand ließ sich blicken, vereinzelt drangen Stimmen aus den Fenstern über ihnen; die drei Türen, die aus den Häusern in den Hof mündeten, waren geschlossen.

»Hier?«, presste Jean atemlos hervor und hielt sich die stechende linke Seite. Roscolio sog die Luft ein und strich sich über den Schnurrbart.

»Ja«, antwortete er bedächtig. Sein Blick verklärte sich, die grüngelben Augen lagen auf dem Jäger. Er umkreiste ihn und schob sich vor den Durchgang. »Ja, wir sind richtig.«

»Zurück!« Jean verstand plötzlich die Absicht des anderen. Er zog seine zweite, noch geladene Pistole und zielte auf den Kopf des Mannes. »Bin ich Euch in meiner Dummheit in die Falle gegangen, so werdet Ihr mich dennoch nicht kampflos bekommen.«

Aus Roscolios Kehle erklang ein dunkles, anhaltendes Schnurren. »Das traut Ihr mir zu, Monsieur? Wo wir doch geschworen haben, uns vorerst nichts zu tun?«

»Ihr seid ein Wandelwesen, man kann Euch nicht trauen, wie ich sehe.« Vorsichtshalber nahm er auch den Dolch aus der Scheide.

»Ihr seid sehr voreingenommen, Monsieur.« Die leuchtenden Raubtieraugen zogen sich zusammen. »Da Ihr so sehr von meiner Schlechtigkeit überzeugt seid, sollte ich vielleicht besser gehen und mich nicht mehr blicken lassen. Außer bei der Äbtissin ...«

Jean machte zwei Schritte nach vorn. »Ihr werdet keine Gelegenheit erhalten, sie noch einmal zu behelligen, wie Ihr es schon einmal getan habt«, drohte er und streckte den Arm mit der Pistole aus, die Mündung zielte zwischen die Augen des Italieners.

»... um das Mittel zur Heilung auszuprobieren«, vervollständigte er den Satz. »Glaubt Ihr mir nicht?« Er bleckte die Zähne, die kräftiger geworden waren. »Ich habe einer Seraph und Euch das Leben gerettet. Was soll ich sonst noch tun, um Euch zu überzeugen?«

Rumpelnd flog die rechte Tür auf, ein Mann stolperte rückwärts hervor und fiel genau zwischen ihnen zu Boden. Sein Gesicht war von harten Schlägen gezeichnet, der Mantel offen und das Hemd zerrissen; benommen blieb er liegen, spuckte Blut und ächzte erschöpft.

Gleich darauf stand Debora auf der Schwelle und schaute verwundert zu Jean, dann zu Roscolio. »Messieurs?«, meinte sie verwundert.

Jean blickte zu ihr. »Geht es dir gut?«, fragte er und sah wieder nach Roscolio – doch der Mann war verschwunden.

8. Januar 1768, Italien, Rom

Sie hatten die Rumänen getrennt voneinander im Keller des Hauses eingesperrt, die Ketten, die für Wandelwesen gedacht waren, hielten nun Menschen gefangen.

Jean stand vor dem, den Debora allein verfolgt und gestellt hatte. Er saß auf dem nackten Boden, war größer und schwerer als sein Kumpan, hatte lange blonde Haare und fast schwarze Augen, in denen es wütend zu flackern schien. Ein dichter Vollbart umrahmte das Gesicht und ließ ihn älter wirken, obwohl er bei genauerer Betrachtung nicht mehr als zwanzig Jahre zählte. Er hatte, im Gegensatz zu dem anderen Gefangenen, seinen Namen genannt: Nikolai Wadurin.

Jean hoffte, von ihm einiges zu erfahren. Ihm zur Seite standen Judith und Debora; Sarai und Rebekka befanden sich bei Gregoria, um sie vor dem Panter zu schützen.

»Also, Monsieur Wadurin, Ihr gehört dem Orden des Lycáon an und seid auf der Suche nach dem Comte«, sagte Jean. »Wie viele von Eurem Orden sind in Rom, um mir meine Arbeit zu erschweren?«

»Ihr seid ein Gottestöter! Ich werde Euch und Eure Huren umbringen!«, bekam er zur Antwort.

»Ihr seid keinem Gott auf der Spur, sondern einer Bestie. Ich sah ihre Taten in den letzten Jahren und kann Euch versichern, dass nichts Göttliches daran zu entdecken ist, Monsieur.« Er beugte sich zu ihm hinab. »Monsieur Wadurin, eines Tages werdet Ihr mir dankbar sein, dass ich verhindert habe, dass Ihr zu einer ebensolchen Bestie wurdet.«

»Niemals! Ich brenne darauf, zu einem göttlichen Wesen zu werden, erschaffen von einem leibhaftigen Gott«, beharrte Wadurin.

Jean stapelte zwei Kisten Wein übereinander und setzte sich vor ihn, dann öffnete er eine Flasche mit dem Korkenzieher. »Auch einen Schluck?«

»Ich trinke nicht.«

»Ach? Was Ihr nicht sagt!« Jean griff dem Mann brutal ans Kinn und flößte dem Mann gewaltsam von dem Alkohol ein, spuckend und hustend schluckte Wadurin. »Erzählt mir ein wenig über den Orden«, schlug er vor und zog das Kinn des Mannes nach oben. »Ich bin neugierig, seit wann es ihn gibt.«

»Ich erzähle Euch nichts.« Wadurin blieb standhaft.

Jean grinste und gab ihm wieder von dem Wein. Er wiederholte die Prozedur so oft, bis der Gefangene deutlich sichtbar betrunken war. Das Hemd hatte sich vom verschütteten Rebensaft tiefrot gefärbt, auch auf der Hose, am Kinn und am Hals hafteten Spuren des erzwungenen Besäufnisses. Debora und Judith verfolgten das Geschehen schweigend.

»Seit wann gibt es den Orden? Verratet es mir doch.«

Zunächst erntete er mit seiner Frage lediglich ein höhnisches Grinsen. »Ewigkeiten«, lachte Wadurin schließlich trunken.

»Und wie lange seid Ihr schon dabei? Ein Mann von Euren Talenten hat doch sicher eine wichtige Aufgabe inne ...«

»Ein Jahr. Ich bin ein Anwärter und damit beauftragt, den Auserkorenen zu helfen«, sprach er mit schwerer Zunge.

»Die Auserkorenen sind Eure Hohen Priester?«

»Priester?« Wadurin lachte und fiel zur Seite. »Wein ist Teufelszeug. Es schmeckt gut und macht einen so leicht und lustig«, gluckste er. »Kann ich noch mehr davon haben?«

Jean packte ihn am Kragen und setzte ihn aufrecht. »Sicher. Aber nur, wenn Ihr sitzen bleibt.« Er öffnete die dritte Flasche, dieses Mal trank Wadurin freiwillig und wollte die Lippen gar nicht mehr vom Flaschenhals nehmen. »Ihr habt also keine Priester?«

»Nein, wir haben Ränge, wie bei den Soldaten. Die Obersten sind immer diejenigen, die sich als Nächste einem Göttlichen stellen dürfen, und die anderen helfen ihnen dabei. Es geht nach Jahren, Monsieur.« Wadurin leckte sich die Tropfen von den Lippen. »Ich brauche noch ein paar. Aber zuerst werde ich fliehen und Euch umbringen, Ihr Gottestöter!« Er fletschte die Zähne und schnappte nach Jean, dann stieß er gellendes Gelächter aus und sank nach hinten gegen die Wand. Seine Lider senkten sich, er drohte einzudösen.

»Wadurin, wie viele seid ihr?« Jean packte ihn an den Schultern, schüttelte ihn, um ein Einschlafen zu verhindern, und versetzte ihm eine Ohrfeige mit der flachen Hand. »Wie viele sind noch in Rom?«

»Keine mehr«, lallte der Mann undeutlich. »Sind die letzten der Gruppe.«

»Wo ist Euer Hauptquartier? Wie lautet der Name der Stadt?«

Aber Wadurin war eingeschlafen, alles Rütteln brachte nichts mehr. Der Wein hatte den jungen Mann in einen tiefen, schwer zu durchbrechenden Schlummer geschickt.

»Verflucht!« Jean stand auf und wies Debora an, bei dem Gefangenen zu bleiben, dann kehrte er mit Judith zusammen nach oben zurück, um Gregoria die ersten dürftigen Ergebnisse des Verhörs zu bringen.

Er klopfte, betrat nach ihrer Aufforderung das Arbeitszimmer – und erstarrte. Roscolio saß der Äbtissin auf dem Stuhl gegenüber, die Raubtieraugen musterten Jean und schauten äußerst wachsam. Sarai und Rebekka flankierten Gregoria, keine von beiden hatte eine Waffe in der Hand.

Vorsichtig trat Jean ein, die Rechte lag locker am Gürtel in der Nähe des Pistolenknaufs. »Monsieur Roscolio, wie seid Ihr hereingekommen?«

»Wie die meisten Menschen: durch die Tür.« Er lächelte.

Gregoria, die ein dunkelrotes Kleid mit schwarzen Stickereien trug, bedeutete Jean, sich ebenfalls zu setzen. »Hast du einen von ihnen überreden können zu sprechen?«

»Der Rotwein ging mir dabei zur Hand.« Jean zeigte auf den Kaufmann. »Was will er?«

»Das Ende meines Fluchs«, erwiderte der ruhig. »Gestern Nacht schwor ich mir, dass ich nicht länger die Bestie sein möchte, trotz aller Vorteile, die es mit sich bringt, einen Dämon in sich zu beherbergen.« Er klopfte sich gegen die Brust. »In meiner Tasche trage ich einen Brief, der mich heute erreichte. Er ist von meiner Frau, und ihre Zeilen bestärken mich in meinem Entschluss.«

Jean sah die Seraphim strafend an. »Ihr solltet mich rufen, wenn er wieder auftaucht.«

»Sie haben es auf meinen Befehl hin nicht getan.« Gregoria wartete, bis er sich endlich gesetzt hatte. »Ich wollte zuerst mit Monsieur Roscolio allein sprechen, um mir ein eigenes Bild von ihm zu machen.«

»Es wird besser, heller und freundlicher ausgefallen sein als das, welches ich von ihm habe.« Er wandte sich Roscolio zu.

»Und ich, Monsieur, fühle mich vor Euch erst sicher, wenn ich wieder ein einfacher Mensch bin«, gab der Kaufmann scharf zurück. »Ihr unterstelltet mir, Euch in eine Falle gelockt zu haben, anstatt Euch zu Eurer Seraph zu führen. Unser Bündnis ist ohne Wert für mich. Es ist zu gefährlich, in Eurer Nähe zu bleiben, weil ich stets befürchten muss, dass Ihr Euch umdreht und mir eine Kugel verpasst.« Roscolio schüttelte den Kopf, die dunkelbraunen Haare bewegten sich wie kleine Wellen. »Lernt, wieder Vertrauen zu fassen.«

»Vielleicht habt Ihr Recht, Monsieur.« Jean nickte. »Die Seraphim und ich werden Euch erst trauen, wenn das Böse aus Euch vertrieben ist. Danach sehe ich keinen Grund, weswegen wir nicht die besten Freunde sein könnten.« Seine Finger hakten sich unter den Gürtel, eine Unterstreichung dessen, was er soeben ausgesprochen hatte.

»Weil ich schätze, was Ihr tut, und sogar Eure Art auf eine irrige Weise mag, schlage ich vor, dass wir mit der Heilung sofort beginnen. Je eher ich meine Familie sehe, desto besser.« Die Augen richteten sich auf Gregoria. »Wie geht es vonstatten?«

»Wir sind im Besitz eines Tranks, der mit geheimen Zutaten gebraut wird«, sagte sie.

»Wieder ein Wundermittel, das nichts taugt? Was macht Euch so sicher, dass es gegen das Böse wirkt?« Roscolio klang, als habe er bereits einige Versuche hinter sich.

»Der Trank ist ... gesegnet. Mehr darf ich Euch nicht sagen. Es steht Euch frei, das Angebot auszuschlagen, wenn Ihr Zweifel hegt«, erwiderte Gregoria.

Er schwieg eine Weile. »Nein. Ich habe Vertrauen zu Euch, Madame. Und wie kann ich Euch dafür danken, dass Ihr mich heilt? Wollt Ihr Geld?«

»Wir würden es niemals wagen, Geld für die Heilung einer Seele zu nehmen. Aber wenn Ihr unserer Schwesternschaft eine Spende zukommen lassen möchtet, werden wir uns dagegen nicht wehren«, antwortete sie. »Die Suche nach dem Heilmittel ist teuer und verbraucht viele Ressourcen.«

»Wenn es nur das ist.« Roscolio griff in seinen Mantel und nahm ein Blatt Papier heraus, das ein eingeprägtes Wasserzeichen trug. »Ich stelle Euch einen Wechsel aus.« Er stand auf, ging zu Gregorias Schreibtisch und kritzelte hastige Zeilen nieder, danach setzte er seine Unterschrift darunter. »Darf ich Euer Siegelwachs benutzen?« Sie nickte ihm zu, und gleich darauf presste er seinen Ring in die warme Masse. »Ich lasse die Summe offen. Den Betrag könnt Ihr nach eigenem Ermessen einsetzen.« Er schob das Papier von sich. »Es sollten nur nicht mehr als zweihunderttausend Livres sein.«

»Beim Blute des Heilands«, entfuhr es Sarai. Es war eine Summe, die Könige neidisch machte.

Gregoria ließ sich nichts anmerken. »Setzt Euch wieder in den Sessel, Monsieur«, bat sie und zog den Flakon, den sie vom Kardinal erhalten hatte, unter ihrem Kleid hervor. Sie öffnete den Verschluss. »Ihr werdet von mir einen einzigen Tropfen auf die Lippen gestrichen bekommen. Leckt ihn ab und bereitet Euch auf seltsame, verwirrende Bilder vor. Es ist die Kraft des Guten, das in Euch fährt und mit dem Dämon ringt, der einen Teil von Euch in Beschlag genommen hat.«

Roscolio sah auf das Fläschchen. »Wenn Ihr Monsieur Chastel wärt, müsstet Ihr mir schwören, dass es kein Gift ist, was Ihr mir da einflößen werdet«, sagte er bedächtig.

Sie hob die Hand und griff an das Silberkreuz, das vor ihrer Brust baumelte. »Beim Leiden unseres Herrn und dem Blut, das er für uns vergossen hat, gelobe ich Euch, dass Ihr nichts anderes bekommt als ein Heilmittel. Vertraut mir und dem Herrgott.«

»Für meine Familie.« Roscolio lehnte sich in den Sessel, schloss die Augen und öffnete den Mund ein wenig.

Gregoria ließ einen einzigen zähen Tropfen auf den Zeigefinger rinnen und verstrich ihn auf der Unterlippe des Mannes. »Leckt es ab, Monsieur«, forderte sie ihn ehrfürchtig auf. »Schüttelt die Bestie in Euch ab.«

Die Zunge kam vorsichtig wie eine ängstliche Schlange nach vorn, glitt über das dunkelrote, zähe Blut und zuckte angewidert zurück. Roscolios Antlitz verzog sich.

»Macht schon, Monsieur!«, rief Jean gebannt und richtete seine Pistole auf den Mann. Die Seraphim legten ebenfalls ihre Waffen an. Sollte etwas schief gehen, waren sie gewappnet. »Gregoria, geh weg von ihm.«

Roscolio sog die Unterlippe ein, um das Mittel abzulutschen, er schluckte mehrmals, als würde es in seinem Hals kleben bleiben. »Was geschieht nun?«, flüsterte er, ohne die Lider zu heben. »Wie lange dauert es, bis ...«

Seine Hände krampften sich unvermittelt um die Lehnen, sein Körper spannte sich an; der Sessel knirschte und ächzte unter der Beanspruchung. »Was ...«, stieß er hervor, riss die Augen auf und stierte Gregoria voller Furcht an. Die Pupillen waren plötzlich geschlitzt wie bei einer Katze. »Ihr habt geschworen ...« Seine Worte gingen in einen lauten Schrei über; schwarzer Rauch schoss aus seinem Mund und es roch nach brennendem Fleisch.

Roscolio stemmte sich brüllend in die Höhe, taumelte auf den Krug mit Wasser zu und schluckte gierig, eine Hand presste er gegen den Bauch. Die Beine knickten ein, er fiel auf den Boden, der Krug zersprang in viele Stücke.

Der Mann wälzte sich hin und her, die Mündungen der Pistolen verfolgten ihn dabei unentwegt. »Noch nicht«, befahl Jean den Seraphim. »Vielleicht muss es so sein.«

Die Haut platzte am ganzen Körper auf, schwarzes, geflecktes Fell kam zum Vorschein und zerfiel sofort. Roscolio kreischte und kratzte sich die offenen Arme, das Blut floss überall aus seinem Körper heraus. Schmatzend schnappten lange Krallen aus den Fingerzwischenräumen und schleuderten rote Tropfen durch das Zimmer.

»Das wird er niemals überleben«, rief Gregoria entsetzt und blickte auf das blutüberströmte Mischwesen, das nur noch Gurgellaute von sich gab, bis es mit einem letzten Krampf still lag. »Herr, steh ihm bei!«

Hier und da hingen das schwarze Fell und Hautfetzen herab, ansonsten lag das rohe Fleisch an vielen Stellen bloß und die Adern ergossen die letzten Reste von Roscolios Lebenssaft auf die Dielen. Jean näherte sich, betrachtete den entstellten Menschen und tastete am wie detoniert wirkenden Hals nach dem Puls.

»Er ist tot.«

Gregoria betrachtete den Flakon. »Ist es das falsche Mittel?«, stammelte sie betroffen. »Herr im Himmel, haben wir ihn damit umgebracht?« Sie bekreuzigte sich und stellte sich ebenfalls neben den Leichnam, segnete ihn und verspürte großes Mitleid. Sie dachte an die Geschichte über seine Familie, seine Freude darüber, als normaler Mann zu ihr zurückzukehren zu können. »Er vertraute mir.«

»Nein, Gregoria. Das Böse hat ihn umgebracht.« Jean erhob sich. »Er war zu schwach.« Sarai blieb ebenso gelassen wie ihr Mentor. »Die Macht der Bestie war zu stark, der Körper hat das Ringen zwischen Gut und Böse nicht überstanden.«

Jean ging zum Schreibtisch, wo noch immer der Wechsel lag. Er tauchte die Feder ins Fass und trug die Zahl zweihunderttausend in die leere Stelle ein, dann winkte er Sarai zu sich. »Du wirst morgen mit Debora zu seiner Hausbank gehen und dir die Summe auszahlen lassen, meinetwegen in Raten. Sie werden nicht alles Geld in ihrem Panzerschrank lagern. Wir werfen seine Leiche in den Fluss und ...«

»Nein.« Gregoria sah ihn ernst an. »Er hat ein Begräbnis verdient, wie es sich für einen Christen gehört.«

Er sah auf Roscolio, dessen Leiche wenig Menschliches an sich hatte. »Wie willst du das einem Priester erklären? Eine Untersuchung würde noch mehr Aufsehen erregen als sein Verschwinden. Ich kenne die Zeitungen und Journale, Gregoria, die damals auch über die Bestie geschrieben haben. Die gleichen Abenteurer werden nach Rom kommen und uns die Arbeit erschweren.«

Sie schwieg, weil sie wusste, dass er Recht hatte. »Dann begraben wir ihn bei uns. Im Garten. Es gibt keinen besseren Platz für einen Toten als ein Kloster. Er hat seine Seele gereinigt und uns obendrein noch eine Summe hinterlassen, mit der wir Dinge anschaffen können, von denen weder Lentolo noch der Kardinal etwas erfahren werden. Ich lasse es nicht zu, dass wir ihn wie einen Selbstmörder ohne würdiges Grab noch weiter entehren, als es die Bestie in ihm vermocht hat.«

»Im Hof?«, fragte Jean ungläubig nach.

»Wieso nicht?«, hielt sie beinahe wütend dagegen.

Die Seraphim hielten sich aus dem Disput heraus, es stand ihnen nicht zu, eine Bemerkung zu machen. Sie steckten die Pistolen weg, Sarai sah aus dem Fenster, vor dem der Schnee rieselte und eine dicke Lage Weiß auf die Stadt gelegt hatte.

»Na gut«, willigte er ein. »Wir werden ihm dennoch den Kopf abtrennen. Ich möchte auf Überraschungen verzichten.« Jean sah zu den Seraphim. »Du wirst alles veranlassen, Sarai.«

»Sehr wohl. Ich mache mich gleich an die Arbeit.« Sie gab den anderen jungen Frauen ein Zeichen und ging hinaus, Gregoria und Jean folgten ihnen. Der widerliche Geruch machte den Aufenthalt in dem Raum zu keiner schönen Angelegenheit. Sie hielten sich stattdessen in der Eingangshalle auf, wo ein prasselndes Feuer im großen Kamin brannte.

»Das Sanctum hat versagt. Es hat einen Menschen umgebracht anstatt ihn zu heilen.« Sie hielt eine Hand um den Flakon, ihre Sorge um Florence stieg. So sehr sie Roscolios Tod bedauerte – und so sehr sie sich für ihre Gedanken schämte –, sie war erleichtert, dass sie das Mittel zuerst an ihm ausprobiert hatte. Sonst läge nun ihr Mündel tot vor ihr. »Oder was meinst du?«

Jean zuckte mit den Achseln. »Es hängt vielleicht von verschiedenen Dingen ab. Es könnte wirklich sein, dass Sarai Recht hatte und sein Leib zu schwach war, wie ein Gerüst, das unter einer schweren Last zusammenbricht.« Er schaute zu, wie Flammen nach oben züngelten und den Kamin hinauftanzten. »Wir werden es bei dem nächsten Wandelwesen sehen, das wir fangen.«

Sie sah zu ihm und hätte so gern nach seiner Hand gegriffen, seine Nähe und seine Wärme gespürt, schon allein um ihm zu zeigen, dass sie ihre Worte im Arbeitszimmer nicht böse gemeint hatte. Aber in der Eingangshalle gab es zu viele Möglichkeiten, entdeckt zu werden.

Dann kam ihr ein neuer beunruhigender Gedanke. »Was ist, wenn das Sanctum auch die Schwestern und die Seraphim tötet?«, flüsterte sie.

Er blickte zu ihr, und seine Stirn legte sich in Falten. »Wieso sollte es das?«

»Der Kardinal möchte, dass ich ihnen davon gebe, damit sie gesegnet und gegen die Verführungen des Bösen immun sind.« Sie klammerte sich mit allen zehn Fingern an das Fläschchen. »Jean, was ist, wenn ich sie damit alle umbringe?«

»Hat er dich vor Nebenwirkungen gewarnt?«

»Nein. Er sagte, es sei Sanctum, das Blut des Herrn. Wie das in der Phiole, das vorher Francesco gehört hat.«

»Anscheinend hat der Kardinal noch nicht so viele Erfahrungen damit gemacht.« Er dachte nach. »Es wäre möglich, dass es unterschiedliche ... Wirkungsgrade gibt.«

»Verschieden starke Dosierungen?«

Er nickte. »Wurde es verdünnt? Wir wissen nicht, wie sie es gewinnen. Wenn es seit Jahrhunderten an einem Stofffetzen oder an der ... was weiß ich ... Dornenkrone klebte, wie bekommen sie es wieder flüssig und machen daraus diese zähe Substanz?« Er lehnte sich nach vorn und hielt die Hände über die Flammen. »Ich würde den Gegenstand mit heißem Wasser übergießen und so das Blut lösen, das Wasser wiederum so lange köcheln lassen, bis es sich reduziert hat. Je länger eine Essenz kocht«, er zeigte auf den Flakon, »desto intensiver wird sie. Wenn das für das Blut ebenso gilt, könnte bei jedem Durchgang eine unterschiedliche Konzentration entstehen.«

Es klang logisch, was er sagte. Dennoch weigerte sich Gregorias Verstand, an diese profane und gänzlich unmystische Lösung zu glauben. Sie wollte lieber glauben, dass die Reliquien mit Weihwasser gewaschen wurden und sich das Blut anschließend von selbst verflüssigte. Man müsste es danach einfach nur mit einem Trichter sammeln und auffangen. »Wir werden es niemals mit Sicherheit wissen ... und vielleicht ist das auch gut so.« Sie sprach ihre Gedanken nicht laut aus, weil sie fürchtete, von Jean ausgelacht zu werden. Er glaubte nicht so stark wie sie. »Was tun wir als Nächstes?«, lenkte sie ab.

»Ich verhöre die beiden Rumänen«, antwortete er. In aller Eile berichtete er von den bisher gewonnenen Erkenntnissen. »Vielleicht bekomme ich einen Hinweis auf den Verbleib des Comtes. Sie haben ihn schon einmal vor uns aufgespürt. Entweder hatten sie mehr Glück oder sie wissen mehr von ihm, als wir ahnen.«

»Was macht dich so sicher, dass der Comte Rom nicht verlassen wird?«

»Er denkt, dass Roscolio noch lebt, und solange er das annimmt, wird er bleiben und ihn suchen, um ihn zu töten. Auf Menorca hat er es nicht geschafft. Diese erneute Blöße wird er sich nicht mehr geben wollen, schon allein zum Schutz seines eigenen Lebens.« Jean stand auf. »Ich werde ins Bett gehen. Es war ein anstrengender Tag und mein Kopf schmerzt.« Er lächelte sie an, wandte sich um und ging die Treppe hinauf. »Morgen begraben wir Roscolio.«

»Möge er in Frieden ruhen.«

Gregoria sah Jean nach. Sie hatte das Gefühl, dass er sich seit ihrem Geständnis von ihr entfernte, unmerklich, doch stetig. Dass sie Roscolio zunächst allein gesprochen hatte, machte es nicht besser. Bei seinem Eintreten ins Arbeitszimmer hatte sie in den braunen Augen stumme Vorwürfe gesehen, die ihr einen weiteren Vertrauensbruch vorwarfen.

Ein neuerliches Ziehen fuhr durch ihren Unterleib, und sie legte ihre Linke beruhigend auf den Bauch. Die Gefahr, den Beweis ihrer Unkeuschheit vor aller Augen zu erbringen, wuchs mit jedem Tag. Nach der Beerdigung musste sie Rom verlassen. Das Kind in ihr wurde unruhiger.

XVII.
KAPITEL

Italien, Rom, 30. November 2004, 06.33 Uhr

Schwester Walburga trat in das Zimmer von Faustitia. »Herr von Kastell steht vor dem verborgenen Eingang, ehrwürdige Äbtissin. Er verlangt, sofort zu Euch gebracht zu werden.«

Faustitia hob den Kopf. »Allein?«

»Ja.«

»Wie ist er in den Gang gelangt?«

Walburga faltete die Hände. »Er hat die Türen im Haus aufgebrochen, zuerst die in der Straße, danach die im Hinterhof. Jetzt steht er vor der Stahltür, er hat die Kamera entdeckt und einen Zettel geschrieben, auf dem steht, dass er Euch sprechen möchte.«

Faustitia hatte sich nicht bewegt. »Neues von ihr?«

»Nein, Äbtissin. Sie ist nicht zu erreichen.«

Faustitia schlug das Kreuz und stand auf. »Ich bitte unseren Herrn und alle Heiligen, sie zu beschützen. Lass von Kastell in den Raum bringen.« Sie eilte hinaus, folgte den verschlungenen Gängen durch das ehrwürdige Gebäude, das versteckt in Monti lag, und begab sich in das sichere Zimmer, in dem sie die Verdächtigen prüften, die der Bestie anheim gefallen waren. Bevor sie eintrat, warf sie einen Blick auf den Überwachungsmonitor auf ihrer Seite der Tür.

Der Bildschirm zeigte ihr einen Mann im Mittelpunkt des Raumes, und obwohl dieser groß war, wirkte der Mann nicht klein und verloren. Er bildete das Zentrum, um das sich alles drehte. Das wenige Licht, das durch die Buntglasfenster fiel, schien ihn zu umspielen und gab ihm eine rätselhafte Aura von Kraft und Verzweiflung. Es war ein ergreifendes Bild, unwirklich und dennoch magisch. Würde ein Fotograf davon eine Aufnahme machen, würde sie zu einer modernen Ikone werden.

Faustitia öffnete die Tür und ging auf ihn zu. »Herr von Kastell, was ist geschehen?«, fragte sie, »was ist in Plitvice passiert und wo ist Justine?«

Eric schien sie nicht zu bemerken. Seine Augen hatten sich auf die Lichtflecken am Boden gerichtet. Er schluckte. »Darf ich Lena sehen?«

Der Schmerz in seiner Stimme ließ Faustitia kurz zusammenzucken. Damit hatte sie nicht gerechnet. Dies war eindeutig nicht der Zeitpunkt, ihn mit brennenden Fragen zu bombardieren. Sie würde nichts von ihm erfahren. Nicht bevor er seine Freundin gesehen hatte. »Es geht ihr gut«, beruhigte sie ihn und deutete nach rechts. »Kommen Sie hier entlang. Wir müssen allerdings längere Zeit mit dem Auto fahren. Ihre Waffen dürfen Sie dieses Mal behalten. Sehen Sie es als Zeichen meines Vertrauens.«

Eric nickte und folgte ihr. »Sie müssen eine Frau finden«, sagte er. »Sie heißt Severina und ist unschuldig in die Sache hineingeraten. Sie ist verletzt und irrt vermutlich unter Schock durch Rom.« Er reichte ihr die Zeichnung, die er von ihr angefertigt hatte; Faustitia versprach, nach ihr suchen zu lassen. »Machen Sie sich keine Gedanken. Die Augen und Ohren des Ordens sind überall in der Stadt, und wir haben Zugang zu allen wichtigen Datenbanken der Polizei und der Krankenhäuser. Wir werden sie finden.«

Eric spürte ein wenig Erleichterung.

Sie marschierten einen langen Sandsteingang entlang, bis sie eine Garage erreichten. Faustitia übergab die Zeichnung an eine junge Frau, die sich sofort auf den Weg machte. Dann setzten sich die Äbtissin zu Eric in den Van mit den verdunkelten Scheiben, eine Nonne übernahm die Aufgabe der Fahrerin.

Zunächst schwiegen sie beide.

Eric betrachtete die Reflexion seiner Augen im Glas und

konnte den Anblick beinahe nicht ertragen. Er sah darin den Widerschein der Bestie, die ihm in den letzten Tagen überdeutlich gezeigt hatte, dass er sie nicht wirklich kontrollierte. Er mochte sich nicht ausmalen, welche Dinge er anrichten würde, wenn er weder Schlaftabletten noch die Gamma-Hydroxybuttersäure besaß. Im Glas sah er das Gesicht der Putzfrau aus der Raststätte in Plitvice, die er getötet und gefressen hatte.

Er schloss die Lider, ballte die Hände und kämpfte gegen die Bilder. Aber seine Vorstellungskraft zeigte ihm unbarmherzig zuerst das entsetzte Antlitz der verletzten Severina, danach seine sterbende Halbschwester. Es war mehr, als er ertragen konnte.

»Justine ist tot«, murmelte er. In allen Details berichtete er von den Ereignissen der vergangenen Tage. Von Emanuelas Verrat und Ermordung, von seiner Vermutung, dass der Orden mit wenigstens zwei Spitzeln einer anderen Organisation durchsetzt gewesen war. Er berichtete ihr vom Fund des Amuletts, seiner Begegnung mit dem Padre und dem Anschlag auf seine Villa. Doch bei aller Ausführlichkeit fasste er sich kurz, als es um Justine ging. Er wollte nicht darüber sprechen.

»Und nun bin ich hier«, beendete er seinen Bericht. »Meine einzige Spur ist Rotonda«, schloss er. »Können Sie mir mehr über ihn sagen?«

Faustitia war bleich geworden, sie hielt ihren Rosenkranz in der Hand. »Verzeihen Sie, Herr von Kastell, aber …« Ihre Stimme klang brüchig, Justines Tod traf sie offenbar sehr.

Der Van hatte sein Ziel erreicht, und die Tür wurde geöffnet. Faustitia stieg aus, ohne noch ein Wort mit ihm zu wechseln. Sie sah durcheinander aus. Eric folgte ihr, Stahlwände und Steinwände zogen an ihm vorbei, bis sie sich wieder vor der Schleuse befanden, durch die es zu Lena ging.

Er sah sie durch das Beobachtungsfenster; sie lag da und schlief. Ungeduldig wartete er, bis man ihn einließ, dann sank er neben ihrem Bett auf einen Stuhl und umschlang ihre linke Hand mit seinen Fingern.

»Ich bin die Jagd leid«, flüsterte er. »Und ich kann die Bestie in mir nicht mehr ertragen.« Er schaute auf ihr Gesicht. »Ich werde mir von den Nonnen das Gegenmittel verabreichen lassen, sobald wir den Welpen und seine Beschützer vernichtet haben. Danach sollen die andere Wandelwesen tun, was sie wollen. Die Schwesternschaft wird sich um sie kümmern. Mich interessieren sie nicht mehr.« Er küsste ihren Unterarm, schmeckte das Desinfektionsmittel. »Es wird enden, Lena. Und zwar nicht mit unserem Tod.« Er küsste ihre Hand erneut, stand auf und verließ das Zimmer.

Faustitia erwartete ihn in einem kargen Raum, in dem normalerweise wohl die Kaffeepausen der Wächterinnen stattfanden; vor ihr stand ein großer Becher Kaffee. Ihr Blick war abwesend, die Hände ruhten gefaltet auf dem Tisch. »Für unseren Orden ist es so gut wie unmöglich, etwas zu unternehmen.«

»Wie bitte?« Eric setzte sich ihr gegenüber. »Aber Sie versprachen mir das Heilmittel.«

Sie sah ihn aus graubraunen Augen an. »Das werden Sie selbstverständlich erhalten. Ich meine Padre Rotonda.«

»Weil sein Cousin Kardinal ist?«

»Weil er ein mächtiger Mann ist, der mehr vermag, als er vorgibt zu können«, antwortete sie und stand auf. »Kommen Sie, Herr von Kastell. Wir reden an einem anderen Ort weiter. Der Raum ist mir zu trist.« Faustitia verließ die Schleuse, und wieder begann ein Marsch durch einen Irrgarten aus Gängen.

Nach und nach veränderten sich die Wände. Eric nahm frische Luft wahr, die rein und sauber in seine Nase drang. Sie befanden sich außerhalb von Rom, weit weg von Smog und Dreck.

Jetzt erkannte er mehr von seiner Umgebung. Das Gebäude, durch das sie wanderten, war groß und sehr alt und hatte so gar nichts von einem Kloster. Es machte eher den Eindruck einer weitläufigen, üppigen Villa aus vergangenen Jahrhunderten, wie er an der Bauweise, dem Dekor und den Bemalungen über dem einen oder anderen Fenstersturz erkannte.

Schließlich gelangten sie in ein Arbeitszimmer, das den Blick auf einen See erlaubte. Das Gebäude selbst stand an einem Hang. Eric sah Weinstöcke und Olivenbäume, auf der anderen Seite erhob sich ein Hügel, auf dem ein malerisches Dörfchen lag.

Faustitia rief eine Nonne und bestellte frischen Kaffee, setzte sich ihm gegenüber und legte die Finger zusammen. »Herr von Kastell, unsere Zusammenarbeit endet leider hier.«

»Das heißt, Sie kneifen vor Rotonda?«

»Mir sind die Hände gebunden, denn Sie haben einen Gegenspieler aufgedeckt, den wir nicht mit unseren herkömmlichen Mitteln bekämpfen können.« Die Tür öffnete sich und ihnen wurde der Kaffee gebracht. Faustitia wartete, bis sie wieder allein waren. »Unsere Ordensgründung geht auf eine sehr mutige französischen Äbtissin zurück. Die Schwesternschaft vom Blute Christi hat es sich zur Aufgabe gemacht, die schrecklichen Wesen, die auch Sie jagen, für immer aus der Welt zu schaffen. Nicht mit Ihren Methoden, Herr von Kastell, sondern durch Heilung. Sofern es uns möglich ist, eine der Bestien zu stellen.«

»Und Rotonda möchte das verhindern? Ist er ein Werwolf?« Eric trank von seinem Kaffee und verzog das Gesicht. Er hatte Milch und Zucker vergessen.

»Nein, er ist weit davon entfernt. Wie seine Vorgänger strebt er danach, solche Ausgeburten des Bösen zu sammeln und ihre Boshaftigkeit zu nutzen.«

»*Was?*«

Faustitia lehnte sich zur Seite und öffnete einen Fensterflügel, um das Tönen der Glocken einer wohl nahen Kapelle besser hören zu können. »Wann besuchen die Menschen Ihrer Meinung nach die Kirche?«

Eric rührte Zucker in den Kaffee und kippte Milch nach. »An Weihnachten? Ich mag diese Ratespielchen nicht.«

»In Zeiten der Not, Herr von Kastell. Mal sind es Kriege oder die Angst davor, mal Krankheiten, derer die Mediziner nicht Herr werden«, sagte Faustitia. »Damals, vor über zweihundert Jahren, als die Bestie im *Gévaudan* wütete und alles begann, war die Bereitschaft, sich Gott zuzuwenden, so groß wie selten. Das Volk selbst verlangte nach öffentlichen Gebeten und die Gotteshäuser ...«

»Ich glaube, ich verstehe das nicht richtig.«

Sie sah ihn lange an, und er bekam das Gefühl, dass sie mehr über ihn wusste, als sie bislang preisgegeben hatte. Wieso hatte sie *Gévaudan* so sehr betont, als ob sie von ihm eine bestimmte Reaktion darauf erwartete?

Faustitia atmete aus. »Immer noch nicht? Dann will ich es klar und deutlich aussprechen: Er will die Bestie aus dem Gévaudan auf die Menschheit hetzen.«

»Sagen Sie nicht, dass Rotonda allen Ernstes annimmt, diese Einschüchterungsstrategie würde im 21. Jahrhundert noch funktionieren.« Er langte unter den Mantel und holte sein G3 hervor. »Heutzutage gibt es im Gegensatz zu 1764 alle möglichen Methoden, ein Biest aufzuspüren und zur Strecke zu bringen. Sie wissen, von was ich rede. Und ganz davon abgesehen: Die Welt ist voll von Wandelwesen. Sie stehen vielleicht nicht an jeder Straßenecke, aber in zwei Jahrhunderten kann man schon das ein oder andere erwischen.«

»Es geht nicht um ein einfaches Wandelwesen, Herr von Kastell. Sie wissen genauso gut wie ich, dass die meisten von ihnen für den Ahnungslosen kaum von einem großen Tier zu unterscheiden sind – Löwen und Panter, Hyänen und Pumas ... Aber die Bestien aus dem Gévaudan sind anders. Ihnen sieht man an, dass sie eine Ausgeburt der Hölle sind.«

»Die Ausgeburt der Hölle, wie Sie es nennen, ist kaum ein paar Wochen alt und noch keine ernstzunehmende Gefahr«, erinnerte sie Eric. »Natürlich müssen wir ihn dringend in unsere Gewalt bringen, aber soweit ich weiß, ist dieser Welpe das letzte Exemplar seiner Art – nur noch ein Biest, nicht mehr.«

»Wollen Sie mich nicht verstehen, Herr von Kastell? Eine Bestie würde vielleicht übersehen oder recht schnell von Menschen wie Ihnen und mir ausgemerzt werden. Aber nicht, wenn sie in Rudeln umherziehen. Er braucht den Welpen, um eine Legion zu schaffen!«

Eric starrte sie an. »Ich warte darauf, dass die Tür aufgeht und man mir sagt, dass ich eben reingelegt wurde.«

»So sehr ich es wünschte: Das wird nicht geschehen, Herr von Kastell.«

»Aber wenn Sie davon wissen ...«

»Unser Orden und Rotondas Organisation liefern sich seit Jahrhunderten ein Duell, bei dem wir bisher stets im Vorteil waren. Wir fanden die meisten Bestien vor ihnen oder entrissen ihnen jene, die sie bereits in ihre Gewalt bringen konnten. Es kam niemals zur Katastrophe.«

»Schön, angenommen, dieser Wahnsinnsplan geht auf: Will Rotonda die Bestien dann wieder aus der Welt *beten?* Was genau ist sein Plan?«

»Wir beide wissen, dass die Kirche in den letzten Jahrhunderten stark an Macht verloren hat. Und Macht ...«

»Er besitzt ein Gegenmittel.« Eric kam von selbst auf die Lösung. »Die Bestien werden Angst und Schrecken verbreiten, sich vermehren, Chaos anrichten ... und nur er und seine Gefolgsleute bieten Schutz. Und Heilung.«

»Durch die Gnade Gottes, ja«, bestätigte ihm Faustitia.

Eric sah die Apokalypse vor sich: Bestien hetzten durch die Straßen, zerrissen alles, was sie fanden, und die Menschen strömten in Scharen in die Gotteshäuser, an deren Altären Rotondas Anhänger standen. »Er will nicht zufällig Papst werden?«

»Nein. *Er* nicht. Aber seinem Cousin sagt man solche Ambitionen nach.«

»Ich verstehe, dass Sie nicht zur Polizei gehen und sagen können: Wir wissen, was Rotonda plant. Aber gibt es keine

Möglichkeit, den Wahnsinnigen aufzuhalten? Ihn und seine gesamte Mannschaft auszuradieren? Gott gab uns Bomben«, rief er aufgebracht. »Kramen Sie mal im Alten Testament, da lässt sich gewiss eine Stelle finden, die einen Anschlag rechtfertigt.«

»Wenn es so einfach wäre ... Auf seine Art und Weise ist er ein genauso gläubiger Mensch wie ich. Er kämpft für die Kirche und die Stärkung des Glaubens, der in Gefahr geraten ist. Es liegt an uns, sein Werk, das er in Verblendung anstrebt, zu vereiteln. Weil wir an das Gute in ihm glauben, wie wir an das Gute in den Wandelwesen glauben, retten wir, anstatt zu vernichten.« Faustitia räusperte sich. »Anders ausgedrückt: Eine Schwester würde ihren Bruder niemals töten, wenn er den falschen Weg eingeschlagen hat, sondern versuchen, ihn zurück auf den rechten Pfad zu bringen.«

Eric dachte unwillkürlich an Justine. »Dann gilt das für Sie und Ihre Schwesternschaft, aber nicht für mich. Ich stand vor ihm, ich hatte meine Pistole dabei.« Eric wühlte sich in den Haaren. »Wenn ich daran denke, welche Gelegenheit ich verpasst habe ...«

Sie betrachtete ihn. »Ich will nicht sagen, dass er unverwundbar ist, aber ...« Sie zögerte.

»Aber?« Er rieb sich über den Bart. »Er ist *doch* ein Werwolf?«

»Nein. Aber er besitzt Gaben, die nicht von dieser Welt sind.«

»Kann er übers Wasser laufen?«

»Wohl kaum. Aber ich kann Ihnen versichern, dass er ein Gegner für Sie sein wird, der jedes Wandelwesen übertrifft.«

»Seine Macht beruht nicht auf dem Glauben, nehme ich an.«

»Sie beruht auf dem Vermächtnis des Herrn.« Sie legte die Hand auf Herzhöhe. »Sein heiliges Blut.«

»Er ist ein Nachfahre von Jesus? Erzählen Sie mir nicht, dass diese ganzen wirren Geschichten über Jesus und Maria Magdalena wahr sind!« Eric war bei seinem dritten Kaffee angelangt, sein Herz schlug schneller und jagte seinen Kreislauf in die Höhe. »Ich sagte es vorhin schon einmal: keine Ratespielchen.«

»Das Blut Christi ist das Heilmittel, das Sie erhalten werden und mit dem wir auch die Bestie aus Lena treiben«, eröffnete sie ihm. »Auf normale Menschen wirkt es ... anders. Es verleiht ihnen unglaubliche Kräfte, lässt von der Heiligkeit und der Macht erahnen, die einst in Jesus ruhte.«

Eric erinnerte sich an die Bilder, die er im Hotel nach dem Tod von Schwester Ignatia gesehen hatte. Nachdem ihr Blut in seinen Mund gelangt war. »Christliche Vampire, wie nett«, sagte er. »Wie kommen Sie an das Zeug? Sagen Sie nicht, dass Sie einen Jesus-Klon im Keller haben und ihm jeden Morgen einen Schoppen abzapfen.«

»Herr von Kastell, Ihre Fantasie ist bemerkenswert. Nein, es ist wesentlich schwieriger, an das Vermächtnis des Herrn zu gelangen. Unser Orden sammelt seit seiner Gründung Gegenstände, an denen das Blut unseres Herrn haftete. Aus dem getrockneten Heiligtum können wir durch ein spezielles Verfahren wieder Blut gewinnen. Nur wenige Tropfen, aber es gibt nichts Reineres, nichts Heiligeres und nichts Mächtigeres als diese Substanz. Mit diesem puren Sanctum lässt sich das Blut unserer reinsten Schwestern, die nie getötet, nie gezweifelt haben, zu etwas Höherem erheben. Doch es ist keine Quelle, die nie versiegt. Ein Tropfen Sanctum heiligt die zwanzigfache Menge. Nicht mehr.«

»Und Padre Rotonda verfolgt die gleiche Taktik. So viele Dinge, an denen das Blut von Jesus haftet, kann es doch gar nicht geben.« Eric versuchte sich an die Dinge zu erinnern, die er aus der Bibel kannte. »Das Grabtuch, die Dornenkrone und der Speer?«

»Es gibt noch mehr. Das Gewand, das er bei seiner Passion trug, das Kreuz, das er auf seinem Rücken schleppte, die Peitschen, mit denen er geschlagen wurde. Vergessen Sie nicht die Wanderjahre. Der Sohn Gottes lebte mehr als dreißig Jahre unter uns. Somit hatte er genügend Gelegenheiten, an Dingen sein Blut zu hinterlassen, von einem Werkzeug seines Vaters bis zu einem Messer. Wenn man weiß, nach was man suchen muss, findet man es. Wenn dabei auch sehr, sehr viel Zeit vergeht. Manche Spur stellt sich oftmals als Fälschung heraus.« Faustitia lauschte dem erneut einsetzenden Glockenspiel. »Nichtsdestotrotz, unsere Bestände verringern sich, das stimmt, Herr von Kastell. Ein umso größerer Frevel ist es, das Sanctum zu verschwenden, statt jeden Tropfen zu nutzen, um eine Seele damit zu retten.«

Eric nahm sich einen Schluck Wasser, der Kaffee trocknete seinen Mund aus. »Wollen Sie damit andeuten, dass Rotonda sich einen ordentlichen Schluck davon gegönnt hat? Was macht das aus ihm – Superman? Einen Unsterblichen?«

»Ich weiß es nicht. Jedenfalls sollten Sie auf der Hut sein.« Faustitia bedachte ihn mit einem Lächeln, in dem Resignation und Hoffnung mitschwangen. »Auf Ihnen ruht die Verantwortung für das Wohlergehen der ganzen Menschheit, Herr von Kastell – und für die Reinheit der Kirche. Wir können nichts gegen Padre Rotonda und seine Mitverschwörer unternehmen.« Ihr Blick wurde traurig. »Ich bin mir sicher, dass der Anschlag auf Sie und Justine auf sein Konto geht, ebenso die Aktionen in Kroatien.« Sie bekreuzigte sich. »Ich wünsche den Seelen von Ignatia und Emanuela nichts Schlechtes, der Herr wird über sie richten, aber ich verstehe nicht, weswegen sie unseren Orden verraten haben.«

»Die gleiche Verblendung, an der auch Rotonda leidet? Allgegenwärtige Ehrfurcht vor dem Herrn, und nur die Christen können der Welt die Rettung vor der Werwolfplage bieten. Der Islam wäre ebenso aus dem Rennen wie der Hinduismus und alle anderen Religionen. Für katholische Fanatiker muss das dem Himmelreich auf Erden ziemlich nah kommen.« Eric ahnte, woher seine Visionen im Hotelzimmer in Plitvice gekommen waren. Schwester Ignatia hatte mit Sicherheit von dem Blut zu sich genommen, und es hatte seine seltsame Wirkung an die Frau weitergegeben. Die verdünnte Form hatte nicht ausgereicht, um ihn von der Bestie zu befreien, aber es hatte ihm eine Vision beschert. Kein Erlebnis, das er wiederholen wollte.

»Das mag sein. Es betrübt mich sehr, dass ich die Schwestern so falsch eingeschätzt habe.« Faustitia senkte die Stimme. »Das hat viel Schmerz hervorgerufen. Und wir haben nicht nur die beiden verloren, sondern auch ...« Sie schloss die Augen, eine Träne sickerte unter dem rechten Lid hervor.

Eric wunderte sich. Die Oberin weinte doch nicht etwa um Justine? »Wie kam meine Halbschwester zum Orden?«, fragte er unvermittelt. »Ich meine, sie trug das Böse in sich.«

»Wir sind durch einen Zufall auf sie gestoßen. Wir verfolgten die gleiche Bestie und gerieten beinahe aneinander. Sie folgte uns nach Rom und bot uns ihre Hilfe an. Justine war eine bezaubernde Person.«

Eric lachte auf. »Sprechen wir von derselben Frau?«

»Justine hat mir erzählt, welche Schwierigkeiten Sie beide miteinander hatten. Es gab für Sie keinerlei Gelegenheit, sie besser kennen zu lernen. Sie so kennen zu lernen wie ich.« Faustitia schloss das Fenster wieder, das Geläut war zu Ende. Die Kälte sollte nicht länger ins Arbeitszimmer dringen. Sie verharrte einen Moment. »Sie ist mehr als einmal in eine Versuchung geführt worden, von der Sie und ich uns keine Vorstellung machen können. Und sie hat immer widerstanden ...« Faustitia schwieg.

Eric hatte nicht geahnt, dass zwischen der Oberin und seiner Halbschwester eine so innige Freundschaft bestanden hatte. Für ihn wäre das unvorstellbar gewesen. Ja, er musste sich eingestehen, dass er Justine eigentlich nur dafür gehasst hatte, dass es sie überhaupt gab. Sie war der lebende Beweis für die Untreue seines Vaters und den Betrug an der geliebten Mutter gewesen. Faustitia hatte Recht: Es war zu spät, seine unerwartete Verwandte näher kennen zu lernen. Und er begann zu ahnen, dass dies ein Verlust sein konnte.

»Unter anderen Umständen hätte ich sie vielleicht ... gemocht«, räumte Eric ein, nahm sein G3 und schob es zurück unter den Mantel. »Ich werde Rotonda einen Besuch abstatten. Können Sie mir sagen, wo ich ihn finde?«

»Mehr noch. Ich werde Ihnen alle Aufzeichnungen zukommen lassen, die wir über ihn haben«, versprach sie ihm, drehte sich um und griff nach dem Telefon. »Wenn wir schon nicht gegen ihn vorgehen können, dann unterstützen wir Sie mit allem, was wir besitzen.«

»Kann ich im Notfall auf Ihre Seraphim zurückgreifen?«, fragte er unschuldig.

Faustitia bedachte ihn mit einem abschätzenden Blick. »Vielleicht«, erwiderte sie nach einigem Zögern. Eine Schwester kam herein. »Führen Sie Herrn von Kastell in eines unserer Gästezimmer. Er wird sich ein wenig ausruhen und etwas essen wollen.« Sie wandte sich wieder an ihn. »Ich lasse Ihnen die Unterlagen bringen. Sagen Sie mir Bescheid, wann Sie aufbrechen wollen.«

Eric erhob sich. »Sobald ich weiß, dass Lena kein Wandelwesen mehr ist.«

»Ich lasse Sie in zwei Stunden abholen. Sie werden dabei sein, wenn wir die Prozedur durchführen.« Faustitia nickte ihm zu und deutete auf die Schwester, die hereingekommen war. »Gehen Sie jetzt, Herr von Kastell. Schwester Walburga bringt Sie in ein Gästezimmer.«

Eric folgte ihr. Er freute sich auf zwei Stunden Schlaf.

In seinem Zimmer gab es zwar ein Fenster, aber es war vergittert und gab den Blick auf eine blanke Felswand frei. Es wunderte ihn nicht, dass Schwester Walburga die Tür absperrte, nachdem sie sie von außen zugezogen hatte. Er hätte an der Stelle der Schwesternschaft das Gleiche getan.

Italien, Rom, 30. November 2004, 12.01 Uhr

Eric stand neben Lenas Bett und betrachtete das entspannte Gesicht der Schlafenden. »Wie gefährlich ist es?«, fragte er leise, dabei streckte er die Hand nach ihr aus und berührte sanft die Stirn.

»Die Bestie wehrt sich, wenn sie vertrieben wird.« Faustitia befand sich auf der anderen Seite und hielt eine winzige Ampulle in der Hand. Sie sah kein bisschen antik aus, mehr nach Edelstahl und Hightech, mit einer seitlichen Leuchtdiode, die blau leuchtete. »Ich will Ihnen nichts vormachen, Herr von Kastell: Der Verstand oder der Körper des Menschen können dabei zu Schaden kommen. Die erste Verabreichung, die unsere Ordensgründerin damals an einem Werwesen vornahm, endete mit dem Tod des Mannes. Seitdem haben wir die Methode erforscht und verfeinert. Doch alles ist besser, als Diener des Bösen zu sein.«

»Wie hoch ist die Todesrate unter denen, die Sie zu heilen versuchen?«

»Sie liegt bei zweiundfünfzig Prozent, Herr von Kastell. Von den achtundvierzig, die überleben, behalten etwa zwanzig Prozent einen dauerhaften Schaden.« Sie unternahm nicht einmal den Versuch, die Heilung als schnelle, einfache und saubere Sache darzustellen. »Wir kümmern uns um jeden, der Gebrechen davonträgt.«

Eric schaute wieder auf Lena hinunter. »Es gibt nur eine Alternative«, sagte er heiser und legte die Hand an den Griff seiner P9 im Gürtelholster. »Sowohl für mich als auch für sie. Und die will ich nicht.« Er schluckte und streichelte ihre Hand. »Jedenfalls nicht für sie.«

»Treten Sie zurück, Herr von Kastell.« Faustitia stellte sich dicht neben Lena. Zwei Schwestern in auffällig weiten schwarzen Soutanen traten heran und kontrollierten die Fesseln, mit denen die Frau an die Eisenrohre gekettet war. Eric meinte, an den Schultern die Abdrücke von schusssicheren Westen zu erkennen, und nahm an, dass es sich bei ihnen um Seraphim handelte. »Es kann laut und erschreckend werden.« Faustitia sprach ein Gebet, drehte den Verschluss der Ampulle und die Diode wechselte zu warnendem Rot. »Bereit?«, fragte sie nach rechts und links. Die Schwestern nickten.

Faustitia öffnete Lenas Mund. Langsam neigte sie die Ampulle über die Lippen.

Ein einzelner, dünner Tropfen wurde sichtbar, rann wie Sirup aus seinem Gefäß und landete genau auf der Zunge.

Schnell trat Faustitia zurück, stellte sich an die Wand und legte eine Hand auf einen Knopf, von dem Eric angenommen hatte, es sei ein Lichtschalter.

Zuerst tat sich nichts.

Dann begannen Lenas Lider zu flattern, Rauch kräuselte aus ihrem Mund, und sie stieß einen unmenschlichen Schrei aus. Ihr Oberkörper bäumte sich hoch, sie wollte sich aufrichten, aber die Ketten hielten sie fest.

Erst jetzt riss sie die Augen auf. Sie waren rot wie die der Bestie, voller Hass und Grausamkeit – aber auch voller Angst. Das Böse spürte, dass es in Gefahr war, und zwar auf eine Art, gegen die es sich nicht wie sonst mit Bissen und Hieben zur Wehr setzen konnte. Lena verwandelte sich teilweise in eine Werwölfin und sofort wieder zurück, das Knacken und Knirschen der sich verformenden Knochen hörte nicht mehr auf. Und sie schrie!

Noch niemals hatte Eric einen Menschen derart schreien hören. Es könnte keinen Laut geben, in dem mehr Verzweiflung, mehr Bitte um Gnade und Hilfe gelegen hätte als in diesem; unwillkürlich machte er einen Schritt auf Lena zu, wollte sie berühren und ihr zeigen, dass er bei ihr war.

»Nicht!«, befahl Faustitia sofort, eine Schwester stellte sich ihm in den Weg. »Bleiben Sie weg von ihr.«

Lena heulte auf, wieder spannten sich ihre Muskeln – vergebens. Die Ketten hielten sie gnadenlos fest, die Halterungen an ihren Knöcheln rieben ihr die Haut vom Fleisch. Ihr Blut rann in die Laken, sie weinte und schrie, schüttelte den Kopf und jaulte wie ein Tier. Lange Haare schossen in Sekundenbruchteilen aus ihrer rauen, aufgesprungenen Haut, um im selben Moment zu verkohlen und abzufallen.

Abrupt erlosch das rote Leuchten ihrer Augen.

Mit einem verebbenden Grollen fiel Lenas Kopf zurück aufs zerrissene Kissen. Schweißperlen zitterten plötzlich auf ihrem ganzen Körper und liefen in immer breiter werdenen Bahnen in die Matratze unter ihr. Lena atmete flach und schnell.

»Sie hyperventiliert!« Eric wollte an der Schwester vorbei, aber sie presste ein Kästchen gegen seinen Körper. Im gleichen Moment bekam er einen elektrischen Schlag, der ihn auf die Knie zwang.

»Ich sagte, Sie sollen von ihr wegbleiben«, hörte er Faustitias Stimme.

»Scheiße«, keuchte er und zog sich an einem Stuhl in die Höhe. Die Schwester vor ihm betrachtete ihn mitleidslos. Er sah zu Lena, um die sich noch immer niemand kümmerte. »Tun Sie etwas, bevor sie stirbt!«

Faustitia nahm langsam den Finger vom Knopf, zog ein Instrument mit einer langen, schmalen Nadel vom Beistelltisch und nährte sich Lena. Sie stach ihr in den linken Oberschenkel, Lena stöhnte kraftlos und schloss die Augen. Zu mehr war sie nicht mehr in der Lage, diese Rosskur hatte sie zu viel Kraft gekostet.

Faustitia ließ die Nadel nicht aus den Augen. Sie wartete, während Lena immer schneller atmete und anfing zu husten. Es interessierte die Oberin nicht.

»Dank sei Gott dem Herrn«, sagte sie nach einer unendlich langen Minute. »Die Bestie ist gewichen!« Sie zog die Nadel aus dem Bein, Blut sickerte hervor. »Rasch, bringt sie in Abteilung zwei«, wies sie die Schwestern an. Plötzlich bewegten sich alle, es ging sehr schnell. Danach wandte sich Faustitia an Eric und hielt die blutige Nadel hoch. »Geweihtes Silber. Der letzte Test, ehe wir die nachfolgende Behandlung beginnen. Gelegentlich kam es vor, dass die Bestie vortäuschte, gewichen zu sein«, erklärte sie. »Ihre Freundin ist hart im Nehmen. Sie wird drei Tage im Fieber liegen, das Sanctum spült die letzten Reste des Bösen aus ihr. Sie kann es schaffen, auch wenn ihr Herz sehr unregelmäßig geschlagen hat.«

Eric wusste nicht, ob er die Nonne schlagen oder umarmen sollte. Also stand er einfach nur vor ihr. »Ich danke Ihnen«, sagte er schließlich.

»Danken Sie dem Herrn, der uns seinen Sohn sandte und damit nicht nur die Sünden von uns nahm, sondern uns ein Mittel gab, das Böse auszutreiben.« Faustitia nahm seinen Dank nicht an, nicht für sich selbst. »Und dann beten Sie, dass der Verstand Ihrer Freundin ungetrübt aus der Prozedur hervorgegangen ist und die Bestie keine irreparablen Schäden angerichtet hat.« Sie führte ihn aus dem Behandlungszimmer, griff im Vorraum nach einem Umschlag und reichte ihn Eric im Weitergehen. »Wir haben einen Teil unserer Abmachung erfüllt. Nun sind Sie an der Reihe. Hierin befinden sich alle Unterlagen zu Padre Rotonda, seine Vorlieben, seine Aufenthaltsorte. Ich wünsche Ihnen den Beistand des Herrn.« Sie nannte ihm eine neue Handynummer, er tippte sie gleich ein und speicherte sie. »Wir sind die Einzigen, auf die Sie in diesem Gefecht zählen können. Halten Sie uns auf dem Laufenden, Herr von Kastell. Und behalten Sie im Kopf, dass Rotonda nicht schlecht ist. Nur verblendet.«

»Ich weiß.« Er nahm den Umschlag. »Gerade das beunruhigt mich.« Eric ließ sie stehen und eilte davon, um Lena noch einmal zu sehen.

Kurz vor dem Fahrstuhl holte er sie ein. Die Schwestern nahmen sofort eine Abwehrposition ein, doch Faustitia, die ihm gefolgt war, bedeutete ihnen, dass keine Gefahr drohte.

Lena lag schwitzend und keuchend im Bett, öffnete die Augen und schaute sich um. Sie sah fiebrig aus, desorientiert und verwirrt. Da blieb ihr unsteter Blick an seinem Gesicht hängen.

»Eric?«

Sie lächelte, ihr Arm bewegte sich, aber die Ketten hielten sie fest. Sofort bekam sie Angst. »Eric!«, rief sie furchtsam. »Was ...«

»Es ist gut, Lena«, beruhigte er sie. Ihr Bett wurde in den Lift geschoben. Er wagte es nicht, sie zu berühren, auch wenn es ihr vermutlich gut getan hätte. Er hatte die abstruse Vorstellung, dass er sie wieder mit der Bestie infizieren würde. Mit seiner Bestie. Er ballte die Faust, um seine Finger daran zu hindern, zufällig an sie zu stoßen. »Hab keine Angst. Du bist in Sicherheit.« Hohle Phrasen, die ihr die Besorgnis ganz bestimmt nicht nahmen, doch es gab derzeit nichts, was er tun konnte. »Ich bin bald zurück. Ich verspreche es.«

Die Türen des Lifts schlossen sich.

»Eric!«, hörte er sie dumpf rufen. Ketten rasselten. Ein hydraulisches Geräusch erklang, der Fahrstuhl hatte sich in Bewegung gesetzt.

Eric spürte Tränen in seinen Augenwinkeln. Es wurde Zeit, dass er Rotonda und den letzten Welpen fand. Danach würde es die Bestie nicht mehr geben. Niemals mehr. Er freute sich auf ein Leben ohne die Jagd, ohne den ständigen Tod.

Während er von einer Schwester in die Garage und zum Auto gebracht wurde, fragte er sich, welche Bilder er dann wohl an seiner Staffelei erschaffen würde.

XVIII. KAPITEL

1. April 1768, Italien, Rom

Jean saß auf der Bank unter den Arkaden des Haupthauses, wo ihn der windgetriebene Nieselregen nicht erreichen konnte. Er betrachtete das steinerne Kreuz mitten im Hof, das die Stelle markierte, an dem Roscolio begraben lag, gestorben an dem Bösen, das er in sich getragen hatte – oder doch am heiligen Blut?

Auch wenn man hätte annehmen können, dass er sich mit dem Panterwesen beschäftigte, seine Gedanken kreisten um Gregoria. Sie hatte sich sehr rasch von ihm und der Schwesternschaft verabschiedet und war nun schon seit mehr als drei Monaten fort. Eine Vision hatte sie an einen geheimen Ort gerufen – die Vision eines kleinen Kindes, das einmal den Orden führen sollte und das sie finden musste. »Das Sanctum sprach zu mir. Es wäre töricht, wenn ich seine Weisung missachtete«, hatte sie ihnen und Lentolo gesagt. »Es ist meine Prüfung, bei der ich keinen Beistand in Anspruch nehmen darf. Habt Vertrauen, bis ich zurück bin.«

Jean zückte sein Schnitzmesser und hob einen Ast vom Boden auf, der von der letzten Holzfuhre stammte. Die Klinge schnitt durch das Holz und gab ihm eine neue Form; kleine Späne regneten auf den Boden. Er dachte nicht nach und ließ Messer und Fingern freien Lauf.

Er vermisste Gregoria furchtbar und hatte oft an den Abend denken müssen, an dem sie ihm gestanden hatte, dass Florence zu den Bestien gehörte. Das Beispiel des unglücklichen Roscolio hatte ihm vor Augen geführt, dass es mehr als nur die wilden Kreaturen gab, die lediglich fürs Töten lebten und andere schreckliche Taten vollbrachten. Roscolio war von den Bewohnern des Trastevere zwar durchaus gefürchtet, vor allen Dingen aber als Schutzheiliger geachtet worden. Und doch hatte das Sanctum ihn verbrannt. Florence war als Bestie geboren worden – was würde die heilige Substanz ihr antun?

Schritte näherten sich ihm von der Seite, dann stand Sarai neben ihm. Sie trug ein bodenlanges weites Kleid in hellem Braun, das sehr gut zu ihrem schwarzen Haarzopf passte. Die ersten Sonnenstrahlen hatten die Sommersprossen auf ihrer Nase stärker hervorgehoben, die blauen Augen schauten ungeduldig. »Gibt es Neuigkeiten, Monsieur?«, fragte sie ihn wie jeden Morgen.

»Nein«, antwortete er wie jeden Morgen. »Wir müssen Geduld haben.« Er hob den Kopf und schenkte ihr eines seiner seltenen Lächeln. »Was machen die Seraphim?«

»Sie sind in bester Verfassung, auch die Novizinnen machen enorme Fortschritte. Die Schwestern kommen gut voran. Sie werden ihre Aufgabe an den Fürstenhöfen sicherlich hervorragend erfüllen.« Sarai setzte sich neben ihn und schaute zum Kreuz. »Monsieur, wir haben nichts zu tun, und das obwohl die Stadt von Feinden wimmelt. Und neue Morde sind geschehen.«

»Wir bleiben vorerst beim Beobachten«, wies Jean sie an. »Der Rumäne hat gesagt, dass neue Mitglieder des Ordens auf dem Weg nach Rom sein könnten. Wir lassen die Verstecke, die er uns genannt hat, nicht aus den Augen. Sobald sich dort etwas tut, werden wir es erfahren. Im besten Fall rotten sich der Orden des Lycáon und die Jesuiten im Kampf um die Bestie gegenseitig aus.«

»Das wird wohl nicht geschehen, Monsieur.«

»Leider.« Er dachte an die Nachrichten und Gerüchte der letzten Wochen, die von den seltsamen Vorkommnissen in Rom berichtet hatten. Die Seraphim und er wussten, was sich hinter dem großen, merkwürdigen Hund verbarg, der nachts in den Straßen gesehen wurde, und wo die Verbindung zu ihm und den verstümmelten Leichen lag. Alle wiesen die Handschrift des Comtes auf. Er wollte den Panter herausfordern, indem er im fremden Territorium wilderte – ohne zu wissen, dass Roscolio lange tot und begraben war.

Oder ... war ich es?

Jeans Albträume hatten nicht aufgehört, und mehr als einmal sah er sich als Bestie durch die Straßen rennen und Menschen zerfetzen. Die Bilder waren furchtbar real ...

»Mich wundert, dass es noch keinem gelungen ist, ihn zu fangen.« Sarai blickte ihren Mentor an. Jean zuckte ertappt zusammen, nickte rasch und tat so, als wäre er auf das Holz konzentriert, aus dem sich die Formen eines Vogels schälten.

»Ich hätte angenommen, dass der Legatus über die Mittel verfügt, eine unauffällige Treibjagd zu veranstalten«, fuhr Sarai fort. »Er kennt sich bestens in der Stadt aus.«

»Der Comte ist es gewohnt, seinen Häschern zu entkommen. Und denk an die Katakomben, Sarai. Ich habe eine Zeit lang benötigt, bis ich auf die Lösung gekommen bin. Für Morangiès ist Rom kein unbekannter Ort, und in seiner Bestiengestalt ist sein Geruchsempfinden tausendmal feiner als das eines Menschen. Er wittert wie ein Wolf, und damit ist es ihm ein Leichtes, sich perfekt in den unterirdischen Gänge zurechtzufinden und seine Verfolger abzuschütteln.« Jean schnitzte weiter. »Schlimmer noch. Jeder, der versucht, ihn dort zu stellen, wird sterben. Aus diesem Grund ist Rom für den Comte ein sicheres Pflaster. Sicherer als das Gévaudan. Wie soll man ihn aus so einem Bau treiben?«

Sie presste die Lippen zusammen. »Ihr habt Recht, Monsieur. Aber ...« Sarai senkte den Kopf, der schwarze Schopf hing geschwungen an ihrem Hals entlang bis auf die Brust. »Es ist unbefriedigend, untätig herumzusitzen.«

»Wir sind nicht untätig. Wir warten, Sarai. Und wir beobachten.« Jean tauschte sein Schnitzmesser gegen den Silberdolch aus und schabte damit die Rinde vom Stock. »Du sagtest, die Novizinnen kämen gut voran?«

»Seit sie vom Sanctum gekostet haben, sind sie vom Heiligen Geist beseelt.« Die Seraph lächelte. »Die Lehrer können mit der Geschwindigkeit bald nicht mehr mithalten, die sie an den Tag legen. Sie lesen und lernen auch nach dem Unterricht, hören sich gegenseitig bei den Fremdsprachen ab. Sie haben verstanden, was von ihnen erwartet wird.«

Tatsächlich hatte die Verabreichung des Sanctums den Novizinnen nicht geschadet und erst recht keine von ihnen umgebracht, so wie Gregoria es in der dunklen Stunde nach Roscolios entsetzlichem Tod befürchtet hatte. Was genau es in ihnen bewirkt und welche Visionen es ihnen eventuell eingegeben hatte, entzog sich Jeans Kenntnis. Die Novizinnen sprachen darüber nur zu Gregoria.

Er suchte Sarais Blick. »Denkst du, dass sie alle durchhalten? Oder hast du eine von ihnen im Verdacht, dass sie aus unseren Linien ausscheren könnte?«

Sarai dachte nach. »Nein, Monsieur. Sie machen einen festen Eindruck, gestärkt durch den Glauben und die Ausbildung von Äbtissin Gregoria. Sie freuen sich auf den Tag, an dem sie in die Welt ziehen, um ihre Mission zu beginnen.«

»Es sind derzeit .... Ich glaube fast, ich habe den Überblick verloren.«

»Zweiundfünfzig, Monsieur«, sagte Sarai lächelnd. »Kurz vor der Abreise der Äbtissin wurden sechs weitere Mädchen zu uns gebracht, erinnert Ihr Euch?«

»Das erklärt, warum mir unser großes Haus in letzter Zeit so klein erscheint.«

»Noch geht es, Monsieur. Aber in den Schlafsälen stehen die Betten so dicht beieinander, dass wir keine weiteren Novizinnen mehr unterkriegen. Es sei denn, wir ziehen einen weiteres Stockwerk ein.« Sarai schwieg einen Moment, und Jean merkte, dass sie sich darauf vorbereitete, eine für sie wichtige Frage zu stellen. Und tatsächlich: »Monsieur, ich habe eine Frage.«

»Nur zu.«

»Haben wir noch genügend Sanctum?«

Jean hielt mit dem Schnitzen inne. »Wie meinst du das?«

Sarai lehnte sich nach vorn und stützte die Ellbogen auf die Knie. »Wir neun Seraphim haben zwei Rationen für uns. Sollte eine von uns gebissen werden und nicht sterben, bedeutet es nichts Schlimmes. Doch wenn mehr als zwei verwundet werden ...« Sie beließ es bei der Andeutung.

Jean wusste, dass Gregoria den Novizinnen vor ihrer Abreise vom heiligen Blut gegeben hatte, und bei so vielen Mündern war sicherlich nicht mehr viel übrig geblieben. Sarai machte sich zu Recht Sorgen. Ob der Legatus und seine Männer – im Gegensatz zu ihnen – Vorräte hatten?

»Ich verstehe«, erwiderte er. Unvermittelt hatte er einen Einfall und deutete mit dem Dolch auf den Ausgang. »Und es wird Zeit, dass wir etwas unternehmen. Leg die Seraphim auf die Lauer, und zwar bei dem Katakombeneingang, den ich euch gezeigt habe. Der Legatus hat diesen Verschlag als Gefängnis benutzt. Wenn sich seine Leute zeigen, hängt ihr euch an sie und findet heraus, wo sie sich noch aufhalten. Danach entscheiden wir, ob wir einen von ihnen entführen und zum Sprechen bringen können.«

Sarai sprang förmlich auf. »Sofort, Monsieur«, rief sie, erleichtert, dass es etwas zu tun gab, das vom täglichen Üben abwich und eine Herausforderung bedeutete. »Was tun wir mit den Rumänen?«

»Sie bleiben, wo sie sind. Wir können es nicht wagen, sie in die Freiheit zu entlassen, sie würden zu viel verraten.« Er zwinkerte. »Sie bekommen bald noch einen Mann mehr, wenn wir uns die Freunde des Legatus vornehmen.«

»Gut, Monsieur.« Sie eilte zum Gemach der Seraphim.

Jean sah ihr nach, setzte ohne hinzuschauen den Dolch auf das Stöckchen und zog die Klinge nach unten; aber sie wurde von einem Astloch abgelenkt, glitt zur Seite und schnitt durch den Handschuh in das Fleisch des kleinen Fingers.

Er saß stocksteif und hielt den Atem an. Nicht wegen des unangenehmen Brennens, sondern weil er etwas befürchtete: Gewissheit.

Doch schon der kaum nennenswerte Schmerz im Finger machte ihn stutzig. Jean sah sein rotes Blut am Dolch haften, er sah es vor seinem inneren Auge kochen und Blasen werfen und qualmend am Silber vergehen ...

Nichts dergleichen geschah.

Er stieß ein ungläubiges Lachen aus, rieb mit der flachen Seite über das Blut und verteilte es auf der Klinge. Kein Zischen, kein Rauch.

»Ich bin kein Loup-Garou«, flüsterte er glücklich und schloss die Augen. »Danke, ihr höheren Mächte!« Er lauschte dem Wind, roch die Frühlingsluft und spürte eine Last von sich fallen, die schwerer wog als der Petersdom.

Der Kratzer an seinem Handgelenk stammte nicht von Antoines Zähnen, wie er angenommen hatte, sondern von einem Dornenbusch oder einem Splitter. War es also nur die erdrückende Angst vor dem Schicksal eines Loup-Garou gewesen, die ihn mit Träumen gefoltert hatte?

Er hob die Lider und schaute erneut genau auf das Kreuz, unter dem Roscolio ruhte. »Mir bleibt dein Leid erspart«, sagte er leise. Wäre Gregorias Abwesenheit nicht gewesen, hätte sich Jean allen Umständen zum Trotz glücklich gefühlt.

11. April 1768, Italien, Rom

Jean hielt eine Blendlaterne in der Linken, lief hinter Sarai her und musste den Oberkörper leicht zur Seite gedreht halten, weil er sonst mit seinen breiten Schultern nicht ganz durch die schmalen Gänge der Katakombe gekommen wäre.

Die Seraphim hatten ganze Arbeit geleistet und waren sogar einen Schritt weitergegangen, als es ihnen aufgetragen war. Sie waren nach langer Ereignislosigkeit rund um Florences altes Gefängnis kurzerhand in die jüdische Begräbnisstätte eingebrochen; dabei hatten sie den Gang auf eigene Faust erkundet und eine Entdeckung gemacht.

Es war eine einfältige Eingebung gewesen, seine Muskete mitzunehmen; ständig verkantete und verhakte sie sich in den schmalen Gängen. In die Hand nehmen wollte er sie aber auch nicht, falls er ins Stolpern geriet und sich rasch abstützen musste.

»Bist du sicher?«, vergewisserte er sich vorsichtshalber.

»Ja, Monsieur. Wir haben so etwas wie einen zweiten Unterschlupf in einer Krypta gefunden. Die Spuren auf dem Boden sind frisch, was heißt, dass vor kurzem jemand vorbeigekommen ist.« Sie bog nach rechts in einen Seitengang.

»Sagte ich nicht, dass ihr den Eingang beobachten sollt?«, meinte er gespielt vorwurfsvoll. »Das hier sieht mir aber mehr danach aus, als hättet ihr eine Expedition unternommen.«

Sarai lachte leise. »Nein, Monsieur. Aber wir sahen eine Bewegung hinter der Tür und mussten wohl oder übel in die Unterwelt steigen .... Wenn man beobachten möchte, muss man da hin, wo es etwas zu beobachten gibt.«

Jean lächelte. Es war fast sicher, dass sie in ihrem Tatendrang eigenmächtig in das Gängegewirr vorgedrungen waren, ohne einen Anlass zu haben. Das spielte für ihn keine Rolle. Es schien, als hätten sie damit einen Erfolg erzielt. Er würde es vor ihnen nicht zugeben, doch er war stolz auf sie. Trotz des Erkundungseifers behielten sie die Übersicht, hielten sich zurück und gingen äußerst besonnen vor.

»Du weißt, dass es ebenso irgendwelche Räuber oder Diebe sein können, denen wir nachstellen?«

»Das kann sicher sein, aber mein Gefühl täuscht mich selten.« Sarai verlor keinen Herzschlag lang die Zuversicht. Sie hatte wie die anderen Seraphim ihren langen Rock gegen Lederhosen eingetauscht, um beweglicher zu sein. Über der braunen Bluse trug sie eine kurze Jacke aus dickem Leder, die vor Messerstichen und Abschürfungen Schutz bot.

»Ich bin jedenfalls sehr gespannt.« Jean musste wieder stehen bleiben, um die Muskete zur Seite zu schieben.

Nach längerem Marsch verbreitete sich der Gang, und sie sahen eine zweistöckige Grabkammer, die, den Zeichen an Wänden und Decken nach zu schließen, von Christen genutzt worden war. Jean und Sarai standen auf einer Empore und überblickten den darunter liegenden Raum. Es roch nach Stein und nach Staub, achtlos herausgeräumte Gebeine lagen am Boden, viele waren zerbrochen und zertreten.

»Hier ist es. Wir haben in den Steinsarkophagen in der Wand dort drüben Kerzen und Anzünder gefunden, auf dem Boden sind reichlich Wachstropfen«, sagte sie und lenkte den Strahl ihrer Blendlaterne auf die Spuren. »In einer anderen lagerten Eisenketten, Schwarzpulver und Silberkugeln, Monsieur. Die Stiefelabdrücke, von denen ich berichtete, führen quer durch den Raum.« Sie schloss die Klappe vor dem Glas ihrer Lampe, sofort wurde es deutlich dunkler. »Wir werden warten müssen, Monsieur.«

Er war sich unschlüssig. Die Bestie könnte sie in der dunklen Krypta aufspüren und in der Finsternis anfallen, ohne dass sie die Gelegenheit bekamen, sich zur Wehr zu setzen. »Wo sind die anderen Seraphim?«

»Ich habe sie in den umliegenden Gängen verteilt, Monsieur. Sie eilen sofort hierher, wenn sie ein Geräusch hören, und legen sich mit uns auf die Lauer.« Sarai sah absichtlich lange auf seine Laterne, die beruhigend hell strahlte.

Jean schwankte zwischen Bewunderung für den Mut der jungen Frauen und Ärger über die Leichtsinnigkeit, die sie nun doch zeigten. Er hatte sie zu früh gelobt, das würde nach diesem Einsatz eine gehörige Standpauke geben; jetzt war dafür jedoch der falsche Moment.

Wortlos klappte er die Metallblende vors Licht, und sofort

warf sich die Dunkelheit auf sie. Was blieb, war ein schwaches, garndünnes Schimmern, das durch die Längsritzen der Lampe drang. Jean stellte sie hinter sich, damit der helle Strich nicht gesehen würde.

Er nahm seine Muskete von der Schulter, legte sie neben sich und zog stattdessen seine Pistole. Mehr konnte er zur Vorbereitung nicht tun.

Die Zeit verrann zäh. In der Finsternis gab es außer dem zunehmenden Gefühl von Hunger und Durst keinerlei Orientierung, wie spät es sein mochte.

Ab und zu hörten sie das Rieseln von Staub, dann sprangen ein, zwei Steinchen aus der Tuffwand oder der Decke und kullerten über den Boden, bis die Stille zurückkehrte. Jean wurden die Lider schwer.

»Vielleicht sollten wir abbrechen, Monsieur«, sagte Sarai unvermittelt und er schrak zusammen. Beinahe wäre er eingedöst. »Anscheinend haben die Männer einen anderen ...«

Durch den Gang erklangen Schritte.

»Gepriesen seien der Herr und sein Sohn Jesus Christus«, vernahmen sie die geflüsterte Losung aus dem Mund einer Frau: Eine der Seraphim war von ihrem vorgeschobenen Posten zu ihnen gelaufen. »Es kommt jemand zur Krypta«, fügte sie hinzu, und Jean meinte, die Stimme von Debora zu erkennen.

Stoff und Leder rieben leise den Fels entlang, dann war es still; Debora war zurück in ihr Versteck geeilt.

Eigentlich hätten sie auf Kundschafter verzichten können. Die Unbekannten hatten Lampen dabei, deren Schein von weitem sichtbar war und die Wände der Katakomben entlang huschte. Der Schatten eines Mannes tanzte seinem Herrn voraus und verriet ihn, dann erklangen das Rumpeln schwerer Stiefel und das Klirren von Ketten oder Bändern.

Jean fragte sich für einen Moment, ob die Männer sogar Florence mit sich führten. Das wäre beinahe ein zu großes Wunder.

Der erste Mann tauchte in dem Durchgang auf, schwang seine Lampe wie ein übermütiges Kind einen leeren Eimer und erregte damit den Zorn der Nachfolgenden, die ihn wüst beschimpften. Die italienischen Schimpfworte beherrschte Jean mittlerweile alle.

Er wunderte sich, dass sie so gar keine Vorsicht walten ließen. Sie waren sich sehr sicher, die Einzigen in den Tunneln zu sein, und nicht auf den Gedanken gekommen, dass sich die Bestie in den Katakomben am sichersten bewegen konnte. Jean beschwerte sich nicht darüber, es spielte ihrem Vorhaben sogar in die Hände. Vorausgesetzt, es handelte sich überhaupt um Leute des Legatus.

Der Mann, der an der Spitze ging, griff urplötzlich in eine der Loculi und zog einen Totenschädel heraus, drehte sich abrupt um und drückte ihm dem Nächsten beinahe ins Gesicht; dazu stieß er einen schrillen Schrei aus.

Jetzt wurden die Flüche lauter, der Spaßvogel wich lachend in die Krypta zurück, während ihm ein Dutzend Bewaffneter nachfolgte. Sie trugen einfache Kleidung und hohe Stiefel, die meisten schleppten Rucksäcke, einer hatte eine kleine, eiserne Kiste auf dem Rücken, in die verschiedene lateinische Sprüche eingetrieben waren. Eine dicke Kette, die sich rundherum schlang, sicherte sie zusätzlich.

Jean verstand, dass sie auf das Überraschungsmoment angewiesen waren, um gegen die Männer zu gewinnen.

Der Träger der Kiste ließ sich auf den rechten der Sarkophage fallen und ächzte schwer, wollte die Riemen von den Schultern streifen und wurde sofort von seinem Anführer angeschnauzt. Drei andere Männer gingen zu dem Grab, in dem die Kerzen und Fackeln aufbewahrt wurden, und nahmen welche heraus. Anscheinend war ihr Weg länger.

Jean riskierte es und nahm seine Muskete in die Hand. Die Laterne brauchte er nicht, die Männer hatten genügend Licht mitgebracht. Es war vereinbart worden, dass der Angriff mit seinem ersten Schuss begann. Er konnte nicht länger warten, denn mit jedem Lidschlag stieg die Gefahr, dass die Seraphim im ersten Stock der Krypta entdeckt wurden.

Er legte auf den Anführer an, zog die Hähne der Muskete zurück – ausgerechnet, als für einen Moment Stille unter den Männern eintrat.

Der Anführer schaute überrascht zur Empore und öffnete den Mund, da löste Jean aus. Die erste Kugel schlug genau in Höhe der Nase ein, der Getroffene machte einen Schritt rückwärts und stürzte. Dem Mann hinter ihm flogen Splitter des austretenden Geschosses in die Wange und ins Auge; kreischend fiel er auf die Knie und hielt sich das Gesicht.

Jean hatte sich bereits ein neues Ziel gesucht und sandte den nächsten Gegner mit einem Treffer in die Brust auf den Fels, dann ließ er die Muskete fallen und zog seine beiden Pistolen.

Die Seraphim feuerten ebenfalls. In der kleinen Kammer erklang das Donnern der Treibladungen zehnmal so laut und quälte die Ohren; ein grelles Pfeifen dröhnte in Jeans rechtem Ohr, als Sarai ihre Waffen abschoss.

Die unter Beschuss genommenen Männer wussten nicht, wie ihnen geschah. Bevor sie ihre Widersacher überhaupt gesehen hatten, lagen acht von ihnen tot oder verwundet am Boden.

Zu Jeans großem Ärger hatte er den Mann mit der Eisenkiste verfehlt und stattdessen genau gegen die Kiste geschossen. Die Kugel war an dem Metall zerplatzt, die winzigen Schrapnelle verletzten die Umstehenden, doch mehr richteten sie nicht aus. Dafür sprang der Träger auf und rannte in den Gang, aus dem sie gekommen waren.

Jean schwang sich von der Empore hinab, duckte sich unter dem Gegenfeuer der Männer weg und nahm die Verfolgung auf. »Haltet die anderen hier fest«, schrie er Sarai zu und hoffte, dass sie ihn durch das Dröhnen überhaupt hörte.

Die Wolken aus Pulverdampf gaben ihm Deckung, doch ein Geschoss sirrte knapp an ihm vorbei und schlug ein großes

Loch in die Tuffwand. Er erkannte durch den Nebel, dass sich einer der Feinde anschickte, ihm zu folgen und dem Mann mit der Eisenkiste beizustehen.

Jean lief mit seinen beiden Pistolen in der Hand den Gang entlang und musste nichts anderes tun, als dem Schein der Lampe vor sich zu folgen, deren Licht wild hin und her pendelte. Er näherte sich dem Flüchtenden schnell, der mit seiner schweren Last auf dem Rücken einen großen Nachteil besaß. Offenbar war sie jedoch so wertvoll, dass er sich nicht von ihr trennte.

Hinter Jean krachte es, die Kugel verfehlte ihn um Haaresbreite, wie er an dem Pfeifen in Höhe seines linken Ohres deutlich vernahm. Fluchend blieb er stehen und stellte sich dem Verfolger, der sich sofort an die Wand presste und die Hand mit der zweiten Pistole hob. Jean duckte sich und zielte ebenfalls.

In diesem Augenblick verschwand der Schein der Lampe vollends, und ihr Abschnitt des Gangs wurde Opfer totaler Finsternis.

Beide Männer wussten, dass derjenige, der zuerst schoss, dem anderen seinen genauen Standort verriet. Jean befand sich im Vorteil, weil beide Waffen geladen waren. Er kauerte regungslos in der Hocke und lauschte auf jedes noch so kleine Geräusch, was durch die Echos des Kampflärms aus der Krypta erschwert wurde. Er durfte sich keinen zu langen Aufenthalt erlauben, sonst würde der Mann mit der Eisenkiste doch verschwunden sein.

Er drückte ab und sah im Schein des Mündungsfeuers für den Bruchteil eines Blinzelns seinen Gegner und lenkte die Kugel der zweiten Pistole auf ihn; der Mann feuerte ebenfalls.

Wieder hatte Jean Glück, nicht getroffen worden zu sein. Dafür schrie sein Widersacher auf, dann fiel eine Pistole, gleich darauf ein Körper auf den Boden, ein Stöhnen erklang.

Es genügte Jean zu wissen, dass dieser Gegner ihn nicht mehr verfolgen würde, daher stand er auf und lud seine Pistolen im

Dunkeln nach. Er hatte es geübt, wieder und immer wieder. Ein Jäger wie er musste diese Tätigkeit beherrschen, selbst im Schlaf.

Als er sich sicher war, wieder gewappnet zu sein, tastete er sich durch die Schwärze den Gang entlang und ging schließlich das Wagnis ein, durch die Dunkelheit zu traben und darauf zu vertrauen, dass sich keine Spalten und Absätze vor ihm befanden; seine Pistolen nutzte er wie wehrhafte Fühler.

Jean wusste nicht, wo er sich befand. Der Kampflärm aus der Krypta war verstummt, er musste sich weit entfernt haben.

Nach und nach wurde er sich bewusst, in welcher Gefahr er schwebte. Er befand sich in dem schier unendlichen Tunnelsystem, ohne Licht, ohne Vorräte, ohne Wasser. Es könnte leicht damit enden, dass er sich zu den seit Jahrhunderten ruhenden Toten legte und in ihre Gemeinschaft einging; hastig verdrängte er den Gedanken.

»Chastel, du hier unten?«, hörte er eine bekannte Stimme, die ihm das Blut in den Adern stocken ließ. »Du störst die Ruhe der Verstorbenen. Und meine noch dazu. Aber du bist ohnehin nicht besonders christlich, nicht wahr?«

Jean blieb stehen, duckte sich und streckte die Hände so, dass die Pistolen in beide Richtungen des Gangs wiesen.

Der Comte!

»Das Schöne ist, dass ich dich sehr genau riechen kann, Chastel.« De Morangiès lachte leise. »Du dagegen bist blind wie ein Maulwurf.«

»Ich soll dir schöne Grüße von Roscolio ausrichten«, grollte er. »Er wird dir die Kehle aufreißen und dein Blut trinken, wie er es mit deinen Kumpanen gemacht hat.«

»Demnach habt ihr beide euch gegen mich verbündet? Wie nett. Du verstößt damit gegen die Gesetze des Guten, mein Lieber.«

Ein Steinchen hüpfte über den Boden, aber Jean schoss nicht. Es würde anders klingen, wenn sich der Comte ihm näherte.

»Diese jungen Frauen, die du um dich geschart hast, Chastel, sind ganz entzückend. Echte Musketenweiber.« De Morangiès' Stimme klang hohl und hallte, er musste sich also ein ganzes Stück von ihm entfernt befinden. »Brauchst du Hilfe, um gegen mich anzukommen? Oder vögelst du sie einfach?«

»Du bist vor ein paar Wochen vor mir geflüchtet. Lass uns sehen, was jetzt ist.«

»Ich bedauere.« De Morangiès lachte höhnisch. »Auch wenn es mir ein Leichtes wäre, dich umzubringen, ich verzichte darauf. Heute. Es gibt noch andere Dinge zu erledigen, bevor ich dich töte, Chastel. Sehr interessante Dinge übrigens.« Jean hörte Fußschritte. »Sag, wie wirst du eigentlich wieder aus diesem Labyrinth finden?«, fügte er beiläufig hinzu. »Wirst du hoffen, dass die Mädchen dich finden? Oder eilt dir Roscolio zu Hilfe?«

»Lass das meine Sorge sein, Bestie.«

»Wie du möchtest. Ich hätte dir einen Weg gezeigt, Chastel. Es wäre der gleiche, wie ihn der Mann genommen hat, dem du folgtest. Er roch unglaublich gut nach Furcht.« Die Stimme des Comtes entfernte sich weiter. »Ich werde erst Roscolio töten, dann schnappe ich mir eine von deinen Frauen nach der anderen, ficke sie und mache sie zu meinesgleichen, um sie dich jagen zu lassen. Wenn du ganz allein bist, Chastel, voller Angst und ohne Hoffnung, sehen wir uns wieder. Au revoir.« Die Schritte entfernten sich schnell.

Jean sah unverhofft einen Ausweg aus der Finsternis. Er folgte dem Klang der Stiefelsohlen, bis er sie nicht mehr hören konnte, aber wenigstens – so nahm er an – hatte er sich einem Ausgang genähert. Tatsächlich bemerkte er einen schwachen Schimmer aus einem anderen Gang.

Leise pirschte er sich an das sich bewegende Licht heran und erkannte nach einer Biegung den Mann mit der Eisenkiste auf dem Rücken vor sich. Er lief den Stollen entlang, eine Hand hielt die Laterne, die andere die Pistole, bis er vor einer Eisentür stehen blieb. Mit dem Knauf klopfte er dreimal kurz und zweimal lang dagegen, woraufhin sich ein Guckloch öffnete.

»Das Geld besiegt alles«, sagte er, dann erklang das Klacken von Schlössern und Riegeln.

Als die Tür sich öffnete und der Mann einen Schritt auf die Schwelle tat, rannte Jean los. Er rempelte den Gegner von hinten an, woraufhin dieser in den Raum stolperte und zu Boden fiel. Die Eisenkiste rutschte den Rücken hinauf und schlug ihm gegen den Hinterkopf; er erschlaffte.

Neben der Tür stand ein verblüffter Mann, dessen Muskete an der Wand lehnte. Auf der anderen Seite, an einem Tisch vor einem Treppenaufgang, saßen zwei weitere Aufpasser, die Spielkarten in den Händen hielten.

Jean schlug dem Mann an der Tür den Pistolengriff gegen die Schläfe, woraufhin dieser zusammenbrach, die Mündungen schwenkten zu den zwei anderen. »Sitzen bleiben!«, herrschte er sie an.

Sie gehorchten ihm und rührten sich nicht.

Jean schloss den Eingang mit dem Fuß, ohne die Läufe zu senken. Er erkannte, dass neben dem Tisch und der Tür Ketten aus der Decke hingen, die in einem Loch verschwanden. »Hierher«, rief er und zeigte mit dem Fuß auf den Boden vor sich. »Langsam.«

Der vordere der Männer stand auf und kam zögernd auf ihn zu, ging auf die Knie und legte sich mit dem Gesicht nach unten hin.

Der zweite verharrte jedoch an seinem Platz und schaute abwechselnd auf seine Karten und zu Jean. »Verdammt, und ich habe gerade ein gutes Blatt.« Der Münzstapel auf dem Tisch verhieß einen fetten Gewinn.

»Komm her!«, schrie Jean, eine Pistole auf den Liegenden, die andere auf den Sitzenden gerichtet. »Los!«

»Du lässt die Finger von dem Geld!«, rief der Mann am Boden drohend. »Wir führen unsere Partie zu Ende.«

»Haltet das Maul!«, herrschte Jean sie an, um ihnen keine Gelegenheit zu geben, ihn zu überrumpeln. »Beide! Ich will ...«

Erst das Klacken eines Spannhebels in seinem Rücken warnte den Jäger; sein linker Arm schwenkte herum, und er schoss nach dem Mann. Es war der niedergeschlagene Türwächter, der sich von seiner Benommenheit erholt hatte. In den Bauch getroffen, wankte er rückwärts, löste die Muskete aus und traf den Liegenden in die Seite, der aufschrie und sich die getroffene Stelle hielt. Der verbliebene Kartenspieler langte überhastet nach der Kette und bekam sie vor Aufregung nicht sofort zu greifen.

Jean konnte nicht anders, als auch seine zweite Pistole abzufeuern. Auf einen Knall mehr oder weniger kam es nun auch nicht mehr an.

Er setzte dem Gegner die Kugel in die Brust, in den Bereich, wo das Herz lag, zog seinen Dolch und sprang vorwärts. Der Mann brach zusammen, griff ein letztes Mal an der Kette vorbei und fiel mit dem Oberkörper auf den Tisch; seine Finger gaben sein eigenes Blatt frei, die Karten segelten zur Erde.

Jean ging neben der Treppe in Deckung und lud seine Waffen, dann die fremde Muskete, um über genügend Feuerkraft für das nächste Gefecht zu verfügen.

Es blieb wider Erwarten sehr still.

Jean musste sich noch immer tief unter Rom befinden, so dass der Lärm kein Aufsehen erregt hatte. Er kniete sich neben den Mann mit der Kiste auf dem Rücken, schnallte sie ab, legte sie auf den Boden und betrachtete die Schlösser. Es gab insgesamt vier, und es würde dauern, sie zu knacken.

Jean konnte ohnehin nur versuchen, die Mechanik und Bolzen mit ein paar Kugeln so zu zerstören, dass die Verriegelung aufgab. Aber vielleicht zerstörte das den Inhalt der Kiste.

Auch das Durchsuchen der Männer erbrachte nichts, keiner von ihnen besaß einen Schlüssel. Er hatte es vermutlich mit einem Boten zu tun, der den wichtigen Inhalt unter schwerer Bewachung überbringen sollte.

Er sah zur Treppe hinauf. »Bin ich jetzt dort, wo er losging oder wo er ankommen sollte?«, meinte er halblaut und zog sich die Kiste selbst über. Sie wog sicherlich zwanzig Pfund und drückte schwer auf seine Schultern.

Die Entscheidung, die Treppe zu benutzen, wurde ihm leicht gemacht: Es gab keine Alternative, denn selbst mit einer Lampe und Wasser würde er dennoch ewig in den Tunneln umherirren. Es blieben ihm nur die Stufen nach oben.

Jean stieg hinauf und stand schließlich vor einer weiteren eisenbeschlagenen Tür, die mit Riegeln gesichert war. Zu seiner Erleichterung ließ sie sich öffnen, dahinter erwartete ihn ein breiter, gemauerter Gang aus rotem Backstein. Die Decke wurde durch Balken gestützt. Es lag auf der Hand, dass dieser Teil nichts mit den Katakomben zu tun hatte und nachträglich erweitert und gesichert worden war; Öllampen brannten in Halterungen an den Wänden und spendeten Licht.

Jean bewegte sich wie damals im Gévaudan, als er sich auf der Jagd befunden hatte. Seine Stiefel verursachten kein Geräusch, der Lauf der Muskete war halb erhoben, um sie jederzeit in den Anschlag reißen und feuern zu können; die zweite hing vor seiner Brust.

Der Gang stieg schräg nach oben, beschrieb einen neunzig Grad harten Schwenk und endete nach zehn Schritten vor einer weiteren Treppe aufwärts. Jean folgte ihr und stand vor einer dritten Tür; auch hier befanden sich Sperrbolzen auf der Innenseite.

Er lauschte an dem Holz, vernahm jedoch nichts. *Lass das Glück und die Vorsehung mit mir sein,* dachte er, legte die Hand auf die Klinke und schob die Tür auf. Es ging schwerer, als er angenommen hatte, und als er durch den Spalt nach draußen schaute, sah er auf der anderen Seite im schummrigen Licht –

– viele Bücherrücken, die handschriftlich und auf Italienisch beschriftet waren. *Eine Bibliothek?* Jean schob sich hinaus und drückte die Tür zu, bevor er sich weiter umschaute.

Es war keine Bibliothek, sondern ein überfüllter Lagerraum für Schriften, in dem eine einzelne, vergessene Öllampe brannte. Er nahm einen Band zur Hand und blätterte. Er stieß auf jede Menge Zahlen und wenige italienische Wörter. Jean las Einnahmen und Ausgaben. Es erinnerte ihn an Wirtschaftsbücher oder etwas Ähnliches, nichts von Interesse.

Sorgsam spähte er nach einem Ausgang und fand eine Tür, hinter der es ebenso ruhig war. Jean stahl sich hinaus und stand in einem überdachten Arkadengang, links von ihm lag ein Innenhof.

Es war Nacht geworden. An den Wänden hingen Fackeln, die Licht verbreiteten, und im Haupthaus brannte hinter jedem Fenster Licht. Jenseits des Hofes, hinter der schützenden Mauer des Anwesens, das ihn ein wenig an die Unterkunft der Ordensschwestern erinnerte, sah er die Silhouetten von Häusern. Er befand sich mitten in der Stadt und nicht, wie er zuerst befürchtet hatte, irgendwo außerhalb auf einem Patriziergut.

Nicht weit von ihm entfernt befand sich eine kleine Pforte in der niedrigen Mauer, das Übersteigen würde ihm trotz des zusätzlichen und spürbaren Gewichts auf den Schultern gelingen.

Jean lief von Säulenschatten zu Säulenschatten, bis er die Pforte erreicht hatte, und stellte die fremde Muskete schräg dagegen, um sie als Kletterhilfe zu benutzen. Noch einmal blickte er zum Haupthaus – und sah einen Mann in Kardinalsrot hinter einem der Fenster stehen.

Der Kleriker redete schnell, wie er an den Lippenbewegungen erkannte, dabei warf er immer wieder die Hände in die Höhe; gleich darauf war er verschwunden, stattdessen erschien ein zweiter Mann, den Jean sehr gut kannte. Und hasste.

»Der Legatus!«

Jean stieg von der Muskete und hängte sie sich um, die eigene nahm er in die Hand. Die Vorsehung hatte ihn hierher geführt, und diese Gelegenheit musste genutzt werden.

Jean erklomm vorsichtig die Fassade, die durch die zahlreichen Simse und Vorsprünge einfach zu bewältigen war. Seine starken Finger fanden Halt, auch wenn es ihn sehr viel Kraft kostete. Er erreichte den ersten Stock und das spaltbreit geöffnete Fenster, vor dem der Kardinal stand. Er schwitzte, sein Herz raste vor Aufregung. Wie gut, dass er Italienisch gelernt hatte.

Jean presste sich an die Wand und sah einen Ausschnitt des üppig eingerichteten Raumes. Vasen mit frischen Blumen, schwere Vorhänge, Kristalllüster, Landschaftsbilder, bestickte Stoffbahnen, welche die Wände verkleideten.

Der Mann im scharlachroten Kardinalsgewand klang höchst erbost. »Ich habe keine Geduld mehr!« Er umkreiste Francesco, der sich die Tirade anhörte und keine Gelegenheit zu einer Erwiderung erhielt. »Es trägt sich in Rom zu vieles mit dem Teufel zu! Aber *ich* kenne den Namen des Dämons, der dem Heiligen Vater einflüstert und ihn einlullt! Ein Beelzebub im Amt eines Kardinals, und der Herr tut nichts dagegen.« Er schnaufte und trat mit Wucht gegen den Schreibtisch. »Was ist mit diesen verdammten Heiden, die den Werwolf anbeten? Habt Ihr sie endlich ausgeschaltet?«

»Ich bin mir sicher, dass es keine weiteren mehr von ihnen gibt, Eminenz«, versuchte Francesco ihn zu beruhigen. »Sie starben alle in diesem stinkenden Hinterhof.«

Jean begriff, wen er hier vor sich hatte: Kardinal Rotonda, den Auftraggeber Francescos und Verursacher all des Übels!

»Aber diese Äbtissin und ihr Franzose sind noch da. *Weswegen?* Sie pfuschen uns nicht ohne Grund ins Handwerk, und ich würde wetten, dass mein besonderer Freund dahintersteckt. Und ganz nebenbei läuft der Comte immer noch durch die Straßen und zerfetzt einen Römer nach dem anderen.« Rotonda blieb stehen und senkte drohend den Kopf, die hellgrünen Augen strahlten. »Unternehmt etwas, Legatus, oder Ihr seid bald in einer Lage, die Euch nicht gefallen wird! Ihr verspielt alles, was Ihr Euch erarbeitet habt.«

»Alles ist arrangiert, Eminenz.« Francesco neigte das blonde Haupt. »Wir sind die Äbtissin bald los und haben die Bestie ...«

»Das erzählt Ihr mir schon seit mehr als einem Jahr, Legatus! Ihr hattet sie verbrennen sollen und ich verließ mich auf Euer Wort. Und was dann? Dann steht sie vor mir. *Vor mir!* Auf dem *Petersplatz!* Ich dachte, mich träfe der Schlag«, rief Rotonda wütend und packte den Briefbeschwerer, der auf seinem Schreibtisch lag. »Genug, ehe ich Dinge sage, für die ich zur Buße bis an mein Lebensende beten muss. Ich bin hierher gekommen, um von Euch etwas Neues zu erfahren. Ich habe mein Haus nicht nachts verlassen, um mir das gleiche Geschwätz anzuhören wie sonst.« Er hob das Buch zum Wurf. »Sprecht, Legatus, und ich bete, dass es etwas ist, das mein Herz und meine Seele erfreut!«

Francesco wählte seine Worte mit Bedacht. »Eminenz, wir wissen, weswegen die Bestie hier ist«, begann er sanft. »Wegen der Frau.«

»Und was bringt uns das?«

»Einen Geruch, den er unwiderstehlich finden wird.« Francesco verbeugte sich wieder. »Ich habe das Nonnenmündel einige Tage lang durch einen Teil der Katakomben hetzen und ihren Schweiß immer wieder mit Tüchern abreiben lassen. Diese werde ich in vier gepanzerten Karren durch die Stadt fahren lassen. Schwer bewacht natürlich und mit meinen besten Männern versehen, Eminenz. Es ist eine Frage der Zeit, wann der Comte den Geruch aufnehmen und zuschlagen wird. Dann haben wir ihn.«

Rotonda legte den Briefbeschwerer sanft zurück auf den Tisch. »Endlich höre ich einen vernünftigen Vorschlag, Legatus.« Er lächelte. »Sehr gut, sehr gut. Dieses war der erste Streich, nicht wahr?« Er betrachtete ihn neugierig. »Mit welchem Streich werden wir wohl die Äbtissin und ihren Liebhaber los?«

»Sobald wir den Comte haben, greift das nächste Rädchen, Eminenz. Ich habe ...« Ausgerechnet jetzt wich das Glück von Jeans Seite. Francescos Blick fiel auf das spaltbreit geöffnete Fenster, und er verstummte.

Jean wusste, dass es Zeit war zu handeln. Er sprang in den Raum und legte die Muskete an. »Keiner rührt sich«, befahl er auf Französisch. Vor Aufregung zitterte seine Stimme. Er stand den beiden Männern gegenüber, denen er und Gregoria schreckliches Leid verdankten. »Wo ist Florence?« Er lief zur Tür und sperrte sie ab.

Rotondas Kopf schnellte herum, er starrte Francesco an. »Ich hoffe, es gehört zu Eurem Plan, Legatus«, schnarrte er auf Italienisch, »dass er das Sanctum abgefangen hat, das Ihr mir senden wolltet.«

»Nicht direkt, Eminenz.« Er hatte den Kasten auf dem Rücken des Franzosen ebenso erkannt. »Aber ich werde sehen, was ich Gutes daraus machen kann.«

»Wenn ich noch einen Ton auf Italienisch höre, jage ich dem Kardinal eine Kugel in seinen Schädel«, warnte Jean und ließ sie vorerst im Glauben, er verstünde sie nicht. Mit einer Hand zog er den Schlüssel aus dem Schloss und steckte ihn ein.

Francesco lächelte. »Darf ich Seiner Eminenz Eure Forderungen wenigstens noch übersetzen oder werdet Ihr dann abdrücken?«

»Wenn die Übersetzung mir länger vorkommt als das, was ich sage, werde ich ihn töten«, grollte Jean. Er wartete, bis der Legatus die Forderung übersetzt hatte. »Wo ist Florence, und was ist in der eisernen Kiste auf meinem Rücken?«

Francesco hob langsam die Schultern. »Ich weiß es nicht, weder das eine noch das andere. Ich bin nur ein Gesandter, ein Handlanger im Dienste eines Kardinals.« Er sah, dass die Geduld seines Gegenübers begrenzt war. »Bevor Ihr abdrückt, bedenkt: Nach dem ersten Schuss werden meine Leute erscheinen und Euch töten. Ihr befindet Euch in meinem Haus, Chastel. In der Höhle des Löwen.«

»Wohl eher in einem stinkenden Abwasserrohr, in dem eine Ratte haust. Ihr, Legatus, habt so viel gemein mit einem Löwen wie stinkender Morast mit klarem, reinen Wasser. Und vor Eueren Leuten fürchte ich mich nicht. Solange der Kardinal in meiner Gewalt ist, werden sie es nicht wagen, mir etwas zu tun.« Jeans Kiefer mahlten. »Es wird Zeit, dass Ihr Eueren Lohn erhaltet.«

Der blonde Mann hob die Arme. »Ihr wollt einen unbewaffneten Mann erschießen? So einer seid Ihr nicht, Chastel. Ihr ...«

Jean hob den Arm, zielte kurz und drückte ab. Die Kugel durchbohrte die Brust und durchschlug den Rücken.

Aber der Legatus fiel nicht.

»Was zum Teufel ...« Jean schlug geistesgegenwärtig mit dem Kolben der Muskete zu – doch Francesco wich aus! Schneller als alles, sogar als eine wütende Bestie, tauchte er unter dem Schaft weg.

»Ihr seid ein Nichts!« Im nächsten Augenblick stand er vor Jean und versetzte ihm einen Hieb, die ihn von den Beinen hob und bis zur anderen Seite des Schreibtischs fliegen ließ; er fiel auf die Kante, ließ die Muskete los und stürzte rücklings auf den Boden. »Das Sanctum schützt mich!«

Während Jean noch versuchte, sich aufzurichten, erschien der Legatus, packte ihn an den Schultern und schleuderte ihn empor gegen die Decke. Er krachte gegen die Holzvertäfelung, die Eisenkiste drückte sich in sein Fleisch, und er kehrte wie ein Stein auf die Dielen zurück; und dennoch erschien ihm dieser Aufschlag harmloser als der Zusammenstoß mit der Decke. Jeder Knochen im Leib, sein gesamter Rücken und der Brustkorb schmerzten. Aber er gab nicht auf und stemmte sich mit seinen Armen vom Boden hoch.

»Ein echter Kämpfer, wie ich es von Euch erwartet habe.« Francesco griff ihm in die langen weißen Haare und zog ihn auf die Füße, mit der anderen Hand riss er ihm die Riemen der Kiste von den Schultern. »Ich mache Euch erst gar nicht den Vorschlag, die Seiten zu wechseln. Ihr seid ohnehin blind vor Liebe«, meinte er gehässig. »Ihr vögelt sie sicher unentwegt, die alte Äbtissin?«

Jean zog seinen Dolch und stach dem Legatus in die Genitalien. Aufschreiend ließ ihn Francesco los, eine Hand krampfte sich in den blutenden Schritt.

Jeans Hand schloss sich um den Riemen des Kistchens und schwang es gegen den Kopf des vornüber gebeugten Legatus. Eisen und Schädel kollidierten, es knackte grauenhaft, das gesamte Gesicht des Mannes verschob sich. Er wurde nach hinten geschleudert und fiel rückwärts mit dem Kopf durch die Fensterscheibe, die Splitter schnitten in seine Kopfhaut.

Der Legatus stieß einen Schwall halb erstickter Worte aus, die sich nach einem ungläubigen »Wie kannst du es wagen« anhörten, und versuchte benommen, sich wieder zu erheben.

Jean taumelte zu ihm und sah, dass Francescos Nacken genau über dem unteren Fensterrahmen schwebte. Einem Rahmen, in dem eine rasiermesserscharfe Glaskante steckte. Das war seine Chance! Er schmetterte das Kistchen mit aller Kraft, die ihm geblieben war. Gewicht und Wucht droschen den Körper des Legatus nach unten, zermalmten die Knochen von Kiefer und Gesicht; es knirschte widerlich. Gleichzeitig hackte der Rest der Scheibe wie ein Messer durch den Hals, der Kopf des Legatus wurde abgetrennt und fiel aus dem Fenster; dumpf erklang der Aufprall im Kies des kleinen Innenhofs.

Diese Wunde würde das Sanctum nicht mehr heilen.

Jean zog zitternd seine zweite Pistole und richtete sie auf den Kardinal, der leichenblass vor der Tür stand. »Bleib, wo du bist«, befahl er auf Italienisch. Er erhob sich, der Geruch von warmem Blut umgab ihn. Er hängte sich das Kistchen mit dem Sanctum auf den Rücken, torkelte auf den Kardinal zu und richtete den rotfeuchten Dolch auf ihn.

»Wo ist Florence?«, fragte er Rotonda und stieß ihm den Dolch durchs Schlüsselbein, die Pistole hatte er auf die Tür gerichtet, hinter der laute Stimmen erklangen.

Rotonda ächzte. »Du wirst für deine Taten sterben, Chastel«, sagte er mit zusammengepressten Zähnen. »Einen ganz besonderen Tod.«

»Sag mir sofort, wo ihr Florence versteckt haltet!«

»Du kannst mich nicht töten, Chastel. Das Sanctum ...«

Das Holz der Tür knirschte, im nächsten Moment bekam es in der Mitte einen langen Riss. Damit hatte der Legatus Recht behalten: Seine Männer waren erschienen, wenn auch zu spät, um sein Leben zu retten.

»Du hast gesehen, dass man Menschen mit Sanctum im Blut sehr wohl zu töten vermag.« Er legte die Schneide an den Hals. »Ich schneide dir den Kopf ab, wie wäre das?«

»Die Katakombe von Massimo! Geht in die Basilika, da findet ihr eine Treppe, die nach unten führt«, schnaubte Rotonda.

In diesem Moment zerbrach die Tür und ein Wächter kam ins Zimmer gestürzt. Er sah Francescos Leichnam, schrie entsetzt auf, dann entdeckte er Jean und Rotonda. Als er seine Waffe hob, drückte Jean ab und schoss ihm mitten in den Leib. Er durfte sich keine Gnade erlauben.

Der Kardinal nutzte die Gelegenheit. Er warf sich vorwärts, der Stoff seiner Robe riss, und stolperte über den Toten hinweg zur Tür hinaus.

Jean zog seinen Silberdolch und schleuderte ihn nach dem Mann, die Klinge wirbelte durch die Luft und traf ihn unterhalb des Nackens, dann war er durch den Rahmen und für den Jäger verschwunden; dafür drängten Bewaffnete herein.

Jean sprang durch das zerstörte Fenster und landete nach dem kurzen Sturz im weichen Kies, seine Sicht wurde für einen Wimpernschlag undeutlich. Erste Schüsse peitschten, verfehlten ihn aber und spornten ihn zur Eile an. Gleich zwei Schläge ins Kreuz, begleitet von metallischem Scheppern, warnten ihn davor, länger zu verweilen. Die Männer schossen sich ein, und nur der Kiste verdankte er, dass er keine zwei Kugeln im Leib trug.

Er rannte, so schnell es ihm seine brennenden Muskeln erlaubten, auf die Stelle in der Mauer zu, an der er vorhin schon hatte hinausklettern wollen.

Jetzt umschwirrten ihn die Kugeln wie wütende Insekten. Eine streifte ihn am Oberarm, eine zweite sein Gesäß, aber dennoch schaffte er es, sich über die Mauer zu schwingen, während die Verfolger aus dem Haus gerannt kamen.

Jean hetzte durch den einsetzenden Regen, der seine Blutspur verwischte und seinen Häschern somit kaum eine Gelegenheit gab, ihn im Irrgarten aus Straßen und Gässchen ausfindig zu machen.

Trotz der Schmerzen fühlte er eine unglaubliche Euphorie. Er hatte den Legatus getötet, ungeachtet des Sanctums in dessen Adern! Er konnte hoffen, dass Rotonda an seinen Verletzungen starb – und dass sie Florence finden würden!

Jetzt musste es schnell gehen, bevor die Männer des Kardinals in ihrer Wut Dinge taten, die dem Mädchen noch mehr schadeten als das, was es bisher hatte erdulden müssen.

Der Gedanke, Gregorias glückliches Gesicht zu sehen, wenn er ihr das Mündel zeigte, beflügelte ihn.

12. April 1768, Italien, Rom

Gregoria stand über die Wiege gebeugt und betrachtete ihre kleine Tochter, der sie den Namen Marianna gegeben hatte. Sie schlief selig und hatte kaum etwas von der langen Rückreise bemerkt, die bis zum frühen Morgen gedauert hatte; das Schaukeln der Kutsche schien sie sogar beruhigt zu haben.

»Wie klein du bist«, flüsterte Gregoria liebevoll und strich über die Stirn des Säuglings, der pechschwarze Haare auf dem Köpfchen trug. »Und dennoch wirst du eines Tages den Orden leiten.« Sie meinte, eine gewisse Ähnlichkeit mit Jean in dem kleinen Gesicht zu erkennen; die graubraunen Augen hatte Marianna von ihr, daran gab es nichts zu rütteln. Es war gleichzeitig die perfekte Ausrede: Das Sanctum hatte sie zu einem Kind geführt, das die gleichen Augen besaß wie sie.

Gregoria gab ihr einen sanften Kuss auf die Wange und schlich aus dem Zimmer, um sich in die Eingangshalle vor den Kamin zu setzen. Sie würde sofort hören, wenn ihre Tochter schrie und nach Milch verlangte. Sie strich das weiße Kleid glatt und nahm Platz. Sie konnte sich nicht erinnern, wann sie das letzte Mal ein weißes Kleid getragen hatte. Als sie sich durch die blonden Haare fuhr, wurde sie sich einmal mehr bewusst, dass sie gewachsen und richtig lang geworden waren.

Es war ein schönes Gefühl, wieder Mutter zu sein, der Welt ein neues Leben zurückgegeben zu haben – und dennoch saß tief in ihr die Furcht, dass sie Marianna verlieren könnte, wie es damals mit ihrem ersten Kind geschehen war. Keine Krankheit, kein körperliches Gebrechen, es hatte einfach am Morgen tot in seinem Bettchen gelegen. Gregoria sah immer noch das Blau im zierlichen Gesicht; es war von der Nacht erstickt worden. Sie betete zum Herrn, dass Marianna dieses Schicksal nicht bevorstand, und fühlte eine unbestimmbare Sicherheit, dass ihr nichts geschehen würde. Sie war auserkoren.

Die Tür flog auf, ein Schwall kühler Frühlingsnachtluft drang in die Eingangshalle. Gregoria fuhr herum – und sah Jean, gestützt von Rebekka und voller Blut! Sie sprang mit einem leisen Schrei auf und rannte zu ihm, half der jungen Frau, den Mann zu halten und ihn die Treppen nach oben in sein Gemach zu bringen.

»Was ist geschehen?« Ihre Freude über das Wiedersehen nach so langer Zeit wurde durch die Sorge verdrängt. Erst wenn sie gesehen hatte, dass die Wunden nicht schwer waren, würde sie sich beruhigen.

»Ich habe den Legatus getötet«, erwiderte Jean knapp und

konnte trotz der Schmerzen ein Grinsen auf sein Gesicht zaubern. »Und Rotonda ist zumindest verletzt. Mit etwas Glück stirbt er vielleicht.« Er deutete auf die Kiste, die ihm Rebekka abgenommen hatte. »Darin ist ein neuer Vorrat an Sanctum, Gregoria. Ich hatte heute zum ersten Mal das Gefühl, dass Gott auf meiner Seite stand.«

Sie hatten den ersten Stock erreicht, betraten seine Kammer und legten ihn aufs Bett. »Wo sind die übrigen Seraphim?«, wollte er von der jungen Frau wissen.

»Sie sind noch nicht zurückgekehrt, Monsieur«, bekam er zur Antwort. »Sie suchen in den Katakomben nach Euch.«

»Dann lauf und richte Sarai aus, dass sie zurückkommen soll. Ich muss sie sehen. *Sofort!* Es gibt einen neuen Auftrag.« Jean ließ den Kopf auf das Kissen sinken und schloss die Augen, er atmete tief ein und aus.

Rebekka lief hinaus und schloss die Tür, während Gregoria ihn langsam aus den blutigen Kleidern schälte. Er hatte einige kleine Wunden davongetragen, hier und da zeigten sich Blutergüsse über den Knochen, aber es war nichts Ernstes. Sie bekreuzigte sich und atmete auf. »Ist er wirklich tot?«

»Ja. Ich habe ihn mit meinen eigenen Händen umgebracht«, flüsterte Jean schläfrig.

»Aber das Sanctum? Es ist in seinem Blut und ...«

»... fließt nicht mehr zu seinem teuflischen Hirn, seit ich ihm den Kopf abgeschlagen habe. Gott stand mir bei, Gregoria, und ließ mich entkommen. Das hätte ich niemals für möglich gehalten.« Er blickte sie an und nahm ihre Hand. »Ich bin so glücklich, dich zu sehen.«

Gregoria schaute in sein Gesicht, in seine warmen, geliebten Augen und handelte, ohne nachzudenken. Sie beugte sich nach vorne, küsste ihn sanft auf den Mund und schloss dabei, wie er auch, die Augen, damit sie ihre Sünde nicht sehen konnte. Ein warmes Gefühl schoss ihr durch den Magen, ihr Herz tat vor Freude einige zusätzliche Schläge. Bevor diese Freude in

Leidenschaft umschlagen konnte und sie zu Dingen anstiftete, für die sie sich später heftigste Vorwürfe machen müsste, zog sie sich zurück. Ihre Lippen lösten sich. Was blieb, war die tiefe Verbundenheit, die sie soeben einmal mehr mit einem Kuss besiegelt hatten. Sie spürte, dass er ihr alles vergeben hatte, den Tod Antoines, die Lügen über Florence.

»Gregoria«, flüsterte er heiser.

»Ja, Jean. Ich bin hier. Ich werde immer hier sein.« Einen Moment lang sahen sie sich einfach nur an, berauscht von dem Gefühl der Nähe. Dann räusperte sich Gregoria und setzte sich wieder aufrecht neben ihn, so, als wäre nichts geschehen, was nicht jede Seraph oder Schwester hätte ansehen dürfen. »Erzähl, was dir widerfahren ist«, verlangte sie freundlich.

Jean berichtete, angefangen von der Verfolgung in den Katakomben über das Zusammentreffen mit dem Comte bis zu seinen Erlebnissen im Haus des Legatus, die mit dem Tod Francescos und der Verwundung Rotondas geendet hatten.

»Ich bin mir nicht sicher, ob der Kardinal mir die Wahrheit sagte, als er mir den Aufenthaltsort von Florence verriet, aber die Seraphim und ich werden nachsehen. Selbst wenn es eine Falle ist, kann sie uns einen weiteren wichtigen Hinweis geben.« Er fühlte sich nicht erschöpft, die Erinnerung an den Triumph hielt seinen Geist und seinen Körper wach. Und auch der Kuss, reiner Balsam für seine Seele, trug seinen Teil zum Hochgefühl bei. »Aber nun du, Gregoria.«

Sie lächelte und streichelte sein Haar. »Ich habe das Kind gefunden, zu dem die Vision mich führen wollte, und brachte es hierher. Es heißt Marianna und ist auserkoren, nach mir die Schwesternschaft zu leiten«, erklärte sie glücklich.

»Du warst lange weg.« Es klang nach einem Vorwurf, obwohl sie die Sehnsucht erkannte, die aus Jean sprach.

Sie nickte. »Ich weiß. Es fiel mir schwer, ohne dich und die anderen zu sein. Aber es ging nicht früher. Die Suche war nicht leicht.«

»Und die Mutter gab dir Marianna einfach mit?«

»Es ist ein Waisenkind, seine Eltern kamen zwei Tage vor meinem Eintreffen bei einem Brand ums Leben.« Es passte Gregoria nicht, dass sie ihn anlügen musste, den Vater des Mädchens. »Um ehrlich zu sein, Jean ...« Sie nahm innerlich bereits Anlauf, ihm alles zu sagen – als es klopfte.

»Herein«, rief Jean und stand schon auf, um sich frische Sachen aus dem Schrank zu holen.

Sarai trat ein, ihre Kleider waren voller Dreck und Staub. »Monsieur Chastel! Gepriesen sei der Herr«, brach es erleichtert aus ihr heraus. »Wie ist es Euch gelungen, aus dem Labyrinth zu entkommen? Ich fürchte, wir hätten Euch niemals gefunden.« Sie verneigte sich vor Gregoria. »Wir haben gehört, dass Ihr wieder hier seid, ehrwürdige Äbtissin. Es ist gut, Euch bei uns zu haben. Hattet Ihr Erfolg und den Beistand des Herrn?«

»Ja, hatte sie«, entgegnete Jean. »Aber darüber sprechen wir später. Wir müssen auf der Stelle aufbrechen und noch einmal in die Katakomben steigen, dieses Mal an einer anderen Stelle.« Er nannte ihr den Namen, und Sarai nickte. »Ich kann es euch leider nicht ersparen, mit mir dorthin zu gehen. Wir haben die Gelegenheit, das Mündel zu befreien.«

»Die Seraphim sind bereit«, antwortete sie sofort. »Wir sind aus dem letzten Gefecht alle ohne schwere Verletzungen hervorgegangen, und die paar Wunden verheilten dank des Sanctums innerhalb kürzester Zeit.« Sie schlug das Kreuz. »Gepriesen sei der Herr Jesus Christus. Es ist ein Wunder, was sein Blut vermag.«

»Es ist in der Tat ein Wunder.« Jean erinnerte sich an die Kraft des Legatus. Er warf sich ein Hemd über, knöpfte es mit fliegenden Fingern zu und schlüpfte in die Jacke. Auch wenn sein Körper schmerzte, er durfte sich nicht schonen. »Ich werde mir neue Waffen aus der Rüstkammer holen. Versammle die Seraphim am Tor, es wird sofort losgehen.« Sarai eilte davon, Jean sah zu Gregoria. »Entschuldige, dass ich dir das Wort geraubt habe.«

Sie hörten leises Kinderschreien. »Das macht nichts. Es wird später genügend Zeit sein, die Ereignisse der letzten Wochen zu besprechen.« Sie erhob sich. »Viel Glück«, wünschte sie ihm, dann verschwand sie aus dem Zimmer, um nach Marianna zu sehen.

Gregoria nahm das schreiende Kind aus der Wiege und schaukelte es sanft hin und her, ging dabei zur Tür und schloss sie; mit einer Hand drehte sie den Schlüssel herum. Erst dann öffnete sie ihr Hemd und gab Marianna die Brust; das Weinen endete und ging in ein zufriedenes Schmatzen über.

Sie streichelte ihr über die kurzen schwarzen Haare. Wenn sie gefragt wurde, würde sie sagen, dass sie der Kleinen Ziegenmilch gäbe und dass sie daran gewöhnt sei. Gregoria hatte sich in den letzten Wochen vorab Dutzende mögliche, passende Ausreden ersonnen, um den Fragen standzuhalten, die aus Neugier und nicht aus Boshaftigkeit gestellt würden. Sie durfte keinen Fehler begehen, um Misstrauen zu vermeiden.

Ihr Vorteil war, dass niemand damit rechnete, dass eine Äbtissin – noch dazu eine Frau ihres Alters – ein Kind gebar. »Und wir werden niemandem dein Geheimnis verraten, Marianna«, sagte sie sanft zu ihr und beobachtete sie beim Trinken.

Gregoria beschloss, Jean die Vaterschaft vorzuenthalten, auch wenn sie vorhin beinahe bereit gewesen wäre, ihm seine Rolle zu enthüllen. Es wäre nicht gut und würde seine Sorge zusätzlich steigern.

»Aber eines Tages«, versprach sie Marianna, setzte sich auf ihr Bett und beobachtete durch die Vorhänge, wie sich der verheißungsvolle Schein der Morgensonne über dem Himmel ausbreitete und die Sterne zum Verblassen brachte. »Ganz sicher.«

Sie fanden die Via Simeto – jene Stelle, die der Kardinal Jean genannt hatte – auf Anhieb. Der Eingang zur Katakombe von

Massimo befand sich in einer Basilika, die der heiligen Felicitas geweiht war.

Allerdings sahen sie sofort, dass sie nicht die Ersten waren. Vor dem Eingang stand ein verlassener gepanzerter Wagen, wie ihn die Männer des Legatus mit ins Gévaudan gebracht hatten, um Florence zu verladen. Die Pferde schnaubten und warteten geduldig, dass der Kutscher zurückkehrte. Jean kannte die Bestimmung des Karrens: eine rollende Wolfsfalle.

Im Licht des Morgens sahen sie die geöffneten Türen der Basilika, in deren Holz sich tiefe Kratzer zeigten. Kratzer, die von der Anordnung her durchaus zu einer Bestienklaue passten.

Jean nahm eine seiner Pistolen und eilte zum Wagen. Ein rascher Blick zeigte ihm, dass er leer war. »Scheint, als sei uns der Comte zuvorgekommen!« Er hastete die Stufen hinauf, die Seraphim folgten ihm; Debora und Rebekka trugen ein mit Eisendraht verstärktes Fangnetz.

Im Innenraum lagen die verstümmelten Leichen von zwei Männern, ihre Waffen ruhten abgefeuert neben ihnen; das Blut war noch nicht geronnen, und Pulverdampf schwebte in der Luft.

»Gebt Obacht. Tötet die Bestie nicht, wenn ihr sie seht«, befahl er flüsternd. »Es könnte sein, dass es sich um Florence handelt.« Er gab das Signal, das Netz zu ihm zu bringen.

Die jungen Frauen nickten. Dass sie die Order in höchste Lebensgefahr brachte, störte sie nicht. Zur Verteidigung führten sie dieses Mal Silberschlagstöcke mit sich, die eine nach der anderen nun aus der Halterung auf dem Rücken nahm. Es würde sich zeigen, wie die Bestie darauf reagierte. Da sie in Katakomben stiegen, hatten sie auf die Musketen verzichtet und benutzten stattdessen doppelläufige Pistolen, unter deren Lauf geschwungene Silberschneiden angebracht worden waren. Im Nahkampf konnten sie wie Beile eingesetzt werden.

In einer lang gezogenen Linie rückten Jean und die Seraphim in die Basilika vor, bis sie auf die Treppe stießen, die hinab in die Katakombe führte. Sie starrten in ein schwarzes, lichtloses Loch.

Sie entzündeten ihre mitgebrachten Lampen, dann stieg Jean als Erster hinab.

Es ging viele Stufen nach unten. Schweigend legten sie die Strecke zurück, bis sie in einer unterirdischen Basilika standen. Die Wände waren mit Darstellungen der heiligen Felicitas und ihrer sieben Söhne verziert worden, eine andere Abbildung zeigte Jesus Christus.

Jean entdeckte einen Durchgang. »Da drüben geht es weiter.« Er bog in den sehr schmalen und erst vor kurzem angelegten Gang ab. Man sah es den Felskanten an, dass sie nicht zu den Jahrhunderte alten Grabkammern der Frühchristen und Heiden Roms gehörten, sie waren noch spitz, scharfkantig, nicht abgeschliffen.

Nach seinem nächsten Schritt klickte es unter seinem Fuß. »Zurück!«, schrie er und sprang nach hinten. Die Lampe schlug gegen einen Vorsprung, das Glas zersprang, und die Flamme erlosch.

Er spürte den Luftzug vor seiner Nase, ein Gegenstand verfehlte zischend sein Gesicht und prallte gegen die Felswand, Steinsplitter platzten ab und prasselten gegen Wangen und Lippen. »Licht!«

Sarai reichte ihm ihre Lampe, mit der er den Boden absuchte. Er fand einen fingerlangen Eisenstift und hob ihn auf. Seitlich in der Wand entdeckte er das Loch, aus dem das heimtückische Geschoss abgefeuert worden war.

»Der Weg ist mit Fallen gesichert«, warnte er die jungen Frauen. »Passt genau auf, was ihr berührt und wohin ihr tretet. Es könnte unser aller Leben kosten.« Vorsichtig bewegte er sich weiter den schmalen Gang entlang.

Jean fand dank seiner Umsicht und Sorgfalt zwei weitere Auslöser, außerdem vier blutige Eisenspitzen, die sich jemand aus dem Körper gezogen und weggeworfen hatte.

Vor einer Biegung sah er eine verschmutzte, blutige Hand am Boden in den Gang ragen. »Achtung«, raunte er, zog seinen Schlagstock und ging langsam weiter, bis er um die Ecke spähen konnte.

Jean schluckte. In diesem knapp sieben Schritt langen Abschnitt, der zu einer angelehnten Tür führte, lag ein Leichnam neben und über dem anderen. Es war ihm nicht möglich zu sagen, wie viele Tote es waren, aber ein Dutzend reichte gewiss nicht aus.

Das Blut stand in Pfützen auf dem Boden oder troff von den Wänden, als sei es wie ein Regenguss von der Oberfläche durch das Erdreich nach unten gesickert. Das Werk der Bestie.

Jean war sich sicher, dass sie zu spät erschienen waren. Sie würden Florence nicht mehr finden. »Vorwärts«, ordnete er an und balancierte über und zwischen den Leichen entlang, das Blut spritzte – so sehr er auch Acht gab – von den Schuhen bis zu den Knien.

Vorsichtig schob er die Tür auf und sah in einen Aufenthaltsraum, in dem vier Betten und ein Tisch standen. An der anderen Seite befand sich eine ebenfalls geöffnete Tür, hinter der er Gitterstäbe und Zellen erkannte.

Gleich darauf standen er und die Seraphim in einem leeren Zellentrakt. Dicke Eisenstäbe sicherten gegen Ausbruchsversuche, in den Wänden waren Ketten und Handfesseln eingelassen, die Jean an den Keller erinnerten, in dem er seine Söhne gefangen gehalten hatte. Damals im Gévaudan, als er noch beide für Loups-Garous hielt.

Hier lagen zwei Männer in ihrem eigenen Blut, denen die Bestie die Brust zerbissen hatte; in einer Zellentür steckte ein verbogener, rot glitzernder Schlüssel.

»Ich nehme an, dass sich Florence befreit hat«, meinte Sarai nach eingehender Betrachtung des Ortes. »Es spricht alles dafür, oder, Monsieur Chastel?«

»Die Spuren weisen darauf hin, dass die Männer im Gang von

vorn angegriffen wurden. Florence hätte sie von hinten überrascht, sie würden anders liegen«, widersprach er und sah auf seine beschmutzten Stiefel. Es würde lange dauern, bis das Blut abgewaschen war. »Ich denke, dass sich jemand den Weg zu ihr freigekämpft hat.«

Debora trat in die Zelle und betrachtete den Boden, dann rief sie Jean und wies ihm ihren Fund: ein kleines Häufchen Kot. »Das ist zu wenig für einen ausgewachsenen Menschen oder eine Bestie.«

Jean ging in die Hocke, nahm einen Halm des verteilten Strohs und stocherte in den Exkrementen herum. Die Beschaffenheit gab ihm als erfahrenem Wildhüter Aufschluss darüber, was das Wesen zu sich genommen hatte. Was er sah, ließ nur einen Schluss zu. Er erbleichte.

»Bei den Heiligen! Es stammt von einem kleinen Wolf!«

Er wusste, was das bedeutete.

Florence und Pierre hatten sich damals des Öfteren zu heimlichen Treffen verabredet, und wie es bei jungen Liebenden gelegentlich vorkam, wenn Leidenschaft und Gefühle zu groß gerieten, wusste er nur zu gut. Er erinnerte sich sehr genau an diese eine Nacht, in der ihn und Gregoria die Gefühle überwältigt hatten.

Ist aus Pierres und Florences Liebe eine neue Bestie erwachsen? Oder war es anders? Pierre hatte davon berichtet, die Bestien gesehen zu haben, wie sie es miteinander trieben – hatte Florence das Kind Antoines ausgetragen? Oder sogar das des Comtes?

Damit hätten sich die Befürchtungen, die Malesky und er bereits im Gévaudan gehegt hatten, bestätigt. Es war eine neue Brut geboren, und sie hatten es noch immer nicht geschafft, die alte auszumerzen. »Durchsucht alles. Jeden Fetzen Stoff an den Leichen. Wir brauchen Hinweise«, befahl er.

Die Seraphim machten sich auf der Stelle an die Arbeit.

»Monsieur, seht«, sagte Sarai und zeigte auf die Fläschchen

und zitzenähnlichen Aufsätze aus Holz, die aufgereiht im Schrank standen. »Man hat die kleine Bestie damit gefüttert.«

»Könnte sein, dass man sie von der Mutter getrennt hat. Oder die Mutter tot ist.« Jean erhob sich und verließ die Zelle. »Falls sie noch lebt, hat sie vielleicht das Massaker angerichtet. Sie könnte erschienen sein und sich ihr Kind zurückgeholt haben.« Er beteiligte sich an der Suche, aber auch er fand nichts. Also deutete er zum Ausgang. »Wir haben hier nichts mehr verloren. Kehren wir zurück und berichten der Äbtissin.«

So vorsichtig, wie sie den Gang betreten hatten, so vorsichtig kehrten sie durch ihn zurück in die unterirdische Basilika und gingen von dort die Stufen nach oben in das Gotteshaus der heiligen Felicitas. Sie zogen sich Tücher vor die Gesichter, um nicht von den ersten Gläubigen, die sich am Eingang versammelt hatten, erkannt zu werden.

Rasch wich man vor den Frauen und Jean zurück, die bald in den Gassen verschwunden waren und ihre Maskierung fallen ließen. Wegen des vielen Bluts an ihrer Kleidung, das eine Befragung durch die Stadtwache nach sich gezogen hätte, benutzten sie Schleichwege durch Hinterhöfe und über Dächer.

Gegen Mittag erreichten sie endlich ihr Hauptquartier. Jean erstattete Gregoria auf ihrem Zimmer einen umfassenden Bericht von dem, was sie gesehen hatten.

Schweigend hörte sie zu. »Ich gehe davon aus, dass alle drei noch leben: der Comte, Florence und das Wesen, das sie auf die Welt gebracht hat«, sprach sie bedächtig. »Der Comte sucht weiterhin nach dem Panter, von daher schätze ich nicht, dass er etwas mit den Vorgängen in der Basilika zu tun hat.« Sie sah zu Jean. »Es war Florence. Ich bin mir ganz sicher, dass sie es war. Sie wollte mit der Entschlossenheit einer Mutter ihr Kind zurück.«

»Es könnte passen. Man hat sie in dem Wagen vor die Basilika gefahren, vielleicht um sie umzuladen und sie an einen anderen Ort zu bringen. Sie befreite sich und nahm die Witterung ihrer Brut auf«, versuchte sich Jean an einer Erklärung. »Sie bahnte sich ihren Weg durch die Fallen und die Männer des Kardinals, rettete ihr Junges und verschwand.« Er setzte sich neben die Wiege und betrachtete Marianna. »Du kennst Florence dein ganzes Leben lang, Gregoria. Was würde sie tun? Wohin würde sie gehen?«

»Sie ist frei und hat ihr Kind in Sicherheit gebracht. Also wird sie nach Hause wollen, ins Gévaudan. Vielleicht denkt sie, dass es das Kloster noch gibt. Oder dass ich dort bin.« Gregoria sah gerührt, wie Jean den kleinen Finger in die Wiege hielt und sich Mariannas Händchen darum schloss; ihr entging auch das Lächeln nicht, das sich auf das Gesicht des Mannes stahl.

»Sie hat tatsächlich deine Augen«, sprach er leise, um das Kind mit seiner Stimme nicht zu erschrecken. »Als ob es dein eigenes wäre.«

Sie war sehr froh, dass er sich um das Kind kümmerte, sonst hätte er das verräterische Zucken in ihrem Gesicht gesehen. Sie legte die Hände zusammen und zwang ein Lächeln auf ihre Züge. »Das Sanctum hatte Recht. Es leitete mich zu diesem Mädchen.«

»Was wird aus ihr?«

»Sie wird eines Tages die Schwesternschaft leiten, wenn ich zu alt geworden bin«, erklärte sie. »Ich werde sie großziehen, als wäre sie meine eigene Tochter, Jean.« Gregoria erhob sich, stellte sich neben ihn und legte ihre Rechte auf seinen Rücken. »Marianna mag dich«, sagte sie glücklich und gab sich der Illusion hin, dass sie eine Familie seien.

Jeans Gesicht verdüsterte sich und löste seinen Finger aus der Hand des Mädchens. Er musste daran denken, dass ihm Pierre keine Enkel mehr schenken würde.

»Wir werden Florence finden und sie ebenso wie das Kind heilen«, flüsterte er. »Ich werde annehmen, dass es Pierres Kind ist, und ich werde ein aufopfernder Vater und Großvater für

Florence und ihr Kind sein, um sie vergessen zu lassen, was sie durchlitten haben.« Er rang sichtlich mit den Tränen.

Gregoria fühlte eine unsichtbare Schnur, die sich um ihre Kehle legte und es ihr unmöglich machte zu schlucken. Wieder stand sie dicht davor, ihm die Wahrheit über Marianna zu sagen.

Jean stand auf. »Ich werde Anfang Mai ins Gévaudan reisen, um zu sehen, ob Florence dort erscheint. Die Seraphim werden dich vor dem Comte und Rotonda schützen.« Seine Finger umschlossen ihre rechte Hand. »Ich werde schnell wieder zurückkommen. Sei unbesorgt.« Er ließ sie los und ging zur Tür.

»Warte.« Gregoria krächzte mehr als sie sprach. Erneut war die Gelegenheit, um ihm von seiner Tochter zu berichten, verstrichen. Sie ging zu ihrem Schrank und nahm ein kleines eisernes Döschen hervor. »Nimm das Sanctum mit. Es müsste reichen. Die Ration, die für Rotonda bestimmt war, hat unsere Vorräte aufgefüllt.«

Er steckte es ein, nickte ihr zu und verließ die Kammer.

Gregoria sackte auf den Stuhl neben der Wiege, legte die Arme darüber und weinte. Es war der einzige Ort, an dem sie Schwäche zeigen durfte. Nicht vor den Seraphim, nicht vor den Schwestern und Novizinnen, nicht vor Jean. Die kleine Marianna würde sie nicht verraten.

XIX. KAPITEL

Italien, Rom, 30. November 2004, 19.51 Uhr

Es war noch kälter geworden, oder wie die Römer sagten: Jemand hatte in den Alpen ein Fenster offen gelassen, und nun kam die Winterluft aus Tirol ins italienische Land.

Eric saß ausnahmsweise nicht im Porsche, sondern in einer der vielen kleinen Trattorias von Trastevere und beobachtete die pittoreske Kirche auf der anderen Straßenseite. Das Licht brannte noch, und wenn der eisige Wind drehte, vernahm man ganz leise die Töne einer Orgel.

Eric kannte das Stück. Johann, sein Vater, hatte es gern gemocht und gelegentlich gehört. Es weckte schöne Erinnerungen.

Gespielt wurde das Instrument von keinem Geringeren als Padre Rotonda selbst, der, dem Aushang an der Kirche zufolge, ausgerechnet heute in die Tasten griff, um die Seelen seiner Schäfchen zu erquicken. Und er spielte gut. Eric fand es unfassbar, dass ein diabolischer Mann wie Rotonda in der Lage war, so schöne Musik zum Besten zu geben. Im Gegensatz zu Faustitia betrachtete er den Mann als verdorben und nicht als verblendet. Böse Menschen hatten zwar keine Lieder, wie der Volksmund berichtete, aber offenkundig beherrschten sie Instrumente.

Eric trank einen Tee nach dem anderen. Der viele Kaffee tat seinem Magen nicht gut, außerdem hatte er starke Entzugserscheinungen, die vom Koffein noch schlimmer geworden waren. Die Dosis seiner Werwolf-K.-o.-Tropfen, die er im Handschuhfach des Porsches versteckt und sich in den letzten Nächten gegönnt hatte, war ein wenig zu hoch gewesen. Entgegen seiner Gewohnheit verzichtete er auf seinen üblichen Einsatzdress, sondern hatte sich unauffällige Kleider und einen weiten schwarzen Ledermantel angezogen, unter dem sich viel verbergen ließ.

Um seine Unruhe in den Griff zu bekommen, nahm er das neue Fläschchen aus seiner Tasche und gönnte seinem lechzenden Körper einen Tropfen Gamma-Hydroxybuttersäure. Zwar schrie alles in ihm nach mehr, aber er durfte dem Verlangen nicht nachgeben.

Endlich öffneten sich die Türen der Kirche und die Gläubigen strömten heraus. Padre Rotonda stand an der Tür und gab jedem persönlich die Hand, lachte und scherzte. Die Menschen hingen an seinen Lippen. Er war eine einnehmende Persönlichkeit.

»Wenn ihr wüsstet, was er mit euch vorhat«, murmelte Eric, legte einen Zwanziger auf den Tisch und erhob sich. Seine Mission begann.

Laut Faustitias Aufzeichnungen versäumte es Rotonda niemals, die Andacht und das monatliche Orgelspiel abzuhalten. Danach ging er zusammen mit zwei Priesterfreunden immer in das Gasthaus *Piccola,* um einen Wein zu trinken und mit dem einen oder anderen Schäfchen in der Gemeinde zu sprechen; gegen 2.00 Uhr kehrte er nach Hause zurück. Allein.

Genau dann wollte Eric zuschlagen. Zeugen würde es keine geben, wenn er den Padre verhörte.

Er fragte sich, wie gefährlich Rotonda durch die Überdosis Sanctum in seinen Adern war. Bedachte man den Ursprung des Sanctums, war es verlockend anzunehmen, dass Erics Mission einfach wurde. Der Sohn Gottes war weder durch Martial-Arts-Einlagen noch durch besondere Treffsicherheit mit der Schleuder bekannt geworden. Die Figuren aus dem Alten Testament waren ihm da um Längen überlegen, oder das Neue Testament hatte die brutaleren Jesus-Episoden aus Propagandagründen verschwiegen.

Eric dachte nach. Jesus hatte die Händler aus dem Tempel geworfen, aber ansonsten galt für ihn das Rechte-Wange-linke-

Wange-Prinzip. Kurzsichtig gedacht könnte man fragen, wie kriegerisch demnach ein Padre sein konnte, in dessen Adern das Blut eines der friedfertigsten Männer der Geschichte floss ...

Eric würde nicht den Fehler begehen, leichtsinnig zu werden. Jesus hatte seine Kräfte eingesetzt, den Menschen Gutes zu tun. Aus der Speisung der Zehntausend hätte er wahrscheinlich auch die Vernichtung der Zehntausend machen können, ein Wunder konnte so oder so ausfallen. Und sein Vater hatte schließlich oft genug gezeigt, zu was er in der Lage war: Die alten Ägypter konnten ein Lied davon singen.

Eric verließ das Gebäude und musste sich sofort gegen den starken Wind stemmen, der kalten Regen schräg durch die Straßen, gegen die Dächer und Hauswände trieb. Schnee wäre Eric lieber gewesen, davon wurde man wenigstens nicht so nass.

Als würde Rotonda ahnen, dass er verfolgt wurde, schien er an diesem Abend vorzuhaben, alle seine Gewohnheiten über den Haufen zu werfen. Erstens marschierte er durch die engen Gässchen von Trastevere schnurstracks nach Hause, zweitens verzichtete er dabei nicht auf die beiden Begleiter, und drittens kehrte er nach drei Minuten und zwanzig Sekunden auf die Via di Scala zurück. Da stimmte etwas nicht.

Rotonda eilte zurück zur Straße, die vor der Kirche entlanglief, hielt ein Taxi an, öffnete die Tür und stieg ein. In diesem Moment merkte Eric: Der Mann, der sich eben auf den Rücksitz warf, war trotz Soutane und Seitenscheitel nicht Rotonda. Er roch nach einem ganz anderen Aftershave und trug zudem Schuhe, an denen kein Schmutz haftete, als habe er sie eben erst frisch poliert aus dem Karton genommen.

Eric sah zu, wie das Taxi wegfuhr, stieg in den Cayenne und tat seinen Beobachtern den Gefallen, seinen Wagen hinterherzusteuern. Jedenfalls bis um die nächste Ecke, dann hielt er an und schlich sich zurück zum Haus.

Trastevere hatte einen ganz besonderen Charme, den Charme der Tradition und der Urigkeit, wie ihn auch die Gässchen Venedigs besaßen. Würde hier ein Mann in der Kleidung des 18. Jahrhunderts auftauchen, man würde nicht ihn, sondern sich selbst für den Zeitreisenden halten.

Er stellte sich in den Schatten einer Hauswand, neben einen Gully, damit die emporsteigenden warmen Dämpfe seine Atemluftwölkchen verbargen, und lauerte.

Es dauerte wieder nicht lange, und die Tür öffnete sich erneut. Dieses Mal war es Rotonda, der abnehmende Mond beleuchtete sein schmales Gesicht und machte eine Verwechslung unmöglich. Er trug einen langen schwarzen Mantel und verließ sein Haus. Zwei Begleiter flankierten ihn. Es waren keine Priester, das sah man ihnen an. Ihre braunen Lederjacken waren unregelmäßig ausgebeult, was Eric als Anzeichen für Waffen interpretierte. Große Waffen.

Eric gab ihnen einen großzügigen Vorsprung und nahm die Verfolgung auf. Es ging ein gutes Stück zu Fuß quer durch den Stadtteil und über den Fluss, bis sie in der U-Bahn-Station Circo Massimo verschwanden.

Das fand er gar nicht gut. Es gab in der Enge des Bahnsteigs und der Wagen wenige Möglichkeiten, sich vor Rotonda zu verbergen. *Aber habe ich eine andere Wahl?* Nein. Er musste herausfinden, was Rotonda dazu trieb, in die U-Bahn zu steigen, denn der Priester hätte ebenso ein zweites Taxi bestellen können.

Eric schritt die Stufen hinunter, warme abgestandene Luft voller Elektrizität- und Schmierfettgeruch umwaberte ihn. Sieben Fahrgäste warteten stehend oder auf den Bänken sitzend; die Anzeige behauptete, dass die nächste U-Bahn in zwölf Minuten kam.

Von Rotonda und seinen Begleitern sah er nichts.

Erics Sinne schalteten auf höchste Alarmstufe. Langsam betrat er den gekachelten Boden, das G3 und die schusssichere Weste unter seinem Mantel gaben ihm eine Spur Sicherheit. Leider nur eine Spur.

Langsam bewegte er sich nach rechts und achtete darauf, keine Geräusche zu produzieren. Es funktionierte nur bedingt. Der Dreck an den Schuhsohlen knirschte, als er durch sein Körpergewicht zwischen dem Leder und den Kacheln zerrieben wurde.

Ansatzlos erschallte ein lautes Lachen, in das zwei Männer einstimmten. Es kam hinter einer Säule hervor, Eric hatte die drei deswegen nicht gesehen.

Er blieb stehen und drehte ihnen den Rücken zu. Zu seiner großen Erleichterung kümmerten sie sich nicht um ihn, sondern lachten und scherzten weiter. Es ging um Priesterwitze, so viel verstand Eric.

Endlich näherte sich die nächste Bahn, sie presste einen Schwall Luft aus der Röhre, der in Erics Haaren spielte und lose Papierchen aufwirbelte. Die Lichter des Triebwagens wurden sichtbar, dann klapperte und quietschte die Wagenkolonne aus dem Schacht, rauschte in die Station und bremste. Türen flogen auf, eine paar Römer stiegen aus. Eric drehte sich halb zur Seite und schielte, was Rotonda tat.

Der Padre stieg zusammen mit einem der Männer ein, der zweite blieb am Bahnsteig stehen und half einer älteren Dame aus dem Wagen. Sie lachte ihn an, er grüßte und legte die Hand an den Schirm seiner schwarzen Cordmütze – dabei entdeckte er Eric! Er rief etwas in den Wagen, langte unter den Mantel und rannte auf ihn zu.

Piepsend machte die U-Bahn darauf aufmerksam, dass sich die Türen schlossen, und weil Rotonda nicht ausstieg, sprang Eric in den letzten Wagen. Sein Gegner tat das Gleiche. Zischend verriegelten sich die Türen, ruckelnd fuhr die Bahn an.

Zwischen Eric und dem Mann befanden sich zwei ältere Damen, die rechts und links des Mittelgangs auf den Bänken saßen und sich unterhielten. Er hatte Skrupel, im Beisein von Unschuldigen, die sich zudem mitten in der möglichen Hauptflugbahn der Geschosse befanden, eine Schießerei zu beginnen.

Diese Entscheidung wurde ihm abgenommen.

Der Mann griff unter den Mantel und holte eine Uzi hervor.

Eric duckte sich und hob das G3, die beiden Waffen krachten zur gleichen Zeit los. Der Schalldämpfer des Sturmgewehrs war abgenutzt, das Röhren kaum mehr gedämpft. Eric hatte auf die Körpermitte gezielt und erlaubte dem Lauf, durch den Rückstoß nach oben zu wandern.

Der Mann hatte zwar versucht, den Geschossen auszuweichen, doch er lief damit genau in die Garbe. Bauch, Brust, Hals und Kopf wurden getroffen, die Wand hinter ihm wurde durchlöchert und mit seinem Blut besprüht. Die beiden Seniorinnen schrien laut und versuchten, sich auf den Boden zu werfen, was in ihrem fortgeschrittenen Alter eine langwierige Sache war.

Der getroffene Gegner taumelte zwei Schritte rückwärts und brach zusammen, dabei drückte er noch einmal ab und jagte den Rest des Magazins aufs Geratewohl heraus. Eine der Omas schrie auf und sank zur Seite, aus ihrer Schulter sickerte Blut.

Eric richtete sich auf und spähte durch das kleine Fenster hinüber in den anderen Wagen, um zu sehen, was Rotonda und sein Begleiter vorhatten.

Die Schüsse waren natürlich auch dort gehört worden, die Menschen suchten so gut wie möglich am Boden oder zwischen den Sitzreihen Schutz, nur ein paar Mutige hoben die Köpfe und schauten zum Fenster. Eric entdeckte Rotonda nicht, wahrscheinlich war er ebenfalls in Deckung gegangen.

Vornüber gebeugt und das G3 mit der Rechten haltend, ging er auf die älteren Damen zu. »Bleiben Sie ruhig«, sagte er auf Italienisch und sah nach der Verwundeten, welche die Augen geschlossen hatte. Ohnmächtig. »Ich bin von der Polizei. In dieser U-Bahn befinden sich gefährliche Verbrecher«, erklärte er der anderen. »Nehmen Sie ein Taschentuch und drücken Sie es auf die Wunde, bis wir an der nächsten Haltestelle ...«

Es knallte, Glas zerbarst, und Eric bekam einen Schlag gegen die rechte Schulter. Er bemerkte erleichtert, dass sie nicht mit

Silber auf ihn schossen. So konnte er dem kommenden Feuergefecht ziemlich gelassen entgegensehen. Normale Munition tat höllisch weh – aber sie brachte ihn nicht um.

Eric warf sich auf den Rücken, hob dabei das G3 und zielte auf das Fenster, hinter dem gerade der Kopf des Angreifers verschwand. Er legte auf die Stelle unterhalb des Fensters an, schoss das Sturmgewehr leer und zog danach sofort die P9. Als das Dröhnen der kurzen Salven verstummte, fluchte er absichtlich laut; die Mündung der Pistole zeigte unentwegt auf den Durchlass.

Der Mann nahm an, dass Eric nachladen musste, und tauchte wieder auf, um nach ihm zu feuern. Kaum wurde die Stirn sichtbar, drückte Eric zweimal rasch hintereinander ab, und der Angreifer verschwand wieder. Die List war geglückt, jetzt lud er das G3 nach und robbte vorwärts.

Der Zug verlangsamte die Fahrt und fuhr schließlich, ruckelnd und langsam, in den nächsten Bahnhof ein. Eric zog eine Sturmhaube aus der Manteltasche und streifte sie über, um sein Gesicht unkenntlich zu machen, dann warf er einen Blick zu den zwei älteren Damen hinüber. Die eine hatte tatsächlich die Erstversorgung ihrer angeschossenen Freundin übernommen.

Vorsichtig spähte Eric nun hinaus auf den Bahnsteig. Zwei Carabinieri warteten dort mit verschränkten Armen und unterhielten sich, während die U-Bahn zum Stehen kam. Sie bemerkten die Schäden und das Blut an den Scheiben nicht.

Die Wagen standen, die Sekunden kamen Eric vor wie Stunden. Dann, endlich, öffneten sich die Türen. Kreischende Fahrgäste rannten aus dem Abteil, einige von ihnen schrien die Carabinieri an und deuteten auf Erics Wagen. Rotonda ließ sich nicht blicken, weil er wusste, dass Eric nur darauf lauerte.

Die Carabinieri zogen ihre Waffen und näherten sich der Bahn. Dann ertönte das Fiepen wieder, zischend fuhren die Türen aufeinander zu.

Ein schwarzer Schatten hechtete aus dem Vorderwagen,

Rotonda rannte geduckt auf die Rolltreppe nach oben zu, dabei schrie er etwas und deutete hinter sich. Die Carabinieri schauten ihm zuerst irritiert hinterher und warfen dann prüfende Blicke auf die U-Bahn.

Der Zug fuhr an.

Mit einem kräftigen Sprung hechtete Eric durch das Fenster, rollte sich über die Schulter ab und feuerte nach den Polizisten. Es war keine besondere Kunst, sie zu überraschen, sie hatten mit einem solch ungewöhnlich harten Angriff nicht gerechnet. Nicht an diesem Ort. Die Mafia regelte ihre Angelegenheiten wohl woanders.

Die Kugeln, die Eric ihnen in die Beine setzte, machten sie kampfunfähig, sie brachen schreiend zusammen und versuchten, die Wunden in ihren Oberschenkeln mit den Händen zuzupressen. An eine Gegenwehr dachten sie nicht, die Schmerzen waren zu gewaltig.

Eric rannte die Rolltreppe hinauf und sah am oberen Ende Rotondas schwarze Kutte verschwinden. Er war verflucht schnell. Aber eben nicht schnell genug, um ihn abzuschütteln. Im Laufen sog er den Duft des Mannes ein, merkte sich jede Nuance seines Deos, seines Schweißes, seiner Haut. Eric hatte angenommen, irgendeine Besonderheit wahrnehmen zu können, die vom Sanctum herrührte, aber es fiel ihm nichts auf. Das enttäuschte ihn sogar etwas.

Als er sich sicher war, dass er die Spur nicht mehr verlieren konnte, verlangsamte er sein Tempo und ließ dem Geistlichen lange Leine. Er sollte denken, dass er Eric abgeschüttelt hatte.

Er zog sich die Sturmhaube vom Kopf, als er die U-Bahn-Station Colosseo verließ, nahm das G3 unter den Mantel und bewegte sich vollkommen normal und unauffällig; das Loch in seinem Mantel würde einem Passanten erst nach genauerer Betrachtung auffallen, und Blut sah man auf schwarzem Untergrund kaum.

Rotonda befand sich vor ihm, nicht sichtbar, doch deutlich riechbar. Er lief sehr schnell, der Schweißgeruch wurde stärker und durchdringender, was Eric die Verfolgung erleichterte. Allerdings bemerkte er keinerlei Anzeichen von Angst. Verließ sich der Padre so sehr auf den Schutz des Sanctums?

Es ging wieder zurück über den Fluss. Nach und nach erkannte Eric die Umgebung. Sie bewegten sich auf den Vatikan zu, nur von einer anderen Seite als vom Petersplatz aus.

Es ging über Treppen und kleinere Plätze, gelegentlich sah Eric Rotonda auch. Der Padre hatte seine Geschwindigkeit verringert, anscheinend glaubte er sich wirklich sicher. Er bog in die Via Ombrellari und schlenderte nun fast durch das große Tor eines schlichten alten Gebäudes.

Eric ging an dem Eingang vorbei und suchte nach einem anderen Zugang. Und plötzlich begriff er, weswegen Rotonda nicht einmal einen Hauch von Angst verströmte. Es konnte nur eine Erklärung geben: Die Verfolgung in der Bahn, die Rennerei, die Zuflucht in diesem Palazzo, all das diente nur einem Zweck: ihn hierher zu locken!

Rotonda stellte ihm eine Falle.

Aber Eric sah nicht ein, sich auf dieses Spiel einzulassen. Zwar musste er die Falle betreten, um an den Köder zu kommen – aber er bestimmte, *wie* er in den Käfig gelangte.

Eric wanderte um den kleinen Palazzo, der mit seinen Simsen und vorstehenden Figuren hervorragende Klettermöglichkeiten bot. Im Schutz eines Kleintransporters machte er sich ans Erklimmen, nutzte die Statuen als Sichtschutz von unten aus und erreichte schnell das dritte Stockwerk. Er schlug eine Scheibe ein, hinter der kein Licht brannte, öffnete das Fenster und stieg ein.

In diesem Bereich des Palazzos war es ruhig. Eric verließ den Raum, der voller Bücherregale stand, und begegnete auf den Fluren keiner Menschenseele. Das machte es ihm leicht, Rotondas Geruch zu finden, der ihn tiefer und tiefer in das Gebäude führte. Vereinzelt standen Malergerüste herum, eine Restaurierung war in vollem Gange.

Vor einer Tür in einem sehr breiten, aber abgeschiedenen Korridor endete Rotondas Duftspur. Überall befand sich Marmor, an den Wänden hingen Heiligenbilder und Zeichnungen mit religiösen Szenen. Die Decke war mit Stuck und Marmor gekrönt.

Eric lauschte an dem dicken Holz, hörte aber nichts. Die Tür war gut isoliert. Somit blieb nur eine Möglichkeit herauszufinden, was auf der anderen Seite ablief. Er hob das G3, nahm drei Schritte Anlauf und warf sich mit Wucht gegen den Eingang.

Das Schloss gab nach, Eric stürzte in das Innere, fiel auf den Boden, riss das Gewehr hoch und zielte im Liegen auf die beiden Männer. Einer saß hinter dem Schreibtisch und war in ein Kardinalsgewand gekleidet, der andere, Rotonda, stand davor, hatte die Hände auf die Arbeitsplatte gelegt und den Mund geöffnet. Die Unterhaltung zwischen ihnen war abrupt beendet worden.

»Halt! Keiner rührt sich«, befahl Eric, erhob sich langsam und drückte die Tür mit dem Fuß zu. »Wir haben zu reden.« Er zeigte mit der Mündung auf Rotonda, dann auf den Sessel vor dem Tisch. Der Padre setzte sich.

»Wo ist der Welpe?«

»Das ist der Mann, von dem ich dir erzählt habe, Claudio«, sagte Rotonda gelassen. »Er hat sich mit der Schwesternschaft verbündet.«

Kardinal Zanettini musterte Eric vollkommen furchtlos, als habe er kein Sturmgewehr, sondern einen Strauß Blumen und Hostien in der Hand. Eric erkannte ihn sofort. Er wirkte mehr wie der Bruder als der Cousin, die Ähnlichkeiten waren verblüffend, von den Augen über die Züge bis zu den dünnen schwarzen Haaren.

»Interessant. Sollte er dir nicht durch die Eingangstür folgen?«

»Was zählt, ist, dass er in die Falle ging.« Rotonda deutete auf die Tür, die eben zuschwang. Eric warf einen Blick hinüber. Leise klickend rasteten Bolzen ein. Von dieser Seite aus war sie mit Silber verkleidet worden, vor den Fenstern befanden sich Jalousien, die ebenfalls eindeutig glänzten.

Und trotzdem, Falle hin, Falle her: Eric wunderte sich über die Gelassenheit, die beide Männer angesichts der Bedrohung an den Tag legten. »Ich frage noch einmal, danach erschieße ich den Kardinal«, grollte er und ging zur Couch, die nicht weit vom Schreibtisch entfernt stand. Er setzte sich, nahm ein Kissen und hielt es vor die Mündung. »Also, Rotonda. Wo ist der Welpe?«

»Möchten Sie das Tierchen haben?« Der Padre schmunzelte, hob die Arme und verschränkte die Finger ineinander. »Wir brauchen es nicht mehr. Denn freundlicherweise begaben *Sie* sich direkt in unsere Hände.« Er lehnte sich an den Tisch. »Sie sind wertvoller.«

»Ich gebe zu, dass Ihre Worte durchaus eine Antwort sind«, meinte Eric, »aber leider nicht die auf meine Frage. Daher will ich nicht ganz so hart, aber auch nicht zu rücksichtsvoll sein.« Er zielte auf die rechte Schulter des Kardinals und drückte ab. Es knallte mit der Lautstärke eines ploppenden Sektkorkens, Zanettini schrie auf und hielt sich den Oberarm. Blut sickerte aus dem Loch in der Kleidung. »Versuchen wir es noch einmal, Rotonda.« Eric senkte den Kopf und funkelte hinter den schwarzen Haarsträhnen hervor. »Wo ist er?«

Rotonda warf seinem Cousin einen schnellen Blick zu. Kalkweiß hing dieser in seinem Sessel, presste die Lippen aufeinander und nickte ihm zu.

»Die Bestie ist sehr stark in Ihnen«, sagte Rotonda und wandte sich Eric wieder zu. »Auf einen hohen Geistlichen zu schießen, das ist ...«

»Ziemlich einfach.« Eric nahm den anderen Arm ins Visier. »Soll ich es noch einmal zeigen?«

Rotonda hob abwehrend die Hand. »Nein, bitte ersparen Sie sich und uns das. Wir haben den Welpen nicht.«

Eric setzte Zanettini eine Kugel in den anderen Arm. »Verarschen Sie mich noch einmal, hat der Kardinal ein halbes Dutzend Löcher in seinem Fuß.« Mit seinem Daumen schob er den Einstellungshebel von Einzel- auf Dauerfeuer.

»Ich schwöre es bei Jesus und seinen Aposteln«, ächzte der verletzte Kardinal. »Es ist so!«

»Wir hatten den Welpen, ich war selbst mit dabei, wie Sie leider festgestellt haben.« Rotonda räusperte sich. »Die Schwestern Ignatia und Emanuela hatten uns benachrichtigt, und wir wussten, dass verschiedene Gruppen nur darauf warteten, die Bestie in ihre Gewalt zu bringen und ihren Samen in sich aufzunehmen. Daher warteten wir ab, was geschehen würde. Sie haben unsere Unternehmung nachhaltig gestört, zum einen durch den Tod von Schwester Ignatia, zum anderen mit Ihrer späteren Einmischung.« Er lächelte wie ein lügender Verteidigungsminister, der im Geheimen einen Angriffskrieg befohlen hatte.

Erics Zeigefinger krümmte sich langsam. »Kommen Sie zum Punkt, Rotonda.«

»Sie haben es sicher gesehen: Wir haben den Hubschrauber abschießen müssen, dabei kam es zu einer unschönen Explosion, und ich verlor mein Medaillon.« Rotonda legte die Arme entspannt auf die Lehnen des Sessels. »Ich begab mich auf die Rückreise, um ein paar letzte dringende Dinge zu organisieren, bevor das Team mit dem Welpen eintraf. Als es nicht in Turin ankam, stellte ich Nachforschungen an.« Er hob den Zeigefinger. »Es gab einen einzigen Überlebenden. Er berichtete mir, dass sie auf dem Flughafen angegriffen wurden.« Er machte eine dramatische Pause: »Von einem Rudel Bestien.«

Eric spürte einen heißen Schauer über seinen Rücken jagen. »Ein Rudel?«

»Ein Rudel unterschiedlicher Bestien.« Rotonda zählte an den Fingern der rechten Hand auf: »Zwei Löwinnen, zwei Braunbären«, er hob die Linke, »vier Tiger. Ach ja, und ein Luchs.« Er sah auf die neun erhobenen Finger. »Dagegen hatte unser Team keine Chance.«

Eric schoss Zanettini in den Fuß, wimmernd rutschte er vom Stuhl und krümmte sich unter dem Tisch zusammen. Sein Blut sickerte in den dicken Teppich und tränkte die Fasern. »Versuchen Sie es mit der Wahrheit, Rotonda, oder Sie können Ihren Cousin morgen mit Ganz-Körper-Stigmata in der Kurie herumzeigen.«

Rotonda sprang auf und stellte sich mit abgespreizten Armen vor den Kardinal. »Hören Sie auf, Sie Wahnsinniger! Ich weiß, dass es seltsam klingt, aber es entspricht der Wahrheit. Ich schwöre es Ihnen, bei der Liebe unseres Herrn.«

Erics Verstand weigerte sich, diese Information zu verarbeiten, auszuwerten, in irgendein System einzuordnen. Es klang einfach zu abenteuerlich, dass sich verschiedene Spezies der Wandelwesen zusammenschlossen und einen organisierten Angriff durchführten. Und warum schlugen sie sich noch dazu auf die Seite der Bestie? Eric schaute Rotonda an. »Was haben Sie unternommen, um den Welpen zu finden?«

Der Geistliche senkte langsam die Arme und zuckte mit den Achseln. »Nichts.« Er neigte den Oberkörper sacht nach vorn. »Wir erfuhren ja von Ihnen und Ihrem Geheimnis, wenn auch etwas spät. Und nun sind Sie bei uns und werden uns helfen, den Keim der Bestie zu erhalten.«

»Niemals.«

Rotonda lächelte ihn freundlich an. »Warum so ablehnend, Herr von Kastell? Bedenken Sie die Möglichkeiten: Ich kann Ihnen die Vollendung bieten! Alles, was Sie immer gewünscht haben. Sie werden Ihrer wahren Natur folgen können und trotzdem ein Werkzeug des Guten sein. Das ist es doch, was Sie sich wünschen. Was Ihnen den Frieden geben kann, den Sie sich seit so vielen Jahren ersehnen.« Er sprach mit dem lockenden Tonfall eines Verführers – und weckte damit zu Erics Entsetzen die tief in seinem Inneren schlummernde Bestie. »Wir werden dafür sorgen, dass es Ihnen niemals an etwas mangelt. Denn Sie werden den wahren Glauben und die Missionierung der Menschheit unterstützen, die edelste Aufgabe erfüllen, die es geben kann.«

Tu es, knurrte die Bestie.

»Sie können sich die ...«

»Alles, was Sie sich wünschen: Freiheit, unbeschränkte Jagdgründe, Frauen ... Auch Geld spielt keine Rolle, Herr von Kastell.«

»Für mich auch nicht, Rotonda.«

Wage es nicht, ihren Vorschlag abzulehnen, heulte es in ihm. *Ich schwöre, dass ich mich rächen werde, wenn der nächste Vollmond scheint.*

»Wir können Ihnen Ihr Paradies schon heute schenken, hier auf Erden. Kommen Sie auf unsere Seite, Herr von Kastell.«

»Was, wenn ich aber überhaupt keine Bestie mehr sein möchte?«

»Nehmen wir den Fluch von Ihnen, wann immer Sie es wünschen.« Rotonda hielt ihm die Hand hin. »Ist das ein Angebot?«

»Damit Sie mit meinem Blut Werwölfe erschaffen und erzwungene Gottesfurcht in die Welt tragen können? Das ist wirklich der beschissene Plan?«

»Es ist ein sehr guter Plan.«

»Mit einem gewaltigen Fehler.« Eric richtete das G3 auf Rotondas Stirn. »Sie sind zu spät dran. Ich bin von den Schwestern geheilt worden!«

»So?« Unter das gütige Lächeln schob sich die Andeutung eines misstrauischen Gesichtsausdrucks. »Verraten Sie mir, wie?«

»Das Blut Christi – schmeckt lecker und reinigt vom Zeh bis in die Haarspitze und ...« Eric lauschte, weil er Geräusche von draußen vernommen hatte. »Was hat das zu bedeuten?«

Rotonda fand zu seinem alten Strahlen zurück. »Sie sind zwar nicht durch den Haupteingang gekommen, wie es vorgesehen war, aber mit ein wenig Improvisation lässt sich immer etwas machen.«

Eric hörte Schritte auf dem Gang, schaute zur Tür und ließ Rotonda für einen Lidschlag aus den Augen. Es war der Bruchteil einer Sekunde, ein Blitzzucken, nicht länger. Aber als er wieder nach vorne sah, war der Priester verschwunden.

»Was zum ...«

Eine Hand legte sich von hinten um sein Genick, dann wurde er gut einen Meter angehoben und gegen die Wand geschlagen. Eric zog den Abzug des G3 nach hinten, ein Kugelhagel schoss aus dem Lauf und schlug dort ein, wo sich eben noch Zanettinis Schädel befunden hatte – aber der Kardinal lag nicht mehr am Boden!

»Ich kann Ihnen das Genick brechen und Ihnen den Kopf von den Schultern reißen«, hörte er die Stimme hinter sich. Rotondas Atem umspielte sein Ohr und wehte warm daran vorbei. »Einhändig. Sie hatten Ihren Auftritt, aber er ist vorbei. Sie hätten mein Angebot, auf die Seite des Guten zu treten, annehmen sollen. Die Kraft des Herrn obsiegt immer über die Finsternis.« Eric wurde nochmals gegen die Wand geschlagen. »*Immer!*«

Eric fühlte sein warmes Blut aus der Nase laufen. Vor ihm tauchte nun Zanettini auf. Er bewegte sich geschmeidig und ohne Schmerzen, so als hätte er die Schusswunden einfach vergessen.

»Um das den Menschen begreiflich zu machen, bringen wir die Finsternis in die Welt. Sein Licht wird umso heller erstrahlen«, fuhr er im gleichen verklärten Tonfall wie Rotonda fort. »Sie und die Bestie in Ihnen werden uns helfen.«

Statt einer Antwort schlug Eric mit dem Gewehr nach ihm, doch Zanettini fing den Kolben ab und entriss ihm die leer geschossene Waffe. »Die brauchen Sie nicht mehr. Sie befinden sich bei Ihren neuen Freunden.« Er nickte Rotonda zu, der Eric auf den Boden stellte; der stahlharte Griff im Nacken blieb.

Eric fühlte sich wie ein Karnickel, das vom Züchter aus dem Käfig genommen wurde, um es herumzuzeigen. »Ich sagte, ich bin nutzlos. Die Schwestern haben ...«

Zanettini nahm blitzschnell seinen Brieföffner vom Tisch und drückte die flache Seite an Erics Wange. Es zischte, als das Silber sich in die Haut brannte. »Dann ist die Heilung wohl gründlich misslungen«, unterbrach er ihn zufrieden. »Nie war ich glücklicher, einen Diener des Bösen vor mir zu sehen. Das erspart uns aufwändiges Suchen. Sollen die Bestien mit dem Welpen glücklich werden.«

Eric starrte den Kardinal an. Wieso, verdammt noch mal, waren diese beiden Männer so unglaublich schnell, so stark und so ... unverwundbar?

Zanettini bemerkte seine Blicke. »Das Vermächtnis des Herrn ist stark in mir und meinem Cousin«, erklärte er lächelnd und riss das Einschussloch in seiner Kleidung ein bisschen weiter auf, darunter zeigte sich makellose Haut. »Nicht nur die Bestie schützt den Menschen, in dem sie lebt. Wir, die Diener des Herrn, werden ebenso bewahrt. Durch die Macht von Jesus Christus.«

Eric fiel der Anhänger auf Zanettinis Brust auf, ein Kreuz mit dem Heiland daran. Das Schmuckstück war sehr dick, ähnlich einem Flakon.

»›Dies ist mein Blut. Nehmt und trinket alle davon. Tut dies zu meinem Gedächtnis‹, sprach der Herr zu seinen Jüngern.« Rotonda trat Eric in die Kniekehlen. »Und das tun wir.«

Eric ließ sich fallen, entkam so dem Griff, schnellte nach vorne, unter dem Tisch durch, zog seine Pistole und schoss sofort nach Rotonda. Die Kugel ging in die Wand.

Von links sprang ihn Zanettini an, groß und unverfehlbar. Eric traf ihn viermal, bevor er zur Seite auswich und den Angreifer gegen den Sessel laufen ließ.

Der eigene Schwung schleuderte Zanettini über das Möbelstück, hart prallte er auf einen Servierwagen, auf dem Flaschen und Gläser standen. Klirrend und scheppernd ging der Wagen samt Inhalt zu Bruch, verschiedenfarbige Flüssigkeiten ergossen sich auf den Boden; dabei verfing sich die Kette mit dem Anhänger in einer verbogenen Strebe und zerriss, der Flakon fiel zu Boden. Die Ein- und Austrittslöcher waren auf Zanettinis Brust und auf dem Rücken deutlich zu sehen. Tödliche Wunden. Eigentlich.

Rotonda erschien wie aus dem Nichts, hielt einen der schweren Sessel mit beiden Händen gepackt und schwenkte ihn wie eine leichte Fahne.

Eric duckte sich unter dem ersten Angriff weg und schoss die restlichen Kugeln aus nächster Nähe in den Priester. Auch er verdaute die Treffer in den Hals und in die Brust ohne Schwierigkeiten; die Wunden schlossen sich sofort wieder.

»Das genügt!« Rotonda täuschte einen neuerlichen Angriff mit dem Sessel vor und führte ihn dabei schnell wie einen leichten Stock, gleichzeitig trat er nach Eric und traf ihn in den Schritt. Der heiße Schmerz bohrte sich von den Hoden hoch in die Eingeweide, sofort blieb ihm die Luft weg und die Knie gaben nach. Aber Eric zwang sich mit aller Gewalt, stehen zu bleiben. Verlor er den Kampf gegen die Männer, war sein Schicksal besiegelt. Und vielleicht das der restlichen Welt.

»Scheiße«, ächzte er und hielt den heranzischenden Sessel fest. Er hatte schon damit gerechnet, dass Rotonda Kraft besaß, doch diese Wucht überraschte ihn doch. Ein wütendes Wandelwesen konnte dem Vergleich kaum standhalten. Mit herkömmlichen Methoden würde er keinen der beiden ausschalten.

Sein Blick fiel auf die Stehlampe in der Ecke. Eric tat so, als würde er straucheln, fiel und rollte neben die Lampe. Sofort sprang Rotonda heran und hob den Sessel zum Schlag; dabei trat er mit beiden Füßen in die Lache aus Säften, Alkohol und Mineralwasser, wie Eric es gehofft hatte.

Schnell riss Eric das Kabel aus dem Fuß und hielt die blanken Enden in die Pfütze.

Es funkte und flackerte gewaltig. Rotonda schrie schrill auf, dann ging das Licht aus, gleich darauf polterten der Sessel und er auf den Boden; es roch verbrannt und merkwürdigerweise nach heißem Apfelsaft.

Das einzige Licht fiel von draußen durch das Fenster herein, eine Mischung aus dem abnehmenden Mond und einem Flutlicht, dessen Schein von den Wänden reflektiert wurde. Eric erhob sich, lauschte und sog die Luft ein. Wo war der Kardinal?

Von draußen waren nun viele Stimmen zu hören.

Eric tastete nach Zanettinis Anhänger, in dem er das Blut Christi vermutete, und bekam ihn zu fassen.

Das Licht sprang wieder an, Bolzen klickten, und die Tür wurde aufgestoßen. Eric schaute auf vier Männer, die Maschinenpistolen in den Händen hielten. Einer von ihnen schrie entsetzt auf, der andere eröffnete sofort das Feuer. Der Kardinal hatte sich in die Ecke gekauert und starrte ihn wütend an.

Eric rollte sich herum, packte den toten Padre und hielt ihn als Schild vor sich; dabei verlor er den kostbaren Anhänger.

Er spürte den Aufprall der Kugeln, zwei oder drei durchschlugen Rotondas Körper und prallten wirkungslos gegen seine schusssichere Weste. Das Glänzen der verformten Projektile warnte ihn: Silber! Zanettinis Leute hatten gehörig aufgerüstet.

Er katapultierte den Toten gegen die Silberjalousie und fegte die Sperre so zum Teil zur Seite, sprang los und warf sich kopfüber durch das Fenster. Die silbernen Lamellen schnitten zum Abschied in sein Fleisch, Rauch stieg auf und wehte hinter ihm her.

Als er die Straße weit unter sich sah, auf die er mit ungeheurer Geschwindigkeit zuraste, bekam er Zweifel an seinem improvisierten Fluchtplan.

XX. KAPITEL

3. Mai 1768, Italien, Rom

Gregoria legte Marianna sanft an ihre Schulter und klopfte vorsichtig auf den kleinen Rücken. Sie hatte die Fenster geöffnet, damit die warme Nachmittagsluft in ihr Gemach strömen und den nahenden Sommer verkünden konnte. In Rom pulsierte der Frühling mit einer Unbändigkeit, die jedermann mitriss und mit Fröhlichkeit ansteckte.

Marianna stieß auf, etwas Milch schwappte aus dem kleinen Mund und tropfte auf das bereitgelegte Tuch. Gregoria besaß inzwischen Übung.

»Das hast du schön gemacht, meine Kleine«, lachte sie und hielt das Mädchen vor sich, das ihr Lächeln erwiderte und strampelte, als tanzte es zu einer nur für Kinderohren hörbaren Musik.

Es klopfte leise, und Jean trat nach Gregorias Aufforderung ein. »Ah, wen haben wir denn da?«, sagte er fröhlich und streichelte Marianna. »Die zukünftige Oberin – oder welchen Titel man auch immer für dich finden wird.« Er neigte sich nach vorn an ihr Ohr. »Aber gib auf die Pfaffen Acht. Glaub nicht alles, was sie dir beibringen.«

»Dafür wirst du schon sorgen.« Gregoria lächelte, legte Marianna in die Wiege und bedeckte diese mit einem dunklen Tuch, damit das Mädchen einschlief.

»Darauf kannst du dich verlassen«, gab er lachend zurück. »Ich wollte vor meiner Abreise hören, ob es etwas Neues von Lentolo gibt.« Er setzte sich in den Sessel am Fenster, schloss die Augen und hielt sein Gesicht in die Sonne. Natürlich freute er sich darauf, seine Heimat wiederzusehen – aber Gregoria wusste, wie sehr Jean die warmen Frühlingstage genoss.

»Nein, nichts Neues. Offiziell heißt es, der Kardinal läge krank in seinem Gemach, aber es gibt bereits Gerüchte, dass sein Bett leer ist. Lentolo vermutet, dass sie seinen Tod verheimlichen, um hinter den Kulissen einiges zu bereinigen. Die Suche nach einem Nachfolger wird laufen.« Gregoria wählte den Stuhl an ihrem Schreibtisch. »Aber Lentolos Spione haben etwas ganz anderes entdeckt: Ein Mann, auf den die Beschreibung des Comtes passt, hat heute die Stadt mit einem Berg Koffer verlassen. Sein Ziel ist angeblich Livorno.«

»Was?« Jean riss die Augen auf und sprang hoch. »Dann ist es umso wichtiger, dass ich ihm sofort folge!«

»Beruhige dich, Jean. Lentolo hat dem Unbekannten einige Männer hinterhergeschickt. Wir werden bald wissen, ob es der Comte war oder nicht ... und ob er wirklich nach Livorno will oder er dieses Ziel nur angegeben hat, um seine wahren Pläne zu verschleiern.«

Obwohl sie einen bewusst beruhigenden Tonfall angeschlagen hatte, schwang etwas in ihrer Stimme mit, was Jean beunruhigte. Er schaute in ihr müdes Gesicht. »Du bürdest dir zu viel auf«, sagte er besorgt. »Gib etwas von deiner Verantwortung ab. An Sarai beispielsweise.«

»Es geht, Jean.«

»Und woher kommen die tiefen Ringe unter deinen Augen?« Er sah sie streng an. »Du ziehst ein Kind groß, du schulst die Novizinnen und triffst dich ständig mit Lentolo, um Pläne für die Zukunft und den Angriff auf die Jesuiten zu schmieden. Dein Körper leidet darunter.« Er trat neben sie und legte seine Hand auf ihre Schulter. »Ruh dich aus. Übertrage Sarai etwas mehr von deinen Pflichten. Sie ist der Herausforderung gewachsen und«, er schlug einen neckenden Ton an, »mindestens so bibelfest wie du.«

»Du vertraust ihr sehr, nicht wahr?«

Er nickte. »Sie hat sich enorm entwickelt, und das nicht erst, seit sie von dem Sanctum kostete. Während ich ins Gévaudan reise, wird sie die Seraphim führen und die neuen Anwärterinnen weiter ausbilden. Ich traue ihr diese große Aufgabe ohne weiteres zu.«

»Meine Novizinnen würden sie sicher als Magister anerkennen«, räumte sie ein und stützte seufzend ihren Kopf auf die Hand. »Du hast Recht, Jean. Ich muss ein wenig kürzer treten ... Aber das gilt nicht nur für mich. Nimm eine Seraph mit auf deine Mission.«

»Vielleicht hast du Recht. Ich werde Hilfe brauchen können – ganz egal, ob ich im Gévaudan nur nach Florence und dem Kind suche, um sie zu heilen, oder mich dort auch dem Comte stellen muss.«

»Du glaubst also, dass er dorthin unterwegs ist?«

»Der Comte ist eine Bestie – aber ganz sicher nicht dumm«, gab Jean zu bedenken. »Er könnte inzwischen herausgefunden haben, dass Roscolio tot ist. Und vielleicht weiß er auch, was wirklich mit Florence und ihrem Kind geschah.« Er stand auf. »Ich werde noch ein paar Reisevorbereitungen treffen.« Er deutete auf seine Stiefel. »Sie brauchen dringend neue Sohlen, wenn ich nicht jedes Steinchen durch das dünne Leder spüren möchte.« Er gab ihr einen flüchtigen Kuss auf die Stirn und verließ das Zimmer.

Während er die Treppe nach unten ging, dachte er über die Aufgaben nach, die vor ihm lagen. Eine davon hatte er Gregoria absichtlich verschwiegen. Er musste herausfinden, wie viel Wahrheit in den Worten des Comtes über dessen Vater steckte. Wenn auch der Marquis de Saint-Alban eine Bestie war, müsste er einen der angesehensten französischen Adligen erschießen, einen Kriegshelden und Freund des Königs. Dafür wurde er mit Sicherheit nicht gefeiert. Eher hingerichtet.

Nach kurzem Marsch betrat er die Werkstatt eines Schusters, zog die Stiefel aus und legte sie auf den Tresen. »Neue, bitte.« Er deutete auf die Sohlen und packte Münzen daneben. »Und zwar auf der Stelle. Ich zahle das Doppelte.«

Der Schuster machte sich sofort an die Arbeit. Jean setzte sich auf einen niedrigen Schemel und schaute durch das Fenster nach draußen.

Menschen, Reiter und Kutschen eilten vorbei, die Rufe von Händlern schallten herein. Rom bereitete sich auf den Sommer vor, kribbelte und geriet in Bewegung wie ein Ameisenhaufen in der Sonne. Die Menschen sehnten sich nach dem für ihre Verhältnisse harten Winter nach der Hitze – auch wenn sie in spätestens einem Monat genauso über sie klagen würden wie vorher über die Kälte.

Jean freute sich angesichts des hektischen Treibens umso mehr auf die Rückkehr ins Gévaudan, auch wenn sie mit vielerlei Schwierigkeiten verbunden war. Aber immerhin gab es dort kein Häusermeer, das die Sicht zum Horizont verbaute, sondern Weite und Stille. Die Wiesen und Moore sollten jetzt bereits in erster Blüte stehen; für einen Moment sah Jean den bunten Teppich vor sich, der sich von den granitgrauen Hängen der Drei Berge bis hinab in die grünenden Senken zog.

Was konnte ihm Rom dagegen bieten? Er hob den Kopf und schaute zur flatternden Wäsche, die allgegenwärtig über den Gassen zum Trocknen hing. Dabei bemerkte er, dass der Mond noch unscheinbar und blass am Himmel stand und auf die Nacht wartete. Prall und rund lauerte er, um später in der Dunkelheit wie eine runde Scheibe zu leuchten und die Wölfe zum Heulen zu bringen ...

Plötzlich überfiel Jean ein sehr ungutes Gefühl. War seine Rückkehr in die Heimat doch kein guter Einfall?

Gregoria schreckte aus dem Schlaf hoch und sah sofort zur Wiege. Es war noch mitten in der Nacht, aber dennoch beinahe so hell wie am Tage. Der Schuldige stand groß und übermächtig am Firmament, sandte seine silbrigen Strahlen zur Erde nieder, überstrahlte die Sterne ... und weckte das Böse.

Gregoria rutschte von ihrer Matratze und sah nach Marianna,

die friedlich in ihrer Wiege auf dem Bauch lag und ruhig atmete. Der Anblick dämpfte die Ängste der Äbtissin. Dennoch trat sie ans Fenster und betrachtete den verlassenen Hof.

Es war alles ruhig. Die Novizinnen lagen in ihren Betten, zwei Seraphim hielten Wache und patrouillierten durch die Gänge, um die Schwesternschaft vor unliebsamen Besuchern zu schützen. Dennoch konnte Gregoria die Anspannung nicht abschütteln. Etwas stimmte nicht ...

Bilder stiegen aus ihrer Erinnerung empor, Bilder jener Nacht, als das Kloster Saint-Grégoire in Flammen aufgegangen und alle Schwestern gestorben waren, weil der Legatus ausführte, was ihm Rotonda aufgetragen hatte.

»Sie sind beide tot«, sagte sie leise zu sich selbst und hielt sich am Fensterrahmen fest. »Sie haben bekommen, was sie verdienten. Gott wird ihre Seelen richten.« Sie öffnete die Fenster und ließ kühle Nachtluft herein, um die Stickigkeit zu vertreiben und ihre Ängste hinauswehen zu lassen.

Es war auch ohne das dämmende Glas ruhig rund um das Anwesen. Die Straßen mussten ausgestorben sein.

Gregoria fröstelte, blieb dennoch stehen und sah zum Vollmond hinauf. Sie versuchte, das Unwohlsein durch schöne Gedanken zu vertreiben. Es würde nicht mehr lange dauern, und sie hätte eine eigene kleine Familie, ohne das Leben einer Äbtissin aufgeben zu müssen. Seite an Seite mit Jean, einer gemeinsamen Tochter und ihrem Mündel Florence an der Spitze eines Ordens. Der Gedanke kam einem Traum nah ... und war vielleicht wirklich illusorisch. Konnte Florence tatsächlich mit dem Sanctum geheilt werden, statt so zu enden wie die Panterkreatur? Würde Jean zu ihr zurückkehren? Konnte sie ihre Geheimnisse auch weiterhin vor ihren Verbündeten wahren? Es blieb einiges an Unsicherheit, aber sie wollte im Moment nicht daran denken.

Sie trug noch einen anderen Wunsch in sich. Wenn Sarai sich als fähige Anführerin erwies, könnte sie wirklich immer mehr

Verantwortung übernehmen, bis Marianna alt genug war und sich ihrer Bestimmung stellte. Vielleicht musste Gregoria also nicht noch viele Jahre warten, bis sie von ihrem Amt zurücktreten konnte – und mit Jean alles nachholen durfte, was ihnen derzeit verwehrt blieb. Bis dahin musste es ihr einfach genügen, gelegentlich seine Hand auf ihrer Schulter oder seine Lippen bei einem freundschaftlichen Kuss auf der Stirn zu spüren. Ihre Sehnsucht nach seiner Nähe, ihre Lust musste sie wie einen kostbaren Schatz für einen späteren Zeitpunkt bewahren, auch wenn sie ihr bereits jetzt Träume voller Sinnlichkeit bescherte. Sie ahnte, dass es Jean ebenso erging, aber mehr als diese eine Nacht, damals im Kloster, würde es für sie in den nächsten Jahren nicht geben.

Das Rumpeln eines schweren Wagens zerstörte die nächtliche Ruhe und ihre Gedankengänge. Das Rattern der Räder endete in einiger Entfernung. Eine Peitsche knallte und Pferde wieherten. Männer riefen sich etwas zu, Gregoria hörte hölzerne und metallene Gegenstände aneinander schlagen. Etwas ging da draußen vor, das für ihr Viertel nicht normal war.

Als sie eben vom Fenster weggehen und die Seraphim verständigen wollte, erklang wieder das Rattern des Karrens. Es kam rasend schnell näher! Gregoria hörte entsetzt, wie das Gefährt gegen das Tor krachte – und die Flügel samt der Riegel aufsprengte!

Gregoria sah einen gepanzerten Wagen in den Hof holpern, er schwankte und stürzte zur Seite; die Türen sprangen auf. Das Gefährt ... *Herr, steh uns bei!* Mit einer ebensolchen Kutsche war Florence entführt worden!

Ein wütendes Grollen ertönte aus dem Inneren des Wagens – und dann sprang eine Bestie in ihrer Halbform heraus, schüttelte den hässlichen Kopf und hob die lange Schnauze in die Luft. Die ledrige Nase schnupperte umher, die roten Augen glommen rot wie feurige Kohlestücke. Und abgründig boshaft. Schon schnellte der Kopf herum, die Bestie starrte Gregoria an.

Sie zog die Lefzen zurück, entblößte ihre langen Reißzähne und stieß ein Heulen aus.

Die Äbtissin wich zurück und rannte zur Wiege.

Jean war mit dem ersten Krachen erwacht. Er schlüpfte in seine Hose, warf sich den Rock über und griff nach der Muskete. Da vernahm er das Heulen und dachte, das Blut gefröre in seinen Adern. Es gab noch immer eine Bestie in Rom!

Er rannte aus seiner Kammer und traf die ersten Seraphim, die sich ebenfalls Kleidung übergestreift hatten und bereit waren, sich in den Kampf mit dem Wesen zu stürzen, das es gewagt hatte, in das Anwesen einzudringen.

»Der Comte!«, rief Jean ihnen eine Warnung zu. »Er hat uns getäuscht und ist zurückgekehrt!« Er schaute durch das Fenster auf den Hof und sah einen umgestürzten Panzerwagen, vor dem sich eine Bestie duckte. Sie glich der, die er und seine Söhne zusammen mit Malesky gejagt hatten, bis in die kleinste Nuance des Farbverlaufs im Fell.

Bevor er abdrücken konnte, war die Bestie gesprungen. Glas klirrte, aus dem ersten Stockwerk erklangen Gregorias Schrei und das Brüllen der Bestie.

Sarai eilte noch vor ihm die Treppen nach oben, gemeinsam kamen sie vor der Tür an und stürmten hinein.

Gregoria, nur in ein Nachtgewand gekleidet, war an die Wand zurückgewichen. Sie hielt Marianna im Arm, die andere Hand umklammerte einen Silberdolch, während das Wesen drei Schritte von ihr entfernt am Boden kauerte und sie anstarrte. Das Scheusal schien zu zögern ... zuckte aber sofort herum, als es die Ankunft der neuen Feinde bemerkte, und sprang Jean mit einem lauten Fauchen an.

Er drückte ab, die Kugel erwischte sie zwar an der linken Schulter, doch sie prallte dennoch gegen ihn und versuchte, seine Kehle zwischen die starken Kiefer zu bekommen. In letzter Sekunde konnte er die Muskete quer vor sich hochreißen, rammte sie ins stinkende Maul und blockierte die tödlichen Zahnreihen; die Holzstücke knirschten und splitterten unter dem Druck.

Beide gingen zu Boden, die Bestie landete auf ihm und schlug fauchend ihre langen Krallen in sein Fleisch. Jean schrie auf und trat zu, traf sie in den Unterleib.

Zu seiner Überraschung jaulte sie auf und hüpfte von ihm herunter. Gleich darauf sah er, warum: Nicht sein Tritt hatte die Bestie zum Rückzug gezwungen, sondern der Stich mit dem Silberbajonett, den ihr Sarai verpasst hatte. Die Bestie saß vor dem Fenster, knurrte und sprang in den Hof zurück.

Sarai half Jean beim Aufstehen. »Geht es, Monsieur?«

»Nur eine Fleischwunde«, wiegelte er ab, auch wenn seine Verletzung aufs Übelste brannte. »Komm mit, Sarai. Wir werden diesen Mistkerl ...«

»Es kann nicht der Comte sein«, unterbrach ihn seine Meisterschülerin. »Es ist ein Weibchen. Ich habe deutlich die Zitzen gesehen.«

Gregoria versuchte, die kreischende Marianna zu beruhigen. »Jean, denkst du, dass es Florence ist?«

Er schaute überrascht. »Ich ... ich weiß es nicht.« Es passte durchaus zur Niedertracht ihrer Gegner, dass sie das Mündel in einer Vollmondnacht gegen diejenigen hetzten, die verzweifelt nach ihr gesucht hatten.

»Du darfst die Bestie nicht töten«, verlangte sie. »Wenn es Florence sein sollte, werde ich mir ihren Tod nie verzeihen!«

Jean rannte zum Fenster. Natürlich war die Bestie verschwunden. »Du hast es gehört, Sarai. Die Seraphim sollen das Anwesen durchsuchen, aber ihr dürft die Bestie nicht töten. Und lass einige von ihnen die Novizinnen im Dormitorium bewachen, bis wir sicher sind. Ich bringe die Äbtissin in den geheimen Kellergang.«

Sarai nickte knapp. Sie eilten die Treppe hinunter. Aus dem Hof erklang ein schriller Mädchenschrei, gefolgt vom Knurren der Bestie. Sarai rannte sofort in die Richtung. Da sie die Stimme der Bestie von dort vernommen hatten, war der Weg in den Keller sicher.

»Hier lang, Gregoria.« Er zog sie durch die Halle zur Treppe in den Keller. »Wir müssen vor allen Dingen dich in Sicherheit bringen. Denn du bist diejenige, die bei dem Angriff sterben soll. Nur darum kann es unseren Feinden gehen, wenn sie diese Waffe gegen uns einsetzen!«

Jean öffnete die Tür, nahm die brennende Lampe, die stets an dem Nagel hing, und drückte sie der vorbeieilenden Gregoria in die freie Hand. »Bring Marianna zum Schweigen«, verlangte er härter als beabsichtigt. »Sie wird dich verraten, wenn es der Geruch nicht schafft, den wir hinterlassen.«

Schüsse erklangen auf der anderen Seite des Hauses, gleich darauf gellten ... Männerschreie?

»Verdammt! Sie haben sich nicht allein auf die Bestie verlassen.« Jean sah drei männliche Silhouetten am anderen Ende der Eingangshalle; sie mussten sich durch Fenster auf der Rückseite des Gebäudes Zugang verschafft haben und hielten Pistolen in den Händen.

Er riss die Muskete hoch, erschoss den ersten Verfolger, während die Äbtissin nach unten hastete und dabei Marianna eng an sich gedrückt hielt.

Die beiden anderen Männer sprangen hinter einer Säule in Deckung und schrien nach mehr Unterstützung. Jean senkte die Muskete nicht, sondern behielt den Durchgang im Auge, um den herum das hektische Zucken einer kleinen Flamme sichtbar wurde. Plötzlich hörte er ein gefährliches Zischeln, gleich darauf eröffnete einer der Männer wieder das Feuer. Jean schoss zurück, konnte so aber nicht verhindern, dass der dritte Angreifer auf der anderen Seite hinter der Säule hervorsprang, ausholte und mit enormer Kraft etwas in seine Richtung schleuderte. Instinktiv ließ sich Jean auf die Knie fallen, um dem Geschoss zu entkommen – und erkannte zu spät, was da über ihn hinweg in den Keller flog.

»Gregoria! *Eine Granate!*«

Jean sprang in den Keller. Gregoria machte sich an der Absperrung vor dem falschen Fass zu schaffen, um so in den Eingang zu den Katakomben zu gelangen. Die Granate rollte in ihre Richtung – und die Zündschnur war weit abgebrannt.

»Gregoria, weg!«, schrie Jean außer sich und rannte los. Er sprang sie an, warf sie zwischen zwei große Fässer und landete schützend über ihr und Marianna. Da explodierte die Granate. Die Luft war erfüllt mit Splittern geborstener Weinflaschen, Eisenschrapnellen und Holztrümmern, die einmal Fässer gewesen waren. Der enorme Druck, der auf ihn einhämmerte, entriss ihm einen gequälten Schrei.

Und schon hüpfte der nächste Sprengkörper die Stufen herunter.

Jean kam aus der kurzen Benommenheit zu sich und hörte zuerst nichts als lautes Fiepen in seinen Ohren, das aber schnell dem Schreien eines Kindes wich. Marianna machte es für den Gegner einfach, die Stelle im vollkommen verwüsteten Keller zu finden, wo sie lag – und tatsächlich hörte Jean nun Schritte, die sich ihnen über Holz und Metall näherten.

Jean öffnete mühsam die Augen.

Umgeben von zertrümmerten Fässern zappelte das Mädchen in Gregorias Armen. Die Äbtissin hatte eine Platzwunde an der Schläfe davongetragen, Blut rann in ihre blonden Haare. Jean lag noch immer schräg über ihr. »Gregoria?«, wisperte er, ihre Lider flatterten.

Lichtschein fiel auf ihn. »Hier sind sie, Claudio«, rief jemand über ihm in die andere Ecke des Kellers. »Ich habe sie gefunden.«

Jean entschied, sich vorerst nicht zu rühren.

Den Geräuschen nach näherten sich weitere Männer, und die Helligkeit nahm zu. »Das ist Chastel«, sagte eine andere Stimme. Leder knirschte, jemand bückte sich und entwand ihm die

Muskete. »Und die Äbtissin samt des Kindes, das sie von ihrer Reise zurückgebracht hat. Ausgezeichnet. Wir ...«

Jean schlang den Arm um Claudio und zog ihn blitzartig zu sich herab, seine Linke legte ihm den Dolch an die Kehle. »Keiner rührt sich!«, brüllte er, stand zusammen mit dem Mann langsam auf und hielt ihn wie einen Schild vor sich. Seine List hatte funktioniert. »Zurück. Verschwindet nach oben«, befahl er den drei Maskierten, die Brustharnische aus Eisen trugen, und nickte zur Treppe. »Gregoria, steh auf«, rief er über die Schulter und hörte, dass sie seiner Aufforderung nachkam; Marianna kreischte und war nicht zu beruhigen. »Wir warten, bis sie oben sind, dann verschwindest du in den Gang«, sagte er auf Französisch. »Ich werde nach den Seraphim sehen.«

Gelegentlich hallten Schüsse von oben zu ihnen herunter, dann hörten sie das laute Brüllen der Bestie; sie musste sich in der Eingangshalle befinden.

Die Männer verharrten unschlüssig auf dem oberen Drittel der Treppe. Sie hatten keinerlei Lust, sich dorthin zu begeben, wo der sichere Tod lauerte.

»Weiter!«, befahl ihnen Jean und zeigte mit dem Dolch auf den Ausgang.

Darauf hatte sein Gefangener gelauert. Er drehte sich aus dem Griff, machte zwei schnelle Schritte weg von ihm und zog dabei seine Pistole – aber Jean hatte den Dolch bereits geworfen. Die Spitze bohrte sich in den Hals des Mannes, der keuchend in die Knie ging und sich ohne nachzudenken die Klinge herauszog. Das Blut sprudelte sofort ungebremst aus dem Schnitt, er hustete und würgte, hob die Pistole und richtete sie sterbend auf Jean, schaffte es aber nicht mehr, den Abzug zu bedienen, und brach zusammen.

»Gregoria, geh in Deckung.« Jean zog seine beiden Pistolen und nahm die Männer auf der Treppe unter Beschuss. Einem zerschmetterte die Kugel das Knie, er stürzte seitlich von den Stufen und landete in einem Meer aus Scherben; schreiend versuchte er, sich zu erheben, und zerschnitt sich dabei noch mehr. Jeans zweite Kugel traf nur die Wand. Bevor die Angreifer das Feuer erwiderten –

– erschien die Bestie im Durchgang und sprang mit einem wütenden Grollen auf sie zu. Sie fegte beide Männer von den Beinen, gemeinsam rollten sie die Stiegen hinab und bildeten ein Knäuel aus Armen, Beinen, Leibern ... und Blut! Die Bestie biss in alles, was sich ihr anbot. Das Schreien der Männer hallte durch den Keller.

Am Boden angelangt, ließ sie sofort von ihren Opfern ab und sprang auf Gregoria zu. Schützend stellte sich Jean ihr in den Weg und hob seine Muskete, in der sich noch eine einzige Kugel befand. »Halt«, brüllte er das Wesen an und hob den Lauf. Marianna verstummte, als spürte sie, dass ihr Kreischen Schreckliches auslösen könnte. *»Bleib zurück!«*

Tatsächlich – er wollte es kaum glauben – blieb die Bestie stehen, den Oberkörper nach vorn gebeugt, die blutige Schnauze mit dem schaumigen, rötlichen Geifer halb geöffnet, die Klauen angehoben. Ein dunkles Grollen ertönte.

»Florence, bist du es?«, fragte Gregoria und trat neben Jean. *»Florence!* Hörst du mich?«

Die Ohren der Bestie stellten sich auf, das grelle Rot in den Augen flackerte ... und erlosch!

»Bei Gott, sie ist es«, raunte Gregoria ihm zu. »Schieß nicht auf sie, egal was geschieht.« Sie drückte ihm Marianna in den Arm und ging an ihm vorbei.

»Gregoria«, zischte er erschrocken. Sofort knurrte die Bestie, die Ohren klappten nach hinten und das Feuer kehrte in die Augen zurück.

»Sie wird mir nichts tun, Jean. Ich vertraue auf den Beistand Gottes.«

Gregoria ging langsam auf die Bestie zu, die einen Fuß zurücksetzte, lautstark schnupperte und aufgeregt mit dem Schweif peitschte. »Florence, ich bin es. Gregoria«, sprach sie mit ruhiger und freundlicher Stimme. »Ich sehe, dass du mich erkennst. Kämpfe gegen die Bestie, zwing sie zurück und zeig dich mir in deiner Gestalt als Mensch. Du bist in Sicherheit, Florence, du bist mein Mündel, erinnere dich. Erinnere dich an die Tage im Kloster.«

Sie war nur noch einen Schritt von der Bestie entfernt und nahm den Geruch wahr, den sie verströmte. Es stank nach Tier und nach frischem Blut, das überall an ihrem Fell haftete. Gregoria wollte nicht daran denken, dass es auch Blut ihrer Novizinnen und der Seraphim war. Sie schluckte und streckte die Hand aus. »Dich trifft keine Schuld, Florence. Stemme dich gegen das Böse und verwandele dich. Nimm meine Hand und spüre mich, Florence.«

Die Bestie senkte den Kopf und roch vorsichtig an den langen, schlanken Fingern. Anscheinend erkannte sie den Geruch, die Augen nahmen wieder ihre normale Farbe an. Ein leichtes Zittern schien den gefährlichen Körper zu durchlaufen.

Jean hielt den Atem an und wiegte die leise wimmernde Marianna behutsam. Schnappte die Bestie zu, wäre Gregorias Unterarm beinahe so sauber wie von einem scharfen Schwert abgetrennt. Kein Sanctum der Welt würde diese klaffende Wunde schnell genug verschließen.

Gregoria lächelte und versuchte, die Schnauze zu berühren!

»Werde zu dem Menschen, den ich großgezogen habe, Florence«, bat sie beschwörend. »Vertreibe die Bestie aus dir, damit wir dich heilen können.« Sie strich über das kurze Fell hinter der ledrigen Nase – und die Bestie ließ sie gewähren!

Gregoria sah, wie sich die angespannten Muskeln des Wesens lockerten und es ruhiger wurde. Sie sah tief in die Augen des Wesens vor sich, erkannte Verwirrung und Unsicherheit und noch etwas anderes ... ein Wiedererkennen. Hoffnung. Die Zeit um sie herum schien langsamer zu vergehen und schließlich ganz stillzustehen. Die Eingangshalle schien in eine andere Welt gerückt zu sein, es gab keine Schüsse mehr und keine

Schreie. Es gab nur noch Gregoria und die unglückliche Kreatur vor ihr.

Jean konnte die Augen nicht abwenden, obwohl er den Anblick kaum aushielt.

Gregoria nahm die Bestie in die Arme und drückte sie an sich, die scharfen Zähne befanden sich unmittelbar an ihrer Kehle. Der größte Vertrauensbeweis, den es geben konnte. Gregoria rang die Übelkeit nieder und freute sich, dass gelang, was in all den Jahren im Kloster nicht ein einziges Mal geschehen war: Die Bestie erkannte sie! »Gelobt sei der Herr«, sagte sie leise und drückte die Kreatur an sich, die sogar zu schnurren begann. Wieder durchlief ein sanftes Zittern den Körper. Mit einem leisen Rascheln begann der dichte Pelz, dünner zu werden und …

In diesem Moment schrie Marianna los.

Es passierte so schnell, dass Gregoria keinerlei Gelegenheit bekam, das Unvermeidliche zu verhindern. Sie spürte, wie der Körper der Bestie aus der Ruhe erwachte und alle Muskeln ruckartig anschwollen. Die Sehnen spannten sich unter dem aufgestellten Fell wie dicke Seile.

»Florence, nein!« Doch die Bestie riss ihr nicht die Kehle auf, sie stieß Gregoria einfach zur Seite und stürzte sich brüllend auf das schreiende Kind!

Jean hatte das Unheil vorausgesehen. Er ließ sich nach hinten fallen und hob die Muskete wie vorhin, um die tödlichen Kiefer zu blockieren. Der neuen, unbändigen Wut der Bestie hielt die Waffe nicht lange stand. Krachend zerbrach sie, Marianna schrie auf – und die Zähne schlossen sich um Jeans Unterarm.

»*Nein!*«

Jeans freie Hand schloss sich um den abgetrennten Kolben der Muskete und drosch wie wahnsinnig auf die rot glühenden Augen ein, jeder dumpfe Schlag ging mit einem wütenden Knurren einher. »Weg, weg mit dir!«

Die Bestie ließ nicht los, sondern rüttelte grollend, um das Kind in die Fänge zu bekommen.

»Florence, nein!«, schrie Gregoria, packte den linken Hinterlauf und zog daran, ohne etwas gegen das Wesen auszurichten. »Hör auf!«

Marianna wimmerte nur noch. Der klägliche Laut setzte in Jean Kräfte frei, die er nie für möglich gehalten hätte. Mit einem Verzweiflungsschrei schlug er erneut zu und traf die obere Schädelpartie des Wesens so hart, dass der lädierte Kolben barst.

Das rote Feuer in den Augen erlosch. Die Bestie brach mit einem Schnaufen zusammen; sogar das Maul öffnete sich und gab den Arm frei.

Jean stieß die Kreatur mit den Füßen von sich, sie rutschte in die Trümmer und lag still. Sein Arm blutete aus mehreren Wunden – diesmal *hatte* die Bestie ihn gebissen –, und vor lauter Blut an sich und der Kleidung des Kindes erkannte er nicht, ob und wo Marianna verletzt war. Seltsamerweise verspürte er keinerlei Schmerzen, der Schock saß zu tief.

Er drückte Gregoria das Kind in den Arm. »Halte sie. Das ist die Gelegenheit.« Er richtete sich auf, zog das Döschen mit Sanctum aus der Tasche und öffnete es. Er tauchte den Finger hinein, schob die Kiefer der bewusstlosen Bestie mit dem Fuß auseinander und schmierte die Substanz auf die Zunge. »Sicher ist sicher.« Er hob eine zerborstene Flasche auf, in der sich noch etwas Wein befand, und schüttete ihn in den Rachen, bis er sah, wie die Bestie schluckte.

Jean blickte Gregoria an, lud schweigend seine Waffen mit Silberkugeln und verband sich unter Schmerzen den Arm. Er hatte der Bestie alles Sanctum ins Maul gestopft. »Gleich werden wir sehen, wen wir vor uns haben.« Er richtete die Mündung seiner Muskete auf die Kreatur, deren Körper unvermittelt in Zuckungen verfiel.

Die Bestie bäumte sich auf, hechelte und kreischte, während ihr die Haare ausfielen und schwarzer Rauch aus dem Rachen stieg. Die Klauen verwandelten sich in Hände, und aus dem lang gestreckten, tobenden Bestienkörper wurde langsam, aber unaufhaltsam der sich vor Schmerzen und in Krämpfen windende schlanke Leib einer jungen Frau.

»Beim Allmächtigen!« Gregoria schossen die Tränen in die Augen, während sie die weinende Marianna an sich presste und wiegte. *»Sie ist es!«*

Mit einem letzten gellenden Schrei, der in ein befreites Weinen überging, richtete sich Florence auf und starrte Gregoria an. »Ihr?«, flüsterte sie fassungslos, zitterte und schwitzte. »Äbtissin, seid Ihr es wirklich?« Sie hob ihre Arme und betrachtete sie. »Ich fühle mich ... Monsieur Chastel? Was ...« Florence wurde sich bewusst, dass sie nackt war, und versuchte, ihre Brüste mit den Armen zu bedecken.

Jean zog seinen Rock aus und reichte ihn der jungen Frau. Als sich Florence und Gregoria einen Augenblick später in den Armen lagen, stieg auch ihm Tränen in die Augen.

Er legte eine Pistole neben die Frauen. »Nehmt die und sucht euch Waffen von den anderen. Ich gehe nach oben und schaue, was die Bastarde sonst noch angerichtet haben«, sagte er leise und strich Florence über die dreckigen, verfilzten Haare.

Sie hob den Kopf. »Fragt sie«, schluchzte sie verzweifelt und konnte wegen des Zitterns kaum deutlich sprechen, »wohin sie mein Kind gebracht haben, Monsieur Chastel! Ich will meinen Sohn zurück!«

»Deinen Sohn, Florence?«, fragte Gregoria.

»Ja! Deswegen«, antwortete die junge Frau und hielt sich den Kopf, als wollte sie sich selbst dazu bringen, einen klaren Gedanken zu fassen, »deswegen bin ich hier. Sie ... sie haben mich wieder in den Wagen geworfen und gesagt, dass sie mich an einen Ort bringen werden, wo er festgehalten wird ...«

»... und sie haben darauf vertraut, dass du so lange töten würdest, bis du ihn findest«, beendete Gregoria ihren Satz.

Jean schluckte. »Dein Kind, Florence ... bitte, ich muss es wissen: Ist er mein Enkel?«

Das Kinn der jungen Frau bebte, sie schlang die Arme Hilfe suchend um Gregoria und wollte ihm nicht antworten.

»Ist er mein Enkel?«, wiederholte Jean seine Frage und blickte flehentlich auf sie nieder.

»Ich hoffe es so sehr, Monsieur ... aber ich weiß es nicht«, flüsterte sie verzweifelt und schloss die Augen. Tränen quollen unter den Lidern hervor. »Er darf nicht in den Händen dieser Verbrecher bleiben, versprecht es mir!«

Er zögerte, bis er den bittenden Blick der Äbtissin sah, dann nickte er. »Woran erkenne ich ihn?«

»Er hat schwarze Haare und trägt ein kleines Muttermal unter dem linken Auge.« Sie hob den Blick und sah Jean an. Ein hoffnungsvolles Lächeln trat auf ihre Lippen. »Mein Sohn hat Augen, die Euch sofort an Pierre erinnern werden.«

Er eilte die Treppen hinauf.

»Jean!«, hörte er die Stimme Gregorias. »Der Biss in deinem Arm ...«

»Ich weiß. Ich werde mir Sanctum holen«, antwortete er im Davoneilen und verließ den Keller.

In der Eingangshalle lagen zahlreiche erschossene und aufgeschlitzte Angreifer, aber glücklicherweise keine Seraphim. Dennoch gab er sich keinerlei Illusionen hin, es hatte sicher Opfer unter den Verteidigern gegeben. Rasch eilte er zum Zimmer der Äbtissin, wo sich das Schränkchen mit dem Sanctum befand.

Die Tür hing lose in den Angeln, Qualm drang daraus hervor. Er warf einen Blick hinein und sah, dass im Inneren mindestens zwei Granaten explodiert sein mussten; die Möbel und Tische waren zerschlagen worden, überall steckten Schrapnelle in den Wänden und in der Decke.

Von dem Schränkchen, in dem sich das Sanctum befunden hatte, war so gut wie nichts mehr übrig, die Sprengwirkung hatte es vollkommen zerfetzt. Der Versuch, das Schloss mit Schwarzpulver aufzubrechen, war gründlich misslungen.

Jean wollte schon aufgeben, als ein metallisches Glänzen

seinen Blick einfing. Er bückte sich und fand in dem Schutt zwei Döschen aus der Lieferung an Rotonda. Er nahm sie an sich, lief die Treppe hinunter und streifte durch die Räume.

»Monsieur, hier!«, hörte er Sarais Stimme über sich und schaute nach oben. Sie befand sich unter der Decke auf dem obersten Bücherregal und wurde erst sichtbar, als sie ihr mit Ruß geschwärztes Gesicht nach vorn in den Lichtschein hielt. »Gebt auf die Bestie Acht. Sie ist noch hier. Ich lauere ihr auf ...«

»Nein, sie ist nicht mehr im Haus«, antwortete er. »Was ist mit den Männern?«

»Sie sind tot. Wir haben sie davon abhalten können, Granaten in das Dormitorium zu werfen. Diejenigen, die flüchten wollten, wurden den Schreien nach von der Bestie zerrissen. Einen Letzten, der sich versteckt gehalten hatte, habe ich erwischt, als ich mich hier auf die Lauer legte, um auf die Bestie zu warten.« Sarai sprang zu ihm hinab; sie hielt Pistolen in den Händen. »Monsieur, wir haben zwei Seraphim verloren. Machla und Naëmi, zwei der Anwärterinnen. Gott möge sie in den Himmel aufnehmen und ihre Seelen mit einem Lächeln empfangen.«

»Das wird er.« Jean sah keinen Kratzer an ihr, nur ihr Gesicht wies Spuren von Ruß auf. Sie hatte sich getarnt, um mit der Dunkelheit zu verschmelzen. Ihre Zähne schimmerten weiß, als sie sprach: »Wie steht es mit der Äbtissin und Marianna?«

»Alle wohlauf.« Er sah zum Hof hinaus und meinte, eine Bewegung hinter dem Kreuz zu sehen. »Es ist klar, wer hinter dem Anschlag steckt. Für Rotonda ist schnell ein Nachfolger gefunden worden, der Rache übte. Sie müssen mir doch nach dem Besuch beim Legatus hierher gefolgt sein.« Wieder sah er den Schatten ... nein, es war eindeutig ein Mann, der versuchte, hinter dem Kreuz nicht aufzufallen. Zu spät. Jean kniff die Augen zusammen, um besser sehen zu können, und hoffte, dass der letzte überlebende Angreifer auf die Entfernung nichts erkennen konnte.

»Ich möchte, dass du dich mit den restlichen Seraphim der Novizinnen annimmst und sie zusammen mit der Äbtissin aus der Stadt bringst. Heute noch. Rom ist zu gefährlich geworden. Gregoria soll dir den Ort beschreiben, an dem sie die letzten Wochen verbracht hat, dort wird es sicherer sein. Lentolo wird uns dann eine neue Bleibe suchen.« Jetzt spürte er erste Schmerzen, vor allem sein Unterarm brannte vom Biss des Loup-Garou wie Feuer. »Lass dich auf keinen Disput mit der Äbtissin ein. Ihr Leben und das Überleben des Ordens sind wichtiger. Es kann sein, dass eine zweite Welle Angreifer droht.«

»Wie Ihr wünscht, Monsieur.« Sarai sah ihm nach. »Wohin geht Ihr?«

»Ich bin gleich zurück. Tu, was ich dir befohlen habe. Aber vorher lass dich umarmen, Kind.« Jean zog die vollkommen erstaunte Seraph an seine Brust und flüsterte: »Sieh nicht in den Hof – dort verbirgt sich jemand. Gib mir deine Waffe, wenn ich die Muskete von der Schulter nehme, ist das zu auffällig. Ich werde ihn mir schnappen.«

Er spürte, wie sie ihm eine ihrer Pistole in die Hand drückte, die man vom Hof aus nicht sehen konnte. »Monsieur, soll ich ...«

»Nein, Sarai. Du hast deine Befehle. Ich will nicht, dass du Zeit verlierst. Geh jetzt.« Sie lösten sich voneinander. Sarai ging davon, Jean tat so, als würde er ihr winken und nachsehen, doch dabei konzentrierte er sich aus dem Augenwinkel auf den Umriss des Schattens. Er machte etwas aus, was er für ein Bein hielt. Wenn er das traf ...

Jean riss die Pistole hoch und schoss. Der Knall durchriss die Nacht – und übertönte doch nicht das Geräusch, mit dem die Kugel vom Steinkreuz abprallte. Der Mann schrie auf und rannte los, erst hinter den Karren und von dort durch das Tor.

Wütend auf sich selbst warf Jean die Pistole weg, sein schmerzender Arm hatte ihn im Stich gelassen. Er verfolgte den Mann, hetzte durch die leeren Gassen. Vermutlich hatte Rotondas Nachfolger im Vorfeld gut dafür bezahlt, dass sich das Auftauchen der Stadtwache etwas verzögerte.

Jean merkte sofort, dass der Mann sich nicht auskannte. Er lief blind davon, wechselte aufs Geratewohl die Gassen und manövrierte sich auf immer enger werdende Wege, die ihm kaum Möglichkeiten boten, seinen Verfolger abzuschütteln.

Jeans Kräfte schwanden. Er musste nun alles auf eine Karte setzen. Im Laufen nahm er die Muskete vom Rücken, blieb abrupt stehen, zielte mit seinem gesunden Arm auf das rechte Bein des Mannes und drückte ab.

Schreiend stürzte der Flüchtende.

Jean lud nach und lief auf den Mann zu. Er hatte nicht viel Zeit, bis irgendjemand sich aus einem der umliegenden Häuser trauen und ihn möglicherweise angreifen würde.

Die Kugel hatte die Kniescheibe durchschlagen und machte eine Belastung unmöglich, Blut rann an der Hose entlang auf das Pflaster. Die Kleidung war schlicht und dunkel gehalten, die Haare lagen unter einem dunkelgrauen Kopftuch.

»Wer hat euch geschickt?« Jean riss ihm das Tuch vom Kopf, darunter erschien ein unrasiertes, rundes Gesicht, in dem deutlich die Angst geschrieben stand.

»Das wusste unser Anführer, Monsieur. Wir sind Söldner«, erwiderte er sofort. Sein Akzent wies ihn als Fremden aus, der weder Italiener noch Franzose war. Aber wenigstens verstand man ihn. »Ich habe nur Befehle befolgt.«

»Und wie lauten die?«

Jetzt schwieg er und hielt sich stattdessen das verletzte Bein.

Jean trat nach ihm. »Rede!«

»Alle töten, die wir in dem Gebäude finden«, sagte der Mann und sah Jean dabei nicht in die Augen. »Vorher mussten wir diese Bestie aus dem Keller eines alten Palazzos holen, Monsieur. Ich weiß nicht, wo es war. Ich bin nicht von hier...«

»Hast du da eine kleine Bestie gesehen? Oder weißt du etwas von einem kleinen Kind, das sich in der Gewalt eurer Auftraggeber befindet?«

Er klammerte beide Hände um die Wunde. »Lasst mich mein Bein abbinden, Monsieur«, bettelte er. »Ich verblute ...«

Jean drückte ihm den Lauf gegen das rechte Auge. »Erst antwortest du mir, oder ich verteile den Inhalt deines Kopfs auf der Gasse hinter dir, Söldner.«

»Nein, Monsieur, habe ich nicht! Wirklich, ich schwöre es bei meinem Leben ...« Er zögerte.

»Aber?«

»Aber einer von den Wächtern hat mir erzählt, dass wir uns vorsehen müssten – die Bestie hatte ein Junges, und das soll einige Tage vorher von einem anderen Untier aus dem Versteck geraubt worden sein ... irgendeiner Basilika.«

Es gab nur noch ein anderes Untier in Rom, das für diesen Raub in Frage kam. In seiner Vorstellungskraft entstanden schreckliche Bilder. De Morangiès würde diese Bestie nach seinen Vorstellungen erziehen und wieder über das Gévaudan herfallen, wie er es bis vor einem Jahr getan hatte. Oder aber der Comte setzte sich an einen ganz anderen Ort der Welt ab, um im Verborgenen seine Vorbereitungen zu treffen und in einigen Jahren nach Frankreich zurückzukehren. War deswegen Livorno sein Ziel gewesen?

Er sah auf den Söldner hinunter. »Wenn du rechtzeitig erwachst, kannst du dich verbinden. Andernfalls hat Gott nicht gewollt, dass du überlebst.« Er schlug ihm den Griff der Pistole wuchtig gegen den Kopf. Der Mann sackte bewusstlos nach hinten.

Jean eilte zum Anwesen zurück und stellte befriedigt fest, dass die Schwesternschaft bereits so gut wie reisefertig war. Sarai hatte ganze Arbeit geleistet. Noch immer ließen sich die Stadtwachen nicht blicken.

Er lief in sein Gemach, um sich anzukleiden, warf Geld und

Munition in einen Rucksack. Mehr benötigte er nicht, alles andere konnte er sich unterwegs kaufen.

»Monsieur, wir sind so weit«, meldete Sarai, die hinter ihm auftauchte.

»Das ist gut. Hier, nimm das an dich, es ist alles, was uns vom Sanctum geblieben ist.« Er drückte ihr eins der beiden Döschen in die Hand. »Ich werde den Comte verfolgen. Sag der Äbtissin, dass ich weiß, wo sich Florences Sohn befindet und dass ich ihn befreie.«

»Ich komme ...«

»Allein«, fiel Jean ihr ins Wort. »Der Schutz des Ordens ist wichtiger. Ich schaffe es ohne Hilfe.«

Sarai sah auf den blutigen Verband, über den er rasch seinen Gehrock warf, bevor er zu dem langen Kutschermantel griff. »Monsieur, Ihr seid verletzt und geschwächt.«

»Das ist nichts. Ich habe Schlimmeres durchstanden.« Er lächelte sie an, strich ihr über die schwarzen Haare und hastete zum Stall, wo er den Fuchswallach sattelte. Sarai wich nicht von seiner Seite und half ihm bei den Handgriffen.

»Ich werde den Comte in weniger als drei Tagen eingeholt haben.« Jean schwang sich in den Sattel und verdrängte den Schmerz, den er in seinem Arm spürte. »Stell einen Posten ab, der hier auf mich wartet und mich zu euch bringen kann.«

»Monsieur, ich ...«

»Mach dir keine Sorgen um mich, Sarai.« Er nickte ihr zu. »Ich brauche dich hier bei den Novizinnen, bei Gregoria und Marianna. Solange du bei ihnen bist, weiß ich sie in Sicherheit.« Er lenkte den Fuchs aus dem Stall und sprengte zum Tor hinaus.

Nicht lange danach jagte Jean über die Landstraße, die im ersten zögernden Licht des Sonnenaufgangs deutlich vor ihm lag.

Der Vollmond war seiner Macht beraubt und hing als blasser Schatten am Himmel. Dennoch bildete sich Jean ein, ein Kribbeln in seinem Körper zu spüren, etwas, das seine Haare an den

Armen dazu brachte, sich aufzurichten. Er hielt das Pferd an, nahm das Döschen mit dem Sanctum hervor und wog es in der Hand.

Auch wenn ihm die Vorstellung nicht behagte, Heiligkeit in sich aufzunehmen, so gab es doch keinen anderen Weg, um seine Verwandlung in eine Bestie zu verhindern. Das merkwürdige Gefühl und die ungewohnte Wärme in seinen Adern warnten ihn davor, zu lange mit der Einnahme des Gegenmittels zu warten; noch stand der Mond rund am Himmel.

Jean stieg aus dem Sattel, führte den Wallach einige Schritte weg von der Straße und band die Zügel an einen Baum. Er hockte sich daneben und versuchte sich auf das vorzubereiten, was ihm bevorstand.

Dann öffnete er vorsichtig das Döschen. Statt der Tropfen, die er erwartet hatte, fand er ein wenig dunkles Pulver. Das erfüllte ihn mit Hoffnung – der Panter war von einem zähen Tropfen Sanctum getötet worden. Vielleicht war es also die trockene Form der heiligen Substanz, die wahre Rettung versprach. Er tippte es ehrfürchtig mit der Fingerkuppe heraus und führte sie an die Lippen.

Ein Windhauch streifte ihn, das Pulver rieselte davon und war unrettbar verloren.

»Verflucht!« Jean hielt das Behältnis schräg, tupfte den letzten, kostbaren Rest mit einem angefeuchteten Finger zusammen. Es war wenig, unglaublich wenig sogar. Einen dritten Versuch würde er nicht mehr haben.

Er senkte den Kopf, lutschte die Substanz vom Finger ab und schluckte.

27. Mai 1768, Colli Albani, Umland von Rom

Lentolo nippte an seinem Kaffee. »Das ist alles äußerst bedauerlich, Äbtissin.« Er nahm sich einen Keks und kostete davon.

»Aber wenigstens ist Rotonda nun für tot erklärt worden. Offiziell starb er bei einem Sturz die Treppe hinab. Die Beisetzung hat mir und vielen anderen Kardinälen ausnehmend gut gefallen. Selten sah man so viele zufriedene Gesichter an einer aufgebahrten Leiche vorüberziehen.«

Gregoria, die ein dunkelbraunes, knöchellanges Kleid und die Haare streng nach hinten gelegt trug, nickte ungeduldig und wartete auf die wirklich wichtigen Neuigkeiten.

Sie versteckten sich seit drei Wochen auf einem ehemaligen Patrizierlandgut in der Nähe eines Örtchens namens Genzano an einem idyllischen See. Die Novizinnen hatten sich von ihrem Schrecken erholt und befassten sich bereits wieder mit ihren Schulstunden. Es schien, als habe sie der Überfall beflügelt, noch härter an sich zu arbeiten, um bald in die Welt hinaus zu dürfen. Die Seraphim sorgten für ihren Schutz, Sarai hatte bereits weitere Anwärterinnen rekrutiert und bildete sie aus.

Gregoria sah ihrem Gesicht jedoch an, dass sie sich viel lieber auf die Suche nach Jean begeben hätte. Er war nicht zum verabredeten Zeitpunkt beim Anwesen in Rom erschienen und blieb verschwunden; Judith hatte sich bereit erklärt, ihn zu suchen, und war aufgebrochen.

»Was bringt Ihr sonst für Neuigkeiten?«, fragte Gregoria, weil sie es nicht mehr aushielt, von Dingen zu erfahren, die belanglos für sie waren.

Lentolo führte die Tasse zum Mund. »Leider keine, Äbtissin. Unsere Spione sind ebenso verschollen wie der Comte und Monsieur Chastel. Noch so ein äußerst bedauerlicher Umstand, der aber unsere Aufgabe«, die trübbraunen Augen sahen sie fest an, »keinesfalls beeinflussen darf. Selbst wenn Monsieur Chastel tot im Straßengraben liegt, müsst Ihr fortfahren, Äbtissin. Lasst Ihr nach, werden unsere Feinde triumphieren und der Tod von Monsieur Chastel war umsonst.«

Sie runzelte die Stirn. »Es gefällt mir nicht, dass Ihr versucht, mir seinen Tod schmackhaft zu machen.«

»Das würde ich niemals wagen. Ich sehe es jedoch als ... nun, als Vorteil, dass er nicht bei uns weilt. Versteht mich nicht falsch, aber ein Mann in einem Kloster voller junger Frauen«, er schlürfte einen weiteren Schluck, »das gibt Gerüchte. Hässliche Gerüchte.«

»Lasst sie reden.«

»Nein, Äbtissin. Das können wir nicht. Seine Eminenz ist ebenso besorgt wie ich. Der Makel der Unkeuschheit, der Unzucht, der Sünde auf einem Schwesternorden ist dunkler als alles andere.« Lentolo stellte die Tasse mit Schwung ab, die Finger spielten mit der Schnürung seines weißen Hemdes, über dem ein braunes Wams und eine beigefarbene Jacke lagen. »Die Schwesternschaft vom Blute Christi muss ein Glanzstück sein. Rein wie Kristall und unberührt wie der Gral, Äbtissin.«

»Ihr sagt mir also, dass wir Monsieur Chastel nicht mehr in unseren Mauern aufnehmen dürfen«, übersetzte sie eisig. Sie verspürte Wut.

»So ist es.« Lentolo lehnte sich nach vorn. »Seht uns diesen Schritt nach. Wir brauchen Euch und Eure Schwestern an den Höfen! Bald ist die Stunde gekommen, in der es Neuerungen im Vatikan geben kann. Rotonda ist aus dem Weg geräumt, und mit ihm sind viele Geheimnisse gestorben. Das ist schlecht für unsere Gegner. Bringen wir unsere große Sache also nicht selbst in Gefahr. Es darf keinen weiteren andauernden Aufenthalt von Monsieur Chastel mehr geben.«

»Ich sehe es ein, Lentolo«, räumte sie ein und versuchte sich nicht anmerken zu lassen, wie sehr sie es hasste, gelassene Mine zum bösen Spiel machen zu müssen. »Dennoch brauchen wir ihn. Seine Erfahrung mit den Bestien ist unverzichtbar, um die Seraphim auszubilden.«

»Das sehe ich ebenso. Alles wird so arrangiert, dass man uns und Euch nichts ankreiden kann.« Er lächelte aufmunternd. »Wir haben in dem Berg hinter dem Anwesen Kavernen herrichten lassen, wo er und die Seraphim üben werden. Ihr dagegen werdet auf Euren guten Freund verzichten müssen. Seine Eminenz besteht darauf.«

»Ich muss wohl«, erwiderte sie und seufzte. »Er hat mir mehr als einmal das Leben gerettet, Signore Lentolo. Ich sehe es als Verrat an, ihn zu verstoßen und ihn fortan nicht mehr als meinen Freund betrachten zu dürfen.« *Nicht vor den Augen anderer,* fügte sie in Gedanken hinzu.

»Ein großes Opfer, ich weiß. Und doch bin ich sicher, dass Ihr es gerne bringen werdet, um Eurer Stellung gerecht zu werden.« Er lehnte sich zurück und sah zufrieden aus. »Eventuell mag es Euch versöhnen, dass ich einen meiner Männer ausgesandt habe, um nach Monsieur Chastel zu suchen. Denn auch ich denke nicht, dass er tot ist, Äbtissin.«

»Wie wird es in Rom weitergehen? Haben wir bereits eine neue Bleibe?«

Er wiegte den Kopf. »Ja und nein. Wir haben etwas Schönes gefunden, größer und komfortabler als das alte Anwesen.« Lentolo beschrieb mit dem rechten Arm einen Halbkreis. »Das hier. Euer erstes eigenes Kloster, wir bauen Euch sogar einen eigenen kleinen Kirchturm.«

Gregoria erlaubte sich ein wenig Freude. »Das ist schön zu hören, Lentolo. Doch wir sind weit abseits von Rom …«

»Aus gutem Grund. Hier draußen ist der Orden sicherer vor seinen Feinden, niemand kann sich dem Kloster unbemerkt nähern, und wir treffen in aller Ruhe unsere Vorbereitungen im Kampf gegen die Bestien.« Lentolo atmete tief ein. »Ist das nicht eine herrliche Luft, Äbtissin?«

»Es ist wunderbar«, stimmte sie zu.

»Damit Ihr gelegentlich auch Stadtmuff riechen könnt, werdet Ihr an einem neuen Ort in Rom eine kleine Niederlassung erhalten, eine ständige Vertretung der Schwesternschaft, wenn man so will. Er wird gerade hergerichtet, mit einem Verbindungsgang in die Katakomben.«

Gregoria lächelte versöhnt. Damit gab es für sie noch mehr

Möglichkeiten, um sich ungesehen von allen mit Jean zu treffen. »Ich wusste, dass ich Euch wenigstens für diesen Moment die Sorge rauben kann.« Lentolo stand auf und reichte ihr die Hand. »Ich kehre nach Rom zurück und erstatte Seiner Eminenz Bericht. Habt Ihr noch Wünsche?«

»Nein, keine.«

»Und was ist mit dem Mädchen? Wie war ihr Name noch gleich ... Marianna? Ist mit ihr alles in Ordnung?«

»Ja, natürlich.« Gregoria vernahm sehr wohl, dass Lentolo die Frage in einen harmlosen Tonfall kleidete, aber die Augen schauten an ihr vorbei, damit sie darin nicht mehr erkundete. »Weswegen fragt Ihr?«

»Weil auf ihr große Hoffnungen ruhen, Äbtissin. Eine göttliche Vision hat sie als Eure Nachfolgerin bestimmt, daher sind wir alle sehr daran interessiert, dass es Marianna gut ergeht und an nichts mangelt.« Er lächelte, doch Gregoria konnte die Falschheit dahinter erkennen. Sie schauderte. »Versteht es nicht als Kritik oder Misstrauen an Euch und Eurem Sachverstand, wenn es um das Aufziehen eines kleinen Menschenkindes geht.«

»Nein, sicherlich nicht.« Sie lächelte ebenso falsch zurück.

»Dann bringt mich zu ihr. Ich möchte sie gerne sehen, die kleine Marianna.«

»Jederzeit gerne ... nur im Moment wird es nicht möglich sein. Die Kleine hat ein Fieber, das ansteckend ist. Wir wollen nicht riskieren, dass Ihr die Krankheit mitnehmt und an Seine Eminenz weiterreicht, nicht wahr? Aber kommt uns bald wieder besuchen, dann wird es ihr besser gehen.«

Gregoria erhob sich ebenfalls und geleitete ihn zur Tür. Sie sah ihm vom Fenster aus nach, wie er durch den Sonnenschein über den Hof zu seiner Kutsche marschierte, einstieg und losfuhr, ohne einen Blick aus dem Fenster zu werfen.

Sie wandte sich um und verließ das Besuchszimmer, um Florence aufzusuchen. Gregoria war unglaublich froh darüber, dass das Sanctum ihr Mündel nicht getötet hatte wie Roscolio. Und doch fragte sie sich oft, warum das göttliche Vermächtnis so unterschiedliche Wirkungen zeigte: Der eine starb auf grässliche Weise, die andere wurde geheilt. Gregoria hatte zwar nie zugelassen, dass ihr Gottvertrauen ins Wanken geriet, dennoch musste sie sich im Nachhinein Zweifel und Ängste eingestehen. Sie hätte es nicht verkraftet, wäre Florences Leib vor ihren Augen zerrissen worden wie der des Panterwesens.

Ihr Mündel befand sich auf ihrem Zimmer und saß bei Gregorias Eintreten auf der Couch über einem Bündel Blätter. Sie hatte die langen braunen Haare zu einem Zopf gebunden, trug eine dunkelrote Bluse und einen weißen Rock, die Füße steckten in flachen Riemenschuhen. Marianna lag in ihrem Bettchen und schlief friedlich. »Ehrwürdige Äbtissin«, grüßte sie und legte ihre Lektüre zur Seite; es waren die Aufzeichnungen über Wandelwesen, die Sarai bei der Ausbildung der Seraphim benutzte.

»Florence, was möchtest du damit?« Gregoria spürte Angst in sich aufsteigen. »Ich habe dich nicht nach so langer Zeit gefunden, um dich in den Krieg gegen die Bestien zu schicken.«

»Ich war eine von ihnen, ehrwürdige Äbtissin. Ich verstehe sie besser als jede Seraph«, entgegnete sie sachte, aber nachdrücklich. »Seit mich das Sanctum heilte, kehren Bilder und Erinnerungen zu mir zurück, die vorher tief in mir verborgen gewesen sein müssen. Ich vermag mich nun an Dinge zu erinnern, die ...« Sie blickte zu Boden. »Niemand kennt eine Bestie besser als ich«, fuhr sie dann fort. »Nicht einmal Monsieur Chastel.«

Gregoria setzte sich neben sie und nahm ihre Hand. »Du willst allen Ernstes eine Seraph werden?«

Florence nickte. »Ich bin es der Welt schuldig. Ich habe als Bestie Verderben gebracht und an meinen eigenen unschuldigen Sohn das Erbe des Bösen weitergegeben, daher liegt es nach meiner Läuterung an mir, das Böse zu bekämpfen.« Sie schaute zum

Bettchen. »Selbst meine unschuldige Schwester hätte ich infiziert. Ohne das Sanctum aus Euren Händen würde sie als Heranwachsende zu einem Ungeheuer werden, wie ich eines war.« Sie drückte Gregorias Finger. »Ich kann Euch niemals für das danken, was Ihr für mich auf Euch nahmt. Schon allein deswegen muss ich eine Seraph werden und gemeinsam mit Monsieur Chastel durch die Wälder ziehen. Wo er doch keine Söhne mehr hat. Pierre ...« Sie schluchzte plötzlich, die Trauer überfiel sie und riss ihr die Maske der Tapferkeit vom Gesicht.

Gregoria nahm sie in die Arme und gab ihr den Halt, wie sie ihn selbst sich dringend von Jean wünschte.

»Ich habe schreckliche Angst um meinen Sohn«, sagte Florence weinend und klammerte sich fest an ihre Ziehmutter. »Mir schmerzt das Herz, wenn ich an ihn denke und nicht weiß, wie es ihm geht, was er macht ...«

»Jean wird ihn finden und zu dir zurückbringen«, beschwichtige Gregoria und streichelte Florences Kopf. »Mach dir keine Sorgen. Bis er zurück ist, darf ich dich um etwas bitten?«

»Ihr dürft mich um alles bitten, ehrwürdige Äbtissin.« Florence richtete sich auf und wischte die Tränen von den Wangen, die blauen Augen waren gerötet.

»Du wirst Italien verlassen.«

Erschrocken riss sie die Augen auf. »Warum? Was habe ich ...«

»Hör mir zu, Florence.« Gregoria sah ihr in die Augen. »Du wirst Marianna mit dir nehmen und fortgehen.«

Sie verstand gar nichts mehr und schaute verwirrt zum Bettchen. »Steht ein neuer Angriff bevor, oder ...«

»Ich fürchte, dass Lentolo und unsere übrigen Verbündeten es nicht mehr lange erlauben, dass ich meine Tochter ...«, sie biss sich auf die Lippen und hoffte, dass Florence es überhört hatte, »... dass ich Marianna, die ich wie eine Tochter liebe, selbst aufziehe. Sie ist vom Sanctum angekündigt worden und etwas Besonderes. Lentolo könnte danach trachten, sie nach eigenen Vorstellungen zu erziehen, damit er nach meinem Tod eine Frau an der Spitze des Ordens hat, die tut, was er und der Kardinal möchten.«

»Ihr vertraut sie mir an?« Florence war überwältigt.

»Ja. Es gibt niemanden, den ich besser und länger kenne als dich, Florence. Du wirst ihr eine gute Mutter sein und sie so erziehen, wie ich dich erzog. Versprich es mir.« Gregoria sah ihr Zögern. »Sobald Jean mit deinem Sohn zurückgekehrt ist und wir ihn geheilt haben, lasse ich ihn zu dir bringen. Bis dahin gib Marianna deine Milch und nähre sie wie dein eigenes Kind.«

Florences Augen schimmerten feucht. »Ich werde sie lieben wie mein eigen Fleisch und Blut, das schwöre ich Euch. Und ich werde Marianna vor allen Gefahren mit meinem Leben schützen.« Sie stand auf und nahm das Mädchen aus dem Bettchen, gab ihm einen Kuss und reichte es Gregoria.

»Dann bist du jetzt bereits eine Seraph, Florence. Ein Schutzengel.« Sie spürte die Wärme des Kindes und fand den Gedanken, sie schon bald weder sehen noch riechen noch hören zu können, bereits jetzt unerträglich. Doch es ging nicht anders, wenn Marianna nicht in die falschen Hände geraten sollte.

»Ich schicke euch beide zu einem entfernten Verwandten meines Vaters. Er lebt im Alsace. Er wird euch aufnehmen, auch wenn du ihm dafür in seinem Haushalt zur Hand gehen musst. Er wird eine gute Rechnerin wie dich bei seinen Geschäften gut gebrauchen können.«

»Wann soll ich aufbrechen?«

»Schon in einer Woche, Florence, vielleicht auch früher. Es ist besser so. Eine der Seraphim wird dich begleiten.«

Florence nickte, nahm die Aufzeichnungen und ging zur Tür. »Ich werde Sarai um Hilfe bitten, ehrwürdige Äbtissin. Sie soll mir Übungsstunden geben, damit ich meine Schwester beschützen kann, wie es sich für einen kleinen Schatz wie sie gebührt.«

Florence ging auf der Suche nach der Anführerin der Seraphim durch den Hof. Sie hatte den Versprecher der Äbtissin ebenso genau vernommen wie den schlechten Versuch, ihn zu erklären. *Wie meine Tochter.* Damit erschien ihr alles klar. Sie hatte sich seit ihrer Heilung viel um Marianna gekümmert, ihr die Brust gegeben, weil sie dies für ihren Sohn nicht tun konnte, und dabei war ihr nicht entgangen, dass das Mädchen Gregorias Augen besaß: ein ungewöhnliches Graubraun. Sie dachte sich zunächst nichts dabei, auch nicht, als sie glaubte, eine Ähnlichkeit zu Pierre und Monsieur Chastel zu erkennen. Beim Betrachten von kleinen Kindern konnte man sich viel einbilden.

Doch nun ...

Florence lächelte und freute sich sogar, dass die Liebe zwischen den beiden Menschen, für die sie so viel Zuneigung und Achtung empfand, etwas so Wunderbares geschaffen hatte. *Das Geheimnis wird bei mir gewahrt bleiben,* versprach sie Gregoria stumm. Sie winkte Sarai, die gerade durch das Tor kam, und lief zu ihr.

XXI. KAPITEL

Russland, St. Petersburg,
2. Dezember 2004, 20.01 Uhr

Eric saß vor dem offenen Kamin des Wohnzimmers und starrte in die Flammen.

Wenn es einen Ort auf der Welt gab, an dem man verschwinden konnte, dann war das St. Petersburg. Jedenfalls gab es für ihn keine bessere Stadt. In Russland konnte man fast alle Stellen schmieren, falls es notwendig wurde. Mit Geld war hier immer noch mehr zu erreichen als im westlichen Europa.

Er hatte Glück gehabt, viel Glück. Wäre der Lkw mit dem hohen Planenaufbau nicht in genau dem Moment die Straße entlanggefahren, in dem er aus dem Fenster stürzte, und er nicht darauf gelandet, läge er jetzt entweder mit zerschmettertem Schädel in einer italienischen Pathologie – oder angekettet in einem Kerker von Zanettini.

Bei seiner Flucht aus Rom hatte er bewusst Flughäfen und Bahnhöfe gemieden, weil er befürchten musste, dass ihn Zanettinis Leute dort zuerst suchen würden. Stattdessen hatte er sich in den Bus einer deutschen Reisegruppe eingeschmuggelt, war später per Anhalter gefahren und so zwar langsam, aber unerkannt nach München gekommen. Dort lag am Flughafen – Anatol sei Dank – bereits ein Notfallkoffer bereit: Reisepass, Geld, Kleidung, Flugticket. Und ein neues Handy. Sein altes hatte den Aufschlag auf den LKW nicht überstanden. Somit gab es keine Möglichkeit, die Schwesternschaft zu kontaktieren. Eric verfluchte sich für sein schlechtes Zahlengedächtnis und dafür, dass er Faustitias Nummer nur eingespeichert und nirgendwo aufgeschrieben hatte. Nicht nur die italienischen, sondern auch die internationalen Nachrichtensendern brachten

Berichte über die Schießerei im Palazzo. Es war die Rede von einem verwirrten Mann, einem angeblichen Satanisten, der einem Padre und einem Kardinal aufgelauert und einen von ihnen ermordet hatte. Als Eric die Meldung zum ersten Mal an einer Raststätte auf einem kleinen Fernsehschirm sah, war ihm fast das Herz stehen geblieben. Doch dann wurde ein Bild des von privaten Sicherheitskräften niedergestreckten Attentäters gezeigt. Eric kannte den Mann nicht, der als Satanist präsentiert wurde. Zanettini hatte wohl kein Interesse daran, dass Eric ins Visier der Polizei geriet, und sich stattdessen irgendeinen Sündenbock geschaffen. Die Welt war erschüttert ob der Brutalität des Mordes an Padre Rotonda. Hätte dieselbe Welt von den Machenschaften des heuchlerischen Diener Gottes gewusst, wäre Eric wohl ein Orden verliehen worden.

Er seufzte, nahm sein neues Handy und schaute angestrengt auf die Ziffern. Irgendetwas mit einer Fünf, einer Acht und einer ... Sieben? Ihm fiel Faustitias Nummer einfach nicht ein, viermal hatte er sich bereits verwählt.

Eric seufzte und sah erstaunt auf, als Anatol vor der Tür vorbeilief; er hatte gedacht, der Mann wäre längst nach Hause gegangen. In seiner Hand hielt er ein helles Fellbündel.

»Was haben Sie da, Anatol?«

»Nichts. Nur mal wieder eine streunende Katze«, bekam er zur Antwort. »Fragen Sie mich bitte nicht, wie die ins Haus gekommen ist ... Ich setze sie sofort an die frische Luft.«

Eric musste an Severinas Reaktion in Rom denken.

»Nein, lassen Sie den Streuner hier ... und stellen Sie ihm eine Schüssel Milch hin«, rief er. »Und dann gehen Sie, Anatol. Ich brauche Sie heute nicht mehr.«

Anatol lief wieder zurück, ohne etwas zu sagen. Das war auch eine Möglichkeit, sich zu wundern.

Eric stand auf und ging zur Staffelei, auf der ein angefangenes Bild auf ihn wartete. Es zeigte eine düstere Moorlandschaft, die Caspar David Friedrich kaum besser hätte malen können. In ihrer Mitte stand, als Kontrast zu den klaren Linien, eine abstrahierte, wie mit Weichzeichner aufgenommene Männerfigur, die zur Hälfte Mensch und zur Hälfte Werwolf war; Mund und Schnauze waren weit aufgerissen, die Gesichter und Augen waren voller Qualen. Die Hand des Werwolfs hatte sich in den Brustkorb des Menschen gebohrt und hielt sein Herz umklammert.

Eric nahm das Weiß, mischte es mit etwas Braun, dann mit Gelb und fügte einen überdimensionalen, knochenweißen Vollmond hinzu. Er versuchte, seine Ängste auf die Leinwand zu bannen, doch es funktionierte nicht. Aber so schnell gab Eric nicht auf. Er ging in die Garage und kehrte kurze Zeit später mit einer Gartenkralle zurück, mit der Anatol die Wege harkte. Eric hieb sie in die Leinwand und zog tiefe Schnitte hinein, malte mit ungestümen Bewegungen dunkelrote Blutbahnen darunter, trat ein paar Schritte zurück ... nichts. Keine Reaktion.

Eric nahm das Bild von der Staffelei, stellte es in den riesigen Kamin. Es dauerte nur ein paar Minuten, da leckten Flammen über den Stoff, trockneten die Ölfarben und verbrannten sie gleich darauf. Mensch und Bestie vergingen gemeinsam. Und doch verspürte Eric keinerlei Erleichterung. »Scheißbild«, murmelte er und kehrte in seinen Sessel zurück. Die Maltherapie griff nicht mehr. Weder nahm sie ihm die Ängste noch lenkte sie ihn so sehr ab, dass seine Gedanken wie von allein einen Lösungsansatz für seine Probleme fanden.

Er hatte den Welpen nicht gefunden. Zanettini und seine Anhänger waren hinter ihm her. Irgendwo dort draußen rotteten sich Wandelwesen zu Kampfverbänden zusammen. Justine war tot, Severina verschwunden. Wie es Lena ging, wusste nur Faustitia. Und die konnte er nicht erreichen. *Was für eine Scheiße!*

Eric schenkte sich Wodka ein und gab einen Tropfen seiner Medizin hinzu. Ach, wozu der Geiz – ein zweiter K.-o.-Tropfen folgte. Er wollte seinen Verstand für eine Weile abgeben, schweben und an nichts denken, keine Albträume haben. Entschlossen kippte er seinen besonderen Cocktail, rückte den Sessel dann näher an den Kamin und verfolgte das Sterben des Bildes.

Ein Klirren ließ ihn hochfahren. In der Küche war etwas Gläsernes zu Bruch gegangen.

Eric nahm die Pistole und ging nachsehen, auch wenn der Alkohol und die Droge seine Sinne trübten. Nüchtern betrachtet war es besserer Selbstmord, in seinem Zustand in einen Kampf zu ziehen. Glücklicherweise war er nicht nüchtern.

Als er die Küche betrat, sah er das zerbrochene Fenster, durch das der Winterwind Schneeflocken wirbelte. Die Gitter davor waren intakt, niemand konnte durch die Eisenstäbe gelangt sein. Eric entspannte sich etwas und suchte nach dem Gegenstand, der den Schaden verursacht hatte.

Da lag etwas auf dem Boden. Es war ... ein Ziegelstein, an den ein Umschlag mit Paketband geschnürt war. »Es gibt auch E-Mail-Programme«, brummte Eric und bückte sich nach dem Fund. »Nicht schon wieder ...« Er löste die Schnur und öffnete den Umschlag. Wie er bereits geahnt hatte, war es eine Aufmerksamkeit, die er hasste: Aufnahmen von ihm.

Dieses Mal stammten sie von dem Zwischenfall vor dem Museum in Rom. Er kauerte hinter dem Auto, der Killer stand auf der Motorhaube und schoss durch sie hindurch nach unten, zwei weitere Bilder zeigten ihn in Nahaufnahme, ein viertes ... Erics Hand zitterte.

Das Bild zeigte ihn mit Rotondas Leiche. Fauve hatte genau den Moment abgepasst, als er dem Leichnam den Tritt gegeben hatte, um ihn gegen die Verteidiger zu schleudern.

Eric setzte sich auf die Anrichte und rief sich die Erlebnisse in Erinnerung. Nein, es gab niemanden, den er in diesen Sekunden wahrgenommen hätte. Einen Kerl mit Kamera hätte er eigentlich bemerken müssen. Bei den Aufnahmen vor dem Museum musste Fauve knapp hinter Severina gestanden haben – war da vielleicht eine Überwachungskamera gewesen? Nein, das machte auch keinen Sinn – bei der Innenaufnahme war vom Gang aus zwischen den Beinen der Angreifer hindurch fotografiert worden.

Natürlich fehlte auch diesmal der kleine, harmlose Zettel nicht, auf dem zu lesen stand: *Mit den besten Grüßen von Fauve.* Die gleiche Handschrift. Eric roch an dem Papier und bemerkte nichts, was ihm weiteren Aufschluss über den Absender geben konnte. Bis eben hatte er Fauve erfolgreich verdrängt. Nun gesellte dieser sich zu seinen anderen Problemen und war dort in bester Gesellschaft. »Schöne Scheiße.«

Eric unternahm eine Tour durch das Erdgeschoss und überprüfte sämtliche Fenster, aber sie waren alle verschlossen. Schließlich kehrte er ins Wohnzimmer zurück, weil er dringend noch einen Wodka benötigte.

Eine beigefarbene Katze lag zusammengerollt in seinem Sessel und schnurrte zufrieden. Sie genoss die Wärme des Feuers, rieb den Kopf auf der Sitzfläche und bedachte ihn mit einem neugierigen Blick.

»Verschwinde«, befahl Eric ihr und kam auf den Sessel zu. »Das habe ich davon, dass ich sentimental geworden bin: Das ist mein Platz.«

Die Katze hüpfte davon, sprang auf die Kommode und stieß sich ab, um mit einem eleganten Satz auf dem Kaminsims zu landen. Hier oben fühlte sie sich vor ihrem unfreundlichen Gastgeber sicher, ohne die Behaglichkeit einzubüßen. Sie stolzierte ein wenig auf der schmalen Steinumrandung, dann legte sie sich hin und ließ eine Pfote herabbaumeln. Ihr Gehabe war eine einzige Provokation.

»Freches Vieh. Benimm dich oder du fliegst doch noch!« Eric fühlte sich schwer und müde und hatte keine Lust, die Katze durch die Wohnung zu hetzen, zumal seine Reaktion durch die

Tropfen und den Wodka beeinträchtigt war. Apropos Wodka: Er schenkte sich nach und warf die Fotos mit der anderen Hand in die Flammen.

»Tja.« Er schnalzte missmutig mit der Zunge und schaute wieder zu der Katze hinauf. Ihr Kopf sah aus wie der einer kleinen Löwin, und ihre Haltung verlieh ihr etwas Erhabenes und Majestätisches, das musste er ihr lassen.

Ein Gedanke durchzuckte ihn.

Löwen!

Es war verrückt und entsprang vermutlich seiner absoluten Planlosigkeit, aber die meisten wilden Tiere außerhalb eines Zoos oder Nationalparks fand man …

Eric war plötzlich wieder hellwach. Er stellte den Wodka ab und eilte hinauf in sein Zimmer. In aller Eile packte er einen Koffer.

Frankreich, Saugues, 3. Dezember 2004, 22.07 Uhr

An manchen Orten hatte man das Gefühl, schon einmal da gewesen zu sein. Eric jedenfalls ging es so, als er in Saugues stand, einen Seesack auf der Schulter und eine Sporttasche in der Hand. Er betrachtete den winterlichen *Tours d'Anglais,* den Englischen Turm, der in dem Zweitausend-Seelen-Ort mit den flachen Häusern einem Fremdkörper glich. Auf Eric wirkte er wie ein abgestürztes Raumschiff, das sich mit dem Cockpit voran in die Erde gebohrt hatte. Er wunderte sich immer noch, wie sich der Zirkus Fratini in diese Gegend verirren konnte, in dem die Sattelschlepperfahrer vor jeder Kurve hupten und beteten, dass ihnen keiner entgegenkam.

Er ließ seinen Porsche Cayenne nahe des Turms stehen, strich durch die verlassenen, vom eiskalten Wind regierten Straßen und hielt nach einem Café oder einer Bar Ausschau, wo er Auskünfte über den Zirkus einholen könnte. Ein Hotel oder eine

Pension wäre auch nicht schlecht. Zum Glück wusste er einiges über diese Region, hatte sich vorsorglich Thermowäsche besorgt; die Kälte tat den Muskeln nicht gut.

Im *La Tourelle* wurde er schließlich fündig: ein kleines, turmähnliches Hotel, das sich zwar nur mit einem lumpigen Stern schmücken konnte, dafür aber viel Gemütlichkeit bot, wie er bei einem schnellen Blick durch ein Fenster sehen konnte. *Dirigé par la famille Maizière depuis 1789,* stand auf dem Türschild. Klang Vertrauen erweckend. Eric trat ein, stellte sein Gepäck in der Gaststube ab und sah zum Wirt, der wohl Mitte fünfzig war und eisern die Tradition des schmalen Oberlippenbarts verteidigte. Er trug einen alten karierten Pullover mit einem Hemd darunter, die dunkelblonden kurzen Haare sprossen nur noch im Nacken und an den Seiten des Schädels, die klassische Lorbeerkranzfrisur. »*Bonsoir,* Monsieur Maizière. Haben Sie ein Zimmer für mich?«

»Sicher, Monsieur. Sie haben die freie Auswahl, denn im Moment«, er nickte auf die Straße, »ist nicht gerade Hauptsaison bei uns.« Er langte unter den Tresen, wobei Eric kurz dachte, er würde eine Schrotflinte zücken, dann legte er einen Schlüssel auf das abgegriffene, verschrammte Holz. Bar und Rezeption in einem. »*Voilà,* Monsieur. Zimmer zwei.«

»Danke sehr.« Er nahm den Schlüssel.

»Was ist passiert? Ist Ihnen das Auto verreckt?« Maizière lächelte und zeigte von Nikotin und Kaffee gefärbte Zähne. »Ich kann Ihnen einen hervorragenden Mechaniker empfehlen.«

»Nein, ich mache gerade Urlaub und fahre einfach so durch Frankreich. Improvisationsferien.«

»Was?« Maizière zündete sich eine Zigarette an und konnte es nicht glauben. »Und da suchen Sie sich ausgerechnet den Winter aus, um sich das Gévaudan anzuschauen?« Er lachte. »Verzeihen Sie, aber das ist ... *Mon dieu!* Im *Winter!*«

»Dann gibt es hier weniger Touristen. Mir geht es um das Entdecken.«

Maizière bediente den Zapfhahn, schenkte ein Bier ein und stellte es vor Eric. »Respekt, Monsieur. Das geht aufs Haus. *Voilà pour votre peine. Vous l'avez bien méritée!*« Er zapfte sich ebenfalls eins und stieß mit Eric an. »Sie müssen ein guter Fahrer sein, wenn Sie es über die Straßen geschafft haben.«

»Eher Besitzer eines guten Autos.« Eric lächelte. Die Art des Mannes gefiel ihm. Er prostete ihm zu und nahm einen Schluck. »Die Fahrer der Lkw sind wohl besser als ich.«

Sie lachten gemeinsam. Der Mann schaute auf Erics Gepäck. »Richten Sie sich doch erst einmal ein, Monsieur. Danach kommen Sie runter, und meine Frau macht Ihnen etwas Leckeres zu essen.«

»Das ist ein Wort.« Eric nahm seine Taschen und trug sie die schmale Treppe hinauf, die Stufen ächzten und knarrten unter dem Gewicht. Er kam an unzähligen Bildern aus dem 18. und 19. Jahrhundert vorbei, auf denen zeitgenössische Darstellungen der Bestie zu sehen waren. Einige von ihnen zeigten ein Wesen, das nur der Fantasie des Zeichners entsprungen sein konnte und mehr einem Schäferhund als einem Wolf glich. Andere dagegen trafen das Äußere der Bestie ziemlich gut, die damaligen Augenzeugen mussten sie sehr genau beschrieben haben.

In seinem Zimmer befand sich ein Ölgemälde, auf dem ein Mann mit einer doppelläufigen Muskete zu sehen war. Er hatte einen Fuß auf den Leib eines riesigen Wolfes gestellt, rund um ihn herum standen zahlreiche Adlige. Die Bildunterschrift lautete: *Le bon chasseur, Monsieur Jean Chastel, qui a tué la bête.*

Eric konnte die Augen nicht mehr von dem Bild wenden. Es schien sein Schicksal zu sein, dass er schließlich dem ersten Jäger begegnete, wenn auch als Gestalt auf einer Leinwand. Er ließ die Tasche und den Seesack auf den Boden fallen, dann streckte er die Hand aus und berührte das Gesicht des älteren Mannes mit den lockigen, langen weißen Haaren.

Ich werde zu Ende bringen, was du hier begonnen hast, versprach er ihm und hängte sich das G3 mit der eingeklappten Schulterstütze unter den Mantel an seine Seite. Für diesen Einsatz hatte er zusätzlich zwei Pistolen mitgenommen, sie befanden sich am Gürtel auf dem Rücken. Dann kehrte er in die Gaststube zurück, wo sein Pilsglas bereits wieder aufgefüllt worden war.

Der Wirt nickte. »Ah, Monsieur ...«

»Von Kastell.«

»O là là, Sie sind ein deutscher Adliger?« Er rief über die Schulter in die Küche, und von dort kam die Antwort einer Frauenstimme. »Der Ziegenkäse ist gleich fertig.« Seine braunen Augen schauten an Eric herunter. »Werden Sie lange in Saugues bleiben?«

»Morgen vielleicht noch. Mal sehen, was es zu erkunden gibt.«

»Na, eine Menge, möchte ich meinen.« Er lachte. »Den Turm, das Museum der Bestie ... und morgen ist außerdem sogar noch Kälbermarkt.« Ein helles *Ping* kam aus der Küche, der Wirt verschwand und kehrte mit einem Teller zurück, von dem ein intensiver Geruch ausging. Der Käse war auf seinem Bett aus geröstetem Brot halb geschmolzen und hatte sich ein wenig über den Salat verteilt. Es sah köstlich aus. *»Voilà et bon appetit!«*

»Den habe ich, Monsieur Maizière.« Eric blieb am Tresen stehen – nach der langen Fahrt war das Stehen eine Erholung –, aß langsam und genoss. Es war die Art von Ziegenkäse, die es in Deutschland nicht gab, und zusammen mit dem Salat, dem Brot, den Pinienkernen und den Croutons wurde es ein Fest für seinen Gaumen.

»Haben Sie die Bilder auf der Treppe gesehen?« Maizière schenkte sich einen Schnaps ein, und als Eric nickte, fuhr er fort: »Das ist die Bestie, die bei uns vor mehr als zweihundert Jahren umging. Es waren grauenvolle ...«

Eric winkte ab. »Lassen Sie mal, Monsieur Maizière. Ich glaube nicht an diese Märchen, mit denen man Kinder erschreckt. Ich erkunde lieber Landschaften und die jeweilige Küche.« Er zeigte auf den Salat. »Das schmeckt unglaublich gut«, lobte er, um ihn abzulenken.

»*Merci.*« Der Mann strahlte. »Und Sie bekommen noch mehr. Es gibt gleich Hähnchen, mit Käse überbacken, und ein paar Kartoffeln, danach Ananas Melba und zum Verdauen ein Eau de Vie.«

»Mästen Sie all Ihre Gäste, bis sie platzen?«

»*Non,* wir kochen eben sehr gern.« Maizière beobachtete ihn zufrieden. »Wissen Sie, ein wenig mehr Schnee, und Sie wären sicherlich nicht durchgekommen. Die Verwehungen können selbst Einheimische von der Straße in den Graben locken.«

»Die Fahrer vom Zirkus nicht.« Eric nutzte die Gelegenheit, unauffällig das Thema anzusprechen. Was machten die Franzosen bloß mit ihrem Baguette, dass es so gut schmeckte?

»*Oui,* sie kommen jedes Jahr hierher. Sie machen den Umweg, wenn sie nach Südfrankreich in ihr Winterlager fahren.«

»Aha. Es gibt einfachere Strecken, oder?«

»Sicher. Aber die haben keine so schöne Landschaft wie wir. Und soviel ich weiß, hat einer der Besitzer hier einen Onkel. Oder eine Tante? Na ja, eben jemanden, den er einmal im Jahr besucht.« Er hob den Kopf und schaute an ihm vorbei. »Oh, ich habe mich getäuscht. Sie sind doch nicht der Einzige, der sich bei diesem Sauwetter auf die Straße wagt.«

Eric wandte kauend den Kopf und sah eine Frauengestalt mit einem dunkelroten Kopftuch am Fenster des Hotels vorbeilaufen und sich gegen den Wind stemmen. Sie blieb vor dem Hotel stehen, schaute auf die Leuchtreklame und trat ein.

Eric vergaß zu kauen.

Er starrte der Frau einfach nur fassungslos ins Gesicht.

Severina!

»Da bist du ja«, sagte sie erleichtert und kam auf ihn zu,

Schnee fiel von ihrem weißen Mantel und schmolz rasch auf dem warmen Fußboden. Sie nahm die beschlagene Brille ab und streifte die blonden Haare zurück, die unter dem Kopftuch hervorgekommen waren. »Ich sah mich schon die ganze Nacht auf der Suche nach dir durch das Dorf laufen.«

Maizière lächelte und blickte abwartend zu Eric.

Er konnte nichts sagen. Kein Wort konnte das ausdrücken, was er bei ihrem Anblick empfand: eine Mischung aus Schock und Freude. Sein Herz schlug dreimal so schnell, sein Kreislauf drohte, sich für einen Moment zu verabschieden. Er hatte sie in Rom geglaubt, bei den Schwestern gehofft, sie in seinen schlimmsten Albträumen tot in der Gosse liegen sehen, blutende Einschusslöcher in der Brust und die Augen weit aufgerissen. Es gelang ihm nicht, den Salat zu schlucken, damit er etwas erwidern konnte.

Sie fiel ihm um den Hals. »Oh, ich freue mich, dich zu sehen. Hast du schon ein Zimmer?«

»Ja«, krächzte er. Sie roch eindeutig nach Severina, es gab keinen Zweifel. Wie war es ihr ergangen, wie hatte sie ihn gefunden? Was wollte sie hier? Ihr Erscheinen warf Tausende Fragen auf, die er beantwortet haben wollte. Möglichst alle gleichzeitig ... und vor allen Dingen sofort! Er löste sie von seinem Hals und nahm einen Schluck Bier. »Wir sollten reden.« Eric richtete sich an Maizière. »Bringen Sie bitte mein Essen nach oben?«

»Für mich das Gleiche wie für ihn«, bestellte sie und ging zur Treppe. Dort entdeckte sie die Bilder und hob die Augenbrauen. »Meine Güte! Sind wir in einem Horrordorf gelandet?«

»*Non, Madame.* Die Bestie ist schon lange tot.« Maizière lachte herzlich. »Aber ihr Schatten wird hin und wieder in den Wäldern gesehen. Sagen Sie Ihrem Mann, dass er gut auf Sie aufpassen soll.«

Eric folgte ihr die Treppe hinauf und in sein Zimmer, schloss die Tür und lehnte sich dagegen.

Severina zog ihren Mantel aus und legte ihn über den Stuhl, setzte die Brille auf die Nase und lächelte. »Ziemliche Überraschung, was?«

»Das kann man so sagen!« Er starrte sie an – und merkte zu seiner eigenen Überraschung, dass er den Wunsch verspürte, sie in seine Arme zu ziehen. Es war die Erleichterung, sie wohlbehalten wiederzusehen. Und die Freude, inmitten all der ungelösten Probleme einen Menschen in seiner Nähe zu wissen, dem er vertrauen konnte. Aber halt: Das Zauberwort hieß *Zweckgemeinschaft*. »Wie hast du mich gefunden?«

»Kannst du dir das nicht denken? Die Nonnen. Hast du sie denn in der Zwischenzeit nicht erreicht?«

»Nein, ich habe ihre Nummer verloren. Mein altes Handy ist kaputtgegangen. Sie haben dich also gefunden?«

»Das haben sie.« Sie streifte das Kopftuch ab und fuhr ihm durch die langen Haare, ihr Gesicht wurde betrübt. »Aber, Eric, sie ... sie haben mich zu dir geschickt, um dir etwas Wichtiges zu sagen. Sie meinten, es sei besser, wenn du es aus dem Mund einer bekannten Person ... einer Freundin hörst.«

Er schluckte. »Ist etwas mit Lena?«

»Sie hat irgendeine Heilungsprozedur nicht überstanden. Der Orden hat für ihre Seele gebetet.«

Ich bin stärker als ihr Menschen, jaulte die Bestie in ihm. *Wenn ihr mich vertreiben wollt, reiße ich euch alle mit in den Tod!*

»Nein.« Erics Lippen hatten sich kaum bewegt. Er starrte auf Severinas Gesicht und wartete verzweifelt, dass sie sagte, sie hätte sich geirrt. Die Bestie hatte schon wieder gesiegt und Lena mit in den Tod gerissen.

Jegliche Kraft wich aus seinem Körper, er sank auf den Stuhl neben dem kleinen Schreibtisch, stützte die Ellbogen auf und legte sein Gesicht zwischen die Hände. Sein Verstand war leer, wie ausradiert und gleichzeitig übermalt mit einem Bild von Lena. Sie lächelte ihn an, während die Bestie aufheulend aus ihr hervorbrach, mit ihren Eingeweiden und ihrem Blut einen tiefroten Hintergrund malte und sich dann in nichts auflöste.

Er fühlte Severinas Hände auf seinen Schultern und wünschte sich nichts mehr, als dass es Lena wäre, die hinter ihm stand. »Es tut mir Leid«, flüsterte sie. »Es tut mir so unendlich Leid.«

Eric kämpfte gegen den Schmerz und die Wut an; die Gefühle suchten sich ihren Weg. Sein Schluchzen begann ansatzlos, es überfiel ihn und zwang ihm Tränen aus den Augen. Aus dem Schluchzen wurde ein Weinen, das sich in seiner Lautstärke steigerte, bis ihm ein Schrei aus der Kehle stieg.

Severina trat neben ihn, nahm seinen Kopf zwischen ihre Hände und drückte ihn an ihren Bauch. Sie streichelte seine Haare und gewährte ihm die Geborgenheit, die er sich von Lena erträumte.

Schließlich nahm er ihr Angebot an, schlang die Arme um sie und tränkte ihren nachtblauen Pullover mit seinen Tränen, bis er keine mehr besaß.

Müde und erschöpft stand er auf und küsste Severina auf die Stirn. »Ich danke dir«, raunte er und warf sich auf das Bett. Sie legte sich neben ihn und bettete ihn an ihre Brust, er umarmte sie, klammerte sich fest und suchte Halt und Wärme. Lena.

Severina küsste ihn auf den schwarzen Schopf. »Geht es wieder?«

Er hob den Kopf, nicht im Stande, eine ehrliche Antwort zu geben. »Wie ist es geschehen?«, fragte er sie. »Wie ist sie gestorben?«

Severina legte die Rechte in seinen Nacken. »Es war ihr Kreislauf. Er stabilisierte sich nicht richtig, das Herz geriet ständig aus dem Takt.«

»Wie viel haben dir die Nonnen gesagt?«

»Von dem, in das du verwickelt bist?« Severina dachte nach. »Im Grunde kaum etwas. Ich bin von deinem Haus weggelaufen, keine Ahnung, wie lange. Sie fanden mich und wollten wissen, was geschehen war, und ich berichtete ihnen, was ich von diesem schrecklichen Tag und unseren Erlebnissen wusste. Sie haben meine Wunden versorgt und mich für ein paar Tage bei sich aufgenommen. Dann haben sie mich gebeten, dir zu folgen und von Lena zu berichten. Ich sei am unauffälligsten, weil sie Rom derzeit nicht verlassen könnten. Nach dem Mord an Rotonda sei alles zu sehr in Aufruhr.«

Eric schwieg, starrte auf die gemusterten Vorhänge, die durch das Licht von draußen durchscheinend wurden und das Muster auf alles warfen, was sich im Zimmer befand. Severinas Haut sah aus wie tätowiert. »Wie hast du mich gefunden?«

»Die Nonnen haben herausgefunden, dass du von München einen Flug nach St. Petersburg und von dort nach Clermont-Ferrand genommen hast. Es war nicht schwer, beim Autoverleih am Flughafen herauszufinden, dass du dort gewesen bist. Der einzige Porsche Cayenne ging an dich.«

»Ich habe die Nonnen wohl unterschätzt.« Eric wunderte sich, wie genau sie seine Schritte überwachen konnten. Die Schwesternschaft besaß wohl reichlich Übung, was die Verfolgung von Personen anging.

»Aber was tust du hier, Eric?«

Es klopfte, Monsieur Maizière brachte das Essen, das Severina in Empfang nahm.

Eric hatte fürchterlichen Durst, stand auf und ging zu dem kleinen Waschbecken. Duschen gab es hier nicht, auch die Toilette befand sich auf dem Gang. Er drehte den Wasserhahn auf, ließ das Nass in die hohlen Hände laufen, trank davon, warf es sich danach ins Gesicht und ließ es über den Nacken laufen.

»Lenas Mörder ist vermutlich in Saugues«, sagte er schließlich und drehte sich zu ihr um. »Du wirst im Hotel bleiben, Severina.«

»Nein, das werde ich ganz sicher nicht.« Sie stellte das Tablett auf den Tisch, setzte sich und aß von dem Salat. »Aber lass mich jetzt erst einmal etwas essen, ich habe furchtbaren Hunger.«

Sie konnte gar nicht so schnell schauen, wie er plötzlich neben ihr stand und sie an den Schultern packte, die hellbraunen Augen funkelten. »Du wärst schon einmal beinahe gestorben, Severina! Und warum? Weil du in meiner Nähe warst. Ich will nicht noch eine Frau verlieren, für die ich etwas empfinde.«

Bei seinen ersten Worten hatte sich ihr Gesicht zunächst verschlossen, aber dann erkannte sie den Grund für seine Barschheit. Sie lächelte. »Keine Sorge, Eric. Ich halte Kugeln locker aus, wie du gesehen hast.«

»Du hattest Glück, Severina, und das ist nichts, auf was man sich verlassen kann.« Er ließ sie los und sah, dass sie vor ihm und seiner Heftigkeit erschrocken war. »Verzeih mir, bitte ... Es ist nur so ... Ich muss mich hier einer Herausforderung stellen, die etwas Besonderes ist. Danach werde ich nach Rom zurückkehren und von den Nonnen ein Medikament bekommen gegen ... gegen mein Leiden.«

»Das Sanctum.«

»Du .... du weißt davon?«

»Eine der Nonnen hat mir alles darüber erzählt.« Sie nickte zu ihrem Mantel, der vom Stuhl auf den Boden gerutscht war. »Sie gab mir ein Röhrchen mit. Es wäre für dich. Du wüsstest, was du damit machen müsstest.« Sie schob sich etwas Käse in den Mund. »Ich verstehe nicht alles, was in den letzten Tagen passiert ist oder was es mit diesem ... diesem Sanctum auf sich hat. Aber ich habe verstanden, dass ich Teil einer größeren Sache bin.« Sie lächelte ihn an. »Ich habe akzeptiert, dass ich die Wahrheit über das Spiel, das du und die Nonnen und wer weiß noch alles spielen, niemals erfahren werde. Es ist okay. Es wäre wahrscheinlich sowieso zu abgehoben für mich.«

Eric setzte sich neben sie und drückte ihren Arm. Sie tat ihm gut. »Danke. Wenn das alles vorbei ist ...« Er stockte. Ursprünglich hatte er sagen wollen, dass er ihr die Wahrheit offenbaren würde. »Dann werden wir zusammen *abstract axpression* zur

Vollendung führen.« Er küsste sie auf die Stirn. »Wir sollten schlafen.«

»Das sollten wir. Aber erst, wenn ich aufgegessen habe«, meinte Severina und machte sich über ihr Essen her.

»Was ist mit unserem Zweckbündnis?«, wollte er wissen.

Sie schob sich Ziegenkäse in den Mund. »Streich das *Zweck*, Eric. Ich bin für dich da, was in dieser Situation absolut selbstverständlich ist.« Sie deutete mit der Gabel aus dem Fenster. »Außerdem findet mich mein Ex hier niemals. Keine Sorge.«

Eric legte sich ins Bett und schaute ihr beim Essen zu, während ihm viele Gedanken durch den Kopf gingen. Lenas Tod, die Suche nach dem Welpen, ein mögliches Ende des Werwolf-Fluchs.

Und immer wieder kehrte die Verwunderung zurück, dass Severina oder besser gesagt die Schwesternschaft ihn gefunden hatte. Wenn es ihnen gelungen war, konnte es auch anderen gelingen. Zanettini würde sich nicht einfach geschlagen geben, er wusste vielleicht um die Verbindung zwischen ihr und ihm.

Severina beendete ihr Mahl, putzte sich die Zähne am Waschbecken und rutschte bald fröstelnd zu ihm unter die Decke; die Unterwäsche hatte sie anbehalten, denn es war ziemlich frisch in ihrem Zimmer. »Gute Nacht.«

»Das wünsche ich dir auch«, erwiderte er und gähnte, danach löschte er das Licht.

Als er sich sicher war, dass sie tief und fest schlief, rutschte er aus dem Bett, zog seinen Einsatzdress über die Thermounterwäsche, nahm seine Waffen und stahl sich aus dem Zimmer. Sie war hier sicherer als bei ihm.

XXII. KAPITEL

18. Mai 1768, Marseille, Südfrankreich

Der Comte hatte seine Flucht besser vorbereitet, als Jean angenommen hatte. Der Berg von Koffern, von dem der Spion berichtet hatte, hätte eine Warnung sein müssen. Zuerst war es bis nach Livorno gegangen, wo der Comte – wie Jean erfuhr – ein mittelgroßes Schiff bestieg, die *Fortuna*. Als Mann aus den Bergen hatte Jean keine Ahnung, wie man die verschiedenen Schiffstypen bezeichnete, er unterschied zwischen klein, mittel und groß.

Man sagte ihm, dass es nach Marseille ausgelaufen war, also verschaffte er sich ebenfalls eine Überfahrt dorthin. Er hatte sich unterwegs die Seele aus dem Leib gekotzt; jede Welle verursachte ihm grauenvolle Übelkeit.

Nach seinem überstandenen Martyrium erreichte er Marseille – und fand keine Spur von der *Fortuna*. Entweder hatte der Comte die Leute bezahlt, dass sie seine möglichen Verfolger in die Irre führten, oder er hatte auf See den Kurs ändern lassen. Natürlich gab es sogar die Möglichkeit, dass das Schiff gesunken war … aber daran konnte und wollte Jean nicht glauben. Widerstrebend beschloss er, ein Zimmer in einem Gasthof direkt am Hafen zu mieten, von wo er alle einlaufenden Schiffe gut im Blick hatte.

Es klopfte an seiner Tür.

»Ja?«

»Monsieur Chastel, ich bin es«, vernahm er die vertraute Stimme einer jungen Frau. »*Judith?*« Er erhob sich eilig, öffnete und schaute ungläubig in die graugrünen Augen der Seraph. Sie trug ein hellblaues Kleid, darüber eine leichte Bluse und eine Jacke, die Füße steckten in festen Stiefeln. Ihr Gesicht war braun geworden, das Kopftuch gegen die Sonne auf ihren langen braunen Haaren hatte einen weißen Salzkranz; neben ihr stand ein großer Rucksack, ihr Gewehr hatte sie nach seinem Vorbild in Leder eingeschlagen.

»*Bonjour,* Monsieur.« Sie lächelte müde. »Es war leicht, Euch zu folgen, aber schwer, Euch einzuholen.«

»Komm rein«, bat er und machte Platz. Er schenkte Wasser ein und reichte ihr den Becher. Er freute sich mehr, die Seraph zu sehen, als er sagen konnte. »Hat Gregoria dich geschickt?«

Sie trank aus und bekam neues Wasser. »Nein, Monsieur. Ich habe mich freiwillig gemeldet, Euch ... beizustehen. Die Seraphim sind der Meinung, dass Ihr – bei allem Respekt – nicht allein gegen den Comte antreten solltet.« Ihre Augen huschten über sein unrasiertes Gesicht, über die ungepflegten weißen Haare, die fettig am Kopf herabhingen. Schweißtropfen standen auf seiner Stirn. »Man sieht Euch an, dass Euch die Jagd erschöpft. Ich bin da, damit Ihr Euch ausruhen könnt.«

Jean lächelte und berührte sie an der Schulter. »Vielen Dank, Judith.« Er wusste, dass sie sich besonders in seiner Schuld sah, seit er sie damals bei der Jagd auf den Panter vor dem Sturz vom Dach gerettet hatte. »Ich gestehe, ein zweites Paar Augen kommt mir gelegen.«

»Das freut mich.« Sie strahlte und trank wieder. »Ich befürchtete, dass Ihr versuchen würdet, mich zurück nach Rom zu schicken.« Rasch erzählte sie, was es Neues gab und welches Quartier die Schwesternschaft bezogen hatte. »Aber eine Nachricht können wir wohl nicht senden. Ich wüsste nicht, wie wir dem Boten erklären sollten, wo sich dieses Landgut befindet.«

»Dann sollten wir uns beeilen, den Comte zu finden«, sagte er und setzte sich aufs Bett. Der Schlaf lockte ihn, und mit Judith an seiner Seite dürfte er es sich sogar erlauben, die Augen richtig zu schließen, die ständige Wachsamkeit für ein paar Stunden aufzugeben. »Sein Schiff ist noch nicht da.«

»Die *Fortuna?*«, fragte Judith. »Doch, sie ist eingelaufen, gerade vorhin. Ich habe mich erkundigt, und ein Matrose sagte, der Comte sei auf der Insel Gorgona ausgestiegen und habe auf ein weiteres Schiff gewartet. Wohin er von dort wollte, wusste er nicht.«

»Hatte er ein Kind bei sich?«

»Ein Kind und eine Frau, Monsieur, die sich um es kümmerte«, berichtete sie ihm.

Jeans Zuversicht sank und wich Verzweiflung. Er würde keinerlei Spuren finden. Ein Segler könnte den Comte von Gorgona aus überallhin bringen, von Nordafrika bis nach Spanien oder in einen Hafen, von dem aus regelmäßig Schiffe nach Nord- oder Südamerika in See stachen. »Unendliche Möglichkeiten«, sagte er niedergeschlagen und schloss die Lider. Die Verzweiflung würde ihm die Albträume nicht nehmen, an denen er früher schon gelitten hatte und die ihn seit seinem Aufbruch aus Rom wieder quälten. Mal wurde er von einem Loup-Garou gejagt, dann hetzte er selbst als Bestie durch die Straßen und riss Menschen wie Vieh. Beinahe jede Nacht erwachte er einmal, Angstschweiß auf der Stirn und mit rasendem Herzen.

»Monsieur, seid Ihr krank?« Judith legte ihm prüfend ihre Hand auf die Stirn.

»Ein Fieber, das ich mir in einem der morastigen Dörfchen nach einem Mückenstich eingefangen habe«, antwortete er, ohne die Augen zu öffnen. Alles an ihm kratzte und juckte fürchterlich, er schwitzte wie ein Schwein. Jean hörte, wie sie aufstand.

»Ich besorge ein paar Kräuter, die dagegen helfen. Haltet durch, Monsieur.« Ihre Schritte wanderten zur Tür hinaus, und sie verschwand.

Jean döste ein, und die Bilder kehrten zurück. Jetzt jagte er die Seraph durch einen finstern Wald, sie war nackt und verführerisch hübsch, und er wollte mehr, als sie nur töten ... Stöhnend erwachte er aus seinem Schlummer – und erblickte Judith.

»Ihr habt Albträume, Monsieur. Aber macht Euch keine Gedanken: Fieber ist nun mal eine Qual für den Körper und die Seele.« Sie war unbemerkt von ihm zurückgekehrt und rührte gerade Kräuter in einen Topf mit heißem Wasser. »Bald werden wir es lindern.«

»Sie machen mich rastlos«, sagte er heiser und stand auf. »Ich bilde mir ein, dass die Träume nicht eher enden, bis ich den Comte endlich tot zu meinen Füßen liegen sehe.« Er sah sie nicht an, weil er immer noch ihren nackten Leib vor Augen hatte. So anziehend, so begehrenswert. Um sich davon abzulenken, sagte er schnell: »Wir werden der letzten Spur folgen, die uns geblieben ist.«

Judith seihte den Trunk durch ein grobes Sieb in einen Krug, goss etwas von der trüben Flüssigkeit in einen Becher und reichte ihn Jean. »Bitte sehr, Monsieur. Das vertreibt zumindest das Fieber. Vielleicht auch die Albträume.« Sie lächelte aufmunternd, und er trank. Es schmeckte gut. »Welche Spur, Monsieur?«

Er atmete tief ein. »Wir reisen nach Montpellier und von dort nach Norden, in seine Heimat. Wir werden mit seinem Vater sprechen, dem Marquis de Saint-Alban. Er half mir schon einmal, vielleicht ...« Jean schwieg. »Aber vielleicht finden wir vorher schon einen Hinweis.«

Judith sah ihn abwartend an.

»In der Nähe von Villefort hat der Comte ein eigenes Schloss. Es liegt eingebettet im südlichen Teil des Waldes von Mercoire«, erklärte er. »Da schauen wir zuerst vorbei, danach besuchen wir den Marquis. Ich lasse den Comte nicht mit dem Kind entkommen.« Er trank den Sud aus. Mit jedem Schluck fühlte er seine Zuversicht zurückkehren. »Gib mir mehr davon, Judith. Es scheint, als würde es helfen.«

1. Juni 1768, in der Nähe von Villefort, Südfrankreich

Jean und Judith ritten durch den dichten, finsteren Wald von Mercoire. Die Wege glichen mehr Trampelpfaden und waren alles andere als gut. Abseits der schmalen Schneisen lauerte dunkelgrüne Wildnis, durch die es mit einem Pferd kein Durchkommen gab, und an der ein oder anderen lichteren Stelle des Waldes erkannten sie tiefe Gräben und Sumpflöcher.

Die Düsternis bedrückte die beiden, sie schwiegen und lauschten auf jedes Geräusch, jedes Rascheln und Knacken im Unterholz.

»Keine gute Gegend für eine Jagd«, sagte Jean schließlich.

Judith betrachtete die feindliche Natur um sich herum. »Mir ist die Stadt lieber, Monsieur. In Gassen und auf Straßen, meinetwegen auch auf Dächern, kenne ich mich gut aus, aber das hier ...« Sie schauderte. »Von nun an habe ich noch mehr Respekt vor Euch, Monsieur Chastel. Eine Bestie in so einer Umgebung zu verfolgen, das erfordert hundertmal mehr Aufmerksamkeit und Courage als in einer Stadt.«

»Es ist eine Frage der Gewöhnung.« Jean nickte ihr zu. »Und man gewöhnt sich rasch daran.«

»Ihr seid hier aufgewachsen, Monsieur. Ich dagegen kenne nur Rom.« Judith fühlte sich unwohl, eine Hand lag immer am Knauf ihrer Pistole.

Der Weg verbreiterte sich, aus dem feuchten Waldboden wurde Kies, der unter den Hufen knirschte. Sie ritten auf das Anwesen zu, das einsam und verlassen vor ihnen lag. Vor dem kleinen Schlösschen befand sich ein Springbrunnen ohne Wasser darin, rechter Hand lagen die Stallungen. Kein Mensch ließ sich blicken, als sie die Zufahrt entlangritten und sich unübersehbar der Treppe näherten.

Erst als sie am Fuß der Stufen absaßen, öffnete sich eine Tür in den Stallungen und drei junge Burschen in einfachen Leinenhemden und kurzen Hosen kamen heraus. Sie trugen ihre

Mistgabeln so, dass man darin durchaus eine Drohung sehen konnte. Dass Jean und Judith doppelläufige Musketen und jeweils zwei Pistolen besaßen, störte sie nicht.

»*Bonjour*, Monsieur«, grüßte der Größte von ihnen, ein dunkelhaariger, kräftiger Mann, und blieb zwei Schritte vor ihnen stehen. »Ihr seht nicht aus, als wärt Ihr der neue Herr des Schlosses.«

Jean verbarg sein Erstaunen. »Wenn es doch so wäre?«

Der Bursche hielt seine dreckige Hand hin. »Dann bekommen wir von Euch den Lohn für das letzte halbe Jahr. Der alte Marquis hat uns auch nichts mehr gezahlt, obwohl wir für seinen Sohn und dann für Euch das Schloss in Ordnung hielten.« Er grinste und zeigte dabei zwei Zahnlücken. »Wir hätten die Einrichtung auch teuer verkaufen können.«

»Nein, ich bin nicht der neue Herr«, sagte Jean. »Mein Name ist Chas ... Chasbinall, und das ist meine Tochter. Wir sind Jäger auf der Durchreise und dachten, ein Lager für die Nacht zu finden.«

»Ich kann Euch und Eurer Tochter den Stall anbieten«, sagte der Bursche enttäuscht. Er hatte gehofft, endlich sein Entgelt zu erhalten.

Jean langte in die Tasche und warf ihm zehn Livres zu. »Können wir dafür im Schloss ruhen? Wir haben unterwegs zu oft in schäbigen Absteigen schlafen müssen, um angesichts dieser Pracht auf Stroh zu lagern.«

»Es wäre mein größter Wunsch«, sagte Judith und lächelte hinreißend.

Der Bursche wechselte rasche Blicke mit seinen Kumpanen. »Von mir aus«, willigte er ein. »Aber macht nichts kaputt.«

Jean drückte dem jungen Mann die Zügel in die Hand, dann drehte er sich wieder zum Gebäude um. »Wieso wurde das Schloss verkauft?«

Jetzt grinsten alle drei. »Nicht verkauft, Monsieur. Es wurde vom alten Eigentümer abgetreten, sagt man. An seine Schuldner.« Der Bursche deutete mit der Mistgabel auf das Schloss.

»Ländereien in Saint-Alban, in La Tournelle und hier, Monsieur. Der ganze Wald«, er schwenkte die Zinken gefährlich nahe an Jean vorbei, »knappe neuntausend Morgen, alles futsch. Man sagt, der junge Comte habe eine halbe Million Livres Schulden, Monsieur.«

»Weiß man denn, wo er hin ist?«

»Das würden die Leute, denen er Geld schuldet, zu gern wissen. Man erzählt sich, dass er nach Paris geflüchtet sei, um dem Kerker zu entkommen.« Er drückte einem anderen Jungen die Zügel in die Hand, ging an Jean vorbei, nahm einen großen Schlüsselbund vom Gürtel und erklomm die Stufen. Er schaute zu Judith. »Kommt, ich zeige Euch Euer Quartier. Es wird Euch gefallen, Mademoiselle.«

Judith nahm ihren Rucksack und folgte hinauf zum Eingang. »Sehr gern.« Nach einem langen misstrauischen Rundumblick über das Anwesen, die Stallungen und den Boden betrat auch Jean das Schloss.

Er wunderte sich gleichzeitig über seinen Argwohn. Der Comte befand sich wahrscheinlich irgendwo im Mittelmeer, vielleicht auf Menorca, wo er Antoine kennen gelernt hatte. Sollte der Marquis nichts über seinen Sohn wissen, stand für Jean und Judith die Insel als nächster Zielort fest.

Im Inneren war es kühl, die Frühsommersonne hatte es nicht geschafft, die Mauern zu durchdringen und die Räume aufzuheizen. In jedem Raum, den sie passierten, herrschte verschlafene Pracht. Möbel waren mit Tüchern abgedeckt, die Kronleuchter baumelten an langen Seilen in Brusthöhe von der Decke, die Kerzen waren alle abgebrannt.

Jean fiel auf, dass der Comte das Schloss dunkel eingerichtet hatte, die düsteren Farben schufen Nischen, die man erst bemerkte, wenn man an ihnen vorbeiging. Ein echter Wolfsbau mit vielen Plätzen, sich zu verbergen und Eindringlinge hinterrücks anzugreifen.

Jean und Judith wurden im obersten Geschoss in ein Schlafgemach geführt. »Voilà, Mademoiselle. Heute seid Ihr eine Comtesse.« Der Bursche lachte sie an und hegte beim Anblick der hübschen Frau unübersehbar unzüchtige Gedanken. »Und ich erfülle Euch jeden Wunsch«, setzte er flüsternd hinterher, damit Jean es nicht hören sollte.

Judith zog die Augenbrauen nach oben, um ihren Mund lag ein spöttisches Lächeln. »Eine Comtesse würde sich nicht mit dem Gesinde einlassen, oder?«, flüsterte sie zurück.

Schlagartig verflog sein schelmisches Grinsen. »Denkt daran, nichts zu zerstören. Ich werde mir morgen früh das Zimmer ansehen, und wenn ich einen Kratzer entdecke, behalte ich Euer Pferd, Monsieur.« Er drehte sich zu Jean um, der Mühe hatte, ernst zu bleiben, und streckte ihm die Hand entgegen.

Jean schlug ein. »Einverstanden. Ich verspreche, dass meine Tochter und ich nichts weiter tun werden, als uns unter die Decken zu legen und zu schlafen.«

Der junge Mann ging hinaus.

Jean warf den Rucksack aufs Bett und schaute sich um. »Nebenan gibt es sicherlich noch ein Schlafzimmer«, sagte er zur Seraph. »Du wirst dort schlafen, und ich werde unserem jungen Freund heute Nacht eine Abreibung verpassen, falls er sich zu dir stehlen möchte.«

Judith lachte. »Ich sehe nach, ob ich etwas ähnlich Bequemes finde wie dieses traumhafte Zimmer.« Sie verschwand durch eine Tür.

Jean sah sich in dem luxuriösen Raum um, dessen Decke gut und gerne fünf Schritte hoch war. An Ruhe war noch lange nicht zu denken, erst musste er den Wolfsbau auf den Kopf stellen, um Anhaltspunkte zu finden, wohin sich der Comte zurückgezogen haben könnte. Paris, Menorca, Afrika – oder sogar die Neue Welt?

»Nebenan ist noch ein Schlafzimmer«, sagte Judith und trat durch die Tür. »Mindestens so groß, dass fünf Seraphim darin übernachten könnten.«

Jean nickte. »Also gut. Beginnen wir.«

Nacheinander durchsuchten sie die vielen Zimmer, schauten hinter Bilder und Spiegel, überprüften die Bibliothek, klopften Holzverkleidungen an den Wänden ab. Zwar entdeckte Judith einen Hohlraum und brach ihn rücksichtslos mit einem Schürhaken auf, doch dahinter verbarg sich nichts weiter als ein geöffneter, leerer Geldschrank. Der Comte hatte seine Ersparnisse mitgenommen und seinen Schuldnern nichts als sein Land und seine Schlösser hinterlassen.

Es wurde bereits dunkel draußen, als Jean sich müde und erschöpft auf das Bett setzte und im Schein einer Lampe endlich etwas aß; Judith suchte noch weiter, sie stöberte vor allem in der Bibliothek.

Es schmeckte ihm nicht recht; Jean empfand jeden Bissen als zu trocken und spülte ordentlich mit Wasser und Rotwein nach, den er sich aus dem Keller geholt hatte.

»Ich habe etwas, Monsieur!« Sie stürmte mit geröteten Wangen herein und zeigte ihm einen Brief. »Das Schreiben eines Albert Lafitte. Er erwartet den Comte am 18. Juni bei sich zu Hause in Paris. Leider habe ich keine Adresse gefunden, aber ...«

»Wir finden ihn.« Obwohl Jean wusste, dass er sich über diesen Hinweis freuen sollte, passte ihm nicht, dass er nach Paris musste. Für ihn war es wieder eine große, unbekannte Stadt voller Winkel und Gassen, in denen sich die Bestie besser als in einem Wald verstecken konnte. Dass der Comte außerdem von Leuten gesucht wurde, denen er eine halbe Million schuldete, machte es für Jean nicht einfacher. Diese Menschen würden sicherlich Himmel und Hölle in Bewegung setzen, um ihn in die Finger zu bekommen.

»Aber weswegen Paris?«, fragte er sich laut und zog die Stiefel aus, legte sich hin und verschränkte die Arme hinter dem Kopf.

»Das steht nicht drin, Monsieur.« Sie trat einen Schritt näher an ihn heran. »Ihr habt wieder Schweißperlen auf der Stirn. Dabei hatte ich gedacht, das Fieber sei kuriert.« Sie goss ihm einen Becher Wasser ein und drückte ihm diesen in die Hand. »Trinkt das, Monsieur. Ich gehe nachsehen, ob ich vielleicht noch einen Brief oder eine Notiz finde.«

»Gut, gut.« Während Jean die Unterseite des bestickten Baldachins betrachtete, schweiften seine Gedanken ab und lösten sich vom Comte.

Er sah Gregorias Gesicht vor sich und vermisste sie unglaublich. Ob sie auch an ihn dachte? Mehr als einen Monat befand er sich nun schon auf Reisen und nicht eine Nachricht hatte er ihr gesandt. Nicht senden können.

Darüber schlief er ein und verfiel erneut in einen wirren Traum, in dem er durch einen dichten Wald hetzte. Seine Finger, die Äste zur Seite bogen, waren lang und gekrümmt und mit langen Nägeln versehen. Vor ihm tauchte eine junge Frau auf, eine Pilzsammlerin, wie er an dem Körbchen neben ihr sah, die mit dem Rücken zu ihm am Boden kauerte. Er hörte sich selbst verlangend knurren, schon im nächsten Moment sprang er sie an und biss ihr von hinten in den weißen Hals. Ihr Blut sprühte in seinen Mund, und er stöhnte glückselig auf. Endlich kein trockener Fraß mehr, sondern warmes, frisches Fleisch!

Die Frau schrie – und Jean erkannte Judiths Stimme. Erschrocken löste er seine Zähne aus ihrem Hals und machte zwei Schritte zurück. Judith hielt sich die Wunde, wandte sich um und starrte ihn an. Sie schrie und schrie und schrie ...

Jean schreckte aus seinem Traum und fühlte den Schweiß auf seinem Gesicht. Er hatte den metallischen Geschmack von Blut im Mund, seine Zunge schmerzte. Er musste sich vor Aufregung selbst darauf gebissen haben.

Er richtete sich auf und sah sich keuchend um. Er lag noch immer im Bett, der Wald war verschwunden, von Judith fehlte jede Spur – aber die Schreie hielten an! Ein Schuss krachte.

»Was geht hier vor?« Er sprang aus dem Bett und sah aus

dem Fenster. Er konnte den Stall erkennen, in dem die drei Burschen lebten. Die kleinen Fenster waren hell erleuchtet; plötzlich spritzte eine dunkle Flüssigkeit von innen dagegen und der Schrei verstummte.

Jean musste nicht zweimal überlegen, was sich im Inneren des kleinen Gebäudes abspielte. Er griff seine Muskete, schob sich die Pistolen in den Gürtel und klemmte den Silberdolch auf den Rücken. »Judith!« So rasch es ging zwängte er seine Füße in die Stiefel, die ihm enger als gewöhnlich vorkamen, danach rannte er aus dem Zimmer, die breite Treppe hinunter in die dunkle Eingangshalle. »Judith, wo steckst du?«

Die Gestalt, die geisterhaft im halb geöffneten Portal stand, sah er beinahe zu spät.

»*Bon nuit*, mein lieber Chastel«, sagte der Comte, der sich eines der weißen Abdecktücher umgeworfen hatte. Die halblangen brünetten Haare hingen offen herab, seine Arme und Finger, seine Brust, sein Mund glitzerten vom frischen Blut. Es verlieh dem ansprechenden, hochmütigen Gesicht etwas Furchtbares, Erschreckendes. »Ich war überrascht zu hören, dass ich dich hier finde, in meinem Schloss und gänzlich ungebeten! Ich vermutete dich immer noch in Rom. Wie hast du mich verfolgen können?«

Jean riss die Muskete hoch.

»Wenn du jetzt abdrückst, verspreche ich dir, dass du das Kind der kleinen Florence niemals findest. Es wird elend im Wald verhungern«, sagte er mit einem Lächeln. »Ich habe es gut versteckt, Chastel. Irgendwo in den tausend Morgen Wald. Selbst du könntest es nicht aufspüren.«

»Was für ein Glück, dass du den Mund zum Sprechen brauchst.« Jeans Zeigefinger zuckte, er drückte ab und jagte dem Comte die Kugel knapp über der Kniescheibe in den Oberschenkel.

Aufschreiend brach der Mann zusammen und wühlte sofort mit beiden Händen in dem Einschussloch nach der Silberkugel. Das Tuch fiel von ihm ab und offenbarte den nackten

Menschen darunter, unter dessen Haut es zuckte; leises Knacken und Knistern erklang.

»Nein, ich werde dich nicht töten«, sprach Jean und näherte sich. »Nicht bevor ich weiß, wo sich das Kind befindet, Bestie. Und wo ist Judith?« Er schoss die zweite Kugel in die rechte Schulter des Mannes, der durch den Einschlag nach hinten geworfen wurde. Achtlos schleuderte Jean die Muskete weg und zog seine erste Pistole. »Ich weiß, dass du viel verträgst, also muss ich nicht zu vorsichtig sein.«

Der Comte fauchte und verwandelte sich in die Halbform aus Mensch und Bestie, um seine Vorteile gegenüber dem Gegner auszuspielen. Erste dünne Rauchfäden stiegen aus den Löchern: Das Silber zersetzte sein Fleisch. Die Krallen, die er sich selbst in die Schulter schlug, fanden nichts.

Jean fand den Anblick der sich verformenden Kreatur abstoßend ... gleichzeitig aber genoss er es auf eine nie gekannte Weise, dem Comte Schmerzen zuzufügen. »Oh, wie ich dich leiden lassen werde«, sagte er und schoss ihm mit der Pistole ins andere Bein. Dann warf er auch sie weg und zog die letzte. »Für alle, die du und deinesgleichen ins Unglück gestürzt haben. Für Antoine und für Pierre.«

Der Comte kreischte und fletschte die Zähne. »Das Kind ...«, heulte er.

»Monsieur!« Durch den Eingang kroch – Judith! Ihre Bluse hing zerfetzt von ihrem Oberkörper, sie blutete aus einer tiefen Wunde in der rechten Seite; es sah nach einem heftigen Biss aus. In ihrer Linken hielt sie ihre Pistole, sie stöhnte und robbte näher an den Comte heran. »Monsieur, er lauerte ... überraschte mich.« Sie setzte sich gegen die Tür und hob die Mündung.

Jean war erleichtert, dass sie noch lebte. »Wird es gehen?«
»Ja, Monsieur.«

Er wandte sich dem Comte zu. »Ich werde das Kind finden, Bestie. Ich bin Wildhüter und weiß, wie man einen Wald durchsucht. Und ich werde nicht allein sein.« Er hob die Pistole und feuerte die Kugel in die andere Schulter, das Silber fuhr durch das Gelenk und zerschlug es; nutzlos hing der linke Arm des Comtes herab. »Aber ich lasse dir die Gelegenheit, mir zu sagen, wo ich es finde. Vielleicht beeile ich mich dann mit deinem Tod.« Er kniete sich neben ihn, zog seinen Silberdolch und schnitt dem Comte quer über die Brust. *»Schrei für mich!«*

Die Bestie heulte auf, schnappte nach Jean und erhielt einen Schnitt quer über die Schnauze. Mit einem Jaulen zog sie den Kopf zurück und rutschte auf den Ausgang zu, als würde vor der Tür die Rettung warten. »Lass mich gehen, Chastel«, jaulte sie. »Du brauchst mich, um das Kind zu finden.«

»Unsinn.«

»Nein, ist es nicht. Antoines alte Hundemeute, sie passt auf es auf. Mich kennt Surtout, aber dich werden er und das Rudel zerfleischen«, hechelte der Comte und schleppte sich immer weiter, bis er mit dem Kopf gegen die Tür stieß und genau neben Judith lag; sein Blut hatte eine breite tiefrote Bahn auf dem Boden hinterlassen. Judith rutschte von ihm weg und richtete die Pistole gegen seinen Kopf.

»Eine kleine Bestie wird von wilden Hunden aufgezogen, Chastel. Ist das nicht herrlich?«

Jean erinnerte sich sehr genau an den kalbgroßen Mastiff, der seinem Sohn gehorcht hatte. Er hatte nicht damit gerechnet, dass der Hund und die übrigen aus Antoines Züchtung noch lebten. »Ich habe keine Angst vor ihnen.« Er stach die Klinge in die fellbesetzte Brust. »Du wirst es mir nicht verraten?«

»So nicht, Chastel!«, schrie der Comte und versuchte, mit dem rechten Arm nach ihm zu schlagen.

Jean blockte den Angriff mit seinem Stiefel ab und trat mit der Sohle auf die Finger. Knackend brachen die Knochen. »Dann werde ich dich jetzt töten, Bestie.« Er zerrte den Körper vom Portal fort. »Der Mond soll zusehen, wie du durch meine Hände vergehst.«

Schwungvoll öffnete er die hohen, breiten Flügel ganz,

schleifte den Comte auf die Stufen – da traf ihn ein Schlag, der seinen ganzen Körper lähmte.

Keuchend sank er neben dem Comte auf die Knie, zog den Silberdolch aus dessen Brust und stach wild um sich, um den zweiten Angreifer zu treffen. »Judith, hier ist noch einer!«

Die Schneide zischte durch die Luft, Blutstropfen spritzten von ihr auf die Steine und gegen die Tür, aber die Klinge traf niemanden.

Jean sah seine Umgebung lediglich verschwommen, der Hieb gegen den Schädel – seinen ganzen Körper – hatte ihn benommen gemacht; doch so sehr er sich umschaute, er entdeckte nichts.

Wieder wurde er angegriffen.

Dieses Mal stach ihn jemand mit einem glühenden Eisenstab durch den Kopf, füllte seine Adern mit heißem Wasser und spülte jeden klaren Gedanken aus seinem Verstand.

»Monsieur, was ist mit Euch?«, hörte er Judiths aufgeregte Stimme. »Wartet, ich bin gleich bei Euch!«

Jeans Sicht schwand vollends, doch er hörte das widerliche Gelächter des Comtes. »Sei still, Bestie«, schrie Jean außer sich und warf sich blind auf ihn, den Dolch in der Faust. Sie rollten die Treppe des Schlosses herab, Jean stach dabei rasend schnell auf den Körper unter sich, bis die Klinge mit einem singenden Geräusch in einem Knochen stecken blieb und abbrach.

Sie kamen am Fuß der Stufen zum Liegen. Der Comte glitt aus seinem Griff, schaffte es wie mit einem letzten Aufbäumen, noch einmal auf die Beine zu kommen – da erklang ein dröhnender Schuss. Neben Jean fiel ein Körper in den Kies, ein letztes, röchelndes Ächzen erklang und brach im selben Moment ab. Es stank nach verbranntem Fleisch und schwelendem Fell.

»Ich habe ihn erwischt, Monsieur«, hörte er Judith atemlos von oben herab rufen. »Die Bestie ist tot.«

Jeans Verstand erholte sich wieder, die Sicht kehrte zurück. Aber *was* für eine Sicht!

Er sah diesen Wald, der da in wunderschönem, glasklarem Licht vor ihm lag, mit neuen Augen. Seine Nase sog feinste Düfte ein, die selbst gegen den übermächtigen Geruch des Blutes ankamen. Er hörte Geräusche, die ihm vorher noch nie aufgefallen waren und die sich zu einer verlockenden Melodie verwoben, mit der die Nacht ihn zu begrüßen schien. Jean senkte den Blick und sah François de Molettes nackten Leichnam vor sich liegen. Die Bestie war aus dem Mann gewichen. Damit besaß er die Gewissheit, dass seine Jagd vorüber war. Er fühlte sich unglaublich befreit.

Und hungrig.

Er hob seinen Kopf und sah zum Vollmond hinauf, genoss seine warmen, liebkosen Strahlen, pumpte Luft in die Lungen – und stieß ein langes, anhaltendes Heulen aus.

Erschrocken schloss Jean den Mund und wurde sich jetzt erst bewusst, dass er eine lange Schnauze besaß.

Ein roter Schleier schob sich vor seine Augen. Seine Gedanken, seine Angst und sein Schrecken über die Erkenntnis verflüchtigten sich.

Etwas anderes übernahm die Macht.

Er blickte über die Schulter und sah ein blutendes, junges Mädchen, das wankend auf der Schwelle des Schlosseingangs stand und zu ihm herabschaute. Ihre blauen Augen waren vor Entsetzen weit aufgerissen. Er konnte den Mond in ihren Pupillen sehen und roch die köstliche Angst, die sie verströmte.

»O Herr, ich flehe dich an«, stammelte sie und warf ihre rauchende Pistole weg, um einen Silberdolch zu ziehen, »steh mir bei in dieser schwarzen Stunde.«

Jean setzte die rechte Pfote auf die erste Stufe und wusste, wie er seinen Hunger stillen würde.

XXIII.
KAPITEL

Frankreich, Saugues, 4. Dezember 2004, 01.01 Uhr

Eric marschierte durch das verlassen wirkende Dorf zu seinem Wagen. Der Schnee wirbelte in dicken Flocken umher und drohte immer wieder, ihm die Sicht zu nehmen.

Der Winter im Gévaudan war mit dem in Deutschland nicht zu vergleichen, zumindest nicht mit dem im Flachland. Eric schienen die Schneekristalle härter gefroren zu sein; sie schnitten sich wie scharfe Eisenspäne ins Fleisch, während der Wind selbst die winzigste Ritze in der Kleidung fand, wie ein Messer zustieß und eine Kälte hineinblies, dass man innerhalb von ein, zwei Minuten jedes bisschen Wärme verloren zu haben schien. Und nicht nur das: Die Kälte betäubte alle Sinne, fror die Konzentration ein und ließ den ganzen Körper danach flehen, so rasch wie möglich an einen warmen Ort zu gelangen. Eric erging es nicht anders. Er freute sich über jede Mauer, die ihm für einige Meter Schutz gewährte, bevor ihn der Winter von neuem überfiel. Der starke Wind hatte auch den Nachteil, dass es ihm unmöglich war, irgendeinen Geruch wahrzunehmen, abgesehen von dem allgegenwärtigen Gestank brennender Öfen.

Eric sah den völlig verschneiten Cayenne, der neben der Straße parkte. Jedenfalls nahm er an, dass es sich um seinen Wagen handelte, oder jemand hatte den Porsche geklaut und statt seiner ein anderes, formgleiches Auto unter der weißen Decke hinterlassen.

Da geschah etwas Merkwürdiges.

Ohne ein ankündigendes Abflauen riss der eisige Wind plötzlich ab.

Von einem Lidschlag auf den nächsten war er fort.

Eric hörte das leise Rascheln, mit denen die Schneeflocken auf das Weiß am Boden trafen; er hörte den Fernseher, der im Erdgeschoss des Hauses zu seiner Linken hinter den Läden lärmte.

Und er hörte das scharfe Klicken. Eine Zündnadel oder ein Schlagbolzen war auf eine Patrone getroffen, ohne dass etwas geschah. Ein Blindgänger.

Dann setzte der Wind wieder ein und wirbelte den Schnee umher, Fensterläden klapperten und lautes Pfeifen übertönte jedes feinere Geräusch, auf das er unbedingt angewiesen war.

Der Schütze saß irgendwo vor ihm. Eric zog sein G3 unter dem Mantel hervor und rannte zum Cayenne, duckte sich neben die Fahrertür und versuchte, etwas von den umliegenden Häusern zu erkennen, die wie grauschwarze Riesen aus den aufgeregt schwirrenden Flocken emporschauten. Hinter jedem Fensterladen konnte sich der Schütze verbergen.

Er stapfte geduckt um den Porsche, das Gewehr immer auf die Häuserfassaden gerichtet. Als er an der Heckklappe angekommen war, entdeckte er Spuren im Schnee. Frische Spuren.

Eric sprang auf und riss das G3 in den Anschlag. Auf der anderen Seite der Motorhaube schnellte ein Schatten empor und feuerte sofort nach ihm.

Eric duckte sich, hob die Arme mit dem Gewehr, drückte blindlings ab und jagte zwei Feuerstöße knapp über das Blech nach dem Mann. Er hörte einen dumpfen Schrei.

So kriegst du mich nicht dazu, aufzustehen.

Eric hielt das Gewehr unter den Cayenne und leerte das Magazin. Das Echo erfolgte prompt: Tiefe, dröhnende Schüsse erklangen in einem wahren Stakkato, die Karosserie des Autos zerriss, auf Erics Seite wurden fingerdicke Löcher ins Metall gestanzt. Sein Gegner benutzte ein äußerst eindrucksvolles Kaliber. Mit einem Anflug von schwarzem Humor fragte sich Eric, wie er der Autovermietung diesen Schaden erklären sollte.

Er stieß sich nach hinten ab und versuchte, seinen Gegner

durch den Schlitz zwischen Boden und Schnee zu sehen, aber das Weiß bildete eine zu dichte Wand.

Das blinde Feuergefecht ging weiter. Beide Männer schossen aufs Geratewohl und hofften auf einen zufälligen Treffer, der Schein der Mündungsfeuer wurde durch den treibenden Schnee reflektiert und tauchte die Flocken in ein flackerndes, gelbrotes Licht.

Eric schoss gerade mit seiner P9 durch die Scheiben, als er den Splitter einer Kugel gegen die Stirn bekam. Es war nur ein winziges Fragment, doch es brannte wie Napalm. Es zischte, sein Fleisch verbrannte durch die Macht des Silbers.

Eric verdrängte die Schmerzen mit einem Fluch, schnellte mit aller Kraft in die Höhe und hielt die beiden Pistolen an den ausgestreckten Armen. Die Finger lagen um die Abzüge gekrümmt, nur einen Millimeter vom Druckpunkt entfernt. Der Sprung katapultierte ihn aufs Wagendach. Sofort zielte er nach unten, wo er den Killer vermutete. Eric sah –

– niemanden. Er duckte sich sofort und wurde nervös, seine Arme mit den Pistolen wanderten unentwegt herum und suchten ein Ziel, auf das sie sich richten durften.

Da sah er das helle Blitzen der Feuerblume rechts von ihm, die vor der Mündung eines Gewehrs aufblühte und sofort wieder erlosch. Der Killer kniete keine vier Meter von ihm entfernt und hatte nur darauf gewartet, dass sich sein Opfer zu erkennen gab.

Eric stieß sich ab und sprang mit einem Hechtsprung nach vorne, damit die Kugel unter ihm hindurchjagte. Das Projektil streifte ihn an der Innenseite des Oberschenkels, knapp unterhalb des Schritts. Es brannte wie tausend Höllen, die Wunde fühlte sich an wie mit kochend heißem Wasser ausgespült.

Dafür flog Eric auf den Killer zu, schoss noch in der Luft aus beiden Pistolen nach ihm, um ihn zum Rückzug zu zwingen, und landete mit einem mehr oder weniger eleganten Überschlag zwei Meter vor ihm auf dem Boden. Er hatte seinen Gegner am Oberarm getroffen, doch die beiden Schüsse in die Brust schienen ihn nicht weiter zu stören. Wahrscheinlich trug er eine Weste. Der Mann wich hinter das Haus zurück und verschwand aus Erics Blickfeld.

Die Bestie in ihm schrie und wollte dem Mann nachsetzen, ihn sofort zur Strecke bringen, aber Eric wusste, dass er nicht zu wagemutig sein durfte. Sein Gegner arbeitete mit tödlicher Silbermunition. Kurz vor der Heilung wollte er nicht noch auf diese Weise enden.

Ein Schatten kam hinter der Hausecke zum Vorschein, Eric presste dem nachfolgenden Mann sofort die Mündung auf die Stirn. Gerade noch rechtzeitig erkannte er seinen Fehler: Er hatte einen Einheimischen gestellt, der in seinen Händen eine Zigarette und ein Sturmfeuerzeug hielt. Hinter dem Mann tauchte ein zweiter auf, starrte auf die Waffe und öffnete den Mund, um nach Hilfe zu schreien.

»Ruhe«, befahl Eric und hob die zweite Waffe, um ihn zum Schweigen zu bringen. »Kein Wort, Messieurs! Ich will nichts von Ihnen.« Er schaute an ihnen vorbei auf die Ecke, hinter der er jeden Moment den Killer erwartete.

Stattdessen knallte es im Rücken des vorderen Einheimischen, die Daunenjacke explodierte und sandte Federn in die Luft; sein Blut spritzte gegen Eric, und gleich darauf bekam er einen Schlag in die Magengrube. Die Kevlarweste hatte die Kugel, die von hinten durch den Mann geflogen war, in ihrer Wucht gebremst und Erics Tod verhindert.

Kreischend fiel der Franzose in den Schnee und presste die Hand gegen die klaffende Wunde.

Eric konnte sich nicht um ihn kümmern, er musste seinen Gegner erst ausschalten. Es war der zweite Mann, der aufgetaucht war. Er hielt eine abgesägte Schrotflinte in der linken Hand und in der rechten eine automatische Schrotflinte.

Eric überließ sich seinen Instinkten, Zeit zu denken blieb ihm nicht mehr. Er sprang zur Seite, aus der Flugbahn der Geschosse, und feuerte nach dem Killer.

Es war schon ein Kunststück, unter diesen Gegebenheiten kleine Ziele zu treffen. Eric gelang es. Hintereinander öffneten sich Löcher im Hals und im Gesicht des Angreifers, sein Kopf ruckte nach hinten, als hätte er einen Schlag mit einem Baseballschläger gegen die Stirn erhalten. Im Sterben löste er seine Waffen aus. Silberschrot wirbelte heran und traf Erics linke Wade, doch die gefährlicheren, massiven Silberprojektile verfehlten ihn.

Eric hörte zwei Kugeln gefährlich nahe an seinem linken Ohr vorbeipfeifen und durch die Haare zischen, bevor er seitlich in den Schnee fiel und bis zur Schulter darin versank. Die Pistolen hielt er noch immer auf den liegenden Gegner gerichtet.

Er keuchte und biss die Zähne zusammen, um nicht laut aufzuschreien. Das Silber in ihm wütete bereits, er bräuchte sofort eine Pinzette, um sich die Schrotkügelchen aus dem Fleisch zu pulen, ehe die Schäden im Gewebe irreparabel wurden. Seine Sicht verschwamm. Schräg vor ihm glaubte er eine Katze zu sehen, die sich aus dem Schneefall wie unter einem weißen Vorhang hervorschob und mit eleganten Bewegungen auf ihn zu strich. Sie schurrte.

Er schloss die Lider für eine Sekunde, konzentrierte sich und öffnete die Augen wieder; die Katze war verschwunden. Keuchend stemmte er sich auf die Beine.

Schnell schaute er sich um, aber die Schüsse hatten keine besondere Aufmerksamkeit erregt. Die Leute schliefen tief und das Tosen des anhaltenden Sturms war laut. Nur hinter einem Fenster in der Straße erschien ein Licht, der Vorhang wackelte verdächtig. Es wurde Zeit, dass er verschwand.

Eric hinkte in die Straße, dorthin, wo er vorher das erleuchtete Schild einer Apotheke gesehen hatte. Dort würde er alles finden, was er brauchte, um sich zu verarzten.

Klirrend fiel das Kügelchen in die Petrischale zu den elf anderen.

Die spitzen Enden der blutigen Pinzette bohrten sich wieder in die geschundene Wade, suchten in der Wunde, aus der schwarzer Rauch kräuselte. Mit einem schabenden Geräusch bekamen sie das letzte Projektil zu fassen und zerrten es heraus. Es rutschte aus den Greifern und fiel auf den Boden, sprang zweimal auf und rollte unter den Tresen.

Eric war es egal. Noch den einen Splitter, und ich habe es geschafft. Er betrachtete sich in der verspiegelten Auslage, straffte die Haut zwischen den Fingern und pulte mit der Pinzette nach dem winzigen Schrapnell. Er bekam es zu fassen und warf es mitsamt der Pinzette ins Waschbecken.

»Scheiße!« Er strich die Haare zurück, um besser sehen zu können. Das Silber hatte ihm eine schwarze Brandnarbe verpasst, die als vier Zentimeter langer und ein Zentimeter breiter Streifen unübersehbar war. Es würde dauern, bis sie verschwunden war.

Er löschte die Lampe und schaute durch die Jalousien hinaus in den nahezu undurchdringlichen Schneesturm. Er musste noch einmal hinaus und den Killer untersuchen.

Eric spürte das unaufhörliche Brennen in den Wunden. Die Kräfte der Bestie kämpften mit den Verletzungen. Normale Blessuren, die von gewöhnlichen Klingen und Kugeln stammten, verheilten recht unspektakulär, allenfalls mit einem Kitzeln. Aber Silber tat unglaublich weh.

Eric ließ den Schlitten der Pistole nach vorn rutschen, verließ die Apotheke und eilte an die Stelle, wo er die Leichen zurückgelassen hatte. Schnell, aber gründlich untersuchte er die Taschen des Killers, fand neben einigen Hundert-Euro-Scheinen zwei Kreditkarten und ein Handy.

Die Pistole des Mannes, eine Walther P99, zog er aus dem Schulterhalfter, drückte sie dem toten Franzosen in die Hand und feuerte mehrmals auf den Killer. Nun würde der Einheimische zunächst einmal als Held aus dem Kampf hervorgehen. Bis die Polizei anrückte und ihn näher untersuchen könnte, war er schon lange weg.

Hoffentlich.

Er sah, wie sich nun zwei Haustüren in der Nähe öffneten und zwei Bewohner des Dörfchens hinaus in den Schnee traten. Die ersten Mutigen, die nach dem Rechten sehen wollten, ließen sich blicken und hielten Gewehre in den Händen.

Eric zog sich unauffällig zurück. Mit einem mürrischen Auflachen beantwortete er sich die Frage, ob es Sinn machte, den vollkommen zerstörten Cayenne zu starten, selbst. Also musste er laufen. Eric fiel in einen lockeren Trab, raus aus Saugues, bis er von Weitem die Wagenburg sah, die der Zirkus mit seinen Tiefladern errichtet hatte. Eine Taktik hatte er sich nicht zurechtgelegt. Er würde Isis suchen und sie zur Rede stellen. Es musste einfach so sein, wie es ihm in St. Petersburg durch den Kopf geschossen war: Eine Horde unterschiedlicher Wandelwesen konnte sich am besten in einem verdammten Zirkus verstecken. Nur: *Warum* taten sie es? Wie tarnten sie sich, oder wusste der gesamte Zirkus über sie Bescheid? Waren sie am Ende gar Gefangene und wurden vom Direktor gezwungen, Kunststücke in der Manege zu vollführen?

Und die wichtigste Frage: Wenn sich seine Theorie bewahrheitete und tatsächlich diese Wandelwesen die Schuldigen am Überfall auf Rotondas Truppe waren – was zur Hölle wollten sie mit dem Welpen?

Eric näherte sich dem ersten Wohnwagen. Er suchte nach Anhaltspunkten, wie er die Unterkunft der hübschen Frau erkennen konnte. Es stellte sich als sehr einfach heraus: Ihr Name stand neben der Tür.

Eric sog die Luft ein und witterte Raubtiere. Ziemlich viele unterschiedliche Raubtiere. Das könnte sein spannendster und gefährlichster Kampf überhaupt werden ... und danach würde er ins Hotel zu Severina gehen und das Jesusblut schlucken, damit der Fluch endete.

Er drehte den in die Tür versenkten Griff, es klackte und die Tür öffnete sich. Lautlos betrat er den Wohnwagen, orientierte sich kurz und sah in dem Bett am gegenüberliegenden Ende die Umrisse einer Frau. Die Brust hob und senkte sich gleichmäßig.

Er legte die Pistole auf Isis an, die freie Hand zog den Silberdolch. Langsam näherte er sich und warf sich dann mit einem Sprung auf sie, so dass er auf ihrer Brust saß und ihre Arme mit den Beinen gegen die Matratze drückte.

Isis riss die Augen auf und öffnete den Mund.

»Still!«, zischte Eric und hielt ihr die Pistole unters Kinn. »Tut mir Leid, dass ich Ihre Nachtruhe stören muss, aber ich habe ein paar Fragen an Sie.«

Sie nickte langsam.

»Frage eins.« Er hielt den Silberdolch gegen ihre Wange. Als nichts geschah, kniff er den Mund zusammen. Eigentlich hätte ein Zischen zu hören sein müssen.

»Was soll das, Simon?«, fragte sie entrüstet. »Auf dem Flughafen in Plitvice sahen Sie gar nicht so verrückt aus.«

Erics Gedanken rasten. Er hatte so fest damit gerechnet, dass Isis eine von ihnen war, dass er jetzt nicht wusste, was er tun sollte. »Ich ... ich suche einen Welpen«, begann er. »Und ich vermute, dass er sich im Zirkus Fratini befindet.«

»Ich verstehe nicht, was Sie meinen.«

So kam er nicht weiter. Isis würde dieses Spiel bis zum Morgengrauen spielen. »Nicht bewegen.« Eric steckte den Silberdolch weg und öffnete das Seitenfenster, um kalte Winterluft hereinströmen zu lassen, dann holte er tief Luft, legte den Kopf in den Nacken und jaulte laut in die Nacht hinaus.

Ein helles, feines Heulen erklang zur Antwort, gefolgt von einem Kläffen. Der Welpe konnte nicht allzu weit entfernt sein.

Eric richtete seine Augen triumphierend auf die Frau. »Wie viele Wandelwesen sind in diesem Zirkus?«

Isis starrte ihn feindselig an. »Sie sind einer von denen, die sie jagen und abknallen.«

»Das tue ich seit meinem achtzehnten Lebensjahr.« Er verstärkte den Druck auf ihre Oberarme. »Und ich bin verdammt gut. Also, wie viele von ihnen sind hier untergetaucht? Und was habt ihr mit dem Welpen ...«

Etwas Schweres landete auf dem Dach, der Wagen schwankte, Eric hörte ein warnendes Grollen. Vorsichtshalber zog er seine zweite Pistole. »Das hier ist Silbermunition«, rief er. »Kommt mir nicht zu nahe. Ich will nur den Welpen.« Er erkannte tierhafte Gestalten zwischen den Wohnwagen. Sie rannten im Zickzack auf den Wohnwagen zu. Das Rudel kreiste sein Opfer ein.

»Sie werden nicht genügend Munition haben«, sagte Isis. »Reden wir über den ...«

Eric spürte, dass der Wagen wieder wankte, dieses Mal stärker als vorher. Eine Pistole weiterhin auf Isis gerichtet, schwenkte er den anderen Arm zum Eingang, durch den sich in diesem Moment eine Furcht einflößende Gestalt schob: Ein Eisbär ging mit geöffneter Schnauze und entblößtem Gebiss auf ihn los!

Es gelang Eric gerade noch, zweimal abzudrücken, dann warf sich der schwere Körper gegen ihn und schleuderte ihn von Isis herunter.

Gemeinsam brachen sie durch die Plexiglasscheibe, rissen ein großes Stück aus dem Wohnwagen heraus und landeten draußen im Schnee; der Eisbär lag auf ihm und brach ihm mindestens zwei Rippen. Doch was viel schlimmer war: Eric bekam keine Luft mehr. Das Gewicht, das er auf mindestens fünfhundert Kilogramm schätzte, presste den Sauerstoff aus seinen Lungen und erlaubte ihnen nicht, neuen einzusaugen.

Eric hatte geahnt, dass ihn die Wandelwesen eines Tages vielleicht doch erwischten und erledigten ... aber erstickt unter einem Eisbären? Zerfleischt, ja. Den Kopf von den Schulter gerissen, vielleicht. Aber das hier? Die Masse drückte ihn unbarmherzig in den Schnee, er konnte nicht einmal mehr mit dem Fuß wackeln.

»Werden Sie vernünftig sein und nicht um sich schießen?«, hörte er Isis' Stimme.

Wie gern hätte er geantwortet, aber es ging nicht.

Das Gewicht wurde von seinem linken Arm genommen. »Wenn Sie mich hören, bewegen Sie die Finger.«

Er bewegte sie.

»Sie haben meine Frage gehört: Sind Sie vernünftig, dann krümmen Sie die Finger zweimal.«

Er krümmte sie zweimal.

Sofort sprang der Bär von ihm. Hustend und kurz vor einer Ohnmacht stehend atmete Eric tief durch und ließ es geschehen, dass man ihn auf den Rücken drehte; seine Arme und Beine wurden festgehalten, dann schob sich Isis in sein Blickfeld. Sie sah ihn nachdenklich an. Er konnte sehen, wie sie grübelte.

»Ich werde meinen Vater fragen, was wir mit Ihnen anstellen. Er kommt gleich. Ist sich noch was anziehen«, sagte sie schließlich, während sie sich über ihn beugte und ihm alle Waffen abnahm, die er bei sich trug; auch die Kevlarweste zog sie ihm aus. »Aufstehen.«

Eric stemmte sich aus dem Schnee und hustete wieder, er hielt den Oberkörper leicht gekrümmt, weil die Rippen noch immer schmerzhaft in die Lungen stachen. Aber sie zogen sich bereits wieder zurück, das Gewebe verheilte sehr rasch.

Um ihn herum hatte sich die wildeste Gruppe versammelt, die er jemals zu Gesicht bekommen hatte. Löwen und Tiger, Bären, Luchse und Panter, sogar ein Schakal und eine Hyäne standen um ihn herum. Sie betrachteten ihn aufmerksam und witterten, manche knurrten unterdrückt. Leider wedelte keines mit dem Schwanz.

»Ein Zirkus voller Werwesen«, meinte er dann. »Die Menagerie des Schreckens. Habt ihr auch einen, der sich in ein Zelt verwandeln kann?«

Isis lächelte. »Nein. Aber wir arbeiten dran. Würde viel Arbeit ersparen.« Ein Hüne von einem Mann, der eine Hose und einen Mantel darüber trug, kam aus einem anderen Wohnwagen. Seine langen weißen Haare hingen wirr in sein Gesicht »Mein Vater. Nennen Sie ihn Lascar.« Sie zwinkerte. »Sie kennen ihn aber als den Eisbär, der Sie aus dem Wohnwagen geschmissen hat.«

Der sehr große und sehr breite Mann baute sich vor Eric auf. »Wenn Sie meine Tochter noch einmal bedrohen, und wenn es nur mit Blicken ist, zerfetze ich Sie. Haben wir uns verstanden?« Er strich die Haare aus den Augen, die Hand war so breit und muskulös, dass sie wahrscheinlich einen ausgewachsenen Schädel umspannen und knacken könnte.

Eric nickte. »Sie ist kein Wandelwesen und damit nicht die Art von Gefahr, die ich bekämpfe.«

»Sehr schön.« Lascar deutete auf den demolierten Wohnwagen seiner Tochter. »Kommen Sie. Wir haben zu reden.« Er trat zur Seite und ließ ihm den Vortritt. »Sie sind übrigens der Erste Ihrer Art, mit dem wir reden. Die anderen wurden von uns nur ... sagen wir ... zum Essen eingeladen.«

Eric hörte das Bellen, Knurren und Fauchen der Wandelwesen, und es klang sehr amüsiert. Anscheinend hatten sie noch nicht gespürt, dass er einer von ihnen war.

Er ging ohne eine Erwiderung an Lascar vorbei, betrat den Wohnwagen und setzte sich auf Anweisung des Mannes, der dicht hinter ihm folgte, auf den Sessel. Hinter ihm nahmen zwei Zirkusleute Aufstellung, Lascar und Isis ließen sich ihm gegenüber nieder.

»So, Herr ...«, er nahm den Ausweis, den sie ihm abgenommen hatten, »von Kastell. Reden wir darüber, dass Sie den Welpen suchen und Dinge bei sich haben, die mich annehmen lassen, dass Sie jemand sind, der Werwesen jagt und tötet.« Er schaute kurz zu Isis. »Wir beide hatten Sie bis eben wieder vergessen. Und ich wäre froh, es wäre so geblieben.«

Eric sah nur eine Chance, lebend aus dieser Lage zu entkommen. Ohne Waffen war es unmöglich, einen Kampf gegen so viele Wandelwesen zu bestehen. »Ich suche den Welpen, um ihn mitzunehmen und heilen zu lassen. Oder zu vernichten, falls mir keine andere Wahl bleibt«, sagte er nüchtern.

»Und warum?«

»Das ist eine lange Geschichte.«

»Das sind oft die besten.«

»Diese beginnt vor über zweihundert Jahren.«

»Sollte ich vielleicht einen Kaffee kochen?«, fragte Isis mit einem amüsierten Lächeln, machte aber keine Anstalten, sich von ihrem Platz zu erheben. »Fangen Sie an, Simon ... oder Eric ... oder wie auch immer Sie heißen mögen.«

»Mein Name ist Eric, Eric von Kastell«, sagte er – und begann tatsächlich, die Geschichte seiner Familie zu erzählen, die eng mit der Bestie verknüpft war. Zu seiner eigenen Überraschung beschränkte er sich nicht nur auf die wichtigsten Fakten. Es war, als würde er in die Rolle seines Vaters schlüpfen, dem Chronisten und begnadeten Geschichtenerzähler. Er fühlte sich ihm unglaublich nah, während er in dem kleinen Wohnwagen vor dem Wer-Eisbären und seiner Tochter saß, seinem Vater und auch dem Großvater, der Urgroßmutter und all den anderen Mitgliedern seiner Familie, die sich im Laufe der Generationen der Aufgabe verschrieben hatten, die Menschheit vor der Bestie zu schützen. »Dieses Werwesen ist das letzte seiner Art«, schloss er seinen Bericht schließlich, »und wenn diese Gefahr gebannt ist, kann ich endlich Frieden finden.«

Lascar betrachtete ihn eine ganze Weile schweigend. »Und was würden Sie mit uns tun, Herr von Kastell?«, fragte er schließlich. »Wir gehören zu denen, die Sie jagen und töten.«

Eric nickte langsam. »Ich bin hier, um das Vermächtnis meiner Familie zu Ende zu führen. Es geht mir nur um den Welpen. Danach höre ich auf.« Für einen Moment verschwamm seine Sicht; das Silber, das immer noch in seinem Körper wütete, quälte ihn.

Lascar rieb sich die Nase und schwieg. »Sie haben vorhin von Familientradition gesprochen. Ich soll Ihnen glauben, dass Sie einfach alles hinwerfen? Den Tod Ihres Vaters ungerächt lassen?«

»Keiner von denen, die meinen Vater auf dem Gewissen haben, lebt noch. Es gibt keinen Grund für mich, gegen alle anderen zu kämpfen.« Er kämpfte das Schwindelgefühl mühsam nieder. »Und nun habe ich auch ein paar Fragen an Sie.« Er beugte sich nach vorn und hatte sofort zwei Hände auf den Schultern; hart wurde er zurück gegen die Lehne gepresst. »Sie ziehen mit einem Zirkus voller Wandelwesen durch die Gegend – wieso? Um Ihre Morde besser zu vertuschen, indem Sie unentwegt die Stadt wechseln?«

»Nein. Das nicht.« Lascar räusperte sich. »Sie kennen unsere Art, und Sie wissen, dass wir Junkies sind. Unsere Abhängigkeit ist bei Vollmond kaum zu kontrollieren und verlangt von uns, die Zähne in Menschenfleisch zu schlagen.« Er deutete auf sich, dann beschrieb sein Finger einen Kreis. »Auch wenn in uns das Tier lebt, sind wir nach wie vor Menschen geblieben und wollen nicht, dass wir andere verletzen. Einige von uns haben das in der Vergangenheit getan. Da schließe ich mich nicht aus.« Seine Stimme wurde brüchig. »Es ist ein ... ein heilsamer Schock, wenn man wie aus einem Albtraum erwacht und den abgetrennten, abgefressenen Arm seiner eigenen Frau neben sich findet und man den Geschmack ihres Blutes im Mund trägt.« Er schluckte. »Ich wollte niemanden mehr töten, aber auch nicht sterben. Der einzige Ausweg war ... das hier.«

»Ein Zirkus.« Eric verstand Lascar sehr gut. Seine eigenen schrecklichen Erinnerungen sprangen ihn an. Er hörte die Bestie heulen und befand sich plötzlich in der Vergangenheit: der gekachelte Raum, das Klirren der Ketten, das plötzliche Reißen der schadhaften Halterungen und die Tür vor sich, durch die er brach ...

Er lief durch das Haus in St. Petersburg, grollte und knurrte und warf sich auf das erste Wesen, das ihm begegnete. Damals hatte er sie nicht erkannt, die Bestie in ihm hatte ihn blind gemacht. Erst nach dem Mord gab sie die Bilder für seinen menschlichen Verstand frei, um ihn noch mehr mit dem Wissen zu foltern.

Mit dem Wissen, dass er seine eigene Mutter getötet hatte.

Eric schlug sich die Hand vor den Mund, um das gequälte Stöhnen zu unterdrücken. Er sah die zerrissene Leiche, die Augen der Toten, die selbst im furchtbaren Leiden keinen Hass auf ihn zeigten.

Lascar sah ihn erstaunt an. Wie sollte er sein Verhalten auch richtig deuten?

»Ja, ein Zirkus. Ich war ein gut bezahlter Forscher am Polarkreis, als es mich erwischte. Der Eisbär hat das gesamte Forschungslager verwüstet und alle getötet – bis auf mich. Keine Ahnung, wieso er es bei einem Biss beließ. Zuerst habe ich gedacht, ich könnte einfach nach Hause zurückkehren, das Tier in mir kontrollieren. Bis zu jenem schrecklichen Morgen, als ich die Leiche meiner Frau neben mir fand. Danach habe ich mein altes Leben aufgegeben und meine eigene ... nennen wir es ... mobile Sicherheitsverwahrung geschaffen. Gleichzeitig las ich viel über Lykanthropie und suchte nach Werwesen, die ähnlich dachten wie ich. Die weiterleben wollten, aber ohne Schuld. Nach und nach gelang es mir, auch wenn manch unverbesserliches Wandelwesen durch meine Hand gestorben ist.« Er taxierte Eric. »Nicht alle von uns sind die Bestien, für die Sie uns halten. Wir haben uns freiwillig die Zähne gezogen.«

Eric hatte sich wieder einigermaßen im Griff. »Aber wie stillen Sie die Lust auf Fleisch?«

»Friedhöfe«, antwortete Lascar ohne Schuldempfinden. »Wir sind den Toten dankbar, dass sie uns in der Erde erwarten und uns ihr Fleisch schenken. Auch Leichenhallen sind gedeckte Tafeln für uns. Ich will Ihnen nichts vormachen: Es ist nicht das Leben, das wir uns wünschen. Aber es ist eins, das wir führen können.«

»Wissen Sie, dass es eine ... eine Organisation gibt, die ein

Heilmittel gegen Lykanthropie besitzt?«, fragte Eric. »Ihre Waffe ist die Heilung, nicht das Silber.«

Lascar schenkte sich ein Bier ein und nahm einen Schluck. Er wollte möglichst gleichgültig wirken – aber Eric sah das verräterische Zucken um seine Augen. »Was für ein Heilmittel und was für eine Organisation?«

Eric betrachtete den Mann. Damit hatte er nicht gerechnet: eines Tages auf Wandelwesen zu stoßen, die sich zum Wohl der Menschen selbst wegsperrten. Sie kastrierten sich und wurden zu harmlosen Aasfressern. Falls er nicht gerade nach Strich und Faden von Lascar und seiner Tochter verarscht wurde. »Ich werde Ihnen davon erzählen«, versprach er, »und ich kann Sie mit ihnen bekannt machen. Aber vorher beantworten Sie mir meine Frage: Was wollen Sie mit dem Welpen?«

»Wir denken, dass er eine Chance verdient hat, leben zu dürfen. Wir beobachten ihn, und nur wenn er Anzeichen von unkontrollierbarer Raserei und Triebhaftigkeit zeigt, wird er sterben.« Lascar sagte das ganz neutral und nahm noch einen Schluck Bier. »Sie, Herr von Kastell, werden sich nicht einmischen. Und ich glaube Ihnen nicht, dass Sie ein Heilmittel besitzen. Es gibt keine solche Substanz.«

»Wie lange wollen Sie Ihr kleines ... Experiment laufen lassen?«, begehrte Eric auf. »Sie haben es mit einem reinrassigen Wandelwesen zu tun, mit der schlimmsten Art, die Sie sich vorstellen können. Sie wurde als Bestie geboren und nicht als Mensch nachträglich verwandelt.« Seine Augen wurden schmal. »Natürlich wird es Ihnen vortäuschen, domestiziert zu sein. Und dann bringt es Sie um. Heimtückisch und ohne Gnade zu zeigen.«

»Ein Wesen ist das Produkt seiner Umwelt. Wenn wir den Welpen erziehen, wird er friedlich sein.«

»Unsinn!«, schrie Eric den Mann an. »Wenn Sie sich nicht trauen, den Welpen zu töten, lassen Sie es mich tun. Oder geben Sie ihn mir mit, damit er ...«

»Nein.«

»Wissen Sie überhaupt, in welcher Gefahr Ihre kleine, ach so friedliche Werwesenfarm steckt? Ich bin nicht der Einzige, der hinter ihm her ist.«

Nun wurde der Mann hellhörig. »Noch mehr von Ihrer Sorte?«

»Nein, das Gegenteil. Menschen, die sein wollen wie die Bestie und sich nicht um die Auswirkungen kümmern. Sie nennen sich Orden des Lycáon und wollen nur aus einem Grund zu Werwesen werden: um zu töten! Ach, verdammt, warum ...« Eric schnaubte wütend auf. Er hasste die Aussichtslosigkeit dieser Situation. Mit Gewalt kam er nicht weiter, und wenn er es mit Offenheit und Ehrlichkeit versuchte, glaubte man ihm nicht.

»Ein Orden?« Lascar grinste. »Sicher! Und was kommt noch? Der Vatikan womöglich?« Isis lachte auf, die Übrigen stimmten in die Heiterkeit ein, ein vielstimmiger Chor aus heiserem Bellen und kratzigem Schnurren.

In dem Lärm ging der Knall fast völlig unter.

Was ...? Eric versuchte sich zu konzentrieren. Eine zuschlagende Tür klang anders. Irrte er sich, oder hatte er gerade –

Noch bevor der nächste Knall die Werwesen zusammenzucken ließ, stanzte eine Salve fingerdicke Löcher in die Wände und traf seine Bewacher in die Oberkörper. Kugeln zischten knapp über Erics Kopf, Dichtungsmaterial und Metallschrapnelle flogen durch den Innenraum.

Der Angriff hatte begonnen.

Fragte sich nur, wer ihm bis hierher gefolgt war.

XXIV. KAPITEL

13. März 1769, Saint-Alban,
Schloss der Familie de Morangiès, Südfrankreich

Ich hätte schon viel früher nach ihm suchen müssen und mich nicht auf die Briefe verlassen sollen, die mir Lentolo brachte.« Durch die beschlagene Scheibe der Kutsche sah Gregoria schemenhaft das Schloss der Familie de Morangiès auftauchen. »Kein einziger war von Jean.«

Sie ärgerte sich, dass sie die Echtheit der spärlichen Nachrichten nicht viel früher in Zweifel gezogen hatte. Einige Formulierungen waren ihr bald merkwürdig erschienen, und als sie probehalber Anspielungen in ihre geschriebenen Antworten einfließen ließ und die falschen Erwiderungen kamen, wusste es sie es: Jemand hatte sie beinahe ein Jahr lang getäuscht. Es gab keine ersten Erfolge, keine Verfolgungsjagden in Paris, weder in der Bretagne noch in Bordeaux.

»Lentolo hat wirklich alles abgestritten?«, fragte Sarai, die ihr gegenübersaß, nicht zum ersten Mal auf dieser Reise. Der Verrat schien ihr zu unfassbar.

»Er ist ein Lügner, Sarai, und nicht einmal ein besonders geschickter. Er beschuldigte die Jesuiten, seine geheimen Boten bestochen zu haben.« Gregoria konnte ihm nicht das Gegenteil beweisen, sah es aber als erwiesen an, dass er dahintersteckte. »Was ich nur nicht verstehe, ist, warum er es getan hat …«

»Der Grund für die falschen Nachrichten liegt auf der Hand.« Sarai ordnete gedankenverloren die Falten ihres einfachen hellen Reisekleids und zog ihren gefütterten Mantel enger um sich. Das Gévaudan war eisig kalt, kein Vergleich zu Rom. »Hätte es keine Nachrichten von Monsieur Chastel gegeben, wärt Ihr viel früher aufgebrochen, um nach ihm zu suchen.

Lentolo und der Kardinal brauchen Euch aber für die Schwesternschaft.«

Taten sie das wirklich? Gregoria hatte ihre Zweifel daran. Zu oft hatte sich unter dem Lob und der Ehrerbietung ihrer Verbündeten ein versteckter Dolch gefunden, der unbarmherzig zusteche sollte, wenn Gregoria es am wenigsten erwartete. *Vielleicht war es die Rache dafür, dass ich Florence zusammen mit Marianna im Geheimen ins Alsace geschickt habe,* überlegte sie und fröstelte trotz ihrer warmen Kleidung. Sie trug ein schwarzes, weit geschnittenes Kleid, darüber einen weißen Mantel. Ihre langen blonden Haare waren zu einem Dutt zusammengefasst und lagen unter einer Pelzmütze verborgen.

»Vielleicht hast du Recht, Sarai. Aber was auch immer geschehen mag, merke dir: Vertrauen ist ein Geschenk, das man oft zu teuer bezahlen muss.«

»Der Preis für manches scheint mir furchtbar hoch zu sein.« Die Seraph seufzte und wischte mit dem Handschuh das Glas des Kutschfensters trocken. Es gab dennoch kaum etwas zu sehen. Der Nebel, der draußen herrschte, verschluckte die Umgebung. Alles, was sich weiter als drei Schritte vom Betrachter entfernt befand, wurde undeutlich und zu einem Spuk. Selbst ein so großes Gebäude wie ein Schloss. »Ich hoffe, dass nicht alles stimmt, was wir herausgefunden haben.« Sie schlug die Augen nieder. »Dass der Comte tot ist, würde mir gefallen, aber wenn die unbekannte junge Frau an seiner Seite Judith war, dann ...« Sie schwieg, schlug das Kreuz und betete stumm für die Seele der vermissten Seraph.

Gregorias Hals schnürte sich zu. Auch sie hoffte von ganzen Herzen, dass man den Gerüchten, die sie über Jean gehört hatten, nicht glauben musste. Es hieß, dass er in den Wäldern des Gévaudan hauste, fernab der Menschen, verwahrlost, verwildert und wahnsinnig wie vor ihm sein Sohn Antoine. Sie fürchtete sich vor dem Schluss, den sie aus den Erzählungen ziehen musste.

Sarai hob den Kopf, ihre blauen Augen blickten unsicher. »Äbtissin, wenn der Marquis der Vater der Bestie ist ...«

»Dafür kann ich ihn nicht schuldig sprechen.«

»... wieso vertrauen wir ihm dann? Er könnte ebenso ein Wandelwesen sein.«

»Nein, das ist er sicherlich nicht. Jean erzählte mir von seiner Unterredung mit ihm, und wie er unter den Taten seines Sohnes litt.« Sie betete, dass sie bei ihm Unterstützung fand und mit seiner Hilfe ihren fürchterlichen Verdacht widerlegen konnte.

Die Kutsche hielt vor dem Schloss an, Bedienstete eilten herbei und halfen den Frauen beim Aussteigen. Sarai hatte einen ledernen Rucksack bei sich, in dem sie verschiedene Waffen mit sich führten; Pistolen und Dolche trugen sie unter ihren Mänteln.

Sie wurden bereits vom Marquis erwartet, der sie in einem hohen Zimmer empfing, dessen dunkle Wandteppiche das bisschen graue Licht, das hereinfiel, auffraßen; sie hingen noch nicht lange dort und verdeckten eine Reihe von Bildnissen, deren Rahmen sich darunter abzeichneten. Der Raum wirkte düster, und ebenso düster sah der Marquis aus. Der Gram über den Tod seines Sohnes hatte sein Gesicht gezeichnet. Im krassen Gegensatz dazu stand jedoch sein übertrieben prachtvolles Auftreten: Er trug eine Uniformjacke aus edlem schwarzen Stoff, an der etliche Ehrenabzeichen prangten, auf seinem Kopf saß eine eindrucksvolle Weißhaarperücke und eine Hand hielt den Griff eines aufwändig gearbeiteten Reitersäbels.

Als sie eintraten, stand er auf und verneigte sich andeutungsweise. »Bonjour, mesdames.« Er stutzte. »Natürlich erkenne ich Euch wieder«, die graugrünen Augen fuhren taxierend über Gregorias Kleidung, »aber ich weiß nicht, ob ich Euch immer noch Äbtissin nennen darf.«

»Ich bin es nicht mehr, mon Seigneur. Nennt mich Madame Montclair«, erwiderte Gregoria und verneigte sich. Sarai tat es ihr nach, danach nahm Gregoria gegenüber dem Marquis Platz.

»Das ist eine gute Freundin, Madame Ange, die mich auf meiner Reise begleitet.« Die Seraph blieb schräg neben ihr stehen. »Lasst mich mein Bedauern über Euren Verlust aussprechen, auch wenn ich weiß, dass Ihr den Tod Eures Sohnes begrüßt habt, mon Seigneur.«

Er setzte sich und sah sie verwundert an. »Was meint Ihr damit, Madame?«

»Ich kenne das Geheimnis, das ihn und die Familie Chastel verbindet. Ich nehme sogar an, dass es Jean Chastel war, der Euren Sohn erschoss, wie er es Euch versprochen hat, als er Euer Schloss vorletztes Jahr verlassen hat.«

Der Marquis atmete tief ein und öffnete eine Flasche, in der sich eine goldklare Flüssigkeit befand, goss sich ein und leerte das Glas, um sich sofort nachzuschenken. »Ihr reißt alte Wunden auf, Madame Montclair«, sagte er abwesend und schaute durch sie hindurch ins Nirgendwo.

»Jean Chastel hat Euren Sohn auch gejagt, weil er ein Kind entführte. Das Kind meines Mündels Florence«, fuhr sie fort. »Ich frage Euch, mon Seigneur: Hat man ein Kind im Schloss Eures Sohnes gefunden? Und wo ist Monsieur Chastel abgeblieben? Streift er durch die Wälder, wie ich es ...« Gregoria redete immer schneller, die Sorge beflügelte ihre Zunge.

»Halt, Madame«, unterbrach er sie. »Lasst mich die Umstände des Todes meines Sohnes schildern.« Er leerte das Glas erneut, ein drittes Mal goss er nach. »Wir fanden ihn auf den Stufen vor seinem Schloss, sein Körper war übersät mit Wunden von Schüssen und Stichen. Die abgebrochene Klinge eines Silberdolches wurde aus ihm gezogen, und in den Stallungen lagen die zerstückelten Leichen der Burschen, die in seinen Diensten standen. Im Eingang des Schlosses lag die auf grauenhafte Art geschändete Leiche einer jungen Frau. Eine Unbekannte, sie war nicht aus der Gegend.« Er betrachtete Sarai. »Sie müsste ungefähr Euer Alter gehabt haben, auch wenn ich dies nur anhand der Überreste schätzen kann. Sie hatte braunes Haar und

... nein, die Einzelheiten ihrer Verletzungen möchte ich Euch ersparen.« Seine Rechte krampfte sich um den Säbelgriff; Gregoria bemerkte, dass er mit einem silbernen Draht umwickelt war. Erleichtert stellte sie fest, dass der Marquis kein Wandelwesen sein konnte. »Es war das Werk einer Bestie, wenn Ihr mich fragt, Mesdames. Ich ließ aber verlauten, dass es sich um die Rache seiner Gläubiger handelte.«

»Was denkt Ihr, was sich zutrug?«, hörte sich Gregoria selbst fragen. »Ihr seid offenbar in alle Einzelheiten der Materie eingeweiht, wenn es um die Loups-Garous geht.« Er schwieg und räusperte sich dann. »Daher nehme ich kein Blatt vor den Mund. Ich fürchte, Madame Montclair, dass Monsieur Chastel bei seiner heldenhaften Tat von meinem Sohn gebissen wurde und als neue Bestie durch das Gévaudan zieht. Weil er weiß, was er ist, hält er sich von den Menschen fern und hat sich in die Wälder geflüchtet.« Er trank aus. »Die Information, dass mein Sohn ein Kind entführte, ist mir neu. Mag sein, dass Monsieur Chastel es trotz seiner ... Krankheit sucht. Es würde sein Verhalten erklären.«

Gregoria saß wie versteinert da. Ihr Verdacht war durch die Mutmaßung bestätigt worden, doch ... *Jean kann keine Bestie sein, das Sanctum hätte es verhindert. Oder konnte er es nicht rechtzeitig einnehmen? Hat er es zuvor verloren?* Sie weigerte sich, an solche furchtbaren Möglichkeiten zu glauben.

»Könnt Ihr mir sagen, warum mein Sohn das Kind Eures Mündels entführte?«, brach der Marquis in ihre Gedanken ein.

Sie sah ihn erstaunt an. »*Mon Seigneur,* dann wisst Ihr es nicht?«

»Was meint Ihr?«

»Euer Sohn hatte in jungen Jahren eine Liaison mit einer Madame Du Mont, aus der ein Kind erwuchs ... ein Bestienkind. Madame Du Mont gab das Kind in meine Obhut, ich nannte es Florence und zog es in meinem Kloster groß. Es gelang uns, sie mit Hilfe eines Heilmittels von dem Fluch zu erlösen, aber zuvor brachte sie ein Kind zur Welt. Einen Sohn.«

Der Marquis stand abrupt auf. »Beim Allmächtigen! Ich habe eine Enkelin und einen Urenkel?« Er kam auf Gregoria zu und ging vor ihr auf die Knie. Sarai hielt sich bereit, notfalls einzugreifen. Gregoria hoffte, dass das Herz des älteren Mannes stark genug war, um bei dem neuerlichen Schmerz nicht stehen zu bleiben.

»Madame, treibt keinen Schabernack mit mir! Versprecht, dass Ihr die Wahrheit sagt!«

»Wen, denkt Ihr, habt Ihr vor Euch, mon Seigneur?«, erwiderte sie freundlich und nahm seine Hand. »Was wir beide erlebten, ist grausam genug. Ja, Ihr habt eine wunderschöne, kluge Enkelin und einen kleinen Urenkel, den Euer Sohn hierher verschleppte.«

Er stand auf, sammelte sich und betrachtete die Flasche auf seinem Schreibtisch. Anstatt sich wieder von dem Weinbrand einzuschenken, betätigte er die Klingel, rief einen Diener zu sich und bestellte eine Kanne Kaffee. »Ich brauche einen klaren Kopf und meine gesamte Energie«, sagte er zu Gregoria und setzte sich wieder auf seinen Stuhl. »Wir werden das Rätsel um Monsieur Chastel und meinen Enkel nur lösen, wenn wir die beiden gefunden haben.« Er nahm Papier und Federkiel zur Hand und setzte ein Schreiben auf. »Ich lasse sofort meine besten Jäger und Treiber zusammenrufen.«

»Haltet Ihr einen solchen Aufwand für gut?«, meinte sie vorsichtig.

»Habt Ihr denn eine bessere Idee?«, gab er zurück, ohne aufzuschauen. »Erinnert Euch an die Treibjagden, Madame Montclair. Nur suchen wir dieses Mal ein kleines Kind und keine Bestie.«

»Und Monsieur Chastel?«

Der Marquis sah sie kurz an, die Hand mit der Feder hielt inne. »Wir werden ihn finden, Madame. Keine Sorge, ich werde meine Männer anweisen, dass sie Monsieur Chastel lebend fangen.« Er legte den Federkiel hin, stand auf und ging zu einem großen Schrank, öffnete eine Schublade und nahm eine Karte heraus, die er auf seinem Tisch entrollte; darauf war das Gévaudan mit all seinen Pfarreien eingezeichnet, teilweise sah Gregoria noch Markierungen, die von den Jagden auf die Bestie stammten.

»Das wird uns helfen«, meinte er und nahm wieder Platz. Der Kaffee wurde gebracht; auch Gregoria und Sarai ließen sich einschenken. »Bevor wir uns auf die Suche begeben, möchte ich alles wissen, was Ihr über meinen Sohn in Erfahrung gebracht habt. Es scheint mir einiges entgangen zu sein. Und ich möchte mehr über meine Enkelin hören. Florence ist ihr Name, nicht wahr?«

Gregoria nickte und begann. Es wurde ein langer Nachmittag.

Abends kniete Gregoria vor ihrem Bett in dem riesigen Gemach, das ihr der Marquis zur Verfügung gestellt hatte; Sarai würde im Zimmer nebenan schlafen, bevor sie morgen mit ihm zusammen die Treiber und Jäger aufstellten.

Sie hatte die Ellbogen auf die Matratze gestützt und betete lautlos zum Heiland, damit er Jean und Marianna beschützte, doch es wollte ihr nicht recht gelingen. Es gab zu viele Sorgen. Seufzend erhob sie sich und sah aus dem Fenster.

Der Nebel war gewichen. Vom obersten Stock aus hatte man einen herrlichen Blick über das schneebedeckte Gévaudan, die weitläufigen Ebenen vor den Bergen und die dichten, verschneiten Wälder. Irgendwo dort befand sich Jean.

Die weißen Baumkronen verwandelten sich vor Gregorias innerem Auge in weiße Dächer, die Dächer Roms, unter denen die Intrigen gegen die Jesuiten ihren ersten Höhepunkt erreicht hatten: Papst Klemens XIII., der Jesuitenfreund, war tot, gestorben unter merkwürdigen Umständen.

Gregoria erinnerte sich sehr genau an den 2. Februar und das Treffen mit Lentolo. »Es ist so weit. Heute wird der nächste

Pfeiler eingerammt, Äbtissin«, hatte er zu ihr gesagt und dabei derart siegessicher gelächelt, dass ihr unwohl wurde. »Eure Schwestern sind an die Adelshöfe nach Frankreich und Spanien gesandt worden, um unsere Ideen in aller Heimlichkeit zu verbreiten, jetzt ist der nächste Pfeiler an der Reihe.«

»Wieso heute?«, hatte sie behutsam eingeworfen. »Ich dachte, das Treffen der Kardinäle findet erst morgen statt.«

»Nun, es wird nicht stattfinden, Äbtissin. Denn der Heilige Vater wird nicht erscheinen, sondern tot in seinem Bett aufgefunden werden. Die Jesuiten werden ihn auf alle möglichen Giftarten untersuchen und doch nichts finden, während wir vorbereitet sind«, hatte er geantwortet und nicht einmal den Versuch unternommen, die Freude in seinem Gesicht und den trübbraunen Augen zu überspielen. »Bevor Ihr mich bezichtigt, ich hätte etwas damit zu tun: Das Sanctum zeigte es mir in einer Epiphanie.« Lentolo hatte sich mit dem kleinen Finger der rechten Hand gegen die Brust geklopft. »Ein altes Herz übersteht eine solche bildgewaltige Flut an Sinneseindrücken oftmals nicht. Man stelle sich vor, wenn der Heilige Vater eine ebensolche, noch viel stärkere erleben müsste?«

Damit war es Gregoria klar geworden: Sie hatten Papst Klemens XIII. mit dem Heiligsten getötet, was es auf der Welt gab.

Sie wusste, dass derzeit in einem Konklave heftig um die Neubesetzung gerungen wurde. Es würde sich zeigen, ob Lentolo und sein geheimnisvoller Kardinal die richtigen Fäden gezogen hatten, um ihren Kandidaten, Kardinal Ganganelli, auf den Heiligen Stuhl zu setzen. Das zumindest war ihr von Lentolo mitgeteilt worden, der an diesem Tag beinahe vor Stolz geplatzt wäre.

»Bald sind wir die Jesuiten los, Äbtissin«, hatte er getönt. »Eure Nonnen machen die Meinung, wir machen den Papst. Zusammen beenden wir den Einfluss der Societas Jesu.«

Gregoria wusste nicht viel über Ganganelli. Er war Franziskaner und angeblich Berater der Inquisition gewesen, bevor er 1759 zum Kardinal ernannt wurde. Sobald sie wieder in Rom war, würde sie den neuen Papst – wer auch immer es werden sollte – um eine Audienz bitten. Sie würde ihm den Kampf gegen die Bestien ans Herz legen, ganz gleich, ob es einen Rotonda gab oder nicht. Es waren genügend Nachfolger da, die seine Ideen vertraten.

Es klopfte leise gegen die Tür, und sie hörte Sarais Stimme. »Komm herein«, rief sie.

Die Seraph betrat ihr Gemach und verbeugte sich vor ihr. »Verzeiht die Störung, ehrwürdige Äbtissin, aber ich ...« Sie suchte nach den richtigen Worten. »Ich zermartere mir den Verstand und komme nicht auf die Lösung. Das Sanctum, ehrwürdige Äbtissin. Wieso hat es bei Monsieur Chastel versagt?«

Die gleiche Frage hatte sie sich ebenfalls gestellt. »Ich denke nicht, dass es versagt hat.« Sie bedeutete der jungen Frau, sich neben das Bett auf den Stuhl zu setzen, sie selbst lief im Zimmer auf und ab. »Es bleiben zwei Möglichkeiten. Entweder, er hat zu lange gezögert, es zu nehmen – oder er konnte es nicht.«

»Also glaubt Ihr, dass er sich wirklich in eine Bestie verwandelt hat?«

»Ich weiß es nicht. Vielleicht nahm er es und es gab bei ihm ... Nebenwirkungen.« Sie dachte an Roscolios Tod. »Eine zu starke Dosierung, die ihn durch die Visionen verwirrt hat.«

Sarai senkte den Kopf, der Zopf rutschte über ihre Schulter und baumelte vor ihrer Brust. »Ich hoffe, dass wir Monsieur Chastel finden können.«

Gregoria lächelte schwach. »Ja, Sarai. Dann werden wir alles unternehmen, damit er eine Heilung erfährt. Es wird alles gut, der Herr ist mit uns.«

»Dann will ich Euch nicht länger vom Schlafen abhalten, ehrwürdige Äbtissin.« Sie stand auf, verneigte sich und verließ das Gemach.

Gregoria ging zum Fenster und sah wieder hinaus. Ein starker Wind war aufgekommen und presste die Kälte von den Gipfeln der Drei Berge durch die Ritzen, so dass die Kerze, die auf dem Sims stand, flackerte und tanzte.

Sie bewunderte den alten Marquis für seine Stärke. Er blieb aufrecht und bekannte sich zu dem, was sein Sohn angerichtet hatte, übernahm Verantwortung. Es hatte ihr Leid getan, seinen Wunsch ablehnen zu müssen, Florence zu besuchen. Es war zu früh. Sie würde Marianna vorerst im Alsace vor allen Augen und Händen bewahren, ganz gleich, ob sie gute oder schlechte Absichten hegten. Sarai hatte Florence viel beigebracht und sich nur lobend über ihren Kampfgeist geäußert.

Fröstelnd wich sie vor dem Fenster zurück, entkleidete und wusch sich, danach huschte sie in ihrem Nachthemd unter die Decke und schloss die Augen. Gregoria wollte auf ihren Traum von der kleinen, heimlichen Familie nicht verzichten. Jean, Florence, Marianna und sie gehörten zusammen. Ein Leben lang.

Dafür würde sie alles tun.

XXV.
KAPITEL

Frankreich, Saugues, 4. Dezember 2004, 02.35 Uhr

Eric robbte über den Boden des Wohnwagens, während die Gewehrgarben immer neue Löcher in die Wände stanzten. Irgendwo oberhalb musste ein Angreifer mit einem Maschinengewehr stehen und das Lager des Zirkus Fratini gnadenlos beharken.

Eric sah an den beiden toten Bewachern vorbei zu dem G3 und seinen Pistolen, die unter dem Tisch lagen. Leider befanden sich Isis und ihr Vater viel näher an den Waffen als er.

»Lasst mich sie nehmen«, rief er gegen den Krach der umherfliegenden Kugeln an. Sie rissen Löcher in die dünne Verkleidung, Fetzen der Dämmwolle flogen umher, der feine Staub kitzelte in Erics Nase. »Wir müssen sie ausschalten.«

Isis zog den Kopf ein, als eine Salve knapp über sie hinwegzischte und die Sitzbank in Stücke schlug.

Eric hob den Kopf und spähte aus dem zerstörten Fenster nach draußen, den Hang hinauf. Er sah das armlange, grellgelbe Mündungsfeuer des MG, das von dem Schützen unaufhörlich nach rechts und links geschwenkt wurde. Gleichzeitig stürmten etwa zehn Gestalten in Schneetarnuniformen im Schutz der unaufhörlichen Salven den Hügel hinab, M16-Sturmgewehre in den Händen. Der Zirkus wurde gestürmt.

Die Mündung des Maschinengewehrs wanderte wieder in ihre Richtung. Eric warf sich flach hin. »Okay, wir müssen raus.« Er wandte den Kopf zu Isis. »Lassen Sie mir …« Er stockte. Die Frau lag auf der Seite, aus etlichen Wunden lief Blut und sammelte sich um ihren Körper. Sie war vom silbernen Hagel erwischt worden.

Ein unmenschliches Brüllen ertönte und Lascar tauchte hinter dem Bett auf, wo er Deckung gesucht hatte. Er war bereits zur

Hälfte Eisbär, doch noch wuchsen seine Kiefer, bohrten sich riesige Zähne aus dem Fleisch, formten sich seine Hände zu Furcht erregenden Tatzen. Seine Kleidung wurde von den archaischen Gewalten zerfetzt und fiel zu Boden, begleitet von seinen Schreien, dem kratzenden Geräusch, mit dem der Pelz aus der Haut brach, und dem Krachen der sich verschiebenden Knochen. Als sich Lascar vollends in einen Eisbären verwandelt hatte, durchbrach er die mitgenommene Wand des Wohnwagens spielend leicht. Kaum war er draußen, brach die instabil gewordene Konstruktion ein und begrub Eric unter sich. Zum Glück war es leichter, als er erwartet hatte. Und vor allen Dingen hatte er nun endlich die Möglichkeit, durch die Trümmer zu kriechen und sein G3, die Pistolen und die Kevlarweste zu greifen. Der MG-Schütze hatte sich andere, lohnenswertere Ziele als den zerstörten Wohnwagen gesucht. Die Schreie der Werwesen waren der grausame Beweis.

Er kroch seitlich aus dem Wagen, glitt in den Schnee und sondierte aus seinem Versteck die Lage. Zwei Dutzend Unbekannte arbeiteten sich in Dreierteams und mit militärischer Präzision zwischen den Anhängern vor, sicherten sich gegenseitig – und schossen alles, was sich ihnen in den Weg stellte, nieder. Sie machten keinerlei Unterschied zwischen Mensch und Werwesen.

Eric vermisste die Schrecksekunden, die jeder Mensch normalerweise zeigte, wenn er ein Wandelwesen zu Gesicht bekam. Er verfolgte, wie ein heranstürmender Tiger von ihnen niedergeschossen wurde und sich gleich darauf im Todeskampf in einen Menschen verwandelte. Diese Leute waren speziell trainiert worden, sich nicht um das Aussehen der Gegner zu scheren. Und sie benutzten Silber.

Die erste Welle der Angreifer beschränkte sich darauf, schnell vorzurücken und die Verteidiger mit unentwegten Feuerstößen nach hinten zu treiben, während die zweite in jeden Wagen eindrang.

Sie suchen den Welpen. Eric schaute den Hügel hinauf. Jetzt erkannte er einen Mann an einem MG, das auf einer Standlafette montiert war. Neben ihm kniete sein Ladeschütze; unaufhörlich regneten die heißen Patronenhülsen in den Schnee, zischten und brannten sich einen Weg durch das Weiß. Die Munitionskisten neben dem Schützen und das Austauschrohr für das MG verhießen Eric und den Zirkusleuten tausend Tode.

Eric nahm das G3 hoch, zielte auf den Schützen und drückte ab. Die Kugel traf den Mann genau durch die Unterlippe in den Kopf, gleich danach erlegte Eric den Ladeschützen. Diese Gefahr war vorerst gebannt.

Er warf sich die schusssichere Weste über, rannte vornüber gebeugt zu den Wagen, um die zweite, langsamere Einheit der Angreifer zu umgehen. Eric ließ sich nicht auf ein Feuergefecht ein, er wollte nur den Welpen haben. Sollten sich die Wandelwesen und die Angreifer gegenseitig vernichten, seine Erlaubnis dazu hatten sie.

Eric erkannte jedoch nach ein paar Schritten, dass aus seinem Vorhaben nichts werden würde. Nicht ohne Ablenkung. Er kniete sich unter einen Wagen hinter ein Rad und schaute sich um.

Neben ihm lief der Eisbär auf allen vieren vorbei und sprang einen der Bewaffneten an, das entsetzte Schreien des Mannes währte nur kurz, danach ging es in Gurgeln über und endete mit einem Knirschen. Lascar hatte ihm den Kopf abgebissen und hetzte weiter, die Angreifer folgten ihm.

Das war die Ablenkung, auf die er gewartet hatte. Eric legte den Kopf in den Nacken und jaulte, dann lauschte er auf die Antwort.

Er bekam sie. Der Welpe befand sich, seinen kläglichen, verängstigten Lauten nach, nicht weit von ihm entfernt in einem Anhänger mit der Aufschrift *Taiga*. Der Weg dorthin führte mitten durch eine Horde kämpfender Wandelwesen, die einen Teil der Angreifer in einen Hinterhalt gelockt hatten. Die Menschen setzten sich mit kurzschneidigen Schwertern zur Wehr, deren Klingen silbern schimmerten. Zwei der Männer lagen von Krallen und Zähnen zerfetzt zwischen ihren Mitstreitern, die Wandelwesen hatten bereits drei von ihren Freunden verloren. Eric konnte die Verluste der unterschiedlichen Parteien leicht auseinander halten: Die einen waren tot und nackt, die anderen tot und verstümmelt.

»Na dann.« Er kroch aus seiner Deckung und hangelte sich am Wagen empor, bis er das Dach erreicht hatte. Eric sprintete darüber und gab höllisch Acht, nicht auf die Schräge zu treten und abzurutschen.

Nach einem kräftigen Sprung gelangte er auf den nächsten Wagen, rollte sich über die Schulter ab und verlor dabei das G3. Es rutschte über die Kante und verschwand. *»Fuck!«*

Noch ein Sprung, dann war er am Ziel, und noch hatten ihn die Kämpfenden nicht entdeckt. Das änderte sich, als er sich gerade abgestoßen hatte. Einer der Unbekannten riss seine Waffe hoch und schoss.

Das M16 röhrte auf und spie seine Kugeln nach ihm, eine davon traf ihn in den Hintern. Es war ein glatter Durchschuss, das Silber würde ihn also nicht vergiften und ihm weiter schaden können, aber die Schmerzen waren widerlich. Eric landete nur zwei Meter von der Dachluke entfernt, rutschte aus und schlitterte bis kurz vor die Abdeckung. »Wer sagt's denn?« Er riss sie auf.

Unter einer wärmenden Rotlichtlampe lag ein harmloses rötlichbraunes Fellbündel zusammengerollt und zitterte vor Angst. Das Krachen der Schüsse und die Schreie waren zu viel für die kleine Bestie. Sie maunzte nach Hilfe wie eine Katze.

Eric bedauerte beinahe, dass es keine Möglichkeit gab, den Welpen zu heilen. Die Gefahr, dass er bei seiner Flucht gestellt wurde, erschien ihm zu hoch. Er zog seine Pistole und legte an.

Das Ziel war nicht zu verfehlen, eine Silberkugel würde den

Körper unwiederbringlich zerfetzen und der vorletzten Bestie den Garaus machen. Danach schaffte Eric es entweder, ins Hotel zurückzukehren und das Sanctum zu nehmen – oder er wurde auf der Flucht von den Kugeln seiner Gegner zersiebt.

So oder so: Die Ära der Bestie endete in dieser Nacht.

In dieser Gegend, wo alles begonnen hatte.

Durch Erics Hand lief ein schwaches Zittern, die Mündung vibrierte leicht, und er legte den Lauf vorsichtshalber auf. Die kleine Bestie hob den Kopf, schaute mit großen Augen zu ihm hinauf und stellte die Ohren auf.

»Tut mir Leid.« Eric drückte ab –

– doch im gleichen Moment landete etwas Schweres auf dem Wagendach.

Die Vibrationen genügten, um den Lauf wackeln zu lassen. Der Schuss ging fehl und krachte neben dem Welpen ins Holz. Mit einem erschrockenen Kläffen hüpfte die kleine Bestie zur Seite und flüchtete ins Dunkel des Wagens, wo Eric sie nicht mehr sah.

»Scheiße, verdammte!« Er warf sich auf den Rücken und zielte auf den Neuankömmling. Es war eine der Löwinnen, sie kauerte in halber Menschenform vor ihm, hatte sich zum Sprung geduckt, das Gebiss entblößt, der Schweif peitschte und zuckte. »Weg von der Luke«, grollte sie schwer verständlich. »Lass den Welpen in Frieden.«

Eric wäre es ein Leichtes gewesen, das Werwesen vom Dach zu pusten. Ein größeres und einfacher zu treffendes Ziel gab es beinahe nicht mehr ... und doch empfand er Skrupel wie noch bei keinem seiner Einsätze zuvor. Vielleicht weil er wusste, dass sich diese Wandelwesen von den anderen, gegen die er sonst antrat, unterschieden. Sein eigenes Zaudern passte ihm gar nicht, es machte ihn für die Jagd ungeeignet. Gut, dass bald damit Schluss war.

»Ich muss ihn töten«, sagte er. »Sonst bekommen ihn diejenigen, die gerade dein Lager zerlegen, verstehst du? Das darf ich nicht zulassen.« Seine Sicht trübte sich erneut, ein Gruß des Silbers in seinem Körper.

»Verschwinde!«, fauchte sie ihn an.

Eric rutschte vorwärts, ließ die Beine halb in die Luke pendeln. »Ich gehe jetzt da runter und bringe es zu Ende«, kündigte er an. »Versuch, mich daran zu hindern, und ich töte dich.«

Die Löwin schnellte vorwärts, die langen Krallen zielten auf Erics Kopf. Sie hatte sich entschieden.

Er hatte sich gewünscht, es nicht tun zu müssen. Er schoss zweimal, absichtlich zielte er dabei auf die Schulter, um sie vom Angriff abzuhalten und nicht unbedingt zu töten.

Der Schuss stoppte die Löwin mitten in der Luft, sie krachte auf das Dach, sprang aber sofort wieder auf. Sie brüllte wütend und stieß sich erneut ab, die Arme nach vorn gestreckt.

Eric fluchte und feuerte den Rest des Magazins ab, hielt auf Brust und Kopf. Die Kugeln trafen ihre Ziele, doch diesmal war der Schwung zu stark, trug das sterbende Wandelwesen vorwärts und mit den scharfen Krallen direkt auf ihn zu. Es blieb Eric nichts anderes übrig, als sich blitzschnell durch die Luke in den Verschlag mit der kleinen Bestie zu werfen. Im Sturz sah er über sich den Leichnam der Löwin vorbeiziehen, bei der die Rückverwandlung zur Frau einsetzte; das austretende Blut zog sie wie rote Schnüre hinter sich her.

Eric fiel ins Stroh und wälzte sich herum. Durch ein leises Maunzen und das Rascheln der Strohhalme verriet sich der Welpe. Er hatte sich in die finsterste Ecke zurückgezogen und wühlte sich zwischen die aufgetürmten Strohballen, um dem Angreifer zu entkommen.

Um den Wagen herum erklangen immer noch Schüsse. Schreie und wütendes, tierhaftes Gebrüll mischten sich darunter, gefolgt von Todeskreischen und noch mehr Gewehrfeuer. Der Kampf tobte heftig; auch das MG sprach wieder, ab und zu prallte ein Querschläger gegen den Wagen, schlug einen schrägen Riss ins Holz.

»Gleich, mein Kleiner.« Eric ließ das leere Magazin aus dem Schacht gleiten und führte eine neues ein. Er wollte gerade durchladen, als die Schiebetür mit viel Schwung geöffnet wurde. Zwei der Maskierten sprangen herein und sahen ihn zuerst nicht.

Eric zog den Schlitten der Waffe nach hinten, um durchzuladen. Das Geräusch machte die Angreifer aufmerksam, die Mündungen der M16 zuckten in seine Richtung.

Zu spät.

Zwei Schüsse in den Kopf erledigten den vorderen, zwei weitere ins Knie des Begleiters ließen den Mann rückwärts aus dem Wagen fallen.

Als Antwort wurde eine Granate hineingeworfen.

Sie prallte gegen die Wand, fiel ins Stroh, wo sie mit einem unglaublichen Blitz und Dröhnen detonierte. Die Schockgranate blendete ihn und machte ihn halb taub, außerdem setzte der chemisch erzeugte Blitz die Strohballen in Brand.

Eric kämpfte sich mühsam auf die Beine – und wurde von oben angesprungen. Stiefel trafen ihn ins Kreuz und schleuderten ihn heftig gegen die Wand; Blut schoss aus einer Platzwunde auf der Stirn hervor und lief ihm in die Augen. Eric fuhr herum, zog seine zweite Pistole und richtete sie auf den Angreifer, der vor ihm stand.

»Herr von Kastell. Ich wusste, dass wir uns wieder begegnen.«

Zanettini machte sich nicht einmal die Mühe, sich zu beeilen, sondern schien es darauf anzulegen, ein gutes Ziel zu sein. Er hatte das Kardinalsgewand gegen eine Schneetarnuniform eingetauscht. »Sie sind nach unserem letzten Treffen überhastet abgereist, bevor ich mich für die Schüsse auf mich bedanken konnte. Heute bin ich besser vorbereitet.«

Eric ersparte sich eine Antwort. Stattdessen schoss er aus beiden Waffen nach ihm.

Plötzlich stand der Kardinal neben ihm und riss ihm die Pistolen aus den Fingern. »Lassen Sie das«, knurrte er und rammte Eric das Knie dreimal in den Magen, worauf er würgend zusammenbrach und sich ins Stroh übergab.

Zanettini hatte mit einer unglaublichen Geschwindigkeit angegriffen. Und er war noch nicht fertig.

Der Stiefelabsatz knallte gegen Erics rechte Gesichtshälfte, sein Kopf schnappte herum und krachte wieder gegen die Wand.

Den nächsten Tritt sah er als Schemen auf sich zufliegen und hob die Arme zur Verteidigung, aber der Fuß zischte unter ihnen hindurch. Die Weste fing die Wucht nicht ab, die gerade verheilten Rippen brachen wieder und perforierten seine Lunge. Eric blieb die Luft weg.

Zanettini gönnte ihm keine Pause. Mit einer Hand packte er ihn im Nacken, riss ihn hoch und warf ihn gegen das Wagendach. Der Einschlag schmerzte mehr als der unmittelbar danach folgende Aufprall auf dem losen Stroh.

Der Qualm von der anderen Seite des Wagens wurde dichter, das Prasseln und Knistern des brennenden Strohs lauter. Eine Hitzewelle rollte über die Männer, die Flammen schlugen hoch, züngelten an der Decke entlang und schlugen aus der Luke.

Eric sah nur noch Sterne und die Silhouette eines Mannes vor dem gewaltigen Feuer, die sich bückte. Der Welpe kläffte erschrocken, dann winselte er. Zanettini hatte die kleine Bestie gefunden, die von den Lohen aus dem Versteck getrieben worden war, und sie gepackt.

»So, Herr von Kastell. Ich denke, dass ich Sie nun getrost erlösen darf«, sagte der Kardinal. Es knallte, ein Schlag traf Eric gegen die Brust. Diesen Schuss hatte die Weste noch abgehalten. »Ist es nicht Fügung, dass Sie durch die Silberkugeln Ihrer eigenen Waffe sterben?«

Eric kroch auf den halb im Rauch verborgenen Ausgang zu, krallte die Finger in die Bodenbretter und zog sich vorwärts. Er musste flüchten und zu Kräften kommen, um den Kampf zu mit mehr Aussicht auf Erfolg fortzuführen. Nur ein paar Minuten ...

Er bekam die zweite Pistole zu fassen. Der Priester hatte den

Fehler begangen, sie nicht weit genug wegzuwerfen. »Nein, hören Sie, ich nehme Ihr Angebot an, das Sie mir in Rom gemacht haben!« Eric wandte sich um, schob sich an der Wand nach oben und tat so, als wollte er um Gnade bitten – dabei hob er den Arm mit der P9.

Er verschoss das ganze Magazin, jagte die Kugeln in Zanettini und streifte dabei sogar die Bestie. Sie heulte auf, kläffte und zappelte auf dem Arm; ihr Blut lief über den Ärmel.

Eric sah deutlich, dass sich Zanettinis Wunden wieder schlossen. Aber das Wichtigste war erreicht: Die Bestie würde den Treffer nicht überleben. »Sieht schlecht aus«, sagte er schwach und senkte den Arm. »Die Bestie wird aussterben.«

Zanettini blickte ihn voller Hass an. »Sie Narr!« Als er sah, dass die Wunde die kleine Bestie schwer verletzt hatte, ließ er sie fallen und kam auf Eric zu. »Dann werden Sie dafür sorgen, dass Gottes Ruhm erstrahlt.« Er schoss ihm ins Knie, Eric schrie auf. Noch mehr Silber! »Damit werden Sie mir nicht weglaufen.«

Die Hitze wurde unerträglich. Hinter Zanettini spielten die Flammen an den Wänden und der Decke. Sie zuckten und vermittelten den Eindruck, als öffnete sich gerade ein Portal direkt in die Hölle.

Eric hob die leergeschossene P9, seine Hand zitterte. »Noch einen Schritt, Zanettini, und ich verteile Ihr Gehirn an der Wand«, bluffte er.

»Und dann? Mich mögen Sie töten, aber meine Leute werden Sie überwältigen. Nur das zählt!« Er machte einen weiteren Schritt auf ihn zu, unerschrocken und voller Zuversicht.

»Sie haben Recht.« Eric ließ die Waffe fallen. »Das hier macht mehr Sinn.« Er stieß sich von der Wagenwand ab, breitete die Arme aus und warf sich gegen Zanettini, um ihn mit in das aufbrüllende, tobende Feuer zu reißen.

Der Mann wich ihm aus, Eric flog an ihm vorbei.

Die Flammen schlugen gierig über ihm zusammen.

XXVI. KAPITEL

22. März 1769,
in der Nähe von Villefort, Südfrankreich

»Der Eingang zur Hölle kann nicht düsterer sein als der Wald von Mercoire«, keuchte Gregoria und lehnte sich gegen einen Stamm.

»Als würden aus diesem verfluchten Boden nur Bäume wachsen, die Finsternis statt Blätter tragen«, fügte Sarai schaudernd hinzu. Sie sah, dass die Äbtissin dringend eine Rast benötigte, rief nach dem Anführer ihrer Jagdtruppe und ließ anhalten.

Es kam dem Dutzend Männer, das sie begleitete, nur recht. Ihre vier Spürhunde bellten, kläfften und jaulten ständig, ohne dass die Menschen etwas sahen; die Jäger schimpften ununterbrochen, kämpften sich durch das Unterholz und mussten sich mehr als einmal gegenseitig aus tückischen Schlammlöchern ziehen, die einfach nicht gefroren waren.

Gregoria griff nach der Wasserflasche und nahm einen Schluck. Sie beobachtete, wie die Männer ein Lager für die Nacht herrichteten. Es war unmöglich, durch den nassen Schnee und den Matsch bis zum Ausgang des Waldes zu gelangen. »Je weiter wir in das Gebiet vordringen, desto mehr stemmt sich uns der Wald entgegen«, meinte sie nachdenklich. Er bremste sie so stark in ihrem Vorwärtskommen, dass sie am Tag nicht mehr als zwei Meilen schafften.

»Wenigstens haben wir endlich Spuren gefunden.« Sarai hielt ihr den Arm als Stütze hin, und sie folgte ihr zu den ersten kleinen Flämmchen des Lagerfeuers. Selbst das bisschen Wärme empfand sie als Wohltat, denn der Wind pfiff schneidend kalt um die Bäume, als wollte er die Menschen aus seinem Reich hinaustreiben.

»Versprich dir nicht zu viel davon«, warnte Gregoria. »Keiner konnte sie richtig deuten.«

Was folgte, war der immer gleiche Ablauf der letzten Nächte: Die Jäger bauten das große Zelt auf, breiteten Tannenzweige auf dem fest getrampelten Schnee aus, schmolzen Schnee, um Tee zu kochen. Ein karges Mahl wurde über den Flammen bereitet, danach wickelten sich alle in dicke Decken und versuchten, etwas Schlaf zu bekommen; für die beiden Frauen war mit einer Zeltplane eine eigene Kabine abgetrennt worden.

Gregoria lag wie immer lange wach und lauschte auf die Geräusche der Nacht. Sie hörte das Ächzen und Knarren der Bäume, das Rauschen des Windes in den Ästen und Zweigen, in dem sie ein undeutliches Flüstern zu vernehmen meinte.

Um sich Mut zu machen und abzulenken, dachte sie an die ersten Rettungen. Ihre Seraphim hatten drei Wandelwesen an verschiedenen Orten in Italien aufgestöbert und sie mit Sanctum geheilt. Schöne erste Erfolge, an die sie anknüpfen wollte.

Kurz bevor sie einschlief, erklang in der Ferne plötzlich vielstimmiges Bellen. Es steckte voller Wut und Tobsucht und wurde von den Jagdhunden ihrer Begleiter ebenso erwidert.

»Wölfe!« Gregoria schälte sich aus den Decken, auch Sarai war erwacht. Sie gingen zu den Jägern, von denen sich jedoch keiner rühren wollte. Selbst die beiden, die für die erste Wache eingeteilt waren, hielten ihre Musketen ohne Anspannung in den Händen.

»Keine Angst, Madame«, sagte derjenige, der auf den Namen Bluche hörte. »Das sind keine Wölfe. Es klingt nach einer Hundemeute, vermutlich ist es die andere Jagdgruppe. Laut Karte müssten wir morgen zu ihnen stoßen.«

Das Bellen näherte sich.

Und zwar außergewöhnlich schnell.

»Seid Ihr sicher, Monsieur?« Sarai hatte ihre beiden Pistolen im Gürtel und ihre Muskete mit dem Silberdolch in den Händen; Gregoria hielt ebenfalls eine Pistole. Die Hunde vor dem

Zelt sprangen wie irr auf und nieder und zerrten an ihren Leinen.

Dem Jäger wurde die Situation nun auch zu unheimlich. »Ihr habt Recht. Ich hole die anderen.« Er weckte die übrigen Männer, während das Kläffen immer näher kam.

Einer der Männer löste die Leinen ihrer Hunde; sie stürzten sich sofort in die Dunkelheit des Waldes und waren schon nach wenigen Sprüngen nicht mehr zu sehen. Es dauerte nicht lange und man hörte, wie ein Kampf zwischen den beiden Meuten entbrannte. Knurren und Heulen, Winseln und Bellen vermischten sich.

Inzwischen hatten sich alle Männer bewaffnet; keiner glaubte mehr daran, dass es sich um die zweite Jagdgruppe handelte.

»Es ist die Tollwut.« Bluche kniete sich neben den Eingang, schob die Zeltbahn zur Seite und zielte in die Dunkelheit. »Oder der Hunger macht sie verrückt.«

Sarai sah viele gedrungene Schatten zwischen den Stämmen hin und her huschen. »Die fremden Hunde greifen das Zelt von vorn an. Geht zurück, Madame Montclair«, empfahl sie und winkte noch mehr Jäger zu sich.

In diesem Moment brach wie aus dem Nichts ein gelblicher, kalbgroßer Hund unter der rechten Plane durch und stürzte sich auf den ersten Mann, den er zu fassen bekam. Es war ein kräftiger Mastiff, der sein Opfer einfach auf den Boden drückte und die Zähne so rasch in die Kehle des Überraschten schlug, dass keine Zeit für Gegenwehr blieb; das Blut spritzte auf die Umstehenden. Der Hund ließ sofort ab und schnappte nach dem Bein des Nächsten.

Zwei der Jäger wandten sich um, schrien und stachen mit den Musketenläufen auf den Mastiff ein, der sich um die Hiebe zunächst gar nicht kümmerte, sondern mit einem gewaltigen Ruck einen Fleischfetzen aus dem Oberschenkel seines nächsten Opfers riss.

Gregoria erkannte das Tier. Es war Surtout, der Mastiff des

toten Antoine, der sich offensichtlich zum Anführer der nun herrenlosen Hunde aufgeschwungen hatte. Sie legte auf ihn an und schoss, verfehlte den umherspringenden und wütenden Hund jedoch.

Die Musketen der Jäger, die am Eingang standen, krachten los, vereinzeltes Jaulen erklang – doch dann fegte ein Wirbelsturm aus Fell und gebleckten Zähnen ins Zelt.

Gregoria wurde angesprungen und umgeworfen, sie roch den stinkenden Atem eines Hundes, sah spitze Reißzähne vor ihrem Gesicht zuschnappen, die aber jäh nach hinten gerissen wurden. Sarai stand plötzlich über ihr und schlug mit ihrer Muskete nach den Tieren; am ihrem langen Silberbajonett haftete bereits Blut. »Weg hier, Madame«, rief sie und zerschmetterte einem Hund, der die Zähne in ihren festen Stiefelschaft geschlagen hatte, mit dem Kolben den Schädel. »Raus und auf einen Baum! Es sind zu viele.«

Gregoria versuchte erst gar nicht zu widersprechen, sondern rutschte unter der Zeltwand hinaus, fand sich dort vor einem Stamm wieder und erklomm ihn sofort.

Einer der Hunde folgte ihr. Er sprang weit in die Höhe, schnappte ihren Rock und hing wie eine Klette daran; knurrend schüttelte er sich. Sein Gewicht und das Zappeln zogen Gregoria wieder nach unten.

»Fort von ihr, du Ausgeburt der Hölle!« Sarai erschien, durchstach den Hinterleib des Hundes mit dem Bajonett und schob Gregoria wieder ein Stück nach oben. »Ich decke Euch, bis Ihr weit genug geklettert seid«, rief sie, stellte sich mit dem Rücken an den Baum und achtete auf jede Bewegung.

Lichtschein schimmerte auf, das Zelt hatte Feuer gefangen und stand an einer Ecke bald in lodernden Flammen. Nun brachte sich auch die Seraph auf dem Baum in Sicherheit.

Die Hunde flüchteten ins Freie und warteten geduldig, bis sich die letzten überlebenden Jäger hinauswagen mussten, wo sie sie erneut anfielen und mit zahlreichen Bissen töteten. Die

Schreie der Sterbenden waren furchtbar. Und dann, so plötzlich, wie der Angriff begonnen hatte, war er auch wieder vorbei. Und mit ihm das Leben aller Jäger.

Nun begann rund um den Baum, auf den sich die beiden Frauen geflüchtet hatten, und im Schein des Feuers das große Fressen. Überall kauerten sich die Hunde über ihre Opfer, nagten an Knochen, verschlangen große Bissen, vereinzelt balgten sie sich um die besten Stücke. Ihr unangefochtener König, Surtout, thronte löwengleich vor dem Leichnam des Jägers Bluche. Er hatte die Schnauze in die Gedärme gesenkt und suchte nach köstlichen Innereien.

Zwischendurch erhob er den blutverschmierten Kopf, doch nicht, um andere Hunde in ihre Schranken zu weisen; keiner aus seiner Meute näherte sich ihm, um ihm sein Fressen streitig zu machen. Nein – der Mastiff ließ die Frauen nicht aus den Augen.

Sarai und Gregoria saßen in fünf Schritt Höhe und konnten den Blick nicht von dem Grauen lösen, das sich unter ihnen abspielte. Gregoria flüsterte ein Gebet nach dem anderen, bat um Frieden für die Seelen der geschundenen Männer, und versuchte so, ihre eigene Angst niederzukämpfen. Sarai beobachtete die Hunde mit kaltem Blick, schien die Wildheit jedes Einzelnen abschätzen zu wollen. Dann begann die Seraph mit dem Nachladen ihrer Muskete. »Drei oder vier von den schwächeren werde ich mit dem Messer erlegen müssen«, sagte sie mit fester, wenn auch tonloser Stimme. »Aber für die, die wirklich gefährlich sind, habe ich genügend Munition.« Sie führte die Kugel in den Lauf, stopfte ihn und legte auf Surtout an. Bevor sie abdrücken konnte, sprang er auf und versteckte sich hinter einem Baum. Er kannte die Wirkung von Feuerwaffen und stieß ein lautes Heulen aus. Sarai schwenkte den Lauf zur Seite und erschoss den nächstgrößen Hund.

Sofort ließ die Meute von ihrem Mahl ab und suchte Deckung, strich um die dicken Stämme und wurde für die Frauen und ihre Waffen unsichtbar. Dann stimmten sie ein gemeinsames Heulen an.

»Was haben sie vor?« Gregoria bekam von Sarai eine nachgeladene Pistole gereicht.

»Es klingt, als ... als riefen sie jemanden.« Die junge Frau schaute sich um, konnte aber trotz des hellen Scheins des brennenden Zeltes nichts erkennen.

Einer der kleineren Hunde hetzte durch den Schnee, packte mit seinen Zähnen ein brennendes Stück Holz und schleifte es an den Stamm des Baums, auf dem die Frauen saßen.

»Höllenkreatur!« Gregoria schoss nach ihm und verfehlte – da kam schon der Nächste, der dieses Mal einen Fetzen brennende Zeltplane heranzerrte. Sarai erlegte ihn, doch sofort kamen neue Hunde und vollendeten die Arbeit. Zwar starben noch drei weitere Tiere – aber die Rinde des Baums hatte Feuer gefangen!

Gregoria war Surtouts Intelligenz unheimlich. Ihr Baum stand zu weit von anderen entfernt, als dass sie sich mit einem Sprung hätten in Sicherheit bringen können. Ihnen blieb nur, höher zu klettern und zu hoffen, dass die Flammen auf dem Weg nach oben von selbst erloschen.

Sie stiegen weiter und weiter, bis Gregoria die Entfernung zum Boden auf gut und gerne fünfzehn Schritt schätzte. Die Wolkendecke riss auf und der pralle Mond zeigte sich über ihnen. Es war, als habe man eine Blendlaterne über dem Gévaudan entzündet. Das Silberlicht schien durch die laublosen Kronen, das Weiß des Schnees verstärkte die Helligkeit zusätzlich.

»Gott ist mit uns«, murmelte Sarai und legte die Muskete an. Sie sah wieder genügend Ziele für ihre Muskete.

Das Feuer brannte immer noch, während die Hunde erwartungsvoll umherstrichen, bis die ersten Kugeln flogen und sie wieder zwei aus ihrer Bruderschaft verloren.

»Bleiben noch elf.« Die Seraph sah sehr zufrieden aus. »Und die Flammen sind kleiner geworden.«

»Es liegt am Winter. Das Harz und die Säfte sind gefroren und brennen nicht so leicht.« Gregoria erlaubte sich, wieder etwas Hoffnung zu schöpfen, die ihr trotz allen Vertrauens kurzfristig abhanden gekommen war. Sie sandte ein Stoßgebet an den Herrn.

Sarai legte wieder an. »Da ist noch einer«, knurrte sie und drückte sofort ab.

Dabei geschah es.

Der Rückstoß ließ sie für einen einzigen Augenblick das Gleichgewicht verlieren, doch das genügte, um ihren Fuß abrutschen zu lassen. Sie strauchelte, warf ihr Gewehr fort, um sich festhalten zu können – doch es war zu spät. Aufschreiend stürzte Sarai in die Tiefe, versuchte, sich an Ästen festzukrallen, doch ihre Finger bekamen nichts zu packen oder die Zweige zerbrachen.

Immerhin wurde ihr Sturz so weit gebremst, dass sie nicht mit voller Wucht auf den Boden auftraf, und doch stob eine Wolke aus glitzerndem Neuschnee auf und raubte Gregoria die Sicht.

»Nein!« Sie begann sofort, nach unten zu klettern, um Sarai beizustehen, doch schon hörte sie das triumphierende Bellen der Meute. Knurrend und kläffend rannten sie auf die Stelle zu, an der die junge Frau aufgeschlagen war.

Gregoria hatte die Hälfte der Strecke geschafft, da sah sie, wie die Hunde die bewusstlose Seraph erreichten. Die ersten Bisse in Arme und Beine waren zögerlich, als trauten sie dem Frieden nicht. »Geht weg!«, schrie Gregoria, zog die Pistole – und sprang.

Sie landete schwer auf einem der Hunde und spürte, wie seine Knochen unter ihren Stiefeln zerbrachen, er jaulte nicht einmal mehr. Der Schlag, den sie beim Aufkommen ins Kreuz bekam, ließ sie nach Luft ringen, beinahe hätte sie ihre Waffe fallen lassen. Sie schoss nach dem nächsten Tier und verletzte es in der Flanke.

»Sarai!« Gregoria bahnte sich einen Weg durch den nassen

Tiefschnee, der unter der pudrigen Schicht lauerte und jeden Schritt zu einer zähen Kraftanstrengung machte. Sie zog Sarais Oberkörper aus dem Weiß; die Lider der jungen Frau flatterten.

»Wach auf!«, schrie Gregoria sie an und suchte nach der Muskete; sie fand die Waffe nicht.

Die Meute rückte langsam vor. Allen voran schritt Surtout, dessen helles Fell sich um den Kopf, am Hals und auf der breiten Brust vom Blut seiner Beute rot gefärbt hatte. Er grollte, die Lefzen zogen sich zurück und entblößten die langen Fangzähne, zwischen denen noch Fleischstücke hingen.

Gregoria bekreuzigte sich und zog ihren Dolch. »Ich werde dich besiegen«, versprach sie ihm. »Du wirst deinem Herrn folgen, so wahr ich ...«

Sie wurde in den Rücken getroffen und fiel nach vorn in den Tiefschnee. Ein schwerer Körper drückte sie nach unten. Der Schnee wirkte wie eine erstickende, eiskalte Decke, die Mund, Nase und Ohren füllte; sie hörte fast nichts mehr.

Surtout hatte sie abgelenkt, um einem anderen Hund den Angriff zu ermöglichen. Jeden Moment erwartete sie, seine Zähne im Nacken zu spüren.

Aber das geschah nicht. Das Gewicht über ihr verlagerte sich zu allen Seiten, es erschien ihr fast, als würde auf ihr ein unheilvoller Tanz stattfinden, doch immer, wenn der Druck nachließ, kehrte er Sekundenbruchteile später mit neuer Macht zurück. Gregoria drohten die Sinne zu schwinden. Sie bekam keine Luft mehr.

Soll das mein Ende sein?

Noch war Gregoria nicht bereit, sich in ihr Schicksal zu ergeben. Sie flehte zum Himmel, dass sie das Sanctum in ihren Adern schützen möge, spannte noch einmal alle Muskeln an, die in ihrem Körper zu zerreißen drohten, und stemmte sich hoch.

Der Druck auf ihrem Rücken wurde plötzlich von ihr genommen.

Mit einem gequälten Schrei kam Gregoria endlich wieder auf

die Knie und stach mit dem Dolch nach dem Schatten, der vor ihr saß; die Klinge traf. »Weg von mir!«

Zur Antwort bekam sie ein furchtbares Brüllen.

Eine Hand umklammerte brutal ihre Kehle. Riss sie nach oben. Gregoria erstarrte. Sie hing in etwas mehr als zwei Schritt Höhe –

– am ausgestreckten Arm eines Loup-Garou, dessen leuchtend rote Augen sie zornig anstarrten. Im Gegensatz zu den Bestien, die sie bisher gesehen hatte, besaß diese ein weißsilbriges Fell. In ihrer Schulter steckte der Silberdolch. Zischend brannte er sich in den Körper.

Um sie herum lagen Hundeleichen, in Stücke gerissen und von kräftigen Kiefern zerbissen. Sogar der gefürchtete, mächtige Surtout lag tot im Schnee.

Sie klammerte sich mit beiden Händen an den haarigen Unterarm der Bestie, die ihr unbarmherzig die Luft abdrückte und sich mit der anderen Hand den Dolch aus dem Leib zog; fauchend schleuderte sie ihn davon.

Warum hat mich die Bestie gerettet?

Das silbrige Fell, dessen Farbe so sehr den Haaren eines geliebten Menschen glich, nährte Gregorias Hoffnung.

»Jean, bist du es?«, krächzte sie. »Jean Chastel, steckst du in dieser Bestie?« Sie suchte mit einer Hand nach dem Flakon um ihren Hals, in dem sie das Sanctum aufbewahrte.

Die Bestie grollte, die Ohren lagen nach hinten, die blutigen Zähne waren nach wie vor entblößt. Es sah nicht so aus, als sollte sie von dem Wesen verschont werden.

»Jean, wehre dich gegen das Böse!«, ächzte sie und hatte nun den kleinen Anhänger endlich gefunden. Sie drehte ihn ab und öffnete ihn so. Es gab nur eine Möglichkeit, das Sanctum in die Bestie zu bekommen.

Gregoria krümmte sich zusammen, stieß ein Bein nach vorne und traf die Kreatur genau an der Stelle in der Schulter, wo die klaffende Silberwunde sich gerade schloss.

Die Bestie brüllte erbost auf und schnappte nach ihr.

Gregoria warf den Flakon in das heranschießende, weit geöffnete Maul und sah genau, wie er gegen den Rachen sprang. Das Sanctum rieselte auf die Zunge und vermengte sich mit dem schaumigen Speichel. Das Gegenmittel war eingebracht, nun musste es wirken, bevor die Bestie sie tötete! Die Klauenhand öffnete sich und ließ Gregorias Hals los.

Die Äbtissin fiel in den Schnee und starrte die Bestie an, die sich mit einer Hand in den Schlund griff, würgende Geräusche von sich gab und einen Schritt zurückwich.

»Herr im Himmel, steh ihm bei«, betete sie. »Lass ihn die Austreibung überleben und nicht vergehen!« Sie musste hilflos zusehen, wie die Bestie sich erbrach, auf die Knie sank, würgte und krampfte. »Erhöre mein Flehen, Herr. Die Welt braucht ihn so sehr!« Sie meinte, Rauch und Flammen aus dem Maul schlagen zu sehen. *Ich brauche ihn!*

Mit einem letzten Würgen spie die Bestie etwas aus.

Der leere Flakon landete im Schnee.

Die Bestie ... verwandelte sich nicht!

Stattdessen sprang sie brüllend auf, machte einen Schritt auf Gregoria zu und erhob die Klauen zu einem mörderischen Schlag.

Ein Schuss krachte, unterhalb der rechten Rippe zerplatzte das Fell, Blut spritzte heraus. »Lauft, ehrwürdige Äbtissin«, erklang Sarais Stimme. »Ihr müsst leben. Für die Schwesternschaft.«

Die Bestie flog herum und warf sich mit einem merkwürdigen Laut voller Hass und Schmerz gegen die Seraph, die sich unmittelbar vor dem Aufprall kaltblütig abkniete und ihre Muskete wie einen Spieß einsetzte. Sie rammte das Bajonett von unten gegen den Bauch, um ihn aufzuschlitzen.

Doch die Bestie sah das Manöver voraus. Sie wich der blitzenden Schneide aus, hielt den Lauf fest und schlug mit der anderen Kralle nach Sarai. Die spitzen Nägel rissen fünf lange rote Wunden in ihr Gesicht, die Seraph wurde drei Schritte weit geschleudert, ehe sie ein Baumstamm aufhielt.

Die Bestie warf die Muskete weg und setzte sofort nach.

Gregoria war wie gelähmt. Das Sanctum wirkte nicht! Es gab nicht einmal eine leise Andeutung, dass es seine reinigende Wirkung entfaltete und das Böse vertrieb.

Sie hörte das Reißen von Stoff, als die Klauen durch die Kleidung der Seraph schnitten, Sarai schrie gellend, hatte eine Hand um die Kehle der Bestie gekrallt und hielt die tödlichen Zähne vom Biss ab. Eine schier übermenschliche Leistung, die sie nicht lange durchhalten würde!

Gregoria hob wie in Trance die Muskete auf. Sarais Schreie gellten durch den Wald, als sich eine Klaue in ihr ungeschütztes Fleisch bohrte, ihre Brust zerschnitt, über dem rechten Rippenbogen eine tiefe Wunden riss, durch die das Weiß der Knochen schimmerte.

Gregoria nahm Anlauf, hob die Muskete und rammte das Silberbajonett von hinten in den Rücken der Bestie. Dorthin, wo sich das Herz befand.

»Verzeih mir!«

Das Wesen bäumte sich auf, wirbelte herum und versetzte ihr einen harten Schlag, so dass sie zur Seite taumelte und fiel.

Gleich darauf stürzte die Bestie neben sie, ihre Gesichter waren nicht mehr als eine Fingerlänge voneinander entfernt.

Das rote Leuchten flackerte und erlosch. Die Augen wurden die eines Menschen. Mit widerlich knackenden Geräuschen verwandelte sich die Kreatur in einen Mann zurück.

»Nein«, flüsterte Gregoria fassungslos und streckte die Hand nach dem Gesicht aus, das mehr und mehr Jeans geliebte Züge annahm. Sie strich die langen weißen Haare zur Seite, die ihm wirr in die Augen fielen. »Heilige Mutter Gottes, erbarme dich seiner.«

Seine Lieder flatterten, als würde er aus tiefer Ohnmacht

erwachen. Dann sah er sie an. »Gregoria«, sagte Jean schwach und lächelte. »Endlich.« Der Kopf sackte zur Seite.

»Nein, nein, nein!«, rief sie entsetzt, erhob sich auf die Knie und bettete sein Haupt auf ihren Schoß. »Jean, bleib wach. Wir werden einen Weg finden, dich von der Bestie ...«

»Das Sanctum«, flüsterte er kaum wahrnehmbar, »das ich genommen habe, wirkte nicht.« Er schluckte. »Warum?«

»Ich weiß es nicht, Jean.« Sie brachte ihr Ohr dicht an seinen Mund. Auf ihren Knien wurde es feucht und warm, das sterbende Herz pumpte sein Blut aus dem tiefen Stich und tränkte ihren Rock. »Ich weiß es nicht«, weinte sie, ihre Tränen perlten auf seine Wangen. »Verzeih mir, dass ich ...«

»Es ist gut. Du hast dem Gévaudan eine Bestie erspart. Lieber sterbe ich, als mein Leben so zu verbringen. Aber ...« Er verstummte, sein Körper verkrampfte sich. »Ich ... habe den Jungen nicht finden können. Die Hunde hatten ihn nicht mehr«, presste er heraus. Er tastete nach Gregorias Hand, seine Augen suchten ihren Blick. »Es hat nicht sein sollen, Gregoria. Du und ich ...« Er verstummte.

Sie schluckte. Es würde keinen späteren Zeitpunkt mehr geben, um ihm das Geständnis zu machen. »Ich werde unsere Tochter immer so lieben, wie ich dich geliebt habe, Jean.«

Er entspannte sich, lächelte einen Moment lang glücklich, eine Träne sprang über den linken Augenrand – und seine Pupillen brachen.

Sanft schloss Gregoria ihm die Lider, küsste ihn lange auf den Mund und zog ihn dichter an sich.

XXVII. KAPITEL

Frankreich, Saugues, 4. Dezember 2004, 03.15 Uhr

Eric hatte mit Höllenqualen gerechnet. Einem unendlichen Schwarz, in dem seine Seele für alle Ewigkeit treiben und von seltsamen Kreaturen in winzigen Happen aufgefressen werde würde.

Stattdessen erwachte er mit grauenvollen Kopfschmerzen, es roch nach Asche und er steckte unter einer leichten, warmen ... Decke?

Vorsichtig stützte er sich auf die Arme, raschelnd glitt die Decke von ihm herab und er sah wieder etwas. Er lag mitten unter einem großen Haufen Asche begraben, hier und da glimmte es noch, vor sich sah er verkohlte Holzbalkenreste.

Langsam setzte er sich auf und schaute sich um. Er befand sich im hinteren Teil des Wagens, in dem das Feuer gewütet hatte. Das Dach war verbrannt und eingestürzt, nur ein metallenes, von der Hitze geschwärztes Eisengerüst war um ihn herum stehen geblieben.

Fassungslos stand er auf und schaute an sich hinab. Seine Kleidung war fast vollständig verbrannt, nur die Sohlen und die Stahlkappen an seinen Schuhen hatten die Flammen überstanden. Aber seine Haut sah aus wie immer, sogar die schwarzen Haare waren ihm geblieben.

»Wie kann das sein?«

Als er über den rechten Unterarm rieb, entdeckte er doch eine Verletzung. Es war eine eigentümlich geschwungene Narbe, die sich vom Handgelenk bis zur Armbeuge zog und mehr an ein gebranntes Zeichen erinnerte. Jeder Tätowierer wäre stolz auf ein solches Motiv gewesen. Und Eric meinte sich zu erinnern, so etwas schon einmal gesehen zu haben ...

Ich war das nicht, heulte die Bestie und klang eifersüchtig. *Tu das nie wieder, Eric. Wir hätten beide in den Flammen sterben können.*

Eric beschloss, das Wunder und das Zeichen zu einem späteren Zeitpunkt zu ergründen, wankte vorwärts und sah durch die offene Wagentür auf das Zirkuslager.

Das Massaker hatte aufgehört; auf dem Boden lagen unzählige Leichen, die einen waren nackt, die anderen in Schwarz gekleidet und meistens aufs Übelste zugerichtet; der Schnee hatte sich großflächig rot gefärbt. Dafür fehlte jede Spur vom Welpen und Kardinal. Zanettini hatte wohl beschlossen, dass es mehr Sinn machte, eine verletzte Bestie mitzunehmen und die Hoffnung auf ihre Genesung nicht aufzugeben, als einen Gegenspieler aus dem Feuer zu ziehen.

Eric wollte einen weiteren Schritt nach vorne machen, um aus dem Wagen klettern zu können – und fiel wieder hin. Das von der Silberkugel zerstörte Knie verweigerte plötzlich seinen Dienst. Es war wie ein Initialschmerz, der alle anderen Qualen wieder zum Leben erweckte: Sein ganzer Körper tat weh, mikroskopische Silberpartikel suchten sich ihren Weg durch die Blutbahn und verteilten sich, schnitten in sein Gehirn und legten sich um sein Herz wie eine langsam schließende Faust. Eric hatte noch nie solche Qualen erdulden müssen, doch er war sich sicher, was es war: eine Silbervergiftung. Er spürte, dass sich die Bestie in ihm ebenfalls vor Schmerzen wand, und zwang sich ein grimmiges Lächeln auf die Lippen. *Verreck dran, Drecksvieh.*

Vor dem Wagen tauchte eine sehr bekannte Gestalt auf, die ein M16 in den Händen hielt und einen weißen Mantel trug. Sie ging unsicher an ihm vorbei, ohne ihn zu sehen.

Eric schüttelte ungläubig den Kopf.

»Severina?«

Sie wirbelte herum und riss das Gewehr hoch. »Eric!«, rief sie erleichtert. »Mein Gott, ich dachte schon ...« Severina schaute sich um. »Was ist hier geschehen?«

»Ich hatte hier noch eine alte Rechnung offen.« Er rutschte aus dem Wagen, humpelte zur ersten Leiche von Zanettinis Stoßtrupp und zog sie aus. Er benötigte neue Kleidung, wenigstens Hosen und eine Jacke. »Und dann ging so ziemlich alles schief.«

»Das sieht man.« Sie half ihm beim Anziehen und erkannte jetzt erst, wie viele Verletzungen er davongetragen hatte. »O Gott! Du musst sofort zu einem Arzt.«

»Wie kommst du hierher?«

»Ganz Saugues ist auf den Beinen. Man hat die Leichen von zwei Männern gefunden, und dann begann das Schießen. Du warst nicht da, und da nahm ich an, dass das sicherlich etwas mit dir und deiner Suche zu tun hat.«

»Und die Dorfbewohner?«

»Einige sind mit Gewehren unterwegs, aber die meisten sitzen in ihren Häusern und warten, bis die Gendarmerie kommt. Es klang, als wäre hier ein Krieg ausgebrochen.« Sie betrachtete die Leichen und schüttelte sich. »Sieht ganz danach aus.«

Eric bewunderte ihren Mut. »Danke.«

»Wofür?«

Er zeigte auf das M16. »Dass du mich retten wolltest.«

»Ich bin froh, dass ich es nicht einsetzen musste. Ich kann damit nicht umgehen. Notfalls hätte ich es in die richtige Richtung gehalten und abgedrückt.« Sie schluckte, ihre eigene Verwegenheit kam ihr nicht geheuer vor. »Was machen wir jetzt?«

»Hast du Fremde durchs Dorf fahren sehen? Männer in schwarzen Klamotten?«

»Es sind mir drei Transporter aufgefallen. Sie standen am Ortsausgang in Richtung …«

»Dann los!« Eric humpelte auf die nächste Zugmaschine zu, zerschoss die Scheibe und öffnete die Verriegelung. Severina folgte ihm und stieg auf der anderen Seite ein, während er den Motor kurzschloss; dröhnend erwachte er zum Leben.

Eric lenkte den LKW auf die Straße, die groben Stollenräder

mit den Ketten fraßen sich in den Schnee und brachten sie rasch vorwärts. Sie rasten durch die engen Straßen von Saugues, Männer mit Gewehren wichen dem Lkw aus, schossen aber nicht nach ihm.

Severina lotste ihn an die Stelle, wo sie die Transporter gesehen hatte. Als sie ankamen, fehlte einer.

»Scheiße!« Eric schlug auf das Lenkrad. Nach kurzem Nachdenken stieg er aus, schwang sich unter Schmerzen auf das Dach der Kabine und starrte in die Nacht, lauschte und witterte. Plötzlich entdeckte er in der Ferne zwei helle Punkte, die kurz aufleuchteten.

Er sprang hinters Steuer und löste die Bremse. »Ich hoffe, dass wir den richtigen Wagen verfolgen«, sagte er und trat aufs Gas. »Das war jetzt gerade die letzte Möglichkeit, auszusteigen.« Severina schwieg und hielt das M16 umklammert, das sie im Zusammenspiel mit ihrer Brille wie eine intellektuelle Freischärlerin aussehen ließ.

Der Truck gehorchte Eric weitestgehend, nur in den engeren Kurven scherte er aus, dreimal krachten sie gegen Felswände und verpassten dem Blech Kratzer und Beulen. Dass sein Knie nicht so funktionierte, wie er es gewohnt war, machte es noch schwieriger. Eric spürte Schweißtropfen auf seiner Stirn. Aber das war ihm egal. Sie holten auf!

»Ich wette, dass sie nach Clermont-Ferrand wollen«, mutmaßte er.

»Was machen wir, wenn wir sie eingeholt haben?«

»Wir drängen sie ab.« Er schaute neben sich, wo nicht einmal eine Leitplanke zu sehen war, die den Autofahrer vor einem Sturz in die Tiefe bewahrte. »Schluchten gibt es hier genug.«

Als sie sich bis auf hundert Meter an den Transporter herangekämpft hatten, schien der Mond unvermittelt einen vollen, sehr schnellen Zwillingsbruder zu bekommen, der knatternd über sie hinwegflog. Er sandte einen einzelnen, gebündelten Strahl zur Erde und fing damit den Transporter ein. Aufgrund der schwarzen Konturen erkannte Eric, dass es sich um den Suchscheinwerfer eines Hubschraubers handelte.

»Wo kommt der her?« Severina packte das M16 fester. »Gendarmerie?«

»Ich sehe keine Kennung am Heck.« Eric fluchte und musste viel kurbeln, um den Truck auf der Straße zu halten. Es ging nach der Kurve eine steile Anhöhe hinauf. Sie rasten an Straßenschildern vorbei. Severina gelang es, eines davon zu lesen. »Ich glaube, wir sind im Kreis gefahren!«, meinte sie. »Wir nähern uns wieder Saugues.«

»Wir sind nicht die Einzigen, die sich hier nicht auskennen.« Er beobachtete den Hubschrauber, an dem sich nun eine Seitentür aufschob. Zwei Männer mit Sturmgewehren erschienen und eröffneten das Feuer auf den fliehenden Transporter vor ihnen.

Die Fenster des Kleinlasters barsten, ein Reifen platzte. Der Transporter raste die abschüssige Straße hinunter, stellte sich quer und drohte zu kippen. Immer noch hörten die Unbekannten nicht auf, den Wagen zu beschießen.

»Okay, Severina, dein Einsatz. Schieß auf den Hubschrauber«, befahl Eric. »Einfach in die Richtung halten und den Abzug immer nur kurz ziehen.«

»*Was?*«

»Schieß! Ich will, dass er abdreht.«

»Aber ich kann ...« Bevor Severina den Satz zu Ende bringen konnte, fiel der Transporter krachend auf die Seite und polterte wie eine Lawine nach Saugues hinein, touchierte eine Hausecke und drehte sich um die eigene Achse, ohne dabei an Schwung zu verlieren.

»Festhalten!« Eric wusste, dass er nicht mehr rechtzeitig bremsen konnte, hielt genau auf den kleinen Lieferwagen zu und rammte ihn. Der Aufprall schleuderte ihn und Severina nach vorn; glücklicherweise besaß der Truck keine Airbags, die sich jetzt geöffnet und ihnen die Sicht geraubt hätten.

Die ineinander verkeilten Maschinen rasten weiter durch die Straße, über den Bordstein und genau auf die Wand des Englischen Turms zu. Der zweite Aufprall war wesentlich härter, und der Transporter wurde zwischen dem schweren Lkw und dem massiven Stein zusammengepresst.

Benommen öffnete Eric den Sicherheitsgut, Severina hielt sich den Kopf; Blut rann aus ihrer Nase. »Raus, bevor der Hubschrauber zurückkommt.« Weil sie nicht reagierte, löste er ihren Gurt, öffnete die Tür und gab ihr einen Stoß. Der hohe Schnee fing ihren Sturz auf.

Eric nahm ihr M16 und hangelte sich ins Freie, öffnete die völlig verbogene Hecktür des Lieferwagens mit brutaler Gewalt und schoss ins Innere. Erst danach warf er einen Blick hinein.

Im Inneren lagen Menschen und Ausrüstungsgegenstände ineinander verknäult, überall klebte Blut: an den Wänden, der Decke, an den Leichen. Sie waren wie Würfel in einem Becher geschüttelt worden, spätestens der Zusammenstoß mit dem Lkw hatte ihnen den Rest gegeben.

»Severina?«, rief er hinter sich. »Alles in Ordnung?« Ohne auf eine Antwort zu warten, stieg er in das Gewirr aus Armen, Beinen, Gewehren und Gepäck und suchte nach dem Welpen oder Zanettini. Aber er bemerkte sehr rasch, dass es sich bei den drei Männern und zwei Frauen nicht um Angehörige des Einsatzkommandos handelte, die den Zirkus überfallen hatten.

»Das darf doch nicht wahr sein«, fluchte er, legte den Kopf in den Nacken und stieß ein Wolfsheulen aus. Wenn der Welpe hier irgendwo war, würde er antworten.

Nichts.

Stattdessen hörte er, wie Severinas Schritte auf den Transporter zukamen. »Meine Güte, was …«

Das tiefe Bellen einer großkalibrigen Waffe ließ sie verstummen.

Eric fuhr herum und sah, wie Severina nach hinten geworfen wurde. Sie prallte gegen den deformierten Kotflügel des Lkw und rutschte langsam daran herab. Der gelbe Lack hinter ihr wurde rot, ihr abrutschender Rücken zog einen breiten Streifen.

Nein! Eric konnte einen Schrei gerade noch unterdrücken. Zwei Männer kamen von der anderen Seite in sein Blickfeld; der eine zielte mit seiner rauchenden Pistole immer noch auf die leblose Frau, der andere hielt sein Gewehr locker, aber ebenfalls schussbereit.

»Hier Team Rot«, sagte der Gewehrträger, gleichzeitig hörte Eric das charakteristische Knacken eines Funkgeräts. »Sagen Sie Zanettini, dass ich die Frau habe. Erbitte Weisung, wie wir weiter vorgehen sollen.« Er lauschte. »Verstanden. Aber, Sir, ist es sicher, sie zusammen mit dem Welpen zu transportieren?«

Eric wurde hellhörig. Sie wollten Severina mitnehmen?

»Ja, Sir, verstehe. Dann soll der Hubschrauber direkt hier landen. Wir stehen vor einem Truck und einem Kleintransporter am Englischen Turm.«

Er drehte sich zur Seite, sah direkt in den offenen Transporter – und nickte Eric zu. »Da drin alles sicher? Was ist mit den Lycaoniten?«

»Alle tot«, antwortete er reflexartig.

»Gute Arbeit. Das Bergungsteam dürfte in ein paar Minuten hier sein. Sorg dafür, dass hier keine Spuren bleiben.«

Die Kleidung! Er wurde für einen aus Zanettinis Team gehalten. »Ja«, sagte er und ging auf Severina zu, um nach ihr zu sehen. Er meinte zu sehen, dass sich ihr Brustkorb noch ganz schwach hob und senkte.

»Man fragt sich, wo das kleine Miststück plötzlich hergekommen ist. Team Blau sollte doch verhindern, dass sie das Hotel verlässt. Und was hatte sie hier bei den Lycaoniten zu suchen?« Der Mann mit der Pistole näherte sich Severina ebenfalls. Als er Erics Gesicht genauer sah, stutzte er. »Wer bist ...«

Eric schickte den beiden Männern eine Garbe aus dem M16 entgegen. Sie wurden getroffen und fielen nacheinander in den

Schnee, ohne zurückschießen zu können. Bevor der zweite Mann aufschlug, kniete Eric schon neben Severina nieder – und hatte das Gefühl, schlagartig in eine andere Zeit versetzt zu werden. Er befand sich wieder in Plitvice, in dem Hotelzimmer, nach dem Angriff der Bestie. Severinas Gesicht verwandelte sich in das von Lena, die ihn Hilfe suchend anstarrte und kraftlos zur Seite sank ...

Das Rattern von Rotoren zerriss Erics Erinnerung. Er sah die Umrisse des Hubschraubers, der in hundert Metern Entfernung auf der Straße landete.

Verdammt – was sollte er tun? Er konnte versuchen, Lena so schnell wie möglich in die Pension zu bringen und ihr das Sanctum zu geben. Nur so wäre ihr Leben zu retten. Aber wenn er das tat, würde Zanettini mit dem Welpen entkommen!

Severina hustete und rang nach Luft. Das Blut füllte ihre Lungen, roter Speichel rann aus ihrem Mund. »Ich muss zum Helikopter«, sagte er mit Tränen in den Augen und hinkte davon. »Halt durch, bis ich zurückkomme. Du wirst nicht sterben!«

Eric nahm dem erschossenen Mann seine Pistole ab und ging zum nächsten Auto irgendeines Einheimischen, schlug die Scheibe des Opel Commodore ein und öffnete die Tür. Ein Automatikmodell, günstig für sein verletztes Bein. Ab und zu hatte er doch Glück.

Eric raste mit dem geknackten Auto auf den Hubschrauber zu. Der Pilot hielt die Rotoren am Laufen und wartete. Offensichtlich ging er noch davon aus, dass es sein Teamkollege besonders eilig hatte, zu ihm zu kommen.

Eric wischte den Schweiß von seiner Stirn. Wieder verschwamm die Sicht, aus dem Pochen in seiner Schläfe war ein anhaltendes Reißen geworden. »Bringen wir es zu Ende.« Er trat das Gaspedal trotz der Schmerzen durch und raste ins grelle Licht des Suchscheinwerfers. Der Pilot schien nun doch zu begreifen, dass das, was sich vor ihm abspielte, nicht mit rechten Dingen zugehen konnte. Der Hubschrauber hob ab – aber zu spät.

Eric steuerte den Wagen frontal in die Kufen und sprang aus dem Opel. Die Kufenspitzen krachten durch die Frontscheibe und verhakten sich, die Schnauze prallte gegen das Dach. Da das Auto immer noch viel Geschwindigkeit besaß und weiterfuhr, zog es den Helikopter weiter nach unten, die Rotorblätter tauchten in den Schnee ein und wirbelten ihn auf. Das Kreischen des Motors wurde schriller, der Pilot versuchte, den nahenden Absturz zu verhindern.

Da brach das erste Blatt, der Hubschrauber neigte sich zur Seite, das Heck schwenkte herum. Er kippte auf die Seite, die Rotorstummel verkeilten sich im gefrorenen Boden, der Motor fraß sich fest und erstarb mit einer kleinen Explosion; Flämmchen züngelten aus dem Antrieb.

Eric lag im Schnee, Feuerschein beleuchtete ihn goldgelb. Er zielte und schoss in die Kanzel. Der Pilot sackte zusammen.

Mit Wucht wurde die Schiebetür geöffnet, eine Hand schoss plötzlich aus der Öffnung und klammerte sich an der Kante fest. Zanettini erschien in der Tür, wälzte sich aus dem Helikopter und fiel hinter den Kufen in den Schnee. Irgendetwas hielt er im Arm. Er blickte auf.

Eric zielte ihm direkt zwischen die Augen. *Wenn ich diesen Schuss versenke, dann ...* Er schoss.

Zanettini riss instinktiv die Hände vor den Kopf.

Die Kugel traf ... den Welpen!

Eric hatte das Gefühl, als würde sein Herz unter seinem tödlichen silbernen Mantel zu schlagen aufhören. Der Welpe gab keinen Laut von sich. Er schien sich nicht einmal zu bewegen. Nur die Verwandlung zeigte, was gerade geschehen war.

Zanettini warf das nackte Baby achtlos von sich warf. »Sie werden vom Teufel beschützt, Kastell!«, schrie er hasserfüllt. Das Gesicht starrte vor Blut, seine Schneetarnuniform hing in Fetzen an ihm; unzählige Schnitte zierten seinen Körper. Doch sie alle schlossen sich bereits wieder, die Wundränder schmiegten sich zusammen und verheilten, die zerfetzten Finger bildeten sich wieder aus. Das Blut des Heilands hatte unglaubliche Kräfte. »Ich habe Sie in die Flammen springen sehen! Niemand überlebt das, nicht einmal die Bestie!«

Eric hob mit einem Arm, der Tonnen zu wiegen schien, die Pistole. Drückte ab. Nichts passierte. Das Magazin war leer.

Er fiel zur Seite. Er konnte nicht mehr. Er *wollte* nicht mehr.

Zanettini nahm seinen Anhänger, schraubte ihn auf und setzte ihn an die Lippen. »Wem haben Sie Ihre Seele verkauft?«, fragte er, stand auf, näherte sich Eric und zog ein silbernes Stilett aus der Gürtelscheide. »Los, sagen Sie mir den Namen des Dämons!«

Eric fühlte sich zu schwach, um sich auf den Nahkampf einzulassen, hatte aber nichts mehr dabei, um den Gegner erschießen zu können. Es blieb nur eine Möglichkeit.

Er hatte es sich beim Anblick seiner zerfetzten Mutter geschworen, eine Sache nie in seinem Leben zu tun. Doch es musste sein, um den letzten Kampf zu führen.

»Wer braucht einen Dämon, wenn er selbst einer ist?«, fragte er müde, streifte seinen Mantel ab, öffnete den Gürtel seiner Hose – und konzentrierte sich auf einen einzigen Gedanken: *KOMM!*

Und sie kam.

Du hast mich gerufen?

Sie jagte in jede seiner Zellen, breitete sich aus – und Eric ließ zu, dass sie seinen Körper eroberte. Er hörte seinen Schädel knacken, die Kiefer fühlten sich an, als würden sie mit Eisendrähten in die Länge gezogen.

Hier bin ich und gebe dir die Kraft, die du benötigst.

Die Nähte seiner Kleidung spannten und rissen, wichen den Muskeln und neuen Körpermaßen.

Zusammen besiegen wir ihn.

Eric atmete tief ein und aus. Er wusste, dass er sie heute beherrschen konnte – ihre dominante Zeit war mit dem Vollmond vergangen. Es war möglich, sie seinem Willen zu unterwerfen.

Zumal sie wusste, dass dieser ihrem Vergnügen diesmal keinen Riegel vorschieben würde.

Vom einen Augenblick zum anderen veränderte sich die Welt um ihn herum. Die Nacht war nicht mehr still und schwarz, sondern schimmerte aufregend in vielen Schattierungen, hell und dunkel. Durch sie hindurch flossen Gerüche, die er wie bunte Bahnen vor sich sah, bizarr in ihrer Vielfalt und ungemein verlockend. Genauso wie die vielen anderen Eindrücke, die auf ihn einstürmten – ein Rascheln in einem Garten, das ihn zu leichter Beute führen konnte, das warme Pulsieren einer Halsschlagader ganz in seiner Nähe, der gleichmäßige Atem zweier Menschen in einem weit entfernten Haus. Einen Moment lang stand Eric einfach nur da und genoss das sanfte Streicheln des Windes auf seinem Fell, ergötzte sich an den verborgenen Lüsten, die seine Sinne ihm zeigten. Eric fühlte sich erhaben. Mächtig. Lebendig.

Er stand auf, sein verletztes Knie bereitete ihm kaum noch Probleme. Er spreizte die klauenförmigen Hände, erfreute sich am Funkeln des schwachen Mondlichts auf seinen langen, spitzen Nägeln und knurrte seinen Gegner an.

»Auch das wird nichts nutzen. Ein zweites Mal lasse ich dich nicht entkommen, Bestie!« Zanettini rannte auf ihn zu.

Eric tauchte unter dem ersten Angriff weg, stach mit der ausgestreckten Hand in die Seite unterhalb der Rippen und fuhr mit seinen scharfen Krallen durch Haut und Fleisch.

Der Mann schrie auf und schlug nach ihm.

Eric blockte den Arm ab und senkte die Zähne ins Gelenk, das unter der enormen Bisskraft nachgab. Das Blut des Gegners füllte seinen Mund, und die Bestie in ihm liebte es, das Splittern der Knochen zu hören.

Dafür bekam er einen Hieb der anderen Faust in den Magen, als habe ihn eine Brechstange mit voller Wucht getroffen, doch Eric spürte es kaum. Seine blutige Kralle stieß nach der Kehle des Gegners, um sie aufzuschlitzen, doch der zog den Kopf gerade noch rechtzeitig zurück.

Eric gab den Ellbogen frei und sprang zurück; Zanettini wich ebenfalls einen Schritt nach hinten und fixierte ihn. Er blutete stark aus der Seite, der rechte Arm hing nutzlos herab. Doch die Wunden schlossen sich bereits wieder.

»Du wirst mir nicht entkommen«, grollte Eric.

»Das hatte ich auch nicht vor!« Zanettini bewegte den verletzten Arm. »Ich werde ...«

Eric sprang ihn an – und schlug ihm die Reißzähne ins Gesicht. Sie überschlugen sich, wälzten sich im Schnee, während Eric die Schnauze wie ein Hai hin und her schüttelte.

Der Mann heulte auf und versuchte, ihn abzuschütteln. All seine Schläge, die wie rasend auf Erics Körper einprasselten, brachten nichts: die scharfen Zähne schnitten sich wie Sägeblätter durch Fleisch, Sehnen und Muskeln –

– aber die Wunden heilten sofort wieder. Zanettinis Leib sträubte sich, bäumte sich gegen Erics Kiefer auf, drückte die Reißzähne unerbittlich aus den sich schließenden Wunden.

Erics Kraft schwand. Im gleichen Moment zertrümmerte ihm der Gegner die linke Schulter, der Knochen sprang aus dem Gelenk, und etwas zerriss. Eric schrie, der Mann entkam seinen Fängen.

»Es ist nicht so einfach, nicht wahr?« Zanettini lachte ihn aus. Sein Gesicht war vom eigenen Blut rot getüncht, es sammelte sich unter den Augen und der Nase, in den Mundwinkeln. Er hob die Arme. »Komm schon, Bestie. Ich zähme dich.«

Wütend knurrend griff Eric erneut an, warf sich mit aller verbliebenen Kraft gegen den Menschen. Immer noch lachend packte Zanettini die aufgerissenen Kiefer, hielt sie fest, zwang sie weiter auseinander, dass es in Erics Kopf krachte und knackte. Es gab kein Entkommen aus diesem Griff, die Schmerzen trieben ihm blutige Tränen in die Augen.

Aber damit hatte sein Feind seine Deckung aufgegeben!

Eric stieß blindlings mit der rechten Klaue zu, durchbrach den

Brustkorb, spürte, wie die Rippen zerbrachen, den Weg freigaben, er bekam ein Organ zu fassen –

– und riss es mit einem Ruck heraus.

Zanettini schrie gellend auf. Sofort verebbte die Kraft in seinen Armen, er ließ die Schnauze los, fiel zu Boden.

Eric schaute auf das, was er dem Mann blind entrissen hatte. Das Herz. Diese Wunde heilte das Sanctum nicht.

Wir haben ihn besiegt! Genieß den Triumph!

Erics Beine gaben nach, hechelnd fiel er in den Schnee und schloss die Augen.

Es war gut, dass du mich gerufen hast. Gemeinsam kann sich uns niemand entgegenstellen!

Er konzentrierte sich trotz der Qualen darauf, die Bestie zurückzudrängen und sie in das innere Verlies zu zwingen. Doch statt des erwarteten neuerlichen Kampfes erwartete ihn eine Überraschung.

Spar deine Kräfte. Ich gehe freiwillig, sagte sie zu ihm, und das kehlige Grollen klang tatsächlich warm und ... freundlich. *Wir sind Brüder, Eric. Mehr noch: Zwillinge.* Sein Körper verwandelte sich, wurde wieder zu dem eines Menschen.

Es wird immer so sein, Eric. Wir sind untrennbar miteinander verbunden. Unschlagbar.

Stöhnend und zitternd vor Kälte, Anstrengung und Schmerzen stemmte er sich auf die Beine und wankte dorthin, wo er seinen Mantel gelassen hatte. Er warf ihn sich über, stieg in seine Hose und torkelte zurück. Er durfte Severina nicht länger allein lassen.

Eric fand sie so vor, wie er sie verlassen hatte.

Das Blut an ihrer Kleidung war inzwischen geronnen, teilweise halb gefroren. Sie atmete schwer und stoßweise, versuchte tapfer zu lächeln, musste aber husten und verzog das Gesicht vor Schmerzen. Eric kannte die Symptome. Der Tod hatte lange genug gewartet.

»Ich wollte dir noch etwas sagen, bevor ich sterbe«, sagte sie schleppend.

Eric hatte schon längst einen Entschluss gefasst. »Wo ist das Sanctum, das dir die Nonnen gegeben haben?«

Sie sah in sein Gesicht und hatte ihn sofort durchschaut. Er fragte nicht wegen sich. »Nein, ich ...« Unwillkürlich tastete sie ihren Mantel ab.

»Du hast es dabei?« Er kniete sich neben sie, langte in ihre Tasche, bekam ein kleines Döschen zu fassen, schraubte es auf und fand darin ein dunkelrotes Pulver. »Nimm es.«

»Du brauchst es dringender«, wehrte sie schwach ab, aber er zwang ihr die Substanz in den Mund. Sofort entspannte sie sich, ihre Atmung nahm einen normalen Rhythmus an, und sie schloss die Lider.

Eric bekam den Geruch des Sanctums in die Nase – es roch nach einem Gewürz, das er momentan nicht recht einordnen konnte, aber keinesfalls nach Blut.

Etwas stimmte hier nicht.

Eric stand auf, trat einen Schritt zur Seite und wischte die letzten Krümel mit der Fingerkuppe zusammen. Rotes, trockenes Pulver. Es gab nur einen Weg, Klarheit zu erlangen. Er leckte es ab.

Es stellten sich weder Visionen noch Schmerzen ein.

Das war ... Paprikapulver, mittelscharf.

Als er sich zu Severina umwandte, stand sie vor ihm – und schlug ihm die Faust mitten ins Gesicht.

Eric wurde rückwärts in den Schnee geschleudert. Bevor er etwas sagen konnte, bekam er ihren Stiefel gegen das Kinn und kippte nach hinten. Er besaß keine Energie, um sich zur Wehr zu setzen; er bekam nicht einmal mehr die Arme in die Höhe.

Sie packte ihn mit einer Hand am Hals – und riss ihn mit unglaublicher Kraft hoch. Mit der anderen versetzte sie ihm eine Ohrfeige, die seine Ohren zum Klingeln brachten. Und noch eine. Und noch eine.

Er starrte sie durch einen Schleier an. Er war fassungslos, fühlte sich hilflos ... und hintergangen und verraten wie niemals zuvor in seinem Leben. »Was tust du, Severina?«, lallte er.

»Nun, ich töte dich, Eric. Aber vorher will ich dir all die Schmerzen zurückgeben, die du mir und vielen anderen mit deiner selbstgerechten Einstellung zugefügt hast. Wenn ich mit dir fertig bin, wirst du vor mir kriechen und um Erlösung betteln.« Sie sah ihn kalt an. »Schade. Es hätte noch ein bisschen länger dauern sollen. Ich wollte durch mein Paprika-Sanctum gesunden und weitere Spielchen mit dir treiben.«

»Ich verstehe nicht ...«

»Ich weiß.« Sie nickte verständnisvoll – und versetzte ihm einen Faustschlag in den Magen. »Du verstehst *nichts*. Wie sollst du auch wissen, dass du meinen Mann erschossen hast? Er war ein guter Mann, wir waren glücklich, und dann kamst du, der große Jäger aller Wandelwesen, und hast ihn ausgelöscht.« Sie sah, dass er nichts mit ihren Worten anfangen konnte. »Du erinnerst dich nicht einmal an ihn, nicht wahr? Es war in Prag, Eric. Vor etwa zwei Jahren.«

Prag. Vor zwei Jahren. Die Erinnerung kehrte sofort zurück. Es war ein harter Kampf gewesen, eine Schießerei in einem Nachtclub, in dem er den Wer-Bären gestellt hatte. Ein unglaublich zäher Brocken, der mehr Silber als alle anderen benötigt hatte, bis er endlich umgefallen war. Die tschechische Polizei würde den Verlust eines Gangsterbosses nicht betrauern, offiziell war Mihail Sachlík bei einer Auseinandersetzung mit anderen Kriminellen ums Leben gekommen.

Sie ließ ihn fallen und trat ihm mit dem Absatz in den Bauch. Er krümmte sich. »Erinnerst du dich?«, schrie sie, hockte sich auf ihn und zog ihm die Fingernägel durchs Gesicht.

»Nein, du warst nicht bei ihm«, stöhnte er. »Ich hätte dich gesehen ...«

»O doch, du hast mich gesehen, Eric.« Sie stand auf und zog

ihn wieder in die Höhe, knallte ihn hart gegen die Seite des Lkw. »Ich war immer in seiner Nähe. *Immer!*« Sie verpasste ihm einen Nierenschlag, und er wankte.

Verzweifelt versuchte er sich zu entsinnen. Keine Frauen, niemals. Mihail hatte lediglich diese Katze besessen, die ihn überallhin begleitete ...

»Du bist die Katze?« Erics Sicht trübte sich wieder ein, er stützte sich an dem Lkw ab, um nicht umzufallen. Niemals war er auf den Gedanken gekommen, dass ein Werwesen sich in eine solch kleine Kreatur wie eine Katze verwandeln konnte. Ein Fehler.

»Bravo, kleiner Wolf. Endlich hast du es verstanden.« Sie griff in seine Haare und drückte sein Gesicht gegen die Zugmaschine. »Du würdest mich wohl einen Wer-Mensch nennen, Eric. Die Gestalt einer Frau nehme ich nur bei Bedarf an, denn man hat in dieser Form zu viele körperliche Einbußen in Kauf zu nehmen. Gelegentlich ist es allerdings von Vorteil, auf zwei Beinen zu gehen und Brüste zu haben. Männer sind auf diese Weise leichter zu beeinflussen ... und Frauen lieben Katzen über alles. So bekomme ich Vertrauen von beiden Seiten. Raffiniert, wie wir Katzen eben sind.«

Sie ließ ihn los, und er sackte in den Schnee.

Ihre blauen Augen bekamen geschlitzte Pupillen. »Ich musste mit ansehen, wie du meinen Mann getötet hast, und obwohl ich dich einfach nur hassen wollte, bemerkte ich sofort, dass du etwas Besonderes bist. Ich sah deine Arroganz und deinen Hass, ich spürte die primitive Wildheit in dir, wie sie nur Wandelwesen in sich tragen. Du hast mich sofort in deinen Bann geschlagen, hast meinen Hass und mein Verlangen geweckt. Ich wollte dich für den Mord an meinem Mann töten ... und ich wollte dich haben.« Sie strich sich mit einer lasziven Geste die Haare aus dem Gesicht. »Ich kann nichts dagegen tun. Ich bin eine Katze. Ich begehre, was ich vernichte. Und ich spiele mit meiner Beute, bevor ich sie erlege.«

Eric kämpfte mit der Ohnmacht. Die Torturen, das Silber, die Kälte ... Seine Lider flatterten.

Sie schlug ihm erneut ins Gesicht, dieses Mal mit der flachen Hand. »Hey, Wölfchen! Nicht einschlafen! Ich habe noch ein bisschen was mit dir vor.« Zufrieden sah sie, dass er kämpfte. »Ich habe dich beobachtet, Eric, bis ich wusste, wie du denkst, was du magst, wo deine Schwächen sind.«

Und da, plötzlich, begriff Eric. »Fauve ...« Er schluckte sein eigenes Blut.

Sie lächelte kühl. »Eigentlich sollte dein Vater zusammen mit der Villa in die Luft fliegen, aber die Schakale kamen mir zuvor.« Severina verlor ihr Lächeln nicht. »Ja. Ich habe deinen Vater in den Tod geschickt. Während du mich damals genommen hast, in diesem stinkenden Torbogen, als du dachtest, du würdest mich benutzen, wusste ich doch, dass dein Vater in die Falle gehen würde, weil du nicht da warst, um ihn zu schützen.« Sie lachte. »Ich habe die Bilder von dir und dem ermordeten Mädchen gemacht. Ich war immer in deiner Nähe, Eric. Keine unserer Begegnungen war Zufall ... und bin ich nicht eine verdammt gute Schauspielerin? Sogar die Geschichte von meinem brutalen Freund glaubtest du mir. Das Veilchen habe ich mir selbst verpasst, und du bist darauf hereingefallen.« Sie grinste höhnisch. »Du hast mit der Mörderin deines Vaters geschlafen, und ich habe dich dazu gebracht, Lena zu betrügen. Es war richtig geil, wie du dich als Bestie über mich hergemacht hast. Sie wird diese Fotos lieben.«

»Sie ist tot!«

»Oh, ist sie das?« Ein grausames Lächeln spielte um ihre Lippen. »Noch nicht, Wölfchen. Ich habe schon wieder gelogen. Aber bald ist es so weit. Du sollst wissen, dass Lena dir in die Hölle folgen wird. Ich werde ihr nicht zumuten, ohne die Liebe ihres Lebens weiterzuexistieren. Eigentlich wollte ich sie vor deinen Augen umbringen, aber ...« Sie beließ es bei dem unvollendeten Satz. »Die armen Nonnen. Du hast zwei von ihnen getötet, nicht wahr? Nun, mach dir keine Sorgen. Man wird sich an diesen Verlust nicht lange erinnern ... nicht nach dem, was ich ihnen angetan habe. Und wieder antun werde, wenn ich mir deine kleine Lena hole.« Sie schnurrte. »Eric, Eric«, sagte sie bedauernd. »Wir sind uns so ähnlich. So schön und skrupellos und mächtig. Hättest du nicht meinen Mann erschossen ... wer weiß, vielleicht hätte ich ihn für dich verlassen. Aber eine Katze liebt es nun mal nicht, wenn man ihr eine Entscheidung abnimmt.«

Endlich gelang es Eric, seine Lähmung abzuschütteln, seine Sicht wurde klarer und gestattete ihm wenigstens den Versuch eines Angriffs. Er mobilisierte seine Kräfte und schlug nach Severina, aber sie wich mit katzenhaft schnellen Reflexen aus – und drosch ihm den Handballen gegen die Schläfe.

Eric fiel zur Seite, direkt auf etwas Hartes, das sich schmerzhaft in seinen Bauch bohrte. Gerade als er begriff, dass es sich dabei um das M16 des getöteten Angreifers handelte, spürte er die Mündung einer anderen Waffe im Nacken.

»Ich habe genug mit dir gespielt.«

Eric hielt still, konzentrierte sich auf die Geräusche. Er hörte, wie der Abzug mit einem leisen Schleifen nach hinten wanderte und für den Bruchteil einer Sekunde innehielt. Severina hatte den Druckpunkt erreicht ... und er riss den Kopf zur Seite. Der Schuss dröhnte in seinem linken Ohr, es fiepte laut, aber die Kugel hatte ihn verfehlt.

Eric warf sich auf den Rücken, trat ihr die Waffe aus der Hand, schnellte auf die Beine und boxte ihr mit der Faust ins Gesicht. Severina stieß einen erschreckten Schrei aus und fiel rückwärts in den Schnee.

Eric bückte sich nach dem M16, fuhr wieder herum – und sah eine beigefarbene Katze, die sich eben aus Severinas Kleidern wühlte. Mit weiten Sprüngen lief sie davon.

»Ich hasse Katzen!« Er schoss nach ihr – und traf sie in den Hinterlauf. Sie maunzte, überschlug sich und wurde von der Kraft des Einschlags in den Schnee gedrückt.

Eric hinkte zu ihr hin, warf das M16 weg und hob eine seiner Pistolen auf. Er lud sie nach. Keine Ahnung, wie es sich mit Wer-Menschen verhielt ... aber Silber würde Severina hoffentlich umbringen.

Die Katze hinkte weiter, sprang auf eine Mauer und verschwand mit einem Satz dahinter.

Ein Wandelwesen in seiner Tierform zu verfolgen, war eine besondere Herausforderung. Vor allem, wenn es sich um ein so kleines, wendiges Exemplar handelte. Eric überwand die Mauer nicht unbedingt mit der gewohnten Leichtigkeit und stand schwitzend in einem Hinterhof. Er sah wieder doppelt, der Schweiß brannte in seinen Augen, und er schnaufte wie ein kurzatmiger Greis. Seine Finger zitterten – beinahe hätte er aus Versehen seine Waffe ausgelöst – und die Haut brannte an seinem gesamten Körper.

Möchtest du, dass ich dir helfe? Lass mich das kleine Miststück für dich erledigen, schnurrte es tief in ihm.

Er zog den Mantel aus, damit die Kälte den bloßen Oberkörper traf, gegen die Hitze antreten konnte und ihm lindernde Kühlung verschaffte, während ihn das Silber allmählich von innen verbrannte. Sein Herz schlug nicht mehr, es stach wie mit einem Dolch. Es gab keine Rettung mehr für ihn, bald würden seine Organe anfangen, eins nach dem anderen zu versagen. Er würde dem Gerichtsmediziner einen interessanten Anblick bieten. Doch vorher würde er die Mörderin seines Vaters zur Strecke bringen.

Er schaute auf den Schnee, in dem sich die Katzenpfoten sehr gut abzeichneten. Vorsichtig folgte er ihnen, gelangte schwankend in einen Stall, in dem Ziegen aufgeregt meckerten, als er ihn betrat.

»Heben Sie langsam die Hände und lassen Sie die Waffe fallen«, erklang eine Stimme hinter ihm. »Ich habe eine Schrotflinte auf Ihren Kopf gerichtet und blase ihn weg, wenn Sie sich zu schnell bewegen, *compris?*«

Eric tat, was man von ihm verlangte, und drehte sich langsam um. Vor ihm stand ein sechzigjähriger Mann und richtete sein Gewehr auf ihn. Er sah entschlossen aus. »Niemand vergreift sich an meinen Ziegen!« Er machte einen Schritt nach hinten. »Und jetzt raus, wir warten auf die Polizei. Waren Sie das, der auf der Straße geschossen hat? Ich ...« Die Augen des Mannes wurden plötzlich groß, er schaute an Eric vorbei.

Eric fuhr herum – und sah die verführerisch nackte Severina, die eine Mistgabel gepackt hielt. »Du wirst sterben!« Sie sprang auf ihn zu und holte mit ihrer Waffe aus.

Eric griff instinktiv hinter sich nach dem Lauf des Gewehrs und zog ihn samt dem Mann nach vorn. Dabei lösten sich zwei Schüsse. Die doppelte Ladung Schrot schoss unter seinem Arm hindurch – und durchlöcherte Severina. Kreischend fiel sie zwischen die Ziegen, die meckernd versuchten, aus dem Gatter zu gelangen.

Eric hob die Pistole vom Boden auf und scheuchte die Ziegen zur Seite.

Severina lag rücklings im Stroh, die Wunden verheilten bereits wieder.

Eric stand über ihr und sah sie an, betrachtete die Katzenpupillen in den blauen Augen. Er wusste nicht, was er sagen sollte.

»Ach Eric ...« Um Severina Mundwinkel spielte ein überhebliches Lächeln. »Mitleid und Zweifel stehen einer Bestie wie dir nicht.«

Er zielte auf das Herz und drückte zweimal ab.

Severina zuckte zusammen – und verwandelte sich. Vor den Augen der beiden Männer zog sich der Körper zusammen, die Knochen schrumpften und veränderten sich. Über den Rücken und am Bauch entlang spross Fell, und es dauerte nicht lange, dann lag eine Katze vor ihnen.

Eric beugte sich hinab, fühlte nach dem Puls und hob den leichten Körper an. »Wer weiß, Severina.« Er schlug die Augen nieder.

Er warf den Kadaver zurück in den Ziegendreck und taumelte an dem zitternden Mann vorbei, der sich nicht mehr rührte und krampfhaft an seinem leer geschossenen Gewehr festklammerte.

Polizeisirenen erklangen, das Knattern eines Hubschraubers näherte sich. Die Kavallerie rückte an, nachdem sich vermutlich die Zahl der Notrufe sprunghaft gesteigert hatte. Eric musste verschwinden, solange sie nicht nach ihm fahndeten.

Aber sein Körper war am Ende.

Er fiel in den Schnee, wischte sich den Rotz unter der Nase weg und hatte Blut am Handschuh. Eric war müde, so unendlich müde. Alles in und an ihm brannte, er konnte sich nicht mehr bewegen. Sein Herz schien auf die halbe Größe geschrumpft zu sein, wurde vom Silber erdrückt ... setzte einen Schlag aus ... Seine Augen schlossen sich, er wollte schlafen. Nur noch schlafen.

Das Letzte, was er sah, waren drei Gestalten, die durch den Schnee auf ihn zukamen. Die Waffe glitt ihn aus den Fingern. Er meinte zu fühlen, wie man ihn hochhob, wie er schwerelos wurde und ...

XXVIII. KAPITEL

20. Mai 1769, Rom, Italien

Die Glocken wollten gar nicht mehr aufhören zu läuten und verkündeten es Rom und der ganzen Welt: Seit gestern gab es einen neuen Heiligen Vater.

Dass Papst Klemens XIV. bis vor kurzem noch Ganganelli hieß, wunderte Gregoria wenig. Lentolo und der maskierte Kardinal hatten sich mit ihren Gefolgsleuten im Konklave durchgesetzt, auch wenn es beinahe drei Monate und etwa einhundertachtzig Wahlgänge gebraucht hatte, bis weißer Rauch aus dem Schlot der Sixtinischen Kapelle aufstieg.

Gregoria, ein hochgeschlossenes schwarzes Kleid und ein schwarzes Kopftuch tragend, befand sich auf dem Weg durch den Vatikan zum Heiligen Vater, der sie umgehend zu sehen wünschte. Sie blickte dabei immer wieder auf ihren Zettel, auf dem die wichtigsten Punkte standen, nach denen sie fragen wollte, und spürte mit jedem Schritt mehr Aufregung in sich erwachsen.

Der Mann, der sie geleitete, war nicht Lentolo, auch wenn sie damit gerechnet hatte, ihn hier wieder zu sehen. Vielleicht wartete er an der Seite des Heiligen Vaters. Sie kamen auf ihrem Weg an Räumen vorbei, deren Türen offen standen und in denen umgeräumt wurde. Nicht einmal einen Tag nach der Wahl hatte die Veränderung bereits begonnen, mal mehr, mal weniger offensichtlich.

Gregoria wurde in einen gewaltigen Saal geführt, dessen Wände und Decke mit Malereien verziert waren. Die Künstler hatten dabei solches Geschick an den Tag gelegt, dass die biblischen Darstellungen echt und greifbar wirkten. Selbst die aufgemalten Säulen waren so täuschend echt gelungen, dass sie den Eindruck erweckten, der Saal ginge in alle Richtungen weiter.

Der Heilige Vater, in ein schlichtes weißes Gewand mit einem roten Überwurf gekleidet und eine rote Kappe auf den schwarzen Haaren, stand vor einem Schreibtisch und hielt ein Buch in der Hand, als sie eintrat. Er legte es zur Seite und kam auf sie zu.

»Gregoria«, grüßte er sie, und die dunklen Augen schauten sie freundlich an. Es waren nicht die Augen, die Gregoria hinter der Maske des rätselhaften Kardinals gesehen hatte. »Es freut mich, Euch zu sehen. Friede sei mit Euch.«

Sie kniete vor ihm nieder, küsste den Ring und erhob sich. »Und mit Euch, Heiliger Vater.«

Er deutete auf den Sessel und nahm hinter dem Tisch Platz. »Wie habt Ihr die Ereignisse der letzten Wochen verkraftet?«, erkundigte er sich und klang dabei ehrlich besorgt. »Ihr habt viel mitgemacht, wenn ich richtig von unseren gemeinsamen Freunden in Kenntnis gesetzt wurde.«

»Wir haben mit Monsieur Chastel einen hervorragenden Ausbilder und Kenner der Wandelwesen verloren«, antwortete sie und zeigte ihre Trauer offen. »Abgesehen davon war er ein Freund, wie ich ihn niemals mehr auf der Welt finden werde. Ich verdanke ihm mehr als nur einmal mein Leben.«

»Ihr habt mein aufrichtiges Mitgefühl.« Er schwieg eine Weile. »Hat man den Grund herausgefunden, weswegen das Sanctum bei ihm nicht wirkte?«

Gregoria nickte. »Ja, Heiliger Vater. Es war eine Fälschung. Man hatte dem Legatus oder Rotonda für viel Geld eine Imitation verkauft, die daraufhin in unseren Besitz gelangte. Der Großteil davon wurde bei dem Überfall auf unsere erste Unterkunft zerstört.« Sie musste schlucken. »Das bisschen, was übrig blieb, hat uns einen schlechten Dienst erwiesen und zweimal die Heilung von Monsieur Chastel verhindert. Wir werden in Zukunft jede Substanz, die uns als Sanctum ausgewiesen wird oder auf die wir selbst stoßen, einer Probe unterziehen.«

»Recht so. Man stelle sich vor, es wäre Gift gewesen.« Klemens legte die linke Hand auf das Buch, sein Ring glänzte auf. »Das hier ist die Abschrift der Aufzeichnung der Wandelwesen, die Ihr mir zukommen ließet, und ich gestehe, ich bin über die Vielgestaltigkeit der Diener des Bösen erschrocken.«

»Es sind keine verderbten Diener, Heiliger Vater, sondern kranke Menschen, deren Seele noch nicht verloren ist. Wir werden ihnen die Heilung bringen.«

»Das hat mich sehr beeindruckt. Ich las die Berichte über das, was Ihr bislang mit Euren Seraphim vollbracht habt.« Er nickte ihr zu. »Geht davon aus, dass ich Eure Arbeit weiterhin unterstütze. Noch mehr als bisher.«

Gregoria verneigte sich. »Ihr seid zu gütig, Heiliger Vater.«

»Wir beide vollbringen Gottes Werk. Ihr mit Euren und ich mit meinen Mitteln. Dankt mir nicht. Gott will, dass wir unsere Pflicht erfüllen.« Er lächelte. »Und Gott will auch, dass wir gewisse Einflüsse aus dem Vatikan und der heiligen katholische Kirche entfernen.«

»Meine Schwestern sind bereits in Frankreich und Spanien angekommen, um ihre Aufgabe zu erfüllen, Heiliger Vater«, erwiderte sie sofort.

»Ich hörte es schon. Sie werden eine wichtige Rolle spielen. Als Erstes aber werde ich mich mit Frankreich aussöhnen, Eurem Heimatland.« Er lächelte. »Schon nächstes Jahr, so Gott will, werde ich die Verlesung der Abendmahlsbulle *In Coena Domini* aufheben.«

Gregoria hob die Augenbrauen. *In Coena Domini,* »Beim Mahle des Herrn«, so lauteten die ersten Worte der Abendmahlsbulle, in der Papst Urban VIII. eine Vielzahl von Exkommunikationsandrohungen und -verfluchungen gegen Ketzer verkündete. Aber nicht nur allein gegen Ketzer, sondern auch gegen diejenigen, die Andersgläubige in ihren Ländern duldeten. Das wiederum sorgte immer wieder für böses Blut bei den Königen und Fürsten der Welt. »Das ist ein mutiger Schritt, Heiliger Vater.«

»Der erste von vielen«, gab er entschlossen zurück. »Es soll Friede zwischen dem Heiligen Stuhl, Frankreich und Spanien herrschen. Dann gehen wir das Verbot der Jesuiten an. Spätestens in drei Jahren möchte ich ihre Häuser geschlossen sehen. In Rom und anderswo.«

»Sie werden sich wehren, Heiliger Vater. Ihr werdet in großer Gefahr schweben«, brach es aus ihr heraus, und sie kam sich unglaublich einfältig vor. Als habe der Papst nicht an so etwas gedacht.

Er lachte sie zu ihrer Erleichterung nicht aus. »Es ehrt Euch, dass Ihr mich warnen möchtet. Aber ich habe ein Theaterstück für die Welt vorbereitet, das mich als Opfer dastehen lassen wird, wenn ich die Jesuiten verbiete. Aber bis dahin muss die Bühne gerichtet sein und Eure Schwestern«, er zeigte auf sie, »sind ein wichtiger Bestandteil der Aufführung. Ich lasse Euch wissen, was sie an die Höfe tragen sollen. Gelingt es, sind wir die Schwarzkittel bald los.«

»Ich unterstütze Euch bei allem, was Ihr tut, solange es den Menschen nützt.«

Er lächelte, und sein langes Gesicht schien ein bisschen breiter zu werden. »Ich habe bereits vernommen, dass Ihr eine ehrliche Person seid, Gregoria. Seid unbesorgt.« Er stand auf, legte eine Hand auf ihren Kopf und segnete sie. »Geht hin und bringt meinen Segen zu Euren Seraphim und Novizinnen«, sagte er dann, nahm sie am Unterarm und führte sie zur Tür. »Ich lasse Euch alles zukommen, was Ihr benötigt und wissen müsst, Äbtissin«, sagte er noch einmal ernst und blieb stehen. »Wir gehen diesen Weg gemeinsam. Und wir gehen ihn mit dem Willen des Herrn.« Er schlug das Kreuz über ihr, und sie verneigte sich. »Findet das Böse und bewahrt die Menschheit vor ihm. Der Herr ist auf Eurer Seite.«

»Eure Worte erfüllen mich mit Freude und Zuversicht, Heiliger Vater«, sprach sie, küsste ehrfürchtig den Ring und verließ das Gemach.

Gregoria kehrte auf den Petersplatz zurück, wo Sarai, Debora und drei Seraphim sie erwarteten; ihre Waffen lagen unsichtbar und verborgen unter ihren weiten Kleidern.

»Verlief es, wie Ihr es Euch wünschtet, ehrwürdige Äbtissin?« Über Sarais Gesicht liefen fünf wulstige Linien, ein Andenken an Jeans Schlag. Doch so erschreckend diese Schmisse auch zu sein schienen, sie waren nichts im Vergleich zu den Narben auf ihrer Brust und am Bauch. Gregoria hatte sie bei einem Verbandswechsel gesehen, auch das Sanctum richtete nichts dagegen aus. Die Wunden, die ein Werwolf geschlagen hatte, hinterließen schreckliche Spuren.

»Ja«, antwortete sie. Seite an Seite gingen sie über den Platz und machten sich auf den Rückweg zu ihrem neuen Heim in Rom. Es war ein kleiner Handelshof, der neben einer alten Kirche stand. Auch die Umbauten in dem Patrizierhof außerhalb der Stadt waren abgeschlossen und hatten das ehemalige Landgut in ein Kloster verwandelt. Besser gesagt: in eine Festung. Ihre Gedanken waren bei Jean, dessen toten Körper sie in Desges begraben hatten. Wieder war er für die Menschen des Gévaudan zum Helden geworden, indem er die wilde Meute seines Sohns Antoine getötet und das Leben zweier Frauen gerettet hatte. Dennoch waren nicht viele Menschen zu seiner Beerdigung erschienen; der Name Chastel besaß nach wie vor einen Makel.

Der Marquis hatte ihr an Jeans Grab geschworen, die Suche nach Florences Sohn fortzuführen, bis er wenigstens die sterblichen Überreste gefunden hatte. Es hatte für sie nun keinen Sinn mehr gemacht, länger im Gévaudan zu bleiben. Seit dem Tod des Menschen, den sie am meisten geliebt hatte, war der Anblick der Gipfel der Drei Berge unerträglich für sie geworden.

Als sie nach langem, stillem Marsch durch die Gässchen den Hof betraten, eilte ihnen eine Schwester mit einem Brief entgegen. Er stammte von Florence, und Gregoria öffnete ihn noch auf dem Weg zu ihrer Kammer.

Ehrwürdige Äbtissin,
ich schreibe Euch voller Freude, denn nach den Schrecken der letzten Jahre ist nun das Glück zu mir zurückgekehrt.
Ich habe einen jungen Mann kennen gelernt, einen Deutschen, der mich zu seiner Frau nehmen möchte. Er gleicht von seiner Art meinem geliebten Pierre so sehr, dass ich fast denke, seine Seele sei in diesen Mann eingezogen. Sein Name ist Johann Ludwig von Kastell, und obwohl er Offizier in der französischen Armee ist, besitzt er etwas Zartes, Wunderbares und Freundliches, wie ich es nur von Pierre kannte. Er wird den Dienst quittieren und mich mit nach Frankfurt mitnehmen, wo er eine Stelle als Lehrer antritt. Ich bitte Euch um Euren Segen, ehrwürdige Äbtissin.
Marianna geht es gut; immer noch plagt sie einmal im Monat ein Husten oder Fieber, doch sie wächst und gedeiht prächtig. Ich werde sie nach Frankfurt mitnehmen. Johann denkt, dass sie mein Kind ist, und ich werde ihn in diesem Glauben lassen. Nirgendwo wird es Marianna besser haben als bei mir, ihrem Schutzengel, und ihm. Sein Bruder hat einen Sohn, der nur ein Jahr älter ist als Marianna und ihr ein treuer Spielgefährte sein wird. Wir haben bereits darüber gescherzt, dass sie eines Tages wie ich den Namen von Kastell annehmen wird.
Was gibt es Neues von meinem verschollenen Sohn? Ich erwarte dringend eine Nachricht von Euch.

Mit den innigsten Grüßen
Florence

Gregoria lächelte. Sie ging in ihr Arbeitszimmer, setzte sich an den Tisch und verfasste die Antwort. Zunächst entschuldigte sie sich dafür, dass es ihr nicht möglich sein würde, selbst zur Hochzeitsfeier zu kommen, aber ...

... ich bereite derzeit Großes vor. Ich vertraue Dir, Florence, Dir und Deinem Menschenverstand. Heirate diesen Johann, nimm Marianna mit und schenk ihr all die Liebe, die in Dir wohnt. Ich segne Dich und Deine neue Familie und werde Euch besuchen, sobald es meine Verpflichtungen zulassen. Wenn es Neuigkeiten aus dem Gévaudan gibt, lasse ich es Dich wissen. Wir haben Jean gefunden, und er ist sich sicher, dass Dein Kind lebt. Verliere die Hoffnung nicht.

Gregoria versiegelte den Umschlag. Sie hatte Jeans Tod absichtlich verschwiegen. Es gab keinen Grund, ihrem Mündel mehr Sorgen zu bereiten, als nötig war. Und es reichte, dass sie so oft keinen Schlaf fand, weil die Erinnerung an Jean ihr das Herz schwer machten.

Gerade deswegen wünschte sie sich kaum etwas mehr, als Marianna bei sich zu wissen. Doch sie hielt es für zu gefährlich, das Mädchen wieder zu sich zu holen. So freundlich der neue Papst sich gegeben hatte – sie durfte ihm nicht mehr vertrauen als Lentolo. Frankfurt war weit weg von Rom. In sicherer Entfernung.

Es klopfte, Sarai trat ein. »Die Mädchen aus dem Florentiner Waisenhaus sind eingetroffen, ehrwürdige Äbtissin. Ich bin sicher, dass einige von ihnen geeignet sind, der Schwesternschaft vom Blute Christi beizutreten.«

Sie hob den Kopf und lächelte. »Ich bin sofort bei dir, Sarai.« Sie legte den Brief auf den Schreibtisch, stand auf und sah zum Fenster hinaus in die Gasse, in der Menschen vorbeieilten, in der das Leben herrschte. Leben, das sie und ihr Orden schützen würden. Kein Preis war dafür zu hoch.

XXIX. KAPITEL

Italien, Rom, 5. Dezember 2004, 23.48 Uhr

Eric stand in einer trostlosen, öden Schneelandschaft. Vor seinen Füßen ragte ein blutiges Babygesicht aus dem Weiß.

Die Lider der blinden, toten Augen standen zur Hälfte offen. Er konnte nichts anders, als sie anzuschauen. Sie brannten sich in seine Gedanken. Schnell wandte er sich ab, aber das Kindergesicht verfolgte ihn. Egal, wohin er in dem unendlichen Weiß schaute, es war immer da. Es erschien sogar über ihm, am weißen Himmel, und kaum legte er stöhnend die Finger vor die Augen, zeichnete es sich sogar in den Linien seiner Hand ab ... Dieses Mal war Eric sich sicher: Er befand sich in der Hölle! Mit einem Schrei riss er die Augen auf. Über sich sah er –

– eine weiße, nichts sagende Decke. Als er die Arme bewegte, klirrten Ketten und hielten ihn sicher auf der Stahlliege.

Er war schwach, unendlich schwach, hörte und sah nicht richtig. Auf seiner Zunge hatte sich ein Geschmack nach verbranntem Fleisch eingenistet, der nicht mehr wich.

»Eric?« Lena erschien neben ihm, strich ihm durchs Haar und gab ihm einen Kuss auf die Stirn. »Das Silber hat dich beinahe getötet. Es war ein Wettlauf gegen die Zeit, und allein dem Orden ist es zu verdanken, dass du überhaupt lebend in Rom angekommen bist.« Sie lächelte ihn aufmunternd an. »Halt durch. Es wird die Hölle, aber dann bist du frei.« Lena drückte seine Hand und zog sich zurück. Gleich darauf stand Faustitia neben ihm, in der Hand hielt sie eine Ampulle mit einer roten Flüssigkeit. Es war nicht mehr als ein größerer Tropfen, und dennoch war das Mittel in der Lage, ihn vom Fluch zu erlösen. Für immer. »Bereit, Herr von Kastell, das Böse aus Ihrem Leib zu treiben?«

Er öffnete den Mund und schloss die Augen.

Die letzten Stunden waren wie in einem Albtraum an ihm vorbeigezogen, und er konnte nicht sagen, was man mit ihm gemacht hatte. Mal war es hell, mal dunkel um ihn gewesen, Motoren hatten gebrummt.

Seine Gedanken kreisten nur um die Erlösung. Nie wieder jagen, nie wieder töten müssen. Dem Orden die Arbeit überlassen, die Menschheit vor den Wandelwesen zu bewahren. Nie wieder tote Kinder sehen ...

Er bekam etwas auf die Zunge, das wie Säure brannte.

»Schlucken Sie es, Herr von Kastell. Wir beten für Sie.« Faustitia entfernte sich rasch von ihm, die Tür fiel ins Schloss und wurde verriegelt. Mehrfach.

Langsam rutschte der zähe Tropfen nach hinten in seine Kehle und zog eine Spur aus Feuer hinter sich her. Eric wollte schreien, Speichel sammelte sich in seinem Mund, er schluckte – und erhielt einen Schlag, der seinen Körper in die Höhe schnellen ließ.

Du Verräter!

Die Bestie spürte es. Sie schrie auf und brach so schnell aus ihrem Gefängnis, dass Eric sie nicht mehr stoppen konnte.

Ist das dein Dank für meinen Beistand? Du verrätst mich, deinen Bruder? Sieh mich an!

»Nein!«

SIEH MICH AN und sag mir ins Gesicht, dass du geheilt werden willst!

Eric öffnete die Augen ... und sah sie tatsächlich!

Ich habe dich gewarnt, schrie sie in seinem Verstand. *Wenn ich sterbe, nehme ich dich mit!* Sie jaulte und wand sich. Es klang so echt, als stünde sie neben ihm.

»Ich will geheilt werden«, sagte er mit fester Stimme.

Du erbärmlicher Lügner! Sie stand in Flammen und sprang

auf seine Liege, trampelte auf ihm herum und überschüttete ihn mit Flammen, die aus seinen Adern strömten und sich kochend über Eric ergossen. *Was bist du denn ohne mich? Ein schwacher Mensch, den eine Erkältung umbringen kann!*

Er brannte ebenso lichterloh wie sie, schrie seine Schmerzen hinaus.

Willst du mich dem Tod überlassen, Bruder?

Plötzlich schienen die Flammen verschwunden zu sein. Alle Wut wich aus der Bestie. Sie sah Eric einfach nur an, kniete nieder und streckte ihm ihre ungeschützte Kehle entgegen. Ein Gefühl von Einsamkeit umschloss Eric wie Eis. Bilder strömten auf ihn ein, wie er sie nie zuvor gesehen hatte – er selbst als Kind, daneben eine kleine Bestie. Sein Vater, wie er das Scheusal behutsam auf den Arm nahm, während Eric vom Vater der Bestie gewiegt wurde. Er sah sich mit einem kleinen Jungen, von dem er wusste, dass es sein Sohn sein würde – ein Sohn, der glucksend vor Vergnügen mit einer kleinen Bestie balgte.

Ich bin dein Bruder. Deine Familie. Ich bin der, der dich behüten wird, so wie dein Vater es getan hat.

Eric spürte, wie er fiel, immer schneller und tiefer, und alles, was ihn aufhalten konnte, war die Krallenhand, die sich ihm flehend entgegenstreckte.

Bleib bei mir, Bruder! Wir werden einen Weg finden. Du und ich können gemeinsam Frieden finden.

»Ja!«, weinte er verzweifelt auf, auch wenn er in sich Widerstand gegen die Entscheidung spürte. »Ja, ich will endlich Frieden – und darum musst du sterben!«

Ein lang gezogenes Heulen der Bestie riss an Erics Trommelfell. Er wollte schützend die Hände vor die Ohren reißen, doch die Fesseln hielten ihn zurück.

Das Eis zersprang mit einem lauten Bersten, die Flammen fuhren mit neuer Wucht unter seine Haut und versuchten, jede seiner Poren zu zerreißen. *Wer wird sterben?* Die brennende

Bestienhand schloss sich um seinen Hals. *Du tötest mich, ich töte dich,* knurrte sie schrill und drückte zu.

Eric schwand die Luft, er ächzte.

Spuck dieses Zeug aus! Entscheide dich anders und lass mich in dir bleiben, sonst wirst du ... Sie krümmte sich zusammen, schlug die andere Hand gegen ihre widerliche Fratze, bis sie wie eine Maske zersprang. Darunter kam ... sein eigenes Gesicht zum Vorschein. *Nein!,* brüllte sie. *Du wirst sterben, Eric!* Ihre Klaue stieß herab und durchbrach das Brustbein, wühlte in seiner Brust und bekam das Herz zu fassen. Sie drückte auch da zu.

Stirb, Mensch!

Das Jaulen hallte in Erics Ohren wider. Die Hitze in seinem Leib steigerte sich, er glaubte, dass die Liege unter ihm zerschmolz.

Du bekommst deinen Lohn für den Verrat an ...

Die Bestie blähte sich auf, sie bekam Risse, aus denen Lichtstrahlen stießen und den Raum mit Helligkeit und Wärme fluteten. Sie kreischte, fiel auf ihn –

– und riss ihm dabei das Herz aus der Brust. Sie wälzte sich in Agonie, schlug um sich und traf Eric mehrmals sehr hart; dabei hielt sie noch immer sein Herz in der Hand.

Eric aber wurde ganz ruhig. Er hörte über das Toben der Bestie hinweg, wie sein Herz schlug. Es wurde immer ruhiger. Und langsamer.

Die Risse ließen sich nicht aufhalten, das Leuchten steigerte sich zu einem grellen Schein –

Langsamer, noch langsamer.

– heller und heißer als die Sonne –

Es hörte auf zu schlagen.

Eric schloss die Augen.

– übermalte alles, löste die tobende Bestie und den leblosen Eric in Helligkeit auf.

XXX. KAPITEL

29. Mai 1769, Saint-Alban, Schloss der Familie de Morangiès, Südfrankreich

Der Marquis trat voller Elan aus dem Schloss auf den ersten Absatz der hohen Treppe und schaute über die grünenden Wiesen und Wälder des Gévaudan. Er trug einen leichten grünbraunen Jagdrock und hatte auf die Perücke verzichtet. Auf dem nicht weniger vollen Haarschopf saß ein teurer Dreispitz.

Hellgelbe Flecken in der Ferne verrieten die großen Ansammlungen Ginsterhecken, die in voller Blüte standen. Der Winter hatte sich endlich auch aus diesem Landstrich Frankreichs zurückgezogen und hob seine weiße Decke von der Natur; nur das Grau der vielen Granitfelsen trübte das bunte Bild.

»Bonjour, messieurs«, grüßte er die zehn Berittenen, die sich vor dem Schloss versammelt hatten, und klemmte seine Reitpeitsche unter die rechte Achsel, um sich die Handschuhe überzustreifen. »Ein herrlicher Tag für einen Ausritt.«

»Ja, *mon Seigneur*«, erschallte es im Chor.

»Welchen Teil durchkämmen wir heute, Fleury?«, fragte er seinen Jagdmeister, während er das schwarze Leder stramm über die Finger zog und die Stufen hinabging. »Was fehlt uns noch in der Sammlung?«

»Die Gegend um Saint Privat d'Allier«, bekam er zur Antwort.

Der Marquis ging auf seinen Rappen zu, ein Stallbursche hielt ihm den Steigbügel, der andere die Zügel, damit der Hengst nicht ausbrach. Mit mehr Kraft, als man es ihm bei seinem Alter zugetraut hätte, schwang er sich in den Sattel. »Gut. Hoffen wir, dass wir eine Spur finden. Das Opfer von Monsieur Chastel soll nicht vergebens gewesen sein.«

Die Männer warfen sich rasche Blicke zu. Sie hatten die Hoffnung längst aufgegeben, dass sie den vermissten Jungen noch lebend in den Wäldern fanden. Nicht einmal ein Erwachsener überstand die Winter im Gévaudan ohne den Schutz einer Hütte; und selbst wenn die wilde Hundemeute sich um den Jungen gekümmert hatte, wäre er inzwischen viel zu lange ohne Nahrung gewesen. Aber der Marquis bezahlte – im Gegensatz zu seinem Sohn zu dessen Lebzeiten – sehr gut. Und pünktlich. Von daher konnte die sinnlose Suche bis ans Ende aller Tage weitergehen.

»Sicher, *mon Seigneur*«, rief Fleury rasch. »Und wenn nicht heute, dann vielleicht morgen.« Er wusste schließlich, dass kein Grund zur Eile bestand. Der Marquis, das war allgemein bekannt, hatte jener geheimnisvollen Dame aus Rom, die der alte Chastel mit seinem Leben geschützt hatte, versprechen müssen, den Jungen zu finden. Gerüchte sprachen davon, dass es die Äbtissin des alten Klosters war. Aber auf solch wilden Klatsch gab Fleury nicht viel. Er glaubt eher das, was auch andere vermuteten: Die Römerin war eine wichtige Schuldnerin des Marquis, und solange er vorgab, den Jungen für sie zu suchen, würde sie ihn in Ruhe lassen.

Der Marquis lenkte den Rappen vor sie. »Wir nehmen uns die Hunde und stöbern unterwegs jeden Wolfsbau auf. Vielleicht haben die Graupelze den Kleinen mitgenommen, was ich nicht für abwegig halte. Denkt an Romulus und Remus.«

Er hob den Kopf und schaute zu einem der Balkone des aus roten Steinen errichteten Gebäudes, wo sich seine Tochter in einem weit ausgeschnittenen, sommerlichen Seidenkleid zeigte und ihm zuwinkte. Das Weiß betonte ihre lockigen blonden Haare, die wie unzählige Spiralen wirkten und bei jeder Bewegung keck hüpften. Das zierliche Hütchen vermochte nicht, sie zu bändigen.

»Viel Glück«, rief sie ihm und den anderen zu. Die Männer zogen sofort ihre Hüte vor der jungen Dame, die ein kleines

Bündel auf dem Arm trug, das seinen Hunger in die Mailuft hinausschrie.

Auch der Marquis grüßte sie und schwenkte den Dreispitz. »Pass mir auf meinen Enkel auf«, rief er lachend, wendete den Rappen und preschte die Einfahrt hinunter; die Männer folgten ihm.

Fleury schaute noch einmal zum Balkon hinauf. Er konnte sich nicht erinnern, jemals den Vater des Kindes gesehen zu haben oder dass dessen Name genannt worden war. Der Marquis schien sich nicht daran zu stören und war stolz, doch noch Großvater geworden zu sein. Einmal hatte Fleury das Kind gesehen, einen hübschen Jungen mit schwarzen Haaren und einem kleinen Muttermal unter dem rechten Auge. Oder war es das linke gewesen?

Fleury beneidete still den Glücklichen, der es mit der bildhübschen Comtesse getrieben hatte. Ihm würde so etwas sicherlich niemals geschehen.

»Ihr werdet meinen Vater verlieren, Monsieur«, rief sie ihm zu und lächelte. »Sputet Euch.«

»Selbstverständlich, Comtesse«, sagte er und verneigte sich gefährlich tief, so dass er beinahe das Gleichgewicht verloren hätte.

Als er wieder hinaufblickte, war sie verschwunden.

XXXI. KAPITEL

17. Dezember 1777, Umland von Rom, Italien

Gregoria hustete lange, ehe sie erschöpft in die Kissen zurücksank. Ihr Atem ging rasselnd, sie bekam kaum Luft. In Rom wäre sie schon lange an ihrem Leiden erstickt, doch hier gewährte ihr die Frische der Berge einige Tage Aufschub.

Sarai saß neben dem Bett und betrachtete das blasse, eingefallene Gesicht der Äbtissin. Es ging mit ihr zu Ende, die graubraunen Augen, die sonst unentwegt hell und wach schauten, schienen wie von einem Schleier verhüllt. »Haben wir etwas vergessen, Sarai?«, krächzte Gregoria angestrengt und wandte sich zur Seraph. Die Linke hielt den Rosenkranz umfasst, die Rechte nahm die Finger der jungen Frau.

»Nein, ehrwürdige Äbtissin. Alles ist geregelt, wie Ihr es Euch wünschtet. Ich werde Eurer Nachfolgerin dienen, wie ich Euch diente.«

Gregoria lächelte, ließ die Hand los, streichelte Sarais narbenverziertes Gesicht und schaute forschend in die blauen Augen. »Du hast noch mehr Sommersprossen bekommen«, sagte sie schwach.

»Das kommt vom vielen Reisen, ehrwürdige Äbtissin. Wenn man die Orte aufsucht, an denen sich die Wandelwesen herumtreiben, gerät man in Hitze und Kälte.« Sarais Kehle wurde von ihrer Trauer zusammengepresst. »Mir ist die Hitze lieber.«

Gregorias Arm wurde schwer, sie legte die Finger auf den Unterarm der Seraph. »Sag mir noch einmal, wie viele wir bis heute gerettet haben.«

»Dreiundzwanzig haben wir dem Bösen entrissen und zu freien Menschen gemacht, vier davon schlossen sich der Schwesternschaft an. Vierzehn haben wir mit Silber erlöst«, zählte sie die Erfolge auf. »Und nicht zu vergessen die vielen Seelen, die nicht mehr in die Fänge der Jesuiten geraten werden«, fügte sie mit einem Lächeln hinzu. »Sie werden sich von ihrer Ächtung durch den Heiligen Vater nie mehr erholen.«

»Damit kann ich beruhigt ...« Ein neuerlicher Hustenanfall unterbrach sie, sie verschluckte sich sogar und übergab sich in die Schüssel, die Sarai ihr rasch hinhielt. Matt schloss sie die Augen. Die Seraph tupfte ihr vorsichtig Erbrochenes von den Lippen.

»Ihr dürft nicht sterben«, flüsterte Sarai niedergeschmettert.

»Ich denke, dass nicht wir das entscheiden«, sagte sie schwach, drehte den Kopf zum Fenster, hob die Lider und sah in die Wintersonne, die mit warmen, starken Strahlen in die Kammer leuchtete. »Es liegt in der Hand des Herrn.«

Gregoria dachte an Florence, die mit Marianna und ihrem Mann glücklich in Frankfurt lebte. Es war nie mehr zu einem Treffen gekommen; zuerst hatte es die viele Arbeit gegeben, dann bald die Krankheit, die ein längeres Reisen nicht mehr erlaubte. Doch sie hatte sich über jeden Brief ihres Mündels gefreut, und jedes Jahr bekam sie ein Porträt von Marianna gesandt und erlebte mit, wie sich ihre Tochter veränderte. Nach eingehender Betrachtung wurden die Zeichnungen verbrannt. Niemand durfte wissen, wie das Kind aussah, das mehr und mehr Ähnlichkeiten mit ihr und Jean aufwies.

Florence hütete Marianna wie ihr eigenes Kind, nachdem der Marquis mehr als zwei Jahre erfolglos nach ihrem Sohn gesucht hatte und schließlich aufgab, wie er in seinem letzten Brief mitteilte. Gregoria betete für die verlorene kleine Seele.

Das gleißende Licht blendete sie, also schloss sie die Augen wieder und genoss die Wärme auf ihrem Gesicht. »Wohin ich wohl komme?«, flüsterte sie.

Sarai strich ihr sanft mit einem kühlen Tuch über die feuchte Stirn. »Ins Paradies, Äbtissin. Ihr werdet vor Gott treten, und er wird Euch voller Freude willkommen heißen. Aber das hat noch Zeit. Ihr genest von diesem Leiden.«

Gregoria erinnerte sich an ihre Lügen und an die Sünde, die sie mit Jean begangen hatte. Nach wie vor bereute sie ihre Verfehlung nicht. »Ich bin mir nicht so sicher, Sarai«, raunte sie und hustete wieder, dieses Mal drohte sie fast daran zu ersticken.

Schnell richtete die Seraph ihren Oberkörper auf, und als der Anfall vorbei war, gab sie ihr etwas aus einem Becher zu trinken, den sie schon bei ihrem Eintreten in Gregorias Zimmer bei sich getragen hatte. »Es wird Euch gut tun.«

Gregoria schluckte – und spürte sofort ein warmes, wohliges Gefühl, das ihren gesamten Körper durchströmte und in jede einzelne Faser fuhr. Mit jedem Atemzug fühlte sie sich kräftiger und gesünder. Die graubraunen Augen richteten sich auf Sarai. »Was hast du mir ...« Sie sah, dass die Seraph einen Flakon in der Hand hielt.

»Es ist mein Sanctum, ehrwürdige Äbtissin.«

»Aber ...«

»Nur ich entscheide, was ich damit tue. Und lieber sterbe ich bei einer Mission durch die Wunden, die mir ein Wandelwesen schlägt, als dass ich Euch dem Tod überlasse.« Sie schluckte. »Man sieht, dass es Euch hilft, Äbtissin.«

Gregoria setzte zu einem Tadel an, weil sich ihre Vorräte an Sanctum auf wenige Phiolen beliefen und dringend aufgestockt werden mussten; umso kostbarer war die Spende, die Sarai geleistet hatte. Sie öffnete den Mund –

– als das Licht mit neuer Macht durch die Scheibe strahlte und donnernd Glas und Rahmen sprengte. Splitter prasselten auf sie nieder, sie schrie und hob schützend die Arme. Eine Vision brach über sie herein.

Der Raum war erfüllt von gleißender Helligkeit, sie blinzelte, drehte den Kopf zum Fenster und starrte durch die Finger dorthin, wo sich nun Dunkelheit auszubreiten begann. Der Raum, Sarai, selbst ihr Bett verschwanden. Dann formte sich eine Szene aus der Finsternis.

Sie sah einen prunkvoll gekleideten König, umgeben von

brüllenden, tobenden Menschen. Man führte ihn die Stufen einer hölzernen Plattform hinauf, deren Dielen blutgetränkt waren. Die Masse schrie und verlangte nach dem Kopf des Königs, hinter dessen Rücken ein etwa zehnjähriges Mädchen hervortrat und ihn anlächelte. Gregoria erkannte Marianna.

Das Kind wuchs rasend schnell, wurde zu einer jungen Frau, während die zu klein gewordenen Kleider an den Nähten aufrissen und von ihr abfielen, so dass sie entblößt vor der kreischenden Menge stand. Der König schaute auf ihre festen, nackten Brüste und streckte die Hände nach ihnen aus.

Marianna öffnete die Lippen und stieß ein tiefes Brüllen aus, wie Gregoria es von der Bestie kannte; und schon im nächsten Moment begann die Verwandlung der jungen Frau in einen Loup-Garou. Die Menschen rannten schreiend von dem Podest weg, während Gregoria sich nicht bewegen konnte. Gebannt verfolgte sie, wie die Werwölfin dem König mit einem mächtigen Hieb den Kopf abtrennte und danach über den zurückweichenden Henker herfiel. Das Blut, das unaufhörlich aus dem königlichen Halsstumpf sprudelte, füllte den Platz, stieg und ließ den Ort in einem roten Meer versinken, das auch den Balkon schluckte, auf dem Gregoria ausharrte.

Sie rang nach Luft und sog das Blut ein, bis sie das Bewusstsein verlor und nach unendlich langer Zeit erwachte.

Sie lag auf dem Petersplatz, vor ihr stand ein Mann in einer schwarzen Soutane mit langen roten Haaren und schwarzen Augen, der ein Holzkreuz auf den Schultern schleppte, wie es Jesus durch die Gassen nach Golgatha getragen hatte. Er beugte sich zu ihr hinab und prüfte die langen Nägel, die ihr durch die Hände und Füße geschlagen worden waren. Erst jetzt bemerkte sie ihre Wunden, der Schmerz erwachte, und sie wollte schreien, doch es kam nichts als das Blut des Königs aus ihrem Mund und rann warm an den Wangen hinab.

»Äbtissin, denkt Ihr wirklich, dass Ihr Euer Ziel erreicht habt?«, fragte der Mann lachend und klopfte mit der rechten Hand auf das Kreuz. »Beinahe hättet Ihr mich hingerichtet, aber ich bedarf nicht einmal einer Auferstehung. Ich kehre bei Freunden ein.«

Eine betagte Frau, deren Kleidung pompös und verschwenderisch war und um deren Hals ein goldenes russisch-orthodoxes Dreifachkreuz lag, trat an seine rechte Seite; von links nahte ein alter Mann in einer preußischen Uniform, der an einem Stock ging, aber dennoch unglaubliche Strenge und Disziplin ausstrahlte.

Gregoria ahnte, was ihr die Vision zeigte. Zarin Katharina und der preußische König Friedrich II., die für Länder standen, welche die päpstliche Autorität nicht anerkannten. Sie waren trotz des Verbots durch den Heiligen Vater nicht gegen die Jesuiten vorgegangen.

»In siebenunddreißig Jahren kehre ich in alle Winkel der Welt zurück. Trotz neuer Vertreibungen und Verbote werden wir zu alter Größe finden, während Ihr tot unter der Erde liegt und verrottet!« Der Rothaarige lachte sie aus, Katharina und Friedrich stimmten mit ein.

Aus dem Gesicht des Soutanenträgers wurden Rotondas Züge. »Freut Euch über den kleinen Sieg, den Ihr errungen habt, Äbtissin. Aber aufhalten werdet Ihr mich nicht.« Er stieß einen gellenden Pfiff aus. Zwei Wölfe kamen angesprungen, kauerten sich zu seinen Füßen nieder und knurrten die Äbtissin an. »Lebt wohl.« Er zeigte auf sie, die Bestien sprangen mit weit geöffneten Schnauzen auf sie zu, die Zähne wuchsen, wurden größer und größer. Gregoria rüttelte an den Nägeln, riss die Hände frei, zog sich den Nagel aus den Füßen und hielt ihn zur Verteidigung vor sich.

Aus dem Himmel fiel eine dritte Bestie in ihrer Halbform, sie landete auf den Hinterbeinen und stellte sich schützend vor die Äbtissin, die Augen leuchteten rot und warnend. Sie packte die heranspringenden Loups-Garous, zerdrückte ihre Kehlen und schleuderte sie vor Rotonda. Dann verwandelte sie sich – und stand als Marianna vor ihr.

»Dann traf auch dich der Fluch?«, keuchte Gregoria. Der Nagel entglitt ihren Fingern. In jener Nacht, als Florence sich auf Jean und das Kind gestürzt hatte ... das viele Blut ... nie war sie auf die Idee gekommen, dass ihr Mündel auch Marianna gebissen haben könnte!

»Fürchte dich nicht!« Eine Taube stieß aus dem düsteren Himmel herab und setzte sich auf ihre linke Schulter. »Sie trägt Dunkelheit, aber auch Licht in sich, wie alle, die ihrem Schoß entspringen werden«, hörte sie eine sanfte Stimme. »Auserkoren, das Böse zu stellen und zu töten, werden sie über die Erde wandeln, bis das Sanctum sie eines Tages erlöst, wie es dich heute aus den Ketten des Irdischen befreit. Du hast deine Aufgabe erfüllt. Du warst eine gute Dienerin.«

Die Taube schlug mit den Flügeln und schwang sich in die Luft.

»Folge mir, Gregoria.«

Sarai sah voller Entsetzen, dass Gregoria sich ein letztes Mal aufbäumte – und dann, wie von einer unsichtbaren Hand gebettet, auf ihr Lager zurücksank. Ihre Augen, gerade noch aufgerissen, schlossen sich von selbst. Sie sah auf einmal sehr klein und zerbrechlich aus ... und friedlich.

»Nein! Das Sanctum sollte Euch heilen, nicht töten«, keuchte Sarai entsetzt. »Äbtissin!«, rief sie und schüttelte sie. »Ehrwürdige Äbtissin, wacht auf! Stemmt Euch gegen den Tod! Ihr seid noch nicht an der Reihe.« Sie schluckte, nahm Gregorias rechte Hand und hielt sie. »Die Schwesternschaft braucht Euch doch, hört Ihr?«, flüsterte sie hilflos.

Sarai weinte stumm und wandte die blauen Augen nicht vom Antlitz ihrer Mentorin. Schließlich schlug sie das Kreuz über Gregoria, stand auf und ging langsam zur Tür.

EPILOG

Italien, Rom, 6. Dezember 2004, 00:01 Uhr

Das Erste, was Eric spürte, waren die raschen, aber ruhigen medizinischen Anweisungen einer Ärztin. Gleich darauf ertönte ein Summen; der kurze Schmerz eines Schlages raste von der Zehenspitze bis zu seinem Kopf. Zwischen seinen Zähnen hatte er einen Beißklotz aus Hartgummi. Er fühlte sich ... merkwürdig. Schmerzen fühlte er jetzt keine mehr; die Säure in seinem Leib, die Hitze, das Reißen in seinem Kopf waren verschwunden. Er konnte das Gefühl, das er empfand, nur mit einem Wort beschreiben: Leichtigkeit.

»Wir verlieren ihn«, sagte die Ärztin. »Rein mit dem Adrenalin und noch mal. Auf drei.«

Es summte wieder, und dieses Mal schrie Eric. Er spürte sein Herz rasen, Blut in seinem Mund, Schmerzen auf seiner Brust. Aber er ... lebte!

»Okay, wir haben ihn.« Die Ärztin klang entspannter. »Verabreichen wir das Übliche, er kommt drei Tage zur Beobachtung.« Erst jetzt kam sie in Erics Gesichtsfeld, zwinkerte ihm zu und nahm ihm den Beißklotz aus dem Mund.

Die Decke bewegte sich, er spürte ein Rütteln am ganzen Körper und begriff, dass er auf einer Liege gefahren wurde. »Lena«, sagte er schwach. Noch niemals zuvor hatte er sich so schwach gefühlt. Ohne die Kräfte der Bestie war er nichts weiter als ein gewöhnlicher Mensch, dessen Körper nur langsam vergaß und genas.

Jemand ergriff seine Hand, dann sah er sie. Sie war wunderschön, wie ein Engel mit dunklen Haaren und Tränen in den Augen. »Hier, Eric! Ich bin hier.« Sie schluckte und beugte sich über ihn, bedeckte sein Gesicht mit Küssen. Er genoss jede einzelne Berührung. »Bald ist alles gut.«

»Ich bin mir ... nicht ... sicher.« Das Sprechen fiel ihm schwer.

»Sie müssen ihm Ruhe gönnen«, hörte Eric die Ärztin wieder. »Er muss schlafen und sich ausruhen. Morgen können Sie mit ihm sprechen. Vergessen Sie nicht, was er durchgemacht hat. Andere Leute wären gestorben.«

Eric verlor das Bewusstsein.

Italien, Rom, 6. Dezember 2004, 09.52 Uhr

Eric öffnete die Augen und sah Lena neben seinem Bett sitzen. Sie döste, eine Hand lag auf seinem rechten Unterarm, im anderen steckte eine Infusionsnadel. Man gab ihm Kochsalz mit Vitaminen.

Durch das Fenster neben ihm fiel Sonnenschein herein und verkündete den wunderschönen Tag, der draußen herrschte. Auf dem Glas des Bildes an der Wand gegenüber spiegelten sich der See und das Dörfchen auf der Anhöhe, durch das spaltbreit geöffnete Fenster drang reine, saubere Winterluft in den Raum.

Er befand sich im Stützpunkt der Schwesternschaft außerhalb von Rom. Sein Gesicht glühte, er hatte Fieber und einen ausgetrockneten Mund. Auf dem Tisch neben ihm stand eine Karaffe mit Wasser. Vorsichtig streckte er die Hand danach aus.

Die Bewegung genügte, um Lena zu wecken. »Eric!« Sie rieb sich verschlafen die Augen, dann küsste sie ihn auf die spröden Lippen.

Jetzt fühlte er sich lebendig. Er hob die Hand, berührte ihren Rücken, spürte ihre Wärme und freute sich innerlich wie ein kleines Kind.

Sie löste sich von ihm. »Möchtest du etwas trinken?«

»Bitte, gern.« Er trank das erste Glas auf der Stelle leer, auch das zweite war schnell verschwunden. Eric wartete auf ein leises Zischen und Dampf, der aus seinem Mund kam, so heiß fühlte er sich an. »Wie bin ich hierher gekommen?«

»Dem Orden sei Dank.« Lena goss ihm ein und war, ihrem Gesicht nach zu urteilen, glücklich. »Die Schwestern haben Zanettini verfolgen lassen, als er Rom verließ, und als klar war, wohin er wollte, schickten sie mich zusammen mit ein paar Seraphim los, um dich aus Saugues hierher zu bringen.«

»Du?«

Sie lächelte. »Niemand hätte mich davon abgehalten, dir beizustehen.«

Eric betrachtete sein Bett. »Ich hätte euch ein bisschen früher gebraucht, fürchte ich.«

»Kaum wach und schon undankbar?« Lena strich ihm lächelnd durch die langen schwarzen Haare. »Es war nicht so einfach, dich aus Saugues hierher nach Genzano zu schaffen.« Sie fuhr mit den Fingern über seine Schulter, den Oberarm und kam auf der Brandnarbe zum Halt. »Was ist das?«

»Ein Andenken. Vielleicht von einem Feuergott.«

Es klopfte, und eine Schwester in einer Soutane trat ein. Sie sah erstaunt auf Eric, in den Händen hielt sie ein Tablett mit dem Frühstück, das vermutlich für Lena gedacht gewesen war. »Fühlen Sie sich stark genug, etwas zu essen, Herr von Kastell?«, erkundigte sie sich mit einem Lächeln.

»Ich ... doch. Ich glaube schon.« Er setzte sich auf, bewegte sich langsam und wunderte sich, dass er kaum Schmerzen mehr hatte. Das Sanctum hatte die meisten Schäden behoben, nahm er an.

»Dann hole ich rasch etwas für Sie.« Die Schwester verschwand wieder hinaus.

Lena nötigte ihn, das Wasser zu trinken. »Drei Tage musst du durchhalten«, sagte sie. »Es ist ein widerliches Fieber, ich habe mich gefühlt, als wäre ich mit trockenem Sand und Löschpapier aufgefüllt worden. Am zweiten Tag hatte ich merkwürdige Visionen, und am dritten ließ das Fieber nach.« Er gab sein leeres Glas zurück und bekam einen Kuss zur Belohnung.

Eric wollte etwas erwidern, da öffnete sich die Tür wieder.

Dieses Mal kam Faustitia herein, gefolgt von der Schwester mit seinem Frühstück.

»Der Herr zeigte an Ihnen all seine Gnade, Herr von Kastell.« Faustitia strahlte ihn an. »Danken Sie ihm, dass er Sie vor dem Tod bewahrt hat.«

»Wenn ich ihm begegnen sollte, werde ich das sicherlich tun«, gab er lächelnd zurück.

Faustitia setzte sich neben Lena. »Wenn es Ihnen nicht zu viel ausmacht und Sie sich stark genug fühlen, erzählen Sie mir, was in Saugues geschehen ist.« Sie stellte ein kleines digitales Aufnahmegerät auf den Tisch.

»Sicher.« Er aß und redete abwechselnd, dann gleichzeitig. Mit jedem Bissen erwachten mehr Lebensgeister, und noch niemals hatte ihm ein Rührei so gut geschmeckt wie an diesem wundervollen Tag. Die beiden Frauen hörten ihm zu und unterbrachen ihn kein einziges Mal. »Auch wenn die Bestie vernichtet ist, bleibt immer noch genug zu tun für Ihre Schwesternschaft«, sagte er zum Schluss. »Wussten Sie davon, dass es Wer-Menschen gibt?«

»Es gibt Hinweise, aber bislang keinen Fall, der die Theorie bestätigt«, räumte sie ein.

»Sie erinnern sich an Severina?«

»Nur zu gut.« Faustitias Gesicht verdunkelte sich. »Eine Gruppe von Seraphim-Novizinnen fand die Frau, deren Beschreibung Sie uns gegeben hatten. Nachdem sie Meldung gemacht hatten, brach der Funkkontakt ab. Ich schickte ein zweites Kommando ... und man fand nur noch die Leichen unserer Schwestern. Sie waren schrecklich zugerichtet. Einige Wunden dienten nur dazu, Schmerzen zu bereiten, ehe sie der Tod ereilte. Wie es einem einzelnen Werwesen gelungen ist, sechs junge Seraphim zu töten, die kurz davor standen, ihre Prüfung abzulegen, ist uns allen ein Rätsel. Eine von ihnen lebte noch, als wir sie fanden. Sie sprach von einer menschengroßen katzenähnlichen Kreatur, die sich schneller bewegte, als es die Natur erlaubt.«

»Severina hat mit den Novizinnen ihr grausames Spiel gespielt. Ich vermute, dass sie unter der Folter einige Geheimnisse verraten haben, mit denen Severina mich in die Irre führen konnte.«

»Und ist sie ...«

»Sie ist keine Gefahr mehr. Betrachten Sie es als ... als mein Abschiedsgeschenk, dass ich sie für Sie zur Strecke gebracht habe.«

»Vielen Dank, Herr von Kastell. Sie haben unserer Organisation und den Menschen sehr geholfen.« Faustitia sagte es aufrichtig. »Es ist ein beinahe gutes Ende für alle.«

Eric verstand die Andeutung. Seine Halbschwester hatte diesen Konflikt nicht überlebt. Es überraschte ihn selbst, dass er einen Moment lang so etwas wie Trauer empfand. Er räusperte sich und sprach weiter. »Dass die Schwesternschaft ihren Auftrag weiterverfolgt, ist mir klar, aber was werden die Verschwörer unternehmen, die auf Zanettinis Seite standen?«

»Es gibt keine weiteren Verschwörer, jedenfalls keine, über die wir uns Gedanken machen müssten. Wir wissen, dass Rotonda und Zanettini der harte Kern waren und dass der Kreis aus Mitläufern und Sympathisanten um sie herum bereits zerfällt. Wir können uns nun ganz den Wandelwesen, den Lycaoniten und dem Orden des Lycáon widmen.« Sie lächelte ihn an. »Denn Sie werden es nicht mehr tun wollen, nehme ich an.«

»Nein«, sagte er sofort, schaute zu Lena und nahm ihre Hand. »Ich habe genug.« Er gähnte, spürte die Müdigkeit. Sein immer noch erschöpfter Körper wollte wieder in einen Fiebertraum sinken.

Faustitia betrachtete ihn nachdenklich, die Augen blieben kurz am rechten Unterarm hängen. »Das ... ist im Grunde sehr schade, Herr von Kastell. Ein Mann mit Ihrem Wissen und Ihrer Erfahrung könnte meine Seraphim sehr gut ausbilden.«

Seine Lider senkten sich, aber schnell riss er sie wieder in die Höhe. »Ich sage es Ihnen, wenn ich einen Job brauche«, meinte er müde. »Wir werden ins Ausland verschwinden und warten, bis sich der Wirbel gelegt hat und mein Name weniger interessant für die Behörden wird.«

»Kanada soll um diese Jahreszeit kalt, aber sehr schön sein«, schaltete sich Lena ein. »Wir können aufbrechen, sobald du dich vom Fieber erholt hast.«

Eric streichelte ihre Wange, dann betrachtete er seine Hand. »Hast du etwas aus Silber?«

Lena verstand, was er meinte, und lächelte. »Nein, keine Sorge. Du bist geheilt.«

»Ich brauche Gewissheit«, verlangte er.

Faustitia stand auf und trat neben ihn, zog ihren silbernen Siegelring vom Finger, mit dem sie ihn bei ihrem ersten Zusammentreffen berührt hatte. »Hier.«

Eric nahm ihn nach kurzem Zögern entgegen. Er spürte die Glätte des Metalls und wie es sich zwischen seinen Fingern erwärmte – aber es griff ihn nicht an. Und gleichzeitig fühlte es sich in ihm an, als fehlte ein wichtiger Bestandteil. Als klaffte eine Lücke dort, wo vorher die Bestie gewesen war.

Die Gefühle überwältigten Eric, während er den Ring an die Oberin zurückgab, und er weinte wie ein kleines Kind. Lena schlang die Arme um ihn und drückte ihn an sich. Die Anspannung der letzten Wochen fiel von ihm ab, der Druck der Verantwortung wich. Eric fühlte sich zum ersten Mal wie ein normaler Mensch, der endlich leben durfte.

»Ich bin geheilt«, flüsterte er. »Die letzte Bestie ist tot.«

Faustitia drückte die Stopp-Taste des Aufnahmegeräts und verließ das Zimmer, um die Liebenden nicht länger zu stören.

NACHWORT UND DANKSAGUNG

Der Vorhang hat sich geschlossen.
Wie auch *Ritus* beinhaltet *Sanctum* Teile, die echt sind, und Teile, die erfunden sind.

Tatsächlich starb Jesuitenfreund Papst Klemens XIII. im Vorfeld eines Kardinalstreffens. Sein Nachfolger, Klemens XIV., verfügte 1773 die Aufhebung des Jesuitenordens. Erst 1814 rehabilitierte Papst Pius VII. die Societas Jesu. Nebenbei: Seit dem Akt von Klemens XIV. gegen die Jesuiten hat kein Papst mehr den Namen Klemens angenommen.

Ich fand es spannend, die Ereignisse in meinen Hintergrund einzuweben, ohne den Papst-Aspekt zu sehr in den Vordergrund zu rücken. Es ist ein Puzzlestückchen, das sich erstaunlich gut einfügte.

Der zweibändige Ausflug in das Genre *Dunkle Spannung* wird nicht der letzte sein. Es gibt noch einiges zu erzählen. Und viele andere Wesen, die sowohl im Dunkel als auch im Licht lauern.

Mein Dank gilt Nicole Schuhmacher, Tanja Karmann und Carina M. Heitz, nicht zu vergessen Roman Hocke, Ralf Reiter und Timothy Sonderhüsken.

Jim Butcher

STURMNACHT

»Mein Name ist Dresden, Harry Dresden. Wenn Sie nachts Angst bekommen, dann schalten Sie das Licht ein. Wenn Ihnen nichts und niemand helfen kann, dann rufen Sie mich an.«

Immer häufiger wird die Polizei von Chicago mit bizarren Morden konfrontiert. Wenn man mit modernsten Ermittlungsmethoden nicht weiter kommt, gibt es nur einen, der helfen kann: Harry Dresden. Er verfügt über einen ausgezeichneten Spürsinn – und besondere Fähigkeiten. Doch wer in der Lage ist, die Dunkelheit hinter unserer normalen Realität zu sehen, lebt gefährlich ...

Hochspannung garantiert!

Knaur Taschenbuch Verlag